D1420664

LE MEILLEUR DU LIVRE
LES MEILLEURS DES LIVRES

SÉLECTION DU LIVRE

PARIS - BRUXELLES - MONTRÉAL - ZURICH

PREMIÈRE ÉDITION

LES CONDENSÉS FIGURANT DANS CE VOLUME
ONT ÉTÉ RÉALISÉS PAR THE READER'S DIGEST
ET PUBLIÉS EN LANGUE FRANÇAISE AVEC L'ACCORD
DES AUTEURS ET DES ÉDITEURS DES LIVRES RESPECTIFS.

© Sélection du Reader's Digest, SA, 2012.
31-33, avenue Aristide-Briand 94110 Arcueil.

© N. V. Reader's Digest, SA, 2012.
20, boulevard Paepsem, 1070 Bruxelles.

© Sélection du Reader's Digest, SA, 2012.
Räffelstrasse 11, « Gallushof », 8021 Zurich.

© Sélection du Reader's Digest (Canada) Ltée, 2012.
1100, boul. René-Lévesque Ouest, Montréal (Québec) H3B 5H5.

Tous droits de traduction, d'adaptation et
de reproduction réservés pour tous pays.

Imprimé en Allemagne *(Printed in Germany)*
ISBN 978-2-7098-2382-1

ÉDITÉ EN MARS 2012
DÉPÔT LÉGAL EN FRANCE : AVRIL 2012
DÉPÔT LÉGAL EN BELGIQUE : D-2012-0621-57

296 (3-12)
021-0441-23

LES NEUF DRAGONS
© 2009 by Hieronymus, Inc.
© Éditions du Seuil, mai 2011, pour la traduction française.
L'édition originale de cet ouvrage a été publiée par Little, Brown and
Company, New York, sous le titre *Nine Dragons*.

LA CALÈCHE
© Flammarion, 2010.
Le présent ouvrage est une œuvre de fiction
et Hermès est une marque déposée.

DES CHEVAUX SAUVAGES, OU PRESQUE
© Jeannette Walls, 2009.
© Éditions Robert Laffont, SA, Paris, 2011, pour la traduction française.
L'édition originale de cet ouvrage a été publiée par Scribner/Simon
& Schuster, Inc., New York, sous le titre *Half Broke Horses*.

LA VALSE DES GUEULES CASSÉES
© NiL éditions, Paris, 2010.

Michael Connelly
Les Neuf Dragons

Harry Bosch a passé toute sa carrière à sillonner les rues de Los Angeles pour mener les enquêtes les plus complexes et arrêter de dangereux criminels. Mais voilà qu'un appel téléphonique anonyme et un message vidéo terrifiant vont le propulser dans la frénésie de Hong Kong surpeuplée, où règnent les gangs des triades. Dans cet univers qui lui est totalement étranger, il aura moins de vingt-quatre heures pour retrouver et protéger celle qu'il aime plus que tout au monde : sa fille. Parviendra-t-il à mener à bien la mission la plus importante de sa vie ?

Page 9

Jean Diwo
La Calèche

Fils d'un sellier réputé de Crefeld, sur les bords du Rhin, Thierry Hermès est né à l'aube du xixe siècle. Dès son plus jeune âge, il est attiré par l'odeur de cuir qui règne dans l'atelier de son père. Il passe des heures à observer chaque geste précis de l'artisan créant selles et harnais de qualité qui font même l'admiration de Napoléon. Thierry, devenu un apprenti doué, est destiné à prendre la suite de son père. Mais il n'a pas seulement du talent, il a aussi de l'ambition : il rêve de conquérir Paris. Il ne sait pas encore qu'il y créera un empire du luxe…

Page 189

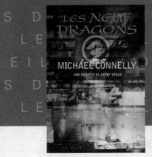

Jeannette Walls
Des chevaux sauvages ou presque

C'est en 1901, à Salt Draw, dans l'immensité aride de l'ouest du Texas que Lily Casey vient au monde. Ses parents tiennent un petit ranch où la vie est terriblement âpre, où il faut affronter les tornades, la sécheresse puis les inondations. Cela forge le caractère, et Lily, aînée d'une fratrie de trois enfants, apprend à ne jamais capituler. À cinq ans, elle sait dresser les chevaux, à quinze ans, elle n'a pas peur de traverser seule le désert du Nouveau-Mexique pour occuper un poste d'institutrice. Ce n'est que le début d'une vie extraordinaire mais bien réelle…

Page 325

Guillaume Prévost
La Valse des gueules cassées

Au printemps 1919, alors que la France et ses millions de soldats tout juste démobilisés pansent leurs plaies, une série de meurtres perpétrés à Paris vient raviver le traumatisme de la Grande Guerre : les victimes ont le visage atrocement mutilé, comme si l'assassin avait voulu les transformer en « gueules cassées ». Pourquoi cet acharnement ? Pour ses débuts à la police judiciaire, François-Claudius Simon est chargé de l'enquête sous la houlette de l'inspecteur principal Robineau. Bien vite, il va se montrer très doué dans l'art de la déduction.

Page 455

TRADUIT DE L'ANGLAIS (ÉTATS-UNIS)
PAR ROBERT PÉPIN

LES NEUF DRAGONS

MICHAEL CONNELLY

UNE ENQUÊTE DE HARRY BOSCH

Dépêché sur une affaire de meurtre dans le quartier chinois de Los Angeles, l'inspecteur Harry Bosch reçoit un appel anonyme lui signifiant de laisser tomber cette enquête. Le ton est plus que menaçant mais Bosch n'est pas du genre à se laisser intimider. Lorsqu'il comprend que sa fille de treize ans, qui vit à Hong Kong avec sa mère, est en grand danger, et que le sort de l'adolescente est lié à cette affaire, il n'hésite pas une seconde à prendre le premier vol pour la Chine.

1

DE l'autre côté de l'allée, Harry Bosch jeta un coup d'œil dans le box de son coéquipier et le regarda remettre droit ses piles de feuilles, ôter ses dossiers du milieu de son bureau et, pour finir, ranger dans un tiroir la tasse à café qu'il venait de rincer – son rituel quotidien. Puis il consulta sa montre et s'aperçut qu'il n'était que 15 h 40. Il eut alors l'impression que, jour après jour, ce rituel, Ignacio Ferras l'entamait une minute ou deux plus tôt que la veille. On n'était que mardi. Le long week-end de Labor Day, la fête du Travail, venant à peine de s'achever, la semaine serait courte. Et déjà Ferras manœuvrait pour partir avant l'heure. C'était immanquablement un appel de chez lui qui déclenchait son petit numéro. Une femme l'y attendait avec un bambin qui marchait à peine et des jumeaux tout neufs. Elle avait besoin de repos et de son mari à la maison pour le goûter. D'habitude, même de l'autre côté de l'allée, Bosch entendait les deux interlocuteurs. La conversation commençait toujours comme ceci : « Quand est-ce que tu rentres ? »

Quand tout fut enfin rangé dans son box, Ferras regarda Bosch et lui lança :

— Je vais filer, Harry. Avant les embouteillages. J'attends des tas d'appels, mais ils ont mon numéro de portable. Je n'ai pas besoin de rester là à poireauter.

Et de se frotter l'épaule en parlant. Ça aussi, ça faisait partie de son numéro. C'était sa manière de lui rappeler, mais sans le lui dire, qu'il avait pris une balle dans le corps quelques années auparavant et que partir plus tôt, il en avait gagné le droit.

Bosch se contenta de hocher la tête. Le problème n'était pas vraiment de savoir si son coéquipier quittait tôt le boulot ou ce qu'il avait ou n'avait pas gagné. C'était d'être sûr de son attachement à sa mission. Ferras avait subi neuf mois de soins et de rééducation avant de pouvoir reprendre son service. Mais l'année qui avait suivi cette reprise, il avait travaillé avec une répugnance qui mettait Bosch à bout.

Ferras ôtait sa veste du dos de son fauteuil lorsque Bosch vit Larry Gandle sortir de son bureau à l'autre bout de la salle des inspecteurs et se diriger vers eux. En sa qualité de plus ancien dans la maison, Bosch avait eu le droit de choisir son box lorsque la brigade des vols et homicides avait commencé à quitter le siège de Parker Center bien décrépi pour rejoindre le nouveau bâtiment : le PAB, Police Administration Building. Bosch avait opté pour le box d'où l'on pouvait observer ce qui se passe dans la salle des inspecteurs. Et là, en voyant approcher le lieutenant, il sut d'instinct que son coéquipier n'allait pas rentrer chez lui en avance.

Gandle tenait dans sa main un morceau de papier arraché à un carnet et marchait avec un petit sautillement. Pour Bosch, cela voulait dire que l'attente avait pris fin. Il commença à se lever.

— Bosch et Ferras, lança Gandle en arrivant près d'eux, c'est votre tour. J'ai besoin que vous vous attaquiez à une affaire pour le South Bureau.

Bosch vit les épaules de son coéquipier s'affaisser. Il n'en tint pas compte et prit le bout de papier. Puis il lut l'adresse qu'on y avait inscrite. South Normandie. Il connaissait.

— C'est une boutique de vins et spiritueux, reprit Gandle. Un homme à terre derrière le comptoir et la patrouille tient un témoin. C'est tout ce que j'ai. Vous voulez y aller ?

— Pas de problème, répondit Bosch avant que son coéquipier puisse se plaindre.

— Lieutenant, dit Ferras en se tournant pour montrer la tête de sanglier empaillée au-dessus de la porte de la salle, c'est la brigade spéciale homicides ici. Pourquoi faudrait-il qu'on prenne une affaire de vol dans une boutique de vins et spiritueux ? À tous les coups, ce sera une histoire de gang et les mecs du South Bureau pourront boucler le dossier avant minuit.

Il n'avait pas tort. La brigade spéciale homicides, unité d'élite, avait pour tâche d'élucider les affaires complexes. Et une histoire de hold-up dans une boutique de vins et spiritueux n'entrait pas vraiment dans ses compétences.

Gandle écarta les mains en un geste signifiant qu'il s'en moquait pas mal.

— Je l'ai dit à tout le monde à la réunion de travail. Cette semaine, on est en renfort pour le South Bureau. À cause de la formation homicides, ils sont en effectif minimum jusqu'au 14. Ils ont décroché trois affaires pendant le week-end et une ce matin. Bref, ils sont débordés. C'est votre tour, et ce vol, c'est pour vous.

— C'est bon, patron, dit Bosch, mettant ainsi fin à la conversation.

— Bien, vous me tenez au courant.

Et Gandle regagna son bureau. Bosch enfila sa veste et ouvrit le tiroir du milieu de sa table de travail. Il sortit son carnet de notes en cuir de sa poche revolver et y mit une recharge neuve. Tout nouveau meurtre avait droit à un bloc neuf. Sa routine à lui.

Bosch se dirigea vers la porte. Ferras le suivit en sortant son portable pour appeler sa femme et lui annoncer la mauvaise nouvelle.

En quittant la salle des inspecteurs, les deux hommes tendirent le bras et tapotèrent le groin du sanglier pour se souhaiter bonne chance.

Bosch n'eut pas besoin de faire la leçon à Ferras en gagnant South L.A. Conduire en silence en tenait lieu. Son jeune coéquipier finit par se confier :

— Ça me rend fou, dit-il.

— Qu'est-ce qui te rend fou ?

— Les jumeaux. Ça fait trop de boulot, trop de pleurs. Il n'y a plus moyen de dormir et ma femme devient dingue. Elle n'arrête pas de m'appeler pour me demander quand je vais rentrer. Alors je rentre et c'est mon tour. Le boulot, les enfants, le boulot, les enfants, le boulot, les enfants tous les jours.

Bosch ne savait que dire. Sa fille, Madeline, avait maintenant treize ans et se trouvait à presque seize mille kilomètres de là. Et il ne s'était jamais impliqué directement dans son éducation. Il ne la voyait que quatre fois par an – deux fois à Hong Kong et deux fois à Los Angeles –, et ça s'arrêtait là. Quel conseil pouvait-il donner à un père à plein temps qui, lui, avait trois enfants, dont des jumeaux ?

— Écoute, je ne sais pas quoi te dire. Tu sais que je te couvre. Je ferai ce que je pourrai quand ce sera possible. Mais peut-être que c'est plus que les jumeaux. C'est peut-être toi, Ignacio. Tu as peut-être repris trop tôt…

Ferras rougit et ne répondit pas.

— Hé, des fois ça arrive, dit Bosch. On prend une balle et on se dit que la foudre pourrait frapper deux fois.

— Écoute, Harry, je me trouve bien comme ça. Pas de problème. C'est seulement le manque de sommeil et ma femme qui me pèle le cul dès que j'arrive à la maison, d'accord ? Crois-moi, ce qu'elle me balance me suffit. Je n'ai pas besoin que tu t'y mettes, toi aussi.

Bosch acquiesça d'un signe de tête et l'on en resta là. Il savait quand lâcher le morceau.

L'adresse que leur avait donnée Gandle se trouvait dans le soixante-dixième pâté de maisons de South Normandie Avenue. Soit à quelques rues à peine du tristement célèbre croisement des avenues Florence et Normandie, là où avaient été prises les plus horribles images des émeutes de 1992 diffusées dans le monde entier.

Mais Bosch se rendit vite compte qu'il connaissait le coin et la boutique où ils devaient se rendre pour une raison différente.

Un périmètre de sécurité avait déjà été mis en place autour du magasin Fortune Liquors. Une fois la berline garée, Bosch alla chercher sa mallette dans le coffre et se dirigea vers le ruban jaune.

Ferras et lui donnèrent leurs noms et numéros d'écusson à l'officier chargé de noter les allées et venues, et ils passèrent sous le ruban. Alors qu'il s'approchait de la porte du magasin, Bosch glissa la main dans la poche droite de sa veste et en ressortit une pochette d'allumettes. Vieille et fatiguée, cette pochette. Sur le rabat on pouvait lire FORTUNE LIQUORS. Il ouvrit la pochette d'un coup de pouce. Il n'y manquait qu'une allumette. Il lut la devise agrémentant le rabat de pochette : « Heureux celui qui sait trouver refuge en lui-même. »

Cela faisait plus de dix ans que Bosch avait cette pochette sur lui. Moins pour la devise – encore qu'il l'approuvât – que pour l'allumette qui manquait et ce que ça lui rappelait.

Plusieurs policiers de la patrouille et un sergent se tenaient à l'intérieur. Le magasin, étroit et tout en longueur, comportait trois allées dans sa largeur. À l'autre bout de l'allée centrale, Bosch aperçut un couloir avec, au fond, une porte qui ouvrait sur une aire de parking à l'arrière du bâtiment.

Bosch vit deux autres policiers de la patrouille dans le couloir du fond et se dit qu'ils devaient garder le témoin dans une réserve ou une arrière-salle. De la poche de sa veste il sortit deux paires de gants en latex, en donna une à Ferras et enfila la sienne.

Le sergent remarqua l'arrivée des deux inspecteurs et se détacha de ses hommes.

— Ray Lucas, lança-t-il en guise de salut. On a une victime par terre, derrière le comptoir. Nom : John Li, écrit *L-i*. Pour nous, c'est probablement arrivé il y a moins de deux heures. Ça ressemble beaucoup à un hold-up. Au commissariat de la 77e Rue, on était nombreux à connaître M. Li. C'était un petit vieux bien sympa.

Lucas fit signe à Bosch et à Ferras de s'approcher du comptoir. Bosch s'accroupit pour regarder de plus près la victime étendue par terre.

L'homme était de type asiatique et devait avoir dans les soixante-dix ans. Il était allongé sur le dos, ses yeux sans expression fixant le plafond. Il avait du sang sur les lèvres et le menton. Et ce sang, il l'avait craché en toussant dans son agonie. Le devant de sa chemise en était trempé et Bosch décela au moins trois entrées de projectiles sur sa poitrine. Il était évident qu'il s'était effondré dès qu'il avait été touché.

— Pas de douilles à l'horizon, dit Lucas. Le tireur les a ramassées et a été assez astucieux pour sortir le disque de l'enregistreur au fond du magasin.

Bosch étudia la scène de crime. Il fut vite convaincu que la victime était effectivement l'homme dont il avait fait la connaissance dans ce même magasin bien des années plus tôt.

Il remarqua qu'il avait la main droite barbouillée de sang. Il n'y vit rien d'inhabituel. D'instinct, on porte la main à une blessure pour essayer de la protéger et de soulager la douleur.

Il y avait environ dix centimètres entre les points d'impact qui formaient un triangle. Bosch savait que trois coups rapides tirés presque à bout portant auraient donné un groupement plus resserré. Cela l'amena à penser que le tueur avait tiré une fois sur la victime, qui était aussitôt tombée par terre. L'assassin s'était alors très probablement penché par-dessus le comptoir et avait encore dû tirer à deux reprises.

Bosch lâcha le cadavre des yeux et regarda autour de lui sans se relever. Il découvrit aussitôt une arme dans un étui fixé sous le comptoir.

— Il y a une arme là-dessous, dit-il. On dirait un calibre .45 dans son étui, mais le vieil homme n'a pas eu le temps de s'en saisir.

— Cette arme doit être récente, dit Lucas. Ce type s'est fait voler au moins six fois depuis que je suis arrivé ici, il y a cinq ans. C'est la première fois que j'entends parler d'un flingue.

Bosch hocha la tête. La remarque était pertinente. Il se tourna vers le sergent.

— Parlez-moi du témoin.

— Euh, en fait ce n'en est pas vraiment un, répondit Lucas. C'est son épouse, Mme Li. Elle a trouvé son mari mort en entrant dans le magasin. Elle lui apportait son dîner. Elle est dans l'arrière-salle, mais il va nous falloir un interprète qui traduit le chinois. On a demandé à l'AGU…

Lucas faisait référence à l'Asian Gang Unit.

Bosch regarda encore une fois le visage du mort, avant de se relever. Ses genoux émirent un fort craquement. La décision de faire appel à un enquêteur de plus aurait dû lui incomber, en tant que responsable de l'affaire.

— Dites, sergent, vous parlez chinois ? lui demanda-t-il.

— Non, répondit Lucas. C'est pour ça que j'ai fait appel à l'AGU.

— Comment étiez-vous sûr que c'était un interprète de chinois et pas de coréen, ni de vietnamien, qu'il fallait demander ?

— Depuis quelque temps, j'ai du mal à assurer mon service sans un petit truc pour me secouer. Et donc, une fois par jour, je passe ici m'acheter une boisson énergisante. J'en suis venu à mieux connaître M. Li. Qui m'a dit un jour que sa femme et lui venaient de Chine. Voilà, c'est comme ça que je le sais.

Bosch acquiesça d'un signe de tête, bien gêné d'avoir ainsi tenté de l'embarrasser.

— Mme Li a-t-elle appelé le 911 ?

— Non, comme je vous l'ai dit, elle parle à peine anglais. D'après ce que m'a raconté l'opératrice, elle a appelé son fils et c'est lui qui l'a fait.

Bosch fit le tour du comptoir. Ferras, lui, s'attarda un peu et s'accroupit pour avoir la même vision du corps et de l'arme que Bosch.

— Où est le fils ? demanda celui-ci.

— Il travaille dans la Valley, répondit Lucas. Il devrait arriver d'un instant à l'autre.

— Dès qu'il sera là, débrouillez-vous, vous et vos hommes, pour le tenir à l'écart de ça, dit Bosch en montrant le comptoir du doigt.

Lucas capta le message et fit sortir ses hommes du magasin. Ferras, qui avait fini d'examiner l'arrière du comptoir, rejoignit Bosch près de la porte, où ce dernier regardait la caméra fixée au milieu du plafond.

— Et si tu allais derrière ? dit Bosch. Histoire de voir si le type a vraiment sorti le disque de la caméra de surveillance et de jeter un coup d'œil à notre témoin ?

— Compris.

Ferras se dirigea vers l'allée centrale. Bosch se retourna pour avoir une vue d'ensemble de la scène de crime. Le comptoir faisait dans les trois mètres cinquante de long. La caisse avait été installée au milieu, avec, d'un côté, les caisiers pour les chewing-gums et les bonbons, et, de l'autre, ceux pour les boissons énergisantes, les cigares bon marché et une vitrine pour le Loto. C'était derrière le comptoir que se trouvaient les alcools de qualité, les clients devant donc les demander au patron. Bosch nota six rangées de bouteilles Hennessy. Il savait que les cognacs de prix avaient la faveur des membres de gang haut placés.

Il remarqua aussi deux autres choses et s'approcha de nouveau du comptoir.

La caisse enregistreuse avait été tournée de travers. Bosch se dit que le tueur l'avait tirée vers lui pour sortir l'argent du tiroir-caisse. Et que ce n'était pas M. Li qui l'avait ouverte pour donner l'argent au voleur. Ce qui signifiait sans doute aussi qu'à ce moment-là il avait déjà été abattu. Un argument de taille pour prouver que les intentions du voleur étaient criminelles. Plus important encore, cela donnait à Bosch une meilleure idée du genre d'individu qu'il allait falloir rechercher.

Sans toucher à rien, il se pencha par-dessus le comptoir pour examiner les touches de la caisse enregistreuse. N'en voyant aucune marquée OPEN, il se demanda comment l'assassin avait pu, lui, savoir quelle touche actionnait l'ouverture.

Il se redressa et regarda les étagères adossées au mur derrière le comptoir. Les bouteilles de Hennessy se trouvaient au milieu. Aucune ne manquait à l'appel.

De nouveau, il se pencha en avant en travers du comptoir. Et cette fois, il essaya de toucher une bouteille. Il s'aperçut alors qu'en posant une main sur le comptoir pour ne pas perdre l'équilibre, il pouvait atteindre la rangée et en saisir une sans difficulté.

— Harry ?

Il se redressa et se tourna vers son coéquipier.

— Le sergent avait raison, dit Ferras. Les images de la caméra de surveillance sont enregistrées sur disque. Et il n'y en a pas dans l'appareil. Quelqu'un l'a enlevé.

— Et pas de disques de sauvegarde ?

— Il y en a bien deux ou trois sur le comptoir, mais le système n'en accepte qu'un à la fois. Ça enregistre et réenregistre sur le même.

— Bien. Fais en sorte qu'on ait tous les disques.

Lucas entra de nouveau dans le magasin par la porte de devant.

— Le type de l'AGU est arrivé, dit-il. Je vous l'envoie ?

— Non, ne me l'envoyez pas. Je viens tout de suite.

BOSCH sortit et retrouva la lumière du soleil. Il faisait encore chaud bien qu'il fût déjà tard dans la journée. Bosch sentit la sueur sécher sur sa nuque. Un inspecteur en civil le rejoignit à la porte.

— Inspecteur Bosch ?

— Lui-même.

— Inspecteur David Chu, de l'AGU. C'est la patrouille qui m'a appelé. Que puis-je faire pour vous ?

Chu était petit et plutôt fluet. Il parlait sans accent. Bosch lui fit signe de le suivre et repassa sous le ruban pour gagner sa voiture. Il ôta sa veste en marchant, en sortit la pochette d'allumettes, la remit dans la poche de son pantalon, retourna sa veste, la plia et la glissa dans le carton propre qu'il gardait toujours dans la malle de sa voiture.

— Bon, alors voilà ce qu'on a : le vieil homme qui tenait ce magasin depuis des années est mort derrière son comptoir. Au moins trois balles tirées au cours de ce qui ressemble beaucoup à un vol. C'est sa femme, qui ne parle pas anglais, qui l'a trouvé en entrant dans le magasin. Elle a appelé leur fils, qui nous a alertés. Il est clair qu'il faut l'interroger et c'est là que vous entrez en scène. Il se pourrait aussi qu'on ait besoin d'aide pour le fils quand il arrivera.

De retour dans le magasin, Bosch lui montra le corps étendu derrière le comptoir avant de gagner le fond de l'établissement. Ils y retrouvèrent Ferras. Chu fut aussitôt mis à contribution pour interroger Mme Li.

La toute nouvelle veuve avait l'air en état de choc. Chu se montra gentil avec elle et lui fit la conversation. Quelques instants plus tard, il se détourna de Mme Li pour faire son rapport à Bosch et à Ferras.

— Son mari était seul au magasin quand elle est partie chez elle pour aller chercher le déjeuner. À son retour, elle l'a trouvé derrière le comptoir. Elle n'a vu personne en entrant. Elle s'est garée derrière et s'est servie de sa clé pour ouvrir la porte du fond.

Bosch acquiesça d'un signe de tête.

— Demandez-lui quelle heure il était quand elle a quitté le magasin.

Chu s'exécuta et se tourna ensuite vers Bosch pour lui donner la réponse :

— Elle quitte tous les jours le magasin à 14 h 30 pour aller chercher le repas. Et elle revient tout de suite après.

— Y a-t-il d'autres employés ?

— Non, ça, je le lui ai déjà demandé. Il n'y a que son mari et elle. Ils travaillent tous les jours, de 11 heures du matin à 22 heures. C'est fermé le dimanche.

« Un classique de l'immigration », se dit Bosch.

— Demandez-lui pour son fils. Était-il chez lui quand elle l'a appelé ?

— Je lui ai déjà posé la question. Il y a un autre magasin. Dans la Valley. Il était en train d'y travailler. La famille habite dans le district de Wilshire.

Bosch comprit que Chu savait ce qu'il faisait. Il n'avait pas besoin qu'on vienne lui souffler ses questions.

— Bien, dit-il, vous vous occupez d'elle, et vous me dites si vous avez besoin de quelque chose.

— Ça me va, répondit Chu.

Bosch et Ferras regagnèrent l'avant du magasin. L'équipe de médecine légale venait d'arriver pour emporter le corps, et celle des services du coroner s'était déjà mise au travail.

Bosch et Ferras décidèrent de se séparer. Bosch resterait sur place. En tant que responsable de l'enquête, il superviserait la collecte des éléments de preuve et l'enlèvement du corps. Ferras, lui, ferait du porte-à-porte pour demander si quelqu'un avait vu ou entendu quelque chose.

Deux minutes après le départ de Ferras, Bosch entendit de grands cris et du barouf devant le magasin. Il sortit et vit deux policiers de la patrouille de Lucas qui tentaient d'empêcher quelqu'un de franchir le ruban jaune. L'homme qui se débattait était de type asiatique et avait environ vingt-cinq ans. Bosch se dirigea rapidement vers le fauteur de trouble.

— Bon, on arrête ça tout de suite, dit-il avec force. Et on le lâche.

— Je veux voir mon père ! s'écria le jeune homme.

— Sans doute, mais ce n'est pas la meilleure façon de s'y prendre.

Bosch s'approcha encore et adressa un signe de tête aux policiers.

— Je me charge de M. Li, dit-il.

Les policiers laissèrent Bosch avec le fils de la victime.

— Nom et prénom ?

— Je m'appelle Robert Li. Et je veux voir mon père.

— Je comprends. Et je vais vous laisser voir votre père si vous le désirez vraiment. Mais pas avant que tout soit dégagé. Je vais donc vous demander de vous calmer.

Le jeune homme baissa les yeux.

— Où est ma mère ?

— À l'intérieur, dans l'arrière-salle, où un autre inspecteur l'interroge.

— Et elle, je peux la voir au moins ?

— Oui. Mais j'ai d'abord quelques questions à vous poser. Je m'appelle Harry Bosch. C'est moi qui suis chargé de cette enquête et je vais retrouver l'individu qui a tué votre père. Ça, je vous le promets.

— S'il vous plaît, pas de promesses que vous n'auriez aucune intention de tenir. Vous ne le connaissiez même pas. Vous n'en avez rien à faire. Pour vous, c'est rien de plus qu'un... Ah! peu importe.

Bosch le dévisagea un instant avant de réagir.

— Permettez que je vous montre quelque chose, et après je vous conduis auprès de votre mère.

Il sortit la pochette d'allumettes de sa poche. Li la regarda.

— Et alors? On en donnait à tout le monde jusqu'à ce que l'économie commence à aller mal et qu'on n'ait plus les moyens de le faire.

Bosch hocha la tête.

— Cette pochette, je l'ai eue ici, dans le magasin de votre père, il y a douze ans de ça. On avait eu quasiment une émeute dans le coin. Ici même. À ce croisement.

— Je m'en souviens. Ils ont pillé le magasin et battu mon père.

— Oui, eh bien, moi aussi, j'étais là ce fameux soir, dit Bosch. Il y avait eu un début d'émeute, mais ça s'est vite arrêté. Ici même. Il y a eu un mort.

— Un flic, oui, je sais. Ils l'avaient sorti de sa voiture.

— Et moi, j'étais dans cette voiture avec lui, mais ils ne m'ont pas pris. Je n'ai été en sécurité qu'en arrivant à cet endroit précis. J'avais besoin de fumer et je suis entré dans le magasin de votre père. Il était là, derrière son comptoir, mais les pillards lui avaient fauché jusqu'à son dernier paquet de cigarettes. Et c'est là que votre père a porté la main à sa poche et m'en a tendu une. C'était sa dernière, et il me l'a donnée.

Bosch hocha la tête. Il avait fini son histoire. Tout était dit.

— Robert, enchaîna-t-il, je ne connaissais pas votre père. Mais je vais retrouver le type qui l'a tué. Et ça, c'est une promesse que je vais tenir.

2

Il était presque minuit lorsque les inspecteurs regagnèrent enfin le commissariat. Après avoir fixé rendez-vous à l'épouse et au fils pour le mercredi matin, Bosch les laissa rentrer chez eux pour entamer leur deuil. Il renvoya aussi Ferras chez lui afin qu'il tente de réparer les dégâts dans sa famille. Et il resta seul pour réfléchir à l'affaire.

Grâce aux efforts déployés dans la soirée, ils tenaient peut-être un suspect. Le samedi précédent, soit trois jours avant d'être assassiné, M. Li avait eu une altercation avec un jeune homme qui, selon lui, volait régulièrement dans le magasin. D'après Mme Li, l'adolescent s'était mis en colère, niant avoir dérobé quoi que ce soit. M. Li n'avait pas appelé la police. Il s'était contenté de mettre le jeune homme dehors et lui avait ordonné de ne plus jamais revenir. Selon Mme Li, l'adolescent avait lancé à son mari que la prochaine fois qu'il viendrait, ce serait pour lui exploser la tête. Li avait sorti son arme de dessous le comptoir, l'avait pointée sur le jeune homme en lui disant qu'il serait prêt à le recevoir.

Cela signifiait que l'ado savait que Li avait une arme sous son comptoir. S'il décidait de tenir sa promesse, il devrait agir aussitôt entré dans le magasin et tirer sur Li avant que celui-ci puisse sortir son flingue.

Mme Li avait promis de regarder le fichier de photos sur les membres de gangs le lendemain matin, afin de voir si elle reconnaissait le jeune homme.

Bosch n'était pas totalement convaincu par cette piste. Certains éléments de la scène de crime ne cadraient pas avec un acte de vengeance. Il fallait parler au petit jeune, mais Bosch ne s'attendait guère à clore l'affaire avec ça. Ç'aurait été trop facile.

En retrait du bureau du capitaine se trouvait une salle de réunion avec une longue table en bois. Elle servait surtout de salle à manger et, à l'occasion, pour des réunions du personnel. La salle des inspecteurs étant encore vide, Bosch l'avait réquisitionnée et avait étalé sur la table plusieurs photos de la scène de crime tout juste arrivées du labo. Il les avait disposées en une mosaïque de clichés dont les bords se chevauchaient, l'ensemble représentant la totalité de la scène de crime.

En regardant les photos tout en sirotant une tasse de café noir, Bosch fut tout de suite intrigué par ce qui avait retenu son attention quand il était sur les lieux. Là, derrière le comptoir, les bouteilles de cognac Hennessy étaient intactes. Il avait donc du mal à croire que le meurtre ait à voir avec un gang : pour lui, il était peu vraisemblable qu'un membre de gang prenne l'argent et n'embarque pas la moindre bouteille de cognac.

Autre point intéressant : les blessures de la victime. À elles seules, elles invalidaient la thèse qui incriminait un mystérieux petit voleur.

Trois balles en pleine poitrine ne laissent aucun doute quant à la volonté de tuer. Cela étant, aucune n'avait été tirée dans la figure de la victime. Bosch savait bien que dans ce cas, le mobile est vraisemblablement d'ordre personnel et que la victime connaissait l'assassin. Trois balles dans la poitrine, c'est du boulot de tueur professionnel.

En regardant la photo du visage, Bosch remarqua soudain autre chose : le sang que Li avait sur les joues et sur le menton avait été étalé. Et les dents, elles, en étaient exemptes. Il n'y en avait pas la moindre goutte dessus. Il avait tout d'abord cru que le sang sur le visage de Li avait été expectoré. Que c'était du sang monté de ses poumons ravagés lorsqu'il avait essayé de reprendre un dernier souffle. Mais comment cela aurait-il pu se produire sans que ses dents en soient éclaboussées ?

Il parcourut des yeux la mosaïque jusqu'au cliché où l'on voyait la main droite du mort. Elle était retombée le long de son flanc. Et il y avait du sang sur les doigts et le pouce, un trait rouge descendant jusqu'à la paume.

Bosch comprit que Li avait porté sa main ensanglantée à sa bouche. Il y avait eu double transfert. Li ayant porté la main à la poitrine, du sang s'y était déposé, sang qu'il avait ensuite transféré de sa main à sa bouche. Toute la question était de savoir pourquoi.

Bosch sortit son portable et appela le service du coroner. Il vérifia l'heure tandis que ça sonnait. Il était 0 h 10.

— Service du coroner.

— Cassel est-il toujours là ?

Max Cassel était l'homme qui avait travaillé sur la scène de crime.

L'appel fut mis en attente, puis Cassel répondit :

— Je m'en vais, Bosch.

Bosch savait qu'il avait au minimum une heure de trajet pour rentrer à Palmdale.

— Juste une petite question. Vous avez regardé sa bouche ?

— Bien sûr que oui.

— Et il n'y avait rien ? Rien dans la bouche ou dans la gorge ?

— Si, bien sûr qu'il y avait quelque chose ! Sa langue.

— Très drôle. Et côté sang ?

— Oui, il avait un peu de sang sur la langue et dans la gorge. C'est noté dans mon rapport, que vous aurez demain. Écoutez, il faut que j'y aille. Vous avez rendez-vous avec Laksmi demain à 14 heures. Vous n'aurez qu'à le lui demander.

— Je le ferai. Mais là, c'est à vous que je parle. Et je crois qu'on a raté un détail. Je crois que la victime s'est mis quelque chose dans la bouche.

Cassel envisagea le problème.

— Écoutez, moi, je n'ai rien vu ni dans sa bouche ni dans sa gorge. Si c'est quelque chose qu'il aurait avalé, ça n'est pas de ma juridiction. C'est pour Laksmi, et elle le retrouvera demain.

— Vous pourriez lui mettre un mot pour qu'elle s'en occupe?

— OK, je lui ferai une note.

— Merci, Max.

Bosch referma son portable et dirigea son attention sur les deux sachets en plastique qui contenaient les deux disques découverts près de l'appareil enregistreur. Le premier était daté du 1er septembre, soit une semaine plus tôt, et le second du 27 août. Bosch inséra le disque du 27 août dans le lecteur de DVD.

Les images étaient en écran double. Sur le premier, on voyait l'avant du magasin, y compris la caisse enregistreuse, l'arrière de la boutique étant visible sur l'autre. Bosch savait qu'il pouvait passer toute la nuit à essayer de comprendre pourquoi John Li avait mis ces deux disques de côté ou rentrer chez lui et se reposer un peu.

« Et tant pis! » se dit-il. Il décida de voir s'il ne pourrait pas élucider le mystère. Il tira une chaise de la table, s'installa devant la télé et mit en lecture quatre fois accélérée en se disant qu'il lui faudrait moins de trois heures pour liquider ce disque. Après quoi, il rentrerait chez lui, prendrait quelques heures de repos et reviendrait au bureau à la même heure que tout le monde le lendemain matin.

« Voilà un plan qui me plaît », conclut-il.

RUDEMENT tiré de son sommeil, Bosch ouvrit les yeux et vit le lieutenant Gandle le regarder de haut.

— Qu'est-ce que vous faites dans mon bureau? lui demanda celui-ci.

Bosch se redressa sur le canapé.

— Je... J'ai visionné un truc dans la salle de réunion et quand j'ai fini, il était si tard que ça ne valait plus la peine de rentrer chez moi, alors... Quelle heure est-il?

— Pas loin de 7 heures. J'avais fermé la porte à clé en partant hier soir.

Bosch se félicita d'avoir remis son rossignol dans son portefeuille après avoir crocheté la porte. Aux Vols et Homicides, seul Gandle avait un canapé.

— C'est peut-être les employés du nettoyage qui sont passés et ont oublié de refermer à clé, dit-il.

— Non, ils n'ont pas la clé. Écoutez, Harry, je ne peux pas me permettre d'avoir des gens qui ouvrent mon bureau quand je l'ai fermé à clé.

— Vous avez raison, je retourne au boulot tout de suite.

— Non, pas si vite. Parlez-moi de cette vidéo qui vous a retenu ici toute la nuit.

Bosch lui expliqua brièvement ce qu'il avait vu en passant cinq heures à visionner les deux disques en pleine nuit et comment, sans le vouloir, John Li avait laissé derrière lui ce qui ressemblait fort à une piste sérieuse.

— Vous voulez que je vous montre ça dans la salle de conférences ?

— Et si vous attendiez l'arrivée de votre coéquipier ? Allez donc vous chercher un café.

Bosch quitta Gandle et traversa la salle des inspecteurs. Toujours déserte à cette heure, elle n'allait pas tarder à se remplir rapidement.

Bosch descendit à la cafétéria et se paya le petit déjeuner du flic : deux *doughnuts* et un café. Et un café de plus pour Ferras. Il avala en vitesse ses *doughnuts* et reprit l'ascenseur. Comme il s'y attendait, Ferras était à son bureau lorsqu'il y arriva. Il posa un des deux gobelets devant lui.

— Merci, Harry, lui lança Ferras. Hé, mais… tu portes le même costume qu'hier ! Tu ne vas pas me dire que tu as passé toute ta nuit à travailler, si ?

Bosch s'assit.

— J'ai dormi deux ou trois heures sur le canapé du lieutenant. À quelle heure Mme Li et son fils doivent-ils venir ?

— Je leur ai dit à 10 heures. Pourquoi ?

— Je crois tenir quelque chose qu'il va falloir explorer plus à fond. J'ai regardé les deux disques supplémentaires de la caméra. Prends ton café et je vais te montrer. Le lieutenant veut voir, lui aussi.

Dix minutes plus tard, Bosch se tenait debout devant le lecteur de DVD, tandis que Ferras et Gandle s'asseyaient au bout de la table de la grande salle. Il mit le disque du 1er septembre en avance rapide, l'arrêta au bon endroit et figea l'image.

— Notre tireur a sorti le disque de l'enregistreur, si bien que nous n'avons aucune vidéo nous montrant ce qui s'est passé dans le magasin. Mais il restait deux autres disques datés du 27 août et du 1er septembre. Voici celui du 1er septembre, qui remonte donc à une semaine. M. Li enregistrait les agissements d'une équipe de voleurs à la tire. Dans les deux disques à chaque fois ce sont les deux mêmes types qui sont entrés dans le magasin, le premier se rendant au comptoir pour demander des cigarettes tandis que le second gagnait le rayon alcools. Pendant que M. Li prend les clopes pour le type au comptoir, l'autre glisse deux bouteilles de vodka dans son pantalon et en apporte une troisième au comptoir pour l'acheter. Le type au comptoir sort son portefeuille, s'aperçoit qu'il a laissé son fric chez lui et les deux compères quittent le magasin sans avoir effectué un seul achat. La scène se reproduit une deuxième fois, les acteurs changeant de rôle.

— Tu penses qu'il essayait de monter un dossier contre eux ? demanda Ferras.

— Ce n'est pas impossible. Avec ça sur disque, il avait quelque chose à montrer à la police.

— Et c'est ça, votre piste ? dit Gandle.

— Non, ce n'est pas ça, la piste, lui renvoya Bosch d'un ton impatient. Je vous explique seulement pourquoi Li a sorti ces deux disques de la caméra. Et c'est sans le vouloir qu'il a aussi enregistré ceci sur le disque du 1er septembre.

Il appuya sur la touche PLAY. Sur l'écran multiplex, la porte de devant s'ouvre et un client entre. Il fait un signe décontracté à Li. Le client est un Asiatique d'une petite trentaine d'années. Il arrive devant une des armoires réfrigérées à l'arrière et y prend une canette de bière. Devant le comptoir, le client dit quelque chose à Li, qui lève la main vers le râtelier situé au-dessus de lui et en descend une cartouche de Camel. Il la pose sur le comptoir et glisse la canette de bière dans un petit sac en papier brun.

Le client est d'une carrure imposante. Quoique petit et râblé, il a de gros bras et les épaules larges. Il jette un seul billet sur le comptoir, Li le prend et ouvre la caisse enregistreuse. Il met le billet dans le dernier compartiment du tiroir et rend la monnaie au client par-dessus le comptoir. Le client prend les billets et les met dans sa poche. Puis il coince la cartouche de cigarettes sous son bras, empoigne la canette de bière et fait de son autre main une manière de pistolet qu'il braque sur M. Li. Il agite le pouce comme s'il tirait sur lui et quitte le magasin.

Bosch arrêta le disque.

— C'était quoi, ce truc ? lança Gandle. Une menace avec son pouce ?

Ferras gardait le silence, mais Bosch ne doutait guère que son coéquipier ait vu ce qu'il voulait leur montrer. Il repassa la scène.

— Ignacio, qu'est-ce que tu vois ? demanda-t-il.

Ferras se porta en avant pour être en mesure de pointer des détails sur l'écran.

— Regardez le fric. Il en reçoit plus qu'il n'en a donné, répondit-il tandis qu'à l'écran M. Li sortait des billets du tiroir-caisse. Là, il met l'argent du type dans le tiroir et commence à lui rendre sa monnaie, y compris le fric que ce type vient juste de lui remettre. Bref, il a sa bière et ses clopes pour rien, et en plus il repart avec tout l'argent. C'est du racket.

Bosch hocha la tête. Ferras était bon.

— Et ça fait combien ? demanda Gandle.

— J'ai ralenti le défilement hier soir, répondit Bosch. Li met le billet du client dans la quatrième case, le compartiment des vingt. Et il lui rend un billet de un, un de cinq, un de dix et onze de vingt. Soit dix de vingt si on ne compte pas celui que le client lui a donné.

— Deux cent trente-six dollars ? s'écria Gandle. C'est un peu bizarre comme rançon.

— En fait, dit Ferras, ça fait deux cent seize dollars si on enlève les vingt que le client lui a filés au début.

— C'est juste, dit Bosch.

— Alors, Harry, reprit enfin Gandle, ça nous donne quoi ?

Bosch montra la date affichée en haut de l'écran.

— Cette rançon a été payée exactement une semaine avant le meurtre. Ce mardi-ci, M. Li est abattu. Et si, cette semaine, il avait décidé de ne pas payer ?

— Ou n'avait pas l'argent pour le faire, ajouta Ferras. Hier, le fils nous a dit que les affaires ont beaucoup baissé.

— Donc le vieil homme refuse et se fait buter, dit Gandle. Ça ne vous paraît pas un peu exagéré ? En tuant le bonhomme, on perd le flux d'argent.

Ferras haussa les épaules.

— Il reste la femme et le fils, dit-il.

— Ils passent signer leurs dépositions à 10 heures, indiqua Bosch. On cherchera à savoir de quoi il est question.

Gandle semblait très satisfait des progrès de l'enquête.

— Bon, messieurs, conclut-il, je veux être tenu au courant.

— Dès que nous en saurons plus, répliqua Bosch.

Gandle quitta la salle de réunion. Bosch et Ferras restèrent debout devant l'écran.

— Joli coup, Harry, dit Ferras. Tu as fait son bonheur.

— Il sera encore plus heureux si nous arrivons à résoudre ce truc. On a encore du boulot avant que les Li débarquent. Appelle les types du labo pour voir ce qu'ils ont. Je vais aller causer avec l'inspecteur Chu.

— Tu crois qu'il nous cache quelque chose ?

— C'est ce que je vais chercher à savoir.

L'AGU faisait partie de la Gang and Operations Support Division, d'où partaient bon nombre d'enquêtes en immersion. Voilà pourquoi elle était hébergée dans un bâtiment discret situé à quelques rues du Police Administration Building. Bosch décida de s'y rendre à pied. Il arriva devant la porte de l'AGU à 8 h 30 et appuya sur le bouton de l'Interphone, mais personne ne lui répondit. Il sortit son portable et s'apprêtait à appeler l'inspecteur Chu lorsqu'une voix familière se fit entendre dans son dos.

— Bonjour, inspecteur Bosch. Je ne m'attendais pas à vous voir ici.

Bosch se retourna. C'était Chu qui arrivait avec sa mallette. Il s'effaça pour que ce dernier puisse ouvrir la porte avec sa carte-clé.

— Entrez donc.

Chu le conduisit jusqu'à une petite salle des inspecteurs avec une douzaine de bureaux, plus celui du lieutenant sur la droite. Chu passa derrière un des bureaux et posa sa mallette par terre.

— Que puis-je faire pour vous ? demanda-t-il. J'avais déjà prévu de passer aux Vols et Homicides à 10 heures, à l'arrivée de Mme Li.

— J'aimerais vous montrer quelque chose. Vous avez une salle pour visionner?

— Oui, par ici.

L'AGU disposait de quatre pièces réservées aux interrogatoires, toutes situées derrière la salle des inspecteurs. Convertie en cellule pour l'audiovisuel, l'une d'elles était équipée de la tour standard à roulettes – poste de télévision et lecteur de DVD. Mais Bosch repéra aussi une imprimante d'images virtuelles, matériel dont ne disposaient pas encore les Vols et Homicides.

Il tendit le DVD de Fortune Liquors à Chu, qui le glissa dans le lecteur. Bosch prit ensuite la télécommande et mit en avance rapide jusqu'à ce que « 15 heures » s'affiche en haut de l'écran.

— J'aimerais que vous regardiez de près le type qui arrive, dit-il.

Chu regarda sans rien dire l'Asiatique entrer dans le magasin, acheter une bière et des cigarettes, et toucher son gros retour sur investissement.

— Qu'est-ce que vous avez vu? dit Bosch.

— Le paiement d'une espèce de rançon. Il a reçu bien plus d'argent qu'il n'en a donné.

— Deux cent seize dollars en plus de ses vingt. On a compté.

Bosch vit Chu hausser les sourcils.

— Qu'est-ce que ça veut dire?

— Eh bien, ça veut probablement dire que ce type est membre d'une triade, répondit Chu d'un ton neutre.

Bosch acquiesça. Il n'avait jamais enquêté sur un meurtre des triades, mais il savait que les sociétés secrètes chinoises opéraient dans la plupart des grandes villes américaines. Avec sa forte population chinoise, Los Angeles en était un des bastions.

— Qu'est-ce qui vous fait dire que le type appartient à une triade? demanda-t-il.

— Vous m'avez bien dit que la rançon était de deux cent seize dollars, non? Les triades se font payer chaque semaine la protection qu'elles offrent aux petits commerçants qui la sollicitent. Ces paiements sont en général de cent huit dollars. Et, bien sûr, deux cent seize en est un multiple. Deux fois la somme.

— Pourquoi cent huit dollars?

Chu lui répondit comme s'il faisait la leçon à un enfant :

— Permettez que je vous fasse un petit résumé historique. La création des triades remonte au XVIIe siècle. Il y avait cent treize moines bouddhistes au monastère de Shaolin. Les envahisseurs mandchous ont attaqué le monastère et tué tous les moines, sauf cinq. Ces cinq moines qui restaient ont alors créé des sociétés secrètes dont le but était de chasser les envahisseurs. Les triades étaient nées. Mais, au fil des siècles, elles ont évolué. Elles sont devenues des organisations criminelles, pratiquant l'extorsion et le racket en échange de leur protection. Pour honorer les fantômes des moines massacrés, le montant de ces paiements est en général un multiple de cent huit.

— Mais ces moines, il en est resté cinq, pas trois. Pourquoi leur donne-t-on le nom de triades ?

— Parce que chacun de ces moines a lancé sa triade. *Tian di hui*, ce qui veut dire « société de la terre et des cieux ». Tous ces groupes avaient un drapeau en forme de triangle pour symboliser la relation entre le ciel, la terre et l'homme. D'où l'appellation « triade ».

— Génial. Et ils ont apporté ça ici.

— Les triades sont ici depuis très longtemps. M. Li était croyant. Avez-vous vu l'autel bouddhiste dans la resserre hier ?

— Non, j'ai raté ça.

— J'en ai parlé avec sa femme. M. Li était d'une grande spiritualité. Il croyait aux fantômes. Pour lui, payer les triades pouvait très bien être une manière d'offrande à un fantôme. Ou à un ancêtre. Si vous saviez depuis votre enfance qu'une partie de votre argent doit aller aux triades aussi naturellement qu'ici elle va aux impôts, vous ne vous prendriez pas pour une victime. Cela fait partie de l'existence.

— Sauf que le Trésor ne vous colle pas trois balles dans la poitrine si vous ne payez pas.

— Que faites-vous de la piste qu'on a trouvée en parlant à Mme Li ? Le petit gangster qui a menacé son mari samedi dernier ? demanda Chu.

— Il y a trop de choses qui ne collent pas, dit Bosch. Mais ne vous inquiétez pas, je suis toujours d'avis de lui montrer nos photos de criminels pour qu'elle l'identifie, même si c'est une perte de temps.

Il attendit que Chu réagisse, mais le jeune inspecteur ne bougea pas. Bosch montra l'heure indiquée sur l'écran.

— Li a été tué à la même heure et le même jour de la semaine. Il faut donc se dire qu'il payait de manière régulière. Ce type était là quand Li a été tué. Pour moi, ça fait de lui un bien meilleur suspect.

La salle d'interrogatoire était très petite et ils avaient laissé la porte ouverte. Bosch la referma, puis se retourna vers Chu.

— Bien. Dites-moi donc que vous n'aviez pas la moindre idée de tout ça hier.

— Évidemment. Je vous ai tout dit. La seule autre chose à laquelle je pense est cette somme de deux cent seize dollars.

— Et…?

— C'est le double. Comme si M. Li n'avait pas payé une semaine. Peut-être avait-il des difficultés financières. Son fils nous a dit que les affaires marchaient mal.

— Et ce serait ça qui l'aurait fait tuer?

Bosch montra de nouveau l'écran du doigt et ajouta :

— Vous pourriez me faire un tirage papier de ce plan?

— J'aimerais bien en avoir un, moi aussi.

Chu gagna l'imprimante et appuya deux fois sur un bouton. Deux tirages montrant l'homme en train de se détourner du comptoir sortirent de l'appareil.

— Vous avez des photos de criminels? reprit Bosch. Des fiches de renseignements?

— Bien sûr. Je vais essayer de l'identifier. J'aimerais aussi avoir un tirage de son tatouage.

— Quel tatouage?

Chu appuya sur la touche REWIND et finit par figer l'image au moment où le type tendait la main gauche pour prendre l'argent de Li. Il désigna du doigt une forme à peine visible sur la face interne du bras du bonhomme. Il avait raison. C'était bien un tatouage. Bosch l'avait totalement raté.

— Qu'est-ce que c'est? demanda-t-il.

— On dirait la forme d'un couteau. Et apparemment, c'est un tatouage qu'il s'est fait lui-même.

— Et vous en déduisez quoi?

— En chinois, un couteau se dit *kim*. Il y a au moins trois triades en Californie du Sud qui portent ce nom. La Yee Kim, la Sai Kim et la Yung Kim. Ce qui signifie Couteau vertueux, Couteau de l'Ouest et Couteau de la bravoure. Ce sont des filiales d'une triade de Hong Kong, la 14 K. Très puissante.

— La 14 K, comme quatorze carats?

— Non, en chinois, le nombre 14 porte malheur. Ça ressemble beaucoup au mot « mort ». Et K, c'est comme dans *kill*.

Par sa fille et grâce à ses fréquents voyages à Hong Kong, Bosch savait que toute permutation du chiffre 4 était considérée comme portant malheur. Sa fille vivait avec son ex dans une tour en copropriété où aucun étage ne portait le numéro 14. Le quatrième était marqué P (comme « parking »), le quatorzième disparaissant comme le treizième dans bon nombre de pays occidentaux.

Bosch montra l'écran.

— Vous pensez donc que ce type pourrait appartenir à un sous-groupe de la 14 K ?

— Peut-être, répondit Chu. Je vais me renseigner.

— Bien, dit Bosch, on se retrouve à 10 heures avec Mme Li et son fils.

Sur quoi il ouvrit la porte et quitta la petite salle.

FERRAS avait posé la caisse enregistreuse de Fortune Liquors sur son bureau et l'avait connectée à son ordinateur. Bosch regarda son coéquipier.

— Qu'est-ce qui se passe ? demanda-t-il.

— Je suis allé voir les mecs de la Scientifique. Ils en avaient terminé avec ça. Aucune empreinte, hormis celles de la victime. Je viens juste d'entrer dans la mémoire de la machine. Je peux déjà te dire que la recette de la journée jusqu'au moment du meurtre s'élevait à deux cents dollars. Li aurait eu bien du mal à en donner deux cent seize si, d'après toi, c'est bien ça qui s'est produit.

— Oui, bon, j'ai certaines choses à te dire là-dessus. D'autres trucs ?

— Pas grand-chose. Ils sont toujours en train de tout analyser.

— Jusqu'où remonte la mémoire de cet engin ? demanda Bosch.

— Une année entière, on dirait. Les revenus bruts sont d'un peu moins de trois mille dollars par semaine. Ce type avait bien de la chance quand il pouvait se faire cinquante mille dollars dans l'année.

— Et hier, le fils a dit que les affaires avaient baissé.

— Rien qu'à voir ces chiffres, je me demande si elles ont jamais monté.

Bosch lui rapporta ce que Chu lui avait dit et ajouta qu'il avait bon espoir que l'AGU lui donne une identification. Ils tombèrent tous les deux d'accord pour reconnaître que le centre de gravité de l'enquête commençait à se déplacer vers le collecteur de la triade. En attendant, il fallait quand même essayer d'identifier et d'interroger le petit gangster qui s'était disputé avec John Li.

Ils se lancèrent dans l'énorme paperasse qui va de pair avec toute enquête portant sur un meurtre. Chu arriva à 10 heures et gagna le bureau de Bosch sans s'annoncer.

— Mme Li n'est pas encore là? demanda-t-il en guise de salutations.

Bosch leva le nez de son travail.

— Non. Vous avez du nouveau?

— J'ai vérifié dans les fichiers de photos de criminels. Et je n'y ai pas vu notre gars. Cela dit, on se renseigne dans la communauté chinoise.

Le téléphone de Bosch sonna sur son bureau.

— Bosch, dit-il après avoir décroché.

— C'est Rogers, en bas. Vous avez de la visite. Deux Li.

— Faites-les monter.

— C'est parti!

Bosch raccrocha.

— Bon, ça y est, ils montent. Voilà comment je veux jouer le coup : Chu, vous emmenez la vieille dans une salle d'interrogatoire et vous lui relisez sa déclaration. Et après, je voudrais que vous l'interrogiez sur le racket et sur le type de la vidéo. Ferras et moi, on va s'occuper du fils. Je veux savoir si lui aussi il paie pour protéger son magasin de la Valley. Si c'est le cas, on pourra peut-être y pincer notre gars.

Bosch se tourna vers la salle des inspecteurs et vit Mme Li, mais pas avec son fils. Elle était accompagnée d'une femme plus jeune.

— Chu, dit-il, qui est-ce?

Chu se retourna au moment où les deux femmes s'approchaient. Il garda le silence. Il ne savait pas. Les deux femmes avançant encore, Bosch vit que la plus jeune, de type asiatique, devait avoir dans les trente-cinq ans et que sa beauté avait quelque chose de retenu. Elle portait un jean et un chemisier blanc. Elle marchait un demi-pas derrière Mme Li et gardait les yeux baissés.

Chu engagea la conversation avec Mme Li en chinois. Puis il attendit sa réponse et traduisit :

— Je vous présente Mia, la fille de M. et Mme Li. C'est elle qui a conduit sa mère ici parce que Robert Li a été retardé.

Frustré de l'apprendre, Bosch hocha la tête.

— Génial, dit-il à Chu. Comment se fait-il qu'on ne sache pas qu'il y avait une fille ? Demandez à Mia où elle habite.

La jeune femme s'éclaircit la voix et leva les yeux sur Bosch.

— J'habite chez mon père et ma mère, dit-elle. Enfin… jusqu'à hier. Maintenant, il faut croire que je ne vis plus que chez ma mère.

Bosch se sentit gêné d'avoir supposé qu'elle ne parlait pas anglais et d'avoir manifesté de l'agacement en la voyant arriver.

— Je suis désolé, dit-il. C'est juste que nous avons besoin d'en savoir le plus possible.

Il regarda les deux autres inspecteurs.

— Inspecteur Chu, et si vous emmeniez Mme Li dans une salle d'interrogatoire pour reprendre ses déclarations avec elle ? Je vais parler avec Mia, et vous, Ignacio, vous attendez l'arrivée de Robert.

Il se tourna vers Mia.

— Je vous propose de me suivre.

Mia parla en chinois avec sa mère et tous gagnèrent l'enfilade de salles d'interrogatoire.

Bosch conduisit la fille de la victime jusqu'à une petite pièce sans fenêtre avec une table au milieu. Ils s'assirent chacun d'un côté.

— On reprend depuis le début, dit Bosch. Je suis l'inspecteur Bosch et je suis chargé de diriger l'enquête sur le meurtre de votre père. Veuillez accepter mes condoléances.

— Je vous remercie.

Elle avait les yeux baissés.

— Pourriez-vous me donner vos nom et prénom ?

— Mia-ling Li.

— Votre date de naissance ?

— 14 février 1980.

— Le jour de la Saint-Valentin.

Bosch se rendit compte qu'elle était bien plus jeune qu'elle n'en avait l'air et n'avait que quelques années de plus que son frère.

— Vous êtes venue ici avec vos parents ? demanda-t-il. En quelle année ?

— En 1982.

— Bien. Depuis combien de temps habitez-vous avec vos parents ?

Elle leva brièvement les yeux, puis les baissa.

— Depuis toujours. Sauf pendant deux ans, quand j'étais plus jeune.

— Avez-vous été mariée ?

— Non. Mais je ne vois pas le rapport avec l'individu qui a tué mon père.

— Je vous prie de m'excuser, Mia. C'est seulement que j'ai besoin d'un certain nombre de renseignements de base et après, je me lancerai à la recherche de l'assassin. Comment gagnez-vous votre vie ?

— Je m'occupe de mes parents.

— Vous voulez dire… Vous restez à la maison et vous vous occupez de vos parents ?

Elle le regarda droit dans les yeux.

— Oui. Dans ma famille, il est de tradition que la fille s'occupe de ses parents.

— Avez-vous fait des études ?

— Oui, je suis allée deux ans en fac. Mais je suis revenue à la maison. Je fais la cuisine et le ménage. Pour mon frère aussi.

— Jusqu'à hier, vous viviez tous ensemble, n'est-ce pas ?

— Oui.

— Quand avez-vous vu votre père en vie pour la dernière fois ?

— Quand il est parti au travail hier matin. Il s'en va vers 9 h 30.

— Votre mère est partie, elle aussi ?

— Oui, ils partent toujours ensemble.

— Et votre mère est revenue dans l'après-midi ?

— Oui, je prépare le repas du soir et elle vient le chercher à 15 heures.

Bosch acquiesça d'un signe de tête. Cela collait avec la version de la mère.

— Mia, votre père a-t-il jamais parlé de quelqu'un dont il aurait eu peur au travail ? Disons un client… ou autre ?

— Non, mon père était très réservé. Il ne parlait pas du travail à la maison.

— Vivre ici, à Los Angeles, lui plaisait-il ?

— Non, il voulait rentrer en Chine, mais il ne pouvait pas.

— Pourquoi?

— Mes parents sont partis parce que Robert allait naître. Dans notre province, on ne pouvait avoir qu'un enfant. Ils m'avaient déjà eue et ma mère refusait de me mettre dans un orphelinat. Mon père voulait un fils alors quand ma mère est tombée enceinte, nous sommes venus en Amérique.

Bosch ne connaissait pas les tenants et aboutissants de la politique chinoise d'un enfant par famille, mais il en avait eu vent. Destiné à lutter contre l'accroissement de la population, ce plan avait eu pour conséquence de donner plus de valeur aux naissances d'enfants mâles. Les filles étaient souvent abandonnées dans des orphelinats, voire pis.

Bosch décida qu'il avait recueilli assez de renseignements de ce côté-là. Il ouvrit le dossier, en sortit le tirage papier de l'image enregistrée par la caméra de surveillance et le posa devant elle.

— Qui est-ce?

Elle scruta l'image, qui avait du grain.

— Je ne le connais pas. C'est lui qui a tué mon père?

— Nous ne le savons pas encore. Mais nous trouverons. Votre père a-t-il jamais parlé des triades, comme quoi il aurait dû les payer?

La question parut la rendre très nerveuse.

— Je ne sais pas. Nous n'en parlions pas.

— Avez-vous jamais entendu vos parents en parler?

— Non, ils n'en parlaient pas. Je ne sais rien de tout ça.

— Bien, Mia. Je crois qu'on peut arrêter là.

— Je peux ramener ma mère à la maison?

— Dès qu'elle aura fini avec l'inspecteur Chu. Que pensez-vous qu'il va se passer pour le magasin? Votre mère va-t-elle s'en occuper?

Elle fit non de la tête.

— Je pense qu'il va fermer. Ma mère ira travailler dans celui de mon frère.

— Et vous, Mia? Votre vie va-t-elle changer en quoi que ce soit?

Elle prit un bon moment pour réfléchir à la question, comme si elle n'y avait jamais pensé avant que Bosch la lui pose.

— Je ne sais pas, dit-elle enfin. Peut-être.

3

DE retour dans la salle des inspecteurs, Bosch vit que Mme Li avait déjà fini son entretien avec Chu et qu'elle attendait sa fille. Il n'y avait toujours pas signe de vie de Robert, et Ferras lui expliqua qu'il avait appelé : il ne pourrait pas s'éloigner de son magasin parce que son assistant avait téléphoné pour dire qu'il était malade.

Après avoir raccompagné les deux femmes jusqu'à l'ascenseur, Bosch jeta un coup d'œil à sa montre et décida qu'il avait encore le temps de rejoindre la Valley, de discuter avec le fils de la victime et de revenir en ville pour l'autopsie prévue à 14 heures. Il demanda à Chu de l'accompagner.

Bosch monta dans sa Crown Vic qui affichait plus de trois cent cinquante mille kilomètres au compteur.

En chemin, Chu lui rapporta que Mme Li avait signé sa déposition et n'avait rien eu à y ajouter. Elle n'avait pas reconnu le type de l'enregistrement vidéo et avait prétendu ne rien savoir d'éventuels règlements à une triade. Bosch répéta les maigres renseignements que lui avait donnés Mia-ling Li et demanda à Chu ce qu'il savait de la tradition qui consiste à garder sa fille adulte à la maison pour s'occuper de ses parents.

— C'est une *chindrillon*, dit Chu. Elle reste à la maison et fait la cuisine et le ménage. Pour ses parents, c'est presque une bonne.

— Ils ne veulent pas qu'elle se marie et s'en aille ?

— Non, c'est de la main-d'œuvre gratuite. Pourquoi voudraient-ils qu'elle se marie ? Ils devraient embaucher une bonne, un chef cuisinier et un chauffeur.

Bosch songea à l'existence que menait Mia-ling Li. Il doutait qu'elle soit affectée par le moindre changement après la mort de son père. Elle allait encore devoir s'occuper de sa mère.

La circulation était dense et il leur fallut trois quarts d'heure pour atteindre Sherman Oaks. Le magasin Fortune Fine Foods & Liquors se trouvait sur Sepulveda Boulevard, au sud de Ventura Boulevard. Un quartier classe.

Bosch et Chu avaient mis sur pied un plan pendant ce long trajet.

Pour eux, si en dehors de la victime quelqu'un était au courant des paiements aux triades, ce ne pouvait être que le fils, Robert.

Pourquoi n'en avait-il rien dit aux inspecteurs la veille ? Telle était la question.

Le Fortune Fine Foods & Liquors était complètement différent de son homologue de South L.A. Au moins cinq fois plus grand, il arborait des finitions haut de gamme en accord avec le quartier.

Il y avait un *coffee bar*, des allées réservées aux produits exotiques, et des comptoirs d'aliments chauds et froids où les clients pouvaient acheter de la viande, du poisson frais ou des repas préparés. Le fils s'était inspiré du magasin de son père et avait élevé l'affaire de plusieurs niveaux. Bosch en fut impressionné.

Chu demanda à l'une des deux caissières où était Robert Li. Les inspecteurs furent dirigés vers des doubles portes conduisant à une resserre. Tout au bout se trouvait une porte avec l'inscription Bureau. Bosch frappa et Li vint rapidement l'ouvrir.

Il parut surpris de les voir.

— Entrez, leur dit-il. Je suis vraiment navré de ne pas être descendu en ville aujourd'hui. Mon assistant a appelé pour dire qu'il était malade et, sans quelqu'un pour superviser, je ne peux pas me permettre de quitter le magasin.

— Pas de problème, dit Bosch. On essaie seulement de retrouver l'assassin de votre père.

Il voulait mettre le gamin sur la défensive. Li serait ainsi peut-être plus disposé à parler.

— OK, je suis désolé, dit-il. Je croyais n'avoir qu'à signer ma déposition.

— Dans une enquête en cours, il faut faire plus que signer des papiers, monsieur Li. Les situations évoluent. D'autres informations se font jour.

— Tout ce que je peux faire, c'est m'excuser. Je vous en prie, asseyez-vous.

La pièce était étroite et Bosch comprit tout de suite qu'on la partageait. Il y avait deux bureaux côte à côte contre le mur de droite. Plus deux fauteuils et deux chaises pliantes, probablement pour les représentants de commerce.

Li décrocha le téléphone sur son bureau, composa un numéro et dit à quelqu'un que personne ne devait le déranger. Puis il ouvrit grand les mains pour faire comprendre qu'il était prêt à répondre à leurs questions.

— Première chose, je suis un peu étonné que vous travailliez aujourd'hui ! lui lança Bosch. Votre père a tout de même été assassiné hier.

Li hocha la tête d'un air solennel.

— Il faut que je fasse marcher le magasin.

Bosch fit signe à Chu de prendre la suite. C'était lui qui avait tapé la déposition de Li. Tandis que Chu la reprenait avec ce dernier, Bosch regarda autour de lui.

Sur le mur étaient accrochés des licences de l'État, le diplôme que Li avait décroché à la *business school* de l'université de Californie du Sud en 2004 et un certificat d'excellence décerné en 2007 par l'Association des épiciers d'Amérique. Bosch tendit la main en travers du bureau pour redresser le cadre du diplôme, en songeant que Robert avait eu la possibilité de s'inspirer de son père et d'agrandir son affaire. Pendant ce temps-là, sa sœur aînée lâchait la fac et revenait à la maison pour faire les lits.

Li signa sa déposition, puis regarda une pendule accrochée au-dessus de la porte. Bosch comprit qu'il croyait en avoir fini.

Mais ce n'était pas le cas. Bosch ouvrit sa mallette et y prit un dossier. D'où il sortit le tirage papier représentant le collecteur de fonds qui avait demandé de l'argent à son père.

— Parlez-moi de ce type, dit-il.

Li saisit le tirage à deux mains et fronça les sourcils. Bosch savait qu'on fait ça pour bien montrer qu'on se concentre à fond, mais qu'en général ça cache quelque chose.

— Je ne peux rien vous en dire, répondit Li. Je ne l'ai jamais vu.

Il lui tendit le document, mais Bosch ne le prit pas.

— Mais vous savez qui c'est.

— Non, pas du tout, dit Li avec un rien d'agacement dans la voix.

Bosch lui sourit, mais d'un sourire où il n'y avait ni chaleur ni humour.

— Monsieur Li, votre mère vient-elle de vous téléphoner pour vous annoncer que nous vous montrerions cette photo ?

— Non.

— On peut vérifier les appels, vous savez ?

— Et même si elle l'avait fait, hein ? Elle ne sait pas qui c'est, et moi non plus.

— Vous voulez qu'on retrouve l'individu qui a tué votre père, n'est-ce pas ?

— Évidemment ! Qu'est-ce que c'est que cette question ?

— C'est le genre de questions que je pose quand je sais que quelqu'un me cache des choses alors qu'elles pourraient être utiles pour l'enquête.

— Comment osez-vous ? Je ne vous cache rien ! Je ne connais pas cet homme ! Je ne sais pas comment il s'appelle et je ne l'ai jamais vu avant ! C'est la vérité, bordel !

Le visage de Li s'était enflammé. Bosch attendit un peu, puis déclara calmement :

— Il se peut que vous disiez la vérité. Il est possible que vous ne sachiez pas son nom et même que vous ne l'ayez jamais vu. Mais vous savez qui c'est, Robert. Vous savez que votre père se faisait racketter. Peut-être même que vous aussi.

Li hocha la tête.

— Mon père vient de mourir... il a été tué. Pourquoi me harcelez-vous ? Moi aussi, je suis une victime dans cette histoire !

— J'aimerais beaucoup vous laisser tranquille, Robert, lui rétorqua Bosch, mais si nous ne trouvons pas le coupable, personne d'autre ne le fera. Celui qui a tué votre père a enlevé le disque de l'appareil enregistreur au fond du magasin, mais a laissé les vieux. Or ce type était dessus. Et il a pris de l'argent à votre père une semaine avant le meurtre. Votre père lui a donné deux cent seize dollars. Ce type appartient à une triade, et je pense que vous le savez. Il faut nous aider sur ce coup-là, Robert.

Bosch attendit. Li reposa la sortie d'imprimante sur le bureau et frotta ses paumes couvertes de sueur sur le haut de son jean.

— Bon, d'accord, mon père payait une triade.

Bosch respira lentement. Ils venaient de faire un grand pas.

— Depuis combien de temps ? demanda-t-il.

— Je ne sais pas, toute sa vie... toute ma vie à moi, je crois. C'était juste un truc qu'il faisait depuis toujours. Pour lui, ça faisait partie de son identité de Chinois. On paie.

Bosch acquiesça.

— Merci, Robert. Hier, vous nous avez dit qu'avec l'état dans lequel se trouvent l'économie et le reste, ça ne marchait pas fort au magasin. Savez-vous si votre père était en retard dans ses paiements ?

— Je ne sais pas. Il ne me l'a pas dit. On n'était pas trop du même avis là-dessus.

— Que voulez-vous dire ?

— Pour moi, il ne devait pas payer. Je le lui ai dit des milliers de fois : « On est en Amérique, papa, tu n'es pas obligé de les payer. »

— Vous ne payez pas ici ?

Il fit non de la tête, mais son regard fila de côté. Il s'était joliment trahi.

— Vous payez, n'est-ce pas ?

— Je ne paie pas parce que c'est lui qui le faisait pour moi. Il payait pour les deux magasins.

Li frotta de nouveau ses mains sur son pantalon.

— Ce double paiement, c'était donc pour les deux magasins.

— C'est ça. La semaine dernière.

Li hocha la tête et Bosch crut voir des larmes lui monter aux yeux. Il comprit que la question suivante serait la plus importante.

— Que s'est-il passé la semaine dernière ?

— Je ne sais pas.

— Mais vous avez une petite idée, n'est-ce pas, Robert ?

Li hocha de nouveau la tête.

— Les deux magasins perdent de l'argent, dit-il. Nous nous sommes agrandis au mauvais moment... juste avant la chute du marché. J'ai dit à mon père qu'on ne pouvait pas continuer à payer. Je lui ai dit qu'on allait perdre les deux magasins si on n'arrêtait pas de banquer. Huit cents dollars par mois, ça fait beaucoup dans une affaire comme celle-ci.

Bosch se renversa sur sa chaise et regarda Chu. Ils avaient ouvert une brèche et Li avait parlé. C'était maintenant au tour de Chu d'y aller en posant des questions précises sur la triade.

— Robert, dit-il, vous nous avez beaucoup aidés. J'aimerais vous poser quelques questions sur le type de la photo.

— Je vous ai dit la vérité. Je ne sais pas qui c'est.

— D'accord, mais votre père a-t-il jamais parlé de lui quand, vous savez... quand vous discutiez des paiements ?

— Il n'a jamais cité son nom. Il a juste dit qu'il serait fâché si on arrêtait de payer.

— A-t-il jamais cité le nom du groupe qu'il payait ? Le nom de la triade ?

Li fit non de la tête.

— Il n'a jamais… Attendez, si, il l'a dit une fois. C'était un truc… une histoire de couteau. Mais je ne m'en souviens pas.

— Vous êtes sûr ? Ça pourrait nous aider à resserrer le champ de l'enquête.

Li fronça les sourcils et fit encore non de la tête.

Chu poursuivit l'interrogatoire, mais ses questions étaient trop pointues et Li n'arrêtait pas de répondre qu'il ne savait pas. Toutes choses qui ne déplaisaient pas à Bosch. Ils avaient beaucoup avancé.

Au bout d'un moment, Chu repassa le flambeau à Bosch.

— OK, Robert, reprit celui-ci. Pensez-vous que le ou les types que payait votre père vont venir vous voir pour avoir l'argent ?

À cette question, Li fronça très fort les sourcils.

— Je ne sais pas, dit-il.

— Si quelqu'un se pointe, coopérez. Promettez-lui le fric. Promettez-le-lui, mais dites-lui qu'il vous faut une journée pour l'avoir. Et appelez-nous. On prendra la suite.

— Et s'il le pique dans la caisse, tout simplement ? Hier, vous m'avez dit que le tiroir-caisse était vide au magasin de mon père.

— Dans ce cas, laissez-le faire et appelez-nous. On le coincera la fois d'après.

Li acquiesça et Bosch comprit qu'il l'avait complètement terrorisé.

— Robert, avez-vous une arme au magasin ?

C'était un test. Ils avaient déjà vérifié les déclarations d'achat d'arme. Seule celle de l'autre magasin avait été enregistrée.

— Non, c'était mon père qui l'avait. C'était lui qui était dans le mauvais quartier.

— Bien. Surtout n'introduisez pas d'arme dans cette histoire. Si le gars se pointe, coopérez, c'est tout. À propos… pourquoi votre père a-t-il acheté cette arme ?

— La dernière fois qu'il s'est fait voler, les types lui ont fait mal. Deux petits gangsters. Ils l'ont frappé avec une bouteille. Je lui ai dit que s'il ne vendait pas le magasin, il fallait qu'il ait une arme. Mais ça ne l'a pas aidé.

— Ça n'aide généralement pas.

— Quand le corps de mon père va-t-il nous être rendu?

— Sans doute demain, répondit Bosch. L'autopsie sera pratiquée aujourd'hui.

Li eut l'air défait.

— Mon père était un homme d'une grande spiritualité. Faut-il vraiment qu'on viole son corps?

— Il y a toujours autopsie après un homicide, dit Bosch.

Li baissa la tête en signe d'accord.

— Je vous en prie, ne dites rien à ma mère. Est-ce qu'on m'appellera quand je pourrai avoir le corps?

— Je m'en assurerai.

Li les remercia et les raccompagna.

BOSCH déposa Chu à l'AGU, puis se dirigea vers le bureau du coroner. Lorsqu'il entra dans la salle 3, l'autopsie de John Li était déjà bien entamée.

Le corps reposait sur une table en acier. La poitrine avait été ouverte et les organes vitaux enlevés. Le Dr Sharon Laksmi travaillait à une table voisine et posait des échantillons de tissus sur des lamelles.

— Bonjour, docteur, dit Bosch.

Laksmi lui décocha un bref regard.

— Vous êtes en retard. J'ai commencé sans vous.

Laksmi était petite et brune. Ce qu'on remarquait le plus chez elle, c'était ses yeux lourdement maquillés derrière l'écran en plastique de son masque. Comme si elle avait pris conscience que ses yeux étaient le seul trait de son visage qu'on pouvait voir derrière tout l'accoutrement de sécurité. Elle parlait avec un léger accent.

— Oui, désolé, répondit Bosch. J'étais avec le fils de la victime et ça s'est un peu éternisé.

— Voilà ce que vous devez sans doute chercher, reprit-elle.

De la lame de son scalpel, elle tapota un des quatre récipients en acier alignés à sa gauche sur le plan de travail. Dans chacun d'eux se trouvait un élément de preuve extrait du corps. Il vit trois balles déformées et une seule douille.

— Vous avez trouvé une douille? Sur le corps?

— En fait non, dedans. Logée dans l'œsophage.

Bosch songea à ce qu'il avait découvert en étudiant les photos de la scène de crime. Il y avait du sang sur les doigts, le menton et les lèvres de la victime. Mais pas sur ses dents. Son intuition ne l'avait pas trompé.

— On dirait bien qu'on a affaire à un tueur particulièrement sadique, inspecteur Bosch.

— Pourquoi dites-vous ça?

— Parce que ou bien il a rentré la douille de force dans la gorge de la victime, ou bien Dieu sait comment elle y a atterri. Vu que la seconde hypothèse représente une chance sur un million, je parierais plutôt sur la première.

Bosch acquiesça, mais il pensait à un scénario qu'elle n'avait pas envisagé. Une des douilles éjectées par l'arme du tireur avait atterri près de John Li, voire sur lui, alors qu'il agonisait, et soit il avait vu le tireur ramasser ses douilles, soit il savait qu'elles pourraient constituer de beaux éléments de preuve dans l'enquête sur son meurtre. Alors, au dernier instant de sa vie, il avait attrapé la douille et tenté de l'avaler pour empêcher le tireur de l'avoir.

— Docteur, reprit Bosch, vous avez nettoyé la douille?

— Oui, j'ai dû la nettoyer pour voir de quoi il s'agissait.

— Bien sûr.

De toute façon, il savait que l'explosion des gaz qui se produit dans un tir a presque toujours pour résultat de vaporiser les empreintes digitales présentes sur la douille.

Cela dit, cette douille constituait une bonne pièce à conviction. Les marques laissées par l'extracteur, le percuteur et l'éjecteur seraient utiles pour identifier l'arme si jamais on la retrouvait. La douille relierait celle-ci à la victime.

— Vous voulez écouter mon résumé? demanda Laksmi.

— Bien sûr, docteur, allez-y.

Pendant qu'elle lui faisait son rapport préliminaire sur ce qu'elle avait découvert, Bosch s'empara de pochettes en plastique transparent et y déposa séparément les projectiles et la douille. Celle-ci semblait provenir d'une balle de 9 mm, mais il devrait attendre pour en avoir la confirmation des services de la balistique. Il inscrivit le numéro de l'affaire sur chaque pochette et mit le tout dans la poche de sa veste.

— Le premier tir a été porté à la partie supérieure gauche de la poitrine et le projectile a transpercé le ventricule droit, sectionnant la moelle épinière. La victime a donc dû tomber tout de suite. Les deux tirs suivants ont atteint les parties inférieures droite et gauche du sternum. Les lobes droit et gauche des poumons ont été transpercés, les projectiles allant se loger dans la musculature du dos. Le résultat de ces trois tirs a été l'arrêt immédiat des fonctions cardio-pulmonaires. Je dirais qu'il n'a pas survécu trente secondes.

— Avec ces dégâts à la colonne vertébrale, aurait-il pu faire des gestes du bras et de la main?

— Pas très longtemps. La mort a été pratiquement instantanée.

Bosch hocha la tête. Sa théorie marchait encore. Li avait effectivement pu ramasser la douille et se servir de ses dernières forces pour la glisser dans sa bouche.

Bosch se demanda si le tireur le savait. Il avait très probablement dû passer derrière le comptoir pour chercher les douilles. C'est à ce moment-là que Li avait pu en attraper une. Le sang retrouvé sous son corps montrait qu'il avait bougé. Ce mouvement s'était très probablement produit pendant qu'il cherchait la douille manquante.

Bosch sentit l'excitation le gagner. Il voulait transmettre le plus rapidement possible cet élément de preuve aux services de la balistique.

— Bien, docteur, dit-il. Qu'est-ce que vous avez d'autre?

— J'ai quelque chose que vous préférerez peut-être regarder maintenant plutôt que d'attendre les photos. Aidez-moi à le retourner.

Ils gagnèrent la table d'autopsie et retournèrent le corps. Laksmi lui montra les chevilles : des idéogrammes chinois avaient été tatoués à l'arrière des pieds de Li, de part et d'autre du tendon d'Achille.

— Quelqu'un d'ici pourrait traduire?

— Je ne pense pas.

Bosch sortit son téléphone portable et prit deux clichés des tatouages.

Il rangea son portable, puis ils remirent le corps en place.

Après quoi Bosch ôta ses gants, les jeta dans le réceptacle à déchets médicaux, reprit son portable et envoya les photos par e-mail à Chu pour lui demander ce que signifiaient les idéogrammes.

— Docteur Laksmi, enchaîna-t-il, autre chose que je devrais savoir?

— Non, je pense que vous avez tout, inspecteur.

— Merci, docteur, dit-il. À titre d'information : je vais envoyer les éléments de preuve balistiques à la Scientifique.

— Donnez-moi deux ou trois jours pour le rapport papier, lui lança Laksmi.

— Pas de problème, dit Bosch en franchissant la porte.

En se rendant à la Scientifique, Bosch appela Chu et lui demanda la signification des tatouages.

— Je ne les ai pas encore traduits, répondit Chu. J'essaie de trouver quelqu'un qui puisse m'aider.

— Chu, c'est à l'antigang asiatique que vous êtes, non ? Il doit bien y avoir quelqu'un capable de traduire ça.

— Oui, nous avons des gens qui pourront le faire, mais il se trouve qu'ils ne sont pas là en ce moment. Dès que j'en coince un, je vous appelle.

— Parfait. N'oubliez pas.

Il raccrocha. Ce retard le frustrait. Il consulta sa montre pour voir quelle heure il était à Hong Kong, se gara le long du trottoir et envoya la photo des tatouages des chevilles à sa fille par e-mail. Elle la recevrait sur son portable.

Content de lui, il se glissa de nouveau dans la circulation. Grâce à sa fille, il s'améliorait sans cesse dans l'art des échanges numériques. Elle insistait en effet pour qu'ils communiquent par tous les moyens modernes – e-mails, textos, vidéos. Elle avait même essayé, mais sans succès, de l'initier à un truc qui s'appelait Twitter.

Il se retrouva au PAB quelques minutes plus tard, se rendit aussitôt aux services de la balistique du troisième étage et donna ses quatre sachets en plastique à un technicien du nom de Ross Malone. Son boulot consistait à prendre les douilles et les projectiles et à essayer d'identifier la marque et le modèle de l'arme dont ils sortaient.

Malone commença par la douille, qu'il attrapa avec une pince fine et tint sous une loupe forte à bord lumineux.

— Cor Bon 9 mm, dit-il. Et il y a des chances pour que ça sorte d'un Glock.

— Comment le savez-vous ?

— Regardez.

Bosch jeta un coup d'œil à travers la loupe par-dessus son épaule. Il y lut les mots COR BON estampillés sur le bord de la douille. Au centre se trouvait la dépression creusée par le percuteur en frappant l'amorce et en déclenchant le tir.

— Vous voyez l'impression presque rectangulaire ? demanda Malone. Le Glock est la seule arme à avoir un percuteur rectangulaire. Bref, ce que vous cherchez, c'est un Glock 9 mm.

— D'accord, ça m'aide. Autre chose ?

Malone remit la douille dans son sachet en plastique, sortit les projectiles un par un et les examina sous la loupe.

— Pas très utile, tout ça. Ils ne sont pas en bon état. C'est la douille qui me servira le plus dans les comparaisons. Vous m'apportez l'arme, je vous trouve la concordance.

Bosch comprit que le dernier geste de Li avait de plus en plus d'importance. Il se demanda si le vieil homme l'avait mesurée.

Le silence méditatif de Bosch poussa Malone à parler :

— Vous avez touché cette douille ?

— Non, mais là-bas, à la morgue, le Dr Laksmi a nettoyé le sang avec de l'eau. Cette douille a été trouvée dans le corps de la victime. Plus précisément dans sa gorge. Il a essayé de l'avaler.

— Ah ! Et Laksmi devait porter des gants quand elle l'a trouvée.

— En effet. Qu'est-ce qu'il y a, Ross ?

— Eh bien… je me disais… Il y a un mois de ça, on a reçu un mémo du service des empreintes. Il disait qu'on s'apprêtait à recourir à un appareil dernier cri pour relever des traces papillaires sur les douilles et qu'on en cherchait pour tester la méthode. Vous savez… pour le tribunal.

Bosch le dévisagea. Jamais il n'avait entendu parler de la moindre empreinte relevée sur la douille d'une balle tirée par une arme.

— Ross, dit-il, vous êtes bien sûr de me parler de douilles de balles tirées ?

— Oui, c'est ce que disait le mémo. C'est la technicienne Teri Sopp, là-bas… qui s'en occupe. Allez donc la voir.

— Rendez-moi la douille et j'y vais.

Un quart d'heure plus tard, Bosch retrouvait Teri Sopp au labo des empreintes. Analyste chevronnée, Sopp travaillait depuis presque aussi longtemps que Bosch. Leurs relations étaient bonnes, mais Bosch sentit quand même qu'il allait devoir la brusquer un peu.

— Harry, dit-elle, c'est quoi, ton histoire ?

C'était toujours ainsi qu'elle l'accueillait.

— Mon histoire, c'est qu'hier j'ai hérité d'une affaire dans South L.A. et qu'aujourd'hui on n'a retrouvé qu'une seule douille.

Il lui montra le sachet avec la douille à l'intérieur. Sopp regarda à travers le plastique.

— Projectile tiré ?

— Oui. J'espérais qu'on puisse y trouver une trace. Pour le moment, je n'ai pas grand-chose d'autre pour démarrer.

— Bien, voyons voir…

Sopp s'assit à une table de travail et, comme Malone, se servit d'une pince fine pour sortir la douille du sachet. Puis elle la passa à la vapeur de cyanoacrylate et la tint sous un rayon d'ultraviolets.

— Là ! Il y a une trace. On dirait que quelqu'un l'a manipulée après le coup de feu. Mais c'est tout. Désolée, Harry.

Les épaules de Bosch s'affaissèrent. Il voulait faire comprendre à Sopp combien il espérait avoir cette empreinte.

Elle commença à remettre la douille dans le sachet. Bosch sentit qu'elle pensait à quelque chose.

— Harry, parle-moi un peu de ton affaire. Donne-moi les paramètres de base.

Bosch la lui résuma, mais laissa de côté l'existence du suspect qu'ils avaient découvert sur la vidéo de surveillance et fit en sorte qu'elle se dise que l'enquête était quasi dans l'impasse. Aucun élément de preuve, pas de suspects.

— Bon, dit-elle, il y a bien un truc qu'on pourrait tenter… On se prépare à passer à l'amplification électrostatique. Ça pourrait nous faire un bon test.

— C'est quoi, cette… amplification électrostatique ?

Sopp sourit comme la gamine qui a encore des bonbons alors que toutes ses copines n'en ont plus.

— C'est un procédé électrique développé en Angleterre par la police du Northamptonshire qui permet de relever des traces sur des surfaces en laiton du genre douilles de balles éjectées.

— Comment ça marche ?

— Quand tu mets des balles dans un revolver ou dans le chargeur d'un automatique, le processus est précis. Tu commences par tenir la balle entre les doigts, et après tu la pousses. Tu lui imprimes donc une pression. Ce qui devrait nous donner des traces à tous les coups, non ?

— Enfin… jusqu'au coup de feu.

— Exactement. Une trace papillaire, c'est, en gros, un dépôt de sueur qui se forme entre les crêtes de la peau. Le problème, c'est que lorsqu'on fait feu, elle disparaît en général dans l'explosion.

— Tout ça, je le sais, dit Bosch. Dis-moi quelque chose que j'ignore.

— OK. Ce procédé marche si on ne fait pas feu tout de suite. En d'autres termes, pour que ça réussisse, il faut une situation où disons… la balle a été chargée dans l'arme, mais y est restée au moins quelques jours. Plus longtemps elle y reste, mieux c'est. Parce que la sueur qui a donné la trace entre en réaction avec le laiton. Tu comprends ?

— Tu veux dire qu'il y a réaction chimique ?

— Microscopique, mais oui : réaction chimique. La sueur est essentiellement composée de chlorure de sodium… de sel. Ça entre en réaction avec le laiton… il y a corrosion… et ça laisse une marque. Sauf qu'on ne peut pas la voir.

— Mais avec l'électricité…

— Exactement. On envoie deux mille cinq cents volts à travers la douille, on passe la poudre, et on la voit.

Bosch commença à s'animer.

— Bon, pourquoi on le ferait pas ?

Sopp leva la main pour le calmer.

— Holà, Bosch, doucement. On ne peut tout simplement pas. Ce type de preuve n'a pas encore été présenté devant un tribunal de Californie. Il y aura précédent dès qu'on s'en servira. Et si ça n'est pas la bonne affaire, on foire tout et ça sera un sacré pas en arrière.

— Oui, mais peut-être que la bonne affaire, c'est celle-là. Qui est-ce qui décide ?

— Il faut d'abord que Brenneman choisisse le dossier et qu'après il aille en parler au *district attorney*.

Chuck Brenneman était le patron de la Scientifique. Le choix de la première affaire pourrait prendre des semaines.

— Teri, j'en ai besoin. Il se peut qu'on ait l'empreinte du tueur sur cette douille.

Sopp parut comprendre qu'elle venait de se faire coincer par quelqu'un qui n'allait pas lâcher le morceau.

— Bon, écoute. La prochaine batterie de tests n'est pas prévue avant huit jours. Je vais voir ce que je peux faire.

— Merci, Teri.

Bosch signa la feuille de traçabilité et quitta le laboratoire. Il était tout excité à l'idée de pouvoir se servir de cette nouvelle technique scientifique pour – qui sait ? – avoir l'empreinte de l'assassin. En sortant de l'ascenseur au quatrième, il jeta un coup d'œil à sa montre et s'aperçut que l'heure était venue d'appeler sa fille. Elle devait être en train de gagner la Happy Valley Academy. Il sortit son portable et passa en numérotation rapide. La connexion transpacifique se fit en trente secondes.

— Papa ! C'est quoi, cette photo de macchabée ?

Il sourit.

— Et bonjour à toi aussi, ma fille ! Comment sais-tu que ce type est mort ?

— Euh, voyons... Mon papa, qui enquête sur des meurtres, m'envoie une photo de pieds nus sur une table en acier. C'est vraiment dégueu ! J'ai les pieds d'un mort sur mon portable.

— Écoute, dis-moi ce que veulent dire ces tatouages, et tu pourras effacer la photo. Je sais que tu apprends ces trucs à l'école.

— Pas question de l'effacer. Je vais les montrer à mes copines. Elles trouveront ça super-cool.

— Non, ne fais pas ça. Il s'agit d'une affaire sur laquelle je travaille et personne d'autre ne doit voir cette photo. Je pensais que tu pourrais me donner vite la traduction.

— Tu es en train de me dire qu'il n'y a personne, parmi tous les policiers de Los Angeles, capable de traduire ça ? Que tu es obligé d'appeler ta fille à Hong Kong ?

— Pour l'instant, en gros, c'est ça, oui. Tu sais ce que ça veut dire ou tu ne sais pas ?

— C'est facile. C'est comme un truc de bonne aventure. Sur la cheville gauche, il y a *fu* et *cai*, ce qui veut dire « chance » et « argent ». Et sur la cheville droite, il y a *ai* et *xi*, « amour » et « famille ».

Bosch réfléchit. Il lui sembla que ces idéogrammes disaient bien ce qui était important aux yeux de John Li. Puis il songea que ces caractères se trouvaient de part et d'autre de son tendon d'Achille. Il n'était pas impossible que Li les ait fait tatouer à ces endroits parce qu'il avait compris que ce qu'il espérait le rendait vulnérable. Que ces choses auxquelles il aspirait étaient son talon d'Achille à lui.

— Alors, ça t'aide ? J'ai résolu l'énigme ?

Il sourit, mais se rendit aussitôt compte qu'elle ne pouvait pas le voir.

— Pas tout à fait, mais oui, ça m'aide.

— Bien. À charge de revanche !

Il acquiesça.

— Tu sais que tu es maligne comme gamine ? Ta mère doit bien s'occuper de toi.

— Pas vraiment, non.

— Hé ! Ce n'est pas comme ça qu'on parle de sa mère.

— Papa ! C'est pas toi qui vis avec elle. C'est moi. Et c'est pas trop fun.

— Elle voit toujours quelqu'un ?

— Oui, et moi, elle s'en fiche comme de sa dernière chaussette.

— Mais non, Maddie. C'est juste qu'elle n'a eu personne dans sa vie depuis longtemps.

« Et moi non plus », songea-t-il.

— Papa ! Ne prends pas sa défense. Pour elle, je suis toujours dans ses pattes. Mais quand je lui dis : « OK, d'accord, je vais aller m'installer chez papa », elle me répond : « Non, il n'en est pas question. »

— Il faut que tu sois avec ta mère. C'est elle qui t'a élevée. Écoute, dans un mois, je viens passer une semaine avec toi. On pourra parler de tout ça. Avec ta mère.

— Comme tu voudras. Faut que j'y aille. Je suis arrivée à l'école.

Bosch referma son portable. Il sentait que les semaines et les mois qui s'écoulaient entre leurs rencontres étaient de plus en plus difficiles à supporter. Au fur et à mesure qu'elle devenait de plus en plus intelligente et communicative, son amour pour elle ne faisait que croître et elle lui manquait à chaque instant. Elle était venue à L.A. en juillet. Il avait pris un congé et ils s'étaient régalés pendant quinze jours à explorer la ville. Ce qu'il avait vécu l'avait émerveillé et là, tout à la fin, elle avait pour la première fois manifesté le désir de vivre à Los Angeles. Avec lui.

Bosch n'était pas assez bête pour ne pas voir que ces sentiments s'étaient manifestés après deux semaines passées avec un père qui lui donnait toute son attention et qui tous les matins lui demandait ce qu'elle voulait faire de sa journée. Cela n'avait rien à voir avec le dévouement à temps complet d'une mère qui l'élevait jour après jour. Il n'empêche : sa journée la plus dure de père à temps partiel, ce fut celle où il avait dû la reconduire à l'aéroport. Depuis, il avait comme un vide à l'intérieur.

4

C E soir-là, Bosch arriva chez lui à 20 heures, avec dans les mains un sac de plats à emporter de l'In-N-Out de Cahuenga.

Il sortit une canette de bière du frigo et alla sur la terrasse. Chemin faisant, il alluma le lecteur de CD et laissa ouverte la porte coulissante de façon que la musique puisse se mêler aux bruits de l'autoroute 101 en contrebas.

Il mangea ses deux hamburgers en regardant le soleil décliner. Il songea aux avancées qu'il avait faites dans la journée. Il en était satisfait, mais mal à l'aise de constater qu'il avait poussé l'affaire à un point où il devait s'en remettre à autrui.

Il commença à réfléchir aux décisions qu'il allait devoir prendre et s'aperçut qu'il n'avait guère le choix. Il pouvait passer dans toutes les entreprises aux mains des Chinois de South L.A. avec la photo du collecteur de fonds, bien sûr. Mais cela avait toutes les chances d'être vain. Le fossé culturel était énorme. Personne n'allait de son propre chef donner à la police l'identité d'un membre d'une triade.

Il mâchonnait sa dernière bouchée de hamburger lorsque son portable sonna.

— Bosch.

— Harry, c'est moi, David Chu. Je suis à Monterey Park. On le tient !

L'excitation tendait sa voix.

Bosch marqua une pause. Situé à l'est du comté, Monterey Park était aux trois quarts peuplé de Chinois. À un quart d'heure du centre de Los Angeles, on se serait cru dans une ville étrangère.

— Qui est-ce que vous tenez ? demanda-t-il enfin.

— Notre type. Le suspect. On est en train de le surveiller en ce moment même.

Il y avait dans ce que Chu venait de lui dire plusieurs choses qui l'agacèrent aussitôt.

— Qui c'est, ce « on » ?

— Je suis avec les flics de Monterey Park. Ils ont identifié le type sur l'enregistrement vidéo et m'ont conduit droit à lui.

Bosch sentit son sang battre dans les tempes. Il ne faisait aucun doute que l'identification d'un collecteur de fonds des triades était une belle avancée dans l'enquête. Mais introduire les flics d'une autre ville dans l'affaire et traquer le suspect pouvaient conduire à de grosses erreurs. Une pareille décision n'aurait jamais dû être envisagée sans l'approbation de celui qui dirigeait l'enquête. Cela étant, Bosch savait qu'il devait rester calme.

— Écoutez-moi bien, inspecteur Chu, dit-il. Avez-vous le contact avec le suspect?

— Non, pas encore. Il n'est pas seul.

« Dieu soit loué », songea Bosch.

— Le suspect vous a-t-il vus?

— Non, Harry, on est de l'autre côté de la rue.

Bosch souffla un peu et commença à se dire que la situation était peut-être récupérable.

— Bon, je veux que vous restiez où vous êtes. Comment se fait-il que vous soyez à Monterey Park?

— L'AGU a de solides relations avec l'Antigang de Monterey Park. Ce soir, après le boulot, j'ai pris la photo de notre gars pour voir si quelqu'un le reconnaîtrait. Le troisième type à qui je l'ai montrée a pu l'identifier.

— Le troisième type, répéta Bosch. Et c'est qui?

— L'inspecteur Tao. Je suis son coéquipier sur ce coup-là.

— Bien, donnez-moi le nom que vous avez.

— Bo-jing Chang. D'après nos renseignements, il appartient au Yung Kim… le Couteau de la bravoure. C'est raccord avec le tatouage.

— Bien. Quoi d'autre?

— C'est tout pour le moment. Du menu fretin, ce mec. Tous ces types ont de vrais boulots. Lui travaille chez un vendeur de voitures d'occasion à Monterey Park. Il est arrivé en 1995 et a la double nationalité. Pas d'arrestations au casier.

— Et vous le voyez en ce moment même?

— Je suis en train de le regarder jouer aux cartes. Le Couteau de la bravoure concentre l'essentiel de ses activités à Monterey Park. Et il y a un club où ses membres aiment se retrouver en fin de journée. C'est Tao et Herrera qui m'y ont emmené.

Bosch se dit que Herrera devait être le coéquipier de Tao.

— Bon, écoutez. J'arrive. Je veux que vous reculiez jusqu'à mon arrivée. Vous reculez d'au moins une rue.

Il y eut un long silence avant que Chu réponde.

— Pas besoin de reculer, Harry. Si on perd sa trace, il pourrait s'enfuir.

— Écoutez, inspecteur, j'ai besoin que vous vous mettiez en retrait. S'il s'enfuit, ce sera de ma faute, pas de la vôtre. Je ne veux pas qu'il repère une présence policière. Je serai sur place d'ici une demi-heure. Comment s'appelle cet endroit?

Chu répondit d'une voix maussade :

— C'est le Club 88. Dans Garvey Avenue, à environ quatre rues à l'ouest de Garfield.

Moins de deux minutes plus tard, il était sorti. Bosch descendit les collines et prit la 101 pour traverser Hollywood et gagner le centre-ville. Puis il rattrapa la 10 et vira vers l'est. Atteindre Monterey Park ne prenait que dix minutes de plus.

Garfield Avenue étant un grand axe nord-sud, il découvrit tout le panorama des districts commerciaux de la ville en prenant vers le sud. Monterey Park aurait très bien pu passer pour un quartier de Hong Kong. Néons, couleurs, boutiques et langue des panneaux, tout disait une population chinoise.

Il prit à gauche dans Garvey Avenue et sortit son portable pour appeler Chu.

— OK, je suis dans l'avenue. Où êtes-vous?

— Descendez et vous verrez un grand supermarché côté sud. On est dans le parking. Vous longerez le club avant d'arriver.

— Compris.

Il referma son portable et continua de rouler. Bientôt il découvrit un 88 rouge qui brillait au-dessus de la porte d'un club. Voir ce nombre lui fit comprendre quelque chose : ce n'était pas l'adresse. Grâce à sa fille, il savait qu'en Chine le 8 est un chiffre qui porte bonheur : l'infini. Apparemment, les membres du Couteau de la bravoure espéraient obtenir un double infini en mettant ainsi un 88 au-dessus de leur porte.

En passant devant, Bosch vit de la lumière derrière la baie vitrée. Les stores étant légèrement entrouverts, il aperçut une dizaine d'hommes debout ou assis autour d'une table. Trois rues plus loin, il s'arrêta sur le parking du Big Lau Super Market et repéra une Crown Victoria modèle gouvernemental.

Tout le monde baissa ses vitres et Chu fit les présentations du siège arrière de sa voiture. Herrera était au volant et Tao assis à la place du passager. Aucun des deux flics de Monterey Park n'avait trente ans.

— Vous avez identifié Chang ? demanda Bosch à Tao.

— C'est exact, répondit celui-ci. Je l'ai arrêté pour une infraction il y a six mois de ça. Quand Davy s'est amené avec les photos, je me suis souvenu de lui.

— C'était où ?

— Je suis tombé sur lui dans le quartier des entrepôts, au bout de Garvey Avenue. Il était tard et il conduisait une fourgonnette. Il donnait l'impression d'être perdu. Il nous a laissés regarder, et bon, la fourgonnette était vide, mais je me suis dit qu'il allait prendre une livraison. Des tas de marchandises de contrebande sont entreposées dans le quartier. La fourgonnette appartenait à un certain Vincent Tsing. Il fait partie du Couteau de la bravoure. Son visage nous est familier. Il a un magasin de voitures d'occasion et Chang travaille pour lui.

Bosch connaissait la procédure. Tao avait stoppé la fourgonnette sans raison valable pour la fouiller ou pour arrêter Chang. Il comptait sur la bonne volonté de ce dernier. Les flics avaient rempli une fiche de renseignements avec tout ce qu'il leur avait fourni et avaient jeté un coup d'œil à l'arrière du véhicule après en avoir reçu l'autorisation.

— Et c'est de son propre chef qu'il vous a avoué appartenir à la triade du Couteau de la bravoure ?

— Mais non ! s'écria Tao d'un ton indigné. Nous avons remarqué son tatouage et le nom du propriétaire de la fourgonnette. Et nous avons fait le rapprochement.

— C'est parfait. Vous avez la fiche d'infos avec vous ?

Depuis qu'année après année les associations de défense des droits civiques voyaient dans l'établissement de ces fiches l'occasion pour la police de se lancer dans l'extorsion de fonds, les flics les appelaient, eux, des « fiches de racket ».

Bosch étudia la fiche que Tao lui remit. Celui-ci s'était livré à un interrogatoire très fouillé. Il y figurait même un numéro de portable. Le moment était critique.

— Ce numéro est toujours bon ? demanda-t-il.

— Je ne sais pas… Ces types n'arrêtent pas de jeter leurs téléphones. Mais à ce moment-là, il l'était encore. Je l'ai appelé tout de suite pour être sûr.

— OK, il faudra confirmer. Masquez votre identité et appelez-le dans cinq minutes. S'il répond, dites-lui que vous vous êtes trompé de numéro. Permettez que je vous emprunte vos jumelles, et vous, Chu, vous venez avec moi.

— Minute ! intervint Tao. Qu'est-ce que c'est que ces conneries avec les portables ?

— Si le numéro est encore bon, on pourra le mettre sur écoute. Passez-moi les jumelles. Vous appelez pendant que je regarde et on confirme, compris ?

— Compris.

Bosch rendit la fiche à Tao et lui prit les jumelles en échange. Chu sortit de sa voiture, fit le tour et monta dans celle de Bosch.

Bosch gagna Garvey Avenue et se dirigea vers le Club 88. Il se gara juste en face, de l'autre côté de la rue.

— Prenez les jumelles et voyez s'il décroche, dit-il à Chu.

— Et c'est quoi, tout ça, au juste ? demanda Chu.

— Ça s'appelle bâtir un dossier, inspecteur. Si on confirme ce numéro, on peut demander une mise sur écoute. On commence à l'écouter et on trouve des trucs. À qui il parle, ce qu'il a derrière la tête. L'essentiel là-dedans, c'est de prendre son temps et de faire les choses comme il faut.

Chu ne répondit pas. Il garda les jumelles rivées à ses yeux.

— Dites-moi, reprit Bosch. Vous leur faites confiance, à ces deux types ? À ce Tao et ce Herrera ?

Chu n'eut aucune hésitation.

— Oui, je leur fais confiance, dit-il. Pas vous ?

— Je ne les connais pas. Donc je ne peux pas leur faire confiance. Tout ce que je sais, c'est que vous m'avez piqué mon affaire et mon suspect, et que vous avez tout montré à ces flics.

— Écoutez, dit Chu, j'essayais de faire avancer les choses et j'ai réussi. On a une identification.

— Oui, on en a une, et tout ce qu'il faut espérer, c'est que notre suspect ne le découvre pas.

Chu baissa les jumelles et regarda Bosch.

— Putain, vous ne faites donc confiance à personne ?

— Contentez-vous de regarder le club, lui répliqua Bosch d'un ton sévère.

Chu remonta les jumelles.

— Chang vient de décrocher.

Bosch crut voir le type que Chu avait identifié comme étant Chang tenir un portable à l'oreille. Puis le type baissa le bras.

— Il vient de ranger son portable, dit Chu. Le numéro est encore bon.

Bosch démarra et commença à rouler vers le supermarché.

— Pourquoi ne va-t-on pas serrer ce mec, tout simplement ? On l'a sur la vidéo. Même jour, même heure. On s'en sert pour qu'il lâche le morceau.

— Et s'il ne le lâche pas ? Il nous faut plus d'indices contre lui, Chu.

— D'accord, comme vous voulez. On fait quoi après ?

— On retourne au parking pour libérer vos copains. Et on s'occupe de tout. C'est notre affaire à nous, pas à eux. C'est vous qui les avez invités à se mêler de ce qui ne les regarde pas, c'est à vous de les faire dégager.

— Merci, Bosch.

— Pas de quoi, Chu. Bienvenue aux Homicides.

BOSCH, FERRAS ET CHU s'assirent d'un côté de la table, en face du lieutenant Gandle et du capitaine Bob Dodds, le patron de la brigade des vols et homicides. Étalées sur le plateau luisant de la table se trouvaient les pièces et photographies du dossier concernant Bo-jing Chang.

— Ça ne me convainc pas, déclara Dodds.

Six heures plus tôt, Bosch et Chu avaient mis fin à la surveillance de Chang, après que celui-ci eut gagné un appartement de Monterey Park.

— Écoutez, capitaine, dans cette affaire, il est normal que vous ne soyez pas convaincu tout de suite, rétorqua Bosch. C'est même pour ça que nous voulons continuer la surveillance et avoir le droit de le mettre sur écoute.

— Mettre quelqu'un sur écoute représente beaucoup de travail et d'efforts pour des résultats bien hypothétiques.

Bosch comprit. S'il avait eu une excellente réputation en tant qu'inspecteur, Dodds faisait maintenant partie de l'administration et devait trouver le moyen de faire plus avec moins. La surveillance électronique coûte les yeux de la tête. Une fois l'autorisation obtenue du tribunal, on prépare une salle d'écoute avec des techniciens présents vingt-quatre heures sur vingt-quatre. Bref, ce genre d'opération a tôt fait d'aspirer les heures supplémentaires telle une éponge.

— Et si on faisait ça sans heures sup? demanda Bosch.

Le capitaine fit non de la tête.

— Vous savez bien que je ne peux pas vous demander de bosser dans ces conditions, dit-il. Je n'ai même pas le droit d'en entendre parler.

C'était vrai. La police de L.A. avait été si souvent poursuivie pour non-respect du droit du travail que plus personne n'était prêt à accepter, même tacitement, que des inspecteurs travaillent en dehors des heures permises.

Budgets et bureaucratie, la frustration eut enfin raison de Bosch.

— Bon, alors qu'est-ce qu'on fait? demanda-t-il. On arrête Chang? Tout le monde sait qu'il ne dira rien et l'affaire sera close.

— On s'échine sur le dossier jusqu'au moment où une piste s'ouvre. On travaille sur les éléments de preuve. Il y a toujours un lien quelque part. Trouvez-le. Une mise sur écoute a peu de chances de réussir et vous en êtes conscient. Il vaut toujours mieux faire marcher ses jambes.

Harry se sentit rougir. Le capitaine venait de le jeter. Et ce qui faisait mal, c'était que tout au fond de lui-même Bosch savait que Dodds avait raison.

— Merci, capitaine, dit-il sèchement.

Les inspecteurs laissèrent le capitaine et le lieutenant dans la salle de conférences et se réunirent dans le box de Bosch.

— Un vrai con, ce mec! lança Chu.

— Non, répliqua Bosch. Il a raison.

— Et donc, qu'est-ce qu'on fait?

— On continue avec Chang. Je me fous de ces histoires d'heures sup: le capitaine n'a pas besoin d'être au courant. On surveille Chang et on attend qu'il fasse une erreur. Je me fous du temps que ça prendra.

Bosch regarda ses deux collègues, s'attendant qu'ils refusent de prendre part à une surveillance. À sa grande surprise, Chu accéda à sa demande.

— J'en ai déjà parlé à mon lieutenant, dit-il. Il m'a détaché sur l'affaire. Je suis partant.

Bosch acquiesça d'un signe de tête et se tourna vers son coéquipier.

— Et toi? demanda-t-il.

Ferras acquiesça à regret.

— J'en suis, mais jusqu'à un certain point. J'ai une famille, mec. Il n'est pas question que je passe des nuits entières à surveiller un type.

— OK, dit Bosch. Tu t'occupes du boulot en interne, Chu et moi nous surveillons Chang.

Assis au volant de sa voiture personnelle, Bosch regardait Chang s'acquitter de tâches subalternes au Tsing Motors de Monterey Park. Bosch s'était garé une rue plus loin. Chu se trouvait dans sa propre voiture, lui aussi une rue plus loin, mais dans l'autre direction. Se servir d'un véhicule personnel pour effectuer une surveillance constituait une violation du règlement interne, mais Bosch avait vérifié au parc de la police et il n'y avait aucune voiture banalisée disponible.

Cela faisait presque trois heures qu'ils regardaient leur suspect s'acquitter de son travail.

À 16 heures, Chang entra dans le petit bureau pour changer de chemise : il avait fini sa journée. Il sortit, monta dans la Mustang et quitta le parking. Aussitôt le portable de Bosch bourdonna : Chu l'appelait.

— Vous le voyez?

— Oui, je le vois. Je démarre en premier, tenez-vous prêt.

Bosch suivit Chang à cinq voitures de distance, puis le rattrapa au moment où celui-ci prenait vers l'ouest sur la 10 pour rejoindre le centre-ville. Chang ne rentrait pas chez lui. La veille au soir, Bosch et Chu l'avaient filé jusqu'à un appartement de Monterey Park – également propriété de Vincent Tsing – et avaient surveillé l'endroit plus d'une heure après qu'il eut éteint les lumières.

Bosch accéléra et dépassa la Mustang en tenant son portable à l'oreille afin que Chang ne puisse pas voir son visage. Puis il appela Chu pour lui dire qu'il était à la hauteur de la cible.

Bosch et Chu continuèrent, à tour de rôle, de dépasser la Mustang tandis que Chang rattrapait la 101 et se dirigeait vers la Valley. Chang mit presque une heure pour rejoindre Sherman Oaks, où il finit par prendre la sortie de Sepulveda Boulevard. Bosch rappela Chu.

— J'ai l'impression qu'il se rend à l'autre magasin, dit-il.

— Je crois que vous avez raison. Vous voulez que j'appelle Robert Li pour l'avertir ?

— Non, pas tout de suite. Voyons un peu comment ça va tourner.

Ils restèrent en ligne. Tout en bas de la bretelle de sortie, le feu venait de passer au vert. Bosch n'était qu'à quatre voitures de Chang, mais Chu en était au moins à huit.

Ça n'avançait pas ; Bosch roula lentement en surveillant le feu. Qui passa à l'orange juste au moment où il arrivait au croisement. Il le franchit à temps, mais Chu, lui, dut s'arrêter.

— Bon, dit Bosch, je le tiens. Pas de souci.

— Parfait. Je vous rejoins dans trois minutes.

Bosch referma son portable. À cet instant précis, il entendit une sirène juste derrière lui et vit des gyrophares entrer en action.

— Merde ! s'écria-t-il.

Il regarda devant lui et vit Chang continuer vers le sud dans Sepulveda Boulevard. Il était encore à quatre rues du magasin. Bosch se déporta vite sur le côté, freina et sortit de sa voiture. Il tenait son écusson en l'air lorsqu'il arriva près de l'agent de la circulation qui lui avait fait signe de s'arrêter.

— Je poursuis quelqu'un ! Je ne peux pas m'arrêter.

— Téléphoner en roulant est interdit !

— Collez-moi une contredanse, mais pas question que je foute tout en l'air pour ça.

Il regagna son véhicule, força le passage pour réintégrer le flot des voitures et chercha la Mustang de Chang des yeux. Elle avait disparu. Bosch ne paniqua pas : le boulevard était tellement encombré que Chang ne pouvait pas avoir pris trop d'avance. Deux minutes plus tard, il arrivait au grand croisement avec Ventura Boulevard. Il appela Chu.

— Je suis au feu de Ventura et je ne le vois pas. Il risque d'être déjà arrivé. Je vais me garer et entrer. Restez dehors et cherchez sa voiture. Appelez-moi dès que vous le voyez.

Bosch écrasa l'accélérateur et tourna à droite, dans le parking du supermarché. La voiture de Chang était toujours invisible. Il se glissa dans une allée et se gara derrière une benne à ordures. Il bondit de sa voiture avant de filer à travers le parking jusqu'à l'entrée du supermarché.

Juste au moment où il franchissait la porte coulissante automatique où était écrit ENTRÉE, il vit Chang s'en aller par celle marquée SORTIE. Il leva la main et la passa dans les cheveux pour cacher son visage avec son bras. Puis il continua d'avancer et prit son portable dans sa poche.

Il passa entre les deux caisses à la sortie. Deux employées attendaient le client.

— Où est M. Li ? leur demanda Bosch sans s'arrêter.

— Derrière, dans son bureau, lui répondit une des deux caissières.

Bosch appela Chu.

— Il vient juste de sortir ! Ne le lâchez pas. Je vérifie pour Li.

— Pigé.

Quand il arriva au bureau de Li, la porte était fermée. Il la poussa sans frapper et trouva Li et un autre Asiatique assis à leurs bureaux. Li se leva d'un bond, et Bosch vit aussitôt qu'il n'était pas blessé.

— Inspecteur ! s'écria Li. J'allais vous appeler ! Il est venu ! Le type que vous m'avez montré est venu ici !

— Je sais, je le suivais. Ça va ?

— J'ai eu la trouille, mais c'est tout.

— Qui est-ce ? demanda Bosch en désignant l'homme assis à l'autre bureau.

— Je vous présente Eugene Lam, mon assistant.

L'homme se leva et tendit la main à Bosch.

— Vous étiez là quand Chang est entré ?

— Chang ? répéta Li.

— C'est comme ça qu'il s'appelle... Oui, le type de la photo que je vous ai montrée.

— Oui, Eugene et moi étions là. Il est entré comme ça. Il m'a dit que j'allais devoir payer la triade. Il m'a dit que maintenant que mon père n'était plus là, c'était à moi de payer. Et il a ajouté qu'il allait revenir dans une semaine.

— Vous a-t-il dit ce qui se passerait si vous n'obéissiez pas ?

— Il n'en a pas eu besoin.

Bosch acquiesça de la tête. Il avait raison. La menace était implicite. Bosch était très excité : Chang essayait de le racketter et cela pouvait mener à une arrestation qui, à son tour, pourrait conduire à une accusation de meurtre.

Harry se tourna vers Eugene Lam.

— Et vous avez été témoin de la scène ?

— Oui, j'ai vu ce type, mais… je ne parle pas chinois. Je comprends un peu, mais pas tant que ça.

Bosch se tourna vers Li.

— Il vous a parlé en chinois ?

— Oui, répondit Li en hochant la tête.

— Mais vous l'avez compris et il était clair qu'il vous disait de commencer à payer toutes les semaines.

— Oui, c'était clair. Vous allez l'arrêter ? Il va falloir que je témoigne devant un tribunal ?

Il était manifestement terrorisé à cette idée.

— Écoutez, il est trop tôt pour le dire. Ce n'est pas pour une accusation de racket que nous poursuivions ce type. Si c'est lui qui a tué votre père, c'est évidemment pour ça que nous le voulons.

Li acquiesça d'un hochement de tête, mais l'hésitation était toujours là. Il était clair que Robert n'avait aucune envie de se trouver sur le chemin de Chang ou d'un autre membre de la triade.

— J'ai besoin de passer un coup de fil à mon coéquipier, reprit Bosch. Je reviens.

Bosch quitta le bureau, referma la porte derrière lui et appela Chu.

— Vous l'avez dans le collimateur ? demanda-t-il.

— Oui, il est reparti vers l'autoroute. Qu'est-ce qui s'est passé ?

— Il a dit à Li qu'il allait devoir commencer à payer la triade à la place de son père.

— On la tient, notre affaire !

— Ne vous laissez pas emporter. On est encore loin d'une accusation pour meurtre. Mais on approche du but. De quel côté est-il parti ?

— Il est dans la file de droite, direction la 101, vers le sud. On dirait bien qu'il refait le chemin en sens inverse.

— Bon, d'accord, dit Bosch. Je vais causer encore un peu avec mes bonshommes et après, je dégage. Appelez-moi dès que Chang s'arrêtera quelque part.

— Vos « bonshommes » ? répéta Chu. Il y avait quelqu'un d'autre que Li ?

— Il y avait le sous-directeur. Un certain Eugene Lam. Il était dans le bureau quand Chang est entré, sauf que Chang parlait chinois et que Lam ne connaît que l'anglais.

— OK, Harry. Ça y est. On est sur l'autoroute.

— Collez-lui au train et je vous rappelle dès que j'ai fini, dit Bosch.

Il referma son portable et réintégra la pièce.

— Avez-vous un dispositif de surveillance dans le magasin ? demanda-t-il.

— Oui, répondit Li. C'est le même système que dans l'autre magasin. Sauf qu'ici nous avons plus de caméras.

Bosch examina le plafond.

— Il n'y a pas de caméra ici, n'est-ce pas ?

— Non, inspecteur. Pas dans le bureau.

— Je vais quand même avoir besoin du disque pour prouver que Chang est venu vous voir ici.

Li acquiesça.

— Eugene, dit-il, ça vous ennuierait d'aller chercher le disque ?

— Non ! s'écria aussitôt Bosch. J'ai besoin de vous voir ôter le disque de l'appareil. Traçabilité et conservation des éléments de preuve obligent. Je vous accompagne.

— Pas de problème.

Bosch resta encore un quart d'heure dans le magasin. La vidéo de surveillance lui apporta la confirmation que Chang y était bien entré, qu'il s'était frayé un chemin jusqu'au bureau de Li et qu'il y avait passé trois minutes avec Li et Lam avant de repartir. Bosch retourna ensuite au bureau pour revoir une dernière fois avec Li ce qui s'était passé. Les réticences de Li semblaient grandir au fur et à mesure que Bosch le questionnait plus en détail. Harry en vint à se dire que le fils de la victime allait peut-être finir par refuser de coopérer avec l'accusation. Cela étant, la tentative de racket de Chang pouvait être utilisée de plusieurs façons. Elle pouvait, entre autres, fournir un mobile raisonnable. Et avec ça, Bosch aurait le droit de l'arrêter et de fouiller tout ce qu'il voudrait pour trouver des preuves à charge contre lui.

En sortant du magasin, il prit son téléphone dans sa poche et vérifia où Chu en était avec le suspect.

— On est revenus à son appartement, lui dit celui-ci. Aucun arrêt avant. Il a tiré les rideaux. J'ai l'impression qu'il ne va pas ressortir de la soirée.

— OK. J'arrive.

Bosch referma son portable. Il était clair que Chu sentait, lui aussi, l'excitation le gagner.

CHANG ne quitta pas son appartement avant 9 heures le vendredi matin. Et lorsqu'il le fit, il portait quelque chose qui mit aussitôt Bosch en alerte maximale.

Une grande valise.

Bosch appela Chu. Ils avaient divisé la surveillance de nuit en postes de quatre heures, l'un faisant un somme dans sa voiture pendant que l'autre travaillait. Chu avait pu dormir de 4 à 8 heures du matin.

— Réveillé? Chang se remue.

Chu avait encore la voix tout ensommeillée.

— Bon, mais il fait quoi?

— Il vient de mettre une valise dans sa voiture. Il se sauve. Je suis sûr qu'on l'a averti.

— De ce qu'on faisait? Harry, qui voulez-vous qui l'ait averti?

Chang monta dans la voiture et commença à sortir en marche arrière du parking de son immeuble.

— Aucune idée, s'écria Bosch.

Bosch suivit la Mustang et vérifia dans son rétro s'il voyait Chu. Ils ne pouvaient absolument pas perdre Chang de vue maintenant.

— Remontez-moi, dit-il. On se dirige vers la 10. Dès qu'il la prendra, je veux qu'on change de place et que vous passiez en tête.

— Entendu.

Chang s'engagea sur la 10, direction ouest, et Chu dépassa Bosch pour prendre le commandement de la filature. Bosch se décala d'une file, ralentit et passa un coup de fil au lieutenant Gandle.

— Harry, dit celui-ci, quoi de neuf?

— On a un problème. Ce matin, notre type a mis une valise dans le coffre de sa voiture et maintenant, il roule sur la 10, direction l'aéroport.

— Merde ! Autre chose ?

— On dirait qu'il a été averti. Peut-être même qu'on lui a souf-flé de quitter la ville.

— Ou peut-être qu'on l'a averti depuis longtemps de dégager après qu'il a flingué Li. Ne voyez pas tout en noir sur ce coup-là, Harry.

Bosch fut agacé de constater que même son lieutenant ne le sou-tenait pas, mais ça, il pouvait le supporter. Si Chang avait effective-ment été mis au parfum et si quelque part il y avait de la corruption dans l'air, il le trouverait.

— On arrête Chang tout de suite ? demanda-t-il.

— Vous êtes sûr qu'il va prendre l'avion ? Peut-être est-il en train de faire une livraison. Elle est grosse, cette valise ?

— Oui. C'est le genre de valise qu'on prend quand on sait qu'on ne reviendra pas.

Gandle soupira en voyant s'inscrire au menu un autre problème et une autre décision à prendre.

— Bon, laissez-moi parler à deux ou trois personnes et je vous rappelle.

Bosch se dit qu'il devait s'agir du capitaine Dobbs.

— Mais il y a aussi une bonne nouvelle. Hier après-midi, on a suivi Chang jusqu'à l'autre magasin. Celui que tient le fils de la vic-time dans la Valley. Il l'a racketté : il lui a dit qu'il allait devoir com-mencer à payer maintenant que son père est mort.

— Mais c'est génial, ça ! s'écria Gandle. Pourquoi vous ne m'en avez pas parlé ?

— Je viens de le faire.

— Ça nous donne un motif raisonnable pour son arrestation.

— Pour l'arrêter, oui, mais probablement pas pour le déférer devant un tribunal. Le fils rechigne à témoigner. Il faudrait qu'il vienne déposer pour qu'on puisse bâtir le dossier et je ne sais pas s'il ira jusque-là. En plus, il ne s'agirait pas d'une accusation de meurtre. Et c'est ça qu'on veut.

— Oui, mais au moins, ça nous permettrait d'empêcher ce mec de monter dans l'avion.

Bosch acquiesça tandis qu'une ébauche de plan se formait dans son esprit.

— On est vendredi, dit-il. Si on l'arrête ce soir, il ne pourra pas être entendu avant lundi après-midi. Ce qui nous donnera au moins soixante-douze heures pour préparer notre affaire.

— Avec l'accusation de racket comme position de repli.

— Voilà.

Bosch recevait déjà un autre appel dans l'oreille. Il demanda à Gandle de le rappeler plus tard, dès qu'il aurait consulté les autorités sur ce nouveau scénario, et prit l'autre appel.

— Harry ? Teri Sopp.

— Ah, salut ! Quoi de neuf ?

— Je voulais juste que tu saches que j'ai réussi à les convaincre de prendre ta douille pour les tests d'amplification électrostatique. On va voir si on arrive à y relever une empreinte.

— Teri ! Ma reine ! Et il y aurait moyen de faire ça lundi ?

— Je vais voir si c'est possible.

— Merci mille fois, Teri !

Il referma son portable, scruta l'autoroute devant lui et ne vit ni la Mazda rouge de Chu ni la Mustang argent de Chang. Il appela Chu.

— Où êtes-vous ? demanda-t-il.

— Sur la 405. Il va à l'aéroport. Qu'est-ce qui se passe ?

— Gandle est en train de décider si on serre Chang ou pas.

— On ne peut pas le laisser filer.

— C'est bien mon avis.

En changeant encore deux fois de position, Bosch et Chu suivirent Chang jusqu'à la bretelle de sortie de Century Boulevard qui conduit à l'aéroport de Los Angeles. Il était maintenant évident que Chang s'apprêtait à quitter la ville et qu'ils allaient devoir l'arrêter.

Bosch rappela Gandle.

— Alors, qu'est-ce qu'on a ? demanda-t-il.

— Il est dans Century Boulevard, à quatre rues de l'aéroport.

— Je n'ai pas encore réussi à parler à quelqu'un.

— Pour moi, il faut l'arrêter, dit Bosch. On lui colle une accusation de meurtre et, dans le pire des cas, lundi on ne l'accuse plus que de racket. Il aura droit à une caution, mais le juge lui interdira de voyager, surtout après sa tentative de fuite d'aujourd'hui.

— C'est vous qui voyez, Harry. Je vous appuie.

Ce qui voulait dire que ce serait quand même Harry qui aurait pris la mauvaise décision si jamais tout tombait à l'eau le lundi suivant et si Chang sortait libre de prison.

— Merci, lieutenant. Je vous tiens au courant.

À peine Bosch eut-il refermé son portable que Chang entra dans un parking longue durée avec service de navette pour tous les terminaux de l'aéroport. Comme prévu, Chu l'appela.

— On y est, dit-il. Qu'est-ce qu'on fait?

— On attend qu'il se gare et on le serre à l'arrêt de la navette.

— Parfait.

Ils raccrochèrent. Bosch entra dans le parking et aperçut Chang qui se débattait avec sa grosse valise pour la sortir du coffre de sa Mustang.

Chang ferma sa voiture à clé et traîna sa valise jusqu'à l'arrêt de la navette. Chu s'y tenait déjà. Bosch passa derrière un minivan et reparut deux voitures plus loin.

— Bo-jing Chang! lança-t-il d'une voix forte en arrivant près de lui.

Chang se tourna pour le regarder. De près, il avait l'air large d'épaules. Bosch vit qu'il bandait ses muscles.

— Vous êtes en état d'arrestation. Mettez les mains dans le dos, s'il vous plaît.

La réaction fuite ou agression n'eut même pas le temps de s'enclencher. Chu se posta derrière lui et lui passa une menotte au poignet droit tout en lui attrapant fermement le gauche. Puis il lui menotta l'autre poignet, mettant ainsi fin à l'arrestation.

— C'est quoi, ça? protesta Chang. Qu'est-ce que moi fais?

— On va parler de tout ça bientôt, monsieur Chang. Dès que nous vous aurons ramené au quartier général de la police.

— J'ai avion.

— Non, pas aujourd'hui.

Bosch lui montra son écusson puis lui présenta Chu en précisant que celui-ci appartenait à l'Asian Gang Unit.

Bosch décida de demander une patrouille pour transférer le suspect au centre-ville et une dépanneuse pour ramener la voiture de Chang à la fourrière. Il n'était plus du tout pressé; plus il faudrait de temps pour emmener Chang au QG, plus ils seraient proches de 14 heures, c'est-à-dire de l'interruption des mises en accusation au tribunal. Si Chang voyait sa comparution ainsi repoussée, la police aurait le droit de l'incarcérer à la prison municipale pendant toute la durée du week-end.

Au bout de cinq minutes de silence, Bosch lui montra la valise.

— Ce truc a l'air de peser une tonne, fit-il remarquer. Où alliez-vous donc ?

Chang ne répondit pas. Les petits bavardages, ça n'existe pas quand on est en état d'arrestation.

Bosch regarda la longue file de véhicules garés dans le parking et vit une voiture de patrouille tourner vers eux. Tout en faisant signe au chauffeur, il sortit son portable : il venait de recevoir une vidéo de sa fille.

Il allait falloir la visionner plus tard. Il était très tard à Hong Kong et il savait que sa fille devait être au lit, dans l'attente de sa réponse. Cela dit, il avait du travail à faire. Il rangea son portable au moment où la voiture de patrouille s'arrêtait devant eux.

— Je vais y aller avec lui, dit-il à Chu. Au cas où il déciderait de lâcher quelque chose.

— C'est peut-être moi qui devrais l'accompagner.

Bosch le regarda. Encore un moment crucial. Il savait qu'il valait mieux que ce soit Chu dans la mesure où il parlait les deux langues et était chinois lui-même. Seulement cela signifiait qu'il lui cédait en partie le contrôle de l'affaire.

Mais aussi qu'il lui témoignait sa confiance.

— Bon, d'accord, dit-il enfin. Vous y allez avec lui.

Chu hocha la tête comme s'il comprenait le sens de sa décision.

Bosch dit aux deux officiers de la patrouille de faire monter Chang à l'arrière du véhicule, puis se tourna vers Chu.

— Je vais mettre Ferras au boulot, qu'il nous dégote des mandats. Essayez de savoir où Chang allait. Jouez le coup de la conversation. Il ne s'agit pas de l'interroger.

— C'est entendu.

— Bon, mettez Chang dans une salle d'interrogatoire et laissez-le cuire dans son jus. Bonne chance.

Chu se glissa à l'arrière de la voiture de patrouille et ferma la portière. Bosch tapa deux fois du plat de la main sur le toit et regarda s'éloigner le véhicule.

Il était presque 13 heures lorsque Bosch entra dans la salle des inspecteurs. Il trouva Ignacio Ferras dans son box, devant son ordinateur.

— Où en est-on ? demanda-t-il.

— J'ai presque fini les demandes de mandats.

— Bon, on a un juge qui attend nos demandes ?

— Oui, j'ai appelé le greffe du juge Champagne. Elle me reçoit dès que je suis prêt.

Tout semblait indiquer que Ferras avait la situation bien en main. Bosch en fut impressionné.

— Très bon, tout ça, dit-il. Où est Chu ?

— Aux dernières nouvelles, il était dans la salle de vidéo et observait notre lascar.

Avant de rejoindre Chu, Bosch entra dans son box. Il vit que Chu y avait laissé la grosse valise de Chang et mis les autres biens du suspect dans des sachets à éléments de preuve.

Bosch examina le billet d'avion à travers le plastique et découvrit que Chang avait choisi un vol Alaska Airlines pour Seattle. Cela le surprit : il s'attendait que le suspect rentre en Chine. Seattle cadrait mal avec une tentative de fuite afin d'éviter des poursuites judiciaires.

Son téléphone sonna sur son bureau. L'écran d'identification était barré d'un xxxxx, il s'agissait donc d'un appel qu'on lui transférait de Parker Center. Il décrocha.

— Bosch à l'appareil.

Personne à l'autre bout du fil.

— Allô ? Inspecteur Bosch à l'appareil. Puis-je vous aider ?

— Bosch… aidez-vous plutôt vous-même. (La voix était très nettement asiatique.) Rendez-vous donc service, Bosch, et laissez tomber. Chang n'est pas tout seul. Nous sommes nombreux. Laissez tomber, sinon il y aura des suites.

— Qui est à l'appareil ?

L'inconnu avait raccroché. Bosch pouvait se rendre au centre des communications de Parker Center et retrouver le numéro du type. Mais il savait aussi qu'un individu qui l'appelait pour le menacer n'aurait pas été assez bête pour le faire à partir d'un numéro qu'on pouvait identifier.

Au lieu de s'inquiéter, il se concentra sur le moment qu'avait choisi l'inconnu pour passer son coup de fil. Dieu sait comment, les autres membres de la triade de Chang savaient déjà que celui-ci s'était fait ramasser. Et, en plus, ils connaissaient le nom de Bosch.

De sombres pensées l'envahirent. À moins que Chang n'ait eu pour mission de retrouver un compagnon de voyage à l'aéroport de Los Angeles ou n'ait été l'objet d'une surveillance parallèle, tout semblait indiquer qu'il y avait une fuite dans l'enquête.

Il quitta son box et gagna le centre vidéo. Il s'agissait d'une petite pièce coincée entre deux salles d'interrogatoire de la brigade des vols et homicides. Ces dernières étaient équipées pour l'enregistrement phonique et visuel, l'espace compris entre les deux étant celui où le suspect pouvait être observé à l'aide des appareils.

Bosch ouvrit la porte et tomba sur Chu et Gandle qui regardaient Chang à l'écran.

— Du nouveau ? demanda-t-il.

— Non, pas un mot pour l'instant, répondit Gandle. Il n'a même pas demandé un avocat.

— Je viens de regarder son billet d'avion, reprit Bosch, et Seattle, ça ne nous aide pas non plus.

— Si, en fait je crois que si, dit Chu. Je me suis dit qu'il allait à Seattle pour franchir la frontière et rejoindre Vancouver. J'ai un contact à la police montée canadienne qui a pu vérifier les listes de passagers. Chang avait réservé une place pour un vol Vancouver-Hong Kong ce soir même. Sur la Cathay Pacific Airways. Voilà qui nous montre clairement qu'il essayait de quitter le pays en douce.

— Bon boulot, Chu.

— Merci.

Bosch regarda l'écran de contrôle. Chang avait les poignets menottés et attachés à un anneau en fer vissé au milieu de la table à laquelle il était assis. Il fixait d'un œil mort le mur devant lui.

— Lieutenant, dit Bosch, jusqu'où êtes-vous prêt à retarder le moment où on va écrouer ce mec ?

Gandle avait l'air inquiet.

— Je pense qu'on tire un peu trop sur la corde, répondit-il. Si on attend trop longtemps, un juge pourrait nous le reprocher.

Bosch consulta sa montre. Ils avaient encore besoin de cinquante minutes avant d'autoriser Chang à appeler son avocat. La mise sous écrou exigeait pas mal de paperasse, un relevé d'empreintes et le transfert physique du suspect jusqu'à la prison, où il aurait enfin le droit d'accéder à un téléphone.

— Bon, on peut commencer le processus. Mais on fait attention d'y aller lentement. Chu, entrez donc dans la salle et commencez à remplir le formulaire avec lui. Si on a de la chance, il ne voudra pas coopérer et ça prendra encore plus longtemps. On ne le met pas en cellule avant deux heures, au plus tôt.

— Pigé, dit Chu en quittant la pièce.

Gandle s'apprêtait à le suivre lorsque Bosch lui tapa sur l'épaule et lui fit signe de rester.

— Je viens de recevoir un coup de fil, fit-il. Une menace. Quelqu'un m'a dit de laisser tomber le dossier Chang.

— Vous avez essayé de remonter l'appel? Vous pensez que c'est sérieux?

— Essayer de remonter l'appel, ce serait perdre son temps. Et pour ce qui est de la menace, je les attends. Mais l'important là-dedans, c'est ceci : comment savent-ils qu'on a coincé Chang? On le serre, et moins de deux heures plus tard, un de ses copains de la triade m'appelle pour me dire de laisser tomber? On a une fuite, lieutenant. Il y a quelqu'un qui cause un peu tr...

— Holà, ça, on n'en sait rien. Peut-être était-il censé les appeler de l'aéroport. Ça pourrait être n'importe quoi.

Bosch secoua la tête. Son instinct lui disait le contraire. Il y avait une fuite quelque part. Gandle n'aimait pas beaucoup cette conversation. Il regarda Bosch avant de partir.

— Faites très attention avec ces accusations. Avant d'avoir quelque chose de solide, faites vraiment attention.

Et il referma la porte derrière lui. Harry se tourna vers l'écran vidéo et vit que Chu était entré dans la salle d'interrogatoire pour questionner Chang.

Chang restait mutique et immobile. Rien dans son regard ni dans son corps ne montra qu'il avait même entendu la question de Chu.

Bosch retourna dans la salle des inspecteurs. Le box de Ferras étant vide, il se dit qu'il devait déjà être parti voir le juge avec ses demandes de mandats.

Il s'assit à son bureau et se frotta les yeux. Tout était en suspens jusqu'à la signature du juge. Il ne pouvait qu'attendre.

C'est alors qu'il se rappela avoir reçu un message vidéo de sa fille, message qu'il n'avait toujours pas regardé. Il savait qu'elle devait dormir depuis longtemps – il était plus de 4 heures du matin à Hong Kong et c'était samedi.

Il sortit son portable et l'ouvrit. Le dernier jour que sa fille avait passé à Los Angeles lors de sa récente visite, ils étaient entrés dans un magasin de téléphones et elle avait choisi deux portables « monsieur et madame » leur permettant de communiquer de multiples façons. Il ne s'en servait pas beaucoup pour les e-mails, mais il savait ouvrir et visionner les vidéos qu'elle aimait lui envoyer.

Il appuya sur le bouton avec un sourire de plaisir anticipé.

5

Bosch rejoignit Chu dans la salle d'interrogatoire et laissa la porte ouverte. Chu était au milieu d'une question, mais il s'interrompit et leva les yeux sur l'intrus.

— Il ne répond pas ? demanda Bosch.

— Il ne dit pas un mot.

— Laissez-moi essayer.

— Euh… oui, d'accord.

Chu se leva et quitta la pièce. Bosch attendit un moment pour être sûr qu'il avait vidé les lieux, puis passa derrière Chang. Sa fureur devint alors incontrôlable. Il fit subir à Chang une prise d'étranglement depuis longtemps interdite par le règlement.

— Allez, la caméra est arrêtée et nous sommes dans une pièce insonorisée. Où est-elle ? Je vais te tuer ici même si…

Chang se redressa sur son siège et recula en arrachant le boulon qui maintenait en place l'anneau à menottes au milieu de la table. Il écrasa Bosch contre le mur, et tous deux tombèrent par terre. Bosch accentua sa prise. Chang se débattit comme une bête.

— Où est-elle ?

Chang poussait des grognements, mais ne montrait aucun signe de faiblesse. Il avait les poignets menottés, pourtant il arrivait encore à lever les bras au-dessus de sa tête pour s'en servir comme d'une massue. Il cherchait le visage de Bosch tout en utilisant son corps pour l'aplatir dans le coin de la pièce.

Comprenant que la prise d'étranglement n'allait pas marcher, Bosch laissa filer et attrapa le poignet de Chang alors que celui-ci essayait de le prendre à revers. Il transféra son poids sur l'autre jambe et détourna le coup. Chang tourna les épaules avec l'élan qui changeait, Bosch fut alors en mesure de lui monter dessus. Il leva les mains en l'air et les abattit comme un marteau sur la nuque de Chang.

— Je t'ai posé une question : où est…

— Harry !

Le cri avait jailli dans son dos. C'était Chu.

Cette diversion permit à Chang de glisser les genoux sous son corps. Puis il poussa fort et Bosch fut projeté contre le mur. Chu sauta sur le dos de Chang et tenta de l'aplatir au sol. Il y eut des bruits de pas et d'autres policiers se ruèrent sur Chang pour l'immobiliser. Bosch s'écarta en roulant et tenta de reprendre son souffle.

L'espace d'un instant, tout le monde garda le silence, la pièce se remplissant du bruit des hommes qui reprenaient haleine. C'est alors que le lieutenant Gandle s'encadra dans le montant de la porte.

— Mais qu'est-ce qui se passe, bordel ?

— Je ne sais pas, dit Chu. Je suis revenu chercher ma veste et c'était l'enfer là-dedans.

Tous les regards se tournèrent vers Bosch.

— Ils tiennent ma fille, dit-il.

BOSCH était debout dans le bureau de Gandle. Debout, mais pas immobile. Il faisait les cent pas. Il ne pouvait pas tenir en place. Pas avec la terreur qui montait en lui.

— Que se passe-t-il, Harry ? lui demanda Gandle.

Bosch sortit son téléphone, appuya sur le bouton PLAY de l'application vidéo et tendit l'appareil à Gandle qui s'était assis derrière son bureau.

— Ah, mon Dieu ! Harry, comment savez-vous que c'est vrai ?

— Bien sûr que c'est vrai ! Ils la tiennent et ce type sait qui la séquestre et où. (Il marchait de plus en plus vite, comme un lion en cage.) Il faut que je retourne voir ce mec, il faut que je lui fasse dire…

— Il n'est pas question que vous vous approchiez de ce type, lâcha Gandle sans le regarder. Harry… où est-elle ? À Hong Kong ?

— Oui, à Hong Kong, et c'est là qu'il allait. C'est de là qu'il vient et c'est là qu'est basée la triade à laquelle il appartient. Sans même parler du fait qu'ils m'ont appelé, moi. Et comme je vous l'ai dit, ils m'ont déclaré qu'il y aurait des suites si jamais…

— Mais… elle ne dit rien sur la vidéo. Personne ne parle. Comment savez-vous qu'il s'agit de la bande de Chang ?

— Ils n'ont pas besoin de dire quoi que ce soit !

— OK, essayons de réfléchir. Ils la tiennent, mais c'est quoi, le message ? Qu'est-ce que vous êtes censé faire ?

— Laisser filer Chang.

— Que voulez-vous dire ? Le laisser partir d'ici comme ça ?

— Je ne sais pas. Oui, oublier l'affaire d'une manière ou d'une autre. Perdre les preuves. Ils veulent qu'il ressorte libre. Écoutez, je ne peux pas rester ici à ne rien faire. Je dois…

— Il faut transmettre ça à la Scientifique. C'est la première chose à faire. Avez-vous appelé votre ex pour voir ce qu'elle sait ?

Bosch s'aperçut qu'avec la panique qui l'avait pris en regardant la vidéo, il n'avait même pas téléphoné à Eleanor.

— Vous avez raison, dit-il. Passez-moi ça.

— Harry, il faut que la vidéo aille à la Scienti…

Bosch arracha le portable des mains de Gandle. Puis il appuya sur la touche de numérotation rapide pour appeler Eleanor Wish. Il était presque 5 heures du matin à Hong Kong et c'était samedi. Il ne comprenait pas pourquoi Eleanor ne l'avait pas appelé si elle savait que leur fille avait disparu.

— Harry ?

Ton alerte. Il ne la tirait pas de son sommeil.

— Qu'est-ce qui se passe, Eleanor ? Où est Madeline ?

Il sortit du bureau de Gandle et se dirigea vers son box.

— Je ne sais pas. Elle ne m'a pas appelée et ne répond pas à mes coups de fil. Comment sais-tu ce qui se passe ici ?

— Je ne le sais pas, mais j'ai eu… un message d'elle. Dis-moi ce que tu sais.

— Mais… qu'est-ce que disait son message ?

— C'est une vidéo. Écoute, dis-moi juste ce qui se passe là-bas.

— Elle n'est pas revenue du centre commercial après l'école. Comme c'était vendredi, je l'avais laissée y aller avec ses amis. D'habitude, elle m'appelle vers 18 heures et me demande une rallonge de temps, mais cette fois, rien. Et comme elle n'est pas rentrée à la maison, c'est moi qui l'ai appelée, mais elle n'a pas décroché. Je lui ai laissé tout un tas de messages et je me suis mise vraiment en colère. Mais tu sais comment elle est, elle s'est probablement mise en colère aussi et elle n'est pas rentrée. J'ai appelé ses amis et tous prétendent ne pas savoir où elle est.

— Eleanor, il est plus de 5 heures du matin chez toi. As-tu appelé la police?

— Harry... Elle a déjà fait ça une fois.

— Qu'est-ce que tu racontes?

Il se laissa tomber lourdement dans son fauteuil et se tassa sur lui-même.

— Elle avait passé la nuit chez une copine pour me « donner une leçon », reprit Eleanor. J'avais appelé la police et tout ça était gênant parce que les flics l'ont retrouvée chez sa copine. Je suis désolée de ne pas te l'avoir dit. Mais elle et moi, on a des problèmes. Elle est à un âge où... tu vois? Elle dit qu'elle veut aller vivre avec toi à L.A. Elle...

Bosch l'interrompit :

— Écoute, Eleanor, tout ça, je le comprends, mais là, ce n'est pas pareil. Il s'est passé quelque chose.

— Qu'est-ce que tu veux dire?

Sa voix n'était plus que panique. Bosch y reconnut sa propre peur. Il rechignait à lui parler de la vidéo, mais il sentit qu'il le fallait. Elle avait besoin de savoir. Il lui décrivit la vidéo de trente secondes, sans rien laisser dans l'ombre. Eleanor poussa un hurlement de douleur comme seule peut en pousser une mère qui vient de perdre sa fille.

— Ô mon Dieu! Ô mon Dieu!

— Je sais, mais on va la retrouver, Eleanor. Je...

— Qu'est-ce qu'ils veulent? De l'argent?

— Non... Je pense que ce message s'adresse à moi. Ce n'est pas de l'argent qu'ils veulent. Ils me disent simplement qu'ils la tiennent.

— Ça s'adresse à toi? Mais pourquoi? Qu'est-ce qu'ils... Harry, qu'est-ce que tu as fait?

Sur le ton de l'accusation. Bosch eut peur que cette question ne le condamne jusqu'à la fin de ses jours.

— Je suis sur une affaire qui a à voir avec une triade chinoise. Je crois que...

— Ils l'ont prise pour faire pression sur toi? Comment ont-ils seulement découvert son existence?

— Je ne le sais pas encore, Eleanor. J'y travaille. On a un suspect en prison et...

De nouveau elle l'interrompit, cette fois par une plainte. Le bruit que fait en s'incarnant le pire cauchemar d'un père ou d'une mère. Alors Bosch sut comment agir. Il baissa encore la voix.

— Eleanor, écoute-moi. J'ai besoin que tu te reprennes. Il faut que tu commences à passer des coups de fil. J'arrive. Je serai à Hong Kong dimanche matin avant l'aube. En attendant, il faut que toi, tu parviennes à joindre les copines de Maddie. Il faut que tu trouves avec qui elle était au centre commercial et où elle est allée après. Tout ce que tu pourras trouver sur ce qui s'est passé. Tu m'entends, Eleanor ?

— Je raccroche et j'appelle la police.

— Non ! Écoute-moi, je ne crois pas qu'il faille appeler la police. Si les types qui l'ont enlevée apprennent qu'on l'a fait, on pourrait bien ne plus jamais la revoir.

Elle ne répondit pas. Bosch entendit qu'elle pleurait.

— Eleanor ? Écoute-moi ! Tu as travaillé pour le FBI, bon sang ! Tu peux y arriver. Je vais faire analyser la vidéo. Il y a un moment où on la voit donner un coup de pied à la caméra et celle-ci a bougé. Et j'ai vu une fenêtre. On pourra peut-être en tirer quelque chose. Je prends l'avion ce soir et je viendrai directement chez toi. Tu as tout compris ?

Il y eut un long moment de silence avant qu'elle réponde. Lorsque enfin elle le fit, sa voix était calme. Elle avait saisi le message.

— Oui, j'ai pigé, Harry. Je pense quand même qu'il faut appeler la police de Hong Kong.

— Si c'est ce que tu penses, fais-le. Tu connais quelqu'un de confiance ?

— Non, mais il y a un bureau spécialisé dans les affaires de triades. Ses agents sont déjà venus au casino.

Environ vingt ans après son passage au FBI, Eleanor était devenue joueuse de cartes professionnelle. Depuis au moins six ans, elle vivait à Hong Kong et travaillait au Cleopatra Casino de Macao. Tous les grands flambeurs du continent voulaient se mesurer à la *gwei-po* – la femme blanche. Elle jouait avec l'argent du casino, avait droit à un pourcentage de ses gains, ses pertes ne donnant lieu à aucune sanction. Elle menait une existence confortable. Maddie et elle habitaient dans un gratte-ciel de la Happy Valley, le casino lui envoyant un hélicoptère qui atterrissait sur le toit de l'immeuble lorsque c'était l'heure d'aller au travail.

Confortable jusqu'à cet instant.

— Parle aux gens du casino, reprit-il. S'il y a quelqu'un qu'on te dit fiable, vas-y. Passe le coup de fil. Moi, il faut que je raccroche pour pouvoir m'activer. Je te rappelle avant de décoller.

— OK, Harry, dit-elle comme dans un brouillard.

— Et... Eleanor ? Essaie de voir si tu ne peux pas me procurer un flingue. Je ne peux pas faire passer le mien à la frontière.

— Ici, on fout en prison les gens qui ont une arme.

— Ça, je le sais, mais toi, tu connais des gens au casino. Trouve-moi un flingue.

— J'essaierai.

Il hésita avant de raccrocher. Il avait envie de la toucher, de tenter Dieu sait comment d'apaiser ses craintes.

— Efforce-toi de garder ton calme, Eleanor. Pour Maddie. Si on reste calmes, on s'en sortira.

— On va la leur reprendre, pas vrai, Harry ?

Bosch acquiesça dans son for intérieur avant de répondre :

— Oui, Eleanor. On la leur reprendra.

L'UNITÉ des images numériques était une sous-division de la brigade de police technique et scientifique et se trouvait encore dans l'ancien quartier général de la police de Parker Center. Bosch parcourut au pas de charge les deux rues qui séparaient les deux bâtiments. Il montra son écusson à la réception et prit l'ascenseur jusqu'au deuxième.

Barbara Starkey était experte dans à peu près tous les domaines couverts par la police scientifique. Elle leva le nez de son poste de travail à deux écrans.

— Harry Bosch ! s'écria-t-elle. L'homme qui a toujours un plan !

Bosch n'avait pas le temps de plaisanter. Il s'approcha d'elle et alla droit au but :

— Barb, j'ai besoin de ton aide.

Elle fronça les sourcils.

— Qu'est-ce qu'il y a, mon grand ?

Il brandit son portable.

— J'ai une vidéo là-dedans, dit-il. J'ai besoin que tu me l'agrandisses et que tu la ralentisses pour voir si je peux reconnaître un lieu. Il s'agit d'un enlèvement.

— C'est que je suis en plein milieu…

— C'est ma fille, Barbara. J'ai besoin de ton aide, tout de suite.

Starkey n'hésita pas une seconde. Elle téléchargea la vidéo. En un rien de temps, celle-ci se trouva sur son écran gauche. Bosch regarda sa fille et fit tout ce qu'il pouvait pour rester concentré.

— Je suis vraiment navrée, dit Starkey.

— Oui, je sais. N'en parlons pas.

Maddie Bosch, treize ans, était attachée sur une chaise. Elle avait un bâillon en tissu rouge vif en travers de la bouche. Elle portait son uniforme d'école – jupe à carreaux bleus et chemisier blanc. Elle fixait la caméra, celle de son propre téléphone portable, avec un regard qui déchira le cœur de son père.

Désespéré et *terrorisé* furent les premiers mots qui lui vinrent à l'esprit pour décrire ce regard.

Aucun son. Quinze secondes durant, la caméra resta braquée sur Maddie. On se contentait de lui montrer sa fille. C'est alors que la personne qui filmait entra dans le champ et enleva un bref instant le bâillon de la bouche de Maddie.

— Papa ! hurla-t-elle.

Le bâillon fut aussitôt remis en place.

Puis la main glissa vers le bas, l'homme tentant de lui caresser un sein. La fillette réagit violemment, leva la jambe gauche et donna un coup de pied dans le bras tendu devant l'objectif. Le cadrage valsa brièvement avant d'être recentré sur Maddie. Elle était tombée avec sa chaise. Durant les cinq dernières secondes de l'enregistrement, la caméra resta braquée sur elle. Puis l'écran devint noir.

Starkey ne parla pas tout de suite. Elle posa les deux mains sur un appareil de montage relié au clavier de son ordinateur.

— Harry, dit-elle, je vais y aller plan par plan, mais ça va prendre un certain temps. Je t'appelle dès que je trouve quelque chose. Tu peux me faire confiance. Je sais que c'est ta fille.

Il acquiesça. Il savait bien qu'il fallait la laisser faire son boulot.

— D'accord, dit-il. On ne pourrait pas juste regarder le moment où elle flanque un coup de pied, et après je te laisse tranquille ? Quand elle l'a frappé, j'ai vu un éclair de lumière. Comme s'il y avait une fenêtre.

Starkey relança la vidéo en marche arrière jusqu'à ce moment-là. En temps réel, l'enregistrement ne montrait que le flou d'un mouvement soudain. Mais en défilant plan par plan, Bosch s'aperçut que la caméra avait balayé toute la pièce sur la gauche pour se fixer sur une fenêtre.

— Tu es drôlement bon, Harry, dit Starkey. On tient quelque chose.

Elle relança la machine en arrière, puis la fit repartir lentement en marche avant.

La pièce ressemblait à une chambre d'hôtel bon marché équipée d'un seul lit, d'une table et d'une lampe juste derrière la chaise sur laquelle Maddie était attachée. Starkey revint au plan de la fenêtre et gela l'image. La fenêtre était verticale et s'ouvrait vers l'extérieur, comme une porte. Ouverte au maximum, elle montrait le reflet d'un panorama citadin dans la vitre.

— Tu peux agrandir cette partie-là ?

Avec la souris, elle encadra la fenêtre et en déplaça la copie sur le deuxième écran. Puis elle l'agrandit et fit le point en six manœuvres.

— Harry, on n'a pas les pixels, mais si je passe ça dans un programme spécial, on peut affiner l'image. Tu pourras peut-être reconnaître un détail dans le reflet.

Bosch fit oui de la tête. La première chose qu'il remarqua fut que la pièce était située en hauteur. Le reflet laissait voir une rue encaissée au moins dix étages en dessous. Il vit les façades des immeubles et le bord d'un grand panneau avec l'inscription N O. Il y avait aussi des panneaux couverts de caractères chinois au niveau du rez-de-chaussée.

Au-delà de ce reflet, il distingua de grands immeubles dans le lointain. Il en reconnut un à ses deux flèches blanches. Ces deux antennes de radio étaient maintenues par une barre transversale, l'ensemble lui rappelant toujours des buts de football.

À l'arrière-plan se trouvait le troisième niveau du reflet : la ligne de crête d'une montagne seulement brisée par une structure en forme de bol soutenue par deux colonnes épaisses.

— Ça t'aide, Harry ?

— Oui. Ma fille vit avec sa mère à Hong Kong, et là, c'est sûrement Kowloon. Le reflet renvoie de l'autre côté du port, vers Central et le sommet de la montagne derrière. Le bâtiment avec les buts de foot est la Bank of China. Et là derrière, c'est Victoria Peak. Ce qui fait que pour refléter tout ça, je suis à peu près sûr qu'il faut être de l'autre côté du port, à Kowloon. Tu pourrais m'imprimer ça ? demanda-t-il en montrant le deuxième écran où l'on voyait la fenêtre.

— Aucun problème. Mais il y a quand même un truc un peu bizarre. Tu vois là, au premier plan, le reflet partiel du panneau ?

Avec son curseur elle encercla les deux lettres N et O, qui faisaient partie d'un mot anglais.

— Oui.

— N'oublie pas qu'il s'agit d'un reflet dans la fenêtre. Ça fait comme un miroir et tout est donc à l'envers. Mais ces lettres-là ne le sont pas. Donc, on a…

— Un panneau à l'envers ?

Elle avait raison. Si bizarre que ce soit, ce n'était pas le moment de s'appesantir sur ce détail. Il voulait appeler Eleanor et lui dire qu'à son avis leur fille était détenue à Kowloon. C'était un début.

— Je peux en avoir la copie ?

— Elle s'imprime. Ça prendra deux ou trois minutes.

— Compris.

Il regarda fixement l'image à l'écran dans l'espoir d'y trouver un autre détail qui pourrait aider. Le plus remarquable était un reflet partiel du bâtiment dans lequel était détenue sa fille. Une série de climatiseurs en sortaient sous les fenêtres. Il s'agissait donc d'un bâtiment ancien et cela permettrait peut-être de repérer l'endroit.

— Kowloon, répéta Starkey. Ça a quelque chose de sinistre.

— Ma fille m'a dit que ça signifiait « les Neuf Dragons ».

— Tu vois ! Je te l'avais dit ! Qui pourrait bien décider d'appeler son quartier « les Neuf Dragons » à moins de vouloir foutre la trouille aux gens pour les faire partir ?

— Ça vient d'une légende. Dans une ancienne dynastie, l'empereur, qui n'était encore qu'un enfant, se fit chasser par les Mongols jusque dans ce qui est Hong Kong aujourd'hui. Il vit les huit sommets des montagnes qui entouraient la région et voulut appeler l'endroit « les Huit Dragons ». Mais un des hommes qui le gardaient lui rappela que l'empereur était lui aussi un dragon. Ils ont donc appelé l'endroit « les Neuf Dragons ». Kowloon.

— C'est ta fille qui t'a raconté ça ?

— Oui. Elle l'a appris à l'école.

Starkey se leva, sortit l'image de l'imprimante haute résolution et la tendit à Bosch.

— Je n'ai pas fini, Harry. Comme je te l'ai dit, je vais examiner tous les plans de cette vidéo de trente secondes un par un… et s'il y a quelque chose d'autre qui pourrait t'aider, je le trouverai.

Bosch se contenta de hocher la tête et regarda la sortie papier qu'il tenait dans sa main.

— Tu la trouveras, Harry. Je le sais.

BOSCH appela son ex en regagnant son bureau.

— Harry, dit-elle, il y a du nouveau ?

— Pas grand-chose, mais on y travaille. Je suis à peu près sûr que la vidéo qu'on m'a envoyée a été prise à Kowloon. Cela a-t-il un sens à tes yeux ?

— Non. Kowloon ? Pourquoi ?

— Aucune idée. Mais il se pourrait qu'on retrouve le lieu. Je prendrai le premier avion ce soir. Qu'est-ce que tu as trouvé ?

— Je n'ai rien ! hurla-t-elle. Ma fille est quelque part et je n'ai rien ! Les flics ne me croient même pas.

— Qu'est-ce que tu racontes ? Tu les as appelés ?

— Oui, je les ai appelés. Ils ont entré mon nom dans l'ordinateur central et ça a fait tilt. Ils ont un dossier sur moi. Qui je suis, pour qui je travaille, etc. Et ils savent pour la fois d'avant. Selon eux, elle a encore fugué. Ils m'ont dit d'attendre une journée et de les rappeler si elle ne reparaissait pas.

— Tu leur as parlé de la vidéo ?

— Oui, je leur en ai parlé, mais ils s'en foutent.

Elle se mit à pleurer, mais Bosch se dit que la réaction des flics pouvait jouer en leur faveur.

— Eleanor, dit-il, écoute-moi. D'après moi, tout ça, c'est bon pour nous. Les types qui l'ont enlevée verront les flics arriver à dix kilomètres. Mais moi, ils ne me verront pas.

— Harry, il faut que tu me promettes de la retrouver.

— Je la retrouverai, Eleanor, rétorqua-t-il sans hésitation. Je te le promets. Il faut que j'y aille, mais encore une chose : est-ce que tu as ce que je t'ai demandé ?

— Tu veux dire le flingue ?

— Oui.

— Harry, il ne fait même pas encore jour ici. Je m'en occuperai dès que je ne serai pas obligée de sortir les gens du lit pour me répondre.

— Bon, d'accord. On s'appelle dès qu'on a quelque chose.

— Au revoir, Harry.

Il referma son portable et prit l'ascenseur. Il n'y avait aucun signe de vie de Ferras ni de Chu. Il sortit un carnet d'adresses d'un tiroir et l'ouvrit à la page où il avait dressé la liste des compagnies aériennes proposant des vols Los Angeles-Hong Kong. Tous les avions décollaient entre 23 heures et 1 heure.

Entre les quatorze heures du vol et les quinze du décalage horaire, ce serait toute la journée du samedi qui disparaîtrait pendant le voyage.

Il commença par appeler la Cathay Pacific et réussit à réserver une place côté hublot sur le premier vol en partance. Atterrissage prévu à 5 h 25 dimanche matin.

— Harry?

Il pivota dans son fauteuil et découvrit Gandle debout à l'entrée de son box.

— Où est passé tout le monde, lieutenant? demanda-t-il.

— Ferras est toujours au tribunal et Chu est en train de coffrer Chang.

— Comment ça a marché pour Ferras?

— Je ne sais pas. Il ne m'a pas appelé.

— La vraie question, c'est comment vous allez, vous? Le labo s'est-il occupé de la vidéo?

— Barbara Starkey y travaille à l'instant même. Elle a déjà trouvé ça.

Il sortit le tirage papier de la poche de sa veste, le déplia, et expliqua à Gandle les conclusions qu'il en déduisait.

— J'ai eu l'impression que vous faisiez une réservation. Vous partez quand?

— Ce soir. J'y serai dimanche matin.

— On perd une journée entière?

— Oui, mais je la regagnerai en rentrant. J'ai toute la journée de dimanche pour la trouver. Après, je reprends l'avion lundi matin et j'arrive ici lundi matin. On va voir le *district attorney* et on lui remet le dossier Chang. Ça marchera, lieutenant.

— Écoutez, Harry. Ne vous faites pas de souci pour une journée. Filez là-bas et retrouvez-la. On s'occupera du reste.

— OK.

Gandle lui rendit le tirage de l'image vidéo et lui demanda de le tenir au courant. Puis il se dirigea vers son bureau.

Bosch sortit une loupe d'un tiroir et examina l'image centimètre carré par centimètre carré. Il travaillait depuis dix minutes et n'avait toujours rien découvert de nouveau lorsque son portable sonna. C'était Ferras, qui ignorait tout de l'enlèvement de sa fille.

— Harry ! s'exclama-t-il. On a l'autorisation de fouiller la valise et la voiture, et de s'occuper du téléphone.

— Ignacio, tu es un sacré rédacteur. Tu gagnes à tous les coups.

Depuis trois ans qu'ils travaillaient ensemble, Ferras n'avait pas encore rédigé une seule demande de perquisition susceptible d'être refusée par un juge.

— Merci.

— Tu as fini là-bas ?

— Oui, je rentre.

— Et si tu faisais un crochet par la fourrière pour t'occuper de la voiture ? J'ai le téléphone et la valise avec moi. Je m'y mets tout de suite.

À la fourrière, ils désosseraient la voiture, Ferras ayant pour tâche de diriger la fouille.

— D'accord, dit Ferras.

— Bien. Tu m'appelles si tu trouves le filon.

Il referma son portable. Il ne voyait pas la nécessité de parler du calvaire de sa fille pour l'instant. Harry regarda la valise de Chang. Trouver le filon, c'était tomber sur l'arme du crime dans les effets de Chang. Bosch savait que Chang se rendant à l'aéroport, il n'y aurait pas de pépites d'or dans sa valise. Il décida donc de commencer par le téléphone.

Il lui fallut moins de cinq minutes pour s'apercevoir que le portable de Bo-jing Chang ne serait pas d'une grande utilité pour l'enquête. La liste des appels n'en contenait que deux passés récemment – l'un et l'autre vers des numéros verts – et un seul reçu. Ces trois appels avaient été enregistrés dans la matinée.

Il appela les numéros verts et apprit que le premier était celui d'un service de location Hertz et le second celui de la Cathay Pacific Airlines. Bosch vérifia aussi le numéro de l'appel reçu et découvrit que c'était celui de Tsing Motors, l'employeur de Chang. Rien de neuf, par conséquent.

Déçu, Bosch remit le téléphone dans le sachet de pièces à conviction puis posa la valise sur son bureau et l'ouvrit. On aurait dit que Chang avait jeté tous ses biens dans la valise. Les vêtements avaient été attachés ensemble plutôt que pliés. Au milieu de chaque paquet se trouvait un bijou ou un article personnel de ce genre. Bosch trouva un petit cadre en bambou avec la photo d'une femme. Sa mère, sans doute.

Chang n'avait pas l'intention de revenir aux États-Unis.

La dernière chose que Bosch examina fut les deux paires de chaussures. Il commença par celles que Chang portait la veille. Les chaussures étaient vieilles, mais les lacets neufs et le cuir huilé. Avec des ciseaux, il souleva les renforts de la semelle pour voir si elle masquait un compartiment dans le talon. Il ne trouva rien dans la première chaussure, mais dans la seconde il découvrit une carte de visite professionnelle glissée entre deux renforts.

Il eut une brusque montée d'adrénaline. La carte était rédigée en anglais d'un côté et en chinois de l'autre. Bosch lut le côté anglais.

JIMMY FONG
CHEF DE FLOTTE
CAUSEWAY TAXIS

Suivait une adresse à Causeway Bay, qui ne se trouvait pas très loin du centre commercial où sa fille avait été très vraisemblablement enlevée. Bosch glissa la carte dans un sachet de pièces à conviction pour que Chu puisse y jeter un coup d'œil. Puis il remit toutes les affaires dans la valise et appela son coéquipier. Il avait hâte de savoir si la fouille de la voiture avait donné de meilleurs résultats que celle de la valise et l'examen du portable.

— On n'en est encore qu'à la moitié, lui dit Ferras. Pour l'instant, rien.

Bosch sentit ses espoirs s'amenuiser. Chang allait s'en sortir blanc comme neige. Et cela voulait dire qu'il serait libéré.

— Tu as tiré quelque chose du téléphone ? s'enquit Ferras.

— Rien, non. Il avait tout effacé. Et il n'y avait pas grand-chose dans la valise.

— On ne s'est pas encore attaqués à l'intérieur de la voiture. On n'a fait que le coffre. On vérifiera aussi les portières et le filtre à air.

— Bon. Tu m'avertis.

Bosch referma son portable et rappela Chu aussitôt.

— Toujours à la mise sous écrou ?

— Non, j'ai fini il y a une demi-heure. Je suis au tribunal, où j'attends que le juge Champagne me signe les papiers.

Quand une personne suspectée de meurtre est arrêtée, un juge doit signer un document détaillant les éléments de preuve qui justifient l'incarcération.

— Et pour votre fille ?

— Toujours pas retrouvée.

— Je suis désolé, Harry. Qu'est-ce que je peux faire ?

— Vous pouvez me parler de l'incarcération.

— Il n'y a vraiment rien à raconter. Chang n'a pas dit un mot. Il est sous haute surveillance et il faut espérer qu'il y restera jusqu'à lundi.

— OK. On a eu le mandat de perquisition, dit Bosch. J'ai trouvé une carte de visite professionnelle cachée dans une de ses chaussures. Anglais d'un côté, chinois de l'autre. Je sais que vous ne lisez pas le chinois, mais vous pourriez peut-être demander à quelqu'un d'y jeter un coup d'œil si je vous la faxais à l'AGU ?

— Oui, Harry, mais faites-le tout de suite. Les gens doivent commencer à filer.

Bosch consulta sa montre. 16 h 20 un vendredi après-midi. Les salles des inspecteurs de tous les commissariats du coin devaient déjà se vider.

— Je m'en occupe.

Il se dirigea vers la repro à l'autre bout de la salle. Il envoya un fax à l'Asian Gang Unit et regagna son box. Son portable était resté sur son bureau et il s'aperçut qu'il avait raté un appel de son ex. Elle n'avait pas laissé de message, mais il la rappela.

— Tu as trouvé quelque chose ? lui demanda-t-il.

— J'ai eu une grande conversation avec deux copines de Maddie. Cette fois, elles ont bien voulu parler.

— Qu'est-ce qu'elles t'ont dit ?

— Que les gamins avec qui Maddie traînait dernièrement, une fille nommée Lui et son frère, ne sont pas de l'école. Elles les ont rencontrés au centre commercial, mais ils ne sont même pas de Happy Valley.

— Savent-elles d'où ils sont ?

— Non, mais elles savent qu'ils ne sont pas du coin. À les entendre, Maddie semblait être vraiment amie avec Lui et c'est ça qui a amené son frère dans le tableau. Tout ça a commencé il y a un mois, en gros. Depuis que Maddie est rentrée de son séjour avec toi. Même qu'elle aurait pris un peu ses distances avec ses copines.

— Comment s'appelle le frère ?

— Quick. C'est comme ça qu'il dit s'appeler, mais, comme pour sa sœur, elles n'ont jamais réussi à avoir son nom de famille.

— Ça n'aide pas beaucoup. Autre chose ?

— Eh bien… elles m'ont dit que Quick était du genre un peu voyou. Il a des tatouages et porte des bracelets, et il fume.

— Pensent-elles qu'elle aurait pu sortir avec lui vendredi après l'école ?

— Elles n'ont pas voulu me le dire, mais oui, je crois que c'était ça qu'elles essayaient de me faire comprendre. Tu ne m'as pas vraiment dit ce qui est en train de se passer, mais maintenant, j'ai besoin de connaître les faits.

— Je travaille sur l'assassinat d'un Chinois qui possédait une boutique de vins et spiritueux dans le South End. Il achetait sa protection en effectuant des versements réguliers à une triade. Il a été tué au moment précis où il la payait chaque semaine. Ça nous a mis sur la piste d'un certain Bo-jing Chang, le collecteur de fonds. L'ennui, c'est que nous n'avons rien d'autre. Aucun élément prouvant qu'il est impliqué dans l'assassinat. Et aujourd'hui on a été obligés de le coffrer parce qu'il était à deux doigts de prendre l'avion et de quitter le pays. Résultat des courses, on n'a que le week-end pour réunir assez de preuves pour étayer notre accusation, sinon il faudra le laisser filer. Et là, il prendra un avion et on ne le reverra plus jamais.

— Mais… et le lien avec notre fille dans tout ça ?

— Je ne sais pas. J'ai reçu un appel téléphonique, quelqu'un m'a averti qu'il y aurait des conséquences si je ne laissais pas Chang tranquille. Je n'aurais jamais imaginé que ces conséquences puissent concerner…

— Maddie, enchaîna Eleanor en finissant sa phrase pour lui.

Il s'ensuivit un long silence.

— Les copines de Maddie t'ont-elles dit l'âge que pourrait avoir ce Quick ?

— Elles m'ont toutes les deux affirmé qu'il avait au moins dix-sept ans. Il a une voiture.

Bosch garda le silence. Il réfléchissait.

— Il vaudrait mieux que je me remette au boulot, dit-il. Il ne me reste que six heures avant d'aller à l'aéroport.

— Harry?

— Quoi?

— Si on la retrouve, il se pourrait bien que tu ne la revoies jamais. Il fallait que je te le dise.

Il marqua une pause. Il savait qu'elle avait le droit d'être en colère. Il n'était même pas impossible que sa colère la rende encore plus futée dans ses efforts.

— Il n'y a pas de *si*, finit-il par lui répondre. Je vais la ramener.

6

L'HEURE était venue de gagner l'aéroport. Bosch avait dans l'idée de repasser d'abord chez lui pour y prendre son passeport et ranger son arme de service. Jamais il ne pourrait introduire un flingue dans un pays étranger sans l'accord du ministère des Affaires étrangères, et cela prendrait des semaines, voire des mois. Il ne prévoyait pas d'emporter des vêtements, ne pensant pas avoir le temps d'en changer à Hong Kong. La mission dans laquelle il s'était lancé commencerait dès qu'il descendrait de l'avion.

Il était sur la 101 quand son téléphone vibra. L'appel venait de Barbara Starkey.

— Barbara. Qu'est-ce que tu as trouvé?

— Deux ou trois autres identifiants visuels et audio qui pourraient t'aider.

Bosch lui accorda toute son attention.

— Mais encore?

— Le premier pourrait être un train ou une rame de métro. Le deuxième est un bout de conversation, mais pas en chinois. Et le dernier est ce que je crois être un hélicoptère silencieux.

— Comment ça, « silencieux »?

— Littéralement. J'ai le bref reflet d'un hélicoptère qui passe, mais je n'ai pas de piste audio véritable qui l'accompagne.

Bosch savait de quoi elle parlait. Il s'agissait des hélicoptères Whisper Jet dont se servent les riches et les puissants pour se déplacer au-dessus de Hong Kong. Aller d'un point à un autre en hélicoptère n'était pas rare, mais il savait aussi que seuls quelques bâtiments par secteur avaient le droit d'abriter une plate-forme d'atterrissage sur le toit. Une des raisons pour lesquelles son ex avait choisi l'immeuble où elle habitait était qu'il en possédait une. Elle pouvait se rendre à son casino de Macao en vingt minutes porte à porte.

— Merci, Barbara, je te rejoins dans cinq minutes.

Il se dirigea vers Parker Center. Lorsqu'il pénétra dans le laboratoire, sept minutes à peine s'étaient écoulées depuis qu'il avait refermé son portable.

— Tu es en retard, lui lança Starkey.

— Désolé. Merci de m'avoir attendu.

— Je dis juste ça pour t'emmerder. Regardons vite ce truc.

Elle lui montra un des écrans où elle avait figé l'image de la fenêtre prise avec le portable. Puis elle posa les mains sur les manettes.

— Garde les yeux fixés sur le haut du reflet, dit-elle. Ça, on ne l'avait pas vu... ou entendu.

Elle tourna lentement un bouton et la bande partit en marche arrière. Dans le reflet trouble, Bosch découvrit alors ce qu'il n'avait pas remarqué la première fois. Juste au moment où la caméra redescendait sur sa fille, un hélicoptère traversait le haut de l'écran tel un fantôme. La découverte était importante et Bosch en fut tout excité.

— Le truc, c'est que pour apparaître dans cette fenêtre, l'hélicoptère devait voler très bas.

— Ce qui veut dire qu'il venait de décoller ou allait atterrir.

— Pour moi, il montait, dit-elle. Il donne l'impression de s'élever très légèrement.

Bosch acquiesça d'un signe de tête.

— Et maintenant, quand je cherche la piste audio...

Elle passa à l'autre écran où un audiogramme montrait plusieurs pistes qu'elle avait extraites de la vidéo.

— ... et que j'y supprime autant de bruits parasites que possible, voilà ce que j'obtiens.

Elle passa une piste au graphe pratiquement plat, Bosch n'entendant alors qu'un lointain bruit de circulation entrecoupé comme par vagues.

— Ça, c'est le bruit d'un rotor, dit Starkey. On n'entend pas l'hélicoptère, mais le bruit ambiant en est perturbé. On dirait un hélicoptère furtif.

Bosch acquiesça de nouveau. Il savait maintenant que sa fille était détenue dans un bâtiment proche d'un des rares toits de Kowloon équipés d'une plate-forme d'atterrissage pour hélicoptères.

— Ça t'aide ? lui demanda Starkey.

— Et pas qu'un peu !

— Parfait. J'ai aussi ça.

Elle lui passa une autre piste où l'on entendait comme un sifflement sourd. Ça démarrait, s'amplifiait, puis retombait.

— Ce passage m'a donné beaucoup de boulot. C'est de l'air. De l'air qui s'échappe de quelque chose. Moi, je dirais que c'est l'entrée d'une bouche de métro ou bien l'orifice d'un conduit d'où sort de l'air déplacé par une rame qui entre dans une station ou qui en sort.

— Pigé.

— L'endroit que tu cherches est élevé. Disons au quinzième étage, à en juger par le reflet. C'est pour ça que la partie audio est difficile à cerner. Ça pourrait être au rez-de-chaussée de l'immeuble ou une rue plus loin. C'est difficile à dire.

— Ça m'aide quand même.

— Et voici le dernier truc.

Elle passa la première partie de la vidéo, celle où la caméra était braquée sur la fille de Bosch et ne montrait qu'elle. Elle monta le son et filtra les pistes audio parasites. Bosch entendit alors une bribe de dialogue étouffée.

— Qu'est-ce que c'est que ça ? demanda-t-il.

— Je crois que c'est à l'extérieur de la pièce. Écoute jusqu'au bout.

Elle repassa la bande. Bosch regarda fixement les yeux apeurés de sa fille en se concentrant sur la piste son. Il entendit une voix d'homme, mais trop sourde pour qu'on la comprenne, car tout s'arrêtait net en plein milieu d'une phrase.

— Quelqu'un qui l'aurait interrompu ?

— Ou alors une porte d'ascenseur qui se ferme et lui coupe la chique.

Il acquiesça. L'ascenseur était le plus probable dans la mesure où la voix ne trahissait aucun stress avant d'être coupée.

Starkey lui montra de nouveau l'écran.

— Autrement dit, lorsque tu trouveras le bâtiment, la pièce sera près de l'ascenseur.

Bosch regarda longuement et pour la dernière fois les yeux de sa fille.

— Merci, Barbara, dit-il.

Il lui serra légèrement les épaules.

— Bonne chance, Harry. Va chercher ta fille.

Bosch ne dormit que par à-coups pendant la traversée du Pacifique. L'angoisse le submergeait. Il passa les trois quarts du trajet assis dans la pénombre à regarder droit devant lui en serrant fort les poings, tandis que l'appareil se ruait dans la nuit vers l'endroit où Madeline était cachée.

L'avion prit de l'avance et atterrit à l'aéroport de Lantau Island à 4 h 55 du matin. Dès que la porte fut ouverte, il fonça et prit la tête des voyageurs qui se dirigeaient vers le contrôle des douanes et de l'immigration. La peur s'empara de lui lorsqu'il approcha du premier point de contrôle – un scanner thermique pour identifier les passagers ayant de la fièvre. La culpabilité qui le brûlait s'était-elle muée en fièvre ? Allait-on l'arrêter avant même qu'il puisse entamer la mission la plus importante de sa vie ?

Il jeta un coup d'œil sur l'écran de l'appareil en passant. Il vit les silhouettes des voyageurs se transformer en fantômes bleus. Pas de taches rouges. Pas de fièvre. Du moins pour l'instant.

Au contrôle des passeports, l'inspecteur feuilleta le sien et lui demanda de passer sous un détecteur de métaux. Puis Bosch repéra un bureau de change ouvert malgré l'heure matinale. Il sortit de son sac une enveloppe pleine de liquide et informa la femme derrière la vitre qu'il avait besoin de changer cinq mille dollars des États-Unis en dollars de Hong Kong. C'était sa réserve anti-tremblement de terre, celle qu'il cachait dans le coffre de sa chambre où il gardait son arme. Il empocha son argent et se dirigea vers les portes de sortie situées à l'autre bout du terminal des bagages.

La première surprise de sa journée fut de voir Eleanor Wish qui l'attendait dans le grand hall. Elle se tenait à côté d'un homme en costume qui avait adopté la posture jambes écartées de garde du corps. Elle lui fit un petit geste de la main au cas où il ne l'aurait pas remarquée. Il décela tout de suite un mélange de douleur et d'espoir sur son visage et dut baisser les yeux en approchant d'elle.

— Eleanor, dit-il. Je ne…

Elle l'attira à lui et l'enlaça gauchement mettant fin à sa phrase. Il comprit ce qu'elle lui disait : les reproches et les récriminations seraient pour plus tard. Il y avait des choses plus importantes à faire tout de suite. Elle lui montra l'homme en costume.

— Je te présente Sun Yee, dit-elle.

L'homme salua Bosch d'un hochement de tête. Il devait approcher de la cinquantaine. L'âge d'Eleanor. Petit, mais solidement charpenté. Il portait des lunettes de soleil, bien qu'on fût encore loin de l'aube.

— C'est lui qui va nous conduire ? demanda Bosch.

— C'est lui qui va nous aider, le reprit-elle. Il fait partie de la sécurité du casino.

Un mystère venait de trouver sa solution.

— Il parle anglais ?

— Oui, je parle anglais, monsieur Bosch, répondit l'homme.

Bosch l'étudia un instant, puis regarda Eleanor et lut sa détermination sur son visage. C'était une expression qu'il lui avait vue bien des fois. Si Bosch ne voulait pas du bonhomme, il se retrouverait tout seul.

— Dans ce cas, appelez-moi Harry.

Ils commencèrent à marcher vers les portes de verre donnant sur l'extérieur. Bosch laissa Sun Yee prendre de l'avance afin de pouvoir parler en privé avec son ex. Malgré la tension qui se lisait clairement sur son visage, elle était toujours aussi belle. Elle avait noué ses cheveux en arrière, ce qui mettait en valeur son menton volontaire. Chaque fois qu'il la voyait, il ne pouvait s'empêcher de songer à tout ce qui aurait pu être. Le cliché était plus qu'usé, mais Bosch avait toujours pensé qu'ils étaient faits pour vivre ensemble.

— Y a-t-il du neuf de ce côté-ci du Pacifique ? demanda-t-il.

Elle fit oui de la tête.

— Hier, j'ai passé quatre heures au centre commercial. Ils ont une vidéo de surveillance où on la voit avec le frère et la sœur. Quick et Lui. Tout ça est filmé de loin. Pas moyen de les identifier vraiment, sauf Mad. Je pourrais la reconnaître n'importe où.

— Est-ce que ça montre l'enlèvement ?

— Il n'y a pas eu d'enlèvement. Ils traînaient ensemble. Quick a allumé une cigarette et quelqu'un s'est plaint. La sécurité est entrée en scène et l'a expulsé. Et Madeline est partie avec eux. Ils ne sont jamais revenus.

Bosch hocha la tête.

— Quelle heure était-il quand ils sont sortis ?

— 18 h 15.

Bosch fit le calcul. Ça s'était donc passé vendredi. Sa fille avait quitté le champ de l'enregistrement vidéo du centre commercial presque trente-six heures plus tôt.

— À quelle heure commence-t-il à faire nuit ici ?

— Vers 20 heures. Pourquoi ?

— La vidéo que j'ai reçue a été prise en plein jour. Par conséquent, moins de deux heures après avoir quitté le centre avec eux, elle s'est retrouvée à Kowloon, où ils l'ont filmée.

— Harry, je veux voir cette vidéo.

— Je te la montrerai dans la voiture. Tu dis avoir reçu mon message. As-tu appris des choses sur les plates-formes d'atterrissage d'hélicoptères à Kowloon ?

Elle acquiesça d'un signe de tête.

— J'ai appelé le chef des transports de clients au casino. D'après lui, il y en a sept de disponibles. J'ai la liste.

— Bien. Lui as-tu dit pourquoi tu voulais cette liste ?

— Non, Harry. Fais-moi un peu confiance.

Bosch la regarda, puis il jeta un coup d'œil à Sun qui avait maintenant plusieurs mètres d'avance sur eux. Eleanor comprit le message.

— Sun Yee n'est pas comme tout le monde. Il sait ce qui se passe. Je l'ai mis dans le coup parce que je peux lui faire confiance. Cela fait trois ans qu'il veille sur moi au casino.

Bosch hocha la tête. Son ex avait beaucoup de valeur pour le Cleopatra Resort and Casino de Macao. La direction lui payait son appartement et l'amenait de chez elle en hélicoptère. La sécurité – en la personne de Sun Yee – faisait partie du deal.

— C'est dommage qu'il n'ait pas veillé aussi sur Maddie, dit Bosch.

Eleanor s'arrêta net et se tourna vers lui.

— Écoute, tu as envie qu'on commence à s'engueuler maintenant ? Parce que si tu veux, moi, ça ne me gêne pas. On pourra parler de Sun Yee et aussi de toi et de la façon dont ton travail a foutu ma fille dans ce… ce…

Elle attrapa Bosch par la veste et se mit à le secouer avec colère, puis elle se jeta dans ses bras et fondit en larmes. Bosch posa la main dans son dos.

— Notre fille à tous les deux, Eleanor, dit-il. Notre fille, que nous allons retrouver.

Sun remarqua qu'ils n'étaient plus avec lui et s'arrêta. Il jeta un coup d'œil à Bosch, les yeux cachés derrière ses lunettes noires. Bosch lui fit signe d'attendre un instant et de rester à l'écart.

Eleanor s'essuya le nez du revers de la main.

— Il faut que tu tiennes le coup, Eleanor. Je vais avoir besoin de toi.

— Arrête de dire ça, tu veux ? Je vais tenir le coup. Par où commence-t-on ?

— As-tu la carte du métro que je t'ai demandée ?

— Oui. Elle est dans la voiture.

— Et la carte de visite de Causeway Taxis ? Tu as vérifié ?

— Pas besoin. Sun Yee était déjà au courant. Il est de notoriété publique que les trois quarts des compagnies de taxis engagent des membres des triades. Ces types-là ont besoin de boulots réguliers pour détourner les soupçons. La plupart d'entre eux achètent des licences et font des courses de temps à autre pour se couvrir. Si ton suspect avait la carte du patron de la flotte, c'est probablement parce qu'il allait lui demander un boulot en arrivant ici.

Bosch songea qu'elle avait probablement raison.

— Bien, dit-il. Et pour le flingue ?

Elle hocha la tête, l'air d'hésiter.

— Si tu es sûr d'en vouloir un, Sun Yee sait où tu pourras te le procurer. À Wan Chai.

Bosch acquiesça.

C'était évidemment là qu'il en trouverait un. Wan Chai était l'endroit où les bas-fonds de Hong Kong affleuraient à la surface. Bosch n'y était pas revenu depuis une permission pendant la guerre du Vietnam, quarante ans plus tôt. Mais il savait qu'il y a des choses et des lieux qui ne changent pas.

— Bon, allons à la voiture. On perd du temps.

Lorsqu'ils franchirent les portes automatiques, Bosch fut assailli par un air chaud et humide qu'il sentit se coller à lui.

— Par où commence-t-on ? demanda Eleanor. Par Wan Chai ?

— Non, par le pic. C'est de là qu'on partira.

L'ENDROIT était connu sous le nom de « pic Victoria » pendant la période coloniale. Maintenant on ne parlait plus que du « pic » pour décrire le sommet de cette montagne qui domine l'horizon de Hong Kong et offre des vues saisissantes sur Central et le port jusqu'à Kowloon. Accessible en voiture et par funiculaire, c'est une destination très appréciée des touristes, et Bosch s'y était déjà rendu plusieurs fois avec sa fille.

Bosch, son ex et le garde du corps arrivèrent au sommet avant que le jour se lève sur la ville. La galerie marchande et les boutiques pour touristes étaient encore fermées et les belvédères déserts. Ils laissèrent la Mercedes de Sun au parking de la galerie et descendirent le sentier à flanc de montagne.

— Qu'est-ce qu'on fait exactement ? lui demanda Eleanor.

C'était la première question qu'elle lui posait depuis un bon moment. Pendant le trajet depuis l'aéroport, il avait préparé la vidéo et lui avait passé son portable. Elle l'avait regardée, avant de se murer dans le silence.

Bosch ouvrit la fermeture Éclair de son sac à dos et tendit une photo à Eleanor. Puis il lui passa une lampe torche.

— C'est un plan fixe tiré de la vidéo, dit-il. Juste au moment où Maddie flanque un coup de pied au type et où la caméra bouge, on voit la fenêtre.

Eleanor examina le cliché en continuant de marcher. Bosch poursuivit ses explications.

— Il ne faut pas oublier que tout ce qui se reflète dans la vitre est à l'envers. Tu vois les buts au-dessus du bâtiment de la Bank of China ? Bon, là, entre les poteaux, on aperçoit la pagode qui est ici. Je crois qu'il s'agit de la pagode ou du belvédère du Lion. J'y suis déjà monté avec Maddie.

— Moi aussi. C'est le pavillon du Lion.

Le sentier s'incurvant, Bosch vit la structure de style pagode se dresser devant lui. Il franchit l'arche d'entrée et gagna le pavillon. Gigantesque, la ville s'étalait à ses pieds.

Eleanor se mit à côté de lui et tint la photo sous le rayon de la lampe torche. Sun prit position derrière eux.

— Je ne comprends pas, dit-elle. Tu penses pouvoir remettre tout ça à l'endroit et découvrir où elle est ?

— Exactement. Il y a d'autres repères. Je veux juste réduire le champ des recherches.

Bosch sortit des jumelles du sac et les porta à ses yeux.

— Quels autres repères ?

Il lui montra ceux que lui avait signalés Barbara Starkey, en particulier le bout du panneau avec les lettres O et N dessus. Il lui parla aussi de la bande-son où l'on entendait un métro proche.

— Quand on aura assemblé toutes les pièces du puzzle, je crois qu'on ne sera plus très loin de Maddie.

— Je peux déjà te dire que c'est le panneau Canon que tu cherches.

— Canon comme les appareils photo ? Où ça ?

Elle lui montra Kowloon dans le lointain.

— Je le vois tout le temps quand ils me font survoler le port, reprit-elle. Il y a un panneau CANON du côté Kowloon. C'est juste le mot CANON tout en haut du bâtiment. Il tourne. Mais si tu étais derrière lui à Kowloon quand il tourne vers le port, tu le verrais à l'envers. Et dans le reflet, il serait donc à l'endroit. Forcément.

— Oui, mais où est-ce ? Je ne le vois nulle part.

— Normalement il est allumé, dit-elle en regardant, mais ils l'éteignent probablement quelques heures avant l'aurore pour économiser de l'énergie. On devrait le voir dans un quart d'heure.

L'aube fut rose et gris. Le port grouillait déjà d'activité, les cargos et les ferrys se croisant dans ce qui ressemblait à une chorégraphie naturelle. Bosch vit un brouillard bas descendre sur Kowloon de l'autre côté du port. Et il sentit de la fumée.

— Ça sent comme si la ville était en feu.

— D'une certaine façon elle l'est, lui répondit Eleanor. On est en plein milieu du *Yue Laan*. La fête du fantôme affamé. Elle a commencé la semaine dernière. On raconte que les portes de l'enfer s'ouvrent le quatorzième jour du septième mois lunaire et que tous les fantômes du mal se mettent à hanter le monde. Les croyants brûlent des offrandes pour apaiser leurs ancêtres et écarter les esprits mauvais.

— Des offrandes ? De quel genre ?

— Essentiellement des billets de banque et des fac-similés en papier mâché de maisons et de voitures. Bref, des trucs dont les esprits auraient besoin.

Bosch regarda la ville et s'aperçut que ce qu'il avait pris pour de la brume matinale était en fait de la fumée qui montait de tous ces feux.

Grâce à ses jumelles, il finit par découvrir le panneau CANON, fixé sur le toit d'un immeuble en verre et aluminium, qui lançait de forts éclats dans toutes les directions.

— Je vois le panneau, dit-il sans cesser de regarder.

— Laisse-moi voir, demanda Eleanor.

Bosch lui tendit les jumelles et elle les braqua sur le panneau.

— Je l'ai, dit-elle, l'hôtel Peninsula est deux rues plus loin. Et il y a bien une plate-forme d'atterrissage d'hélicoptère à cet endroit.

Bosch suivit son regard à travers le port. Il lui fallut un moment pour distinguer le panneau, qui prenait maintenant le soleil en plein.

Il repéra une grande artère qui partait vers le nord et arrivait droit sur Kowloon, juste à côté du bâtiment surmonté du panneau.

— C'est quoi, cette rue? demanda-t-il.

— Nathan Road. Elle part du port et rejoint les Nouveaux Territoires.

— Et les triades y sont?

— Absolument.

Bosch se retourna pour regarder vers Nathan Road et Kowloon.

— Les Neuf Dragons, se murmura-t-il à lui-même.

— Qu'est-ce que tu dis?

— Madeline est là-bas.

Ils remontèrent dans la Mercedes de Sun et descendirent la montagne pour rejoindre Wan Chai. En chemin, Bosch se rendit compte qu'un des itinéraires le ferait passer devant l'immeuble où Eleanor et sa fille habitaient.

— Eleanor, dit-il, commençons par aller chez toi. Il y a un truc que j'ai oublié de te dire d'apporter. Le passeport de Madeline. Et le tien.

— Pourquoi?

— Parce que l'affaire ne sera pas terminée quand on leur reprendra Maddie. Et je veux que vous soyez toutes les deux loin d'ici tant que tout ne sera pas réglé.

Eleanor se tourna vers Sun et lui parla sévèrement en chinois. Il se rangea aussitôt sur le bas-côté et arrêta la voiture. Elle se tourna sur son siège pour faire face à Bosch.

— On va s'arrêter pour les passeports, dit-elle d'un ton égal. Mais s'il faut que nous disparaissions, ne t'imagine même pas une seconde que nous partirons avec toi.

Bosch acquiesça d'un signe de tête. Qu'elle accepte seulement de le faire était une concession suffisante à ses yeux.

— Dans ce cas, ce serait bien que tu prépares tes bagages et les mettes dans le coffre.

Elle se retourna sans lui répondre. Sun lui parla en chinois. Elle lui adressa un signe de tête et il redémarra. Bosch comprit qu'elle allait faire ce qu'il venait de lui demander.

Un quart d'heure plus tard, Sun s'arrêta devant les tours jumelles que les gens du coin appellent communément « les Baguettes ». Eleanor décida en quelque sorte d'offrir un rameau d'olivier à celui qui occupait la banquette arrière.

— Tu veux monter ? dit-elle. Tu pourras te préparer un café pendant que je fais mes bagages.

— OK.

Tandis que Sun restait dans la voiture, ils montèrent à l'appartement. C'était l'immeuble résidentiel le plus haut de tout Hong Kong. Eleanor et Madeline y avaient emménagé peu après être arrivées de Las Vegas six ans plus tôt.

Bosch s'agrippa à la rampe de la cabine à grande vitesse. Il n'aimait pas se dire qu'il y avait sous ses pieds un vide de quarante-trois étages dans la cage d'ascenseur.

La porte s'ouvrit sur un petit palier, et Eleanor poussa la première porte à droite.

— Le café se trouve dans le placard au-dessus de l'évier, dit-elle. Je ne serai pas longue.

— Bien. Tu en veux une tasse ?

— Non, ça ira. J'en ai bu un à l'aéroport.

Eleanor se dépêcha de rejoindre sa chambre pendant que Bosch gagnait la cuisine et s'attaquait au café. Il sirota le liquide brûlant en contemplant la vue stupéfiante sur Hong Kong et son port. Il n'était pas souvent monté dans l'appartement et ne se lassait jamais de ce spectacle.

Il se tourna vers le couloir et trouva Eleanor dans la chambre de leur fille. Elle pleurait en mettant des vêtements dans un sac à dos.

— Je ne sais pas quoi prendre, dit-elle. Je ne sais pas ce dont elle aura besoin. Je ne sais même pas si nous la reverrons jamais.

Elle laissait couler ses larmes. Bosch posa sa main sur son épaule, mais elle l'écarta aussitôt. Elle remonta brutalement la fermeture Éclair du sac à dos et quitta la pièce. Bosch se retrouva seul à contempler la chambre.

De petits souvenirs des séjours de Madeline à Los Angeles encombraient toutes les surfaces horizontales. Des affiches de films et de groupes de rock couvraient les murs. De nombreuses peluches s'entassaient sur les oreillers de son lit. Bosch ne put s'empêcher de penser qu'il violait son intimité.

— Tu es prêt ?

Il se retourna. Eleanor se tenait sur le seuil.

— Oui.

Bosch prit un oreiller et une couverture sur le lit en partant.

— Elle pourrait être fatiguée et avoir envie de dormir, expliqua-t-il.

Ils quittèrent l'appartement, Bosch serrant la couverture et l'oreiller sous un bras et tenant l'un des deux sacs à dos de l'autre main.

— Je peux te demander quelque chose ?

— Oui, quoi ?

— Jusqu'où peut-on faire confiance à Sun Yee ? Je ne suis pas sûr qu'il faille rester avec lui une fois que nous aurons le flingue.

Elle lui répondit sans la moindre hésitation :

— Il n'y a pas à s'inquiéter à cause de lui. Je lui fais totale confiance, et Maddie aussi.

— Comment Maddie peut-elle…

Il se tut. Soudain il comprenait ce qu'elle était en train de lui dire. Sun Yee était l'homme dont Maddie lui avait parlé. Eleanor et lui vivaient ensemble.

— As-tu enfin compris ? lui demanda-t-elle.

— Oui, j'ai compris.

Sun Yee avait amené la voiture au rond-point de déchargement devant l'immeuble. Eleanor et Bosch déposèrent leurs sacs à dos dans le coffre, mais Bosch garda l'oreiller et la couverture avec lui. Sun déboîta et se mit en route pour Wan Chai.

Bosch essaya d'oublier la conversation qu'ils avaient eue dans l'ascenseur. Elle n'avait pas d'importance pour l'instant parce qu'elle n'allait pas l'aider à retrouver sa fille. Cela dit, compartimenter ses sentiments n'avait rien de facile. Maddie lui avait dit qu'Eleanor avait quelqu'un dans sa vie. Mais affronter cette réalité n'était pas aisé. Il se trouvait dans une voiture avec une femme qu'il aimait encore, et son nouvel amant. C'était dur à supporter.

Il observa Sun Yee. L'homme n'avait rien d'un garde du corps. Il y avait bien plus que ça dans leur relation. Bosch se rendit compte que ça pouvait être un atout.

Comme s'il sentait ses yeux posés sur lui, Sun Yee se retourna. Même avec les lunettes noires qui cachaient son regard, Bosch devina qu'il n'y avait plus de secret entre eux.

Bosch hocha la tête. Mais pas pour signifier son approbation. Seulement pour faire savoir qu'il comprenait enfin qu'ils étaient embarqués tous ensemble dans cette histoire.

WAN CHAI est la partie de Hong Kong qui ne dort jamais. L'endroit où tout peut arriver et où tout peut être acheté pourvu qu'on y mette le prix.

Il était 8 h 30 lorsqu'ils descendirent Lockhart Road. Dans de nombreux clubs, on travaillait encore. Les volets étaient fermés pour bloquer la lumière, mais les enseignes au néon brillaient toujours autant dans l'air enfumé. La rue était à la fois humide et torride.

Devant tous ces établissements ou presque, on avait disposé une boîte à cendres pour y brûler les offrandes destinées aux fantômes affamés. Bosch vit une femme en robe de soie avec un dragon rouge dans le dos devant un club qui s'appelait le Dragon rouge. Elle déversait ce qui ressemblait bien à de vrais dollars de Hong Kong dans les flammes qui montaient du récipient posé devant son club.

Deux rues plus loin, les établissements se faisaient plus louches. Sun détacha sa ceinture et ouvrit sa portière. Bosch l'imita.

Sun se retourna pour le regarder.

— Vous n'y allez pas, lança-t-il.

Bosch le fixa.

— Vous êtes sûr ? J'ai de l'argent.

— Pas d'argent. Vous attendez ici.

Il descendit de la voiture et referma la portière. Bosch resta à l'intérieur.

— Qu'est-ce qui se passe ? demanda-t-il.

— Sun Yee a fait appel à un ami pour l'arme. La transaction n'implique pas d'échange d'argent.

— Sun Yee est-il membre d'une triade ?

— Non. Il n'aurait jamais pu avoir son boulot au casino. Et je ne serais pas avec lui.

— L'a-t-il été ?

— Je ne sais pas. J'en doute. Les triades ne vous laissent pas partir.

— Mais ce flingue, c'est bien un type des triades qui va le lui passer, non ?

— Écoute, Harry, tu la veux, cette arme ?

— Bien sûr que je la veux.

— Alors on va faire ce qu'il faut pour l'avoir. Sun Yee joue son boulot et sa liberté. Les lois sur le port d'arme sont extrêmement strictes ici.

— Je comprends. J'arrête les questions. Merci de m'aider.

Dans le silence qui suivit, Bosch entendit de la musique étouffée qui montait d'un des clubs aux volets fermés. Il vit Sun s'approcher de trois types en costume qui se trouvaient devant un club juste en face du croisement. Sun s'entretint brièvement avec les types, puis l'un d'eux le palpa. Il fut alors autorisé à franchir la porte.

Ils attendirent presque dix minutes avant que Sun ressorte. Mais au lieu de revenir vers la voiture, il traversa la rue et entra dans la boutique de nouilles.

— Que se passe-t-il ? Il achète de la bouffe ?

— J'en doute, répondit Eleanor. C'est probablement là qu'on l'a envoyé.

Bosch acquiesça d'un hochement de tête. On prenait ses précautions. Cinq minutes s'écoulèrent encore, et lorsqu'il émergea de la boutique, Sun tenait un emballage fermé hermétiquement. Il monta dans la voiture et tendit le paquet à Bosch.

Celui-ci l'ouvrit tandis que Sun déboîtait du trottoir. Le carton contenait un pistolet de taille moyenne en acier bleu. Et rien d'autre.

Ni chargeur supplémentaire, ni munitions de rab. Rien que l'arme et ce qu'il y avait dedans.

Bosch saisit le pistolet. Il n'y avait pas de marque. Uniquement les numéros de modèle et de série, mais l'étoile à cinq branches estampée sur la poignée lui indiqua qu'il s'agissait d'un Black Star fabriqué pour l'armée chinoise. Il en avait vu de temps à autre à Los Angeles.

Bosch tint l'arme entre ses jambes et éjecta le chargeur. Il comportait quinze balles Parabellum de 9 mm. Il les sortit et les déposa dans un porte-gobelet installé dans l'accoudoir. Puis il éjecta la seizième de la chambre et la déposa avec les autres.

Il vérifia plusieurs fois l'action et la détente. L'arme semblait fonctionner correctement.

— Satisfait ? lui demanda Eleanor.

Bosch leva les yeux et s'aperçut qu'ils avaient pris la descente du Cross Harbor Tunnel qui les conduirait droit à Kowloon.

— Pas tout à fait. Je n'aime pas avoir une arme avec laquelle je n'ai jamais fait feu. Pour ce que j'en sais, il se pourrait que le percuteur ait été limé et qu'il ne donne rien quand j'en aurai besoin.

— Ça, on ne peut rien y changer. Il va falloir faire confiance à Sun Yee.

La circulation du dimanche matin était fluide dans le tunnel à deux voies. Bosch enroula la couverture de sa fille autour de son arme et de sa main gauche. Puis il posa l'oreiller par-dessus et se retourna pour regarder par la lunette arrière. Il n'y avait pas de voitures en vue derrière eux.

Il baissa la vitre, leva l'oreiller et enfonça la gueule de l'arme dans le rembourrage. Puis il tira deux fois. Les balles ricochèrent sur les murs carrelés du tunnel.

Même avec le capiton, les deux détonations résonnèrent fort dans la voiture. Eleanor se mit à crier :

— Mais qu'est-ce que tu fous, bordel ?

Bosch remonta sa vitre. L'arme avait fait feu sans la moindre difficulté. Il lui restait quatorze balles, il était prêt à y aller.

— Je devais m'assurer que ça fonctionnait comme il faut.

— Tu es fou ? Tu pourrais nous faire arrêter !

— Baisse un peu le ton et on devrait y arriver.

Il glissa l'arme dans sa ceinture, au creux de son dos. Ils seraient à Kowloon dans peu de temps. Ce n'était pas trop tôt.

7

NATHAN ROAD était un large boulevard à quatre voies bordé de gratte-ciel. Des immeubles à usage résidentiel ou commercial. Les bâtiments allaient du démodé construit au milieu du siècle dernier aux structures élégantes en verre et acier témoignant d'une prospérité récente.

Quand ils furent arrivés à la verticale de l'enseigne Canon, Bosch demanda à Sun Yee de s'arrêter. Le panneau tournait lentement. Sun se rabattit et Bosch sauta hors de la Mercedes. Il avait sorti la photo de son sac à dos et la tenait prête. Sun s'éloigna pour trouver une place de parking.

Bosch leva la tête et suivit la ligne d'horizon de la ville.

— C'est d'ici qu'on va partir. Pour moi, il faut qu'on s'éloigne encore du port d'au moins une rue.

— Attendons Sun Yee.

— Appelle-le pour lui dire où nous sommes.

Il se mit en route, Eleanor n'ayant pas d'autre choix que de le suivre.

— D'accord, d'accord !

Elle sortit son portable et commença à passer l'appel. Bosch continua de marcher en gardant les yeux rivés sur le haut des bâtiments dans l'espoir d'y trouver des climatiseurs. La rue suivante était à plusieurs immeubles de là. À force de marcher le nez en l'air, Bosch faillit plusieurs fois bousculer des passants.

Soudain, une autre pièce du puzzle se mit en place. De l'autre côté de la chaussée se trouvait une entrée du MTR, le Metropolitan Transportation Railway. Avec un enclos en verre qui conduisait aux escaliers mécaniques menant au métro.

— Attends, dit-il en s'arrêtant. On est tout près. On entendait le métro dans la vidéo.

Comme s'il en avait donné le signal, le bruit feutré d'une masse d'air qui s'échappe se fit entendre au moment où une rame entrait dans la station. Bosch leva les yeux sur les immeubles qui l'entouraient.

— Traversons, dit-il.

Ils se trouvaient dans une zone de constructions plus anciennes. Bosch remarqua de nombreuses fenêtres ouvertes et des tas de climatiseurs accrochés dessus.

— Bon, dit-il, on y est. Elle est dans un de ces immeubles.

Il se mit à descendre la rue pour s'éloigner de la foule qui se pressait aux abords de la bouche de métro. Arrivé à la moitié du pâté d'immeubles, Bosch s'arrêta et se référa de nouveau à la photo. Mais elle ne contenait aucun autre indice qui aurait pu l'aider. Bien qu'il se sache près du but, l'idée lui vint peu à peu que la dernière phase de sa quête était impossible.

— Laisse-moi regarder la photo, lui demanda Eleanor.

— Tous ces immeubles se ressemblent.

— Tu permets que je regarde?

Elle prit son temps et Bosch la vit remonter une vingtaine d'années en arrière, à l'époque où elle travaillait pour le FBI. Les yeux plissés, c'était maintenant l'ancien agent fédéral, et non plus la mère d'une enfant disparue, qui analysait le cliché.

C'est alors que Sun arriva, tout rouge d'avoir couru après une cible qui ne cessait de se déplacer.

Eleanor ne lui dit rien, mais écarta légèrement le bras pour qu'il puisse observer le cliché avec elle. Leurs relations étaient maintenant telles que les mots n'étaient plus nécessaires.

Bosch détourna le regard. Il entendit Eleanor dire dans son dos :

— Une seconde! Il y a un agencement récurrent dans tout ça.

Il se retourna.

— Qu'est-ce que tu veux dire?

— Harry, il y a un motif qui va nous conduire à Maddie.

Bosch sentit un fantôme lui descendre le long de la colonne vertébrale.

Elle lui montra la photo et fit courir l'ongle de son doigt le long d'un alignement de climatiseurs reflétés dans la vitre.

— Les fenêtres du bâtiment que nous cherchons n'ont pas toutes un climatiseur. Certaines pièces, comme celle-là, ont les fenêtres ouvertes. Ce qui nous donne un motif à répétition. Ici nous n'en avons qu'une portion parce que nous ne savons pas où se trouve la pièce par rapport au reste de l'immeuble.

— Elle est probablement au centre. L'analyse audio a permis d'entendre des voix étouffées brusquement coupées par un bruit d'ascenseur. Et cet ascenseur a toutes les chances de se trouver au milieu du bâtiment.

— Parfait. Ça va nous aider. Bon, disons que les fenêtres sont des traits et les climatiseurs des points. Dans ce reflet on a un motif pour l'étage où elle est. Tu démarres avec cette pièce, un trait donc, et tu as point, point, trait, point, trait.

Et de taper sur chaque endroit du motif avec le bout de son ongle.

— C'est ça notre motif, ajouta-t-elle. Vu la photo, c'est de gauche à droite qu'il faut regarder l'immeuble en partant du bas.

Elle se retourna et contempla le mur d'immeubles qui courait tout le long de la rue.

— Tu veux qu'on se répartisse les immeubles? Grâce au métro, on sait qu'on est tout près.

— Allons-y. Je prends lequel?

— Celui-là, dit-elle en le lui indiquant. Moi, je prends celui-ci, et toi, Sun Yee, tu vérifies celui-là. Dès qu'on a fini, on passe vite au suivant. Jusqu'à ce qu'on ait le bon. D'après la photo, on sait qu'ils sont en hauteur. Pour moi, les huit premiers étages sont sans intérêt.

Bosch se rendit compte qu'elle avait raison. Cela accélérerait bien plus la recherche que ce à quoi il s'attendait. Il s'écarta et se mit à examiner l'immeuble qu'elle lui avait assigné. Il commença par le haut du bâtiment et analysa la façade un étage après l'autre. Eleanor et Sun se séparèrent et en firent autant.

UNE demi-heure plus tard, Bosch avait examiné la moitié de son troisième immeuble lorsque Eleanor s'écria :

— Je l'ai!

Bosch revint vers elle. Elle comptait les étages du bâtiment qu'elle avait juste en face d'elle, de l'autre côté de la rue. Sun les rejoignit bientôt.

— Quatorzième étage.

Bosch compta les fenêtres des yeux, l'espoir montant avec chaque étage. Arrivé au quatorzième, il reconnut le motif.

— On y est, dit-il.

Il se concentra sur la fenêtre qui avait dû attraper le reflet découvert sur la vidéo. Elle était fermée.

— Ce sont les Résidences de Chungking.

— Tu sais ce que c'est ?

— Je n'y suis jamais allée, mais tout le monde les connaît. Le melting-pot de Hong Kong. C'est l'endroit le moins cher de la ville où passer la nuit, et donc le premier arrêt pour tous les immigrants venus du tiers et du quart-monde.

— Allons-y.

Bosch commença à traverser la rue en se faufilant au milieu des voitures qui roulaient au ralenti, obligeant des taxis à piler et à donner du klaxon.

— Harry, mais qu'est-ce que tu fais ? lui cria Eleanor.

Il ne répondit pas. Il finit de traverser la chaussée et monta les marches conduisant aux Résidences. Ce fut comme de débarquer sur une autre planète.

CE qui le frappa d'emblée lorsqu'il arriva au premier niveau des Résidences fut l'odeur. De forts relents d'épices et de friture assaillirent ses narines tandis que ses yeux s'habituaient au marché faiblement éclairé qui s'étalait devant lui. Montres, téléphones portables, presse internationale et nourriture pour tous les goûts : des étals de deux mètres de large offraient tout ce qu'on peut désirer.

Il découvrit un renfoncement pour les ascenseurs. Une file de quinze personnes y attendait deux cabines, à ceci près que l'une d'entre elles était hors service. Postés devant la file, deux gardiens s'assuraient que tous ceux qui montaient avaient une clé de chambre. Bosch regardait fixement l'écran en se demandant comment il allait monter au quatorzième étage lorsque Eleanor et Sun Yee le rattrapèrent. Eleanor lui saisit brutalement le bras.

— Harry, ne recommence pas à disparaître sans crier gare.

Bosch la regarda. Ce n'était pas de la colère qu'il lut dans ses yeux, mais bel et bien de la peur. Elle voulait être sûre de ne pas être seule quand il lui faudrait affronter ce qui l'attendait au quatorzième étage.

— Je veux juste continuer à bouger, dit-il.

— Alors bouge avec nous. On monte ?

— Il faut une clé.

— On va louer une chambre.

— Où est-ce qu'on peut faire ça ?

Eleanor se tourna vers Sun Yee, qui acquiesça d'un signe de tête et les conduisit devant une rangée de comptoirs avec des panneaux en plusieurs langues.

— Vous louez la chambre ici, dit Sun Yee. Il y a plusieurs hôtels.

— Demandez-lui lequel a des chambres au quatorzième étage.

— Il n'y aura pas de quatorzième étage.

Bosch comprit ce qu'il voulait dire.

— Le quinzième alors. Quel est l'hôtel qui se trouve au quinzième étage ?

Sun Yee longea la file en s'enquérant du quinzième étage jusqu'au moment où il s'arrêta devant le troisième comptoir et fit signe à Bosch et à Eleanor de le rejoindre.

— Ici, dit-il.

Bosch regarda le type derrière le comptoir. Son corps en forme de cloche semblait avoir été taillé pour le tabouret sur lequel il était assis. L'homme fumait une cigarette glissée dans un fume-cigarette de dix centimètres de long en os sculpté.

— Vous parlez anglais ? lui demanda Bosch.

— Oui, j'ai anglais, lui répondit l'homme d'un ton las.

— Bien. Nous voulons une chambre au quator... quinzième étage.

L'homme fit glisser une écritoire en travers du comptoir. Bosch y griffonna rapidement ses nom et adresse.

— Identité, passeport.

Bosch sortit son passeport, l'homme le vérifia, en reporta le numéro sur un bout de papier et le lui rendit.

— Combien ? demanda Bosch.

— Deux cents américains.

— Je n'ai pas de dollars américains. Je n'ai que des dollars hongkongais.

— Deux chambres, mille cinq cents.

Sun s'avança et posa la main sur l'argent qu'avait sorti Bosch.

— Non, trop, dit-il.

Puis il se mit à parler vite et d'un ton sans réplique à l'employé : il refusait que celui-ci profite de Bosch. Mais Bosch, lui, s'en foutait. Il tira mille cinq cents dollars de sa liasse de billets et les jeta sur le comptoir.

— Les clés ! ordonna-t-il.

L'employé pivota sur son siège pour avoir accès aux deux rangées de casiers derrière lui. Il y choisit deux clés et lorsque Bosch tendit la main, l'employé garda les clés.

— Clés dépôt mille dollars.

Bosch comprit qu'il n'aurait jamais dû montrer sa liasse. Il la ressortit rapidement, mais cette fois, il la tint sous le comptoir pour en extraire deux autres billets, qu'il abattit bruyamment sur le comptoir. Quand enfin l'employé assis sur son tabouret lui présenta les clés, Harry les lui arracha des mains et repartit vers l'ascenseur.

La file d'attente de l'ascenseur comptait maintenant plus de trente personnes. Les quinze minutes les plus longues de sa vie, Bosch les passa à attendre. Eleanor tenta de calmer son angoisse en engageant la conversation.

— C'est quoi, le plan, quand on sera là-haut? demanda-t-elle.

— Il n'y a pas de plan. On joue ça au pif.

— C'est tout? Qu'est-ce qu'on va faire? Frapper aux portes et rien d'autre?

Bosch brandit encore une fois la photo du reflet.

— Non, ce truc-là nous indique que notre fenêtre est la septième côté Nathan Road. Dès qu'on arrive là-haut, on s'attaque à la septième chambre en partant du bout.

— On… « s'attaque »?

— Je ne vais pas frapper à la porte.

Ce fut enfin leur tour. Le gardien vérifia les clés de Bosch, le poussa vers l'ascenseur avec Eleanor, mais tendit le bras pour barrer le passage à Sun Yee. L'ascenseur était plein.

— Harry, attends! lança Eleanor. Prenons le suivant.

Bosch s'approcha de l'ascenseur et se retourna. Puis il regarda Eleanor et Sun Yee.

— Attendez si vous voulez, dit-il. Moi, je n'attends pas.

Eleanor hésita un instant avant d'avancer et de rejoindre Bosch dans l'ascenseur. Elle cria quelque chose à Sun Yee en chinois au moment où la porte se refermait.

L'ascenseur montait lentement. Il puait le poisson et la sueur. Pour finir, à son cinquième arrêt, la cabine s'ouvrit au quinzième étage. À ce moment-là, il ne restait plus que Bosch, Eleanor et deux types qui avaient appuyé sur le bouton du seizième. Harry leur jeta un bref coup d'œil, puis sortit de la cabine, la main gauche sur la hanche, prêt à dégainer dès que ce serait nécessaire. Eleanor sortit juste derrière lui.

Le renfoncement des ascenseurs se situait au milieu du H que dessinait l'étage. Il se dirigea vers le couloir de droite, le côté qui donnait sur Nathan Road.

Bosch commença à compter les portes et gagna la septième, celle de la chambre 1514. On y était. C'était pour ça qu'il était là.

Il se pencha en avant et colla l'oreille contre la fente de la porte. Il écouta attentivement, mais n'entendit aucun son provenir de la pièce.

— Alors ? lui chuchota Eleanor.

Bosch fit non de la tête. Puis il posa la main sur la poignée de la porte et tenta de la faire tourner. Il ne s'attendait pas que la porte ne soit pas fermée à clé, mais il voulait simplement apprécier le matériel et sa solidité éventuelle.

La poignée était vieille et branlante. La crocheter ne poserait pas de problème. Bosch sortit son porte-cartes de flic. Avant de passer sous le détecteur de métaux, il avait glissé ses deux meilleurs rossignols sous son badge, en se disant qu'on prendrait très vraisemblablement les deux tiges de métal très fines en dessous pour une partie du badge. Son astuce ayant marché, il sortit ses rossignols et les glissa tout doucement dans la serrure.

Il ne lui fallut même pas une minute pour la crocheter.

— Prête ? lança-t-il dans un chuchotement.

Eleanor lui fit signe que oui. Il se pencha en arrière et sortit son arme. Puis il débloqua la sécurité et regarda Eleanor. À l'unisson, ils articulèrent *un*, *deux*, *trois* et il ouvrit la porte d'une poussée.

Il n'y avait pas de chaîne. La porte s'ouvrit en grand et Bosch entra dans la chambre, Eleanor sur les talons.

La pièce était vide.

8

Bosch traversa la chambre et entra dans la salle de bains minuscule. Il tira brutalement le rideau de douche en plastique sale de la cabine carrelée – elle aussi était vide. Il repassa dans la chambre et regarda Eleanor.

— Elle n'est plus là.

Il remit l'arme sous sa veste et la glissa au creux de ses reins. Il s'efforçait de ne pas se laisser submerger par la peur et par l'impression d'être inutile.

— Ce n'est pas possible qu'elle ne soit plus là. Nous…

Bosch enlaça Eleanor.

— Allons, il faut qu'on y aille. On va la retrouver. On doit juste continuer à bouger. C'est tout. Il faut qu'on reste solides et qu'on continue à bouger.

Il la poussait vers la porte lorsqu'elle se dégagea et partit vers la salle de bains. Il fallait qu'elle constate elle-même qu'elle était vide.

— Eleanor, dit-il, je t'en prie.

Elle disparut dans la pièce et Bosch l'entendit tirer le rideau à son tour.

— Harry ! cria-t-elle.

Il traversa vite la chambre et entra dans la salle de bains. Eleanor était en train de soulever la poubelle. Au fond se trouvait un petit tas de feuilles de papier-toilette tachées de sang.

Elle prit une feuille entre deux doigts et la tint à la lumière. Le sang avait fait une tache grande comme une pièce de 10 cents.

Tout dans le langage corporel d'Eleanor disait que l'effondrement était proche.

— Ils l'ont droguée, reprit-elle. Ils lui ont enfoncé une aiguille dans le bras.

— Ça, on ne le sait pas encore. Allez, descendons causer au type d'en bas.

Bosch avait toujours dans les poches de sa veste une petite réserve de sachets de pièces à conviction qu'on pouvait clore hermétiquement. Il en sortit un et Eleanor y glissa les feuilles de papier-toilette. Il referma le sachet et le remit dans sa poche.

— Bon, allons-y, répéta-t-il.

Ils quittèrent enfin la pièce. Bosch enlaça Eleanor et regarda son visage lorsqu'ils passèrent dans le couloir. Il s'attendait à moitié à la voir se dégager et repartir en courant vers la chambre. Mais il distingua quelque chose qui ressemblait à un flash dans ses yeux tandis qu'elle fixait le bout du couloir.

— Harry ?

Il se retourna en pensant que c'était Sun. Mais ce n'était pas lui. Deux hommes approchaient. Bosch se rendit compte qu'il s'agissait des deux derniers types restés avec eux dans l'ascenseur. Dès qu'ils virent Harry et Eleanor dans le couloir, ils glissèrent leurs mains sous leurs vestes. Bosch sut d'instinct qu'ils allaient sortir une arme.

Il poussa Eleanor vers l'ascenseur de l'autre côté du couloir et dans le même temps attrapa son flingue. Un des deux hommes cria quelque chose que Bosch ne comprit pas et leva son arme. Bosch ouvrit le feu au moment où un des types faisait de même. Bosch continua de tirer – au moins dix coups – après avoir vu les deux hommes aller au tapis.

Le bras toujours tendu, il se dirigea vers eux. Le premier était allongé en travers des jambes du second. L'un était mort. L'autre vivait encore, le souffle court.

— Où est-elle? lui demanda Bosch. Où est-elle?

L'homme eut comme un grognement, du sang lui coulait de la bouche sur le côté du visage. Bosch savait qu'il serait mort dans moins d'une minute.

Il entendit une porte s'ouvrir au bout du couloir et se refermer aussitôt. La police ne mettrait pas longtemps à débarquer en apprenant qu'il y avait eu une fusillade.

Il se retourna vers l'homme qui agonisait.

— Où est-elle? répéta-t-il. Où est ma…

Le type était mort.

— Et merde! cria-t-il.

Il se releva et se retourna vers Eleanor. Elle était par terre. Il se rua vers elle et s'agenouilla.

— Eleanor!

Trop tard. Elle avait les yeux aussi vides que ceux du type dans le couloir.

— Non, non, s'il te plaît, non. Eleanor!

Il ne voyait aucune blessure, mais elle ne respirait pas et son regard était fixe. Il lui secoua les épaules, mais n'obtint aucune réaction. Il mit une main sous sa tête et lui ouvrit la bouche, puis se pencha en avant pour lui insuffler de l'air dans les poumons. Mais il sentit la blessure. Il retira la main de ses cheveux, elle était couverte de sang. Il lui tourna la tête et vit la blessure derrière son oreille gauche, juste à la naissance des cheveux. Il comprit alors qu'elle avait dû être touchée au moment même où il la poussait vers le renfoncement de l'ascenseur. C'était lui qui l'avait mise dans la ligne de tir.

Il posa le visage sur sa poitrine, entre ses seins, et respira son odeur familière. Une horrible plainte s'éleva. Il s'aperçut que c'était de lui qu'elle montait.

Trente secondes durant, il ne bougea pas, se contentant de la tenir dans ses bras. Puis il entendit la porte de l'ascenseur s'ouvrir dans son dos. Sun Yee sortit de la cabine.

— Eleanor !

Il se précipita vers elle.

— C'est fini, dit Bosch. Je suis navré.

— Qui a fait ça ?

Bosch répondit d'une voix monocorde :

— Là-bas. Les deux types qui nous ont tiré dessus.

Sun Yee regarda le couloir et vit les deux hommes par terre. Bosch lut la confusion et l'horreur sur son visage.

Bosch repassa dans le couloir et ramassa l'arme du mort. Il la glissa dans sa poche et regagna le renfoncement. Sun s'était agenouillé à côté d'Eleanor. Il lui tenait la main.

— Sun Yee, je suis désolé. Ils nous ont eus par surprise.

Il attendit un instant. Sun se taisait et ne bougeait pas.

— J'ai encore quelque chose à faire ici, et après, il va falloir y aller. Je suis sûr que la police est déjà en route.

Il posa la main sur l'épaule de Sun Yee et le tira en arrière. Puis il s'agenouilla à côté d'Eleanor et lui prit le bras droit. Il lui serra la main autour de l'arme que Sun lui avait procurée. Il tira une balle dans le mur, près de l'ascenseur. Enfin, il reposa délicatement son bras par terre, la main toujours serrée sur l'arme.

— Qu'est-ce que vous faites ? voulut savoir Sun Yee.

— Les résidus de poudre. L'arme est-elle propre ou pourra-t-on en remonter la trace jusqu'au type qui vous l'a passée ?

— Elle l'est.

— Alors allons-y. Il va falloir prendre les escaliers. Nous ne pouvons plus rien faire pour elle.

Sun inclina la tête un instant, puis se releva lentement.

Ils longèrent le couloir, mais Sun Yee s'arrêta brusquement pour examiner les deux hommes étendus par terre.

— Allez ! le pressa Bosch. Il faut y aller.

Sun Yee le suivit enfin. Ils arrivèrent à la porte de la cage d'escalier et commencèrent à descendre.

— C'est pas des triades, dit Sun Yee.

Bosch s'arrêta et le dévisagea.

— Quoi? Comment le savez-vous?

— Ils sont pas chinois. Je pense qu'ils sont vietnamiens.

Bosch se remit à descendre et accéléra l'allure. Il ne voyait pas comment cette nouvelle donnée pouvait cadrer avec ce qu'il savait déjà de l'affaire.

Arrivé en bas, il entrouvrit la porte pour retrouver ses marques. Il s'aperçut qu'elle donnait dans une allée piétonne qui courait entre les Résidences de Chungking et le bâtiment d'à côté. Il entendit la circulation et des sirènes qui se rapprochaient.

Soudain la porte fut refermée d'une poussée. Bosch se retourna et vit que Sun Yee avait posé la main à plat sur le battant.

— Vous! cria-t-il. Vous l'avez fait tuer!

— Je sais. Je sais, Sun Yee. Tout est de ma faute. C'est mon affaire qui a amené tous ces…

— Non, ils sont pas triades! *Je vous ai dit!*

Bosch le dévisagea un instant sans comprendre.

— Vous avez montré votre argent et eux volent.

Bosch comprit enfin. Sun Yee était en train de lui dire que les deux types étendus par terre au quinzième étage avec Eleanor n'étaient que de vulgaires voleurs qui voulaient son argent. Mais il y avait quelque chose qui clochait. Il fit non de la tête.

— Ils étaient devant nous dans la file d'attente de l'ascenseur, dit-il. Ils n'avaient pas vu mon argent.

— On leur a dit.

Bosch réfléchit, ses pensées revenant vite à l'homme assis sur le tabouret. Il voulait déjà lui rendre une petite visite, et le scénario que Sun Yee venait d'évoquer en rendait le besoin immédiat.

— Sun Yee, dit-il, il faut qu'on sorte d'ici. Ramenez la voiture devant. Il faut que je retourne à l'intérieur, mais je serai devant dans cinq minutes.

— Qu'est-ce que vous allez faire?

— Il vaut mieux que vous ne le sachiez pas.

BOSCH sortit de l'allée, passa dans Nathan Road et vit tout de suite la foule de badauds qui s'était rassemblée pour regarder comment les flics répondaient à l'appel qu'ils avaient reçu des Résidences de Chungking. Bosch se faufila pour rejoindre l'arrière du bâtiment, où se trouvaient les réceptions des hôtels. La diversion jouait en sa faveur. L'endroit était totalement désert.

Lorsqu'il parvint au guichet, il aperçut l'homme au tabouret, de dos en train d'entasser des papiers dans une mallette. Il semblait prêt à partir. Bosch sauta par-dessus le comptoir, se jeta sur l'homme au tabouret et l'expédia par terre. Puis il lui assena deux coups de poing en pleine figure.

— Non, s'il te plaît, réussit-il à cracher entre les coups.

Bosch regarda par-dessus le comptoir pour être sûr qu'il n'y avait toujours personne. Puis il sortit son arme de derrière son dos et en appuya le canon dans le cou de l'homme.

— Tu as réussi à la faire tuer, espèce de fils de pute ! Je vais te buter !

— Non, s'il te plaît ! *Sir*, s'il te plaît !

— C'est toi qui leur as dit, pas vrai ? Tu leur as dit que j'avais de l'argent.

L'homme souleva la tête.

— D'accord, écoute, écoute, s'il te plaît. J'ai dit faire mal à personne. Tu comprends ? J'ai dit faire mal à per…

Bosch recula son arme et l'abattit violemment sur son nez.

— Je me fous de ce que tu leur as dit. Ils l'ont tuée !

Le bonhomme était sonné.

— Je suis désolé, *sir*. S'il te plaît, ne…

— Si tu veux vivre, tu me dis qui a loué la chambre 1514 vendredi. La chambre 1514. Tu me le dis tout de suite.

— OK, je te dis. Je te montre.

Bosch cessa de peser sur l'homme, qui saignait de la bouche et du nez.

— Tu me montres. Tout de suite.

L'homme plongea la main dans sa mallette et en sortit une pile de formulaires de police. Bosch vit la sienne sur le dessus. Il tendit la main, l'attrapa et en fit une boule qu'il plaça dans la poche de sa veste.

— Vendredi, chambre 1514. Tu la trouves.

L'homme posa la pile de fiches sur le comptoir et commença à chercher. Bosch sut tout de suite qu'il prenait tout son temps. Les flics allaient arriver d'un instant à l'autre. Si la police l'attrapait avec une arme, il irait forcément en prison.

En posant l'arme du voleur sur l'étagère il se rappela qu'il avait laissé Eleanor étendue morte et seule à l'étage. Il en eut le cœur brisé. Il ferma les yeux un instant et tenta de repousser cette image et cette pensée de son esprit.

Soudain, il entendit un déclic métallique. Il rouvrit les yeux et vit le type lever le bras. Il comprit qu'il avait un couteau dans la main. Il décida de bloquer l'attaque plutôt que de l'esquiver, leva le bras gauche pour arrêter la lame et écrasa son poing droit dans la gorge de son assaillant.

Le couteau traversa la manche de sa veste, et il sentit la lame lui entrer dans l'avant-bras. Mais ce fut la seule blessure qu'il reçut. Sous le coup qu'il lui avait porté à la gorge, le guichetier vacilla en arrière et se prit les pieds dans le tabouret qui s'était renversé. Bosch lui retomba aussitôt dessus, lui attrapa le poignet et lui cogna la main par terre jusqu'à ce qu'il lâche son couteau, qui glissa sur le béton en cliquetant.

Bosch leva haut le poing et l'abattit encore et encore, jusqu'à ce que le bonhomme sombre dans le coma.

Bosch saisit le cran d'arrêt, le replia et le laissa tomber dans sa poche. Il ramassa ensuite les formulaires éparpillés par terre et les renfourna dans la mallette du guichetier. Il reprit l'arme sur l'étagère et la glissa dans le creux de ses reins. Puis il passa par-dessus le comptoir avec la mallette et sortit.

Tout en marchant, il leva le bras à la lumière pour regarder sa blessure à travers la déchirure de sa manche. Elle avait l'air superficielle, mais saignait abondamment. Il remonta sa manche pour qu'elle fasse tampon.

Devant les ascenseurs, les flics poussaient tout le monde dehors pour interroger les témoins. Bosch fit demi-tour et prit une allée conduisant de l'autre côté du bâtiment. Il arriva à un croisement et surprit deux types qui s'éloignaient en courant de cette agitation policière.

Il les suivit en comprenant soudain qu'il n'était pas le seul dans l'immeuble à n'avoir aucune envie d'être interrogé par les policiers.

Les deux hommes disparurent dans un passage étroit entre deux boutiques fermées. Bosch continua de les suivre. Le passage aboutissait à une cage d'escalier conduisant à un sous-sol. Il vit les deux types se diriger vers un panneau en caractères chinois rouges et comprit que ce devait être une sortie. Ils poussèrent la porte et l'alarme se déclencha.

Bosch les imita et se retrouva dans la même allée piétonne qu'auparavant. Il gagna vite Nathan Road et chercha Sun Yee.

Il y eut un appel de phares à une rue de là : la voiture l'attendait devant l'engorgement de véhicules de police garés n'importe comment à l'entrée des Résidences de Chungking. Sun Yee roula doucement vers lui, et Bosch monta à l'avant.

— Vous avez mis temps, dit Sun Yee.

— Oui, dégageons de là.

Sun Yee jeta un coup d'œil à la mallette et aux doigts ensanglantés qui tenaient la poignée. Sans un mot, il accéléra et s'éloigna des Résidences.

Bosch se retourna sur son siège, son regard remontant la façade du bâtiment jusqu'à l'étage où ils avaient laissé Eleanor. D'une manière ou d'une autre, il avait toujours pensé qu'ils vieilliraient ensemble. Leur divorce ne comptait pas. Les amants et maîtresses de passage non plus. Dans sa tête, leur séparation ne pouvait être que temporaire. Bien sûr, ils avaient Madeline et ce serait toujours un lien, mais pour lui un jour il y aurait plus. Maintenant tout cela était fini, à cause des décisions qu'il avait prises. Il ignorait comment il allait s'en débrouiller.

Il se prit la tête dans les mains.

— Sun Yee, dit-il, je suis désolé… Moi aussi, je l'aimais.

Sun Yee garda longtemps le silence, et lorsque enfin il parla, ses mots sortirent Bosch de sa spirale descendante et le ramenèrent à la réalité :

— Nous devons trouver votre fille maintenant. Pour Eleanor.

Bosch acquiesça d'un signe de tête. Puis il se pencha en avant et posa la mallette sur ses genoux.

— Garez-vous dès que vous pourrez. Il faut que vous regardiez ces papiers.

Sun Yee prit plusieurs tournants et mit quelques rues entre eux et les Résidences de Chungking avant de se ranger le long d'un marché de bric et de broc.

Bosch lui tendit la pile de formulaires en vrac. La plupart des fiches avaient été remplies en chinois.

— Je cherche quoi ? lui demanda Sun Yee.

— La date et le numéro de chambre. Vendredi, on était le 18. Chambre 1514. C'est forcément là-dedans.

Sun se mit à lire.

— Ici, dit Sun Yee en montrant une fiche de police à Bosch. Tuen Mun. C'est dans les Nouveaux Territoires. Cet homme y habite.

— Comment s'appelle-t-il?

— Peng Qingcai.

« Qingcai, se dit Bosch. Américaniser ce nom en Quick pour impressionner les filles au centre commercial n'était peut-être pas si difficile que ça. Et si ce Peng Qingcai était le garçon avec lequel Madeline avait quitté le centre commercial vendredi? »

— Vous pouvez trouver l'adresse?

— Oui, je connais cet endroit.

— Parfait. Allons-y.

Une fois en route, Bosch ôta sa veste et remonta sa manche de chemise pour examiner de plus près sa blessure au bras. Le sang commençait enfin à coaguler.

Sun Yee y jeta un rapide coup d'œil et regarda de nouveau la route.

— Qui vous a fait ça? demanda-t-il.

— Le type derrière le comptoir. Il a vu mon fric et nous a piégés. Qu'est-ce que j'ai pu être idiot!

Sun hocha la tête.

— C'était une erreur.

Sun Yee était certainement revenu sur les accusations rageuses dont il l'avait accablé dans la cage d'escalier. Quant à Bosch, lui, il ne pouvait pas se trouver d'excuse : c'était bien à cause de lui qu'Eleanor s'était fait tuer.

— Oui, mais ce n'est pas moi qui ai payé pour ça.

Bosch sortit le cran d'arrêt de la poche de sa veste et attrapa la couverture posée sur la banquette arrière. Il y découpa une grande bande et l'enroula autour de son bras. Puis il redescendit sa manche. Heureusement, le sang était déjà noir et il n'y avait pas trop de taches.

Au fur et à mesure qu'ils s'enfonçaient dans Kowloon, le délabrement s'accentuait. « Comme dans toutes les grandes villes, se dit-il. Plus on s'éloigne des lieux où il y a de l'argent, plus ça devient sordide. »

— Parlez-moi de Tuen Mun, dit-il à Sun Yee.

— Très peuplé. Seulement Chinois. Triades très dures. C'est pas bon endroit pour votre fille.

Bosch ne le pensait pas non plus. Mais il y avait un élément positif là-dedans. Il serait peut-être difficile d'y cacher une jeune Blanche sans se faire remarquer. Si c'était bien à Tuen Mun que Madeline était détenue, ils la retrouveraient.

L'ÉNORME zone géographique entourant la péninsule de Hong Kong avait été ajoutée à l'agglomération par un bail remontant à plus d'un siècle, l'opération visant à freiner l'invasion de la colonie britannique. Lorsque, le bail arrivant à son terme, la souveraineté de la ville avait été rétrocédée à la Chine en 1997, les Nouveaux Territoires (NT) étaient restés partie intégrante de la Région sous administration spéciale (RSAS), afin de permettre à Hong Kong de fonctionner comme un des grands centres du capitalisme mondial. Les NT comportaient aussi des zones densément peuplées où se retrouvaient les plus pauvres et les moins éduqués de la RSAS. La criminalité y était plus importante, l'argent plus rare et l'attrait des triades plus puissant.

— Beaucoup de pirates ici quand j'étais jeune, dit Sun Yee.

C'était la première phrase qu'il prononçait depuis vingt minutes qu'ils roulaient. Ils venaient d'entrer dans la ville par l'autoroute, bordée de part et d'autre par une succession de grands bâtiments d'habitation, à l'évidence des HLM : miteux et déprimants.

— Que voulez-vous dire ? lui demanda Bosch. Vous êtes de Tuen Mun ?

— J'ai grandi ici, oui. Jusqu'à vingt-deux ans.

— Vous faisiez partie d'une triade ?

Sun Yee garda le silence. Il fit semblant d'être très occupé à mettre le clignotant et à vérifier les rétroviseurs tandis qu'ils quittaient l'autoroute.

— Je m'en fous, vous savez. Il n'y a qu'une chose qui m'intéresse.

Sun hocha la tête.

— Nous la trouverons.

— Et ces pirates ? reprit Bosch. Qui c'était ?

— Des contrebandiers. Ils arrivaient de mer de Chine et remontaient le fleuve. C'étaient eux qui le contrôlaient.

Bosch se demanda si Sun Yee essayait de lui dire quelque chose en lui parlant de ça.

— Quel genre de contrebande ?

— De tout. Des armes et de la drogue. Et des gens.

— Et qu'est-ce qu'ils faisaient sortir ?

Un long moment s'écoula avant que Sun Yee réponde :

— Électronique. DVD américains. Des enfants, de temps en temps. Filles et garçons.

— Et où vont-ils ?

— Ça dépend de ce qu'ils veulent faire avec. Certains pour le sexe. Certains pour organes. Beaucoup Chinois du continent achètent des garçons parce qu'ils ont pas de fils.

Bosch repensa au papier-toilette taché de sang. Eleanor en avait immédiatement conclu qu'ils avaient drogué Madeline pour la contrôler. Mais ils pouvaient très bien lui avoir fait une prise de sang afin de déterminer son groupe sanguin.

Bosch ferma les yeux. Tout venait de changer. Il n'était pas impossible que les types qui avaient kidnappé sa fille ne la gardent pas simplement jusqu'à ce qu'il libère Chang à Los Angeles. Ils pouvaient très bien se préparer à l'expédier, voire à la vendre, dans un enfer d'où elle ne reviendrait jamais. Il essaya de ne plus penser à cette éventualité et regarda par la vitre.

— On a le temps, dit Bosch. Il ne lui est encore rien arrivé. Ils ne feront rien avant de savoir ce qui s'est passé à L.A.

Sun Yee acquiesça d'un signe de tête, puis pointa du doigt une immense tour de HLM.

— On y est, dit-il.

À tous les étages, le bâtiment était pourvu de coursives extérieures. Par endroits du linge était accroché aux balustrades, transformant la lugubre façade de l'immeuble en une mosaïque multicolore. Un panneau en plusieurs langues placé au-dessus de l'entrée en forme de tunnel indiquait que l'endroit portait le nom de Demeures paysagères de Miami Beach.

— C'est au sixième étage, reprit Sun Yee.

— On se gare et on monte.

Sun Yee se rangea le long du trottoir d'une aire de jeux remplie d'enfants accompagnés de leurs mères. Ils sortirent de la voiture et se dirigèrent vers l'entrée du bâtiment.

Le tunnel conduisait à un alignement d'ascenseurs, devant lesquels deux femmes attendaient en tenant de petits enfants par la main.

Ni l'une ni l'autre ne s'intéressèrent à Sun et à Bosch. Un gardien était assis derrière un comptoir minuscule, mais il ne leva pas le nez de son journal.

Bosch et Sun emboîtèrent le pas aux deux femmes qui montaient dans un ascenseur. L'une d'elles inséra une clé au bas du panneau de contrôle avant d'appuyer sur deux boutons. Mais avant même qu'elle ait retiré sa carte-clé, Sun tendit vite la main pour presser le bouton du sixième.

Ce fut le premier arrêt. Bosch et Sun empruntèrent le couloir extérieur conduisant à la troisième porte à gauche. Devant celle de l'appartement voisin, tout contre la balustrade, on avait installé un petit autel avec une boîte à cendres qui fumait encore après un sacrifice offert aux fantômes affamés. L'air était imprégné d'une odeur de plastique brûlé.

Bosch se posta à droite de la porte devant laquelle Sun Yee venait de s'arrêter. Il passa le bras dans son dos et serra la main sur son arme.

Sun le regarda, Bosch lui fit signe qu'il était prêt. Sun frappa à la porte et ils attendirent.

Personne ne leur ouvrit. Sun Yee s'éloigna de la porte.

— Que souhaitez-vous faire ?

Bosch regarda la boîte à cendres qui fumait une dizaine de mètres plus loin.

— Demandons à côté si quelqu'un a vu notre bonhomme.

Sun frappa à la porte voisine. Cette fois on leur ouvrit. Sun fit une courbette, sourit et parla à la voisine en chinois. Bientôt la femme se détendit et s'effaça pour les laisser entrer.

Au moment où Bosch franchissait le seuil de l'appartement, Sun lui murmura :

— Cinq cents dollars de Hong Kong. J'ai promis.

— Pas de problème.

L'appartement ne comportait que deux pièces. La première servait de cuisine, de salon et de salle à manger. Très peu meublée, elle sentait l'huile de cuisson brûlante.

Bosch sortit cinq cents dollars de sa liasse et les posa sous une soucoupe remplie de sel posée sur la table de la cuisine. Sun Yee continua de parler en chinois, et Bosch hocha la tête, feignant de comprendre ce qui se disait.

Trois minutes s'écoulèrent avant que Sun interrompe la conversation pour lui résumer la teneur de l'entretien :

— Elle s'appelle Fengyi Mai. Elle est toute seule ici. Elle dit n'avoir pas vu Peng Qingcai depuis hier matin. Il habite à côté avec sa mère et sa jeune sœur. Elle ne les a pas vues non plus. Mais elle les a entendues hier après-midi. À travers le mur.

— Est-elle sûre que c'est hier qu'elle l'a vu ? Hier, samedi matin ? Qu'est-ce qu'il faisait ?

Bosch attendit la réponse en observant la femme de près. Alors qu'elle avait bien regardé Sun Yee en face pour les premières questions, elle se détournait de plus en plus en répondant aux dernières.

— Elle est sûre. Elle a entendu du bruit devant sa porte hier matin et quand elle a ouvert, Peng faisait l'offrande. Il se servait de son autel à elle.

Bosch hocha la tête, mais eut la certitude que la femme mentait.

— Qu'est-ce qu'il brûlait ?

Sun traduisit la question. La femme lui répondit en regardant obstinément par terre.

— Elle dit qu'il brûlait des billets.

Bosch se leva et gagna la porte. Une fois dehors, il retourna la boîte à cendres. De la cendre noire fumante se répandit par terre. Fengyi Mai venait manifestement de brûler une offrande dans l'heure écoulée. Il prit un bâtonnet d'encens sur l'autel et s'en servit pour remuer les restes fumants. Il y trouva des bouts de carton pas entièrement consumés, mais pour l'essentiel il n'y avait bien que des cendres. Bosch chercha encore et découvrit un morceau de plastique fondu. Noirci et informe.

Il rentra dans l'appartement.

— Demandez-lui quand elle s'est servie de son autel pour la dernière fois et ce qu'elle y a brûlé.

Sun lui traduisit la réponse.

— Elle s'en est servie ce matin. Elle a aussi brûlé des billets.

— Demandez-lui pourquoi elle ment.

Sun hésita.

— Demandez-le-lui.

Sun lui posa la question et la femme nia avoir menti. Bosch hocha la tête en entendant sa réponse, puis il saisit les cinq billets et les remit dans sa poche.

— Dites-lui qu'on ne paie rien pour les mensonges, mais que je suis prêt à lui donner deux mille dollars pour la vérité.

La femme protesta en entendant la traduction, mais brusquement Sun changea d'attitude et, très en colère, lui aboya dessus. La femme prit visiblement peur. Elle joignit les mains comme pour lui demander pardon et passa dans l'autre pièce.

— Qu'est-ce que vous lui avez dit? demanda Bosch.

— Qu'elle devait avouer la vérité, sinon elle allait perdre l'appartement. Elle croit que je suis policier et vous mon superviseur, ajouta-t-il.

— D'où sort-elle, cette idée?

Avant que Sun ait eu le temps de lui répondre, la femme revint avec une petite boîte en carton. Elle se dirigea aussitôt vers Bosch et la lui tendit. Bosch l'ouvrit et trouva les restes fondus et calcinés d'un téléphone portable.

Pendant que la femme donnait des explications à Sun Yee, Bosch sortit son propre portable de sa poche et le compara avec l'appareil calciné. Malgré les dommages, il était clair que le téléphone que la femme avait retiré de sa boîte à cendres était identique.

— Elle dit que Peng faisait brûler ça, reprit Sun. Ça faisait très mauvaise odeur qui n'aurait pas plu aux fantômes, alors elle l'a enlevé.

— C'est celui de ma fille. C'est moi qui le lui ai acheté.

Bosch ouvrit son portable et passa en revue ses dossiers photos jusqu'à ce qu'il en trouve une de sa fille.

— Montrez-lui ça, dit-il. Demandez-lui si elle l'a vue avec Peng.

Sun Yee tendit le téléphone à la femme et lui posa la question. Elle secoua violemment la tête et Bosch n'eut pas besoin d'attendre la traduction. Il sortit son argent, mit deux mille dollars de Hong Kong sur la table – soit à peu près trois cents dollars américains – et se dirigea vers la porte.

— Allons-y, dit-il.

ILS frappèrent de nouveau à la porte de Peng, mais n'obtinrent pas de réponse. Bosch s'agenouilla pour relacer sa chaussure et en profita pour examiner la serrure.

— Qu'est-ce qu'on fait? demanda Sun Yee après que Bosch se fut relevé.

— J'ai des rossignols. Je peux ouvrir la porte.

Bosch lut tout de suite l'expression de répugnance sur le visage de Sun Yee, malgré les lunettes de soleil.

— On regarde d'abord, dit-il.

— On regarde ? répéta Bosch. On regarde quoi ?

— La porte. Peng pourrait revenir. Il pourrait nous conduire à Madeline.

Bosch consulta sa montre. Il était 13 h 30.

— Je ne crois pas qu'on ait le temps. Il faut continuer à se remuer si on veut la retrouver.

Sun fixa Bosch droit dans les yeux.

— Une heure. On regarde. Si on revient ouvrir la porte, vous ne prenez pas l'arme ?

Bosch acquiesça. Il comprenait. Se faire prendre en flagrant délit d'effraction était une chose. Se faire prendre en plus avec une arme pouvait valoir dix ans de prison.

— D'accord, dit-il, une heure.

Ils regagnèrent la voiture. Sun déclara qu'il voulait la garer dans un endroit moins en vue. Il remonta la rue, fit demi-tour et la rangea près du mur derrière lequel on mettait les poubelles de l'immeuble d'en face. De là, ils apercevaient le couloir du sixième étage et la porte de Peng.

— On perd notre temps, dit Bosch. Ils ne reviendront pas.

— Une heure, Harry. S'il vous plaît.

Bosch remarqua que c'était la première fois que Sun Yee l'appelait par son prénom. Cela ne l'adoucit en rien.

Il sortit le téléphone de Madeline de la poche de sa veste.

— Vous surveillez, dit-il. Moi, je vais travailler sur ce truc.

Les gonds en plastique de l'appareil ayant fondu, le portable finit par se briser en deux lorsqu'il appuya trop fort dessus. L'écran LCD était fendu et avait fondu en partie. Bosch le mit de côté et se concentra sur le reste de l'engin. Le couvercle du compartiment de la batterie ayant fondu, il était difficile de l'ôter. Cette fois, il sortit son porte-écusson, y prit un de ses rossignols et s'en servit pour l'extraire. Dessous se trouvait le logement de la carte SIM.

Il était vide.

Il jeta le portable par terre. Encore une impasse.

Il consulta sa montre. Vingt minutes à peine s'étaient écoulées depuis qu'il avait accordé une heure à Sun Yee. Son instinct lui disait qu'il fallait absolument entrer dans cet appartement. Il se pouvait que sa fille y soit encore.

— Désolé, Sun Yee, dit-il. Vous pouvez attendre ici, pas moi. J'y vais.

Il sortit son arme de sa ceinture. Il voulait la laisser hors de la Mercedes au cas où les flics le surprendraient dans l'appartement et feraient le lien avec la voiture. Il l'enveloppa dans la couverture de sa fille et descendit. Puis il se dirigea vers les poubelles et déposa la couverture sur un des conteneurs qui débordaient. Il n'aurait aucun mal à la récupérer à son retour.

Sun Yee l'attendait devant la voiture.

— OK, dit-il. On y va.

Ils repartirent vers l'immeuble de Peng.

Une fois encore, le gardien dans l'entrée ne leva pas le nez. L'immeuble était suffisamment grand pour qu'il y ait toujours quelqu'un avec une carte-clé en train d'attendre l'ascenseur. Cinq minutes plus tard, ils étaient de retour devant la porte de Peng. Pendant que Sun Yee surveillait les alentours, Bosch travailla la serrure.

— Bien, dit-il, une fois la serrure ouverte.

Sun Yee suivit Bosch dans l'appartement.

Avant même d'avoir refermé la porte, Bosch sut que la mort les attendait. Il n'y avait ni odeur renversante, ni sang sur les murs, ni indice physique dans la première pièce, mais après avoir examiné plus de cinq cents scènes de crime, il avait développé un véritable sixième sens pour le sang. Que ce sang puisse être celui de sa fille rendait la chose encore plus horrible.

Il leva la main pour empêcher Sun Yee d'entrer plus avant dans l'appartement.

— Ne touchez à rien et marchez dans mes pas.

La disposition de l'appartement était la même qu'à côté. Deux pièces occupées par une mère et ses deux enfants adolescents. Il n'y avait aucun signe de violence dans la première pièce. Un sofa avec un oreiller et un drap dessus. Bosch en conclut que le gamin dormait sur le canapé, la mère et la sœur occupant la chambre.

Bosch gagna la chambre. Le lit n'était pas fait, mais il n'y avait personne dedans. Il vit une porte qui donnait sans doute dans la salle de bains.

Il avait toujours des gants en latex dans la poche de sa veste. Il en sortit une paire, enfila le gauche et ouvrit la porte sans hésitation.

La salle de bains était couverte de sang séché. Il avait éclaboussé le lavabo, le siège des W.-C., le sol carrelé, le mur du fond et le rideau de douche en plastique.

Il tira le rideau d'un coup sec.

La cabine était petite, mais quelqu'un avait réussi à y empiler trois cadavres.

Bosch retint son souffle en se penchant pour essayer d'identifier les victimes.

Elles étaient tout habillées. Le gamin, qui était le plus grand, se trouvait au-dessus. Il reposait la tête en bas sur une femme d'une quarantaine d'années – sa mère – affalée contre la paroi. On leur avait tranché sauvagement la gorge d'une oreille à l'autre.

Derrière, et apparemment sous la mère – comme si elle se cachait –, se trouvait le cadavre d'une jeune fille. Ses longs cheveux noirs lui couvraient le visage.

— Ah, mon Dieu! s'exclama Bosch. Sun Yee!

Il entendit Sun Yee entrer en retenant son souffle, et commença à enfiler le deuxième gant.

— Il y a une fille et je n'arrive pas à voir si c'est Maddie, dit-il. Mettez ça.

Il prit une seconde paire de gants dans sa poche et les tendit à Sun Yee, qui les enfila tout de suite. Ensemble ils déplacèrent doucement les deux corps jusqu'à ce qu'ils puissent voir le visage de la jeune fille. Elle aussi avait la gorge tranchée. Elle avait les yeux ouverts et regardait la mort d'un air terrifié. Bosch en eut le cœur brisé, mais non, ce n'était pas le visage de sa fille.

— Ce n'est pas elle, dit-il. Ça doit être Lui, sa copine.

Harry regagna la chambre et expira fort.

— Qu'est-ce qui s'est passé là-dedans? se demanda-t-il dans un murmure.

Sun Yee sortit de la salle de bains et prit sa posture de garde du corps en silence. Bosch remarqua qu'il avait du sang sur ses gants.

Bosch regarda autour de lui comme si quelque chose pouvait expliquer la scène d'à côté.

— Une autre triade pourrait-elle l'avoir prise à Peng? Et avoir tué tout le monde pour embrouiller les pistes?

Sun Yee fit non de la tête.

— Ça aurait déclenché une guerre. Et le gamin n'appartient pas à une triade.

— Comment le savez-vous ?

— Il n'y a qu'une triade dans Tuen Mun. La triade du Triangle d'or. J'ai regardé : il n'a pas la marque.

— Quelle marque ?

Sun hésita un instant, porta la main à sa bouche et étira sa lèvre inférieure. Sur la peau, on voyait deux caractères chinois tatoués depuis longtemps et légèrement flous. Bosch songea qu'ils signifiaient sans doute « Triangle d'or ».

— Donc vous appartenez à cette triade ?

Sun Yee relâcha sa lèvre et fit non de la tête.

— Plus maintenant, dit-il. Il y a plus de vingt ans.

— Je croyais qu'on ne pouvait pas se libérer d'une triade. Qu'on ne pouvait la quitter que dans un cercueil.

— J'ai fait un sacrifice et le conseil m'a permis de partir. J'ai aussi dû quitter Tuen Mun. C'est comme ça que je suis allé à Macao.

— Quel genre de sacrifice ?

Sun Yee eut l'air encore plus réticent à lui répondre que lorsqu'il lui avait montré son tatouage. Mais il porta quand même la main à son visage, et cette fois, il ôta ses lunettes de soleil. Pendant quelques instants, Bosch ne remarqua rien d'anormal, puis il s'aperçut qu'en guise d'œil gauche Sun Yee avait une prothèse. Un œil de verre. Il avait aussi une légère cicatrice en forme de crochet à la commissure de la paupière.

— Vous avez dû leur donner un œil pour être libre ?

— Je ne regrette pas ma décision, dit-il, et il remit ses lunettes de soleil.

Entre ce que venait de lui révéler Sun Yee et la scène d'horreur dans la salle de bains, Bosch eut un peu l'impression de se trouver dans un tableau du Moyen Âge. Puis il se rappela que sa fille était toujours vivante quelque part.

— OK, dit-il. Je ne sais pas ce qui s'est passé ici, mais il ne faut pas lâcher la piste. Il y a forcément quelque chose dans cet appartement qui nous dira où est Maddie. Il faut qu'on le trouve.

Il glissa la main dans sa poche, mais il n'y avait rien dedans.

— Je n'ai plus de gants, dit-il, alors faites attention à ce que vous touchez. Il est aussi probable qu'on ait du sang sous les chaussures. Inutile d'en mettre un peu partout.

Ils fouillèrent l'appartement pendant vingt minutes. Ils ne trouvèrent rien d'intéressant jusqu'à ce que Bosch remarque que, comme dans le logement voisin, il y avait une soucoupe pleine de sel posée sur la table. Sauf que dans celle-ci le tas était plus élevé, et qu'on distinguait des traces de doigts laissées par la personne qui avait rassemblé les grains pour en faire un monticule. Il y passa la main et découvrit la carte SIM d'un portable.

— J'ai quelque chose, dit-il.

Sun Yee se détourna d'un tiroir qu'il était en train de fouiller. Bosch tenait la carte à la lumière.

— Elle était dans le sel.

Bosch aurait bien aimé s'intéresser tout de suite à la carte SIM, mais il estima que ce n'était pas très futé de prolonger leur séjour dans l'appartement.

— Sortons d'ici, dit-il.

9

Il récupéra son arme, et une fois dans la voiture, sortit son portable identique à celui de sa fille. Il dégagea la batterie et la carte SIM, puis inséra celle de sa fille dans le logement de son appareil. Après quoi, il remit la batterie, referma le portable et l'alluma.

Pendant qu'ils attendaient que le téléphone s'initialise, Sun déboîta du trottoir et ils s'éloignèrent de l'immeuble où s'était produit le carnage.

— Où va-t-on ? demanda Bosch.

— Au fleuve. Il y a un jardin public. On y va jusqu'à ce qu'on en sache un peu plus.

En d'autres termes, ils n'avaient toujours pas de plan.

Le portable était prêt. Il ouvrit le journal des appels. Rien. La page était vide.

— Il n'y a rien là-dedans, dit-il. Aucun appel enregistré.

Il passa aux e-mails, et une fois encore la page était vide.

— Rien sur la carte.

— C'est normal, dit calmement Sun Yee. Seuls les dossiers permanents sont transférés sur la carte SIM. Regardez s'il y a des vidéos ou des photos.

Avec la petite bille insérée au milieu du clavier, Bosch chercha l'icône vidéo et la sélectionna. Le dossier était vide. Puis il essaya l'icône photo.

— J'ai des photos, dit-il.

L'une après l'autre, il commença à les ouvrir, mais aucun des clichés ne semblait récent. Le reste du dossier se composait de photos de sorties scolaires et d'amis de Madeline.

— Rien, annonça-t-il à Sun Yee.

Il essaya encore en passant d'une icône à l'autre, dans l'espoir de tomber sur un message caché.

Il finit par découvrir que le carnet d'adresses de sa fille avait lui aussi été transféré sur sa carte SIM.

— Il y a son carnet d'adresses.

Il ouvrit le dossier. Ne connaissant pas tous les copains et copines de sa fille, il n'avait aucun moyen de savoir quels noms auraient pu détonner.

Il appuya sur *Dad* et eut droit à un écran avec ses propres numéros de portable et de fixe, et rien d'autre – rien qui n'aurait pas dû s'y trouver.

Il revint à la liste et la fit défiler de nouveau jusqu'au moment où il arriva aux T. Il y avait là une adresse à Tuen Mun, laquelle se réduisait à un unique numéro de téléphone.

Sun Yee avait garé la voiture dans un jardin public tout en longueur qui courait le long du fleuve et passait sous un pont. Bosch lui tendit le portable.

— J'ai trouvé un numéro, dit-il. Sous « Tuen Mun ». C'est le seul numéro qui n'est pas relié à un nom.

— Pourquoi elle aurait ce numéro?

— C'est bien la question. Ce n'est pas logique. Il faut garder en tête que son portable lui a été confisqué. Peng devait l'utiliser au moment de l'enlèvement, pour procéder à la transaction. Il a dû enregistrer le numéro dans la carte SIM. Soit parce qu'il l'utilisait beaucoup, soit parce qu'il voulait laisser une trace au cas où quelque chose lui arriverait. Voilà pourquoi il a caché la carte dans le sel. Pour que quelqu'un puisse la trouver.

Sun Yee s'empara du portable et contempla l'écran.

— C'est un numéro de portable, dit-il. Il commence par un 9. C'est l'indicatif des portables de Hong Kong.

— Bon, qu'est-ce qu'on en fait ? Ça pourrait être le numéro du type qui a ma fille.

Sun chercha une réponse en regardant fixement le fleuve.

— On pourrait envoyer un texto, dit-il. Peut-être qu'il nous répondra.

— Voilà, on essaie de l'appâter. Ça nous donnera peut-être un lieu.

Sun envisagea l'hypothèse tout en continuant de contempler le fleuve. Une péniche descendait lentement vers la haute mer.

— Il pourrait reconnaître le numéro et deviner que c'est un leurre, répondit enfin Sun Yee. On devrait prendre mon portable. Le message devrait être envoyé en chinois traditionnel. Pour que ça fasse plus vrai.

— Bonne idée.

Sun Yee sortit son portable et demanda à Bosch de lui dicter le numéro. Il ouvrit un texto, puis hésita.

— Qu'est-ce que je dis ?

— Il faut que ça ait l'air urgent. Faites en sorte qu'il se sente obligé de réagir et d'accorder un rendez-vous.

Ils échangèrent des idées pendant quelques minutes et finirent par concocter un texte aussi simple que direct. Sun Yee le traduisit en chinois et l'envoya. Cela donnait : *Avons un problème avec la fille. Où nous rencontrons-nous ?*

— Bien, maintenant on attend, dit Bosch.

Il consulta sa montre. 14 heures. Cela faisait déjà neuf heures qu'il était à Hong Kong. Non seulement il ne s'était toujours pas rapproché de sa fille, mais entre-temps il avait perdu à jamais Eleanor Wish. Il jeta un coup d'œil au portable que Sun Yee tenait dans sa main en espérant qu'on réponde vite au message.

Aussi lentement que les bateaux sur le fleuve, de longues minutes de silence s'écoulèrent. Bosch essaya de se concentrer sur Peng Qingcai et sur la manière dont l'enlèvement de Madeline avait été mené.

— Tout part de moi, dit-il à Sun Yee. C'est moi qui ai commis l'erreur qui a ouvert la voie à tout ce truc.

— Harry, lui rétorqua Sun Yee, il n'y a pas de raisons de…

— Non, attendez. Écoutez-moi jusqu'au bout. Il faut que vous sachiez tout parce que vous pourriez y voir quelque chose que je suis incapable de saisir.

Sun garda le silence et Bosch poursuivit :

— Je travaillais sur un suspect lié à une triade de L.A. Comme je n'arrivais pas à avoir de réponses, j'ai demandé à ma fille de me traduire les idéogrammes d'un tatouage dont je lui ai envoyé la photo. Je lui ai dit qu'il s'agissait d'une affaire de triade et qu'elle ne devait ni montrer le tatouage ni en parler à qui que ce soit. Mais c'est là que j'ai fait une erreur. Dire ça à une fille de treize ans, c'était le crier au monde entier. Elle traînait avec Peng et sa sœur. Ces deux adolescents sont du mauvais côté de la ligne rouge. Elle a dû vouloir les impressionner en leur parlant du tatouage et de l'affaire, et c'est de là que tout est parti.

Il regarda Sun Yee, mais fut incapable de lire quoi que ce soit sur son visage.

— Quelle ligne rouge ? demanda-t-il.

— C'est juste une expression. Ils n'étaient pas de Happy Valley, voilà tout ce que ça veut dire. Et comme vous l'avez fait remarquer, Peng n'appartenait à aucune triade de Tuen Mun, mais il connaissait peut-être des gens… et voulait peut-être en rejoindre une. Il devait se dire que ça pourrait le faire accepter. Il lui a donc raconté ce qu'il avait appris. C'est là que les types de la triade ont fait le lien avec L.A. et lui ont dit de s'emparer de la fille et de m'envoyer le message. La vidéo. (Bosch s'interrompit un instant.) Mais là, il s'est passé quelque chose, reprit-il. Peut-être Peng l'a-t-il offerte à la triade, qui s'est emparée d'elle. Sauf que lui, ils ne l'ont pas accepté et qu'au lieu de ça ils l'ont tué, ainsi que sa famille.

Sun Yee secoua la tête.

— Mais pourquoi tuer toute sa famille ?

— Pensez au timing. La voisine entend des voix de l'autre côté du mur en fin d'après-midi, d'accord ? À ce moment-là, j'étais dans l'avion, et Dieu sait comment ils le savaient. Ils ne pouvaient pas courir le risque que je trouve Peng, sa sœur ou sa mère. Ils ont donc éliminé cette menace. Sans la carte SIM qu'il a cachée, nous serions dans une impasse.

Sun Yee mit le doigt sur quelque chose que Bosch avait laissé de côté :

— Comment savaient-ils que vous veniez par avion ?

— Bonne question. Pour moi, ils le savaient parce que dès le début il y a eu une fuite dans l'enquête.

— À Los Angeles ?

— Oui, à L.A. Quelqu'un a averti le suspect qu'on l'avait dans le collimateur et c'est ça qui l'a obligé à filer. C'est pour ça qu'on a dû l'arrêter avant d'être prêts, pour ça aussi qu'ils se sont emparés de Maddie.

— Vous ne savez pas qui ?

— Je n'en suis pas sûr. Mais j'essaierai de le trouver dès mon retour. Et je m'occuperai de lui.

Le portable vibra dans la main de Sun Yee. Il venait de recevoir un texto. Bosch se pencha pour regarder par-dessus son épaule. Le message, écrit en chinois, était court.

— Qu'est-ce qu'il dit ?

— Mauvais numéro.

— Merde. Il n'est pas tombé dans le piège. Renvoyez-lui un message. Dites-lui que soit il nous retrouve quelque part, soit on va voir les flics.

— Trop dangereux. Il pourrait décider de se débarrasser d'elle.

— Pas s'il a un acheteur.

— On ne sait pas si c'est la bonne personne, Harry.

Bosch savait que Sun Yee avait raison. Balancer des messages au hasard était trop risqué. Il repensa à David Chu. Il n'était pas du tout impossible que cet inspecteur de l'AGU soit à l'origine de la fuite qui avait conduit à l'enlèvement de Madeline. Fallait-il courir le risque de l'appeler maintenant ?

— Sun Yee, dit-il, avez-vous quelqu'un à la sécurité du casino qui pourrait nous trouver un nom et une adresse de facturation pour ce numéro ?

Sun Yee secoua la tête.

— Non, dit-il, ce n'est pas possible avec mes associés. Il y aura une enquête à cause d'Eleanor…

Bosch comprit.

Sun Yee devait faire le nécessaire afin de limiter les retours de bâton pour le casino et pour sa société. Du coup, la balance pencha en faveur de Chu.

— Bon, dit Bosch, je pense connaître quelqu'un.

Il remit sa carte SIM dans son téléphone, ouvrit son carnet

d'adresses et trouva le numéro de portable de Chu. Il passa l'appel et consulta sa montre. Il était presque minuit à Los Angeles.

Chu décrocha à la première sonnerie.

— Inspecteur Chu.

— David, c'est Bosch. Désolé de vous appeler si tard.

— Ce n'est pas tard du tout. Je bosse encore.

Bosch fut surpris.

— Sur l'affaire Li ? Il y a du nouveau ?

— Oui, j'ai passé une bonne partie de la soirée avec Robert Li. J'essaie de le convaincre de coopérer. On aimerait accuser Chang d'extorsion.

— Et Li est prêt à nous aider ?

Il y eut un silence.

— Pour le moment, non. Mais j'ai jusqu'à lundi matin pour le travailler au corps. Avez-vous retrouvé votre fille ?

— Pas encore. Mais j'ai une piste. Et c'est là que j'ai besoin de votre aide. Pouvez-vous me retrouver un numéro de portable de Hong Kong ?

Deuxième silence.

— Harry, les flics de là-bas sont capables de faire ça mieux que moi.

— Je sais, mais je ne travaille pas avec les flics. Je ne peux pas risquer une fuite. J'ai pisté Madeline toute la journée et il ne me reste plus qu'à trouver à quoi correspond ce numéro. Je pense que c'est celui du type qui la détient. Pouvez-vous m'aider ?

Chu mit un bon moment à répondre :

— Si je vous aide, ma source sera quelqu'un dans la police de Hong Kong, vous le savez.

— Sauf que vous n'avez pas à lui dire pourquoi vous avez besoin de ce renseignement.

— Non, mais si ça pète de votre côté, ça me reviendra dans le nez.

Bosch commençait à perdre patience.

— Écoutez, dit-il, nous n'avons pas beaucoup de temps. D'après ce que nous savons, elle est en train d'être vendue. J'ai besoin de ce renseignement, David. Pouvez-vous me le trouver, oui ou non ?

— Donnez-moi ce numéro.

Chu l'informa qu'il lui faudrait au moins une heure pour

transmettre le numéro de portable à ses contacts dans la police de Hong Kong. Bosch détestait l'idée de devoir perdre autant de temps, mais il n'avait pas le choix.

Les minutes s'écoulèrent lentement. Bosch reprit tous ses faits et gestes à partir du moment où il avait examiné le corps de John Li. Il en vint à comprendre que c'était sa poursuite implacable de l'assassin qui avait mis tout le monde en danger. Sa fille. Son ex. Une famille entière dans la lointaine Tuen Mun. Il allait devoir supporter le poids de la culpabilité.

Pour la première fois de sa vie, il devait mettre des si dans l'équation de son existence. Si jamais il récupérait sa fille, il trouverait un moyen de se racheter. Dans le cas contraire, il ne pourrait y avoir aucune rédemption.

Ces prises de conscience le firent trembler. Il ouvrit sa portière.

— Je vais faire un tour.

Il sortit de la voiture avant que Sun Yee ait eu le temps de lui poser une question. Il s'engagea sur un sentier qui longeait le fleuve, l'esprit agité de sombres pensées.

Il s'aperçut soudain qu'on klaxonnait derrière lui, et il se retourna. Sun Yee était sorti de la Mercedes et lui faisait de grands signes d'un air excité. Bosch se mit à courir.

Sun Yee remonta en voiture, Bosch bondit sur le siège du passager.

— Qu'est-ce qu'il y a ? demanda-t-il.

— Un autre message. Un texto.

— Qu'est-ce que ça dit ?

— Ça dit : *Quel problème ? Qui êtes-vous ?*

Bosch hocha la tête. Celui qui l'avait envoyé feignait toujours l'ignorance. Il ne savait pas de quoi il s'agissait, et pourtant, il avait envoyé un texto sans qu'on le lui demande. Pour Bosch, cela signifiait qu'ils approchaient du but.

— Comment on répond ? demanda Sun Yee.

Bosch garda le silence. Il réfléchissait.

Le portable de Sun Yee se mit à vibrer. Il regarda l'écran.

— C'est un appel. C'est lui. C'est le numéro.

— Ne répondez pas, lâcha Bosch. Ça risquerait de tout gâcher. On pourra toujours rappeler. Attendons simplement de voir s'il laisse un message.

Au bout d'un moment, Sun Yee hocha la tête.

— Pas de message. J'aurais déjà été alerté.

— Que dit votre message d'accueil? Y donnez-vous votre nom?

— Non, je me sers de l'annonce automatique.

C'était parfait.

— OK, renvoyez-lui un texto. Informez-le qu'on ne parle pas au téléphone parce que ce n'est pas sûr. Dites-lui que vous voulez le rencontrer en personne.

Sun Yee tapa le message que lui suggérait Bosch et l'envoya.

— Et maintenant on attend encore, dit-il.

Bosch n'avait pas besoin qu'on le lui rappelle. Mais quelque chose lui disait que l'attente ne serait pas longue. L'appât fonctionnait.

Un autre texto arriva sur le portable de Sun Yee.

— Il veut une rencontre, dit Sun Yee en regardant son écran. 17 heures au Geo. Un restaurant très connu de la Gold Coast, à une heure d'ici. Un dimanche après-midi, il sera plein.

Avant de s'engager pour le rendez-vous de la Gold Coast, Bosch avait besoin de savoir ce que Chu avait trouvé. Il composa de nouveau le numéro de son collègue.

— Inspecteur Chu.

— C'est Bosch. Ça fait une heure.

— J'attends toujours. J'ai passé l'appel et je n'ai pas eu de retour. Je vous rappelle dès que j'ai quelque chose.

— Ouais, bon, mais il se pourrait que ça soit trop tard à ce moment-là.

Bosch referma son portable. Il regrettait de lui avoir fait confiance.

ILS arrivèrent à la Gold Coast en quarante-cinq minutes. Situé à l'extrémité ouest des Nouveaux Territoires, l'endroit ciblait les Chinois du continent, mais aussi ceux de Hong Kong. Étincelant de tous ses feux, un grand hôtel dominait Castle Peak Bay, et des restaurants en plein air s'alignaient sur la promenade qui faisait le tour du port.

Celui qui avait envoyé le texto avait eu raison de choisir le Geo. Coincé entre deux restaurants identiques, il était comme eux noir de monde. Une exposition d'artisanat attirait les badauds et multipliait les lieux où un observateur pouvait se cacher.

Bosch descendit de voiture à l'entrée de la Gold Coast, tandis que Sun Yee poursuivait sa route. En traversant l'hôtel, Bosch s'arrêta à la boutique de cadeaux où il acheta des lunettes de soleil et une casquette de base-ball. Il fit aussi l'acquisition d'une carte routière et d'un appareil photo jetable.

À 16 h 50, il arriva à l'entrée du restaurant La Fleur jaune, juste à côté du Geo dont on voyait parfaitement les tables. Le plan était simple. Ils voulaient identifier le propriétaire du numéro de portable et le suivre dès qu'il quitterait les lieux.

Bosch surveilla les trois restaurants bondés en attendant qu'on lui propose une place.

Il y avait là de grandes tablées, des familles entières venues s'offrir un bon repas parce que c'était dimanche. Inutile de chercher là le type au portable : Bosch ne s'attendait guère qu'il soit entouré de tout un tas de gens. Mais il comprit vite à quel point il allait être difficile de le repérer : le fait qu'ils soient tombés d'accord pour se rencontrer au Geo ne signifiait nullement que le type se trouverait dans cet établissement. Bosch fut conduit à une table d'angle qu'on attribuait aux personnes seules.

Il étala la carte routière sur la table et scruta encore une fois toutes les tables, sans repérer aucun individu susceptible d'être leur homme. Il commença à se dire que le contact avait percé à jour leur petite comédie et était en train de les piéger à son tour.

Il consulta sa montre quelques secondes avant 17 heures. C'était à cet instant précis que devait partir le texto de Sun.

Bosch observa les trois restaurants en espérant y surprendre quelqu'un qui jette un coup d'œil à un texto reçu sur son portable.

— *Sir ?* Tout seul ?

Une serveuse se tenait devant lui. Il lui répondit sans la regarder.

— Pouvez-vous m'apporter un café pour l'instant ? Noir.

— OK, *sir.*

Il sentit sa présence s'éloigner. Il garda encore une minute les yeux fixés sur la foule. Il vit une femme parler dans son portable, mais rien d'autre.

Son propre portable vibra dans sa poche. Il le sortit et décrocha en sachant que ce serait Sun Yee.

— Il a répondu au premier texto. Il dit : « J'attends. » C'est tout.

Le plan voulait que Sun Yee envoie un texto à 17 heures pile – texto qui dirait qu'il était coincé dans la circulation et qu'il serait en retard.

— Je n'ai vu personne, dit Bosch. C'est trop grand. Il a choisi le bon endroit. Où êtes-vous?

— Au Big Sur. Au bar du fond. Je n'ai vu personne.

— OK. Prêt pour le suivant?

— Prêt.

— On réessaie.

Bosch referma son portable au moment où la serveuse lui apportait son café.

Il ouvrit le menu et l'étudia en gardant la main droite sur la table de façon à pouvoir consulter sa montre. À 17 h 05, Sun Yee allait envoyer le texto suivant.

La serveuse revint et lui demanda sa commande. Le message était clair. Ou bien il commandait, ou bien il s'en allait. On avait besoin de la table.

— Je prendrai du riz aux crevettes.

Il vérifia encore une fois l'heure avant de reprendre sa surveillance. La femme qu'il avait remarquée avait reçu un autre appel. Elle était assise avec un petit garçon.

Le portable de Bosch vibra sur sa table.

— J'ai une autre réponse, dit Sun Yee. Si je ne suis pas là dans cinq minutes, le rendez-vous est annulé.

— Et vous n'avez vu personne?

— Personne. J'envoie le suivant à 17 h 10.

— D'accord.

Bosch referma son portable et le posa sur la table. Le troisième texto devait être celui qui ferait sortir le type du bois. Le message serait que Sun Yee annulait la rencontre parce qu'il avait repéré une filature et pensait que c'était la police. Et que le contact devait quitter immédiatement le Geo.

La serveuse reparut et posa devant lui un bol de riz surmonté de crevettes.

Son portable bourdonna.

— Harry, c'est Chu.

Bosch vérifia encore une fois l'heure. Le moment était venu d'envoyer le dernier texto.

— Je vous rappelle, dit-il.

Il referma son portable et, une fois encore, parcourut des yeux les tables des trois restaurants en espérant y saisir l'aiguille dans la botte de foin, en l'occurrence le moment où le contact se dévoilerait – quelqu'un qui lit un texto, voire qui rédige sa réponse.

Rien ne vint. L'inanité de son plan commençait à le déprimer sérieusement. Il chercha la table où la femme et le gamin avaient pris place et s'aperçut qu'ils avaient disparu. Il balaya le restaurant du regard et les vit qui s'en allaient. La femme marchait vite en tirant le garçon par la main. Bosch rouvrit son portable et appela Sun Yee.

— La femme et le gamin. Ils viennent de votre côté. Ça pourrait être elle.

— Elle a reçu le texto?

— Non, je pense qu'on nous l'a envoyée pour établir le contact. Les textos allaient ailleurs. Il faut la suivre. Où est la voiture?

— Devant.

Bosch se leva, posa trois billets de cent dollars hongkongais sur la table et se dirigea vers la sortie.

Sun Yee l'attendait devant l'entrée de la Fleur jaune. Bosch monta dans la voiture. Sun Yee déboîta aussitôt pour se glisser dans le flot des véhicules et lui montra quelque chose.

— Ils sont dans la Mercedes blanche à une rue de là.

— C'est elle qui conduit?

— Non, ils sont montés dans une voiture qui les attendait. C'est un type qui conduit.

— OK, vous les suivez? Il faut que je passe un appel.

— Je les suis.

Bosch rappela Chu.

— Bosch, dit-il.

— Bon, j'ai eu quelques renseignements par la police de Hong Kong. Mais ils m'ont posé des tas de questions, Harry.

— Commencez par me donner les infos.

Il sortit son carnet et son stylo.

— Bien, le numéro que vous avez est celui d'une société. La Northstar Seafood and Shipping. Siège à Tuen Mun. C'est dans les Nouveaux Territoires…

— Je sais. Vous avez l'adresse exacte?

Chu lui donna une adresse dans Hoi Wah Road, et Bosch la répéta à haute voix.

Sun Yee hocha la tête. Il savait où c'était.

— Bien, autre chose ?

— Oui. La Northstar est soupçonnée.

— Soupçonnée de quoi ?

— Je n'ai rien pu apprendre de précis. Rien que des questions sur la raison qui me poussait à remonter ce numéro.

— Qu'est-ce que vous leur avez répondu ?

— Que c'était une recherche en aveugle. Qu'on avait trouvé le numéro sur un morceau de papier lors d'une enquête sur un homicide. J'ai dit que je ne voyais pas de lien.

— C'est bien. Y a-t-il un nom associé à ce numéro ?

— Pas directement, non. Mais le propriétaire de la Northstar est un certain Dennis Ho. Il a quarante-cinq ans. C'est tout ce que j'ai pu avoir. Ça vous aide ?

— Oui, ça m'aide. Merci.

Bosch mit fin à l'appel et rapporta ce qu'il venait d'apprendre à Sun Yee.

— Avez-vous entendu parler d'un certain Dennis Ho ? lui demanda-t-il.

— Non, jamais, répondit Sun Yee.

Bosch savait qu'ils allaient devoir prendre une décision de première importance.

— Nous ne savons pas si cette femme a quoi que ce soit à voir avec tout ça, dit-il en montrant la Mercedes blanche devant eux. On pourrait très bien être en train de pédaler dans la semoule. Donc on va directement à la Northstar.

— On n'a pas besoin de décider tout de suite. On a déjà pris la direction du front de mer. Il n'est pas impossible qu'ils s'y rendent, eux aussi.

Bosch acquiesça. Les deux possibilités marchaient toujours.

PENDANT la demi-heure qui suivit, ils longèrent la côte en restant à bonne distance de la Mercedes. Ils roulèrent en silence. Ils savaient qu'ils n'avaient plus beaucoup de temps et il n'y avait rien à ajouter. Soit la Northstar ou la Mercedes les conduisait à Maddie, soit il y avait toutes les chances pour qu'ils ne la revoient plus jamais.

L'amoncellement de HLM du centre de Tuen Mun apparaissait devant eux lorsque le clignotant de la Mercedes s'alluma.

— Ils tournent à gauche, prévint Bosch.

— Là, il y a un problème. La zone industrielle du front de mer est tout droit. Ils partent vers des quartiers résidentiels. De quel côté va-t-on?

Bosch sentit quelque chose se déchirer en lui. Le choix qu'il allait faire pouvait être celui qui tuerait sa fille. D'instinct, il arriva à la même conclusion qu'avec Chu.

— Laissez partir la Mercedes, dit-il enfin. On va à la Northstar.

Sun Yee continuant tout droit, ils dépassèrent la Mercedes qui prenait à gauche dans Tsing Ha Lane. Bosch jeta un coup d'œil à la voiture. L'homme au volant le regarda à son tour, mais seulement un bref instant.

— Merde! s'écria Bosch. Le chauffeur m'a regardé. Pour moi, ils savaient qu'on les suivait. Je crois qu'on ne se trompait pas… Elle est dans le coup.

— Espérons que vous avez raison.

Ils entrèrent bientôt dans une zone pleine de hangars délabrés et d'installations de conditionnement alignées le long des quais et des jetées. Il y avait là des péniches et de petits cargos, parfois sur deux ou trois rangs de profondeur. Tout semblait abandonné pour la journée. On ne travaille pas le dimanche.

La circulation se faisant de moins en moins dense, Bosch se mit à craindre que l'élégante Mercedes noire du casino ne soit un peu trop visible alors qu'ils approchaient du siège de la Northstar. Sun Yee devait penser la même chose car il se gara sur le parking d'un boui-boui fermé.

— On est tout près, dit-il. Je propose qu'on laisse la voiture ici.

— Je suis d'accord.

Ils descendirent du véhicule et firent le reste du trajet à pied.

La Northstar se trouvait sur le quai numéro 7. Un grand hangar donnait sur une jetée qui s'avançait loin dans la baie. Quatre chaluts d'une trentaine de mètres de longueur étaient amarrés de part et d'autre de la jetée. Plus loin, on voyait un bateau nettement plus gros avec une grande grue qui pointait vers le ciel.

Comme il ne décelait aucune activité, Bosch commença à se dire qu'il avait commis une terrible erreur en renonçant à filer la Mercedes blanche. C'est alors que Sun lui tapota sur l'épaule et lui montra le bateau au bout de la jetée.

Bosch suivit la direction de son doigt jusqu'à la grue. La flèche en acier partait d'une plate-forme installée sur un rail positionné trois mètres au-dessus du pont du bateau. Celui-ci était manifestement construit pour la haute mer, sa fonction étant de recueillir la pêche de chaluts plus petits. Les manœuvres de la grue étaient contrôlées par une petite cabine installée sur la plate-forme supérieure. À travers les vitres teintées de la cabine, Bosch distingua la silhouette d'un homme. Il recula derrière le coin du hangar avec Sun Yee.

— Ça y est! s'écria-t-il. Vous croyez qu'il nous a vus?

— Non, répondit Sun Yee. Je n'ai remarqué aucune réaction de sa part.

Bosch hocha la tête. Il était maintenant fermement convaincu que sa fille était quelque part à bord de ce bateau. Mais il paraissait impossible d'y arriver sans se faire repérer par le guetteur. Il consulta sa montre. Il était presque 18 heures. Il faudrait encore patienter au moins deux heures avant la nuit noire. Mais cela risquait d'être trop long.

Le grondement profond d'un moteur se fit soudain entendre au bout du quai. Bosch risqua un œil au coin du hangar. Il vit de la fumée monter à la poupe du bateau à la grue et du mouvement derrière les vitres de la cabine de pilotage.

Il recula.

— Ils viennent de faire démarrer le bateau.

— Combien de types avez-vous vus? lui demanda Sun Yee.

— Au moins un dans la cabine de pilotage et un autre en haut de la grue. Il faut qu'on fasse quelque chose. Tout de suite.

Bosch était tenté par l'idée de tourner le coin du hangar et de descendre la jetée en tirant. Il avait un .45 chargé et ses chances n'étaient pas mauvaises. Huit balles, huit dragons. Et après, le neuvième dragon, ce serait lui, rien ne pourrait l'arrêter.

— C'est quoi, le plan? demanda Sun Yee.

— Il n'y en a pas. J'y vais et je la ramène. Et si je n'y arrive pas, je fais tout ce qu'il faut pour qu'aucun de ces types ne parvienne à ses fins non plus. À ce moment-là, c'est vous qui y allez, qui l'emmenez et la mettez dans un avion. Voilà, c'est ça, le plan.

Sun Yee secoua la tête.

— Ce plan ne vaut rien.

— Vous avez une meilleure idée ? Ce bateau est sur le point de partir.

Bosch risqua de nouveau un œil. Rien n'avait changé. Le bateau grondait au point mort, mais était toujours amarré à la jetée. À croire qu'ils attendaient quelque chose.

Bosch se calma. Peut-être y avait-il mieux à faire que courir au suicide. Il regarda Sun Yee.

— Avec un petit bateau, on pourrait faire diversion de l'autre côté de la jetée sans être repérés.

Sun Yee acquiesça.

— Vous voulez que je vous le trouve ?

— Oui, je vais descendre cette jetée pour chercher ma fille.

Sun glissa la main dans sa poche et en sortit les clés de la voiture.

— Prenez-les, dit-il. Dès que vous aurez votre fille, montez dans la voiture et partez. Ne vous inquiétez pas pour moi.

— Non, répondit Bosch en secouant la tête, on trouvera un coin sûr pas trop loin et je vous appellerai. On vous attendra.

Sun acquiesça de nouveau.

— Bonne chance, Harry.

— Bonne chance à vous aussi, lui renvoya Bosch.

Après le départ de Sun Yee, Bosch se colla le dos à la façade du hangar et se prépara à attendre. Il ne savait absolument pas comment Sun Yee allait pouvoir s'emparer d'un bateau, mais il lui faisait confiance.

Bosch s'apprêtait à jeter encore une fois un coup d'œil du côté du bateau lorsqu'il vit une Mercedes blanche arriver. Il se baissa contre le mur pour ne pas être repéré. Il la regarda tourner sur le quai numéro 7 et se diriger vers le bateau à la grue. C'était celle qu'ils avaient suivie à partir de la Gold Coast.

Bosch en conclut que le conducteur était l'homme dont Peng avait mis le numéro dans le carnet d'adresses du portable de sa fille. Il avait envoyé la femme et le gamin – son épouse et son fils, c'était probable – au Geo pour qu'ils l'aident à identifier le type qui lui écrivait des textos. Soudain effrayé par le dernier message de Sun Yee, il les avait ramenés en lieu sûr, puis il avait pris le chemin du quai numéro 7 où Maddie était détenue.

C'était beaucoup s'avancer dans le raisonnement vu le peu de renseignements dont il disposait, mais Bosch était maintenant sûr qu'il allait se produire des choses que le chauffeur n'avait pas prévues dans son plan. En bousculant les événements, en déplaçant la marchandise, voire pire… en s'en débarrassant.

La Mercedes s'arrêta devant le bateau à la grue. Le conducteur en descendit d'un bond et enfila vite une passerelle pour monter à bord. Il cria quelque chose au type de la grue, mais sans ralentir pour autant sa progression vers la cabine de pilotage.

Pendant quelques instants, il n'y eut pas d'autre mouvement. Puis le type de la grue sortit de l'habitacle et entama sa descente vers le pont. Bosch sut alors qu'il pourrait s'élancer sur la jetée sans être vu. Il ressortit son portable et appela Sun Yee. Après huit sonneries, il tomba sur la messagerie.

— Sun, dit-il, où êtes-vous ? Le type de la Mercedes est arrivé et ils viennent de laisser le bateau sans surveillance. Revenez tout de suite et préparez-vous à conduire. J'y vais.

Il regarda le bateau à la grue une dernière fois, puis traversa le quai en tenant son arme à deux mains, prêt à faire feu.

DES caisses vides empilées sur la jetée le masquaient en partie, mais les vingt derniers mètres pour arriver à la passerelle étaient complètement à découvert. Il les parcourut à toute vitesse et au dernier moment se baissa derrière la Mercedes, dont le moteur tournait au ralenti. Il enfila la passerelle pour arriver à la cabine de pilotage. Il se tassa contre la paroi, juste à côté de la porte.

Il se tourna pour jeter un coup d'œil par une petite fenêtre carrée. Personne à l'intérieur. Il posa la main sur la poignée, ouvrit sans faire de bruit et entra.

La pièce abritait le centre opérationnel du bateau. Derrière la barre, Bosch découvrit des cadrans qui brillaient. Contre le mur du fond étaient installées plusieurs couchettes munies de rideaux qu'on pouvait tirer pour avoir plus d'intimité.

Dans le plancher, une écoutille s'ouvrait sur une échelle qui s'enfonçait dans la cale. Bosch s'accroupit près de l'ouverture. Il entendit des voix en dessous : au moins trois personnes, mais c'était en chinois qu'elles parlaient. Il n'entendit pas la voix de sa fille.

Il gagna le panneau de contrôle et s'intéressa aux deux interrupteurs que surmontaient des témoins rouges. Il en abaissa un et entendit aussitôt le bourdonnement des moteurs diminuer de moitié. Il venait d'en arrêter un.

Il abaissa l'autre interrupteur, le second moteur s'arrêta à son tour. Puis il avança jusqu'au fond de la salle, tira le rideau à moitié, et attendit. Il savait qu'il serait dans un angle mort pour quiconque monterait de la cale. Il remit son arme dans sa ceinture et sortit le cran d'arrêt de la poche de sa veste.

Il ne tarda pas à entendre des bruits de pas en dessous. Les hommes s'étaient réunis dans la partie avant de la cale. Il distingua les pas d'un type, un seul. Sa tâche serait plus facile.

Un homme apparut dans l'écoutille, dos aux couchettes. Sans regarder autour de lui, il se rapprocha des manettes et chercha ce qui avait bien pu arrêter les moteurs. Ne voyant rien, il répéta le processus de mise en marche. Bosch sortit de la couchette et se dirigea vers lui. Le deuxième moteur venait à peine de revenir à la vie lorsqu'il posa la pointe du cran d'arrêt sur sa colonne vertébrale.

Puis il le saisit par le colback et murmura :

— Où est la fille ?

L'homme baragouina quelques mots de chinois en secouant la tête.

— Combien y a-t-il de types en bas ?

Bosch le fit passer sur le pont en le tirant violemment en arrière puis le poussa en avant. L'eau était quatre mètres en dessous.

— Tu sais nager ? lui demanda-t-il. Où est la fille ?

— Pas… parler, réussit à lui répondre le Chinois. Pas parler.

Sans cesser de le pousser par-dessus le bastingage, Bosch chercha Sun Yee des yeux – son traducteur –, mais il ne le vit pas. Où était-il, nom de Dieu ?

Cet instant d'inattention permit au type de passer à l'attaque. Il flanqua un grand coup de coude dans les côtes de Bosch, qui alla s'écraser contre la paroi du poste de pilotage. L'homme se retourna aussitôt et lui envoya un coup de pied au poignet qui fit voler son cran d'arrêt dans les airs.

Le type lui décocha une volée de petits coups de poing précis et puissants dans le ventre. Bosch sentit l'air s'échapper violemment de ses poumons juste au moment où un dernier coup de pied lui arrivait pile sous le menton.

Il s'effondra. Son champ visuel commença à rétrécir. Très calmement, son agresseur se dégagea. Bosch entendit clairement le cran d'arrêt racler sur le plancher tandis qu'il le ramassait.

Son assaillant lui lança dans un anglais parfaitement clair :

— Et toi, tu sais nager ?

Bosch sortit son arme de derrière son dos et fit feu à deux reprises. La première balle ne fit qu'érafler l'épaule de son adversaire, la seconde, plus précise, lui entra dans le côté gauche de la poitrine. Le Chinois s'effondra, un air de grande surprise sur le visage.

Bosch se remit lentement à quatre pattes.

Au moment où il se redressait, un véritable déluge de feu lui arriva de la proue du bateau. Les balles sifflaient au-dessus de sa tête. Bosch se baissa et trouva une ligne de tir par les fenêtres de la structure. Il vit un type s'avancer vers la poupe, un pistolet dans chaque main. Derrière lui se trouvait le panneau de l'écoutille par laquelle il était monté.

Bosch savait qu'il ne lui restait plus que six balles. Il devait donc liquider le tueur aussi vite qu'efficacement.

Il aperçut une rangée de butoirs en caoutchouc le long du plat-bord arrière. Il glissa son arme dans sa ceinture et sortit un des butoirs de son logement. Il se faufila jusqu'à la fenêtre arrière de la cabine de pilotage et regarda encore une fois à l'intérieur. Le tueur avait choisi d'attaquer par bâbord et se préparait à repartir vers la poupe. Bosch jeta le butoir par-dessus le toit de la cabine de pilotage. Et là, pendant qu'il était encore en l'air, il se mit à remonter vers tribord et ressortit son arme en avançant.

Il arriva devant la cabine juste au moment où le tueur se baissait pour éviter le butoir. Il tira et tira encore jusqu'à ce que l'homme finisse par s'écrouler sans avoir pu faire feu une seule fois.

Bosch vérifia qu'il était bien mort. Puis il jeta son colt .45 par-dessus bord et prit les armes du Chinois, en l'occurrence deux autres Black Star semi-automatiques.

Bosch savait qu'il y avait au moins un type dans la cale en dessous. Il glissa les pistolets dans sa ceinture et descendit l'échelle tel un pompier, en serrant les pieds contre les barres verticales et en se laissant glisser jusqu'en bas.

Ses yeux s'accoutumant à la pénombre, il constata qu'il était dans un dortoir vide donnant sur un passage central. La seule lumière provenait de l'écoutille ouverte à l'extrémité de la proue. Entre lui et ce point se trouvaient six compartiments fermés par des hayons – trois de chaque côté. Le dernier à gauche était grand ouvert. Bosch mit un de ses pistolets dans sa ceinture et s'avança, l'autre pistolet levé et prêt à tirer.

Il progressa dans le passage en vérifiant chaque compartiment – tous étaient vides, mais ils n'avaient manifestement pas servi à emmagasiner du poisson. Parois en acier, pas de hublot et le fond jonché de bouteilles d'eau vides et de vieilles boîtes de céréales : ils se ressemblaient tous. Des filets de pêche servant de hamacs pendaient à des crochets boulonnés dans les parois. Ce bateau-là transportait des êtres humains.

Au bout de l'allée se trouvait le hayon ouvert. Il était vide. Mais pas comme les autres. On n'y voyait aucun détritus. Une loupiote à piles était accrochée au plafond. Des boîtes de céréales pas encore ouvertes et des bonbonnes d'eau s'y entassaient sur une caisse posée à l'envers. Bosch chercha un signe indiquant que c'était dans ce compartiment qu'on avait gardé sa fille, mais il ne trouva rien.

Puis il entendit les gonds du hayon grincer dans son dos. Le panneau se referma en claquant. Il vit le verrou du coin supérieur gauche se mettre en position fermée et s'aperçut que le volant d'ouverture avait été ôté à l'intérieur. On était en train de le piéger. Il sortit son deuxième pistolet, et dès que le deuxième verrou commença à bouger, il tira avec ses deux armes. Il y eut un cri, puis le bruit de quelqu'un qui s'effondre par terre.

Bosch tenta de déverrouiller à la main la fermeture du haut. La barre du verrou était trop mince pour qu'il puisse l'attraper. Il était prisonnier. Il tapa alors avec la crosse d'un de ses pistolets sur le panneau en métal.

— Maddie ! Maddie, tu es là ?

Pas de réponse. Il tapa de nouveau, encore plus fort.

— Je veux juste un signe, ma chérie. Si tu es là, fais du bruit !

Toujours pas de réponse.

Harry appuya son front couvert de sueur contre le panneau rouillé. Il était coincé et se rendait compte que sa fille pouvait très bien ne pas se trouver à bord.

La pile de la lampe au-dessus de lui commençait à faiblir. Bientôt il serait seul dans les ténèbres. Le désespoir le submergea. Il avait échoué.

10

MAIS soudain Bosch cessa de ruminer ses échecs. Il avait entendu un claquement au milieu du grondement monotone des moteurs.

Il se redressa d'un coup en entendant un nouveau claquement et comprit que quelqu'un vérifiait les compartiments comme il l'avait fait lui-même.

Il cogna sur le panneau avec les crosses de ses deux pistolets.

— Sun Yee? hurla-t-il. Hé! Plus bas!

Pas de réponse, mais le verrou supérieur droit commença à tourner. Quelqu'un était en train d'ouvrir la porte. Bosch recula et attendit. La porte s'ouvrit lentement. Bosch leva ses deux pistolets en se demandant s'il avait encore de quoi faire feu.

Dans la pénombre du passage, il reconnut le visage de Sun Yee.

— Mais où vous étiez, bordel?

— Je cherchais un bateau et…

— Je vous ai appelé. Je vous disais de revenir.

Une fois dans le passage, Bosch découvrit le type à la Mercedes qui gisait à quelques pas du hayon. Espérant le trouver vivant, Bosch le retourna. Il était mort.

— Harry, reprit Sun Yee, où est Madeline?

— Je ne sais pas. Tout le monde est mort et je ne sais pas!

À moins que… Il examina le corps étendu devant lui et se dit qu'il devait s'agir de Dennis Ho, le patron de la Northstar et propriétaire de la Mercedes blanche.

Lorsque, après avoir descendu le quai en courant, il s'était baissé derrière la Mercedes pour être à couvert, il avait entendu tourner le moteur. Le type n'avait pas coupé le contact.

Sur le coup, cela ne lui avait pas paru important dans la mesure où, pour lui, Madeline était à bord du bateau-grue. Maintenant ce n'était plus du tout pareil. Il ne pouvait y avoir qu'une explication au fait que Dennis Ho avait laissé tourner le moteur de la Mercedes. Il avait l'intention d'y revenir. Et pas avec Maddie, parce qu'elle n'était pas à bord. Au contraire, il avait l'intention de la transférer dès que le compartiment à fond de cale serait prêt.

Bosch se rua hors de la cabine de pilotage et descendit la passerelle jusqu'au quai. Puis il courut jusqu'à la portière côté conducteur de la Mercedes blanche et l'ouvrit violemment. Il vérifia la banquette arrière, il n'y avait personne. Il coupa le contact et s'empara des clés. Puis il gagna l'arrière de la voiture et appuya sur la partie ouverture du coffre de la clé de contact.

Le capot se souleva automatiquement. Là, étendue sur une couverture, il y avait sa fille. Bâillonnée, un bandeau sur les yeux et les bras maintenus serrés contre son corps par du ruban adhésif. Même chose pour ses chevilles. Bosch ne put s'empêcher de hurler :

— Maddie ! C'est moi, ma chérie ! C'est papa !

Après que Bosch eut ôté le bâillon, Maddie poussa un cri qui transperça le cœur de son père et qu'il ne devait jamais oublier. Exorcisme de la peur, appel à l'aide, soulagement, joie, c'était tout cela ensemble.

— Papa !

Elle se mit à pleurer tandis que Bosch la sortait du coffre.

— Ça va aller maintenant.

Bosch se servit d'une des clés de contact pour sectionner l'adhésif. Dès qu'elle eut les mains libres, elle saisit son père par le cou et se serra contre lui de toutes ses forces.

— Je savais que tu viendrais, dit-elle entre deux sanglots.

Bosch n'avait jamais entendu des paroles qui lui aillent pareillement droit au cœur. Il la serra très fort dans ses bras.

— Es-tu blessée ? S'ils t'ont fait du mal, il faut t'emmener tout de suite à…

— Non, je ne suis pas blessée.

Il s'écarta de sa fille, posa les mains sur ses épaules et la regarda droit dans les yeux.

— Tu es sûre ? Tu peux me le dire, tu sais.

— J'en suis sûre, papa. Tout va bien.

Bosch se tourna vers Sun Yee, qui les avait rejoints.

— Vous pouvez nous conduire à l'aéroport ?

— Pas de problème.

— Alors allons-y.

Bosch prit sa fille par la taille. C'est lorsqu'ils arrivèrent en vue de la voiture qu'elle posa la question qu'il redoutait.

— Papa ? Où est maman ?

Bosch éluda sa question. Il lui dit simplement que sa mère ne pouvait pas être avec eux pour l'instant, mais qu'elle lui avait préparé un sac et qu'ils devaient aller tout de suite à l'aéroport pour quitter Hong Kong. L'explication donna quelques instants à Bosch pour envisager comment et à quel moment répondre à la question qui changerait à jamais la vie de sa fille. Lorsque enfin ils arrivèrent à la Mercedes noire, il la fit monter à l'arrière, puis il se dirigea vers le coffre pour y prendre le sac à dos. Il ne voulait pas qu'elle voie celui qu'Eleanor s'était préparé pour elle-même.

Il lui tendit le sac et adressa un signe de tête à Sun Yee.

— On y va.

Sun Yee sortit de la zone portuaire, mais sans rouler trop vite pour ne pas attirer l'attention. Après quelques minutes de silence, Bosch se retourna vers sa fille. Elle regardait fixement par la vitre. Des larmes coulaient sur ses joues.

— Maddie, ça va?

— Elle est morte, n'est-ce pas?

— Quoi?

Bosch essayait de gagner du temps, de repousser l'inévitable.

— Je ne suis pas idiote. Tu es là. Sun Yee est là. Elle aussi devrait être là. Elle y serait s'il ne lui était pas arrivé quelque chose.

Bosch reçut comme un coup de poing en pleine poitrine.

— Maddie, je suis désolé. Je voulais te le dire, mais ce n'était pas le bon moment.

— Et ce serait quand, le bon moment?

Il hocha la tête.

— Jamais, bien sûr. Tu as raison.

Il se pencha vers elle et lui posa la main sur le genou, mais elle la repoussa aussitôt.

— Elle ne voulait qu'une chose, Maddie : te ramener à la maison saine et sauve. Rien d'autre ne comptait, elle-même comprise.

Madeline se couvrit les yeux des mains.

— Tout est de ma faute, dit-elle.

— Non, Maddie, non. Écoute-moi. Ne dis plus jamais ça. Ne le pense même pas. Ce n'est pas de ta faute. C'est de la mienne. Tout est de ma faute.

Elle ne répondit pas. Elle garda les yeux fixés sur le bord de la route qui filait et devenait de plus en plus flou.

UNE heure plus tard, ils arrivèrent à l'aéroport. Bosch aida sa fille à sortir de la Mercedes, puis se tourna vers Sun Yee. Ils ne s'étaient pas dit grand-chose dans la voiture. Mais maintenant, l'heure des adieux était venue et Bosch savait bien que sa fille n'aurait jamais pu s'en sortir sans son aide.

— Sun Yee, merci d'avoir sauvé ma fille.

— C'est vous qui l'avez sauvée. Rien ne pouvait vous arrêter, Harry Bosch.

— Qu'allez-vous faire ? La police va au minimum vous poser des questions pour Eleanor, sinon pour tout le reste.

— Je me débrouillerai et ne parlerai pas de vous. C'est ma promesse. Quoi qu'il arrive, je vous laisserai, vous et votre fille, en dehors de tout ça.

Bosch acquiesça.

— Bonne chance, dit-il.

— Bonne chance à vous aussi.

Bosch lui serra la main et s'éloigna un peu. Après un instant de gêne, Madeline s'avança et prit Sun Yee dans ses bras.

— Je suis désolée, dit-elle.

Sun Yee brisa leur étreinte.

— Allez, va-t'en maintenant, dit-il. Je te souhaite une vie heureuse.

Ils le laissèrent là et entrèrent dans le terminal principal.

ILS gagnèrent le guichet des premières de Cathay Pacific, où Harry acheta deux billets pour le vol de 23 h 40. Il dut se servir de deux cartes de crédit pour couvrir la dépense. Il savait que les voyageurs de première ont un statut spécial qui leur permet de franchir rapidement les contrôles de sécurité et d'être les premiers dans l'avion. Il y avait des chances que le personnel des aéroports et des compagnies d'aviation s'intéresse moins à un passager de première classe, même avec les cheveux en bataille, du sang sur sa veste et une fillette de treize ans qui semblait incapable de contenir ses larmes.

Comme prévu, ils franchirent les contrôles sans aucun problème. Mais il leur restait presque trois heures à tuer.

— Maddie, tu as faim ?

— Pas vraiment.

— À quand remonte ton dernier repas ?

— J'ai mangé une part de pizza au centre commercial vendredi. Avant…

— Bon, alors il faut qu'on mange.

Un escalator les conduisit dans une zone remplie de toutes sortes de restaurants dominant une véritable Mecque de magasins en duty free. Bosch en choisit un qui offrait une belle vue sur le niveau inférieur. Maddie commanda des nuggets au poulet et son père un steak-frites.

— Alors maintenant, je vais vivre à L.A. avec toi?

— Ben oui. D'ailleurs, la dernière fois que tu es venue, tu m'as dit que tu voulais rester.

— Oui, mais pas comme ça.

— Non, bien sûr.

— Est-ce que je pourrai retourner à Hong Kong chercher mes affaires et dire au revoir à mes amis?

Bosch réfléchit un instant avant de répondre.

— Je ne pense pas, non. Tes affaires, je devrais pouvoir te les faire expédier. Mais il va probablement falloir que tu te contentes d'envoyer des mails à tes amis.

— Que je puisse au moins dire adieu.

Il hocha la tête et garda le silence : la référence à sa mère était évidente. Puis Maddie se remit à parler, son esprit tel un ballon emporté par le vent et atterrissant tantôt ici, tantôt là, en obéissant à des courants imprévisibles.

— On est… recherchés par la police d'ici? demanda-t-elle.

Bosch regarda autour de lui pour voir si quelqu'un avait entendu sa question.

— Je ne sais pas. Ce n'est pas impossible. Moi en tout cas.

Après un autre silence, elle lui posa une question qui frappa fort :

— Papa, est-ce que tu as tué les types qui m'ont kidnappée? J'ai entendu des coups de feu.

Il réfléchit à la manière dont il convenait de lui répondre – en flic? en père? –, mais ne traîna pas :

— Disons qu'ils n'ont eu que ce qu'ils méritaient. Et que tout ce qui leur est arrivé, ce sont eux qui l'ont cherché. D'accord?

— D'accord.

Dès que les plats arrivèrent, ils cessèrent de parler et mangèrent voracement. Bosch avait choisi la table de façon à bien voir le contrôle de sécurité. Il avait laissé un beau sillage de morts dans tout Hong Kong et devait rester sur ses gardes.

— Tu ne finis pas tes frites ? lui demanda-t-elle.

— Non, vas-y.

Lorsqu'elle tendit le bras en travers de la table, sa manche remonta et il vit le pansement qu'elle avait au creux du coude. Il pensa au papier-toilette taché de sang qu'Eleanor avait trouvé dans la poubelle de la chambre des Résidences de Chungking.

— Maddie, comment tu t'es fait ça ?

Elle posa la main sur la blessure.

— Je t'en prie, papa. Je ne veux pas en parler. Pas maintenant.

— D'accord, ma chérie. On en parlera quand tu voudras.

Après le repas, ils se dirigèrent vers le salon des premières, où ils s'inscrivirent pour les douches. Bosch prit une douche rapide : il ne voulait pas être séparé longtemps de sa fille. Avant de se rhabiller, il jeta un coup d'œil à la blessure qu'il avait au bras. Le sang avait coagulé et une croûte commençait à se former.

Une fois habillé de frais (il s'était acheté des vêtements neufs dans une boutique de l'aéroport), il roula ses vieux vêtements et les entassa sous les serviettes en papier et autres cochonneries déposées dans la poubelle.

En sortant de la douche, il chercha sa fille des yeux. Il ne la vit nulle part dans le salon et retourna l'attendre près de l'entrée réservée aux femmes.

Juste au moment où l'embarquement allait commencer, Madeline descendit l'allée. Elle s'était changée, et ses cheveux mouillés étaient tirés en arrière.

— Ça va ? lui demanda Bosch. Ils viennent d'annoncer l'embarquement.

— Je suis prête. J'avais besoin d'une grande douche bien chaude.

— Je comprends.

Ils rejoignirent la porte d'embarquement, Bosch ne remarqua rien d'inhabituel du côté de la sécurité. On leur prit leurs cartes d'embarquement et on vérifia leurs passeports. Ils montèrent à bord.

Un steward les informa qu'ils étaient les seuls passagers de première et qu'ils pouvaient choisir leurs places. Ils eurent l'impression d'avoir l'avion pour eux tout seuls. Bosch n'avait pas l'intention de lâcher sa fille des yeux jusqu'à ce qu'ils arrivent à Los Angeles.

L'embarquement était presque terminé lorsque le pilote annonça que le vol durerait treize heures, et qu'ils atterriraient à Los Angeles à 21 heures dimanche, soit deux heures avant leur décollage de Hong Kong.

Bosch fit le calcul et se rendit compte qu'il allait vivre une journée de trente-neuf heures. La plus longue de son existence.

Enfin l'énorme appareil reçut l'autorisation de décoller, accéléra l'allure et grimpa bruyamment dans le ciel noir. Bosch respira un peu mieux en voyant les lumières de Hong Kong disparaître sous les nuages. Il espérait ne plus jamais y revenir.

Sa fille tendit le bras entre leurs deux sièges et lui prit la main. Il se tourna vers elle et soutint son regard. Elle s'était remise à pleurer. Bosch lui serra fort la main.

— Ça va aller, dit-il.

Elle hocha la tête et continua de lui tenir la main.

11

Il était presque minuit lorsqu'ils arrivèrent à la maison de Woodrow Wilson Drive. Bosch porta le sac à dos jusqu'à la chambre d'amis, sa fille sur les talons. Elle connaissait cette pièce pour y avoir dormi lorsqu'elle lui rendait visite.

— Maintenant que tu vas vivre ici à plein temps, dit-il, on va décorer cette chambre à ton goût.

Il s'assit sur le lit et regarda sa fille. Elle était toujours debout au milieu de la pièce. L'expression de son visage l'émut au plus profond de lui-même. Il voyait la réalité la frapper de plein fouet.

— Maddie, jusqu'à maintenant je n'ai été ton père que quatre semaines par an. Ce n'était pas difficile. Là, ça va être dur. Je vais commettre des erreurs mais je ferai de mon mieux, je te le promets.

— OK.

— Bon, et maintenant as-tu faim? Es-tu fatiguée?

— Non, ça va. Je n'aurais sans doute pas dû dormir autant dans l'avion.

— Le sommeil, c'est toujours bon. Ça répare.

Elle acquiesça d'un signe de tête et regarda gauchement autour d'elle. C'était une chambre d'amis réduite à sa plus simple expression. Un lit, une commode, une table avec une lampe.

— Demain, on va aller te chercher une télé. Et aussi un ordinateur et un bureau. On va devoir faire beaucoup de courses.

— Je vais avoir besoin d'un nouveau portable. Quick m'a pris le mien.

— OK, on va en acheter un autre. Comme j'ai ta carte SIM, tu auras tous tes contacts.

Elle le regarda et il comprit qu'il avait commis une erreur.

— Tu as ma carte? C'est Quick qui te l'a donnée? Et sa sœur était là?

Il leva les bras en signe d'apaisement et fit non de la tête.

— Je n'ai jamais rencontré Quick ou sa sœur, dit-il. J'ai trouvé ton portable, mais il était cassé. Je n'ai pu récupérer que ta carte SIM.

— Elle a essayé de me sauver. Elle a compris que Quick allait me vendre et a tenté de l'en empêcher. Mais il l'a jetée de la voiture.

Il attendit qu'elle en dise davantage, mais ce fut tout. Il aurait aimé lui poser des tas de questions sur le frère, la sœur et tout le reste, mais son rôle de père prit le pas sur celui du flic. Ce n'était pas le bon moment. Il fallait qu'il la calme et l'aide à s'y retrouver. Il aurait tout le temps de redevenir flic.

Il scruta son visage qui semblait vide de toute émotion.

— Tout ira bien. Je te le promets.

Elle acquiesça.

— Euh… Est-ce que je pourrais rester seule un instant?

— Bien sûr. C'est ta chambre. Je pense avoir quelques coups de fil à passer de toute façon. Tu me dis si tu as besoin de quoi que ce soit, d'accord?

— Oui, papa. Merci.

Il referma la porte et gagna la salle de séjour. Il sortit son portable et appela David Chu.

— Bosch à l'appareil. Désolé de vous déranger si tard.

— Pas de problème. Comment ça va là-bas?

— Je suis de retour.

— Vous êtes rentré? Et votre fille?

— Elle est saine et sauve. Où en est-on avec Chang?

Chu hésita un peu avant de répondre.

— Eh bien… il sera libéré dans la matinée. On n'a rien contre lui.

— Même pas côté extorsion ?

— J'ai essayé une dernière fois avec Li et Lam aujourd'hui même. Ils refusent de porter plainte. Ils ont trop peur. Li m'a dit que quelqu'un l'avait menacé.

Bosch réfléchit à la menace téléphonique qu'il avait lui aussi reçue le vendredi précédent. Ce devait être le même bonhomme.

— Donc Chang sort de prison dans la matinée et file aussitôt à l'aéroport. Il prend l'avion, et nous, on ne le revoit plus jamais.

— Oui, il semblerait bien que celui-là, on l'ait perdu.

Bosch fut submergé par la colère.

— Putain d'enculés !

Se rendant compte que sa fille pouvait l'entendre, il ouvrit une des portes coulissantes et passa sur la terrasse de derrière.

— Ils s'apprêtaient à vendre ma fille, dit-il. Pour ses organes.

— Nom de Dieu ! s'écria Chu. Je pensais qu'ils voulaient seulement vous faire peur.

— Ils lui ont pris du sang et il devait correspondre à celui d'un type bourré de fric parce que le plan a changé.

— Elle est revenue avec vous ?

— Je vous l'ai dit : elle est saine et sauve.

Bosch savait que Chu ne pourrait voir qu'un manque de confiance dans cette réponse indirecte, mais bon… Il mit fin à l'appel et, appuyé à la rambarde, scruta les ténèbres. On était dimanche soir, autour de minuit, et pourtant l'autoroute en dessous était pleine de voitures. Se retrouver chez soi avait certes quelque chose de rassurant, mais il ne put s'empêcher de songer à tout ce qui s'était passé. C'était comme si les fantômes affamés de Hong Kong l'avaient suivi à travers le Pacifique.

— Papa ? Ça va ?

Il se retourna. Sa fille se tenait dans l'encadrement de la porte.

— Oui, ma chérie. Bien sûr, pourquoi ?

Elle le rejoignit sur la terrasse.

— J'ai eu l'impression que tu étais en colère quand tu parlais au téléphone.

— Bah ! c'est à cause de cette affaire. Ça ne marche pas très bien.

— Je suis désolée.

— Ce n'est pas de ta faute. Je pensais à une chose : il y a une école en bas de la rue. Je ne sais pas si c'est là que tu finiras par aller ou si j'essaierai de te mettre dans une école privée, mais je pourrais t'y emmener, et toi, tu pourrais y jeter un coup d'œil. Peut-être même suivre un cours ou deux pendant que je descends en ville. Ça te dirait ? Je connais l'adjointe du principal et je lui fais confiance. Elle prendra soin de toi.

Madeline regarda fixement le panorama avant de répondre :

— Bon, ça pourrait marcher.

— Je l'appelle demain matin et j'arrange ça.

— Papa ?

— Quoi, ma chérie ?

— J'ai entendu ce que tu disais au téléphone. Ils voulaient me vendre pour mes organes. C'est vrai ?

— Je ne sais pas, mon amour. Je ne sais pas ce qu'ils avaient vraiment en tête.

— Quick m'a pris du sang. Il m'a dit qu'il allait te l'envoyer, pour que tu fasses une analyse ADN et que tu saches qu'on m'avait vraiment kidnappée.

Il hocha la tête.

— Il te mentait. La vidéo qu'il m'a envoyée avait suffi à me convaincre. Je n'avais pas besoin de ton sang. Il te mentait, Maddie. Il t'a trahie et n'a eu que ce qu'il méritait.

— Qu'est-ce que ça veut dire ? Qu'est-ce qui lui est arrivé ?

Il n'avait pas envie de s'embarquer sur la voie ô combien glissante du mensonge avec sa fille. Il savait aussi qu'elle aimait beaucoup la sœur de Quick, voire Quick lui-même. Elle ne mesurait probablement pas l'étendue de la trahison dont elle avait été victime.

— Il est mort, dit-il.

Elle retint son souffle et porta la main à sa bouche.

— Tu l'as…

— Non, Maddie, ce n'est pas moi qui l'ai tué. Je l'ai trouvé mort en même temps que je retrouvais ton portable. Je pense que tu l'aimais bien et j'en suis désolé. Mais il t'avait trahie, ma fille. Et maintenant il vaudrait mieux rentrer.

Il se détourna de la rambarde.

— Et sa sœur ? Il…

Il s'immobilisa.

— Je ne sais pas.

Il gagna la porte et rentra. Ça y était : il venait de lui mentir pour la première fois. Il l'avait fait pour ne pas lui faire de la peine, mais cela n'avait pas d'importance. Il sentit qu'il s'était embarqué dans la voie du mensonge.

SUE BAMBROUGH, l'adjointe du principal, avait autorisé Madeline à suivre les cours de quatrième pour voir si l'établissement lui plaisait. À l'arrivée de Bosch, elle lui demanda de s'asseoir et se mit en devoir de l'informer que sa fille était en cours et semblait tout assimiler comme il convenait.

Bosch connaissait Sue Bambrough. Quelques années plus tôt, un voisin qui avait son gamin à l'école lui avait demandé de parler aux enfants de la criminalité et de son travail de policier. Bosch respectait cette administratrice intelligente et qui n'hésitait pas à mettre les mains dans le cambouis.

— Le cours se termine dans dix minutes, dit-elle. Je vous emmènerai la voir à ce moment-là. Mais il y a quelque chose dont j'aimerais vous parler d'abord, inspecteur Bosch.

— Appelez-moi Harry. De quoi voulez-vous me parler ?

— Eh bien… votre fille semble avoir beaucoup d'imagination. On l'a entendue raconter qu'elle arrivait de Hong Kong parce qu'elle y avait été kidnappée et sa mère assassinée. Je m'inquiète de la voir se donner de l'importance pour…

— Tout est vrai. Elle a été effectivement kidnappée et sa mère a été tuée alors qu'elle tentait de la sauver.

— Ah, mon Dieu ! Quand est-ce arrivé ?

Bosch regretta de ne pas lui avoir dit tout cela lorsqu'ils s'étaient parlé plus tôt ce matin-là. Il l'avait seulement informée que sa fille allait vivre avec lui et qu'elle voulait voir à quoi ressemblait l'école.

— Ce week-end, répondit-il, à Hong Kong. Nous sommes arrivés hier soir.

Bambrough donnait l'impression d'avoir reçu un coup de poing dans la figure.

— Ce week-end ? répéta-t-elle. Vous ne mentez pas ?

— Bien sûr que non. Elle a beaucoup souffert. Je savais que c'était peut-être un peu trop tôt pour la mettre à l'école, mais ce matin…

j'avais un rendez-vous que je ne pouvais pas éviter. Je vais la ramener à la maison et si elle veut revenir dans quelques jours, je vous le ferai savoir.

— Oui, mais… elle n'a pas besoin de voir un psychologue ? Ou d'une visite médicale ?

— Je m'y emploie.

— N'ayez pas peur de lui chercher de l'aide. Privée de sa mère et avec un père tout nouveau dans l'art d'élever un enfant, elle pourrait avoir besoin d'un tiers à qui se confier.

Bosch hocha la tête.

— Elle obtiendra tout ce dont elle aura besoin. Que faudra-t-il que je fasse si elle décide de fréquenter votre école ?

— Passez-moi un coup de fil, c'est tout. Vous êtes dans notre secteur géographique et nous avons de la place. Il y aura un peu de paperasse à remplir, et nous aurons besoin que l'école de Hong Kong nous envoie son dossier scolaire. Il nous faudra aussi son acte de naissance et… c'est à peu près tout.

Il se rendit compte que ce document avait toutes les chances de se trouver dans l'appartement de Hong Kong.

— Je ne l'ai pas, dit-il. Il va falloir que j'en demande un. Mais je peux vous montrer son passeport.

— Bon, on pourra s'en contenter jusqu'à ce que vous ayez l'acte de naissance. Pour l'instant, je crois que le plus important est de veiller au bien-être psychologique de votre enfant. Il faut que vous la convainquiez de parler à un psychologue.

— Ne vous inquiétez pas, je le ferai.

Une sonnerie signalant la fin du cours, Bambrough se leva. Ils quittèrent le bureau et prirent un grand couloir embouteillé par les enfants qui changeaient de classe. Bambrough aperçut Madeline et l'appela.

Bosch lui fit signe.

Elle marchait avec deux autres filles et donnait l'impression de s'être déjà fait des amies. Elle dit au revoir à ses camarades de classe et se précipita vers eux.

— Bonjour, papa !

— Alors, ça t'a plu ?

— C'est pas mal, ouais.

Bosch se demanda si elle était aussi réservée parce que l'assistante du principal se tenait à côté de lui. Il décida de lui épargner les parlotes inutiles.

— Bon, tu es prête ? On va aller acheter des trucs, tu te rappelles ?

— Bien sûr que je suis prête.

Bosch regarda Bambrough.

— Je vous remercie d'avoir fait ça pour nous et je vous tiens au courant.

Sa fille y alla de ses propres remerciements et ils quittèrent l'école. Dès qu'ils furent dans la voiture, Bosch démarra et se dirigea vers sa maison.

— Bon, dit-il, maintenant qu'on est seuls, qu'est-ce que tu en as vraiment pensé ?

— Ça devrait faire l'affaire. Je peux commencer demain ?

Bosch lui jeta un bref coup d'œil, puis se concentra de nouveau sur la route.

— Ce n'est pas un peu rapide ? Tu n'es arrivée ici qu'hier soir.

— Je sais, mais qu'est-ce que je vais faire ? Rester à la maison et pleurer du matin au soir ? Je ne veux pas prendre de retard. Les cours ont commencé la semaine dernière.

Bosch décida de faire confiance aux intuitions de sa fille.

— Bon, dit-il, je vais rappeler Mme Bambrough pour lui dire que tu veux t'inscrire.

Il se gara devant chez lui. Son portable bourdonna au moment où il entrait dans la maison. C'était Ignacio Ferras.

— Harry, on vient de me dire que tu es de retour et que ta fille est saine et sauve.

Il avait appris la nouvelle bien tard.

— Oui, ça va, dit Bosch. Tu travailles sur quoi ?

— Oh, juste deux ou trois trucs. Je résume les faits pour le dossier John Li.

— Pour quoi faire ? C'est terminé et on a merdé.

— Je sais, mais il faut que le rapport soit impeccable, et j'ai besoin de donner les résultats de la fouille au tribunal. C'est même pour ça que je t'appelle. Tu as filé vendredi sans laisser de notes sur ce que tu avais trouvé dans le portable et la valise.

— En fait, je n'ai rien trouvé.

Bosch jeta ses clés sur la table de la salle à manger et regarda sa fille gagner sa chambre. Il était de plus en plus agacé par Ferras.

Celui-ci ne guérirait jamais d'avoir été blessé en service commandé. Physiquement, pas de problème. Mais psychologiquement, jamais il ne redeviendrait ce qu'il avait été. Un gratte-papier, voilà ce qu'il serait désormais.

— Bon alors, je mets « aucun résultat » ? demanda Ferras.

— Oui, d'accord : « aucun résultat ».

— Et rien pour le portable.

Mais brusquement Bosch comprit quelque chose – et sut aussitôt qu'il était probablement trop tard.

— Non, rien dans le portable, reprit-il, mais toi et les autres gars du service avez bien vérifié auprès de la compagnie du téléphone, hein ?

Chang pouvait avoir effacé toute trace des appels qu'il avait passés sur son portable, mais il était impossible qu'il ait trafiqué le relevé qu'en avait gardé son serveur.

— Non, je me disais que tu contacterais la compagnie.

— Je ne l'ai pas fait parce que j'allais à Hong Kong.

Toutes les compagnies de téléphone ont des protocoles précis pour répondre aux demandes de perquisition. En général, la procédure est assez simple, mais c'était passé à l'as. Et Chang était libre et il y avait des chances qu'il ait filé depuis longtemps.

— Merde ! s'écria Bosch. Tu aurais dû t'en occuper, Ignacio !

— Moi ? Alors que tu avais le portable ? Tu veux me faire porter le chapeau pour ça ?

— Non, c'est nous deux que j'accuse. C'est vrai que j'aurais pu le faire, mais toi, tu aurais dû t'assurer que c'était fait. Tu ne t'en es pas occupé parce que tu es parti tôt et que tu as laissé filer. Même que c'est tout le boulot que tu laisses filer à vau-l'eau !

Ça y était – il l'avait dit.

— Tu veux dire que parce que je ne suis pas comme toi, parce que je ne sacrifie pas ma famille au profit du boulot, je *laisse filer* le travail ? Tu ne sais pas ce que tu dis.

Bosch en resta sans voix. Ferras l'avait frappé pile dans la faille de ce qu'il venait de vivre ces dernières soixante-douze heures.

— Ignacio, dit-il calmement, à mon retour dans la salle des inspecteurs, il faudra qu'on parle.

— Parfait. J'y serai.

— Bien sûr que tu y seras. Tu y es du matin au soir. À plus.

Bosch referma son portable avant que Ferras puisse protester. Il alla dans la cuisine pour y prendre une bière, mais s'arrêta avant d'ouvrir le frigo. Il devait emmener sa fille faire des courses dans la Valley.

Il s'avança dans le couloir. La porte de la chambre de sa fille était close.

— Maddie, tu es prête?

— Je suis en train de me changer. J'arrive dans une minute.

Ton sec, du genre ne-me-casse-pas-les-pieds. Il ne sut pas trop qu'en penser. Le plan était de commencer par la boutique de portables, puis de passer aux habits et aux meubles, et de finir par l'achat d'un ordinateur. Il allait lui acheter tout ce qu'elle voudrait et elle le savait. Mais elle s'était montrée cassante avec lui et il ne voyait pas pourquoi. À peine un jour de boulot de père à temps plein et il se sentait déjà perdu.

LE lendemain matin, Bosch et sa fille se mirent à installer les achats de la veille. Premiers sur la liste d'assemblage, le fauteuil et le bureau d'ordinateur dont ils avaient fait l'acquisition au magasin Ikea de Burbank. Fournitures scolaires, vêtements, appareils électroniques et mobilier, ils avaient passé quatre heures à tout acheter.

Ils avaient poussé la table basse dans un coin et étalé les pièces du bureau préfabriqué sur le plancher de la salle à manger. Assis par terre en tailleur, Harry et Madeline tentaient de comprendre les schémas.

— On dirait qu'il faut commencer par attacher les panneaux latéraux au plateau, lança Madeline. Regarde : tout ce qui est marqué « 1 » fait partie de la première étape.

— Je croyais que ça indiquait seulement qu'on n'a qu'un élément de chaque partie.

— Non, il y a deux panneaux latéraux et tous les deux sont marqués « 1 ».

— Ah.

Ils furent interrompus par la sonnerie du portable de Bosch. Il gagna la table de la salle à manger et décrocha.

— Harry, c'est le Dr Hinojos. Comment allez-vous?

— On fait avec. Merci de m'avoir rappelé.

Il ouvrit la porte coulissante, passa sur la terrasse et referma derrière lui.

— Désolé de ne pas vous avoir rappelé plus tôt, reprit Hinojos. Le lundi est toujours très chargé ici. Quoi de neuf ?

Hinojos dirigeait la section des sciences du comportement de la police, à savoir l'unité qui offrait une aide psychologique aux policiers.

Bosch la connaissait depuis presque quinze ans, surtout depuis qu'elle avait été chargée de l'évaluer après qu'il avait agressé physiquement son supérieur à la division de Hollywood.

Bosch baissa la voix.

— Je voulais vous demander de me rendre un service. J'aimerais que vous ayez un entretien avec ma fille.

— Harry, vous savez qu'ici on ne voit que des policiers, pas leurs familles. Je peux vous indiquer un collègue qui s'occupe des enfants.

— Je ne veux pas de psy pour enfants. C'est là que ça devient un service. J'aimerais qu'elle vous parle. Vous me connaissez, je vous connais.

— Mais Harry, ça ne marche pas comme ça ici.

— Elle a été enlevée là-bas, à Hong Kong. Et sa mère a trouvé la mort en essayant de la sauver. Ça lui fait un sacré dossier, docteur.

— Ah, mon Dieu ! Et ça remonte à quand ?

— Au week-end dernier.

— Oh, Harry !

— Elle a besoin de parler à quelqu'un. Et j'aimerais que ce soit vous, docteur.

Deuxième pause. Bosch la laissa se prolonger. Il était inutile d'insister avec Hinojos. Il le savait d'expérience.

— Bon, j'ai un peu de temps libre aujourd'hui. Je pourrais la voir après le déjeuner. Comment s'appelle-t-elle ?

— Madeline. À quelle heure ?

— À 13 heures, c'est possible ?

— Absolument. Vous voulez que je vous l'amène ou ça risque de poser un problème ?

— Ça devrait aller. Je ne la déclarerai pas en consultation officielle.

Le portable de Bosch sonna à nouveau. Cette fois, il l'écarta de son oreille pour vérifier l'identité du correspondant. C'était Gandle.

— D'accord, docteur, dit-il. Un grand merci.

— Ça me fera plaisir de vous revoir. Peut-être même qu'on pourrait avoir un petit entretien tous les deux. Je sais que votre ex comptait encore beaucoup pour vous.

— Commençons par nous occuper de ma fille. On pourra s'inquiéter pour moi après.

— À tout à l'heure, Harry.

Il raccrocha et regarda si Gandle avait laissé un message. Il n'y en avait pas. Il rentra dans la maison et vit que sa fille avait assemblé l'essentiel du bureau.

— Eh bien, dis donc, on dirait que tu sais ce que tu fais !

— C'est vraiment pas difficile.

— Ça n'en a pas l'air.

Il venait de se rasseoir par terre lorsque le fixe se mit à sonner dans la cuisine. Il se releva et se dépêcha d'aller décrocher.

— Bosch, que faites-vous ?

C'était le lieutenant Gandle.

— Je vous avais dit que je prendrais quelques jours.

— Je sais. Mais j'ai besoin que vous passiez ici… Et amenez votre fille.

— Ma fille ? Pourquoi, lieutenant ?

— Parce qu'il y a deux mecs de la police de Hong Kong dans le bureau du capitaine Dodds et qu'ils veulent vous parler. Vous ne m'avez pas dit que votre ex était morte, Harry. Vous ne m'avez rien dit de tous les cadavres que vous avez laissés dans votre sillage.

Bosch marqua une pause pour réfléchir à la situation.

— Dites-leur que je les verrai à 13 h 30, répondit-il enfin.

La réaction de Gandle fut abrupte.

— 13 h 30 ? répéta-t-il. Venez ici tout de suite.

— Je ne peux pas. Je les verrai à 13 h 30.

Il raccrocha le combiné du fixe et sortit son portable de sa poche. Il savait bien que les flics de Hong Kong finiraient par débarquer et avait déjà élaboré un plan d'action.

Le premier appel qu'il passa fut pour Sun Yee. Il savait qu'il était tard à Hong Kong, mais il ne pouvait pas attendre. Le téléphone sonna, puis il eut droit à la boîte vocale.

— C'est moi, Bosch, dit-il. Rappelez-moi dès que vous aurez ce message.

Il raccrocha, puis fit défiler sa liste de contacts et trouva un numéro qu'il n'avait pas appelé depuis au moins un an.

Cette fois, la réponse fut immédiate :
— Mickey Haller.
— C'est Bosch.
— Harry ? Je ne croyais pas…
— Je pense avoir besoin d'un avocat.
Il y eut une pause.
— D'accord. Quand ça ?
— Tout de suite.

12

GANDLE sortit de son bureau en trombe dès qu'il vit Bosch entrer dans la salle des inspecteurs.

— Bosch, je vous avais dit de venir ici dans l'instant. Pourquoi ne répondez-vous pas à…

Il s'arrêta net en découvrant l'individu qui accompagnait Bosch. Mickey Haller était un avocat célèbre.

— Je vous avais demandé d'amener votre fille, pas votre avocat.

— Lieutenant, répliqua Bosch, ma fille ne fait pas partie de l'équation. Me Haller est ici pour me conseiller et m'aider à expliquer aux types de Hong Kong que je n'ai commis aucun crime pendant mon séjour dans leur ville. Bon, et maintenant, voulez-vous me présenter à eux ou préférez-vous que je le fasse moi-même ?

Gandle hésita, puis les conduisit dans la salle de conférences, en retrait du bureau du capitaine Dodds. Deux hommes les y attendaient. Ils se levèrent à l'arrivée de Bosch et lui tendirent leurs cartes de visite professionnelles. Alfred Lo et Clifford Wu. Ils appartenaient tous les deux au Bureau des triades de la police de Hong Kong.

Bosch leur présenta Haller et lui tendit leurs cartes.

— Commençons par nous asseoir, suggéra Haller.

Tout le monde s'assit autour de la table de conférence. Ce fut Haller qui parla le premier :

— Permettez-moi d'abord de vous dire que mon client, l'inspecteur Harry Bosch, ne renonce à aucun des droits que lui garantit la Constitution de ce pays. Nous sommes sur le sol américain et cela signifie qu'il n'est nullement tenu de vous parler, messieurs. Cela dit, il est aussi inspecteur et sait très bien contre quoi vous luttez tous les jours. Malgré mes conseils, il est donc prêt à vous parler. Vous pouvez lui poser des questions et il essaiera d'y répondre si je lui donne mon accord. Notre espoir c'est qu'à la fin de cette conversation nous ayons tous une meilleure compréhension des événements de ce dernier week-end à Hong Kong. Une chose doit cependant rester claire : vous ne pourrez pas repartir avec l'inspecteur Bosch. Sa coopération dans cette affaire cessera à l'instant même où cette réunion prendra fin.

Et de ponctuer cette première salve par un sourire.

Avant de se rendre au siège de la police, Bosch avait passé presque une heure à l'arrière de la Lincoln Town Car de Haller. Ils s'étaient garés dans le jardin public de Franklyn Canyon et avaient pu regarder la fille de Harry s'y promener. Ensuite, ils avaient emmené Maddie pour son premier entretien avec le Dr Hinojos et avaient rejoint les nouveaux bâtiments de la police.

Bosch marchait sur des œufs. Il voulait que ses collègues de Hong Kong sachent ce qui s'était passé, mais il n'était pas question qu'il mette sa fille, Sun Yee ou lui-même en danger. À ses yeux, tout ce qu'il avait fait à Hong Kong était justifié. Il avait expliqué à Haller qu'il s'était trouvé dans des situations où il faut tuer pour ne pas être tué, et que ces situations, ce n'était pas lui qui les avait provoquées. Y compris sa rencontre avec le gérant des Résidences de Chungking.

Lo sortit un stylo et un carnet de notes cependant que Wu posait la première question :

— D'abord, nous demandons pourquoi vous êtes allé à Hong Kong pour voyage aussi court.

Bosch haussa les épaules comme si la réponse allait de soi.

— Pour retrouver ma fille et la ramener ici.

— Samedi matin, votre ex-femme a déclaré la disparition de votre fille à la police, dit Wu.

— Samedi matin, j'étais à douze mille mètres au-dessus du Pacifique. Je ne peux pas répondre de ce que mon ex-épouse faisait à ce moment-là.

— Nous pensons que votre fille a été enlevée par un certain Peng Qing-cai. Le connaissez-vous ?

— Je ne l'ai jamais rencontré.

— Peng est mort, dit Lo.

Bosch hocha la tête.

— La voisine de M. Peng, Mme Fengyi Mai, se rappelle parler avec vous dans sa maison dimanche, reprit Wu. Vous et M. Sun Yee.

— Oui, nous avons frappé à sa porte. Elle ne savait pas où était Peng.

— Êtes-vous allés à l'appartement de Peng ?

— Nous avons frappé à sa porte, mais personne n'a répondu. Au bout d'un moment, nous sommes partis.

— Vous reconnaissez avoir été avec Sun Yee ?

— Oui, j'étais avec lui.

— D'où connaissez-vous cet homme ?

— Par mon ex-épouse. Ils sont venus me chercher à l'aéroport dimanche matin et m'ont informé qu'ils cherchaient ma fille parce que la police de chez vous ne croyait pas qu'elle avait été enlevée. (Bosch regarda les deux hommes un instant avant de continuer :) Voyez-vous, c'est votre police qui a laissé tomber. Si jamais on m'entraîne là-dedans, moi, j'appellerai les journaux de Hong Kong, et peu importe la langue, je leur raconterai toute l'histoire.

Laisser peser une menace de gros embarras international pour la police de Hong Kong afin que ses deux inspecteurs y aillent doucement, tel était le plan.

— Savez-vous, reprit Wu, votre ex-épouse, Eleanor Wish, est morte de blessures à la tête par arme à feu au quinzième étage des Résidences de Chungking à Kowloon ?

— Oui, je le sais.

— Étiez-vous présent quand ça s'est produit ?

Bosch jeta un coup d'œil à Haller qui acquiesça d'un signe de tête.

— Oui, j'y étais et j'ai vu ce qui s'est passé. Nous cherchions notre fille, quand deux hommes ont commencé à nous tirer dessus. Eleanor a été touchée et elle… elle est morte. Et les deux hommes, eux aussi, ont été touchés. C'était de la légitime défense.

Wu se pencha en avant.

— Qui a abattu ces hommes ?

— Je ne pense pas autoriser M. Bosch à se lancer dans des théories sur qui a tué qui, dit Haller. Je suis sûr que votre belle police a déjà la réponse à cette question grâce à l'examen des armes et aux tests balistiques.

Wu enchaîna :

— Sun Yee se trouvait au quinzième étage?

— Pas à ce moment-là.

— Pouvez-vous donner les détails?

— Sur la fusillade? Non. Mais je peux vous dire que nous avons trouvé des mouchoirs tachés de sang dans la pièce où ma fille avait été enfermée.

Bosch scruta les deux hommes. Ils ne montrèrent aucune réaction.

Il y avait un dossier sur la table devant eux. Wu l'ouvrit et en sortit un document. Il le passa à Bosch en travers de la table.

— Voici déclaration de Sun Yee, dit-il. Elle a été traduite en anglais. S'il vous plaît, lisez et vérifiez exactitude.

Haller se pencha à côté de Bosch et ils se mirent à lire ensemble le document de deux pages. Bosch y vit tout de suite un piège. C'était leur théorie à eux, mais présentée sous la forme d'une déclaration de Sun Yee. Une bonne moitié n'était pas fausse. Le reste n'était que conjectures.

Harry savait qu'ils tentaient un coup de bluff pour le pousser à raconter ce qui s'était vraiment passé. Autre possibilité : ils avaient arrêté Sun Yee et l'avaient forcé à signer la déclaration qu'ils avaient concoctée. D'après eux, Bosch était responsable d'une véritable série de massacres dans tout Hong Kong. Ç'aurait été la meilleure façon d'expliquer les neuf morts violentes de dimanche. C'était l'Américain qui avait tout fait. Mais Bosch n'avait pas oublié ce que Sun Yee lui avait dit à l'aéroport : « Je me débrouillerai et ne parlerai pas de vous. C'est ma promesse. »

— Messieurs, dit Haller après avoir fini de lire, ce document est un…

— … un monceau de conneries, dit Bosch, finissant sa phrase.

— Non, non! s'écria Wu. C'est très réel. C'est signé par Sun Yee.

— C'est vrai que si vous lui avez mis un flingue sur la tempe… C'est comme ça que vous faites là-bas, à Hong Kong?

— Inspecteur Bosch! s'écria Wu. Vous viendrez à Hong Kong et répondrez de ces accusations! Vous avez tué beaucoup de personnes. Vous avez utilisé armes à feu. Vous avez mis votre fille au-dessus tous citoyens chinois et…

— Ils étaient en train de chercher son groupe sanguin! lui renvoya

Bosch en colère. Vous savez quand ils font ce genre de trucs ? Ils le font quand ils essaient de trouver des organes compatibles !

Il marqua une pause et constata le malaise grandissant qui se lisait sur le visage de Wu. Haller avait raison. Plutôt que d'essayer de justifier ce que Bosch avait fait en invoquant la légitime défense, mieux valait montrer aux hommes de Hong Kong ce qui risquait de se produire sur la scène médiatique internationale si jamais ils tentaient de l'accuser de quoi que ce soit.

L'heure était venue pour Haller de prendre le relais et de sonner l'hallali.

— Messieurs, vous pouvez vous en tenir au témoignage signé que vous avez là. Mais permettez que je vous résume les faits qu'étayent les vrais éléments de preuve. C'est dans votre ville de Hong Kong qu'une jeune Américaine de treize ans a été enlevée. Comme il était de son devoir, sa mère a donc appelé votre police pour lui signaler ce crime. Mais votre police a refusé d'enquêter sur cette affaire et...

— Elle avait fugué avant ! s'écria Lo. Il n'y avait pas raison de...

Haller leva un doigt pour l'interrompre.

— Aucune importance. On informe vos services de police qu'une jeune Américaine a disparu et vous, vous ignorez cet appel ! C'est cela qui a obligé sa mère à se lancer à sa recherche. La première chose qu'elle a donc faite a été de demander au père de la jeune fille de venir de Los Angeles. L'inspecteur Bosch est venu et, avec son ex-épouse et un ami de la famille, M. Sun Yee, ils ont entamé les recherches que la police de Hong Kong n'avait pas jugé bon d'entreprendre. C'est seuls qu'ils ont découvert la preuve que leur fille avait été kidnappée pour qu'on lui prenne des organes !

Sa colère montait tellement que Bosch fut certain qu'elle n'était pas feinte.

— Maintenant, messieurs, des gens se sont fait tuer. Et mon client ne va pas entrer dans le détail de tout cela avec vous. Je me contenterai de dire que c'est laissés seuls dans Hong Kong par une police et une administration qui refusaient de les aider que cette mère et ce père, qui essayaient de retrouver leur fille, sont tombés sur des gens très peu recommandables et que cela a donné lieu à des situations où il fallait tuer pour ne pas être tué.

Haller avait hurlé ces derniers mots. Bosch vit les deux inspecteurs se tasser sur eux-mêmes.

L'avocat continua d'une voix calme :

— Tout ce qui s'est produit à Hong Kong n'est arrivé que parce que vos services de police ont laissé tomber cette jeune Américaine et ses parents. Si c'est un bouc émissaire que vous avez dans l'idée de ramener à Hong Kong avec vous… eh bien, sachez que ce n'est pas ici que vous allez le trouver. Il n'est pas question de coopérer sur ce terrain-là. Cela dit, j'ai ici quelques journalistes avec qui vous pourrez parler de cette affaire.

Tout cela faisait partie du plan.

— Je pense que ça ferait un excellent scoop, continua Haller. Une jeune Américaine se fait enlever en Chine pour ses organes, et la police décide de ne rien faire. Ses parents sont alors obligés d'entrer en action, la mère de l'enfant finissant par se faire tuer alors qu'elle tente de sauver sa fille. Ça, c'est sûr que la presse internationale aimerait beaucoup. Tous les journaux, toutes les chaînes de télé du monde entier voudront un morceau du gâteau. Et Hollywood en fera un film.

Haller ouvrit alors le dossier qu'il avait apporté. Il contenait des articles de presse qu'il avait imprimés dans sa voiture après s'être livré à des recherches sur le Web. Il en glissa un tirage à Wu et à Lo.

— Voici l'ensemble des articles que je me propose de transmettre aux journalistes qui nous en feront la demande, à moi et à l'inspecteur Bosch. Ces articles font toute la lumière sur l'importance grandissante du trafic d'organes en Chine. C'est maintenant à vous de décider si c'est vraiment ce que vous voulez.

Wu se tourna pour chuchoter à toute vitesse dans l'oreille de Lo.

— Nous aimerions passer appel privé avant de continuer entrevue, dit-il.

Gandle se leva.

— Vous pouvez prendre mon bureau.

— Qu'est-ce que tu en penses ? demanda Bosch à Haller dès que les Chinois eurent quitté la salle. On est à l'abri ?

— Je crois que oui. Pour moi, l'affaire est close. Ce qui s'est produit à Hong Kong ne sortira pas de Hong Kong.

BOSCH décida de ne pas attendre le retour des hommes de Hong Kong. Il s'aperçut que le voyant rouge de son téléphone clignotait. Il avait cinq messages. Les quatre premiers étaient de pure routine et concernaient d'autres affaires. Il prit quelques notes sur un bloc et effaça ces messages. Le cinquième était de Teri Sopp, du service des empreintes.

« Harry, on a fait le test d'amplification électrostatique sur la douille que tu m'as filée. On a réussi à en sortir une empreinte, et tout le monde est très excité dans le service. On a une concordance à l'ordinateur central de la Justice ! Appelle-moi. »

Bosch appela le service des empreintes et demanda à parler à Teri Sopp. Il attendit dix secondes, son impatience ne cessant de croître. Chang avait peut-être réussi à se faire libérer et était peut-être même de retour à Hong Kong, mais s'il avait laissé ses empreintes sur une des balles qui avaient tué John Li, ils pourraient l'accuser de meurtre et réclamer son extradition.

— Teri à l'appareil.

— Bosch. Je viens juste d'avoir ton message.

— On a une concordance pour ta douille.

— Génial ! C'est Bo-jing Chang ?

— Je suis au labo. Laisse-moi aller à mon bureau. C'était bien un nom chinois, mais pas celui que tu m'avais laissé sur la carte. Je te mets en attente.

Bosch sentit comme une grande lézarde se dessiner dans ses théories.

— Harry, vous venez ou quoi ?

Bosch leva la tête. Gandle l'appelait de la porte de la salle de conférences où il venait de raccompagner les deux flics de Hong Kong. Bosch lui montra le téléphone et fit non de la tête. Gandle soupira et rentra dans la salle de conférences.

— Harry ?

C'était Sopp. Elle reprenait la ligne.

— Teri, reprit-il, donne-moi le nom.

— Bon, alors ce n'est pas le type que tu croyais. C'est… Henry Lau, L-a-u. Date de naissance : 9 septembre 1982.

— Qu'est-ce que dit l'ordinateur central ?

— Arrêté pour conduite en état d'ivresse il y a deux ans. À Venice.

— C'est tout ? Tu as une adresse ?

— Celle de son permis de conduire… 18 Quarterdeck, Venice. Appartement 11.

Bosch nota le renseignement dans son carnet.

— Un grand merci, Teri. On va s'en servir tout de suite.

— Bonne chance, Harry.

Il raccrocha et regarda par-dessus la cloison de son box en direction de la salle de conférences. Haller faisait de grands gestes à l'adresse des deux hommes de Hong Kong. Bosch jeta encore une fois un coup d'œil au bureau de son coéquipier – encore une fois, il était vide. Alors il prit sa décision et décrocha à nouveau son téléphone.

David Chu était bien au bureau de l'AGU. Bosch le mit au courant de la découverte de l'empreinte et lui demanda de voir si Lau figurait sur le fichier des triades. En attendant, il allait passer le prendre.

— Pour aller où ? lui demanda Chu.

— Chercher ce type.

Bosch raccrocha et se dirigea vers la salle de conférences. Gandle avait pris son air « c'est-pas-trop-tôt » lorsque Bosch ouvrit la porte et lui demanda de sortir un instant.

— Harry, ces messieurs ont encore des questions à vous poser.

— Ils devront attendre un peu. On a une piste dans l'affaire John Li et il faut agir. Tout de suite.

Gandle se leva et se dirigea vers la porte.

— Harry, lança Haller de sa place, je devrais pouvoir gérer.

Bosch le remercia et sortit avec Gandle.

— Qu'est-ce qui se passe ? lui demanda ce dernier.

Chu l'attendait devant l'immeuble de l'AGU lorsque Bosch se gara le long du trottoir. Chu sauta dans la voiture.

— On commence par Venice ?

— C'est ça. Qu'est-ce que vous avez trouvé sur Lau ?

— Rien. Pour ce qu'on en sait, il est réglo. Je n'ai vu son nom nulle part dans nos dossiers. J'ai aussi parlé à des gens. Rien. À ce propos… j'ai imprimé la photo de son permis de conduire.

Il ouvrit sa mallette et en sortit un tirage couleur. Bosch y jeta un rapide coup d'œil tout en conduisant. Le visage était frais et la coupe de cheveux ne manquait pas de style. Difficile de relier tout ça au meurtre de sang-froid d'un propriétaire de magasin de vins et spiritueux. Et l'adresse de Venice ne cadrait pas vraiment non plus.

— J'ai vérifié auprès du Bureau des tabacs et armes à feu, reprit

Chu. Henry Lau y est enregistré comme possédant un 9 mm de marque Glock, modèle 19. Il ne l'a donc pas seulement chargé, il en est aussi le propriétaire. Il l'a acheté il y a six ans, le lendemain de ses vingt et un ans.

Tout cela disait à Bosch qu'ils touchaient au but. Les liens de Lau avec John Li et Bo-jing Chang apparaîtraient clairement dès qu'on le collerait en taule.

Tandis qu'ils roulaient vers le Pacifique, le téléphone de Bosch vibra.

— Harry, c'est moi, le Dr Hinojos. On vous attend.

Il avait complètement oublié. Depuis trente ans, il faisait tout ce qu'exigeait une enquête sans jamais avoir eu à penser à autrui.

— Oh, docteur ! s'écria-t-il. Je suis désolé. J'ai complètement… je suis à deux doigts de coffrer un suspect. Y aurait-il moyen que Maddie reste un peu plus longtemps avec vous ?

— C'est-à-dire que… oui, elle devrait pouvoir rester ici. En fait, je n'ai que du travail administratif jusqu'à ce soir. Mais… vous êtes sûr que c'est ça que vous voulez ?

— Écoutez, je sais que c'est nul. Mais c'est à cause de cette affaire qu'elle est ici. Je ne peux pas faire autrement que d'aller jusqu'au bout. Je vais serrer ce type s'il est chez lui et je reviens tout de suite en ville. Je vous rappellerai à ce moment-là. Et je viendrai la chercher.

— D'accord, Harry. Et vous et moi allons devoir nous trouver un petit moment pour causer. De Maddie d'abord, et après de vous.

— C'est entendu. Elle est avec vous ? Je peux lui parler ?

— Je vous la passe.

Maddie prit la ligne au bout de quelques instants.

— Papa ?

Dans ce seul mot elle avait fait tout passer : sa surprise, sa déception, son incrédulité, la terrible impression que son père la laissait tomber.

— Je sais, ma chérie. Je suis vraiment désolé. Reste encore un peu avec le Dr Hinojos et je viens te chercher dès que je peux.

— Bon.

— D'accord, Maddie, je t'aime très fort.

La circulation se dégageant, ils entrèrent dans Venice moins d'une demi-heure plus tard. Bosch reçut un autre appel, de Haller celui-là.

Il lui annonçait que la police de Hong Kong renonçait à lui chercher des poux dans la tête.

— Merci, Mickey.

— Voilà une journée bien remplie. Fais attention à toi, Harry.

Il referma son portable et se concentra sur la recherche du domicile de Henry Lau.

Passablement bohème, Venice n'en était pas moins chère. La résidence où logeait Henry Lau faisait partie de celles qui, tout en verre et stuc, commençaient à bousculer les petits bungalows de week-end au bord de la plage. Bosch se gara dans une ruelle en retrait et revint vers la plage avec Chu.

Ils franchirent une porte vitrée et se retrouvèrent dans un petit vestibule fermé par une porte de sécurité munie d'un panneau avec boutons d'Interphone pour appeler les maisons. Lau habitait au pavillon 11.

Bosch appuya sur les boutons des autres maisons. Ils attendirent. Une femme finit par répondre.

— Oui ?

— Police de Los Angeles, madame. On aimerait vous parler.

— Pouvez-vous montrer vos badges à la caméra, s'il vous plaît ?

Ils levèrent leurs badges, et la sonnerie de la porte intérieure ne tarda pas à se faire entendre. Ils entrèrent dans un hall à ciel ouvert. Une petite piscine se trouvait au milieu, les douze unités d'habitation ayant chacune une entrée qui donnait sur ce hall.

Bosch s'approcha de la porte 11 et frappa. Personne ne répondit. C'est alors que la porte de la 12 s'ouvrit et qu'une femme fit son apparition.

— Je croyais vous avoir entendus dire que vous vouliez me parler, dit-elle.

— En fait, c'est M. Lau qu'on cherche, répondit Chu. Savez-vous où il est ?

— Peut-être à son travail. Mais il m'a dit qu'il avait une séance de tournage tous les soirs de la semaine. Il est scénariste et travaille sur un film.

Pile à cet instant, la porte de la 11 s'entrouvrit. Un type les lorgna. Bosch reconnut l'homme dont Chu lui avait montré la photo.

— Henry Lau ? lança-t-il. Police de Los Angeles. Nous aimerions vous poser quelques questions.

13

ENRY Lau était propriétaire d'une maison spacieuse, avec à l'arrière une terrasse qui surplombait toute la plage de Venice. Il invita Bosch et Chu à s'asseoir dans sa salle de séjour. Chu s'assit, mais Bosch resta debout. Lau donnait l'impression de prendre leur visite comme une simple routine. Ce n'était pas du tout ce que Bosch escomptait.

Bosch lui montra un fauteuil carré en cuir noir.

— Asseyez-vous, monsieur Lau, dit-il. Nous allons essayer de ne pas vous prendre trop de temps.

Petit, Lau avait des allures de chat. Il s'assit et ramena ses genoux sous son menton.

— C'est au sujet de la fusillade? demanda-t-il.

Bosch jeta un coup d'œil à Chu, puis reporta son attention sur Lau.

— De quelle fusillade parlez-vous?

— Celle qui a eu lieu là, dehors, sur la plage. Le vol à main armée.

— C'était quand?

— Je ne sais pas. Il y a quelques semaines. Mais il faut croire que ce n'est pas pour ça que vous êtes ici si vous ne savez même pas quand ça s'est produit.

— Effectivement, monsieur Lau. Nous enquêtons bien sur une fusillade, mais pas celle-là. Connaissez-vous un certain Bo-jing Chang?

— Bo-jing Chang? Non, je ne connais personne de ce nom.

Il avait l'air sincèrement surpris. Bosch fit signe à Chu, qui sortit de sa mallette la photo d'identité judiciaire de Chang. Lau secoua la tête après avoir examiné le cliché.

— Non, dit-il, connais pas. De quelle fusillade parlons-nous ici?

— Permettez que nous posions les questions, lui renvoya Bosch. Nous passerons aux vôtres après. Votre voisine nous a dit que vous êtes scénariste.

— C'est exact.

— Un film que je pourrais connaître?

— Non. Je n'ai jamais écrit quoi que ce soit qui ait été produit.

— Mais alors… qui paie cette très jolie piaule au bord de l'eau?

— Moi. On me paie pour écrire. C'est juste que rien de ce que j'ai écrit n'a encore été porté à l'écran. Ça prend du temps, vous savez?

— Où avez-vous grandi, Henry?

— À San Francisco. Je suis descendu ici pour faire mes études et j'y suis resté.

— Quand vous êtes-vous trouvé dans South L.A. pour la dernière fois?

La question étant totalement inattendue, Lau dut réfléchir avant de pouvoir répondre.

— Je ne sais pas, dit-il en secouant la tête. Il y a au moins cinq ou six ans. Mais j'aimerais bien que vous me disiez de quoi il s'agit pour que je puisse vous aider.

— Et Monterey Park, ça vous dit quelque chose? reprit Bosch.

— Euh… j'y suis allé dîner deux ou trois fois.

L'heure était venue de cesser de tourner autour du pot et de passer au combat rapproché.

— Où est votre arme, monsieur Lau?

Lau regarda Bosch.

— C'est mon arme qui vous intéresse?

— Il y a six ans, vous avez acheté et déclaré un Glock modèle 19. Pouvez-vous nous dire où il se trouve?

— D'accord, je comprends, laissez-moi deviner. M. Trou-du-Cul du 8 m'a vu avec mon arme à la main sur la terrasse après la fusillade de la plage et a porté plainte.

— Non, Henry, nous n'avons jamais parlé à M. Trou-du-Cul. Et vous nous dites bien que vous aviez votre arme après la fusillade sur la plage, c'est ça?

— C'est ça. J'ai entendu des coups de feu et des cris. J'étais chez moi, j'avais donc parfaitement le droit de me protéger.

Bosch fit un signe à Chu, qui passa sur la terrasse et sortit son portable pour demander ce qui s'était passé sur la plage.

— Écoutez, reprit Lau, si on vous dit que j'ai tiré, sachez que c'est des conneries.

Bosch l'observa. Il sentait comme un trou dans cette histoire, un élément de la conversation qu'il ignorait encore.

— Pouvez-vous nous montrer l'arme, Henry?

— Bien sûr, je vais la chercher.

Il bondit de son fauteuil et se dirigea vers l'escalier.

Bosch et Chu le suivirent jusque dans sa chambre.

— Je viens d'appeler la Pacific Division, dit Chu en regardant Bosch. La fusillade de la plage a eu lieu le soir du 1er. On a déjà deux suspects en garde à vue.

Bosch songea à la chronologie des événements. L'assassinat de John Li avait eu lieu une semaine après le mardi 1er.

Lau s'assit sur le lit défait, à côté d'une table de nuit à deux tiroirs. Il ouvrit celui du bas et en sortit un coffret en acier.

— Un instant, lui dit Bosch. Laissez donc mon coéquipier ouvrir votre coffret.

Bosch prit une paire de gants en latex dans la poche de sa veste et la tendit à Chu.

— Comme vous voudrez. La clé est suspendue à un petit crochet à l'arrière de la table de nuit.

— Pourquoi avez-vous acheté cette arme, Henry? reprit-il.

— Parce que, à l'époque, je vivais dans un trou perdu et qu'il y avait de jeunes gangsters absolument partout.

Chu trouva la clé et ouvrit le coffret. Un sac à pistolet en feutre noir y reposait sur des papiers pliés. Il y avait aussi un passeport et une boîte de balles. Chu sortit le sac, l'ouvrit et découvrit un semi-automatique en acier noir.

— Une boîte de balles de 9 mm Cor Bon et un Glock modèle 19, dit-il. Pour moi, c'est bien ça, Harry.

Lau fit un pas vers la porte, mais Bosch lui posa aussitôt la main sur la poitrine pour l'arrêter avant de le pousser contre le mur.

— Écoutez, dit Lau, je ne sais pas de quoi il s'agit, mais vous commencez à me foutre les jetons.

— Contentez-vous donc de me parler de ce flingue, Henry. Vous l'aviez le soir du 1er. A-t-il toujours été en votre possession depuis cette date?

— Oui, je… C'est ici que je le range.

— Où étiez-vous mardi dernier à 15 heures?

— Euh… J'étais ici. Non, attendez! Mardi dernier, j'étais aux studios Paramount. J'y suis resté tout l'après-midi.

— Des gens pourront en témoigner?

— Une douzaine au minimum.

Bosch passa brusquement à autre chose, afin de faire perdre pied à Lau.

— Avez-vous des liens avec une triade, Henry? demanda-t-il.

Lau éclata de rire.

— Quoi? Mais qu'est-ce que… Bon, écoutez, moi, je m'en vais.

Il repoussa la main de Bosch d'une tape et se dégagea du mur pour gagner la porte. Mais Bosch s'attendait à cette tentative. Il l'attrapa par le bras et le jeta sur le lit, avant de le menotter.

— Putain, mais c'est dingue! s'écria Lau. Vous n'avez pas le droit!

— Du calme, Henry, du calme. Nous allons descendre en ville éclaircir toute cette histoire.

— Mais j'ai un film, moi! Il faut que je sois sur le plateau dans trois heures!

Chu quitta la pièce avec le coffret en métal où était enfermé le Glock. Bosch le suivit en veillant à ce que Lau reste devant lui. Ils longèrent le couloir, mais lorsqu'ils arrivèrent en haut des marches, Bosch s'arrêta.

— Minute. On revient un peu en arrière.

Il fit marcher Lau à reculons. Quelque chose avait attiré son attention. Il regarda le diplôme encadré de l'université de Californie du Sud. Lau y avait obtenu sa licence ès arts en 2004.

— Vous êtes allé à l'UCS? demanda-t-il.

— Oui, à l'école de cinéma. Pourquoi?

Aussi bien l'école que l'année d'obtention de la licence cadraient avec le diplôme qu'il avait vu dans l'arrière-salle du magasin Fortune Fine Foods & Liquors. Bosch savait que beaucoup de jeunes gens fréquentaient l'UCS, dont plusieurs milliers d'origine chinoise. Et Bosch n'avait jamais cru aux coïncidences.

— Connaissez-vous un certain Robert Li?

— Oui, répondit Lau, je le connais. Il était dans la même piaule que moi pendant mes études.

Bosch sentit soudain que des tas de choses se mettaient en place.

— Et Eugene Lam, vous le connaissez aussi?

Lau acquiesça de nouveau.

— Lui aussi partageait ma piaule. Comme je vous l'ai déjà dit, c'était un quartier craignos.

Bosch savait que l'UCS était une oasis au milieu d'un quartier misérable où la sécurité posait problème.

— Est-ce pour ça que vous avez acheté votre arme ? Pour vous protéger ?

— Exactement.

— Et ces types que vous connaissez savent que vous avez acheté cette arme il y a six ans ?

— Nous sommes allés l'acheter ensemble ! C'est eux qui m'ont aidé à la choisir. Pourquoi me posez-vous ces...

— Vous êtes restés en contact ?

— Je les ai vus tous les deux la semaine dernière. On joue au poker toutes les semaines.

Bosch jeta un coup d'œil à Chu. L'affaire venait de s'éclaircir. Il posa la main sur l'épaule de Lau et le fit pivoter vers l'escalier.

— Redescendons parler dans la salle de séjour, dit-il. J'ai comme l'impression que vous allez nous apprendre des tas de choses.

Ils attendirent Eugene Lam dans la ruelle derrière le magasin Fortune Fine Foods & Liquors. On était jeudi, et deux jours s'étaient écoulés depuis qu'ils avaient rendu visite à Henry et que l'affaire s'était éclaircie. Ils les avaient mis à profit pour procéder à des tests, réunir des preuves et préparer une stratégie. Bosch avait aussi pris le temps d'inscrire sa fille à l'école du bas de la côte. Madeline avait commencé ses cours le matin même.

Si pour eux Eugene Lam était l'assassin, c'était aussi le suspect le moins plausible des deux. Ils avaient donc décidé de l'emmener au commissariat en premier, puis de passer à Robert Li.

Alors qu'il surveillait le parking, Bosch ne doutait pas un seul instant qu'on allait résoudre le meurtre de John Li avant la fin de la journée.

— Ça y est, dit Chu en lui montrant l'entrée de la ruelle.

La voiture de Lam venait de s'y engager.

Ils collèrent Lam dans une salle d'interrogatoire et l'y laissèrent mijoter un moment. Le temps est toujours du côté de celui qui pose les questions. À la brigade des vols et homicides, on appelait ça « assaisonner le rôti ». On le laissait mariner dans son jus.

Une heure plus tard, après avoir discuté avec un procureur du bureau du *district attorney*, Bosch entra dans la salle avec un carton rempli d'éléments de preuve et s'assit en face de Lam.

— Eugene, je vais vous expliquer quelques petites choses. Écoutez bien ce que je vais vous dire. Bien sûr, vous allez finir en taule. Ça ne fait aucun doute. Cela dit, la durée du séjour que vous y effectuerez dépendra de ce que vous allez me dire dans quelques minutes. Vous pourriez y rester jusqu'à un âge très avancé, mais vous avez aussi la possibilité de recouvrer la liberté un peu plus tôt. Vous êtes très jeune, Eugene. J'espère pour vous que vous ferez le bon choix.

Bravache, Lam hocha la tête.

— Je veux un avocat. Je connais mes droits. Vous ne pouvez plus me poser de questions dès que je demande un avocat.

Bosch acquiesça.

— C'est vrai, vous avez raison, Eugene. Vous taire est effectivement un choix. Mais si vous le faites, vous ne reverrez plus jamais le monde extérieur.

Lam hocha de nouveau la tête et regarda la table.

— Je vous en prie, laissez-moi tranquille.

— Peut-être cela vous aiderait-il que je vous résume la situation et vous indique clairement où vous en êtes. Nous savons que c'est vous qui avez fait le sale boulot. Vous êtes entré dans cette boutique et vous avez liquidé M. Li de sang-froid. Mais nous sommes à peu près certains que l'idée ne venait pas de vous. Non, c'est Robert qui vous a envoyé tuer son père. Et c'est lui que nous voulons. J'ai en ce moment même un adjoint du *district attorney* qui est prêt à vous proposer un marché : quinze ans si vous nous donnez Robert. Mais si jamais vous décidez de prendre l'autre chemin, c'est le coup de dés. Et si vous perdez, c'est cuit.

— Je veux un avocat, dit posément Lam.

— D'accord, mec, dit Bosch d'un ton résigné, c'est vous qui choisissez. On va vous en trouver un.

Il leva la tête vers l'endroit du plafond où se trouvait la caméra et se mit un portable imaginaire à l'oreille.

Puis il regarda Lam :

— Bien. Ils vont l'appeler. En attendant, si ça ne vous gêne pas, je vais vous dire deux ou trois trucs. Nous commencerons donc par la scène de crime. Dès le début, certains détails m'ont fait tiquer. Le premier, c'est que M. Li avait le flingue juste sous son comptoir et qu'il n'a même pas eu le temps de le sortir. Le deuxième, c'est qu'on ne lui a pas trouvé de blessures à la tête. Pas une seule dans la figure.

— Drôlement intéressant, tout ça, lui rétorqua Lam d'un ton sarcastique.

— Et vous savez ce que j'en ai déduit ? M. Li connaissait très probablement son assassin et ne se sentait pas menacé. Il n'y avait pas de vengeance là-dedans, et cela n'avait rien de personnel.

Bosch sortit le sachet de pièces à conviction contenant la douille extraite de la gorge de la victime et la jeta devant Lam.

— Tenez, Eugene. Vous vous rappelez l'avoir cherchée ? Eh bien, la voici. Et c'est cette erreur-là qui vous fait tomber toute la baraque sur la tête.

Il cessa de parler tandis que Lam regardait fixement la douille et que la peur s'installait dans ses yeux.

— Sachez qu'on ne laisse jamais une douille derrière soi. C'est l'erreur que vous avez commise et qui nous a conduits à votre porte.

Il prit le sachet entre deux doigts et le lui montra.

— Il y avait une empreinte sur cette douille, Eugene. Nous l'avons découverte grâce à ce qu'on appelle l'amplification électrostatique. Et l'empreinte que nous y avons relevée appartient à votre ancien colocataire, Henry Lau. Il nous a dit avoir tiré et rechargé son flingue à un stand de tir il y a environ huit mois de ça. Et c'est son empreinte qui était restée sur cette douille.

Bosch se baissa vers le carton et y prit l'arme de Henry Lau toujours enfermée dans son sac en feutre. Il la posa sur la table.

— Nous avons fait analyser l'arme de Henry par nos services de balistique, et oui, c'est bel et bien l'arme du crime. Le problème, c'est que Henry Lau a un alibi en béton pour l'heure à laquelle ça s'est produit. À ce moment-là, il se trouvait dans une pièce avec treize autres personnes. Et comme il nous avait certifié qu'il n'avait jamais laissé personne lui emprunter son Glock…

Bosch se renversa en arrière et se gratta le menton comme s'il essayait toujours de comprendre comment le Glock avait fini par servir à tuer John Li.

— Ce n'était pas évident ! Sauf qu'on a eu un coup de pot. Le type qui s'est servi du flingue de Henry pour tuer John Li a pris la précaution de le nettoyer après et de le recharger pour que Henry ne s'aperçoive pas qu'on le lui avait emprunté pour liquider quelqu'un. (Il regarda Lam droit dans les yeux.) Et sur une des balles qui avaient été remplacées dans le chargeur il y avait une empreinte parfaitement lisible. La vôtre, Eugene.

Bosch reprit le Glock et le sachet contenant la douille, les remit dans le carton et se leva.

— Réfléchissez bien en attendant votre avocat.

Il se dirigea lentement vers la porte. Il espérait que Lam lui dise de revenir parce qu'il acceptait le marché. Mais Lam garda le silence.

BOSCH rapporta son carton de pièces à conviction sur son bureau. Puis il jeta un coup d'œil au box de son collègue pour être sûr qu'il était encore vide. On avait laissé Ferras dans la Valley pour surveiller Robert Li. Celui-ci pouvait très bien essayer de filer si jamais il devinait que Lam était en garde à vue et s'était mis à table.

Chu et Gandle, qui avaient regardé Bosch tenter le coup avec Lam, ne mirent guère de temps à sortir de la salle de l'audiovisuel et le rejoignirent dans son box.

— Je vous l'avais dit que c'était faiblard ! lança Gandle. Il est futé. Il a dû mettre des gants avant de recharger l'arme. Vous avez perdu la partie dès qu'il a compris que vous essayiez de le piéger.

— Oui, répliqua Bosch, mais à mon avis c'était ce qu'on avait de mieux.

— Je suis d'accord, dit Chu, montrant son soutien à Bosch.

— Peu importe, rétorqua Gandle, on va quand même devoir le libérer. On savait qu'il avait la possibilité de prendre le flingue, mais on n'a rien pour prouver qu'il l'a fait. On ne peut pas l'inculper avec ça.

— C'est ce qu'a dit Cook ? À ce propos... où est-il ?

Comme s'il tenait à répondre à la question en personne, Abner Cook, le procureur adjoint du bureau du *district attorney*, appela Bosch à l'autre bout de la salle des inspecteurs.

— Le suspect vous demande ! Revenez !

Bosch accéléra l'allure en regagnant la salle d'interrogatoire, avant d'entrer calmement dans la pièce.

— Qu'y a-t-il ? lança-t-il. On a appelé votre avocat et il arrive.

— Le plaider coupable... c'est toujours possible ?

— Pour l'instant, oui. Mais le procureur est sur le point de partir.

— Dites-lui de rester. J'accepte le marché.

Bosch referma la porte derrière lui.

— Eugene, qu'est-ce que vous nous donnez? Je ferai venir le procureur quand je saurai ce que vous voulez mettre sur la table.

Lam acquiesça d'un signe de tête.

— Je vous donne Robert Li… et sa sœur. Ce sont eux qui ont tout manigancé. Le vieux refusait obstinément de changer. Robert et Mia voulaient fermer sa boutique pour en ouvrir une autre dans la Valley. Une boutique qui rapporterait. Mais le vieux s'y opposait. Il n'arrêtait pas de dire non, et un jour Robert ne l'a plus supporté.

— Et la sœur était complice?

— C'est elle qui a monté le coup. Sauf qu'elle voulait les liquider tous les deux. Le père et la mère. Mais Robert ne voulait pas faire de mal à sa mère.

— Qui a eu l'idée de faire passer ça pour un assassinat des triades?

— Elle. Ils savaient que les flics mordraient à l'hameçon.

Bosch connaissait à peine Mia, mais en savait assez sur ce qu'elle avait vécu pour que tout cela l'attriste.

Il leva la tête et regarda la caméra en espérant que son coup d'œil suffise à faire comprendre à Gandle qu'il devait lancer quelqu'un à la recherche de Mia Li afin que les équipes d'arrestation puissent opérer ensemble. Puis il se concentra de nouveau sur Lam et vit qu'il contemplait la table d'un air abattu.

— Et vous, Eugene, pourquoi vous êtes-vous embringué dans cette histoire?

— Je ne sais pas, dit Lam. Robert menaçait de me virer parce que la boutique de son père perdait trop d'argent. Il m'a fait comprendre que je pourrais sauver mon emploi… et que lorsqu'ils ouvriraient le second magasin dans la Valley, ce serait moi qui m'en occuperais.

La réponse n'était pas plus pitoyable que toutes celles qu'il avait entendues au fil des ans. Découvrir le mobile d'un assassinat ne réserve guère de surprises.

— Et Lau là-dedans? demanda-t-il. Vous lui avez pris son flingue sans qu'il le sache?

— On l'a pris tous les deux… Non, moi. C'est moi qui l'ai pris. Un soir, on a joué au poker chez lui et j'ai dit que j'avais besoin d'aller aux toilettes. Je suis entré dans la chambre et je l'ai pris. Je savais où il rangeait la clé de l'étui. Je l'ai pris et je l'ai remis à sa place après… lorsque nous sommes revenus jouer au poker la fois suivante.

Bosch trouvait tout cela plausible.

— Et Hong Kong? demanda-t-il.

La question parut surprendre Lam.

— Hong Kong? répéta-t-il. Quoi, Hong Kong?

— Lequel d'entre vous était en contact avec Hong Kong?

Lam le fixa, l'air perplexe.

— Je ne vois pas de quoi vous parlez, dit-il. Je ne connais personne à Hong Kong, et pour autant que je sache, Robert et Mia non plus. Personne n'a jamais mentionné Hong Kong dans les discussions.

Ce fut au tour de Bosch d'être un peu perdu. Quelque chose ne collait pas.

— Et Monterey Park? La triade qui rançonnait M. Li?

— On en avait entendu parler et Robert savait quel jour de la semaine Chang passait prendre l'argent. C'est même autour de ça qu'on a bâti le plan. Je l'ai attendu et je suis entré dans le magasin quand je l'ai vu partir. Robert m'a dit de sortir le DVD de la machine, mais de laisser les autres. Il savait qu'il y en avait un où l'on voyait Chang et que la police prendrait ça pour un indice.

« Jolie petite manipulation de la part de Robert », pensa Bosch.

— Qu'avez-vous raconté à Chang lorsqu'il est passé au magasin l'autre soir?

Lam eut l'air gêné.

— Robert lui a dit que la police nous avait montré sa photo et que pour elle c'était lui le coupable. Il lui a aussi dit que les flics le cherchaient et qu'ils voulaient l'arrêter. On pensait que ça l'obligerait à filer, et que ça donnerait l'impression que c'était bien lui qui avait tué M. Li.

Bosch dévisagea longuement Lam tandis que les tenants et aboutissants de ce qu'il venait de lui révéler lui entraient lentement dans le crâne.

Il s'était fait avoir de bout en bout.

— Qui m'a téléphoné pour me dire de laisser tomber l'enquête?

Lam hocha la tête.

— Moi, dit-il. Robert m'avait écrit ce qu'il fallait dire et je vous ai appelé d'une cabine du centre-ville. Je suis vraiment désolé, inspecteur Bosch. Je ne voulais pas vous effrayer, mais je devais faire ce que Robert me demandait.

Bosch hocha la tête à son tour. Lui aussi était désolé, mais pas pour les mêmes raisons.

UNE heure plus tard, Bosch et Cook ressortaient de la salle d'interrogatoire avec les aveux complets d'Eugene Lam. Cook annonça qu'il allait tout de suite engager des poursuites contre le jeune assassin, mais aussi contre Robert et Mia Li.

Bosch se retrouva dans la salle de conférences avec Chu, Gandle et quatre autres inspecteurs pour discuter de la procédure à suivre. Ferras surveillait toujours Li, mais Gandle déclara qu'un inspecteur dépêché au domicile de ce dernier lui avait rapporté qu'il semblait ne plus y avoir personne à la maison.

— On attend l'arrivée de Mia ou on serre Robert avant qu'il commence à se poser des questions sur Lam ? demanda Gandle.

— Moi, je suis d'avis d'y aller, dit Bosch.

Gandle regarda autour de lui pour voir s'il y avait des objections. Personne n'en avait.

— Alors en route ! lança-t-il. On coince Robert au magasin, et après, on cherche Mia. Je viens avec vous et Chu.

Tout le monde quitta la salle de conférences, Bosch et Gandle en dernier. Bosch sortit son portable et composa le numéro de Ferras.

— Harry, dit Gandle, je n'arrive toujours pas à comprendre qui a enlevé votre fille. Lam prétend ne rien savoir de tout ça. Et au point où il en est, il n'a aucune raison de mentir. Vous pensez toujours que ce sont les copains de Chang qui ont fait le coup alors qu'on sait qu'il n'a rien à voir avec l'assassinat de Li ?

Le coéquipier de Bosch décrocha avant que ce dernier puisse répondre à Gandle.

— C'est moi, dit Bosch. Où est Li ?

Il leva la main pour demander à Gandle d'attendre la fin de l'appel.

— Toujours au magasin. Tu sais, Harry, il faut qu'on cause.

Rien qu'au ton qu'il avait pris, Bosch sut que ce n'était pas de Robert Li que Ferras avait envie de lui parler. Il était assis dans sa voiture depuis le matin et quelque chose le rongeait.

— On discutera plus tard. Pour l'instant, il faut agir. On a retourné

Lam et il nous a balancé tout le monde. Robert et sa sœur. Elle était dans le coup. Elle est au magasin, elle aussi ?

— Elle est repartie après avoir déposé sa mère il y a environ une heure.

Fatigué d'attendre, Gandle regagna son bureau, et Bosch décida de ne pas répondre tout de suite à sa question. Pour le moment, il ne devait s'occuper que de Ferras.

— Bon, dit-il, tu restes où tu es et tu m'avertis s'il y a du changement.

— Tu sais quoi, Harry ? Tu ne m'as pas donné ma chance.

Le ton un rien pleurnichard de sa voix mit Bosch à cran.

— Quelle chance ? demanda-t-il. De quoi tu parles ?

— Avoir dit au lieutenant que tu voulais un autre coéquipier… Il essaie de me faire passer aux vols de bagnoles, tu vois ?

— Écoute, ça fait deux ans que ça dure. Des chances, je t'en ai donné pendant deux ans. En plus, ce n'est pas le moment de parler de ça. Alors, en attendant, tu ne bouges pas. On arrive.

— Non, c'est toi qui ne bouges pas, Harry. C'est moi qui vais m'occuper de Li.

— Ignacio, écoute-moi bien. Tu es seul. Il est hors de question que tu entres dans ce magasin sans avoir une équipe d'arrestation avec toi. Tu m'as compris ?

— Je n'ai pas besoin de renforts, et de toi non plus, Harry.

Il coupa la communication. Bosch appuya aussitôt sur la touche RAPPEL en se dirigeant vers le bureau du lieutenant. Ferras refusa de décrocher et l'appel fut transféré sur la boîte vocale. Lorsque Bosch entra dans le bureau de Gandle, celui-ci enfilait son gilet en Kevlar.

— Il faut y aller, dit Bosch. Il y a Ferras qui dévisse.

14

DE retour de l'enterrement, Bosch ôta sa cravate et prit une bière dans le frigo. Puis il passa sur la terrasse, s'assit dans la chaise longue et ferma les yeux. Il avait envie de mettre de la musique pour sortir de son cafard. Mais il se retrouva incapable de bouger. Il garda les yeux fermés et tenta d'oublier ce qu'il avait vécu ces deux dernières semaines. La bière aiderait un peu, de manière temporaire.

C'était la dernière qu'il avait au frigo et il s'était juré que ce serait aussi la dernière pour lui. Il avait maintenant une fille à élever.

Comme si ces pensées l'avaient fait venir, il entendit la porte coulissante qui s'ouvrait.

— Bonjour, Maddie, dit-il.

— Papa.

Un seul mot, mais le ton était différent, troublé. Il rouvrit les yeux et plissa les paupières dans la lumière de l'après-midi.

— Quoi de neuf?

— Je voudrais te parler. Je suis vraiment désolée pour ton coéquipier.

— Moi aussi. Il a fait une grosse erreur et il a payé. Mais je n'ai pas l'impression que la punition corresponde à la faute.

Bosch revit l'horrible scène qu'il avait découverte dans le bureau du directeur de Fortune Fine Foods & Liquors. Ferras face contre terre, abattu de quatre balles dans le dos. Robert Li tassé dans un coin à gémir en regardant le cadavre de sa sœur près de la porte. Après avoir tué Ferras, Mia avait retourné son arme contre elle. Mme Li se tenait stoïquement sur le seuil.

Ignacio n'avait pas vu venir Mia. Elle avait déposé sa mère au magasin, mais quelque chose l'avait fait retourner sur ses pas. Un peu plus tard, quelqu'un avait suggéré qu'elle avait repéré Ferras et compris que la police était sur le point de débarquer. Elle était passée chez elle, s'était emparée de l'arme que son père assassiné rangeait dans le magasin et avait regagné la boutique de la Valley. Ce qu'elle avait en tête n'était pas clair et resterait à jamais un mystère. Il n'était pas impossible qu'elle ait cherché Lam ou sa mère. Voire qu'elle ait attendu la police. Toujours est-il qu'elle était revenue au magasin et y avait pénétré par l'entrée des employés au moment même où Ferras entrait par celle de devant pour arrêter Robert sans aucune aide.

Bosch se demanda quelles pensées avait bien pu avoir Ignacio tandis que les balles lui criblaient le corps. Il se demanda si son jeune coéquipier s'était étonné que la foudre puisse frapper à deux reprises – et finir le travail la deuxième fois.

Bosch écarta ces réflexions, se releva et regarda sa fille. Il lut de la douleur dans ses yeux et sut ce qui allait arriver.

— Papa?

— Qu'est-ce qu'il y a, mon ange?

— Moi aussi, j'ai fait une grosse erreur. Sauf que ce n'est pas moi qui ai payé.

— Que veux-tu dire ?

— Quand j'ai parlé avec le Dr Hinojos, elle m'a dit que je devais te dire ce qui me pesait sur le cœur.

Des larmes commencèrent à couler sur ses joues. Bosch lui passa un bras autour des épaules.

— Tu peux tout me dire, tu sais.

— C'est à cause de moi que maman s'est fait tuer. C'est moi qui aurais dû mourir.

— Minute, minute, Madeline. Tu n'es pas responsa…

— Non, écoute-moi. C'est à cause de moi, papa, et il faut que j'aille en prison.

Bosch la serra fort dans ses bras et l'embrassa sur le haut du crâne.

— Bon, maintenant, c'est toi qui m'écoutes. Je sais ce qui s'est passé, mais ça ne te rend pas responsable de ce qu'ont fait les autres.

Elle s'écarta et le regarda.

— Parce que… tu sais ? Tu sais ce que j'ai fait ?

— Je crois que tu as fait confiance à la mauvaise personne… et tout le reste, c'est la faute de ce type.

— Non, non. Tout ça, c'était mon idée. Je savais que tu viendrais et je me disais que tu obtiendrais peut-être que maman me laisse partir avec toi.

— Je sais.

— Comment le sais-tu ?

Il haussa les épaules.

— Peu importe. L'important, c'est que tu ne pouvais pas savoir que Peng te piquerait ton plan et le ferait sien.

Elle baissa la tête.

— Peu importe. J'ai tué ma mère.

— Non, Madeline, non. Si quelqu'un est responsable de quoi que ce soit là-dedans, c'est moi. Parce que j'ai montré mon argent dans un endroit où je n'aurais jamais dû le faire. L'erreur, c'est moi qui l'ai commise.

Mais pas moyen de la calmer ni de la consoler.

— Tu ne serais pas venu si je ne t'avais pas envoyé la vidéo, reprit-elle. Et c'est ce que j'ai fait. Je savais que tu sauterais dans le premier avion! J'allais m'échapper avant que tu atterrisses. Et toi, tu arrive-rais, tout rentrerait dans l'ordre, et tu dirais à maman que Hong Kong n'est pas une ville sûre pour moi, et tu me ramènerais ici avec toi.

Bosch se contenta de hocher la tête. C'était à peu près le scénario auquel il était lui-même arrivé quelques jours auparavant, lorsqu'il avait compris que Bo-jing Chang n'était pour rien dans le meurtre de John Li.

— Mais maintenant maman est morte! Et ils sont morts! Et c'est de ma faute!

Bosch l'attrapa par les épaules et la tourna vers lui.

— Qu'as-tu dit de tout ça au Dr Hinojos?

— Rien. Je voulais t'en parler d'abord. Maintenant il faut que tu me conduises en prison.

— Non, ma fille, tu restes ici. Avec moi. Des erreurs, nous en com-mettons tous. Tout le monde en fait. Parfois, comme mon coéquipier, on en fait une et on ne peut pas la rattraper. On n'en a pas la possibi-lité. Mais d'autres fois on l'a. Et nos erreurs à nous, nous allons essayer de les rattraper. Tous les deux.

Les larmes de sa fille s'étaient calmées. Bosch l'entendit renifler et se dit que c'était peut-être pour ça qu'elle était venue le voir. Pour trouver une issue.

— On pourra peut-être faire du bien et essayer de se rattraper pour tout ce qu'on a fait.

— Comment? lui demanda-t-elle d'une petite voix.

— Je te montrerai, Maddie. Et tu verras que nous pourrons nous racheter.

Il serra fort sa fille contre lui en espérant qu'ils ne seraient plus jamais séparés.

« Les Neuf Dragons [...] est un livre sur la vulnérabilité de Harry : le fait d'avoir une fille lui a fait prendre conscience de sa fragilité. Le projet m'a demandé du temps, pour les recherches et pour l'écriture. Mais il s'agit du roman dans lequel Bosch est véritablement atteint, touché au cœur. »

Michael Connelly

Michael Connelly, l'un des meilleurs auteurs de polars de sa génération, aime la rigueur et la précision. De phrases en paragraphes et de paragraphes en chapitres, chacun de ses livres est le fruit d'une construction méticuleuse. Ses personnages ont de l'épaisseur, ses intrigues sont solides, et, parmi ses atouts, on soulignera aussi son talent à rendre le génie des lieux, qu'il s'agisse des quartiers interlopes de Los Angeles ou d'endroits plus exotiques pour lui. Avec *Les Neuf Dragons*, il s'aventure bien au-delà des frontières de la Californie du Sud, son périmètre habituel. L'essentiel de l'intrigue se déroule à Hong Kong, et les lecteurs sont assurés d'y trouver un portrait fidèle de cette métropole fascinante mais chaotique. L'idée d'y envoyer Harry Bosch lui est venue il y a huit ans, lors d'un séjour dans la mégalopole. Dès son arrivée, l'auteur a su qu'il s'en inspirerait pour un livre. « J'y ai trouvé une certaine tension qui m'a tout de suite plu. L'impression que tout peut arriver. » Il dit des *Neuf Dragons* que c'est l'histoire d'un poisson – Bosch – qu'on aurait sorti de l'eau. Mais ce roman avait commencé à germer plusieurs livres auparavant, quand il a révélé l'existence de la fille de Bosch. « Voilà vingt ans que j'écris les aventures de cet infatigable justicier. Par souci de réalisme, je dois sans cesse ajouter de nouvelles facettes à sa personnalité. En lui donnant une fille, je savais que je pourrais explorer un jour cette vulnérabilité : il était possible de s'en prendre à Madeline, et c'est ce qui arrive dans *Neuf Dragons*. » Malgré l'énorme succès de la série Bosch, l'auteur affirme que si d'aventure son héros venait à l'ennuyer, il s'en séparerait sans états d'âme. Heureusement pour nous, cette issue paraît aujourd'hui parfaitement improbable.

JEAN DIWO

La calè

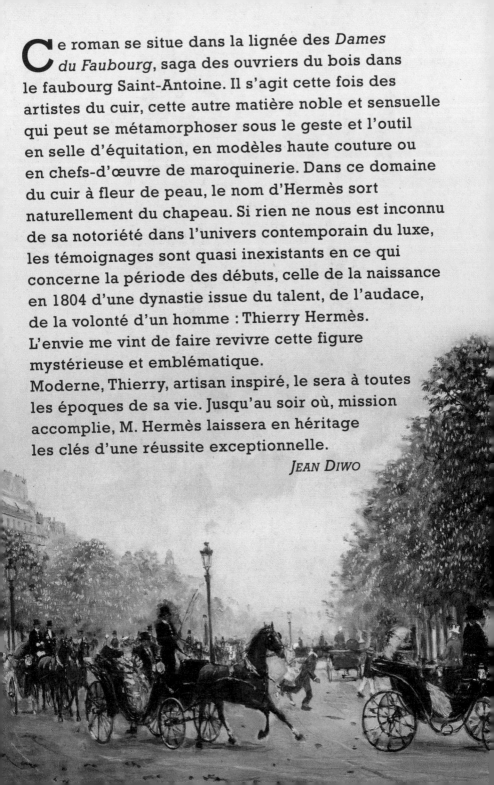

Ce roman se situe dans la lignée des *Dames du Faubourg*, saga des ouvriers du bois dans le faubourg Saint-Antoine. Il s'agit cette fois des artistes du cuir, cette autre matière noble et sensuelle qui peut se métamorphoser sous le geste et l'outil en selle d'équitation, en modèles haute couture ou en chefs-d'œuvre de maroquinerie. Dans ce domaine du cuir à fleur de peau, le nom d'Hermès sort naturellement du chapeau. Si rien ne nous est inconnu de sa notoriété dans l'univers contemporain du luxe, les témoignages sont quasi inexistants en ce qui concerne la période des débuts, celle de la naissance en 1804 d'une dynastie issue du talent, de l'audace, de la volonté d'un homme : Thierry Hermès. L'envie me vint de faire revivre cette figure mystérieuse et emblématique.

Moderne, Thierry, artisan inspiré, le sera à toutes les époques de sa vie. Jusqu'au soir où, mission accomplie, M. Hermès laissera en héritage les clés d'une réussite exceptionnelle.

JEAN DIWO

Chapitre I

L'ATELIER d'un ébéniste respire la sciure et la colle, on y marche sur un lit de copeaux ; celui d'un artiste peintre sent l'huile et la térébenthine. L'atelier du sellier est, lui, net comme un bureau de sous-préfet, il flaire le cuir qui rappelle l'odeur fade du réséda. Celui de maître Dietrich Hermès était le modèle du genre. Deux solides établis meublaient le local. Le premier était l'établi d'arçonnier où il travaillait les arçons, charpentes des selles, le second l'établi de sellier proprement dit, destiné au mesurage, à la coupe des peaux et à l'assemblage des différentes pièces. Il était garni de tiroirs contenant les boucles et autres accessoires. Sur les murs proches qui formaient l'un des angles du local étaient accrochés, dans un ordre méthodique, des outils aux noms de couturières, comme la cornette courbe ou dentelée, la rosette, sorte de gros clou évidé, la lissette, un instrument en os servant à lisser et à unir les surfaces collées.

Dietrich était fier de son atelier dallé comme une église, blanchi à la chaux comme une laiterie. Il le faisait visiter à l'exemple d'un conservateur de musée et s'attardait surtout sur les panneaux muraux où brillaient les viroles et les lames des outils en citant, avec une satisfaction non cachée, le couteau à bomber, l'alène à brédir, le poinçon de sellier, les mandrins.

Lorsque, ce matin-là, les cloches de l'église Saint-Joseph de Crefeld sonnèrent six heures, Dietrich était déjà au travail.

Était-il bourrelier, sellier, harnacheur ? Pour lui, ces métiers n'en faisaient qu'un. Il était homme du cuir. Ses clients comme ses voisins et ses amis appelaient affectueusement « maître » cet habile artisan d'origine française dont les aïeux, des Cévenols huguenots, s'étaient réfugiés en Allemagne après la révocation de l'édit de Nantes. D'abord émigrée en Prusse, la famille était depuis deux générations établie au bord du Rhin, à Crefeld, bourgade accueillante voisine de Cologne.

Pour l'heure, le maître mettait la dernière main à une paire de brides destinées à la maison von der Leyen, riche détentrice du monopole industriel et commercial sur la soie. M. Otto, le chef de famille, était grand amateur de chevaux et son haras constituait une bonne part de la clientèle de Dietrich, l'autre étant celle des laboureurs voisins et des possesseurs de voitures à cheval.

Dans le silence du petit matin égayé parfois du chant du coq, Dietrich, content de lui et de la vie, cousait donc au cordonnet de soie les montants de porte-mors des deux anglo-arabes qu'Otto von der Leyen venait d'acheter quand un enfant débola de l'escalier et se précipita sur lui, renversant au passage la jarre dans laquelle chauffait la colle forte destinée à la réparation de harnais de labour.

Dietrich n'eut que le temps de tirer l'aiguille de côté pour éviter que le bambin ne se crève un œil. Seule une goutte de sang perla sur sa joue, comme pour témoigner du danger auquel il venait d'échapper.

Bouleversé, tremblant, le sellier lâcha l'ouvrage pour étreindre son fils. Les larmes aux yeux, il lui expliqua que l'atelier était un lieu magique mais rempli d'objets redoutables…

Ce discours ne parut pas avoir beaucoup d'effet sur le gamin de quatre ans qui pleurait en répétant :

— Je voulais seulement te dire que nous devons aujourd'hui aller voir Napoléon. Tu me l'as promis !

— Tu mériterais d'être consigné à la maison mais nous irons tous acclamer l'Empereur qui n'arrivera en ville que dans l'après-midi. Tu as donc encore le temps de dormir. Va vite te recoucher ! Et dis à maman que je vais monter déjeuner.

Napoléon était bel et bien attendu ce 11 septembre 1804 dans le petit bourg perdu de Westphalie.

— Tiens, voilà ton frère, ajouta Dietrich. Il est en retard comme d'habitude et il va devoir mettre les aiguillées doubles pour finir les guides du prince.

Leyen n'était pas prince, mais il n'était pas fâché quand Dietrich l'appelait « mon prince ».

Burckhardt avait dix ans de plus que son frère et était l'apprenti du maître qui, pour être un bon père, n'en était pas moins un patron exigeant.

— Tu es en retard mais tu arrives bien pour continuer à coudre les porte-mors que j'ai abandonnés lorsque Petit Thierry – ainsi appelait-on le benjamin qui portait, en français, le même prénom que son père –, tombé dans l'escalier, a dévalé jusqu'à moi et manqué de se crever un œil sur mon alêne.

— Bien, père, dit Burckhardt, fataliste. Mais n'oublie pas qu'il faut se préparer pour aller applaudir Napoléon.

— Et alors ? Tu ne penses pas que nous allons cesser de travailler tout un jour pour être à quatre heures à la sous-préfecture ? Il n'y a que moi qui vais participer aux répétitions de la Garde d'honneur.

La Garde d'honneur, c'était tout une histoire qui agitait la rive gauche du Rhin depuis que Napoléon, encore Premier consul, l'avait intégrée à la France pour en faire quatre nouveaux départements : Ruhr, Sarre, Rhin et Moselle et Mont-Tonnerre.

Les Hermès, devenus allemands sous Louis XIV, retrouvaient donc sous Napoléon, comme tous les émigrés établis dans la région, leur nationalité française. Ils n'avaient d'ailleurs jamais oublié leur origine et les générations qui s'étaient suivies à travers les chemins de l'Empire germanique avaient réussi à conserver dans leur parler certains mots de la langue des ancêtres. Ainsi, chez les Hermès, Anne, la maman, fille d'un pasteur luthérien, parlait encore une langue où, miraculeusement, survivaient des traces d'intonations cévenoles. Elle veillait à ce que tout le monde utilise à table ce dialecte familial qui rappelait les origines de la famille. Le père, moins doué mais aussi attaché à ses racines, se piquait de glisser quelques mots français dans ses conversations avec Otto von der Leyen qui, lui, parlait couramment la langue dont l'usage se répandait depuis l'annexion des départements de la rive gauche du Rhin.

Le père monta jusqu'au logis où Petit Thierry pleurnichait dans les bras de sa mère. Anne ne savait rien de ce qui s'était passé à l'atelier. Elle l'apprit en consolant l'enfant et en soignant l'égratignure qu'il s'était faite en tombant.

— Je ne peux pourtant pas, dit-elle à son mari, attacher ce petit diable qui est attiré par l'atelier comme une abeille par sa ruche. L'odeur du cuir sans doute, tu en feras un bon sellier ! En attendant, il va aller à l'école dès la prochaine année scolaire.

— Et, quand il aura dix ans, je lui donnerai, le soir, ses premières leçons de taille et de couture. Ce sera sa récompense.

— En attendant, n'oublie pas Napoléon ! Pendant que tu iras chercher le cheval que Leyen te prête, je vais repasser ta tenue de garde d'honneur.

— Pense aux galons dorés ! ajouta Dietrich en remplissant son bol de lait. Tu vois, ma belle, je suis plutôt fier d'avoir été désigné brigadier par le commandant Bling. La réception à Crefeld sera plus simple mais c'est tout de même quelque chose d'accueillir l'Empereur dans notre modeste bourgade. Et l'impératrice !

— Oui, c'est vraiment un grand jour ! Pour Napoléon bien sûr, mais surtout pour te voir caracoler sur ton beau cheval.

— Il faudra aussi te préparer et habiller les enfants. À propos, dis à Burckhardt qu'il abandonne le travail que je lui ai donné et qu'il aille se laver. (Soudain, son visage s'attrista.) Tu vois, Anne, tout ce branle-bas pour la venue de l'Empereur et cette mascarade des gardes – qui m'aurait rendu furieux si je n'y avais pas été convié – me font tout d'un coup penser à Henri. Je ne peux m'empêcher de l'imaginer traînant son sabre ou poussant le canon dans les lointains camps où Napoléon triomphe.

— Moi aussi j'y songe, murmura Anne. La dernière fois que nous avons eu de ses nouvelles, il était dans l'armée de Moreau qui venait de remporter la bataille de Hohenlinden. Où se trouve maintenant notre pauvre Henri ?

Henri, c'était l'aîné de la famille. Dès les premiers jours qui avaient suivi l'annexion des quatre départements de la rive gauche du Rhin, il s'était enrôlé dans l'armée du conquérant qui lui avait rendu la nationalité française.

Au début, il avait pu donner de ses nouvelles par de rares lettres qui mettaient trois mois pour parvenir à la famille. Puis la mobilité des armées napoléoniennes, sans doute, espaça la correspondance. Et aujourd'hui, cela faisait plus d'un an que la famille n'avait plus de courrier du grenadier Henri Hermès, brigadier au 120e régiment de ligne.

Le choix de l'uniforme des gardes d'honneur avait donné lieu à de longues discussions. Finalement, le conseil de la ville avait opté pour un habit chamois coupé comme celui des anciens chevaliers français, collet et parements blancs, pantalon blanc, bottines de cuir galonnées d'or. Des bandoulières noires et un panache à la Henri IV complétaient l'habit d'apparat qu'allaient arborer sans vergogne les soldats de fantaisie de Crefeld. À commencer par Dietrich qui n'avait jamais foulé un champ de bataille et qui dit en admirant son uniforme étalé sur le lit :

— Considéré comme officier, j'ai droit au collet et parements brodés d'or ! Tu te rends compte, ma femme ?

— C'est surtout beaucoup de tracas et beaucoup d'argent dépensé pour voir passer Napoléon. Mais tu travailles assez pour t'offrir cette petite récréation.

— Je te fais remarquer que tu t'es fait confectionner une belle robe de soie pour m'accompagner à la réception de M. le sous-préfet.

— Bon. Disons que cette invitation me flatte aussi. Napoléon et Joséphine y seront ?

— Peut-être. On ne sait pas combien de temps l'Empereur va s'arrêter à Crefeld. Il doit ensuite gagner le château de La Haye pour y passer la nuit. Partout, de Cologne à Mayence, en passant par Coblence, il sera reçu triomphalement par les gardes d'honneur locaux qui ont, comme nous, choisi leur uniforme. Le nôtre est paraît-il l'un des plus élégants. Peut-être grâce aux accessoires en cuir de Russie tannés à l'huile de bouleau, un procédé de mon invention. Tu me parlais d'argent, mais les gains réalisés sur les fournitures des gardes diminuent singulièrement mes frais de tailleur !

Dietrich n'eut que le temps d'aller chercher Beau Noir. Le devant de sa tête, tout blanc, procurait au cheval de M. Otto un cachet particulier. Il l'avait acheté au baron von Furth, de Kempen, qui, n'ayant pas d'activité industrielle, souffrait de la réorganisation économique napoléonienne. Le coup de fouet donné par le gouvernement impérial à l'activité assoupie des pays rhénans, le zèle de ses envoyés particuliers et politiques et le volontarisme du Premier consul, puis de l'Empereur, profitaient surtout aux entreprises industrielles des quatre départements et ruinaient les nobles inactifs. À Crefeld, textile, coton et soie l'emportaient. Encore au stade de l'artisanat, le travail du cuir croissait, en même temps que le nombre des voitures à chevaux.

C'est le besoin de matériel d'attelage, de selles et de harnais qui avait fait le succès de Dietrich et entraîné l'ouverture de plusieurs ateliers de bourrellerie et de tannage dans les bourgades voisines.

Les grandes villes de la Ruhr attiraient la main-d'œuvre dans les usines métallurgiques ou textiles. Sans, hélas ! se préoccuper d'un fléau qui allait de pair avec l'industrialisation et faisait frémir Dietrich de colère : le travail des enfants.

L'industrie sucrière était aussi une création napoléonienne. À partir de 1802, des raffineries s'étaient installées dans la Ruhr. Celle de Cologne, la plus importante, produisait cinq cent mille kilos de sucre par an. Elle utilisait quatre voitures et huit chevaux. Une aubaine pour Dietrich qui avait fourni les harnachements ; pour satisfaire cette commande, il avait même dû se faire prêter un ouvrier par son confrère Pierrefeu. Il avait bien songé à engager quelques compagnons, mais il craignait que ce développement ne nuise à la perfection de l'ouvrage artisanal qui avait fait son succès.

Il répétait à son fils Burckhardt :

— Le « cousu-sellier » de la maison est unique et les connaisseurs ne s'y trompent pas. Ils savent reconnaître l'excellence et acceptent de la payer. Je préfère continuer de travailler en famille.

À MIDI, Dietrich mit pied à l'étrier.

— Sois à deux heures devant la préfecture avec les enfants, recommanda-t-il à Anne. Vous pouvez commencer à vous apprêter. Tiens, Burckhardt, passe-moi le fusil.

Portés en bandoulière, les fusils des gardes d'honneur tranchaient par leur archaïsme sur les uniformes éclatants de neuf. Pas question de leur faire tirer une salve d'honneur, ces armes rouillées de batailles oubliées venaient des caves de la sous-préfecture et celle de Dietrich devait dater de la guerre de Succession d'Espagne.

N'eût été Beau Noir, élancé et fringant, on aurait pu dire que le brigadier Dietrich avait quelque chose de Don Quichotte. Mais personne ne songea à se moquer quand son cheval l'emporta en direction du champ de manœuvres où, dans un impressionnant déploiement de drapeaux, se rassemblait la Garde d'honneur.

Chapitre II

LE commandant Bling, qui montait un alezan de bonne figure, était un cavalier émérite. Lui ne portait pas un vieux fusil mais un sabre de cavalerie glissé dans le fourreau de cuir grenu que lui avait offert Dietrich. Il faisait de grands moulinets pour tenter d'aligner ses gardes le long d'une ligne blanche tracée au milieu du terrain de manœuvres. Ce n'était pas chose facile. Les chevaux, pour la plupart de solides percherons habitués au labour ou au trait, se sentaient perdus dans ce rassemblement bigarré où Beau Noir faisait figure de seigneur.

À l'heure où la compagnie des gardes se préparait dans la poussière des piétinements et des ruades, le convoi impérial s'apprêtait à quitter la petite ville de Neuss. En général, on mettait huit chevaux à la voiture de l'Empereur, mais, cette fois, on repartait avec six, car le cheval porteur de l'avant était blessé à une jambe arrière et il eût été trop long d'aller chercher à la fin du convoi une autre bête. Agacé, l'Empereur commanda qu'on lui selle tout de suite l'un de ses chevaux « du rang de Sa Majesté ».

Lorsque l'Empereur voyageait en berline, deux ou trois de ces montures nerveuses, qu'il appréciait comme des compagnons fidèles et indispensables, suivaient dans une voiture spéciale capitonnée et tirée par un attelage de quatre solides bretons.

Quelques-uns des chevaux dits « du rang de Sa Majesté » atteignaient la célébrité, soit parce qu'ils étaient favoris de l'Empereur, soit parce qu'il les avait montés lors d'une grande bataille. C'est lors de la campagne d'Égypte que Bonaparte découvrit la race arabe qui eut désormais sa préférence.

Si Napoléon avait suivi son envie d'abandonner le convoi pour galoper – il ne connaissait que le galop –, il serait entré seul à Crefeld, en avance sur sa suite. Mais son épouse intervint et lui dit qu'il serait raisonnable qu'il arrivât en sa compagnie, et celle de la Garde impériale, dans une cité qui s'apprêtait à l'accueillir avec éclat. L'Empereur qui ne détestait pas, parfois, montrer qu'il pouvait suivre l'avis de Joséphine acquiesça et monta dans la berline.

C'était une voiture imposante, une Ehrier construite pour les longs parcours et que, par précaution, deux sous-officiers charrons suivaient à l'arrière, avec des cochers remplaçants.

L'Empereur était calé au fond de ce carrosse, à la fois voiture de guerre et d'apparat, près de Joséphine qu'il lui plaisait d'instruire sur toutes choses qui se présentaient.

La berline Ehrier, aux énormes roues arrière récemment sortie de la fabrique de Stuttgart, en était une et il expliqua à l'impératrice que son inventeur, un Provençal natif d'Orange, était établi à Berlin, d'où le nom de la voiture. Joséphine ne prenait qu'un intérêt relatif à ce récit et pensait surtout à une autre voiture où avaient pris place Mlle Avrillon, sa première femme de chambre, Colin, le chef d'office, et Roustam, le mamelouk de l'Empereur. Cette voiture de première suite contenait ses linges et ses robes ainsi qu'une caisse marquée VAIS-SELLE qui, elle, renfermait les bijoux du couple impérial. Or ce lourd carrosse qui devait suivre de près celui de Leurs Majestés avait disparu. Joséphine ne l'apercevait plus dans le miroir extérieur. Elle fit remarquer cette absence à l'Empereur et lui demanda de s'arrêter.

— Regardez l'heure, ma chère. J'ai juste le temps, en roulant un peu plus vite, de tenir l'ordre de marche et d'arriver à trois heures chez ces braves gens de Crefeld.

— Mais les habits ? Et les bijoux ?

L'Empereur éclata de rire.

— Ils ont simplement brisé une roue et versé dans le fossé, voilà tout. Quant aux bijoux, craignez-vous que des brigands de grands chemins osent détrousser l'Empereur ? Pour vos robes, celle que vous portez fera très bien l'affaire. Moi, je mettrai le chapeau neuf qui est dans la voiture.

On était à quatre lieues de Crefeld quand le mamelouk Roustam, monté sur Conquérant, l'un des chevaux les plus rapides du « rang de Sa Majesté », se plaça à hauteur de la berline et fit signe de ralentir : il prit dans les sacoches deux paquets qu'il tendit à Joséphine. Déjà, le cocher des chevaux de derrière jouait du fouet et relançait l'attelage.

L'Empereur regarda sa femme ouvrir les paquets. L'un contenait du linge et une robe, l'autre une chemise et « le café de l'Empereur » avec son nécessaire dont il ne pouvait se passer. Une lettre de Mlle Avrillon disait à sa maîtresse qu'un postillon avait fait monter une roue du carrosse sur une borne et que la voiture avait été jetée de côté. Par bonheur, personne n'avait été blessé. Seule la voiture était endommagée et devait faire le reste du chemin à faible allure.

À L'ENTRÉE de la ville, sous un soleil brûlant, la Garde d'honneur de Crefeld attendait l'arrivée du cortège impérial. La plupart des montures, habituées aux travaux des champs, supportaient la chaleur mais le distingué Beau Noir s'énervait, piaffait, secouait la tête, à tel point que Dietrich avait du mal à se maintenir sur la belle selle de cuir fauve. Finalement, il était descendu et avait conduit sa monture à l'ombre d'un orme où il avait jeté quelques poignées d'avoine prudemment emportées.

Soudain, un ordre bref réveilla Beau Noir qui s'était endormi et il se secoua en hennissant.

— À mon commandement! La Garde d'honneur en selle et alignée de chaque côté de la route. L'arrivée de l'Empereur est annoncée. Le brigadier commandera la colonne de droite et moi celle de gauche.

C'était un peu vexant pour le capitaine Wermann et le lieutenant Pecresse, mais le commandant Bling voulait que les deux chevaux de tête qui encadreraient la voiture impériale aient de l'allure. Beau Noir et son alezan feraient tout de même meilleur effet que les costauds de labour du reste de la cavalerie.

Un envoyé de Bling était revenu en expliquant que l'Empereur devait à cette heure traverser Germerssen et qu'il serait là dans moins de dix minutes. Bling lança encore quelques ordres que personne n'écouta, l'attention de chacun restant fixée sur le petit nuage blanc qui grossissait à l'horizon et d'où allait surgir le grand homme.

TOUT se passa comme le commandant l'avait prévu. Bling avait mis ses deux lignes au pas, puis au trot quand la berline impériale arrivait à la hauteur des hommes de tête : lui-même et Dietrich.

L'Empereur avait baissé sa vitre, regardait avec un sourire peut-être amusé l'uniforme fantaisiste de la garde de Crefeld, et lança à Dietrich, qui avait bien du mal à tenir Beau Noir :

— Monsieur, vous avez un beau cheval et un harnachement d'une rare qualité. L'Empereur souhaiterait avoir son écurie personnelle aussi bien équipée.

Dietrich rougit sous son plumet. Saisi par l'émotion, il tira alors un peu trop sur la rêne, ce qui ne plut pas à Beau Noir qui fit un écart et faillit entraîner son cavalier dans le fossé. L'incident mit fin à la conversation : l'ami des chevaux se coiffa de son bicorne noir et redevint Napoléon. Il fit signe à Dietrich de s'éloigner pour pouvoir saluer la foule de plus en plus dense à mesure qu'on approchait du centre de la ville.

La garde encadra tant bien que mal, au petit trot, les premières voitures de la procession impériale jusqu'à la Grand-Place où M. le sous-préfet, en grande tenue, et le maire, ceint de l'écharpe tricolore, attendaient en bas du perron de la sous-préfecture de vivre la plus belle journée de leur vie. Le maire et le sous-préfet avaient déjà leur discours à la main quand Napoléon, qui détestait perdre du temps, coupa leur élan en les mitraillant de questions sur l'économie du district, la négociation en cours concernant la navigation sur le Rhin, la propagation de la langue française dans les campagnes, le commerce avec l'étranger et aussi les ressources industrielles de la ville et de la région.

L'Empereur aimait faire des découvertes. À Crefeld, c'est l'industrie de la soie qui l'intéressa. Quand il apprit que le grand soyeux de la région était un noble qui possédait quatre cents métiers, il déclara que c'était cette entreprise locale qu'il visiterait avant de prendre congé de Crefeld et de ses aimables habitants. Cela n'étonna ni le sous-préfet ni le maire, car l'écuyer de l'Empereur, le baron de Mesgrigny, préparateur du voyage, était passé à Crefeld quelques semaines plus tôt et avait prévu une rencontre avec von der Leyen.

DIETRICH – était-ce un hasard ? – se trouvait chez le « prince » pour rendre Beau Noir quand on annonça l'arrivée de la berline impériale.

— Restez donc, mon ami, lui dit le maître alors qu'il s'apprêtait à rentrer le cheval à l'écurie. Ce n'est pas tous les jours qu'on a l'occasion de rencontrer Napoléon. Et celui-ci ne manquera pas de remarquer Beau Noir.

L'Empereur parut écouter poliment Leyen lui expliquer que la soie, plus que le coton, faisait la richesse de Crefeld, que tous les habitants plantaient des mûriers dans leur jardin et que lui-même était fier d'avoir doublé la production de son exploitation depuis le rattachement à la France des départements de la rive gauche du Rhin. Mais Leyen avait eu raison : son cheval intéressait plus l'Empereur que les vers à soie.

— Quel magnifique cheval! dit d'un coup l'Empereur, c'est un anglo-arabe, n'est-ce pas? Je l'avais remarqué en arrivant lorsqu'il trottait à deux pas de la fenêtre de ma voiture. Autant que le cheval, la selle et la bride sont d'une qualité rare. J'aimerais connaître l'ouvrier qui les a faites.

Otto von der Leyen sourit en montrant Dietrich:

— Il est devant vous, Votre Altesse. C'est M. Hermès, dont les ancêtres, des Français protestants, sont venus se réfugier en Allemagne au moment de la révocation de l'édit de Nantes. Le plus habile sellier du pays, sans aucun doute!

Napoléon se tourna vers Dietrich:

— Félicitations, monsieur. J'ai un profond respect pour les artisans dont certains, comme vous, sont de véritables artistes. Je m'attache à leur protection et au développement de leurs activités. Trois grandes expositions ont déjà eu lieu depuis les débuts du Consulat. La dernière, dans la cour du Louvre, a rassemblé cinq cent quarante exposants. La selle de M. von der Leyen vous aurait sûrement valu un beau succès.

L'Empereur et l'homme de la soie échangèrent encore quelques propos sur les bienfaits du rattachement et le maître de l'Europe rappela Dietrich qui s'apprêtait à rentrer sur sa propre monture, un modeste et robuste frison.

— Monsieur, dit l'Empereur, avant de quitter votre accueillante et active cité, je vais décorer quelques-uns de ceux qui l'illustrent par leur courage, leur esprit créatif et leur dévouement à la patrie. Tout à l'heure, soyez présent à la sous-préfecture. Je vous décorerai de la Légion d'honneur avec trois autres citoyens dignes de louange, dont M. von der Leyen.

Ne cachant ni sa surprise ni son émotion, Dietrich se redressa, droit comme s'il était à cheval, et répondit comme il le fallait:

— Je ne sais comment remercier Son Altesse. Moi, modeste travailleur du cuir, recevoir des mains impériales la récompense de la Nation est une surprise divine qui me comble de fierté.

Napoléon esquissa un sourire, fit signe à son aide de camp, le général Caffarelli, qui lui ouvrit la porte de sa berline. Les fouets claquèrent et l'attelage à six chevaux arracha la voiture impériale du paisible domaine de la soie.

— Eh bien, maître Dietrich, grinça von der Leyen, l'air un peu pincé, pour une surprise, c'est une surprise ! J'avais été prévenu que je serais décoré mais, en ce qui vous concerne, l'Empereur a dû prendre sa décision sur l'instant !

— C'est la selle, mon prince ! Et votre Beau Noir qui la porte si fièrement. L'Empereur a aussi, je pense, de l'estime pour les artisans.

Leyen approuva mais Dietrich lut sur sa mine que le riche soyeux n'était pas tellement heureux de partager avec un ouvrier les honneurs de l'Empire, cette prestigieuse médaille au ruban rouge créée sous le Consulat deux ans plus tôt.

La cérémonie fut courte. L'Empereur avait hâte de reprendre la route, mais il sacrifia solennellement au rite de la remise des décorations. La salle des fêtes de la sous-préfecture était comble et Anne, ayant renvoyé les enfants à la maison, regardait, attendrie, son mari sanglé dans sa vareuse de garde d'honneur, qui, avec les trois autres élus en jaquette, attendait l'arrivée de l'Empereur. Il y avait, à côté de von der Leyen, Charles Rigal, l'homme du coton, et Rudolf Woerth, qui tenait le marché du bois.

Le silence se fit dans la salle à l'entrée d'un général porteur d'un coussin de velours bleu où étaient posées les quatre médailles. Dietrich apprendrait plus tard qu'il s'agissait du comte de Turenne, premier chambellan et maître de la garde-robe. Napoléon apparut aussitôt en compagnie du général Drouot et du général Corbineau. Il ne perdit pas une seconde et, faisant craquer le parquet, marcha de son pas de soldat vers les promus. Il eut quelques phrases, les mêmes qu'il pronçait à chaque étape de son voyage, pour les trois industriels décorés. Revanche des mains calleuses ou connivence hippique, Napoléon s'arrêta plus longuement devant Dietrich pour prôner l'honneur du travail bien fait et l'éclat du cuir fauve d'une selle conçue comme un objet d'art. Finalement, il serra la main des promus.

Le public applaudit les nouveaux chevaliers de la Légion d'honneur. De nombreuses voix lancèrent des « Vive l'Empereur » mais celui-ci avait déjà quitté la salle qui se vida aussitôt derrière sa suite.

C'en était fini d'un après-midi historique. Le nuage de poussière soulevé par le convoi à peine retombé, Crefeld retrouva sa sérénité, saluée par un somptueux coucher de soleil sur le Rhin.

Ce n'était pas rien, évidemment, d'avoir vu Napoléon, mais la pièce avait été si courte que beaucoup n'avaient même pas eu le temps d'applaudir le souverain. Alors chacun rentra chez soi, les gardes d'honneur rangèrent leur tenue de gala.

Chez les Hermès, ce fut la joie. Le père n'en revenait encore pas d'avoir été choisi.

— Vous n'avez pas vu et je le regrette, lança-t-il aux enfants, l'air hautain des riches médaillés. Même von der Leyen, j'en mettrais ma main au feu, a trouvé ma nomination inconvenante.

— Sûr, dit Anne, que tu ne t'es pas fait que des amis! Mais on s'en moque. Au 14 Juillet, c'est toi qui porteras le ruban rouge!

— Papa, la médaille, tu vas la mettre pour travailler? demanda Petit Thierry.

— Non, mon fils. Elle restera dans l'armoire avec ma veste de garde… Pour le cas où l'Empereur repasserait par ici.

— À moins, papa, répliqua Burckhardt, que je lui fasse un beau cadre de cuir anglais pour l'accrocher dans la salle.

Chapitre III

PETIT THIERRY avait été un bon élève à l'école de Crefeld. Il avait appris le français dont l'enseignement était obligatoire dans les quatre nouveaux départements. C'était lui, maintenant, qui entretenait dans la famille le souffle d'une patrie estompée dans les brumes de l'histoire.

Il avait maintenant douze ans et, depuis sa dixième année, réalisait son rêve : chaque jour, après la classe, en récompense de ses succès scolaires, il avait le droit de retrouver dans l'atelier son père et son frère Burckhardt. Jusqu'au souper, il les regardait travailler, choisissait avec eux la peau d'un porc anglais s'il s'agissait de confectionner une selle de qualité ou celle d'une vachette des Alpes pour un travail courant.

Dietrich retrouvait le bonheur qu'il avait éprouvé naguère en enseignant à l'aîné ce qu'il appelait le « noble métier du cuir ». Il parlait avec une délicatesse quasi religieuse de la douceur au toucher du grain qui distinguait le bon cuir; il discourait sur les coutures à surjets ou le point arrière…

Le petit écoutait avec ferveur et n'oubliait pas le jour où il avait réussi à coudre lui-même une bonne longueur de trait et en avait été félicité par ces paroles du maître : « Tu seras un homme du cuir, mon fils ! »

HOMME du cuir, Burckhardt, le grand frère, ne l'était pas vraiment. Il était, certes, un bon sellier mais il trouvait le métier ingrat, sentiment qu'entretenait Greta, la fille du patron de l'auberge, connu aussi comme le plus important marchand de chevaux de la région. Dietrich voyait en Burckhardt son successeur, mais lui ne pensait qu'à épouser Greta et à devenir bientôt le maître de cette auberge, relais des diligences, qui rapportait beaucoup plus d'argent que la modeste entreprise artisanale. Et, d'abord, il aimait cette fille du Rhin qu'il appelait sa « Lorelei » et qui lui rendait son amour.

Dietrich devinait tout cela, mais l'idée de voir son aîné quitter la maison pour aller s'établir chez les Muller l'attristait. Quel malheur que son autre fils n'eût pas quatre ou cinq ans de plus pour prendre la place de son frère à l'atelier !

Ce soir-là, comme presque chaque jour quand Burckhardt partait lutiner Greta au bord du Rhin et que Petit Thierry dormait, Dietrich parlait de l'avenir avec Anne.

— Il est certain que Burckhardt va partir, admettait la mère. Il aime Greta et nous ne pouvons l'empêcher de s'unir aux Muller, des amis et des clients dont nous apprécions la gentillesse et l'honnêteté. Ils ont été, souviens-toi, témoins à notre mariage.

— Je sais tout cela, mais je n'arrive pas à me faire à l'idée que Burckhardt va quitter son tabouret, en face du mien, pour s'occuper de chevaux et servir des cochers ivres.

— Et toi, tu ne t'occupes pas de chevaux ? Tu t'occupes même de ceux de Muller, ton meilleur client avec Leyen.

— Ce n'est pas pareil, je suis un artisan.

— Tu as raison. Et je préfère être l'épouse d'un mari partout reconnu comme un maître, un artiste, plutôt que la femme d'un cabaretier maquignon. Mais tu sais bien que Burckhardt n'a jamais eu, comme toi, la fibre du cuir dans la paume. Malgré la tristesse de te laisser seul à l'atelier, il épousera la jeune fille qu'il aime et gagnera beaucoup plus que toi, ce qui n'est pas un avantage superflu !

— Bon, entendu, j'irai voir le père Muller qui ne bouge plus guère de son fauteuil mais aura la force de boire un schnaps avec moi et d'accorder la main de sa fille à notre Burckhardt.

PLUS que le mariage de son frère, les aventures guerrières de Napoléon passionnaient le jeune Thierry. Il s'arrangeait pour lire, chez Mme Geismel, l'épicière qui vendait aussi les journaux, *La Gazette de Crefeld* et *La Gazette de Cologne.* Chaque semaine, en passant pour acheter une friandise ou pour dire bonjour, il avait vite fait de jeter un coup d'œil sur les titres et d'avaler avec un retard assez considérable les triomphes impériaux, l'annexion de la Hollande, le divorce d'avec Joséphine et le remariage de Napoléon avec Marie-Louise de Habsbourg.

L'apprentissage du cuir qu'il poursuivait tous les soirs restait pourtant sa grande préoccupation. Son père répétait partout qu'il était doué et qu'il n'avait jamais vu un garçon faire des progrès aussi rapides. Il suffisait au garçonnet de regarder Dietrich ou son nouveau compagnon, le père Thomas, pour pouvoir répéter leurs gestes avec une incroyable précision. S'il était trop petit pour tailler et encuirer un arçon, il connaissait tous les nœuds utilisés dans le métier. Certes, il n'était pas assez fort pour s'atteler aux grosses coutures du harnais, mais ses petits doigts maniaient avec habileté l'alêne et l'aiguille afin de doubler à points lacés les bords des courroies et des guides. « Dans deux ans, affirmait son père, lorsqu'il aura pris du muscle, il pourra remplacer son frère. »

Les débuts de la campagne de Russie avaient fait frémir Petit Thierry. Conduire la Grande Armée aussi loin lui paraissait fantastique. Il guettait l'arrivée des gazettes qui informaient chaque semaine leurs lecteurs de la marche triomphale des soldats de Napoléon jusqu'à Smolensk. LA ROUTE DE MOSCOU OUVERTE À L'EMPEREUR, titraient les journaux en vente, alors que, depuis des semaines, la résistance russe affaiblissait la Grande Armée qui finit par entrer à Moscou au prix de combats sanglants. Moscou fut la dernière ville que Thierry souligna sur sa carte. La semaine suivante, la presse annonçait l'incendie de la ville déjà vieux de plusieurs semaines et parlait des conditions terribles qui avaient obligé l'Empereur à ordonner la retraite. Après, les journaux se firent plus discrets.

La fin de l'héroïque cavalcade napoléonienne peina Thierry qui, cependant, oublia peu à peu son Empereur. Il fêta ses quatorze ans dans la grande salle de l'hôtellerie dirigée maintenant par son frère Burckhardt qui se révélait bon marchand de schnaps et de chevaux, gagnait beaucoup plus d'argent qu'en découpant du cuir et qui avait acheté, pour ses parents, le chalet jouxtant l'atelier et son modeste logement. Petit Thierry, lui, occupa peu à peu le tabouret en face du père. Devenu un excellent ouvrier, il pouvait maintenant remplacer son frère dans les tâches courantes.

Chapitre IV

C'EST dans l'atelier, alors qu'ils travaillaient tous deux à un harnais posé sur l'établi, que le jeune Thierry lança une phrase plus lourde de conséquences qu'il ne le pensait.

— Je ne voulais pas te le dire tout de suite mais il est mieux, finalement, que tu le saches : un jour, je quitterai Crefeld.

— Qu'est-ce que tu me racontes ? s'emporta son père. Tu veux aussi devenir marchand de vins ? Ta place est ici ; et quand je ne pourrai plus coudre droit un contre-sanglon, tu me remplaceras. Mais où iras-tu donc ?

— À Paris. Il n'y a qu'à Paris qu'on puisse vivre, aller au théâtre, trotter au bois de Boulogne. Et monter une affaire ambitieuse.

— Et quelle affaire ? Par Éloi, notre saint patron, qu'est-ce que tu peux aller faire à Paris ? Vendre de la soie ? Ou des pots de miel ?

— Rien de tout cela, je veux vendre, en France, la seule chose que je sache faire et que tu m'as apprise : des selles et des harnais !

— Ah, bon ! s'adoucit son père. Tu veux rester dans le métier. Je préfère cela. Mais tu crois que l'on t'attend à Paris ? Toi, à peine sorti de l'apprentissage, arrivant d'une ville minuscule ?

— Non, père. Figure-toi que j'ai lu dans un journal français laissé par un client chez Burckhardt que le nombre croissant des voitures crée des encombrements permanents à Paris et qu'il n'y a pas assez de selliers pour satisfaire les besoins de tant d'équipages. Eh bien, moi, je leur en ferai des selles ! Magnifiques, en cuir fauve, lissées comme un miroir, cousues à la façon du maître Hermès, pas aussi belles que les tiennes bien sûr, mais presque ! Et d'ici mon lointain départ, j'ai encore le temps d'apprendre et de profiter de ton expérience.

Petit Thierry s'emballa, porté par son rêve. Soudain, il s'arrêta en regardant son père. La tête penchée, le front dans les paumes de ses mains, il pleurait comme un enfant. Bouleversé, le garçon se leva, entoura de ses bras le cou du père et embrassa son visage mouillé.

— Pardon, papa ! Je ne veux pas te rendre malheureux. Tu sais, ce n'est pas demain que je vais quitter la maison. Si tu es trop malheureux, je resterai près de toi et de maman.

— Non, mon garçon, tu partiras. Ce n'est pas parce que tu me manqueras que tu ne pourras vivre ta vie comme tu l'entends. Et puis, tu auras peut-être d'autres raisons de quitter Crefeld. Tu sais, j'ai lu beaucoup de choses sur la situation des réfugiés au moment de l'édit de Nantes. Les artisans français furent très bien accueillis par le gouvernement de Frédéric Ier, lequel leur accorda des facilités pour s'installer et être admis dans les maîtrises. Mais ces faveurs suscitèrent la jalousie des corporations allemandes. Cela a évidemment cessé lorsque la région est devenue française, mais Napoléon a dû restituer à la Prusse les départements du Rhin et la situation des artisans français d'origine risque de devenir difficile. Ton idée de rejoindre le pays n'est donc sans doute pas mauvaise. J'ai moi-même plusieurs fois songé à quitter l'Allemagne mais les affaires marchaient si bien que j'ai renoncé à tenter l'aventure.

— Pourquoi alors ne partirions-nous pas avec maman à Paris ? Seul, j'aurai sûrement du mal à m'imposer mais toi, tu auras vite fait de mettre ton talent en avant.

— Aujourd'hui, je suis trop vieux, bredouilla-t-il, trop incrusté dans la vie de Crefeld, trop tranquille ici finalement, pour affronter les risques d'un pareil changement. Et aussi il y a ton frère qui, lui, s'est complètement assimilé à la vie locale et qui ne la quittera jamais.

— Comme tout est compliqué, père, lorsqu'on touche un maillon d'une famille comme la nôtre, si solidaire, si unie. Laissons là les rêves, et finissons la besogne !

PETIT THIERRY connaissait Adèle depuis la petite classe. Elle était la fille des Cahuzac, maître et maîtresse d'école. Le père affichait sur les syllabes rocailleuses de son nom une ascendance huguenote alors que sa femme était une fille de Rhénanie. Ils avaient conduit Burckhardt et Thierry sur les premiers chemins du savoir et fréquentaient les Hermès à l'occasion des anniversaires et des fêtes carillonnées.

Ce jour-là, l'Artisanat recevait l'Enseignement. La neige n'avait cessé de tomber dans la journée et les chemins demeuraient difficilement praticables. Burckhardt, sa femme et leur gamin de trois ans n'avaient eu que la rue à traverser, mais les Cahuzac arrivèrent transis à la « nouvelle maison », comme on appelait le chalet offert par Burckhardt à ses parents. Heureusement, un feu de bûcheron brûlait, clair, dans l'imposante cheminée de la grande salle de la maison, la pièce où trônait, dans le cadre de cuir fin, façonné naguère par Burckhardt, la Légion d'honneur du brigadier des gardes.

Tout le monde, ce soir-là, parlait le français et Cahuzac haussait le ton en essayant de retrouver cet accent des ancêtres qu'il n'avait entendu qu'une fois dans la bouche d'un inspecteur venu visiter les écoles rhénanes au temps de l'Empire. Il parlait fort et aimait les citations, françaises de préférence, ou de Goethe avec lequel il se flattait de correspondre.

Chacun trouva sa place autour d'une longue table de noyer construite sur mesure par l'un des maîtres ébénistes de Crefeld. Il fallait imaginer son poli ciré sous la nappe de lin brodée, comme les serviettes, aux initiales d'Anne Hermès. Les assiettes de Sarreguemines étaient décorées de scènes illustrant les différents métiers. Quant aux couverts d'argent, Dietrich aimait dire qu'ils avaient été apportés de France par les ancêtres, ce qui était discutable car, sous Louis XIV, la fourchette n'apparaissait que sur quelques tables seigneuriales.

Lorsque tout le monde fut assis et que M. Cahuzac eut félicité son ancien élève pour sa réussite professionnelle, grâce il est vrai aux leçons du meilleur maître sellier, c'est Burckhardt qui eut droit aux applaudissements en annonçant :

— Ce soir, en l'honneur de mon petit frère qui devient grand, nous allons trinquer en buvant du champagne de Dom Pérignon, le saint homme qui a inventé le procédé pour rendre mousseux le vin des vignes d'Épernay. Après, nous dînerons au pommard.

Anne, qui pensait plus à son dîner qu'aux vins de Burckhardt, s'absenta pour aller surveiller la cuisson des mets qu'elle avait choisi d'offrir à ses invités. Elle avait à peine entrouvert la porte menant à la cuisine, pièce du four et du fourneau où la famille prenait habituellement ses repas, que les effluves capiteux d'une viande rôtie envahirent la salle. Les invités découvrirent un peu plus tard qu'il s'agissait de deux gigots d'agneau dorés à point fleurant bon le thym, l'ail et une autre épice dont Anne avait le secret. Avant, pour ouvrir l'appétit en dégustant les deux bouteilles de champagne, elle apporta une jolie terrine ancienne.

— C'est une recette de chez nous. Voilà donc un pâté de perdrix et de chevreuil fournis par Fritz, le braconnier. Après, vous mangerez les gigots d'agneau, simplement rôtis, à ma façon. Vous ne pouvez pas savoir le mal que nous avons eu à trouver un paysan consentant à nous vendre un tout jeune agneau ! Dietrich a échangé deux belles pièces contre l'entretien de trois harnais.

Comme dans toute bonne famille française, on parla beaucoup, ce jour-là, de cuisine et de vins. Cahuzac attendit d'avoir terminé une large tranche de pâté pour raconter qu'il avait, dans sa bibliothèque, un vieux livre acheté dans une vente, *Le Cuisinier gascon*, œuvre d'un grand seigneur, amateur de cuisine, le prince de Dombes.

La suite du dîner se déroula dans une amicale gaieté. On constata que le pommard s'accordait fort bien au gigot de lait et, après le dessert, c'est tout émoustillés que les convives s'installèrent autour de la cheminée.

La conversation s'orienta vers les métiers. Dietrich attaqua ses bêtes noires, les jurandes et les corporations prussiennes, et Louise Cahuzac, la seule avec Greta, la femme de Burckhardt, à ne pas être française d'origine, dit combien elle regrettait de ne plus avoir le droit de parler ni d'apprendre le français aux enfants.

— Que ne donnerais-je pour être maîtresse d'école dans un village de France ! déclara-t-elle.

Cahuzac approuva et ajouta :

— Le retour du pays à la Prusse est bien entendu un malheur, mais nous avons tout de même de la chance de vivre à Crefeld, une ville sympathique où nous sommes bien intégrés. Qu'en penses-tu, Petit Thierry ?

— Je suis né au-dessus de l'atelier de papa alors que Napoléon nous avait rattachés à la France. Durant seize ans, j'ai vécu dans cette ville où je connais tout le monde. Je peux dire que je me sens autant allemand que français. Ce n'est donc pas pour une question de nationalité que, plus tard, j'irai travailler à Paris !

L'étonnement ne vint pas des Cahuzac mais de leur fille. C'est Adèle qui s'écria, visiblement émue :

— Quoi ? Tu vas partir ? Tu vas quitter Crefeld ?

Comme elle n'arrivait pas à cacher son trouble, le jeune Thierry s'approcha d'elle en murmurant.

— Mais non, Adèle. Ce n'est qu'un vague projet. Ce n'est pas demain la veille que je partirai de Crefeld. Pour toi, je serai encore là longtemps, lui glissa-t-il à l'oreille.

Personne n'entendit mais tout le monde pensa qu'une idylle s'ébauchait peut-être entre les deux enfants de Crefeld.

La remise des cadeaux mit fin aux discussions sur le souhait de Petit Thierry de s'exiler. Les Cahuzac offrirent au garçon un très beau livre sur l'histoire des quatre départements de la rive gauche du Rhin. De son côté, Adèle avait brodé aux initiales du héros de la fête un joli mouchoir de batiste et la famille dévoila un objet mystérieux, assez lourd et enveloppé dans plusieurs couches de papier. Avant d'ouvrir le paquet, Thierry le fit soupeser à Adèle en disant :

— Je me demande bien ce qu'il contient.

Enfin, il débarrassa de son emballage un mors brillant comme de l'argent qu'il reconnut forgé par Fritz Mingue, le fameux éperonnier de Cologne.

Comme il regardait son frère d'un œil dubitatif, celui-ci mit fin au mystère :

— Petit frère, quelque chose va avec ce premier cadeau. À ta place j'irais, malgré le froid, jeter un coup d'œil dans l'écurie.

— Non ? Vous ne m'avez pas offert un cheval ? s'écria Thierry en allant embrasser le père, la mère, Greta sa belle-sœur et Burckhardt. (Puis il dit à Adèle :) Mets ton manteau et viens avec moi découvrir ce cheval tombé du ciel.

Il la prit par la main et l'entraîna vers l'écurie. Il n'y avait qu'une dizaine de mètres à parcourir mais le sol était gelé sous la neige et Adèle glissa les deux pieds en avant. Elle se serait étalée de tout son long si Thierry ne l'avait retenue et sauvée d'une chute brutale. Ni l'un ni l'autre n'y mirent malice, mais le fait est qu'ils se retrouvèrent enlacés et que seules quelques mèches des cheveux ébouriffés d'Adèle séparèrent leurs visages. Quand ils s'éloignèrent, ne sachant trop quoi se dire, Thierry ouvrit la porte de l'écurie et ils constatèrent, dans la pénombre, que Pierrot, le vieux breton du père, avait à ses côtés un fringant norfolk argenté que le garçon reconnut aussitôt pour l'avoir récemment admiré chez son frère.

Et voilà que le beau cheval était là. Et qu'il était « son » cheval !

— Comment le trouves-tu ? demanda-t-il.

La jeune fille ne distingua dans l'obscurité que deux croupes qui bougeaient et se cognaient aux bat-flanc. Comme Thierry lui expliquant qu'il était dangereux de se placer derrière les bêtes dérangées par leur présence, le norfolk décocha une ruade et son sabot droit frôla le visage de son nouveau propriétaire. Adèle poussa un cri.

— Ton beau cheval aurait pu te tuer ! Tu me le montreras demain. En attendant, ramène-moi à la maison, je meurs de froid.

— C'est entendu, nous allons rentrer mais je ne veux pas quitter cette brave bête, un jour comme celui-là, sur un malentendu.

Thierry se glissa entre l'animal et le bat-flanc pour aller lui caresser les naseaux fumants et lui parler dans cette langue rare que seuls pratiquent les vrais complices des chevaux. Le norfolk comprit puisqu'il répondit par un hennissement.

— Il s'appellera Clairon ! s'écria-t-il en entraînant Adèle hors de l'écurie.

De retour à la maison, ils racontèrent en la magnifiant leur aventure, la tempête de neige, la glissade d'Adèle et son sauvetage, la ruade du norfolk et la paix scellée d'une caresse avec son nouveau maître. Ils n'omirent que le baiser volé à la nuit. Tout le monde était fatigué et, la tempête de neige redoublant, les Cahuzac acceptèrent, après un refus de politesse, de passer la nuit dans le chalet.

Les Cahuzac, après avoir constaté que les draps étaient humides et qu'il faudrait des heures pour chauffer la pièce, se pelotonnèrent dans des couvertures entre deux fauteuils tirés devant l'âtre. Seule Adèle trouva le sommeil malgré les jurons du maître d'école proférés en allemand mâtiné de gascon pour maudire cette nuit pénible.

Le lendemain, le soleil brillait sur les bords du Rhin quand Anne demanda à ses invités :

— Avez-vous bien dormi ?

Les jours passaient, la vie continuait à Crefeld malgré l'inquiétude qui, depuis la fin de l'Empire, gagnait peu à peu la population. Les familles ayant accueilli avec trop d'enthousiasme le rattachement des départements du Rhin à la France se faisaient discrètes et ignoraient les propos revanchards de ceux qui l'avaient subi comme une oppression. N'empêche que les métiers à soie tournaient au ralenti, et que toutes les familles, même les plus aisées, voyaient leurs ressources diminuer. Von der Leyen lui-même n'achetait plus de pur-sang anglais et ne commandait plus de riches harnachements. Chez les Hermès, on travaillait surtout désormais pour les paysans et le père jugea prudent de retirer du mur le cadre de sa Légion d'honneur. Quant à la presse locale qui avait, durant des années, célébré la gloire de l'Empire, elle fêtait le retour des Prussiens dans les provinces du Rhin.

Dietrich supportait mal l'ambiance lourde qui régnait maintenant à Crefeld. La raréfaction du travail de luxe qui avait fait sa réputation, la santé précaire de son épouse, le départ quasi certain de Petit Thierry abattaient le maître jusque-là gaillard et enjoué. Lui qui avait toujours été de bonne heure à l'atelier peinait même à se lever. Il traînait au lit, touchait à peine à la bolée de lait et aux tartines de pain beurré préparées par Anne et, d'un pas lourd, gagnait l'atelier où Petit Thierry était depuis longtemps à l'ouvrage. Ce dernier embrassait son père et essayait, par une gaieté à peine feinte, de l'encourager à reprendre le travail entrepris la veille, la confection d'une selle de luxe.

— Il y a des peaux magnifiques au magasin, autant les utiliser pour tailler quelques selles qui trouveront bien un jour un acquéreur. Ce sera l'occasion de me donner à nouveau quelques leçons.

Le père avait fini par accepter et par retrouver le goût de l'outil, le plus fidèle ami de l'artisan. On le crut guéri, sa selle était même l'une des plus belles qu'il eût faites. Mieux encore, le rétablissement de son mari avait rendu un rayon de santé à Anne, atteinte depuis six mois de phtisie.

Et puis, un soir où Petit Thierry avait rapporté le *Kölnischer Zeitung* dans lequel un chroniqueur se gaussait de la déchéance de l'Empereur, le maître s'écroula sur son assiette, puis roula sur le sol.

Dietrich avait jadis subi des crises d'épilepsie peu graves et oubliées. Mais, cette fois, le mal semblait sérieux. Agité de violentes secousses, la tête du père cognait le pavé et les meubles, sa bouche écumait. Petit Thierry s'était précipité pour tenter d'immobiliser son père mais il ne réussit qu'à lui introduire un mouchoir dans la bouche afin d'éviter que dans une convulsion de la mâchoire il ne se morde la langue. Et là, brusquement, le maître poussa un soupir, ses muscles se relâchèrent et il sombra dans un profond sommeil.

— C'est le coma, gémit Anne.

À genoux, tous deux guettèrent le mince frémissement des lèvres, seul signe qui montrât que Dietrich demeurait vivant.

— Je vais prévenir le médecin, dit Petit Thierry.

Il arrêta l'un de ses voisins qui passait heureusement en charrette devant la maison. C'était Brursrtrer, le charron. Vieil ami, il fouetta son rossard. Le vieux cheval hennit de surprise et passa au galop quelques minutes avant de reprendre son trot habituel.

Trois quarts d'heure plus tard, Thierry était revenu à la maison après avoir couru comme un fou tout le long du chemin de retour. Il retrouva sa mère et son père sur le sol dans l'état où il les avait laissés :

— Muller n'est pas chez lui, expliqua-t-il, essoufflé et inquiet. Il est à Dorschel, au chevet du père Harchest qui est, paraît-il, mourant. Sa femme m'a promis de le prévenir dès qu'il rentrera.

— Ce ne sera pas la peine, mon petit. Je suis longtemps restée suspendue au souffle infime de ton pauvre père, haletante de crainte qu'il ne soit le dernier. Et il arriva que survînt le dernier. Le maître ne verra pas, demain matin, le soleil d'automne se lever. Va vite chercher ton frère pour qu'il nous aide. Mais avant, promets-moi une chose, Thierry : de continuer l'œuvre de ton père, de rester – ici ou ailleurs – dans le métier qu'il t'a enseigné. Son rêve n'était pas que tu travailles le cuir aussi bien que lui, mais que tu le dépasses dans son art.

— C'est impossible de faire mieux, maman. Mais je te promets de devenir un sellier digne du souvenir de mon père.

Portée plus que soutenue par ses deux fils, Anne, très affectée par la mort de son mari et épuisée par une phtisie que le malheur avait réveillée, parvint malgré l'avis du docteur à assister aux obsèques. Ramenée à la maison, elle s'écroula sur son lit et fut saisie d'une longue quinte de toux.

— Après le père, nous allons perdre maman, s'alarma Burckhardt. Il faut prévenir vite le médecin.

— J'y vais, répondit Thierry. Il ne me faut qu'un instant pour seller Clairon.

Le Dr Muller habitait à l'autre bout de la ville. Même en galopant, le jeune homme mit dix bonnes minutes pour arriver.

Le bon docteur, officiant depuis plus de trente ans à Crefeld, était estimé de tous. Mais il s'apprêtait à se retirer afin de se consacrer à sa passion, l'étude des différentes espèces de vers à soie.

— Gustav n'a pas encore dételé, je saute dans la carriole, dit le médecin. Mais tu sais, ta mère est très malade. Je n'aurais jamais pensé que ton père puisse partir avant elle. Enfin, allons-y !

Quand ils arrivèrent, Anne, moins pâle, avait retrouvé une respiration presque régulière. Le médecin l'ausculta, compta les battements de son cœur sur sa grosse montre d'acier.

— Elle en a vu battre des pouls, ma chère montre ! Eh bien, aujourd'hui, elle m'annonce que la crise est finie !

— Pour un peu je vous croirais ; il est vrai que je tousse moins et respire un peu mieux, murmura Anne.

— Si vous ne croyez pas votre vieux médecin, croyez sa montre. On va doubler la dose du sirop que je vous ai ordonné et, demain, vous serez debout. Mais, surtout, ne faites aucun effort. Ne montez pas d'escalier, n'allez pas fourgonner dans votre cuisine. Ainsi se calmera l'oppression qui vous tourmente.

— Merci, docteur, répondit-elle d'une voix faible et hésitante, mais ma vraie douleur est la mort de mon cher mari. Je n'aspire, je crois, qu'à le rejoindre.

— C'est bien sûr la mort subite de votre époux qui a provoqué cette crise. Dietrich, Dieu ait son âme ! était le meilleur homme que j'aie connu. Reposez-vous bien, Anne. Je repasserai vous voir demain.

— Docteur, avez-vous dit vrai ? La mère va aller mieux ? s'enquit Burckhardt en le reconduisant à son brougham, la petite voiture à bord de laquelle il sillonnait la campagne.

— Oui et non. Anne va se remettre mais on ne guérit pas de la phtisie. Évitez-lui les fortes émotions.

Les semaines passèrent et Anne, que ses enfants entouraient de soins affectueux, se porta mieux en effet. Elle affichait même un beau sourire quand Thierry, pâle et tremblant, entra dans la cuisine où elle se tenait, frileuse, devant le poêle. Il était accompagné du voisin, Charles-Émile Muller, qui tripotait son chapeau d'un air embarrassé. C'est lui qui parla :

— Je suis passé tout à l'heure à la poste où une lettre qui vous était destinée venait d'arriver. Je vous l'ai apportée.

— Elle ne contient pas une bonne nouvelle, continua Thierry en entourant de ses bras le cou frêle de sa mère.

— Henri ? soupira Anne en fermant les yeux.

— Oui, maman. La lettre de l'état-major des armées impériales a mis près de quatre ans à nous parvenir. Elle nous annonce qu'Henri est mort le 12 décembre 1812 à Saragosse, en Espagne. Il venait d'être nommé sergent-major à la compagnie des grenadiers au 120e régiment de ligne… J'avais bien lu que la guerre en Espagne avait été terrible. En particulier la prise de Saragosse par le maréchal Lannes…

Il continua de parler, pour étourdir sa mère, essayer d'atténuer le choc de la nouvelle aussi terrible qu'inattendue, mais Anne resta calme. Au bout d'un moment, elle dit simplement :

— La mort d'Henri, ton père comme moi l'augurions. Après ces longues années de silence, quel espoir pouvait raisonnablement nous rester ? Il est pourtant malheureux que le courrier ne soit pas arrivé un mois plus tôt. Ton père l'a tant attendu : il voulait une certitude !

Thierry et son frère firent dès le lendemain les démarches à la mairie où l'on venait de gratter sur la façade les mots RÉPUBLIQUE FRANÇAISE pour les remplacer par RATHAUS. Maladresse ou malignité du peintre, l'appellation française, incrustée dans la pierre, réapparaissait, bien visible, sous la rugosité du nom allemand. Cela faisait rire bien des gens qui pour une raison ou une autre regrettaient l'administration de l'Empereur. Otto, le vieux secrétaire de la mairie, était de ceux-là. Tout en demeurant prudent, il adorait s'amuser. Par exemple en ajoutant aux pièces d'état civil désormais germanisées le tampon de l'État français. C'est ainsi que l'aigle napoléonien figura sur l'acte de décès du sergent-major Henri Hermès.

Et l'on ne parla plus d'Henri dans la maison Hermès. Anne, il est vrai, ne parlait plus de rien. Elle était calée dans un fauteuil par des oreillers, et son regard éteint fixait le poêle. Quand elle avait besoin d'aide, elle appelait sa garde-malade, Martha Mayer, chargée par ses fils de la surveiller nuit et jour. Burckhardt ne pouvait guère quitter son relais, mais Thierry posait souvent l'outil pour aller parler à sa mère qui ne répondait que par des monosyllabes.

LE 3 janvier 1818 au soir, en présence de ses enfants, Anne Hermès, née Kuhnen, exhala son dernier souffle. Tout Crefeld, le *Bürgermeister* en tête, l'enterra à côté de son mari. Comme le maître sellier, elle ne comptait que des amis et la foule mit un temps interminable à défiler devant les deux frères. Quand Géland, le bridier, ami de la famille depuis son établissement à Crefeld, se fut, le dernier, éloigné avec sa femme, que tous les proches eurent gagné, la tête baissée, la porte des regrets, Burckhardt et son frère se retrouvèrent perdus dans le silence ouaté du cimetière.

— Nous voilà tous les deux! constata Burckhardt. Il est étrange de voir comment une famille heureuse et unie peut se déliter en quelques mois! (Et il ajouta :) Ne restons pas ici, dans cette odeur entêtante de fleurs. Un dernier adieu à maman, et nous allons rejoindre Greta qui a accompagné Pierrefeu, le sellier. Le vieil ami s'est déplacé depuis Aix-la-Chapelle. Il doit reprendre la diligence de cinq heures. Quelle fidélité! Tu vois, ce que je regrette de plus dans ce métier que j'ai abandonné, c'est la fraternité qui unit les familles d'artisans.

— Viens, Burckhardt. On parlera de cela plus tard...

Suivi par son grand frère, Thierry s'agenouilla alors devant le cercueil et dit tout bas :

— Adieu, maman. Ce soir, je veux croire au ciel!

Chapitre V

La mort d'Anne, après celle du père, laissait les deux frères désemparés, plus encore Thierry qui n'avait pas une famille pour le soutenir. Chaque matin, l'émotion l'étouffait quand il poussait la porte de l'atelier. Les outils du père étaient toujours posés sur l'établi, dans l'ordre laissé le soir où il avait quitté son atelier pour la dernière fois.

Il était loin le temps où le maître devait faire appel à des compagnons de villages voisins pour arriver à satisfaire ses clients. Maintenant, Thierry subissait, comme tous les habitants des anciens départements du Rhin, les conséquences de l'écroulement de l'administration impériale. Il devait se contenter d'équiper les chevaux de trait ou de harnacher les petits landais qui tiraient les charrettes et les cabriolets de M. Tout-le-monde. Ces paysans, commerçants, fonctionnaires préféraient faire réparer leurs brides plutôt que d'en acheter des neuves. Quant à von der Leyen, il n'apparaissait que rarement dans sa propriété de Crefeld et ne paradait plus dans ses attelages de luxe.

En attendant des jours meilleurs dans un pays où les riches équipages croiseraient d'élégants cavaliers sur une avenue large comme le

Rhin, Thierry travaillait dans sa bourgade pour vivre ; on n'aurait pu dire pour manger puisqu'il prenait le plus souvent ses repas au relais du frère. Le bruyant manège des diligences, des changements de montures, les fausses colères des postillons et l'anxiété des passagers le distrayaient. Il écoutait les voyageurs raconter leurs voyages présents et passés et les aventures qu'ils avaient vécues sur les routes aux fossés hasardeux et aux rencontres fâcheuses. Il y avait un peu de vrai et beaucoup d'affabulation dans ces histoires, mais le petit monde du relais faisait semblant d'y croire. Dans le claquement des fouets et les injures des postillons, chacun ajoutait son chapitre au roman de la route.

Thierry enviait ces inconnus qui partaient dans le tumulte vers des contrées lointaines ou proches. Il se disait que lui aussi monterait un jour dans la diligence de Mayence et prendrait la fameuse route N° 4 qu'on appelait encore « impériale » parce que Napoléon l'avait fait construire. Elle le mènerait en malle-poste jusqu'à Paris où il réaliserait enfin son rêve : devenir le meilleur des selliers parisiens.

THIERRY était un être réfléchi, donc un peu égoïste. Aussi n'avait-il pas poursuivi son idylle, pourtant agréable, avec la petite Cahuzac. Il s'était rendu compte qu'il n'éprouvait pas pour elle une passion obsédante et, surtout, que des fiançailles officielles mettraient fin à son projet d'évasion. Toujours sage, il avait aussi pris conscience que, même doué, il n'était encore qu'un jeune compagnon à peine sorti de l'apprentissage.

C'est un soir où il regardait la place vide du père que Thierry décida de ne pas quitter Crefeld trop tôt et de prendre le temps de se perfectionner dans ce métier dont on n'avait pas eu le temps de lui transmettre tous les secrets. Après avoir médité son choix, il eut l'idée d'écrire à Pierrefeu, le vieil ami de la famille.

Thierry lui exposa son projet d'aller s'installer à Paris tout en précisant qu'il ne se sentait pas encore mûr pour entreprendre le voyage. « Je ne fais plus ici que du travail de routine et progresse peu, pour ne pas dire pas du tout, dans le métier. J'ose penser, pardonnez-moi, maître, si je me trompe, que le père, s'il pouvait me conseiller, me dirait de me tourner vers vous pour vous demander conseil et, peut-être, de me prendre un temps en qualité de compagnon. Si par bonheur vous acceptiez de donner une suite favorable à ma demande, je peux fermer dans l'heure l'atelier de Crefeld et venir enrichir mon savoir sous votre savante tutelle. »

Pour obtenir un avis objectif sur sa lettre, il pensa soumettre le texte à son ancien maître d'école, le bon M. Cahuzac. Depuis la fin de leur amourette, Adèle lui avait battu froid et les deux familles s'étaient peu revues. Mais la mort du père, puis celle de la mère, avait rapproché les Cahuzac de Thierry. Adèle elle-même lui avait apporté le soutien de son amitié.

Adèle, justement, était là, avec ses parents, quand il frappa chez les Cahuzac. Après les politesses d'usage, avant qu'il ait eu le temps de sortir le brouillon de sa poche, elle dit :

— J'ai une grande nouvelle à t'annoncer : je vais me marier !

Allez savoir pourquoi, il sentit son cœur s'emballer et fit un effort pour cacher sa réaction. Il parvint enfin à répondre :

— Je suis heureux pour toi et te souhaite beaucoup de bonheur. (Puis il ne put retenir la question qui lui brûlait la langue :) Avec qui ?

— Erich Bauer, le fils du tisseur.

— Je ne le connais pas, c'est sûrement un bon parti.

— Oui, coupa Mme Cahuzac qui voyait mal une discussion s'engager entre les deux jeunes gens.

Le maître d'école fit glisser la conversation sur un terrain plus chaleureux :

— Et comment vas-tu, toi ? Tu te débrouilles, seul à la maison ? Tu sais, nous pensons tous beaucoup à toi. Mais si tu es venu ce soir, c'est peut-être que tu as besoin de quelque chose ?

— Oui, monsieur Cahuzac. Je voudrais vous montrer une lettre que je vais envoyer au maître sellier Pierrefeu d'Aix-la-Chapelle. Il était un grand ami de mon père et je souhaite lui demander de m'embaucher.

— Montre, mon garçon.

Il déplia la lettre et se plongea dans sa lecture. Lorsqu'il eut fini, il délivra tout de suite l'avis du maître content de son élève :

— Bravo, Thierry ! À part quelques fautes que je vais corriger, ta lettre et parfaite. Je trouve ton idée excellente d'aller te perfectionner chez un nouveau patron avant la grande aventure. C'est ta vie que tu vas jouer dans ce voyage. Nous devinons qu'il t'en coûte beaucoup de quitter Crefeld, mais tu as choisi ton destin et j'espère que tu ne te trompes pas !

Thierry sortit à la fois rasséréné et troublé de sa visite. Le maître l'avait rassuré et Adèle, en l'embrassant pour lui dire au revoir, lui avait soufflé à l'oreille : « Pense à moi, mon Thierry ! » Cette confidence et l'annonce d'un mariage qu'il devinait sans amour réveillèrent en lui les souvenirs d'un attachement qu'il avait peiné à effacer. Il sut que l'image d'Adèle n'était pas près de quitter ses rêves.

Il venait d'aller au relais glisser sa missive dans la boîte accrochée à la malle-poste d'Aix-la-Chapelle quand il aperçut un landau de l'armée prussienne qui s'arrêtait devant sa porte. Un officier descendit de voiture et se présenta en claquant les talons :

— Lieutenant Franz Fellinger. Vous êtes bien le harnacheur qui fabrique des selles ?

— Oui, monsieur l'officier, mais c'est mon père, décédé il y a peu de temps, qui était le maître de cet atelier.

— Nous savons cela mais il paraît que vous avez pris sa suite. Et le général von Brechter, dont je suis l'aide de camp, voudrait que vous lui tailliez, dans votre meilleur cuir, l'identique de la selle de M. Leyen, qui avait fait l'admiration de l'empereur Napoléon.

Thierry mit un instant avant de répondre d'une voix qu'il voulut ferme qu'il était en mesure d'assurer une telle commande dans la tradition de l'atelier Hermès.

— Voulez-vous entrer, mon lieutenant ? Je vais vous montrer la dernière selle que nous avons faite, mon père et moi.

Il partit chercher dans la réserve la selle que le maître avait créée pour oublier qu'il n'avait plus de commandes dignes de son talent et la posa sur l'établi.

Le lieutenant, visiblement surpris, déclara :

— Je crois, monsieur, qu'elle conviendra au désir du général.

— Malheureusement, cette selle n'est pas à vendre. D'ailleurs, nous ne travaillons que sur mesure. Il faudrait que je connaisse au moins la taille et le poids du général. Et aussi que je voie son cheval.

— Bien, nous allons arranger cela. Pourrez-vous vous rendre au fort de La Haye où réside le général ? C'est à une dizaine de kilomètres de Crefeld.

— Je connais. Mon cheval m'y mènera.

— Je vais vous demander une autre faveur : m'autoriser à emporter votre selle afin de la montrer au général. Un courrier vous la rapportera en même temps qu'il vous fixera le rendez-vous. Nous nous entendrons facilement sur le prix.

Thierry se moquait du prix. Ce qui le passionnait, c'était de faire lui-même, sans l'aide de personne, une belle selle pour un client, fût-il général prussien. Il accepta naturellement de prêter la selle de son père. En le quittant, le lieutenant lui tendit la main.

C'est alors seulement qu'il comprit qu'il avait accepté un travail qu'il n'était pas certain de savoir mener à bien. Cette réflexion aurait dû l'inquiéter, elle le fit rire :

— Je me mettrai à la place du père, ce que je n'ai encore jamais fait, et il guidera tous mes gestes. Tout ira bien, foi de sellier !

IL ne fallut pas longtemps au général pour croire que la selle qui avait plu à Napoléon conviendrait à son assiette. Le lendemain, le cocher du landau, un dragon en treillis vert-de-gris, frappait à la porte de l'atelier.

— Monsieur, dit-il, je vous rapporte votre selle avec les compliments du général qui sera prêt à vous recevoir dans ses quartiers demain à neuf heures trente.

Le lendemain, Thierry se leva de bonne heure et apprécia le soleil qui rasait la campagne.

— On va galoper de bon cœur ! dit-il à Clairon en le sortant de l'écurie. Et pourquoi ne pas essayer la selle du père ? Normalement, elle devrait convenir à tes appuis francs.

Il se vêtit de ses plus beaux habits, enfila les bottes à revers chamois du père, vestiges de la Garde d'honneur, et partit au trot vers la route de Kempen. Il n'avait pas à s'occuper de Clairon qui savait très bien ce qu'il avait à faire. Aussi, rênes au vent, il put réfléchir.

« Que penserait le père s'il me voyait galoper pour aller vendre une selle à un général prussien ? Eh bien, il songerait que son fils ne manque pas d'audace et se demanderait comment il va se tirer d'affaire. »

À l'entrée du fort, le lieutenant Fellinger l'attendait pour le conduire au quartier des écuries où, de stalle en stalle, le général flattait le nez de ses montures préférées.

Thierry avait imaginé un officier prussien conforme à la tradition, hautain et arrogant. Le général se montra au contraire d'une extrême politesse et s'exprima d'une voix plutôt douce pour un dragon :

— Monsieur Hermès, je vous remercie de bien vouloir me tailler une selle dans le même cuir que la vôtre.

— Mon général, je ne fais que mon métier et suis flatté de compter un personnage aussi éminent que vous dans ma clientèle. Je viens pour étudier votre cheval et prendre quelques mesures.

— En vérité, j'ai trois chevaux dotés de la même morphologie et, à peu de centimètres près, de la même taille.

— Je pense que ma selle pourra leur convenir mais il serait bien qu'elle réponde surtout aux mesures de votre monture fétiche. En outre, mon général, la destinez-vous aux longues marches, aux manifestations d'apparat ou aux épreuves d'obstacles ?

— À tout cela, sans doute.

— Nous ferons donc une selle mixte.

— Très bien, vous me voyez ravi de vos questions : les selliers de l'armée ne se soucient pas de ces détails. Le lieutenant va vous conduire aux écuries et vous remettra une fiche où figurent quelques mesures me concernant. Maintenant, je dois vaquer à mes occupations. Je vous salue, monsieur.

Quand il quitta le fort, Thierry sourit. Il avait l'impression qu'il venait de faire un grand pas dans la vie. Maintenant, sa voie était tracée : la selle du général, quelques mois pour percer les derniers secrets du métier chez Pierrefeu et, enfin, le grand départ, l'adieu à Crefeld.

DE retour, Thierry s'occupa d'abord de Clairon qui méritait quelques attentions. Il le bouchonna, le lustra, le nourrit d'un bon picotin et, après l'avoir caressé, le mit au vert dans le petit pré jouxtant la maison.

Après, seulement, il poussa la porte de l'atelier et nettoya la selle qu'il venait d'étrenner avec une peau de chamois, avant de la remettre à sa place dans le magasin. Il avait, sans bien s'en rendre compte, retardé le moment qui, à la fois, lui complaisait et lui faisait peur : celui où, pour la première fois, il allait s'asseoir à la place de son père. Finalement, Thierry tira le tabouret et s'installa. Il fixa les alênes rangées sur l'établi comme s'il ne les avait jamais vues et saisit celle à lacer, dont le manche de buis était le plus lissé, le plus poli, et la regarda en disant :

— À partir d'aujourd'hui, c'est moi qui pousserai ta pointe dans le cuir pour aligner ces fameux points sellier dont le maître assurait que leur perfection constituait le secret du métier !

Thierry reposa l'alêne à sa place et prit une cornette dont il admira la courbe tranchante. Elle lui donna envie d'aller chercher la peau destinée à la selle du général et de commencer sur-le-champ le travail. Mais il se sentit las et le reporta au lendemain.

Si la selle du général ne présentait guère de difficultés quant au travail du cuir, le bâti de l'arçon inquiétait Thierry. L'arçon, c'était la base et la charpente de la selle. Il s'agissait d'assembler plusieurs pièces de hêtre taillées en forme d'arc tendu et d'utiliser les mesures du cheval prises au fort de La Haye. C'était une opération que son père avait souvent faite devant lui mais il ne pouvait que l'appréhender. Tant pis, il se lança courageusement dans l'aventure, dégrossit les pièces à la plane, à la râpe et à la hachette, en rata deux, qu'il jeta, et fut plus à l'aise dans les manœuvres suivantes, pourtant plus minutieuses, les assemblages à crans de scie et leur collage.

Il lui fallut cinq jours pour accomplir ce travail que le grand disparu eût achevé dans la journée, mais il venait de réussir un exploit : l'arçon était là, solide sur son tabouret. Le père y eût sans doute trouvé bien des défauts, mais Thierry pensa fort justement qu'ils seraient invisibles alors que, rembourré et couvert de cuir, l'arçon serait devenu une selle. Cela demanda un bon mois et, le lendemain du jour où la cavalerie prussienne lui envoyait une note l'informant que le général souhaitait avoir des nouvelles de son sellier, il cousait le dernier galon du collet. Le père pouvait être content : il avait été un maître admirable et Thierry un bon apprenti.

Le général von Brechter apprécia la pièce que lui présenta sans appréhension Thierry et fit placer tout de suite la selle sur son cheval favori, Maxime, un superbe oldenburg. Le cuir fauve tranchait sur le noir de la robe et des brides toutes neuves. Un instant, Thierry songea à Beau Noir, tant il ne manquait à Maxime que le museau blanc du cheval de von der Leyen, celui qui avait retenu, avec son harnachement, l'attention de Napoléon. Le sellier faillit révéler sa pensée au général mais il se retint, pensant qu'un Prussien ne saurait avoir le moindre trait commun avec l'Empereur.

Enfin, le grand moment arriva, celui où le général, aidé par le lieutenant, mit le pied à l'étrier. Plus souple que Thierry l'avait cru, von Brechter se redressa facilement et se trouva, droit dans ses bottes, installé sur cette nouvelle selle que Maxime sembla accepter sans rechigner. Du haut de son cheval, le général esquissa un léger sourire avant de lâcher les rênes pour partir au trot vers le manège. Suivi par des dizaines de regards, le général von Brechter évita tout ridicule. Il termina par des pas de côté, une figure que Thierry eût été bien incapable d'exécuter.

Descendu dans les règles de l'art, sans s'emmêler les étrivières, le général manifesta son contentement :

— Votre selle est parfaite, monsieur. Je n'ai jamais été aussi bien assis sur un cheval. Arrangez-vous avec le lieutenant pour le règlement. Je lui ai dit d'être généreux. Encore merci, maître sellier, et peut-être à bientôt.

Surprise, il ne claqua pas les talons pour prendre congé mais tendit la main à Thierry, qui songea qu'une main de général prussien ressemblait fort à celle d'un postillon. Ce n'était pas par hasard qu'il avait pensé à un postillon : l'idée de quitter Crefeld dans le fracas des roues ferrées et le claquement du fouet hantait en permanence son esprit. Il n'avait pas besoin de la reconnaissance d'une jurande afin d'être certain qu'il en savait assez pour aller exercer son métier là où il voudrait. Certes, il en savait assez… mais pas tout. Il lui fallait encore chercher le meilleur chez maître Pierrefeu, à Aix-la-Chapelle.

Chapitre VI

GODEFROY PIERREFEU, un artisan de pure race, avait appris le métier en voyageant sur les routes. D'Aix-la-Chapelle où son père, descendant de protestants français, était cultivateur, jusqu'à Louvain, Lille, Boulogne, Le Mans et quantité d'autres villes, il avait entrepris, à l'exemple des Compagnons du devoir français, son tour d'ouvrier. Quand il était revenu à Aix-la-Chapelle, son père lui avait laissé un héritage modeste mais suffisant pour ouvrir un atelier de bourrelier, sellier, harnacheur. Son talent et l'époque propice à l'accroissement des attelages à chevaux l'avaient fait prospérer. Il était devenu, sinon riche, du moins un personnage aisé et important de la ville.

Pierrefeu avait envoyé son fils attendre Thierry à l'arrivée de la diligence et c'est dans l'élégant cabriolet de la famille qu'ils traversèrent la cité pour se rendre à la maison faisant suite aux ateliers.

Nicolas Pierrefeu avait, à quelques mois près, l'âge de Thierry. Il accueillit ce dernier les bras ouverts et répondit d'avance à la question que celui-ci n'eut pas le temps de poser :

— Tu vas naturellement vivre avec nous à la maison. Le père, qui rêve à sa jeunesse, va te raconter les années d'aventures où il apprenait son métier de ville en ville. Tu verras, il est épatant, le père, avec ses histoires !

— Le mien m'a tellement parlé de lui qu'il me semble presque le connaître.

— En attendant, nous allons faire quelques détours afin de te montrer la ville. Comme il se doit, il faut d'abord saluer Charlemagne puisque nous voilà justement devant la cathédrale qu'il a édifiée aux alentours de 786.

Ils entrèrent dans l'un des édifices religieux les plus célèbres d'Europe, sombre comme les ténèbres de l'histoire.

— Nous voici dans l'ancienne chapelle palatine de Charlemagne, murmura Nicolas. À sa construction, cette église, que toutes les générations ont entretenue avec ferveur, a eu son heure de gloire. Son clocher était le plus élevé de toute la région située au nord des Alpes.

— Je suis fort impressionné, admit Thierry. Père me disait qu'il avait été ébloui par la chambre du trésor…

— Patience ! Elle est raccordée à la cathédrale et tu pourras y contempler des pièces issues d'une collection unique d'objets historiques. Mais la plupart d'entre elles sont exposées à la vieille mairie, le palais gothique reconstruit sur les fondations du château impérial au début du XIVe siècle. Même si certains prétendent qu'il s'agit de copies, cela fait quelque chose, n'est-ce pas, de méditer devant le glaive, le globe, le sceptre, la croix impériale, la sainte lance et le sabre de Charlemagne ?

Thierry, étouffé sous tant de siècles, bredouilla seulement « oui », avant de ressaisir et de lui dire :

— Merci. Tu ne pouvais pas mieux me présenter ta ville !

Rendus à la lumière, les deux hommes retrouvèrent la voiture et l'alezan qu'un mendiant avait gardés et reprirent au trot leur promenade. Ils passèrent ainsi devant une multitude de fontaines, de musées, de statues dont les noms furent aussitôt oubliés par le nouvel arrivant, ébloui par tant de découvertes. À un moment, Thierry demanda à Nicolas s'il allait succéder à son père dans le métier.

— Non. Travailler le cuir ne m'a jamais tenté. Pour l'heure, je termine mes études à la Hochschule afin de devenir notaire ou avocat.

Ce choix parut curieux à Thierry, mais il s'abstint de le commenter. D'ailleurs, ils arrivaient au bout d'une avenue devant le porche d'une imposante maison surmonté de lettres dorées : GODEFROY PIERREFEU. HARNACHEUR. SELLIER.

MALGRÉ sa réussite, maître Pierrefeu avait gardé de ce qu'il appelait son « tour de France » l'esprit et la générosité du grand voyage. Combien de jeunes, Français, et aussi Allemands – car le compagnonnage avait essaimé de l'autre côté du Rhin – avait-il reçus à sa table et sous son toit, leur offrant du travail s'ils appartenaient au noble métier ?

Comme Nicolas l'avait prédit, les souvenirs fusèrent. Son père expliqua que son nom de compagnonnage était « Charlemagne ». Brusquement, il demanda à Thierry s'il était un affilié, un compagnon reçu ou un compagnon fini. Le laissant dans la surprise de ces termes qu'il ignorait, il continua :

— Bien que les Compagnons du devoir ne t'aient pas consacré, tu es naturellement un compagnon fini puisque c'est le grand Dietrich qui t'a enseigné le métier. Ces grades, ces surnoms décernés par les frères de route et les dignitaires ouvriers vous font sourire, mon fils et toi. Sachez pourtant que celui qui, après une longue marche, se présente en annonçant : « Je suis Franc Cœur, ouvrier fini » est sûr de trouver de l'aide et de l'embauche partout où il se trouve.

Afin de fournir une preuve plaisante de son savoir, Thierry raconta l'histoire de sa dernière commande, la selle du général prussien. Elle ravit le vieux compagnon.

— Mère, une bouteille de vin du Rhin ! ordonna-t-il pour saluer la nouvelle.

Tous la burent dans la gaieté. Et cinq autres suivirent.

Le lendemain matin, le jeune homme n'était pas très frais quand il se présenta à l'atelier, son sac d'outils sous le bras. Pierrefeu était là, en train de montrer à un apprenti comment on tasse la bourre de veau dans un collier de charrette.

— Alors, général, vous avez bien dormi ? s'enquit le maître, mêlant le tu et le vous, le surnommant avec humour du grade du premier client. (Et d'ajouter :) Ah ! que je te dise. Qu'il vienne de la route ou

du voisinage, chacun a ici un nom de compagnonnage. Toi, tu seras
« Crefeld le sellier ». Je ne vais pas te faire manier le rembourroir, mais
te confier la façon d'une bride pour cabriolet. Tu choisiras un beau
cuir jaune avec « Joseph le tanneur », le doyen des compagnons qui
gère le stock de peaux. Ici, on fait plutôt le tout-venant, harnais de
labour ou de charrettes mais parfois aussi le beau travail quand il se
présente. Après la bourrasque napoléonienne, les gens qui ont des
moyens reviennent au cheval de monte et aux attelages chics. Tiens,
regarde : le maire m'a demandé de lui garnir une calèche. Voilà un
travail que tu n'as sûrement pas accompli à Crefeld, mais fort intéressant. Le carrossier livrera la caisse la semaine prochaine et nous trans-
formerons ce squelette en luxueuse voiture que le *Bürgermeister*
attellera à deux, trois ou quatre chevaux selon la grandeur du personnage promené.

En attendant de voir ces impressionnants équipages, Thierry se
mit activement à l'ouvrage, heureux de l'accueil prodigué et fier de
pouvoir exercer et montrer ses talents. Il mesura, tailla les différentes
pièces de la bride en cuir de Pont-Audemer, le plus fin, le plus cher,
qui ne pouvait être que cousu main en fil de soie. Aussi, Pierrefeu
s'écria en voyant l'œuvre achevée :

— C'est là un beau travail mais tu vas me ruiner avec tes choix
luxueux ! Mme Goetz, la femme du contrôleur des impôts, est heureusement de ces gens qui savent reconnaître la qualité. Elle acceptera
donc de payer un peu plus cher, mais fais attention la prochaine
fois.

Confus, Thierry s'excusa :

— Je voulais que mon premier ouvrage fasse honneur à l'amitié
et à l'admiration que vous portait mon père.

— Ne t'excuse pas d'avoir voulu prouver ce que tu sais faire !
Tu es actuellement, je le devine, le meilleur de la maison, avec moi
peut-être… Dommage que mon fils n'ait pas ta vocation et ton
talent !

Au fil des jours, Crefeld le sellier apprit encore et encore, travailla,
tailla, coupa, œuvra avec finesse et minutie, étonnant le nouveau
maître par ses aptitudes, son imagination, son talent. Il regrettait juste
que les riches amateurs de chevaux ne fussent pas plus nombreux à
Aix-la-Chapelle. La bourrellerie Pierrefeu devait essentiellement sa

prospérité à une clientèle plus ordinaire de paysans, de charretiers, de fonctionnaires et de commerçants. Heureusement, Thierry était doté d'un tempérament positif et trouvait aussi plus intéressant et instructif de faire des gros harnais cousus au fil poissé que de coudre à la soie des étrivières de veau anglais. Et puis, n'y avait-il la promesse d'un exploit à accomplir avec cette fameuse calèche du maire ?

On parlait en effet beaucoup, dans les ateliers, du somptueux bâti en forme de bateau qu'il allait falloir capitonner de satin, doubler de maroquin et garnir d'une capote à trois soufflets de vache vernie à l'extérieur et de drap d'Elbeuf à l'intérieur. On en parlait, mais la caisse assemblée en bois de hêtre sur laquelle on aurait à travailler n'arrivait pas. *Herr* Hartman, le *Bürgermeister*, s'impatientait, Pierrefeu pestait. Mais le constructeur de voitures, « Charron le vigoureux » en compagnonnage, était malade et les quatre roues à quatorze rayons même pas commencées.

Au fond de la cour, un vaste atelier était consacré à la réparation des voitures. Un jour, maître Pierrefeu proposa à Thierry d'y faire un stage :

— Tu dois en avoir assez de garnir des troussequins et de remborder des brides usées, lui dit-il. J'ai pensé te mettre aux voitures avant que la calèche désirée arrive. D'ailleurs, on l'appellera « Désirée » en attendant que le maire lui trouve un nom. Là, tu apprendras à faire des coussins en treillis, en velours, en reps avant de travailler le drap et le maroquin.

— Merci, maître, j'apprécie l'idée de ce nouveau travail. À Paris, je proposerai à ma clientèle huppée de garnir ses voitures. Vous allez sans doute trouver présomptueux, voire ridicule, cette histoire du petit bourrelier de Crefeld qui veut conquérir Paris ! Mais rassurez-vous, je reste les pieds sur terre. Et si je m'enflamme en échafaudant des châteaux en Espagne, c'est que, ouvrir une échoppe à Paris, j'y songe à chaque instant.

— Mais tu as raison, à ton âge, il faut voir grand ! Va là-bas, montre tes talents, tente ta chance. Et si les Parisiens boudent tes cuirs cousu-sellier à la façon du père, sache qu'une place t'attendra toujours à Aix-la-Chapelle chez le compagnon « Charlemagne ». D'ailleurs, à voir l'heure à laquelle vous rentrez le soir avec Nicolas, tu ne sembles pas trop t'ennuyer. Je lui fais confiance pour te faire connaître les bons endroits de notre ville. Je suis même sûr que vous êtes des clients fidèles du café Léo van den Daele, le plus ancien d'Aix.

— Je le connais, avec d'autres, ceux du Buchel et du centre-ville ! sourit Thierry.

Nicolas lui avait en effet fait connaître sa joyeuse bande d'étudiants de la Hochschule et les soirées commencées dans le décor historique du café Léo se poursuivaient au Cabaret où la jeunesse locale aimait se retrouver pour chanter et danser.

C'est là, quelques semaines plus tard, qu'ils firent la connaissance d'Elsa, serveuse jolie et peu farouche qui demanda un soir à Nicolas de la raccompagner dans sa calèche avec Gerda, une amie dont elle partageait le logis. L'offre non dissimulée d'une fin de nuit câline valait pour Thierry.

— Laquelle veux-tu ? s'enquit crûment Nicolas.

Thierry, un instant surpris, n'hésita pas longtemps :

— Elsa, répondit-il.

Il ne lui avait pas échappé que la jeune femme, avec ses cheveux bruns cascadeurs et ses yeux pers, avait des faux airs d'Adèle.

— Bon, ne t'occupe de rien, ricana Nicolas. Et laisse-moi l'ineffable plaisir d'avoir collaboré à la perte de ta virginité. Pour moi aussi, c'est une première : je n'ai jamais couché avec Gerda. Mais je doute qu'elle soit pucelle.

Alerte, excité, l'étudiant escalada le siège du cocher et cria : « Va, mon cheval ! » en faisant claquer son fouet dans l'air frais de la nuit.

Le lendemain, les deux garçons se firent tancer par Mme Pierrefeu pour n'être rentrés qu'au petit matin. Charlemagne, lui, retint un sourire.

— Si l'on fait la noce, on travaille tout de même le matin, se contenta-t-elle de dire, précisant seulement : Nicolas, tu vas réviser ton examen et toi, Thierry, rejoindre l'atelier. On a besoin de gros bras pour faire de la place à la Désirée. Elle vient enfin d'arriver.

THIERRY était habile. Et se rappelait avoir vu son père refaire les coussins et le capiton d'un cabriolet. Il ne fut donc pas trop gauche quand Ernst Graff, le contremaître de l'atelier de garniture, lui demanda de l'aider à rembourrer des coussins de drap et de maroquin.

Pour autant, la calèche le surprit un peu. On avait tellement parlé de la Désirée qu'en voyant arriver sur un camion – c'est ainsi qu'on appelait les chariots de transport – la carcasse brute d'outil de la voiture officielle, il fut déçu. Le charron devait venir le lendemain installer les roues et les ressorts de suspension mais il n'apparut qu'une semaine plus tard. Et là, montée sur ses jantes ferrées, la Désirée eut enfin l'air d'une voiture d'apparat.

Ernst décida alors qu'il était temps de la garnir. Le carrossier, c'est la règle, commence toujours par s'intéresser à la capote. Pierrefeu présida donc l'aréopage chargé de choisir dans le magasin du tanneur la peau de la vache normande qui aurait l'honneur de protéger du soleil ou de la pluie les dignitaires municipaux.

— Il importe de sélectionner un cuir d'au moins deux mètres au défaut de l'épaule, professa Ernst.

Thierry aida à tirer de leur loge et à dérouler les peaux qui faisaient déjà un beau troupeau quand fut choisie celle qui se montra, avec ses deux mètres zéro huit, la mieux convenir.

Tout en ne perdant pas un geste du contremaître, il regarda Ernst tracer au crayon de charpentier les quatre parties qui constitueraient les côtés, le dessus et le dossier de la capote. Puis il ressentit, comme si c'était lui-même qui tenait le tranchet, la volupté qu'éprouvait toujours l'ouvrier sellier en pénétrant le cuir et en le découpant.

Il n'avait fait jusque-là qu'observer mais son découragement s'estompa quand, la capote posée, on passa à la garniture proprement dite de la calèche. Rembourrer les coussins avec du crin, les piquer de boutons, garnir les coutures de passementerie, cela, il connaissait. Comme il savait faire une garniture tendue de cuir sur un rembourrage maintenu à l'aide de petite ficelle, il entreprit ce travail difficile et étonna les compagnons de l'atelier.

On hésita, en dernier lieu, pour savoir si les roues seraient peintes ou vernies. Ernst ayant choisi la peinture jaune, Thierry avait déjà donné les premiers coups de pinceau quand le maître arriva et piqua une colère.

— Qui a eu l'idée de peindre les roues? Et en jaune par-dessus le marché? Je veux du vernis anglais à bateaux.

— C'est cher! répliqua Ernst.

— Et alors, c'est toi qui payes? Tu ne te rends pas compte que ce sont les rayons vernis qui, dans leur rotation, vont porter la calèche au succès?

Il fallut presque un mois pour fignoler les détails, décorer les brancards, trouver les lanternes et les poignées de portes, graisser les roues et poser les galons. Quant aux brides, guides et harnais, les ouvriers selliers s'y étaient attelés et Thierry, à son affaire, avait pu montrer ses qualités en parant les peaux les plus fines.

Pierrefeu, lorsqu'il leur rendait visite, expliquait toujours qu'il faisait venir ses cuirs de brides de Pont-Audemer, parce qu'il s'agissait des « meilleurs dans l'excellence ». Pont-Audemer ! Thierry avait souvent entendu prononcer le nom de cette ville qui évoquait plus la côte bretonne que la vallée de l'Eure où elle abritait, selon les spécialistes, les meilleurs tanneurs et selliers d'Europe. Et lorsque, une fois, il en parla avec passion, le maître, à sa grande surprise, lui répondit par cette phrase sibylline :

— Pont-Audemer ? On en reparlera le moment venu.

Enfin, le grand jour arriva.

Ce 12 septembre 1819, tout le personnel de la maison, aligné en bon ordre, applaudit lorsque la calèche municipale, d'une splendeur quasi royale, franchit le grand portail. Maître Pierrefeu, ému, embrassa sa femme et écouta avec amusement Thierry et Nicolas trouver que les chevaux municipaux, deux frisons, n'avaient pas l'élégance convenant à aussi noble véhicule.

— Je m'en ouvrirai au maire, commenta Pierrefeu en souriant. Il me répliquera que j'ai épuisé pour longtemps son budget d'apparat et que le cheval ne fait pas le carrosse. Là-dessus, allons avec tous nos amis ouvrir quelques bouteilles et boire à la santé des compagnons selliers, les reçus comme les finis !

Quand Pierrefeu redevenait Charlemagne et utilisait le langage du compagnonnage, c'est qu'il était heureux. Thierry perçut son émotion. Alors il alla vers lui les mains tendues et lui dit simplement :

— Merci, maître !

La Désirée n'était qu'un épisode dans la vie professionnelle de la maison. La calèche partie rouler ses ors sur les pavés de la ville, les ateliers reprirent une activité plus tranquille, avec cette peau sensuelle qu'il fallait façonner, percer, coudre pour en recouvrir les harnais, garnir les selles, confectionner les rênes et border les brides.

Et si Thierry n'avait en rien abandonné son projet de tenter l'aventure parisienne, il ne se sentait pas encore prêt. D'autant qu'il était heureux au sein de la famille Pierrefeu. Bien sûr, on ne le payait pas aussi largement qu'il aurait fallu mais, logé et nourri, il n'avait d'autres frais que ses sorties avec Nicolas et les étudiants de la Hochschule. Le père – c'est ainsi qu'il considérait le bon Pierrefeu – lui avait dit : « Ce que tu ne touches pas aujourd'hui te fera un bon pécule lorsque tu partiras. »

Chapitre VII

À PLUSIEURS reprises, dans quelques courriers, sa belle-sœur Greta lui avait confié son inquiétude à propos de Burckhardt : « Ton frère boit de plus en plus malgré les ordres du médecin. Je sais que le métier de cabaretier entraîne à la boisson puisqu'on ne refuse pas le verre offert par un postillon à l'arrêt. Mais son foie est atteint et je crains pour sa vie. »

Thierry avait beaucoup d'affection pour son aîné qui l'avait toujours tendrement protégé. Burckhardt, d'ailleurs, était apprécié de tout le monde. Mais ses amis aussi se désespéraient de voir ce « brave gars », comme on disait, se perdre dans l'alcool. Si, avec quelques verres de trop, il ne devenait jamais méchant ou brutal, il se voyait souvent atteint d'un moment de folle gaieté qui inquiétait ses proches. Thierry ne fut donc pas trop surpris quand une lettre de Greta, apportée par le postillon lui-même chez Pierrefeu, lui apprit que, la veille, Burckhardt était mort subitement.

— La diligence repart demain matin à huit heures, expliqua l'homme aux grosses bottes. Est-ce que je retiens une place ? Je dois te dire que Greta compte sur toi.

— Naturellement, je rejoins Crefeld dès demain.

Pierrefeu, qui assistait à la scène, prit son jeune apprenti dans ses bras et le consola comme on sait le faire dans le compagnonnage :

— La famille te fera la conduite demain matin jusqu'au relais. Nicolas t'aurait accompagné à Crefeld, mais il a ses examens de droit après-demain. Une seule question : nous reviendras-tu ?

— Oui, père, mais j'ai à Crefeld un tas d'affaires à régler, la succession de Burckhardt, la maison et l'atelier à vendre… C'est que, je m'en rends compte, je suis le dernier homme vivant de la famille.

C'était la première fois qu'il appelait Pierrefeu « père ». Ce dernier le ressentit comme une marque de profonde tendresse et pressa les mains de Thierry afin de lui montrer combien il en était touché.

— Tu emportes tes outils, je pense ?

— Je ne saurais faire autrement. Pas seulement parce que la plupart d'entre eux ont appartenu au père, mais parce qu'ils sont mon trésor, ma sauvegarde.

— Je comprends et j'aime t'entendre parler ainsi. Mène à bien ton projet. Viens, nous allons annoncer la triste nouvelle à la mère qui t'aime autant que moi. Promets-moi juste une chose : ne va pas à Paris sans repasser par chez nous. Je ne tiens pas à te laisser partir au hasard sur un chemin inconnu. Et j'ai déjà une idée pour te trouver un point de chute. Et puis, il faudra bien que tu passes chercher ton pécule...

THIERRY retrouva son village en deuil. L'auberge était un lieu de réunion fréquenté par la plupart des hommes de Crefeld et la disparition de Burckhardt attristait tout le monde.

Lorsqu'il eut conduit son aîné au cimetière, Thierry, logé chez sa belle-sœur, la consola et dut envisager l'avenir de ce qui demeurait de la famille.

Greta avait déjà pris sa décision :

— J'ai réfléchi tous ces temps où je savais mon mari perdu : je ne resterai pas à Crefeld, expliqua-t-elle. Je vais vendre le relais et aller vivre probablement à Padel où ma sœur et mon beau-frère possèdent une grande ferme. Je veux que les enfants respirent un autre air que celui de la bière et du schnaps. J'espère que tu voudras bien m'accompagner chez le notaire pour envisager la vente.

— Naturellement, je t'accompagnerai. Et je dois voir aussi Me Ergeben, car je veux céder la maison et l'atelier puisque, tu le sais, je compte quitter la ville afin de m'établir en France.

En attendant la rédaction des documents officiels, Thierry vit s'écouler des jours tristes. Il s'occupa à trier, à jeter, à offrir à Greta ou aux voisins les reliquats d'une vie honnête, celle d'un maître sellier et de la meilleure des mères. Il fit un ballot de tous les outils qu'il n'emporterait pas en France et les envoya par la messagerie à Aix-la-Chapelle pour les donner à un apprenti, Fritz, qui lui paraissait plein de promesses.

Une feuille venant de la mairie traînait encore. Il la relut, sourit et la déchira ; c'était un avis l'informant qu'il devrait l'année suivante – en 1821 – accomplir son service militaire dans l'armée prussienne.

EN ville, il avait naturellement croisé Adèle. Celle-ci l'avait questionné sur ses projets et lui avait glissé à l'oreille, au moment de le quitter :

— Mon mari sera à Cologne demain. Viens boire une tasse de thé dans l'après-midi, mais passe par la porte de derrière, il est inutile que les voisins te voient entrer.

Surpris, il acquiesça en fermant un œil à demi et embrassa son ex-fiancée sur les deux joues, comme la simple camarade d'autrefois.

Le lendemain, Thierry, en secouant sa houppelande trempée et ses chaussures boueuses, arriva à la porte du jardin. Elle était entrouverte, comme une invitation. Dans un roman, elle aurait dû grincer mais ses gonds restèrent silencieux. La pensée du roman le fit sourire et le chevalier entra chez la dame du palais.

Adèle se précipita tout de suite dans les bras de Thierry et, sans lui laisser le temps d'ôter ses vêtements trempés, lui donna ses lèvres, sa bouche, sa langue. Enfin, elle le lâcha pour murmurer, visiblement émue :

— Viens, mon chéri, allons dans ma chambre où brûle un feu qui vaut bien celui de tes seize ans. Tu te rappelles ? Notre premier baiser sous la neige et Clairon, le cheval que venait de t'offrir ton frère ?

Thierry n'avait pas encore dit un mot qu'elle l'entraînait devant la cheminée et commençait de lui enlever ses vêtements. Une fourrure d'ours jetée devant les flammes accueillit leurs nudités. Ils s'aimèrent avec une sorte de sauvagerie qu'entretenait le contact de la peau de Thierry, assez humide pour exhaler, à la chaleur des flammes, une odeur subtile.

Après leurs ébats, repus, heureux, ils s'éloignèrent du feu trop brûlant. Alors ils parlèrent. Ils en avaient des choses à se dire, ces jeunes amants qui savaient qu'ils ne se reverraient sans doute pas.

— Il paraît que tu nous quittes ? interrogea la jeune femme. J'ai souvent pensé à ce moment en espérant qu'il n'arriverait jamais. Mais, aujourd'hui, c'est décidé et je le sais : tu romps ainsi avec ton pays, tes amis, notre amour…

Thierry la prit contre lui et lui parla doucement.

— Dis-toi plutôt que le destin nous a offert, avant mon départ, des heures merveilleuses que ni toi ni moi n'oublierons. Aujourd'hui sera peut-être le seul jour où nous aurons été amants, mais c'est un grand et beau jour !

— Et quand pars-tu ? s'enquit-elle, la gorge nouée.

— Demain, par la diligence de huit heures. Je ne resterai ensuite que quelques jours à Aix-la-Chapelle, le temps que Pierrefeu me dresse ma feuille de route. Après commencera la grande aventure !

— Sais-tu ce que je souhaite le plus au monde ? dit-elle soudain. C'est que nous ayons fait un enfant. Tu seras je ne sais où, mais au moins ton fils ou ta fille animera cette maison et ma vie.

Thierry cacha son embarras en l'embrassant.

— Mais tu auras sans doute d'autres enfants avec ton mari, commenta-t-il après un silence.

— Et alors ? Je suis sûre que ce sera un garçon. Et, faute de pouvoir lui donner ton nom, il portera ton prénom.

Cette histoire qui prenait un ton réaliste à mesure qu'Adèle parlait dérouta le jeune homme au point de lui donner mauvaise conscience. Se sentirait-il coupable si un bébé naissait ? Mais de quoi ? Il se ressaisit en pensant qu'Adèle était sincère et qu'il aurait pu l'épouser si les circonstances en avaient décidé autrement. Abandonner un enfant à Crefeld avant de partir pour toujours, oui, cela ne le laissait pas indifférent. C'était même une bonne fin pour leur roman. À propos, quel titre lui donner ? La réponse ne tarda pas :

— La diligence part à huit heures, murmura-t-il doucement.

La grosse voiture à trois compartiments attendait quand il arriva devant le relais. Greta et les enfants étaient venus lui dire au revoir. Il avait craint qu'Adèle suscite une dernière rencontre délicate, mais non, comme ils en étaient convenus la veille, elle était restée chez elle.

La malle avait été hissée sur la « banquette » située sur le toit où le conducteur vint s'installer, prêt à manœuvrer la « mécanique », c'est-à-dire la tringlerie des freins. Restait le postillon qui vérifiait les rênes avant de grimper sur le timonier de gauche, cheval attelé au plus près de la voiture, d'où il aurait pour tâche non seulement de diriger son propre coursier mais aussi celui qu'il avait à sa droite et les deux percherons attelés en flèche. Enfin, l'homme au chapeau haut de forme enfourcha avec une incroyable agilité sa monture, glissa ses pieds dans les grandes bottes de cuir fixées sur les flancs du cheval et, après un signe au conducteur, ordonna le départ de la lourde machine.

La voiture prit la route de Neuss, le premier relais ; il faisait beau mais l'air frais fouettait le visage de Thierry. Il le protégea avec son cache-nez, un cadeau de Mme Pierrefeu. Il se cala contre son voisin, un homme encore jeune à la barbe grise et à l'œil malin qui s'était dit fonctionnaire de l'État. Ils avaient essayé d'échanger quelques paroles mais le vacarme des roues sur la route pierreuse et le bruit des sabots rendaient la conversation trop difficile. Le sellier ferma donc les yeux et, entre deux cahots, laissa vagabonder son esprit.

Le soleil était déjà bas quand la voiture s'arrêta devant l'hôtel de la poste aux chevaux d'Aix-la-Chapelle. Thierry n'était pas le premier à se trouver rompu après une douzaine d'heures de diligence, mais c'est pourtant ce qu'il dit d'emblée à Nicolas venu l'attendre. Les deux amis s'étreignirent et eurent le temps, en attendant que les commissionnaires aient dégagé la malle recouverte par les bagages des autres voyageurs, de commencer à échanger quelques confidences. Crefeld le sellier parla naturellement du rebondissement de son roman avec Adèle, récit qui réjouit beaucoup Nicolas.

Une demi-heure plus tard, la calèche passait le portail et s'arrêtait devant la maison où guettaient M. et Mme Pierrefeu. Thierry, malgré la fatigue, n'avait qu'une idée en tête : demander au maître où et chez qui il allait l'envoyer mais la bienséance voulait qu'il patientât. Une chance, c'est Pierrefeu, au moment où chacun attendait que la soupe brûlante refroidisse dans l'assiette, qui lança le sujet le premier :

— Tu as souhaité, un jour, en savoir davantage sur la ville française de Pont-Audemer que j'avais citée comme capitale du cuir. Eh bien, c'est à Pont-Audemer que je compte t'envoyer. Plus concrètement, tu vas aller – si tu le veux, naturellement – chez le tanneur-bourrellier-sellier René Costil. Voilà plus de cent ans que sa famille travaille le cuir et c'est chez eux que j'ai « fini » ma maîtrise. Toi, tu achèveras d'y apprendre ton métier et, quand tu te sentiras capable, tu iras tenter ton aventure parisienne. J'avais prévu le coup et j'ai déjà écrit à mes amis pour te recommander. La réponse est arrivée avant-hier. On t'attend à Pont-Audemer !

Thierry éprouva un grand soulagement. Comme il était le premier à craindre l'immersion immédiate dans la grande ville, la proposition de Pierrefeu devançait ses désirs. Il le remercia chaleureusement et demanda si Pont-Audemer se trouvait loin de Paris.

— Non. Cent cinquante kilomètres environ, une quinzaine d'heures de malle-poste. Ça te va ?

— Oh oui, maître ! Quelle chance que le père ait eu un ami comme vous !

— Vois-tu, surtout, je t'aide parce que tu me sembles capable de réussir dans un métier qui m'est cher. Et puis, ton pari d'aller montrer aux Parisiens qui tiennent le haut du pavé à cheval et en voiture ce que sait faire un gamin à peine sorti de sa campagne me plaît.

Les parents montés se coucher, Nicolas demanda à Thierry s'ils allaient sortir et faire la fête en ville mais le voyageur étant fatigué, ils préférèrent ranimer le feu dans la cheminée et parler en vidant le reste de la bouteille de vin du Rhin entamée durant le dîner.

Nicolas se fit raconter par le menu ce qu'il appelait « l'aventure villageoise » de son ami et dévoila ses préoccupations amoureuses du moment. Il était épris d'une jeune bibliothécaire rencontrée lors de son examen de droit, qu'il avait au demeurant brillamment réussi.

— Elle n'est pas du genre facile de nos amies mais, que veux-tu, cela devait m'arriver un jour : je suis amoureux ! Je te la ferai connaître avant ton départ… À propos, quand nous quittes-tu pour la charmante ville d'eaux de Pont-Audemer ? Je plaisante, mais suis sûr que le séjour t'y sera agréable. Charlemagne en conserve un souvenir ému et je crois deviner qu'il ne s'y est pas ennuyé.

— Fouette cocher, après-demain sans doute ! Dès que j'aurai fait régulariser mon passeport et retenu ma place de voiture pour Le Havre, car il n'existe pas de ligne directe vers Pont-Audemer.

— Tu ne veux pas rester un peu plus longtemps ? Les parents, tu le sais, seraient enchantés.

— Non. Je l'ai dit à ton père : je ne fais, cette fois, qu'une halte à Aix. Et puis, il y a une autre raison à mon départ quelque peu précipité : j'ai reçu une convocation de la mairie de Crefeld pour enregistrer mon incorporation, l'année prochaine, dans l'armée prussienne. Je l'ai déchirée mais je préfère filer avant qu'on m'interdise de partir. Et toi ? Tu n'es pas menacé du casque à pointe ?

— Jusqu'à présent, mon père, grâce à ses relations, a pu faire reculer mon brillant début dans la carrière des armes et l'année prochaine je pourrai finir des études tranquilles… mais après !

Le lendemain, Nicolas l'accompagna à la mairie avec une lettre de recommandation de maître Pierrefeu destinée au chef du service des voyages. En quelques minutes, il obtint les tampons nécessaires pour circuler en diligence. Alors que les deux amis franchissaient la porte du palais municipal, Nicolas le poussa du coude en lui disant : « Regarde, la Désirée ! » En effet, la belle calèche aux roues argentées arrivait avec, assis sur ses coussins de cuir noir, le *Bürgermeister* qui souriait benoîtement.

— Elle est tout de même bien, notre voiture ! conclut Thierry en hochant la tête.

L'achat du billet à la Poste aux chevaux fut plus laborieux. Plusieurs changements de lignes, la cherté du transport des bagages, suscitèrent de longues palabres avec l'employé chargé d'enregistrer les départs. Finalement, Thierry obtint au prix le plus intéressant – c'est-à-dire cher – le droit de se faire secouer durant deux jours comme un paquet de linge, coincé entre une grosse dame enrhumée et un type à l'air patibulaire.

M. ET MME PIERREFEU organisèrent une fête pour son départ. L'oie farcie se révéla délicieuse, le vin excellent mais le cœur n'y était pas. Ce dernier soir fut triste. Le voyageur promit qu'il reviendrait passer un mois à Aix avant que l'année prochaine finisse. Nicolas déclara qu'il irait volontiers effectuer son stage d'avocat chez un maître de Dieppe ou du Havre, pas loin de Pont-Audemer.

Après le repas, Charlemagne prit Thierry à part et lui remit son pécule :

— Il n'est pas bon de voyager avec trop d'argent dans les poches, conseilla-t-il. Je ne te donne donc qu'une partie de ton salaire en napoléons et le reste en un billet à ordre que tu pourras changer dans une banque de Pont-Audemer. Voilà, mon fils, ce que je peux faire pour toi, avec cette lettre que tu porteras à mes amis Costil.

Le jeune homme se jeta dans les bras de son bienfaiteur en pleurant et Pierrefeu y alla aussi de sa larme.

Le lendemain, veille du départ, Crefeld le sellier étala sur son lit le contenu de sa malle. C'était l'heure des sacrifices ; certaines lignes qu'il allait emprunter n'autorisant que vingt-cinq kilos de bagages, il ne voulait pas risquer d'être contraint d'abandonner sur place à Bruxelles ou à Arras la moitié de ses affaires.

Il décida donc de laisser sa malle à Aix-la-Chapelle et de voyager avec un sac et un simple baluchon sur l'épaule, à la façon des compagnons. Des outils, il n'emporta que les plus légers. Il retint aussi la pochette qui contenait les papiers de famille, du linge, un pantalon et la veste presque neuve achetée lors de son dernier séjour pour sortir le soir avec Nicolas. Cela faisait, dans le sac de grosse toile donné par Mme Pierrefeu, vingt-quatre kilos sur la balance du magasin. Il fit le poids avec un gilet vert à boutons de cuir et se sentit léger à la pensée de ne plus avoir sa grosse malle à traîner.

Le lendemain matin, à 7 h 43 exactement, la diligence des Messageries nationales Aix-la-Chapelle-Bruxelles emporta Thierry Hermès vers sa destinée.

Un voyage coupé de passages en malle-poste ne se passe jamais bien. Il se passe, voilà tout ! C'est ce que déclara le jeune homme au cocher venu l'attendre à Pont-Audemer dans une charrette à l'enseigne de René Costil, tanneur, teinturier, bourrelier, sellier.

L'homme était aimable mais parlait un français patoisé que Thierry peinait à comprendre. Voyageur débarquant en terre inconnue, cent questions lui brûlaient la langue, mais, durant tout le trajet, il ne put apprendre que quelques détails sur la maison Costil : elle traitait les cuirs dans l'étendue de leurs transformations et travaillait beaucoup, comme toute la ville, avec l'Angleterre.

Faute de parler, Thierry regardait, et ce qu'il voyait l'enchantait. Loin de la Rhénanie plutôt triste dans sa brume, Pont-Audemer lui apparut comme une mosaïque riante de ruelles et venelles bordées de maisons à pans de bois, de cours d'eau enjambés çà et là par des ponts fleuris.

Après avoir passé un petit pont, la charrette s'arrêta un peu plus loin devant un porche. La cour, en partie occupée par des calèches, des berlines, des cabs anglais autour desquels des ouvriers s'affairaient, était immense.

— Je vais vous conduire auprès de M. Costil, dit le cocher. Son bureau est au fond, avec le service commercial. De ses fenêtres, vous verrez la Risle, notre rivière, qui longe les postes de tannage. Costil est une grande maison, l'une des plus importantes de la ville !

Thierry n'en douta pas en découvrant M. René venu l'accueillir en personne à la porte d'une vaste salle où un grand bureau trônait dans un capharnaüm de piles de cuirs les plus divers.

— Monsieur Hermès, quelle joie de vous connaître ! Mon ami Pierrefeu vous a en grande estime et le nom de votre père reste connu dans le monde du cuir. Mais asseyez-vous. Dans cette pièce où je travaille, vous voyez les échantillons de la plupart des cuirs que nous traitons. Nous les teignons aussi au goût de nos clients et nos ouvriers en font des brides et des selles. Ah ! Que je vous dise, vous rencontrerez ici, comme un peu partout dans la ville, de nombreux sujets britanniques. C'est que nous commerçons beaucoup avec l'Angleterre qui nous vend ses cuirs de porc et de veau, et où nous exportons les peaux de nos vaches normandes. Comme vous l'avez vu dans la cour, nous travaillons aussi sur la garniture de voitures. J'aime bien choisir moi-même le cuir fauve ou noir qui recouvrira les coussins d'un cab anglais flambant neuf. Je vous propose de vous promener à votre guise durant quelques jours dans les ateliers, de poser aux contremaîtres et aux ouvriers les questions que vous voudrez. Quand vous vous serez fait une idée de la maison, nous envisagerons la place que vous pourrez y occuper et les conditions de votre engagement.

Tout aussi affable, René Costil ne ressemblait pourtant en rien au patron qu'il venait de quitter. Alors que Pierrefeu portait presque toujours un vêtement de travail qui ne le différenciait guère de ses ouvriers, M. René arborait chaque jour un habit différent, de coupe anglaise, et une large cravate noire nouée à la façon des artistes. Pas très grand, le visage rond un peu rouge comme beaucoup de Normands, c'était un homme au sourire facile, visiblement disposé à bien accueillir le protégé d'un confrère.

— Vous pourriez loger dans l'une des chambres réservées aux visiteurs ou aux clients étrangers, mais j'ai pensé que vous seriez plus libre en habitant en ville. Mlle Lagneau, ma secrétaire, vous a retenu un petit appartement dans l'une des plus belles maisons de Pont-Audemer qui appartient à Mme de Lestin, une hôtesse charmante. En attendant, ma femme vous prie ce soir à dîner. Mais vous devez être fatigué par le voyage et Mlle Lagneau va vous conduire chez vous.

Une personne sèche mais souriante, d'un âge indécis, sortit de derrière un paquet de peaux anglaises et ordonna d'une voix assurée :

— Suivez-moi, monsieur. Raoul, le cocher, va nous conduire à la maison de Mme de Lestin. C'est tout près. Vous allez voir, Mme de Lestin, une dame noble mais sans fortune, est très gentille. Elle habite une des plus anciennes maisons de la ville et loue des chambres à des gens de connaissance pour subvenir à l'entretien de sa demeure. Tenez, nous voilà déjà arrivés.

Thierry découvrit une imposante maison coiffée de deux tourelles, aux murs à colombages ou lattés de bois. Ses fenêtres fleuries donnaient sur un canal bordé d'autres maisons plus simplement jolies. Un peu plus loin, de grandes bâtisses rompaient le charme du carré huppé de la ville, séchoirs des tanneurs rappelant que Pont-Audemer était l'une des cités du cuir les plus réputées d'Europe.

Mme de Lestin avait un port décidé et un parler un peu rude mais châtié qui trahissaient son aristocratie.

— Monsieur, dit-elle en recevant Thierry, mon ami Costil m'a demandé de vous accueillir dans ma maison qui, je l'espère, vous plaira. Elle date du XVIIe siècle. Ses planchers craquent mais les lits sont bons. Les deux pièces qui vous attendent donnent sur le vieux lavoir posé depuis le Moyen Âge sur notre canal, lequel rejoint la Risle un peu plus loin. Des vieux papiers qui se rongent dans la bibliothèque disent que Pierre Corneille les a habitées avant vous. Venez, votre chambre qu'on appelle « Chimène » est au premier.

Thierry n'en demandait pas tant. Une fois dans sa chambre, il s'endormit dans un fauteuil en attendant que l'on vienne le chercher pour le dîner, essayant de se remémorer quelques vers du *Cid* qu'il avait étudiés dans la classe de M. Cahuzac.

Chimène le fit songer à Adèle. C'était la première fois qu'elle revenait dans sa pensée depuis qu'il avait quitté Crefeld. Il se promit de lui écrire dès le lendemain. Ce qu'il ne fit pas.

Il ne fallut pas longtemps au jeune M. Hermès pour trouver sa place dans la fourmilière qu'était la tannerie, bourrellerie, sellerie et garniture de voitures René Costil. Il comprit vite qu'une grande part des affaires se traitait avec l'étranger. Il se rendit compte qu'en plus des subtilités du métier qu'il ajouterait à son savoir-faire il pourrait acquérir chez Costil des connaissances du commerce qui lui seraient utiles lorsqu'il créerait à Paris sa propre entreprise. C'est pour cela qu'en dehors de l'atelier de sellerie où son talent était vivement apprécié, on le vit aller et venir dans les services d'achat, de vente ou de secrétariat. Mlle Lagneau, qui l'avait pris sous son aile, lui ouvrait d'ailleurs toutes les portes.

Costil, qui avait été au début un peu distant, se montrait maintenant attentif aux efforts de Thierry. Son habileté en sellerie l'avait étonné, son acharnement à apprendre l'impressionnait. Quand il avait un moment libre, il demandait à Mlle Lagneau d'aller chercher le garçon et bavardait avec lui, assis sur des piles de cuirs.

— Vous voyez, Thierry, disait-il en grattant une peau avec ses ongles, ces veines sont des indications sur l'âge de l'animal. Ce taureau était jeune, quatre ou cinq ans… Vous devriez plus vous intéresser au tannage. Vous ne serez jamais tanneur, mais vous ne vous laisserez pas embobiner en achetant votre matière première !

Thierry répondait et posait ses questions. Parfois, si la rencontre se faisait en fin de journée, M. Costil lançait :

— Je vous emmène dîner à la maison, ma femme vous aime bien. Elle s'ennuie de ses deux garçons qui font leurs études à Oxford et sera heureuse de vous voir.

Les Costil habitaient, tout près de la « Fabrique », une magnifique bâtisse, genre manoir, entièrement refaite par le tanneur. Comme Thierry ne cachait pas son admiration, Costil intervint :

— Pfft… C'est idiot de vivre à deux dans un machin aussi grand, mais, enfin, quand les enfants reviendront et se marieront…

— Vos fils vous succéderont ?

— J'aimerais bien. C'est une bonne affaire qu'ils peuvent encore développer. Mais je ne suis pas sûr d'avoir eu raison de les envoyer en Angleterre. Oxford, c'est flatteur, mais l'illustre université ne forme pas des marchands de cuir. L'aîné se passionne pour l'égyptologie et son frère pour les langues indo-européennes.

La comtesse de Lestin se montrait, comme Costil le lui avait dit, une hôtesse charmante. Quand il lui avait demandé avec un peu d'appréhension le prix de sa pension, elle avait répondu avec un sourire : « N'y pensez pas, M. Costil m'a dit qu'il prenait en charge votre séjour. »

Ce bon M. Costil ! Du coup, l'exilé volontaire aurait embrassé la vieille dame mais, au mur, le regard sévère du marquis de Viguelle, l'ancêtre, peint à cheval en 1601, l'en dissuada. La comtesse se révélait une intarissable bavarde qui, dès qu'elle pouvait le saisir, lui racontait les exploits d'ancêtres dont les portraits étaient suspendus dans le salon et l'escalier.

Les invitations à souper de M. Costil n'étant qu'occasionnelles, il lui fallait aussi nourrir son grand corps de vingt ans appelé à travailler jusqu'à dix heures par jour. Le matin, à six heures, Odette, la servante de la maison, gentille et délurée, lui montait son petit déjeuner. Ils bavardaient un moment. Puis elle s'éclipsait, en posant parfois un baiser sonore sur la joue de Thierry. Un jeu qu'il réussit, au bout de quelques semaines, à rendre plus libertin.

Pour les repas, il prenait pension à l'Auberge des Trois-Tanneurs, rue des Cordeliers, à peu près entre le château de Lestin et l'entreprise Costil. C'était pratique et Mme Mouton, la patronne, était une cuisinière épatante. Tombé d'une échelle, son mari boitait bas et vous faisait frissonner chaque fois qu'il apportait un plat de la cuisine. Le prix avantageux de la pension plaçait Thierry à la table d'hôtes et il ne s'en plaignait pas. Parmi ses voisins, il y avait deux jeunes venus de Nantes qui travaillaient chez un bourrelier-sellier concurrent de Costil. Thierry les trouvait un peu benêts, mais, gentils, ils l'écoutaient bouche bée raconter sa vie déjà si fertile en événements.

La table comptait encore des commis voyageurs de passage, des gens de métier employés chez des bourreliers et un grand diable que tout le monde appelait « le veuf » quand il n'était pas là et « M. Antoine » lorsqu'il arrivait. C'était un ancien tanneur, patron d'une entreprise qui avait fait de lui un homme aisé, sinon riche. Lorsqu'il avait perdu sa femme, il avait vendu l'établissement et s'était ménagé une existence tranquille au milieu de ses livres. Il prenait ses repas à l'auberge devenue son second chez-lui. Sa famille, disait-il, habitait Pont-Audemer depuis le Moyen Âge. Quand le repas du soir était terminé et qu'il avait commandé pour toute la table un vieux calvados, il faisait revivre à son auditoire les grandes heures de Pont-Audemer.

Le plus souvent, son récit tournait autour de la rivalité historique née après les guerres de Religion entre les Pont-Audemériens de la rive gauche de la Risle, paroissiens du quartier Saint-Ouen, et ceux de la rive droite, du quartier Saint-Aignan.

— La petite guerre entre les deux paroisses s'enflammait à la fin de chaque année ! narrait Antoine. Pour quelle raison ? Eh bien ! les habitants de Saint-Aignan avaient le privilège de faire gras entre Noël et la Purification alors que ceux de Saint-Ouen devaient se priver de viande. C'était comme cela !

— Pourquoi ? demandait toujours quelqu'un.

— Dieu seul le sait. Le fait est que la rive gauche se sentait vivement tentée de tomber en péché mortel quand le vent d'est lui apportait la fumée du rôt cuisiné de l'autre côté de la Risle. Pourtant, ses paroissiens tinrent ferme malgré les provocations de ceux de Saint-Aignan qui les narguaient en faisant griller des andouilles et en braillant une chanson de circonstance.

Le récit de la rivalité entre les curés de Saint-Aignan et ceux de Saint-Ouen était à épisodes. Antoine gardait pour la fin celui de la bataille de la Saint-Sébastien, dont il ne précisait pas la date :

— Une année, lors de la procession, pérorait-il en enflant la voix, les curés de Saint-Aignan, paroisse secondaire malgré son privilège de bouche, se mirent en tête de disputer au chanoine de Saint-Ouen, paroisse principale, le droit de porter chez eux la statue protectrice de saint Sébastien. Alors, au moment où la procession traversait le pont de Rouen, elle trouva le clergé de Saint-Aignan en ordre de bataille pour s'emparer de la statue. Après les paroles, on en vint aux mains et dans le tumulte, horreur ! saint Sébastien fut précipité dans la Risle ! On mouilla les chasubles pour repêcher le saint, sauveur de la ville lors d'une lointaine épidémie de peste. Vous voyez, mes amis, des centaines d'années après, le souvenir est encore vivace de la provocation des « maqueux d'andouilles » envers les « maqueux d'pois verts ».

THIERRY menait, avec les visites discrètes d'Odette que Mme de Lestin faisait semblant d'ignorer, une existence sans soucis, agréable, mais aussi laborieuse. Plus habile que les autres ouvriers de la sellerie, il était, de fait, devenu le modèle de l'atelier, celui à qui l'on demandait conseil et qui mettait la main à l'outil lorsqu'il s'agissait de selles ou de brides de luxe. Ce genre de demandes, du reste, augmentait, surtout dans l'importante communauté anglaise du cuir qui s'était installée à Pont-Audemer où les *gentlemen* et même quelques dames aimaient galoper dans la campagne. C'est à ce moment qu'il coupa et cousit sa première selle de dame, en pensant à celles qu'il ferait peut-être, si la chance lui souriait, pour les belles amazones du bois de Boulogne.

Costil ne pouvait qu'être content de ce jeune artiste tombé du ciel. Il le payait bien, le logeait chez la comtesse et lui promettait, comme avant lui Pierrefeu, un pécule qu'il toucherait à son départ. Le départ, Thierry commençait à y penser sérieusement. Il en parlait d'ailleurs de plus en plus souvent à Costil. Jusqu'au jour où, finalement, il lui posa franchement la question qui lui brûlait les lèvres :

— Maître, mon projet parisien m'angoisse. Pouvez-vous m'aider à le réaliser ?

M. Costil ne laissa pas longtemps le jeune homme dans l'expectative :

— Oui, Thierry, je vais t'aider. Pas seulement parce que tu es un bon gars sympathique mais parce que, sans que tu t'en rendes compte, tu as beaucoup apporté à l'entreprise. Cela, je ne l'oublie pas.

— Merci, maître, mais comment pensez-vous y parvenir ?

— Je vais t'envoyer chez un confrère qui est l'un des grands selliers parisiens. Professionnellement, tu n'y apprendras pas grand-chose, sinon à te frotter à une clientèle exigeante, exaspérante parfois, mais qui sait reconnaître le bel ouvrage. Tu resteras chez Bonvin le temps qu'il faudra pour te faire connaître et apprécier. Il sera temps, alors, de chercher le local où tu t'établiras.

— Merci, maître, répondit Thierry, ému et soulagé. Sans vous…

— Mais non, mais non ! C'est toi, rien que toi, qui gagneras ou perdras ton pari. Mais j'ai dit que je t'aiderais le moment venu et je le ferai. Par exemple, en te facturant à un an tes premières commandes de cuir. Le temps de démarrer ton affaire. À moins, ajouta-t-il en riant, que tu ne choisisses un autre fournisseur !

THIERRY avait passé près de deux ans à Pont-Audemer quand il grimpa, le cœur léger, dans la diligence de Paris. Un départ facilité par la gentillesse de toute la maison. Un cocher l'avait conduit en calèche jusqu'à Rouen et le gros de ses bagages, certains outils et les vêtements anglais achetés à Pont-Audemer, seraient joints, grâce aux bons soins de Mlle Lagneau, à une prochaine livraison hippomobile.

Bref, il entamait dans les meilleures conditions la dernière étape de son pèlerinage professionnel. Il avait bien changé l'orphelin de Crefeld, l'adolescent hésitant, l'amant timide d'Adèle. Il était maintenant un grand jeune homme beau et fort, qui souriait en montrant ses dents blanches bien plantées. Et dont on disait : « Voilà un garçon taillé pour un avenir heureux. »

Chapitre VIII

THIERRY avait de la chance. Son voisin dans le deuxième compartiment de la diligence était un jeune homme un peu plus âgé que lui et dont le costume de voyage élégant montrait l'aisance. Il travaillait dans une banque et faisait chaque mois le voyage de Pont-Audemer.

La conversation s'était tout de suite engagée et Jean Delec trouvait sympathique la situation du godelureau qui arrivait à Paris pour la première fois et voulait y monter sa propre affaire.

— J'admire votre enthousiasme et votre courage. Savez-vous, au moins, où vous allez descendre ?

— Je vais travailler chez le bourrelier-sellier Bonvin.

— Bonvin ! C'est le luxe des dadas mondains. Je ne m'y fournis pas, car mes moyens ne me permettent pas de parader à cheval ou en calèche aux Champs-Élysées, mais la maison a bonne réputation. Elle n'est pas très loin du bureau des Messageries royales où va nous débarquer cette foutue patache. Vous pourrez vous y rendre à pied en traversant la Seine et en découvrant Paris. Mais, au fait, avez-vous un hôtel ? À Paris, c'est souvent un problème.

— Non. Je comptais demander une adresse à M. Bonvin.

— Bonne idée. S'il n'avait pas d'hôtel à vous conseiller, je puis vous indiquer celui de Florence au 56, rue des Mathurins. Je ne connais pas les prix, mais vous pouvez toujours y passer un jour ou deux en attendant de trouver mieux.

La diligence était à peine arrêtée dans la cour des Messageries royales que Jean Delec sauta à terre et aida son compagnon de route à descendre :

— J'ai été heureux de voyager en votre aimable compagnie mais je n'ai pas de bagages à attendre et dois vous laisser. Tenez, voici ma carte. Pour le cas où vous auriez besoin d'une banque quand vous ouvrirez votre maison ! ajouta-t-il dans un grand rire avant de disparaître.

Thierry réfléchit un instant et pensa qu'il était sage d'attendre le lendemain avant de se présenter à M. Bonvin. « Et puis je suis fatigué ! Si, pour fêter ce grand jour, on menait la grande vie ? »

Il fit signe à un fiacre qui attendait devant la cour et ordonna d'une voix décidée :

— À l'Hôtel de Florence, rue des Mathurins !

Les jambes allongées sur son sac, il s'installa au milieu de la banquette de façon à pouvoir orienter son regard à droite, à gauche et découvrir des fragments de Paris qui, sitôt venus, disparaissaient dans le cadre des portières.

Le fiacre avait déjà allumé ses lanternes quand il arriva devant une maison qui se distinguait de ses voisines par la pancarte HÔTEL DE FLORENCE encadrant la double porte de l'entrée.

— Vous avez retenu ? demanda le cocher en lui rendant la monnaie. Vous savez, mon bon monsieur, à Paris, les hôtels sont souvent pleins.

— Non. Mais j'espère avoir de la chance.

— Sinon, je vous trouverai un hôtel. J'attends avant de repartir.

UNE dame souriante, la cinquantaine pimpante, vint à sa rencontre :

— Vous voulez une chambre ? Il m'en reste une au deuxième étage. Si vous souhaitez dîner, c'est à sept heures et demie. Mon mari, M. Gallyot, ancien chef de cuisine de l'Empereur, vous servira. Moi, j'étais femme de chambre de l'impératrice Joséphine.

Thierry n'en demandait pas tant mais se dit qu'il était bien tombé. Dans sa chambre tapissée de cotonnade et à moitié occupée par un énorme lit avec édredon, il trouva le matelas douillet et la faïence du service de toilette jolie avec ses petites bergères bleues. Crefeld le sellier rangea ses vêtements de voyage dans l'armoire et décida de mettre son costume de tweed pour aller souper.

Une dizaine de personnes occupaient la salle à manger tendue de tissu vert à la façon d'une tente. Aucun emblème, aucune initiale qui aurait pu alerter les agents de la monarchie rétablie mais la couleur verte, omniprésente, rappelait l'Empire aux initiés.

Thierry s'était installé à une table un peu en retrait d'où il pouvait voir les autres dîneurs : un couple d'âge mûr qui s'appliquait à ne pas faire de bruit en avalant le potage, deux bavards en qui il crut reconnaître des représentants de commerce et une jeune femme brune aux cheveux tirés qui partageait la table d'un homme bien habillé que la patronne appelait « monsieur le baron ». Il y avait aussi un individu seul, un habitué sûrement, qui semblait tout à fait chez lui à l'Hôtel de Florence.

Comme il devait le faire pour chaque nouvel arrivant, le patron sortit de sa cuisine et vint saluer Thierry.

— Bienvenue, monsieur. Je suis Henri Gallyot, ancien chef des cuisines de l'Empereur, et vais avoir l'honneur de vous servir ce soir. Le menu est bien simple, je pense qu'il vous convient : potage Magenta, veau Marengo, fromages de la Brie et salade de fruits.

— C'est parfait. Un souvenir inspiré par ce menu, M. Gallyot. Il me rappelle qu'en 1804 j'ai applaudi l'Empereur à Crefeld, juché sur les épaules de mon frère. Napoléon visitait les départements français de la rive droite du Rhin.

Le visage rose du cuisinier tourna au rouge.

— Mais j'y étais ! Je faisais partie de la suite de l'Empereur et me rappelle les villes que nous avons visitées, Aix-la-Chapelle, Coblence, Mayence, Cologne… Crefeld aussi. Je ne peux malheureusement pas évoquer maintenant plus longtemps ces souvenirs, mais, après le repas, je vous offrirai volontiers un café et nous pourrons parler tranquillement. Bon appétit, monsieur !

À MINUIT passé, Thierry qui voulait se coucher de bonne heure racontait encore sa passion du cuir en levant son verre à Napoléon. Le brave Gallyot avait pleuré à l'évocation de la Légion d'honneur du père et s'était lancé dans une apologie des métiers d'art où il incluait la bonne cuisine.

En s'effondrant un peu ivre sur son lit, le jeune Hermès pensa qu'il n'avait pas perdu sa soirée arrosée.

Au troisième cognac, M. Gallyot avait affirmé qu'il refusait de le voir s'installer sous un autre toit que le sien. En foi de quoi, il lui laisserait sa chambre au prix qu'il aurait payé dans un établissement indigne de lui et de ses antécédents napoléoniens.

Il avait aussi détaillé de façon plaisante la liste des clients présents au restaurant. Thierry avait vu juste pour les placiers aux mines réjouies. Le monsieur seul était notaire, et chaud partisan de l'Empereur. Quant au couple discret du fond de la salle, il s'agissait du baron et de la baronne Dudevant, locataires d'un grand appartement meublé situé au fond du jardin. Mme Dudevant (future George Sand) passait son temps à écrire tandis que son mari était occupé par ses affaires, mais la dame ne publiait pas. « Cette jeune femme est très intéressante. Elle est souvent seule à prendre son thé au salon. Vous devriez lui parler », avait ajouté M. Gallyot.

Voici comment Thierry, grâce à son précieux don d'attirer la sympathie, devint client privilégié de l'Hôtel de Florence, lieu idéal pour partir à la conquête de Paris.

Chapitre IX

IL découvrit vraiment Paris le lendemain matin, en se rendant à l'adresse de son nouvel employeur. Mme Gallyot, après lui avoir servi un petit déjeuner gargantuesque, lui avait indiqué le chemin :

— Mon petit, la rue de l'Arcade est à dix minutes d'ici. À droite, une large voie qui vient d'être inaugurée, la rue Tronchet – c'est le nom d'un des défenseurs de Louis XVI – vous mène tout droit à la Madeleine, un énorme monument inachevé. De très hautes colonnes, pas de toit et des murs latéraux abandonnés à mi-chemin, parce que l'argent manque pour poursuivre le projet de notre Empereur qui voulait, à l'origine, élever un « temple de la Gloire » avant de destiner l'œuvre commencée au service de l'Église.

Le cœur vaillant, Thierry marcha dans un paysage qu'il trouva bien calme, éloigné de l'animation remarquée la veille. Il s'en étonna auprès d'un passant à qui il demandait s'il ne s'était pas égaré. La réponse le rassura :

— Paris n'a jamais cessé de s'agrandir. C'est le cas de ce quartier, mais avancez un peu, et vous découvrirez une ville plus animée.

L'homme avait raison. Autour de la Madeleine inachevée, les fiacres, les binards chargés de pierres, les landaus très chics, les calèches élégantes ou vieillottes faisaient la roue dans un bruit d'enfer. De nombreuses boutiques – dont une de sacs, de portefeuilles, de bottes en cuir qui retint son attention – avaient déjà ouvert leur commerce dans la nouvelle rue Tronchet. Les piétons, dames en cheveux ou à chapeau parasol, les messieurs cravatés et les ouvriers à casquette marchaient sur le trottoir à une vitesse qui l'éberlua.

THIERRY ne pouvait pas manquer le magasin de M. Bonvin. Installé devant la porte sur son chariot à roulettes, un alezan naturalisé de bonne taille prenait dans la perspective de la devanture une importance considérable. L'intérieur du magasin sentait l'acajou, le cuir et le bois en train de brûler dans un grand poêle de faïence. On aurait pu y vendre des robes d'organdi, des bijoux ou des têtes étrusques mais c'étaient les brides, les étriers et les selles de cheval qu'on y venait commander.

Thierry devina le propriétaire des lieux en la personne d'un homme à la moustache noire et au cheveu calamistré montrant des échantillons de cuir à un jeune homme qu'il appelait à longueur de phrase « monsieur le vicomte ». M. Bonvin s'interrompit une seconde pour faire signe à Thierry de s'asseoir.

— Veuillez m'excuser, monsieur. J'en termine avec M. le vicomte.

Thierry choisit un tabouret proche des deux interlocuteurs afin de saisir la manière dont on vend à un jeune vicomte une selle anglaise de vache fauve avec des avances piquées en chamois. L'affaire demanda un bon quart d'heure pour se conclure mais, enfin, M. Bonvin alla chercher un gros registre noir pour y écrire posément la commande du vicomte qu'il reconduisit avec les salamalecs d'usage. La porte refermée, il retrouva un air naturel pour accueillir Thierry :

— Comme vous n'êtes pas un client, que vous avez l'allure que m'a décrite l'ami Costil et que je vous attends, vous êtes forcément Thierry Hermès. Soyez le bienvenu.

Bonvin lui tendit une main solide qui avait dû, dans le temps, tenir l'outil :

— Vous avez vu, le vicomte de Lardillère vient de commander une selle. Eh bien ! Puisqu'on vous annonce comme le phénomène du cousu-sellier, je vous en confie la façon. Sous ma direction, bien sûr.

— J'espère, monsieur, que je mériterai votre confiance.

M. Bonvin posa quelques questions d'ordre professionnel et conclut :

— Vous êtes naturellement engagé. Je vais vous faire visiter les ateliers qui se trouvent derrière cette porte et occupent tout le rez-de-chaussée de l'immeuble. C'est trop petit et j'essaye d'acheter le premier étage. Au fait, où habitez-vous ?

— À l'Hôtel de Florence, rue des Mathurins.

— Bigre ! c'est un établissement réputé. Il va falloir que je vous paye cher pour que vous puissiez régler votre loyer !

Il rit mais ne dit pas à combien serait fixé son salaire.

Du harnacheur au sellier en passant par le bridier, Thierry retrouva les mêmes espaces de travail que chez ses précédents employeurs, mais plus méthodiquement agencés, avec des établis plus nets. Dans une pièce, il découvrit trois curieuses machines dont Bonvin lui expliqua avec quelque fierté le fonctionnement :

— Il faut suivre son temps. La mode est au machinisme et je possède les premières mécaniques, dont celle-ci servant à percer les courroies qui peut faire deux mille cinq cents trous à l'heure. Plus utile, car on n'a jamais des milliers de trous à percer, la machine à découper les cuirs en bandes.

M. Bonvin lui présenta au fur et à mesure ses ouvriers. Ils portaient tous le même tablier de cuir brun glacé où apparaissait, imprimé en creux, le nom de la maison. Le patron s'était ceint du même tablier mais en peau anglaise d'un blanc immaculé. Cet accessoire vestimentaire l'intriguant, Thierry finit par interroger l'intéressé. Lequel sourit avant de répondre :

— Le port de ce tablier blanc est lié à de multiples raisonnements commerciaux et psychologiques. Le premier est, évidemment, de me distinguer de mes ouvriers. Un autre explique pourquoi je ne porte pas une redingote pour recevoir des clients qui appartiennent, pour la plupart, aux hautes classes de la société. Le tablier leur montre que, malgré les prix élevés que je pratique, je reste leur serviteur. Il leur dit aussi que je ne suis pas un simple marchand mais que je reste un artisan. Et puis, bien que je ne manie plus très souvent l'outil, il me plaît de demeurer attaché aux traditions du métier.

Thierry songea que M. Bonvin était intelligent et qu'il apprendrait sûrement beaucoup sous sa coupe.

Le lendemain matin, il bouclait le plastron qui l'attendait plié sur son établi et suivait le patron dans la réserve des cuirs.

— Vous étiez là quand Lardillère a choisi. Il reste à sélectionner la meilleure des peaux anglaises, car le vicomte est un client important.

Tous deux choisirent le plus beau des cuirs expédiés de Pont-Audemer et Thierry le caressa, le gratta de l'index comme il l'avait vu faire à Costil.

— Je vois que vous aimez cette matière vivante et noble, dit Bonvin. À vous d'en faire une selle remarquable. Je vais vous donner les mesures du vicomte et de son cheval, Étendard, un magnifique gelderland. Voulez-vous que notre spécialiste vous prépare l'arçon ?

— Monsieur, je préfère travailler l'ensemble de la selle. Je souhaiterais seulement que quelqu'un me montre l'atelier du bois et l'outillage.

— Très bien. Pierrot, qui en est déjà à deux ans d'apprentissage, va vous guider, vous aider si vous le souhaitez. Et veillez, s'il vous plaît, à ce qu'il profite de votre expérience.

THIERRY fut content de lui. Il n'avait pas perdu la main depuis la dernière selle de dame construite à Pont-Audemer. D'ailleurs, lorsque M. Bonvin lui apporta la plaque d'argent gravée de la marque de la maison pour la fixer à l'arrière de la selle, il ne ménagea pas ses compliments et eut une attention qui le toucha.

— Vous avez compris que je ne souhaite vendre que l'excellence, sans trop me soucier du temps dépensé pour y parvenir. Vous m'avez fait songer à user d'un argument de vente nouveau : « Chez Bonvin, chaque selle est l'œuvre d'un unique ouvrier. » Je commencerai ce soir ma campagne en vous présentant au vicomte de Lardillère lorsqu'il viendra chercher la merveille que vous lui avez fabriquée.

Thierry déjeunait frugalement chez un traiteur de la rue Tronchet. Ce n'était pas la cuisine impériale de M. Gallyot mais elle était correcte et bon marché. Ce jour-là, il la délaissa pour courir à l'hôtel où il se rasa, se coiffa et enfila la belle chemise blanche de coton égyptien qu'un représentant anglais lui avait vendue à Pont-Audemer.

Quand M. de Lardillère entra dans le magasin vers cinq heures, sa selle flambant neuve, enveloppée dans une couverture écossaise, l'attendait, posée sur le comptoir. Bien en vue depuis le matin, elle avait attiré la convoitise de plusieurs clients que seul le prix avait fait hésiter. Ils avaient répondu qu'ils allaient réfléchir. Bonvin, lui, l'avait déjà fait et dit à Thierry :

— Vous allez, mon petit, me mettre tout de suite en chantier une selle identique aux mesures standard, afin de l'exposer et de tenter les cavaliers des Champs-Élysées et de l'avenue du Bois. Vous allez voir, nous allons faire de belles choses ensemble.

Thierry eût préféré à ces bonnes paroles une augmentation de ses appointements mais il n'était pas mal payé et pensa que le temps viendrait où il pourrait se montrer plus exigeant.

Le vicomte était venu à cheval. Thierry s'était précipité pour l'aider à descendre et attacher Étendard à l'un des anneaux prévus sur le côté de la devanture, ce qui le plaçait tout à côté de l'alezan empaillé. Étendard, méfiant, recula après avoir reniflé ce curieux congénère.

— Alors? Ma selle? Comment se présente-t-elle? demanda M. de Lardillère en saluant Bonvin de sa cravache.

— Voyez vous-même, monsieur le vicomte. Soulevez seulement sa couverture. J'ose croire que vous serez satisfait.

— Je le pense aussi, monsieur Bonvin. L'objet est simplement magnifique. Vous y avez sûrement mis la main!

— Très peu, très peu, monsieur le vicomte. J'ai seulement veillé sur l'accomplissement de l'ouvrage. Pour les commandes de haut luxe, je tiens en effet à ce que ce soit le même artisan, le meilleur naturellement, qui fasse le travail. En ce qui concerne votre selle, c'est mon nouveau collaborateur qui a mené l'œuvre, pour ne pas dire le chef-d'œuvre, du début à la fin, du bâti de l'arçon à la dernière couture des coussinets. Je suis heureux de vous présenter M. Thierry Hermès.

Le vicomte, dont le regard ne quittait pas sa selle, leva les yeux vers Thierry et, miracle, tendit sa main au sellier roturier :

— Monsieur, dit-il, vous avez fait un beau travail. Je vous félicite. Et si votre selle est aussi confortable qu'elle est belle, je vous demanderai d'en faire une autre pour ma fiancée Mlle de Péreuse. Je pense que vous savez aussi faire les selles de dames?

Il ajouta en riant :

— À condition bien sûr que l'ami Bonvin se montre raisonnable!

L'ami Bonvin répondit par un sourire un peu contraint. Le vicomte ne lui avait jamais serré la main.

AINSI, Thierry réussit, en quelques années, à se créer à Paris, comme autrefois à Aix et à Pont-Audemer, une existence conforme à son projet de jeunesse : apprendre le métier, la vie et emplir son bas de laine afin d'ouvrir un jour sa propre entreprise de sellerie.

M. Bonvin ne jetait pas l'argent par-dessus l'étrier mais il payait honorablement Thierry et lui accordait une prime chaque fois qu'il avait à construire une selle de luxe. Comme ce n'était pas tous les jours le cas, il devait, à l'instar des autres ouvriers, assurer le courant : brides, harnais ou collier gravatier. L'ancien sellier de Crefeld convenait que, lorsqu'il serait à son compte, il devrait, en attendant d'équiper les marquis, exécuter tous les travaux qui se présenteraient.

En ce qui concerne les distractions, Thierry fréquentait peu les bals et les guinguettes. Il leur préférait les longues promenades solitaires qui lui faisaient découvrir Montmartre et Montparnasse, le Quartier latin et Ménilmontant. Il revenait pourtant toujours à son site favori, les Champs-Élysées et l'avenue du Bois-de-Boulogne, où, sans se lasser, il admirait les cavaliers en culottes de peau blanche, les amazones aux jupes en corolles et les calèches armoriées où se prélassaient les femmes élégantes de Paris.

Thierry, évidemment, s'intéressait surtout aux équipements des cavaliers. Dans le défilé équestre, son œil scrutait les selles, les brides, les harnais des attelages, en remarquait les défauts et les qualités. Il reconnaissait même de loin les beaux colliers d'une fringante victoria attelée à la daumont réalisés chez Bonvin.

Il y avait aussi l'attraction offerte par le comte des Effules, une sorte de fou qui, dans son bogey à grandes roues attelé à une paire de pur-sang, dévalait l'avenue au triple galop, doublait les cavaliers, rasait les landaus et les carricks. Fier de son escapade échevelée, il descendait alors de voiture, protégeait ses deux irlandais de couvertures à ses couleurs, vert et bleu, et rentrait chez lui, au pas, faubourg Saint-Germain. « Voilà, songeait Thierry, un original que j'aimerais bien avoir comme client ! »

Et un jour, ce hasard qui, jusque-là, avait plutôt favorablement servi le jeune homme le mit face au comte des Effules sur le bord de la route du Bois.

Apeurés par un écart de l'attelage qui le précédait, ses chevaux s'étaient brusquement emportés et l'avaient fait zigzaguer d'un côté à l'autre de l'allée, frôlant de placides montures qui ruèrent et semèrent la panique dans le velours des calèches mondaines. Thierry n'avait vu que la fin de cette équipée, quand le comte, debout, avait enfin réussi à maîtriser ses pur-sang et à les arrêter à deux pas. Il s'était aussitôt précipité pour tenir d'une main ferme les chevaux écumants et permettre à l'aurige des Champs-Élysées de descendre de son char. Celui-ci, un peu pâle, retrouva vite son assurance :

— Merci, monsieur. Et bravo ! Pas une personne de cette nombreuse assistance n'aurait eu l'audace de calmer mes farouches irlandais. Vous avez sûrement l'habitude de fréquenter les chevaux.

— Je suis sellier chez Bonvin et j'ai monté toute ma jeunesse un sympathique alezan.

— Je sais où se trouve votre magasin, avec le cheval empaillé ; j'y passerai un jour.

Tout en attachant à un poteau providentiel les turbulents pur-sang, Thierry examinait discrètement la voiture de M. des Effules et se demanda un instant s'il aurait le toupet de lui dévoiler les deux ou trois défauts que lui inspirait son attelage. Finalement, il se lança :

— Monsieur, puis-je me permettre de vous signaler que vous devriez faire régler vos brides qui, trop serrées, risquent de blesser les bêtes. J'ai remarqué aussi que vos branches d'avaloire sont usées. Enfin, vous pourriez facilement, avec un appareillage simple, maîtriser l'emportement de vos chevaux et prévenir ainsi des accidents que votre façon virile de conduire rend toujours possibles.

Interloqué par la hardiesse de ce jeune homme, le comte des Effules eut envie d'en savoir davantage.

— Permettez-moi à mon tour, monsieur, de me présenter : comte Lucien des Effules.

Thierry, se gardant bien de montrer que ce nom lui était connu en tant que celui d'une terreur hippomobile, déclina son identité en insistant sur ses mérites professionnels.

— Monsieur, répondit le comte, je suis votre obligé et aimerais m'entretenir avec vous de notre passion commune. Accepteriez-vous de venir chez moi boire un verre de champagne ? Vous pourriez, en cours de chemin, me parler de votre système propre à arrêter sans peine les chevaux les plus emportés… Vous voulez bien ? Tant mieux ! Et vous pourriez prendre les guides de mon buggy pour juger de sa stabilité. Atteler à deux une voiture aussi légère est une gageure. Si vous m'aidiez à résoudre ce problème, je vous en serais infiniment reconnaissant. Il s'agit naturellement d'une consultation rémunérée.

— Monsieur, j'accepte volontiers votre invitation, mais nous sommes aujourd'hui dimanche et je ne travaille pas. Je peux néanmoins rendre service à qui me plaît. Et c'est gratuit.

Décidément, la compagnie de ce jeune sellier, qui tenait les guides de main avec une autorité acceptée d'emblée par les deux irlandais, plaisait au comte.

— Vous me faites, monsieur… Comment déjà… Hermès ? Vous

me faites, monsieur Hermès, découvrir une autre façon de remonter les Champs-Élysées. Le trot tranquille a son charme. Pouvez-vous pourtant galoper un instant pour juger de l'équilibre de la voiture ?

Les deux irlandais n'attendaient qu'une légère impulsion pour s'élancer au galop, doubler des fiacres aux couplés alanguis et effrayer les placides montures de berlines. Thierry ne se laissa pas griser par la pointe d'ivresse qui l'envahit et serra les rênes afin de calmer la fougue des chevaux. Le comte éclata de rire :

— Ma « gig » – les Anglais ont une flopée de noms pour désigner ce deux roues – produit de curieuses sensations. À propos, quel est votre truc pour arrêter un cheval emballé ?

— Rien de plus simple. C'est un cordonnet de soie tressée qui agit sur la commissure des lèvres en serrant la gorge de l'animal. S'il n'est pas actionné, il apparaît comme un ornement. Passez donc un jour rue des Mathurins, je vous poserai l'un de ces colifichets.

Devant le 19 du faubourg Saint-Germain, les irlandais qui flairaient l'écurie s'arrêtèrent tranquillement. Le palefrenier attendait dans la cour de l'hôtel particulier et se précipita.

— Tu les nourris trop, déclara le comte en riant. Ils se sont encore emballés.

— Leur ration, monsieur le comte. Seulement leur ration. Mais monsieur le comte les a peut-être un peu trop échauffés…

— Sois un peu respectueux, Armand ! Et avant de bouchonner les canailles, ouvre-nous une bouteille de champagne. Nous la boirons au « Rendez-vous ».

Le Rendez-vous était une grande pièce qui faisait suite aux écuries. Elle était meublée d'une longue table de noyer et d'un dressoir en acajou chargé de verres et de bouteilles. Les boiseries des murs débordaient de tableaux de chasse et de chevaux.

— C'est mon repaire, commenta des Effules. J'y réunis mes amis chasseurs et cavaliers au cours de dîners et de déjeuners agréables. Voilà l'endroit que j'ai eu le plus de plaisir à retrouver chez moi après les années d'exil. Grâce à Armand, qui l'avait transformé en débarras, il n'a pas souffert. L'hôtel, lui, a été dévasté. Je n'ai remeublé que quelques pièces au premier étage et racheté des chevaux, dont mes deux irlandais. Ma bibliothèque est à côté et quand je ne suis pas en selle ou en voiture, je travaille. J'ai commencé d'écrire un *Dictionnaire du cheval*. J'en suis à la lettre C.

Il faisait nuit quand, après avoir terminé la bouteille de Perrier-Jouët en discourant sur l'inépuisable chapitre du cheval, Thierry s'aperçut qu'il était tard. Il remercia son hôte qui s'excusa :

— Je ne vous convie pas à dîner, car, en dehors des banquets dont je vous ai parlé, je ne me nourris le soir que d'un potage et d'une pomme. Mais le groom va vous reconduire dans le tilbury.

Devant le regard étonné de Thierry, le comte sourit :

— Vous devez me prendre pour un snob insupportable mais, de mon exil à Londres, j'ai rapporté bien des habitudes anglaises. Le tilbury est un petit cabriolet épatant pour la ville. Je l'ai trouvé chez un carrossier à Dieppe. Il est d'origine.

Dix minutes plus tard, Albert, le groom, arrivait, tenant par la bride un joli petit cheval bai attelé au fameux tilbury qui n'apparut à Thierry guère différent des cabriolets courant les rues parisiennes.

— Voici Albert que vous verrez peut-être un jour, vêtu de sa belle tenue de groom, installé debout derrière moi dans le bogey. Mais c'est rare. Je n'ai personne en effet à épater, sinon moi, dans la parade faisandée des Champs-Élysées. Je n'ai non plus aucune raison de mettre la vie d'Albert en danger. Je *drive* donc mon bog en solitaire. Pour mon plaisir. Bonsoir, monsieur Hermès. Je suis vraiment heureux de vous avoir connu !

En route vers l'Hôtel de Florence, Thierry tenta d'engager une conversation avec Albert, mais, plus habitué à parler aux chevaux qu'aux humains, le groom n'ouvrit guère la bouche. C'est seulement en arrivant qu'il osa dire :

— Il paraît, monsieur, que vous connaissez le moyen d'arrêter les chevaux emportés ? De grâce, informez-en mon maître, j'ai tellement peur quand il fait galoper ses irlandais aux Champs-Élysées.

Chapitre X

M. DENIS, que tout le monde dans le métier appelait le père Clovis, en avait fait des harnais, des brides et des selles au cours d'une existence vouée au cuir depuis l'âge de douze ans, lorsqu'il était entré en apprentissage chez Prudhomme, harnacheur, au 6 de la rue Montmartre ! À quarante ans, il avait repris l'atelier de son patron et ensuite vécu convenablement avec sa femme et ses trois enfants.

Aujourd'hui veuf, souffrant d'emphysème, il avait abandonné les gros travaux et ne cousait plus guère que des brides pour les bourreliers de Paris. Bonvin était l'un de ses clients et, quand il venait livrer son travail dans un sac qu'il peinait à porter, Thierry ne manquait pas de lui offrir un petit noir qu'il allait chercher au bistroquet voisin. Car il aimait parler avec le vieux Clovis.

Un jour où Bonvin lui faisait gentiment remarquer quelques irrégularités dans la couture d'un bridon, le père Clovis essuya une larme avec son mouchoir à carreaux :

— Je sais, Bonvin, je sais que je ne suis plus bon à grand-chose. Ma main tremble sur le manche et je vois de moins en moins. Je me dis parfois que si je trouvais quelqu'un pour racheter l'atelier j'arrêterais tout de suite, mais le local et le logement sont décrépis et les selliers d'aujourd'hui cherchent les beaux quartiers et des boutiques astiquées comme des salons de coiffure.

Et soudain, s'adressant à l'exilé de Crefeld, il déclara :

— Tiens, petit, tu m'as dit un jour que le moment venu tu te mettrais à ton compte. Eh bien, viens donc me voir, on pourrait peut-être s'arranger.

Thierry n'eut pas le temps de répondre, Bonvin s'exclama :

— Laisse donc ! Thierry a le temps de songer à s'établir. Il ne rêve d'ailleurs que de travailler dans le luxe. Et dans les beaux quartiers, comme tu dis.

— C'est bien possible, dit Clovis, vexé. N'empêche que Thierry peut toujours passer me voir. Pour parler…

Le vieux harnacheur salua, prit son sac et partit.

— Que dis-tu de cela ? s'enquit Bonvin après le départ de Clovis.

— Je pense, patron, que vous avez raison… Et que vous n'avez pas envie de me voir partir, ajouta-t-il en riant. Rassurez-vous, ce n'est pas demain que je vous quitterai. Mais j'irai voir Clovis. On ne sait jamais…

Tout en se penchant sur sa tâche, Thierry réfléchissait, se disait qu'il ne fallait pas rêver et qu'il n'aurait de longtemps assez d'argent pour ouvrir un magasin près des Champs-Élysées. Il songeait aussi que d'un vieil atelier on pouvait peut-être, avec quelques pots de peinture et du courage, faire un magasin tout beau et tout propre. Il restait à voir dans quel état se trouvait le local où, depuis plus d'un demi-siècle, Clovis et avant lui son patron avaient empaillé des harnais de commerce ou bourré des colliers de gravatiers.

CÔTÉ cœur, Thierry battait zéro. Une repasseuse en fin qui travaillait dans la blanchisserie de la rue Tronchet et pour laquelle il n'éprouvait pas de vrais sentiments l'avait quitté. Plus libéré que chagriné, il attendait, sans impatience, une nouvelle aventure et, qui sait, la jeune fille qu'il aurait envie d'épouser.

Las des amours de rencontre et, toujours positif, il pensait que s'il s'installait à son compte, il aurait besoin à ses côtés d'une compagne aimée qui le soutiendrait.

Souvent lui revenaient à l'esprit les paroles du vieux Clovis : « Passe donc me voir un jour… » En attendant, il marchait d'un bon pas vers le Palais-Royal pour livrer une bride à un vieux client de Bonvin, chapelier pour dames, rue Montpensier.

Le passage du Prince, qui donnait rue de Richelieu, le conduisit devant le magasin où, sous une élégante enseigne, s'offraient en vitrine des turbans à aigrettes, des feutres à la Rubens et des coiffes de paille fleuries. Il jeta un coup d'œil sur ces créations du luxe parisien avant de pousser la porte qui, en s'ouvrant, déclencha un concert de clochettes.

Il s'attendait à être reçu par M. Pierrard, dont il connaissait la redingote à petits carreaux et les guêtres grises, mais une jeune fille qui lui sembla jolie sous son air décidé apparut dans les plis du rideau de velours séparant le magasin de l'arrière-boutique.

Leurs yeux se croisèrent. Thierry attendit que la dernière note du carillon s'éteignît et se présenta, mais la jeune personne avait eu le même réflexe et leurs voix se mêlèrent. Ils ne surent jamais qui avait eu le premier mot !

Enfin, Thierry comprit que Christine Pierrard lui demandait si elle pouvait lui être utile.

— C'est moi qui peux être utile à votre cheval, mademoiselle. Je lui apporte une bride toute neuve. Il devrait être content. Mon patron, M. Bonvin, m'a demandé de veiller particulièrement sur la commande de monsieur votre père.

Mlle Pierrard fixa Thierry d'un œil curieux :

— Ainsi vous êtes le prodige qui fait les plus belles selles de Paris et empêche les chevaux de s'emporter ! Je trouve cela intéressant. Si un jour mon père m'offre le cheval dont je rêve, me ferez-vous une selle ? Vous, vous possédez sûrement un beau cheval ?

— J'en ai eu un, autrefois. Mais comment avez-vous appris ces choses sur moi, bien trop élogieuses ?

— Par mon papa qui les tenait de ce vieux bavard de Bonvin. Mais que faites-vous en dehors d'apprendre à calmer les bêtes emballées ?

— Pour le moment, j'économise en vue de me mettre à mon compte. J'ai le projet de reprendre un atelier rue Montmartre. C'est osé, et je vous prie de me pardonner, mais j'ai l'impression que notre rencontre va me porter chance !

— J'aimerais vous porter bonheur ! Si c'est le cas, promettez-moi de venir me le dire.

Ils auraient bien parlé plus longtemps si M. Pierrard n'avait déclenché le carillon de l'entrée.

— Ah ! Voilà les brides pour mon cabriolet ! s'écria Pierrard. Ce n'est pas trop tôt. Ton patron aime mieux faire attendre ses vieux clients que les aristocrates des Champs-Élysées. Tu le lui diras… Ou plutôt tu ne lui diras rien du tout, puisque c'est ton talent, paraît-il, qui lui vaut une renommée si soudaine.

Pierrard retira ses gants et serra la main de Thierry :

— Mais que vous racontiez-vous donc tous les deux ? Christine semblait boire tes paroles. Remarque, je n'y trouve pas à redire, je suis seulement étonné. Elle me navre en repoussant tous les jeunes gens tentés de lui faire la cour !

— Tais-toi donc, papa ! Tu sais très bien que j'ai en horreur ces godelureaux de la mode nés avec un centimètre autour du cou. J'irai les voir comme cliente, pas comme une jeune fille à marier !

Sur ces mots, elle cilla ostensiblement des paupières en direction de Thierry et disparut derrière le rideau cramoisi en laissant face à face M. Père et l'imprévu soupirant aussi gênés l'un que l'autre.

— Eh bien, mon ami, je ne sais pas ce qu'a ma fille ! Je crois que vous avez fait forte impression sur elle. Remarquez, c'est une tête de mule, mais elle est adorable. Cela m'ennuierait qu'elle reste vieille fille ! Dites à Bonvin que j'irai le voir demain ou après-demain. Et vous, quand vous passerez par ici, venez donc tenir compagnie à Christine puisqu'elle semble apprécier votre conversation.

Thierry s'apprêtait à prendre congé en remerciant quand une

dame au grand nez fit son entrée en accaparant l'attention obséquieuse du maître chapelier. Ainsi se retrouva-t-il dans la rue tout éberlué.

Il avait à peine eu le temps d'ouvrir la bouche que Pierrard, visiblement pressé de voir sa fille casée, l'avait pratiquement engagé à venir lui faire la cour !

Désireux de mettre un peu d'ordre dans ses idées, il s'arrêta au café Saint-Roch, rue de Rivoli, pour réfléchir en buvant un bock. Il trouvait Mlle Pierrard mignonne, aimait sa spontanéité, mais avait-il pour autant envie de l'épouser, lui qui n'avait pas pour habitude d'aller trop vite en besogne, de risquer de gâcher le cousu main d'un beau cuir par un geste impatient ? Il décida de laisser passer quelques jours afin d'apprécier sagement le souvenir de ce qui n'était encore qu'une simple rencontre.

Thierry tira de son gousset la montre en acier bruni qu'il avait toujours vue en possession de son père et qui, aujourd'hui, égrenait encore consciencieusement son tic-tac, retardant juste d'une minute par jour, comme au temps de Crefeld. Bientôt sept heures. Il eut envie d'aller dîner au Sans-Souci, le bougnat de la rue Pirouette, au carrefour Rambuteau, sûr d'y rencontrer quelques jeunes provinciaux comme lui venus du massif Central ou d'Alsace, et particulièrement Robert Schutz, un tanneur strasbourgeois avec qui il aimait parler métier. Content, il commanda un autre bock.

Huit jours plus tard, l'image de Christine, sa chevelure blonde et sa robe de tussor bleu n'avaient pas quitté son esprit. Il décida de lui écrire. Comme cela. Simplement. Pour lui confier qu'il avait été ravi de bavarder avec elle, que ses projets étaient en bonne voie et qu'il espérait la revoir un jour prochain.

Mais comment finir cette missive peut-être lourde d'importance ? Il chercha longtemps la phrase susceptible de marquer l'intérêt qu'il lui portait tout en évitant la moindre familiarité. Finalement, il choisit la malice et signa « Votre sellier préféré ».

Ce qui lui rappela que la reprise du commerce du père Clovis n'était encore qu'une vue de l'esprit et qu'il s'était juré de ne pas se marier avant d'avoir créé son propre atelier.

Un soir, alors que la poste ne lui avait pas encore apporté la réponse espérée de Christine, Thierry demanda conseil à son patron.

— Monsieur, j'ai rencontré l'autre jour, en livrant les brides, Mlle Pierrard…

— Je sais, je sais, Joseph m'a raconté et m'a demandé un tas de choses sur toi. Il ne me l'a pas dit, j'ai pourtant deviné qu'il songeait à l'arrangement possible d'un mariage. Je ne sais pas ce que tu en penses, mais elle est bien jolie, la petite Christine !

— Oui. Cependant, avant, il me faut songer à m'établir. À ce propos, je voulais vous demander la permission de partir plus tôt demain soir pour rendre visite au père Clovis.

Bonvin le regarda, haussa les épaules et, contrairement à ce que craignait Thierry, ne chercha pas à l'en dissuader.

— Va, mon garçon ! dit-il. Réfléchis tout de même. Je connais le local de Clovis. Il est dans un état lamentable et il te faudra beaucoup de courage pour le rendre habitable. Mais tu ne peux pas t'offrir un magasin sur les Champs-Élysées !

Le lendemain, arrivé devant le 6, rue Montmartre, Thierry fut agréablement surpris par le porche de l'immeuble qui avait été refait, comme le pavement de l'entrée. Franchement, les clients les plus huppés pourraient y aventurer leur calèche sans avoir la sensation de pénétrer dans un univers sordide. Dans la cour, l'impression changeait. On butait sur les pavés disjoints. Au fond, une double porte était surmontée d'une enseigne usée par le temps où l'on avait bien du mal à déchiffrer les lettres Clovis Denis, bourrelier harnacheur.

Il s'attendait donc au pire en entrant mais Bonvin avait exagéré. Certes l'endroit n'était pas reluisant, les murs noircis appelaient un décrassage et le plafond tombait par endroits en lambeaux. Pour autant, l'odeur du cuir faisait écran à l'atmosphère sinistre de l'atelier.

— Qu'est-ce que c'est ? lança une voix du fond de l'atelier.

C'était Clovis, qui grattait le cuir racorni d'un harnais. Son visage s'éclaira lorsqu'il aperçut Thierry :

— Ah ! C'est toi, mon gars. J'étais sûr que tu viendrais. Ne songe pas à la déchéance de ce qui fut un bel atelier, mais pense à ce que tu peux en faire. Viens, visitons l'arrière-boutique et le logement au premier ; il est aussi vieux que le reste mais avec trois pièces faciles à restaurer. Je crois, si tu te décidais, qu'il faudrait envoyer à la poubelle tout ce qui se trouve ici. Tout sauf quelques outils et bien sûr les établis, deux vieux éléphants qui ont de la mémoire dans les pieds !

Ce langage imagé fit sourire Thierry, dont le regard fureteur explorait les coins et les recoins du local. En même temps, il imaginait comment il pourrait partager la surface vaste et dégradée en une entrée, un atelier et une réserve propres et agréablement aménagés.

Il en alla de même pour le logement. Il y voyait déjà sa femme en train de poser des rideaux aux fenêtres ouvertes sur la cour intérieure, qui eût été bien morne sans un cerisier poussé entre les pavés, comme un miracle. C'est sans doute ce prodige qui le décida. Car, sans plus réfléchir, Thierry déclara à Clovis qu'ils pourraient peut-être s'entendre si le prix était accessible à ses moyens.

Le vieil artisan ne se montrait pas exigeant. Soulagé de pouvoir se retirer chez son frère, cultivateur dans l'Eure, le vieux harnacheur céda la propriété de son antre – comme il disait – au jeune sellier qui ne craignait pas de s'y aventurer. Pour tout pacte valant accord, il lui tendit sa main calleuse et dit gravement :

— Je passerai chez le notaire et te préviendrai pour signer les papiers.

Thierry, dès le lendemain, annonça à Bonvin qu'il le quitterait à la fin du mois pour travailler à la mise en ordre de l'atelier dont il allait devenir propriétaire. Il ne manqua pas de remercier son brave homme de patron de l'accueil qu'il lui avait réservé et des deux années heureuses passées dans son atelier.

M. Bonvin réagit de la plus élégante des façons :

— Je suis heureux pour toi, mon garçon. Moi aussi, et je n'avais pas ton talent, j'ai osé ! Et j'ai dû me battre pour réussir à ouvrir ici l'une des meilleures selleries de Paris.

— C'est mon désir, patron, de vous prendre comme modèle.

— Hum ! tu peux peut-être trouver mieux mais, venant de toi, je suis flatté. Sérieusement, je crois que tu as tout compris et que le nom d'Hermès deviendra un jour plus connu que le mien dans le monde du cheval. Vois-tu, je t'aiderai même ! Tiens, je mettrai à ta disposition les peaux dont tu auras un besoin urgent. Et je t'enverrai des clients trop exigeants sur le cousu main !

— Croyez, monsieur Bonvin, que j'appréhende le moment où je plierai pour la dernière fois mon tablier vert sur l'établi…

— C'est toi qui vas nous manquer, mais tu as formé quelques jeunes qui aiguillonneront les anciens pour faire vivre la maison. Et j'en aurai besoin pour rivaliser avec un concurrent tel que toi !

Chapitre XI

THIERRY reçut à l'adresse de l'atelier Bonvin une belle enveloppe mauve. Elle contenait une feuille de la même couleur qui exhala un parfum de violette. Christine, aussi, avait dû hésiter dans la recherche de ses mots. Sa lettre commençait par « Mon ami » et était composée de termes quelque peu convenus où perçait toutefois l'espoir. L'espoir que se concrétisent les projets professionnels de Thierry, l'espérance qu'il passe un jour prochain au magasin reprendre une conversation intéressante. Enfin, tout en bas de la missive apparut cette phrase : « Je vous présenterai ma mère qui veut absolument faire votre connaissance. » Thierry comprit que se cachait là le message important et sourit. Mais les avances de M. Pierrard et le jugement de son épouse ne l'impressionnaient pas. Christine, seule, comptait. Mieux, c'était à eux deux de savoir si ce mariage convenu pouvait aussi devenir un mariage d'amour. Il décida d'aller dès le lendemain faire sonner les clochettes du magasin de la rue Montpensier.

Christine ne lui accorda pas l'entrée théâtrale dans les plis du rideau cramoisi. Elle s'activait seule dans le magasin. Son visage s'éclaira lorsqu'elle reconnut dans le contre-jour la haute silhouette de son soupirant.

— Je vous attendais plus tôt ! s'exclama-t-elle en lui tendant ses mains délicates qui frissonnèrent au contact des paumes rugueuses de Thierry. Mais l'essentiel est que vous soyez là.

— Je ne devrais peut-être pas vous le dire, mais j'ai volontairement lutté contre mon envie et retardé une visite à laquelle votre père me pressait. Je voulais être sûr que nous, et uniquement nous, souhaitions nous revoir. Pour moi, la réponse est oui.

— Et moi, je vous ai déjà répondu en avouant que je vous attendais.

Cachés derrière le foisonnement des aigrettes, des mésanges bleues et des fausses fleurs en vraie soie de la collection de printemps, Christine et Thierry échangèrent leur premier baiser.

— Je ne vais pas mettre des gants beurre frais pour demander votre main à monsieur votre père, dit le jeune homme, c'est à vous que je pose la question : Christine, acceptez-vous de devenir ma femme et, provisoirement, ma fiancée ?

— Oui. Et c'est nous qui l'apprendrons aux parents ! Remarquez, ils seront persuadés d'être les artisans de ce mariage.

— Laissons-les donc croire qu'ils y sont pour quelque chose. N'empêche, si votre père n'avait pas commandé un jeu de brides à son vieil ami Bonvin, nous ne nous serions sans doute jamais rencontrés.

Les amoureux du Palais-Royal se virent, se revirent. Thierry ne laissait guère passer deux jours sans faire sonner les clochettes de la porte de la rue Montpensier.

Mme Pierrard, qui d'habitude quittait tôt le magasin, resta un soir afin que sa fille lui présentât son fiancé puisque maintenant les fiançailles ne faisaient plus mystère. Thierry la surprit par sa mise de chasseur de grouses mais son physique agréable et son parler franc lui plurent. Le soir, elle déclara à son mari :

— Ta fille n'a pas choisi un dessin de mode mais le garçon semble honnête et solide. Je vais l'inviter à dîner pour célébrer les fiançailles !

Il eût été suffisant d'en prévenir Thierry par l'intermédiaire de Christine qu'il rencontrait presque tous les soirs, mais Mme Pierrard pensa plus distingué d'envoyer un bristol. Thierry reçut donc une carte où Mme Madeleine Pierrard et son époux l'invitaient à dîner le vendredi 5 mai en leur domicile, 6, rue Beauregard.

Rue Beauregard ? Christine et ses parents habitaient à deux pas de la rue Montmartre, là où, pour lui laisser la place, le père Clovis finissait de déménager ses vieux meubles ! Il ne sut décider si ce voisinage était de bon augure.

Depuis son arrivée à Paris, Thierry usait les vieux tweeds achetés au tailleur anglais de Pont-Audemer. La coupe et les boutons de cuir lui donnaient un air *british* décontracté qui convenait à sa stature et à son franc visage de blond. Mais il était à Paris, ses vestes commençaient à s'élimer aux poignets et il jugea le moment opportun de renouveler son vestiaire. Il s'offrit une élégante redingote grise chez l'habilleur Gouzman, rue du Cherche-Midi, qui vendait – c'était nouveau – des vêtements de qualité façon mesure, prêts à emporter après quelques retouches. Il y trouva aussi un pantalon beige clair serré aux jambes et des bottines noires, montantes comme l'exigeait la mode. Cela lui coûta cher, presque son salaire d'un mois, mais n'est-il pas normal de bien s'habiller pour plaire à la jeune fille qu'on souhaite épouser ?

Au matin du 6 mai, Thierry s'avisa qu'il ne pouvait arriver les mains vides chez les Pierrard. Il s'en ouvrit à M. Bonvin qui n'hésita pas :

— Du chocolat, mon petit. Du chocolat de chez Ploquin au Palais-Royal ! Deux boîtes, dont l'une pour madame, décorée de ce que tu voudras, fleurs, oiseau ou gravure de Notre-Dame. Pour la dulcinée, demande conseil à Mme Ploquin. Mais les boîtes, surtout pas de la même taille ! La plus grande pour ta future belle-mère, la plantureuse Madeleine. Après la fille, c'est elle que tu dois séduire. Aussi, surtout, ne lésine pas !

Thierry n'avait jamais vu Bonvin aussi joyeux. C'est que cette idée de mariage entre deux jeunes gens qu'il trouvait assortis l'enchantait. Et il était content que Christine fasse sa vie dans les bras de celui qu'il aimait présenter partout comme « son poulain », ce qui ne manquait pas de tirer un sourire au jeune homme.

Les chocolats furent appréciés, la tenue un peu trop neuve de Thierry aussi, et le dîner permit au futur mari de raconter quelques-unes de ses aventures les plus avantageuses.

Vers la fin du repas, la maîtresse de maison décida de passer aux choses sérieuses :

— Puisque vous êtes fiancés, mes enfants, il faut maintenant s'occuper du mariage…

Elle n'alla pas plus loin et s'effondra dans le fauteuil que Thierry lui avançait.

— Mme Pierrard est toute rouge, il faut peut-être appeler un médecin, s'affola ce dernier.

Ni son mari ni sa fille ne semblaient, eux, s'inquiéter, la regardant seulement, attendris, agiter nerveusement son éventail. La maîtresse de maison avait trop mangé de homard thermidor et avalé plus que de raison des boules croquantes et crémeuses du saint-honoré.

Un peu plus tard, tandis que Mme Pierrard s'était endormie, Christine entraîna Thierry dans le couloir.

— Laissons maman, elle a l'habitude de manger plus qu'il ne

faudrait mais ce n'est pas grave; papa va lui faire une tisane et elle ira se coucher très contente de sa soirée. Et vous, Thierry? Êtes-vous content?

— Heureux, heureux. Beaucoup de bonheurs d'un coup. Car figurez-vous que j'ai signé : je suis propriétaire d'un atelier!

— C'est merveilleux. Mais rien d'autre?

— Si. J'annule l'achat si vous ne venez pas habiter avec moi dans l'appartement qui va avec.

Elle se jeta dans ses bras sous le regard indiscret de papa Pierrard qui les observait par la porte entrouverte du couloir.

De cette soirée mémorable marquant l'alliance de la capeline jardinière à la fleur de cuir, Thierry ne retint, en s'en retournant à l'Hôtel de Florence, qu'un fort mal de tête qui enténébrait ses pensées. Il apprécia dans un grognement de délivrance l'instant où il s'effondra, tout habillé, sur son lit.

« La garde impériale » – il appelait ainsi le vieux valet de l'hôtel –, l'ayant vu rentrer vacillant la veille au soir, eut pitié, ne le réveilla pas à six heures comme il en avait l'habitude, préférant tambouriner à sa porte à la demie. Thierry arriva donc en retard à l'atelier, mais Bonvin ne lui en fit pas reproche. Impatient, il demanda seulement :

— Alors?

— Alors deux nouvelles, patron : les vapeurs du pommard de votre ami Pierrard m'explosent encore le crâne et je suis officiellement fiancé à Christine!

— Bravo! s'écria Bonvin. J'en suis très heureux. Christine a son caractère, mais elle est intelligente et diablement belle. Vous ferez un bon ménage… Mais où donc allez-vous loger? Si tu tiens toujours à ton idée bizarre d'habiter au-dessus de l'atelier de Clovis, il va falloir te mettre à l'ouvrage! Tiens, comme il n'y a pas beaucoup de travail en ce moment, je te propose de me quitter quand tu le voudras pour entreprendre ton chantier. Je peux aussi te prêter Jeannot, l'apprenti. Vous ne serez pas trop de deux pour lessiver les murs!

Christine n'avait pas poussé de cris d'horreur en découvrant l'atelier et son futur logement, mais simplement déclaré :

— Je trouve plutôt excitant d'entamer notre vie commune les mains dans la lessive.

— Vous ne pensez pas, répondit Thierry, que je vais vous permettre de salir vos jolies mains dans ce bourbier ?

— Bien sûr que si. Venez demain matin à la maison. Nous prendrons le cabriolet et irons acheter chez le droguiste du faubourg Saint-Antoine le matériel nécessaire aux travaux. On pourra aussi jeter un coup d'œil aux meubles. Mes parents m'ont dit, ce matin, qu'ils nous les offraient.

Thierry la regarda, stupéfait. Il savait qu'il n'allait pas épouser une mijaurée, mais l'énergie de Christine le surprenait. D'ailleurs, elle poursuivait :

— Il faut, mon chéri, mener l'affaire tambour battant puisque tu ne veux pas qu'on se marie avant que notre logement soit habitable. À propos, ange de mon cœur, les ouvriers n'ont pas l'habitude de se vouvoyer. Alors tutoyons-nous, camarade, ce sera plus gentil !

Avec l'aide efficace de Jeannot, satisfait de participer à l'effort familial, les travaux allèrent bon train. Au bout de trois semaines, l'atelier avait changé de peau. Il ne restait plus qu'à recouvrir les murs et les plafonds de lait de chaux, à peindre en beige les portes et les fenêtres pour voir le bout du tunnel.

Christine avait expliqué qu'elle s'occupait de l'appartement et voulait pour la chambre des fenêtres neuves et du papier peint sur les murs. Ayant ajouté que c'était l'occasion d'utiliser ses économies de jeune fille, elle était allée chercher dans le quartier un menuisier et un peintre. Si les fenêtres ne posèrent pas de problème, le choix du papier peint fut délicat.

Pierre, le peintre, faisait défiler d'une seule main, avec la dextérité d'un magicien de cirque, les liasses d'échantillons qu'il avait apportées. Christine finit par arrêter son choix sur un semis de fleurs des champs en arguant : « Notre amour prolongera ainsi le printemps », ce qui ne voulait pas dire grand-chose mais déclencha l'admiration de M. Pierre, lequel s'écria, flatteur, en rangeant son matériel :

— C'est beau, mademoiselle, ce que vous venez de dire ! Et maintenant, passons aux autres pièces.

L'homme reprit une autre liasse et déroula des échantillons aux thèmes moins féminins. Thierry s'arrêta sur une diligence menée au fouet par un postillon hilare.

— Tu ne crois pas que cela fera beaucoup de diligences en train de se poursuivre sur les murs ? Elles vont finir par verser, s'amusa Christine.

— Et tes bouquets de fleurs se faner !

Ils éclatèrent de rire et se mirent d'accord : les diligences pour le salon et des rayures jaunes d'or pour la troisième pièce.

L'APPARTEMENT où flottaient encore des relents méphitiques de chaux, de lessive et de colle fut enfin jugé propre à recevoir la visite de M. et Mme Pierrard.

Il faisait soleil et les parents de Christine s'étaient habillés chics pour la circonstance. Elle portait un chapeau de paille orné d'un nid d'oisons prêts à s'envoler, une de ses dernières créations. Lui était resté classique avec sa redingote et ses guêtres gris clair. Le bruit de sa canne sur les pavés prévint les jeunes amoureux de leur arrivée et ils coururent à leur rencontre.

Les relations de Thierry avec sa future belle-mère s'étaient familiarisées depuis le dîner de fiançailles. Maintenant elle lui tendait la joue et lui y posait les lèvres en prenant soin de ne pas attenter à l'équilibre de sa coiffure. Joseph Pierrard manifesta sa sympathie d'une tape sur l'épaule, à laquelle Thierry répondit en secouant vigoureusement la main du chapelier.

— Comme c'est clair, dit-il en découvrant l'atelier vide où ses paroles résonnaient comme dans une église.

— Mais quelle est donc cette odeur bizarre ? s'enquit soudain Madeleine.

— La chaux et la lessive ne font pas bon ménage, maman, mais cette vilaine senteur disparaîtra. Attends, je vais pulvériser de l'eau de rose.

M. et Mme Pierrard s'accoutumèrent aux odeurs pour dresser l'état des lieux. La chambre sembla particulièrement plaire à Madeleine qui lança :

— Ici, vous allez être heureux, les amoureux !

Christine, gênée, entraîna sa mère afin de lui expliquer comment elle comptait aménager le salon.

À part deux tabourets maculés de peinture, comme il n'y avait aucun siège où Mme Pierrard puisse reposer son séant, son époux proposa d'aller déjeuner aux Arcades, l'un des bons restaurants du boulevard.

— Nous avons encore à parler du mariage ! dit d'emblée Madeleine.

Entre les huîtres et le gigot, il ne fut question que de cela. Les hommes comprirent vite qu'ils n'auraient pas voix au chapitre. D'ailleurs, les choses étaient simples.

— L'église Notre-Dame-de-Bonne-Nouvelle tout juste restaurée est magnifique, expliqua la future belle-mère. Par bonheur, elle se trouve en face de chez nous, la porte du presbytère est voisine de la nôtre et je croise souvent le vicaire, M. Barret.

Mme Pierrard tenait ces propos en se redressant, satisfaite, comme si le fait d'habiter en face de l'église lui conférait une honorabilité particulière. Une attitude d'autant plus curieuse que les Pierrard n'étaient pas des paroissiens exemplaires. S'ils donnaient aux œuvres, ils manquaient souvent la messe du dimanche.

— Il faudra, mes enfants, que vous alliez rendre visite au curé. À propos, Thierry, vous avez votre certificat de baptême ?

— Non, madame. Ma mère était catholique, mais mon père de lignée protestante. Nos ancêtres étaient, je vous l'ai dit, de purs huguenots. À vrai dire, j'ai été élevé en dehors de toute religion. J'en ai parlé à Christine qui m'a dit qu'elle-même…

Madeleine, dont le sancerre avait fait rosir les joues, devint pâle :

— Comment, ma fille, as-tu osé parler ainsi ? Tu as été élevée dans la bonne tradition chrétienne et ton mariage à Notre-Dame-de-Bonne-Nouvelle est la suite dévote de ton baptême et de ta première communion. Quant à Thierry, il est protestant, voilà tout ! Le curé n'aimera pas mais, malgré les jésuites, nous n'en sommes plus aux guerres de Religion. Il sera bien obligé de vous marier !

M. LE CURÉ ne se montra pas enchanté d'unir l'une de ses paroissiennes à un huguenot, qui plus est lui présentant comme papier d'identité la copie d'un acte de naissance certifié par l'adjoint au maire de Crefeld stipulant qu'il était né « à sept heures du matin le vingt-cinq du mois de Nivôse, an neuf de la République française ».

— Et cela se trouve où, Crefeld ? demanda le prêtre.

— En Prusse, mon père.

Thierry dut lui expliquer l'annexion des provinces du Rhin par Napoléon, un point d'histoire dont la plupart des sujets de Charles X, le nouveau roi, même les religieux, ignoraient tout.

Le père Thénard écouta distraitement et conclut :

— M. le vicaire vous mariera !

Pour Mme Pierrard, qui se croyait une notoriété dans la paroisse, il s'agissait d'un camouflet. Elle n'osa pas en accuser Thierry mais lança à sa fille des remarques acerbes sur son « huguenot ». Christine haussa les épaules et se contenta de répondre qu'elle partait dîner avec son fiancé.

Si la façade de Notre-Dame-de-Bonne-Nouvelle faisait dans la simplicité avec son péristyle à quatre colonnes doriques, la nef et sa voûte en berceau, toute neuve, constituaient une réussite architecturale. Malgré l'absence vexante du curé doyen, le mariage de Mlle Christine Pétronille Pierrard s'annonçait sous de bons auspices.

Les Pierrard n'avaient pas beaucoup de famille, mais l'assistance, composée surtout des amis de Christine et des confrères commerçants du Palais-Royal, se révéla nombreuse. Il faisait frais, ce jour-là, mais personne n'eut le temps de s'enrhumer tant le vicaire, qui avait dû recevoir des ordres, expédia la cérémonie en deux temps trois prières. Il coupa l'archet aux violons pour dire quelques mots sur Christine, enfant du quartier née d'une famille attachée à sa paroisse et rien, pas un mot, sur Thierry. La fin de la cérémonie fut enlevée de même façon. Les anneaux échangés, le registre signé, le père Barret se défaisait même déjà de la chasuble et de l'étole alors que les trois violons de Mme Pierrard besognaient en jouant jusqu'à son terme un concerto de Vivaldi dont les sautillés ne couvraient pas les conversations.

Car c'était le moment des embrassades, des retrouvailles, des présentations, celui où l'on s'extasiait sur la robe de la mariée dessinée par Joseph Pierrard qui s'affirmait parfois couturier. Tout le monde, sauf la famille Bonvin, découvrait le marié. Mme Pierrard le présentait comme le futur grand maître parisien de la sellerie. « Il ouvrira son magasin seulement dans quelques semaines mais vous serez prévenus », ajoutait-elle à l'intention de ceux qu'elle savait propriétaires d'une calèche, d'un cabriolet ou simplement d'un charreton utilitaire. « Des futurs clients », soufflait alors Joseph à l'oreille de Thierry dont la taille, la belle gueule et le sourire ne laissaient pas indifférentes les dames de l'assistance.

Les musiciens avaient depuis longtemps refermé leur boîte à violon quand Joseph sonna la dispersion :

– Nous nous retrouverons tous à une heure au premier étage du Grand Véfour pour le déjeuner, annonça-t-il.

La famille n'avait que la rue de la Lune à traverser pour monter à l'appartement afin de se reposer, pour les dames de changer de robe et, bien sûr, de chapeau.

— Ouf ! s'écria Madeleine en tombant dans un fauteuil. Comme vous étiez beaux tous les deux ! Mais je garde un chien de ma chienne à l'abbé Barret. Après avoir empoché mon don royal pour la paroisse, il s'est conduit comme un mufle. Vous avez vu comment il a écourté la cérémonie ? C'est un scandale et je vais me plaindre à l'évêché !

— N'en fais rien, maman, tu serais ridicule.

— Ne vous tracassez donc pas pour ces bêtises. Si vous saviez, madame, comme je me moque d'avoir été transparent pour votre curé ! S'il n'avait tenu qu'à moi, je n'aurais jamais mis les pieds dans son église.

— Mon cher Thierry, ne blasphémez pas ! Et d'abord ne m'appelez plus madame. Que pensez-vous de belle-maman ? Tenez, venez m'embrasser tous les deux que je vous félicite !

Si la bénédiction à Notre-Dame-de-Bonne-Nouvelle n'avait pas pleinement satisfait Mme Pierrard, le repas de mariage au Grand Véfour, suivi d'une sauterie, fut un franc succès dû à la qualité des mets et à l'entrain assuré, de bout en bout, par les joyeux boutiquiers, modistes, couturiers et gantiers du Palais-Royal. Rien ne manqua à la fête, surtout pas la jarretière de la mariée que Robert Schutz, le garçon d'honneur de Thierry, vint dérober dans les jupons de Christine et que le fils de Charmy, le fourreur des Arcades, mit aux enchères. Comme chaque enchérisseur devait mettre la somme annoncée dans le panier de la mariée et qu'il y avait beaucoup d'argent dans les tiroirs-caisses du quartier, c'est une jolie somme qu'emporta le soir le jeune couple dans son logis tout neuf.

Les jeunes mariés consacrèrent les semaines suivantes à l'aménagement de l'atelier. Ils avaient pensé conserver le pavement, mais les dalles étant toutes disjointes, cassées, mal réparées, il fallut le refaire. Un mauvais coup pour les finances de la maison Hermès qui s'apprêtait à ouvrir à Paris son premier local.

Sans rechigner, les Pierrard prêtèrent l'argent et, pour éclairer la situation, Thierry reçut de René Costil un lourd chargement de peaux.

Dans une lettre chaleureuse, Mme Costil écrivait qu'elle serait venue au mariage avec son époux si celui-ci n'était tombé malade. Mais il tenait à honorer sa promesse et avait chargé Mlle Lagneau de doubler, en guise de cadeau, l'assortiment des peaux destinées au démarrage de l'entreprise. La bonne Louise avait aussi écrit à Thierry pour le féliciter et lui confier que la santé du patron était inquiétante. Elle terminait sa lettre par un appel : « Quand votre atelier fonctionnera, venez donc passer quelques jours à Pont-Audemer. Il serait tellement heureux de vous voir ! Et moi aussi. »

— Alors que mon vieux maître voit se déliter l'œuvre de sa vie, philosopha Thierry devant sa femme, nous commençons la nôtre. J'ai beaucoup de peine ! Pont-Audemer n'est qu'à une nuit et quelques heures de diligence et il faudra, toi et moi, que nous allions le voir avant qu'il vende sa maison.

— N'a-t-il pas des enfants ?

— Si, mais ils ne s'intéressent qu'aux pharaons et n'ont ni le désir ni la capacité de reprendre l'affaire.

Quand le sol fut réparé il fallut, pour construire les comptoirs et les casiers de rangement, obtenir des facilités de paiement du menuisier voisin, un ancien compagnon du tour de France heureusement disposé à aider un jeune artisan. Tandis que Christine rangeait le linge de maison et posait les rideaux de l'appartement, les outils trouvaient peu à peu leur place dans les râteliers et sur les établis.

Il n'y eut pas d'inauguration mais, le 12 juillet 1828, sous le regard ému de Christine, Thierry passa le tablier de cuir blanc qu'il s'était taillé et annonça :

— Aujourd'hui est un grand jour !

Alors il déroula sur l'établi le beau cuir fauve d'un porc d'Angleterre dans lequel il allait couper les panneaux d'une selle de dame.

La commande en avait été faite à Bonvin par M. de Lardillère qui s'apprêtait, enfin, à épouser Mlle de Péreuse. Le vicomte avait exigé que ce soit le jeune homme à l'allure anglaise ayant si bien réussi sa propre selle qui soit chargé du travail. Bonvin avait acquiescé et repassé l'ordre à Thierry avec d'autant plus d'empressement que personne, dans la maison, n'était capable d'assumer une telle tâche. À Paris, seuls deux selliers en vogue, Carpentier et Vatel, fabriquaient des selles permettant aux dames de monter en amazone. Thierry avait appris ce travail à Pont-Audemer en copiant les modèles de clientes anglaises et arrivait en troisième larron sur le marché. C'était, il l'avait compris, un bel atout. De fait, les amazones de l'avenue du Bois seraient les premières femmes à donner leur préférence au nom plus tard mythique d'Hermès.

Cette pratique huppée ne suffisait cependant pas à faire vivre l'entreprise balbutiante. Thierry devait gagner aussi la confiance d'une clientèle plus modeste, celle du quartier, des artisans voisins, des commerçants, des petits bourgeois obligés d'entretenir ou de changer le harnachement de leurs chevaux.

Christine, qui se révélait bonne commerçante, eut un jour l'idée de faire imprimer des prospectus annonçant l'ouverture de la « Sellerie Thierry Hermès, paradis du cheval » et de les coller sur les murs du quartier. L'effet ne se fit pas attendre. Au cuir souple et doux de la selle de Mlle de Péreuse succédèrent les lourds harnais de transport et les colliers communs.

THIERRY eut bientôt assez de travail pour faire vivre son ménage et commencer à rembourser ses dettes. Il en eut même bientôt trop ; la renommée ayant fait son chemin, les attelages remplissaient souvent la cour de la rue Montmartre. Christine, qui avait abandonné le dé de modiste, recevait les clients dans le magasin meublé de quelques chaises et d'un divan récupérés dans la cave de ses parents.

Par loyauté, Thierry n'avait pas fait connaître son adresse aux clients de son ancien patron, se contentant d'envoyer sa carte à M. des Effules, qu'il avait personnellement conduit chez Bonvin. Il fut content de le voir arriver un matin aux guides d'un tilbury vert.

— Monsieur Hermès, dit ce dernier en sautant de voiture, je suis bien aise de vous revoir. Vous avez réalisé votre projet et je vous en félicite. Montrez-moi donc votre atelier.

— Entrez, monsieur le comte. Je vais aussi vous présenter ma femme.

M. des Effules, homme poli par excellence, ne dit rien mais, au regard qu'il porta sur Christine, le sellier remarqua bien que sa beauté et son élégance ne lui avaient pas échappé. Dans l'atelier, le comte, curieux, apprécia la blancheur des murs, l'ordre dans lequel étaient rangées la panoplie d'outils et quelques peaux, les plus rares de celles offertes par Costil, négligemment jetées sur une table.

— Mon cher, votre atelier est un vrai décor de théâtre !

— J'essaie d'y bien jouer mon répertoire, mais monsieur le comte a-t-il quelques partitions à me proposer ?

— Oui. Je veux offrir à Coco, qui tire mon nouveau tilbury, une bride neuve de la meilleure qualité.

— C'est simple, monsieur. Ou nous utilisons la courroie préparée à la machine chez Bonvin, ou nous faisons, à la mesure, du cousu-sellier dans le cuir que vous choisirez. Le prix, naturellement, n'est pas le même, mais aucun sellier à Paris ne vous livrera une bride aussi parfaite que la mienne. Je peux ajouter qu'elle sera quasiment inusable et conservera son chic durant de longues années.

Le comte sourit :

— Vous vendez admirablement l'excellence et vous avez raison. J'opte pour elle, bien entendu, mais ma mère m'a appris que plus une chose est chère, plus elle se marchande. Vous me ferez un prix…

— Non, monsieur le comte. Mais je vous offrirai le plus beau des mors en acier poli que fabrique mon ami le ferronnier Magisco.

Cette fois, des Effules rit franchement.

— Je suis content, monsieur Hermès. Savez-vous pourquoi ? Parce que vous réussirez ! Maintenant que vous avez pignon sur rue, peu importe laquelle, je vais vous envoyer des clients.

— J'en remercie beaucoup monsieur le comte. Servir les vrais amateurs de chevaux, capables de distinguer la qualité et le fini d'une bride ou d'une selle, a toujours été mon obsession.

— Vous avez, mon cher, beaucoup de chance. Depuis l'Antiquité, monter en selle a toujours été le moyen le plus rapide pour se rendre d'un point à un autre, mais, à notre époque où tout le monde a envie de bouger, plus que jamais, de la charrue à la berline, du fiacre à l'omnibus, le cheval occupe une place prépondérante dans la vie quotidienne. Votre avenir est souriant, cher monsieur Hermès !

En dehors de son métier, Thierry savait peu de choses mais, quand l'occasion se présentait, il ne manquait pas de les mettre en valeur. Aussi, après le galop lyrique du comte, il hasarda :

— N'est-ce pas Buffon qui a écrit : « Le cheval est la plus noble conquête de l'homme » ?

— Si, et je trouve épatant que vous connaissiez Buffon. C'est l'un de mes grands hommes, l'un de ceux que j'aurais aimé accueillir dans mon petit cénacle du faubourg Saint-Germain.

Chapitre XII

THIERRY et sa femme commencèrent dans le bonheur et le travail une vie de couple qu'auraient enviée bien des amoureux. C'est à peine si les événements de 1830 eurent des conséquences sur les affaires de la maison dont Christine assurait la comptabilité, dressant, d'une belle écriture penchée et régulière, les factures à l'en-tête de « Thierry Hermès, maître sellier à Paris, au 6, rue Montmartre ».

Thierry ne s'était jamais beaucoup intéressé à la politique. Certes, Louis XVIII, successeur de Napoléon, ne lui avait pas plu, Charles X encore moins, mais comme il n'avait eu à subir ni le chômage ni la pauvreté, aucune tentation de se mêler aux manifestations de l'opposition ne l'avait taraudé.

Mais le feu couvait sous la cendre et le roi, décidément peu en phase avec son peuple, souffla sur les braises en promulguant cinq ordonnances qui embrasèrent le mois de juillet 1830. Impossible, pour les Hermès, de se désintéresser de la situation quand les barricades s'élevaient dans le quartier, que l'Arsenal, le dépôt des poudres, le Louvre et l'Hôtel de Ville tombaient aux mains des Parisiens insurgés. Au matin du 28 juillet, deuxième jour des Trois Glorieuses, Thierry rentra d'une course tout excité.

— J'y vais ! dit-il à Christine. Roger, le bourrelier de la rue du Louvre, m'a dit que toute la profession des harnacheurs abandonnait le travail à midi et se retrouvait à la barricade du boulevard.

Christine le regarda, stupéfaite :

— Mais que t'arrive-t-il ? Toi, le doux Thierry, te voilà soudain décidé à jouer les révolutionnaires ! Je ne peux ni ne veux t'en empêcher mais je t'en supplie, fais attention à toi, à nous.

— Ne t'inquiète pas, je ne vais pas prendre de risque mais tu vois, j'aimerais pouvoir dire un jour à mes enfants : « J'ai été sur les barricades quand on a obligé Charles X à abdiquer. »

CHRISTINE dépliait et repliait les peaux, les comptait et les recomptait avant de les replacer dans leurs casiers. Pour passer le temps, pour vaincre l'angoisse. Elle savait bien que Thierry n'était en rien une tête brûlée, mais elle ne pouvait s'empêcher de craindre la balle perdue, absurde, qui ferait d'elle une veuve. Et puis, alors que le canon tonnait encore vers le boulevard, Thierry poussa la porte de l'atelier.

Elle courut à sa rencontre et il la souleva pour l'asseoir sur la table. Alors, seulement, elle s'aperçut que son mari avait le visage noir de poussière, de la poudre sans doute, et que la manche de sa chemise était déchirée. Il étouffa son cri par un baiser et raconta :

— Rassure-toi, pas une balle des grenadiers du général Marmont ne m'a frôlé la tempe. Je me suis sali et j'ai déchiré ma chemise en hissant un vieux poêle et une roue de tombereau sur la barricade. Tu vois, ce n'est pas grand-chose… Enfin, je suis tout de même content d'avoir apporté ma petite contribution à la victoire des insurgés : il paraît que le roi va retirer ses ordonnances et sera contraint à abdiquer !

— Mais le canon n'a pas cessé…

— Les dernières salves ! Tu peux croire un vaillant rebelle !

Ils éclatèrent de rire. Thierry avait dit vrai : comme par hasard, le calme revint sur la ville.

En marge des soubresauts de l'Histoire, l'année 1830 devait se révéler riche en événements pour la famille Hermès. Bonvin, ayant décidé de prendre sa retraite, venait de vendre son atelier quand il invita Thierry et Christine à souper au Vieux-Paris, le plus ancien restaurant du Palais-Royal. Le dîner fut enjoué. Il fut bien sûr question des événements. En bon bourgeois, Bonvin n'était pas de gauche, mais se montrait satisfait de l'abdication de Charles X, de son remplacement par la monarchie d'Orléans en la personne de Louis-Philippe et de la présence des ministres libéraux Laffitte, Casimir Perier et Guizot.

Thierry ne le contredit pas et l'on parla boutique. Il annonça ses projets, demanda poliment quelques conseils à son ancien patron qui se montra sage et paternel.

— Lorsque tu as ouvert ton atelier, tu as été loyal, cela ne m'a pas étonné. Tu n'as pas essayé d'attirer mes clients, mais aujourd'hui, si certains vont chez toi, je ne vois pas qui pourrait les en empêcher, bien qu'en principe je cède ma clientèle en même temps que le fonds.

Thierry remercia et avança la question qui l'intéressait :

— Ce n'est pas un client que je veux vous prendre. J'ai l'intention d'embaucher Jeannot avec le statut de compagnon. Qu'en pensez-vous, monsieur Bonvin ?

— Je pense que c'est une bonne idée et que vous ferez tous les deux une bonne opération. C'est son rêve de travailler avec toi. Et si, en plus, tu le paies comme un compagnon…

L'ATELIER Hermès fit donc sa petite révolution dans la semaine qui suivit les Trois Glorieuses. Le deuxième établi légué par le père Clovis se voyait désormais occupé par Jeannot. Son accession professionnelle l'avait du reste changé. Le garçon timide, toujours inquiet de commettre une erreur, avait acquis de l'assurance, même si… le matin de son arrivée, il avait pleuré :

— Je ne vous le répéterai pas tous les jours, mais je veux vous dire ma reconnaissance. Soyez sûr que le premier compagnon de la maison Hermès aidera avec dévouement à sa prospérité.

L'arrivée de Jeannot coïncida – heureusement – avec un accroissement de clientèle. Les attelages de tous genres, en effet, se multipliaient, les fiacres trottinaient de plus en plus nombreux sur les boulevards, les camions bas à roues ferrées tirés à deux percherons livraient de tout et partout dans Paris, tandis que les omnibus peinaient à se frayer un passage.

La circulation gênait d'ailleurs les défilés mondains sur les Champs-Élysées devenus lieu de passage pour se rendre au bois de Boulogne. C'est là qu'évoluaient maintenant le comte des Effules, le vicomte de Lardillère et les grands noms du cheval.

Le livre des commandes de la maison Hermès s'était du reste enrichi de nouveaux « monsieur le baron » ou « monsieur le comte » venus se porter acquéreurs d'équipements de luxe. Des clients qui permettaient à Thierry d'œuvrer dans sa spécialité, les selles et les brides en cuirs riches. Ainsi, sans faire de bruit, Hermès, le petit sellier de la rue Montmartre, devenait tranquillement à la mode.

UN matin, alors qu'en attendant l'arrivée de Jeannot ils s'apprêtaient à se mettre au travail, Christine prit doucement dans ses mains la tête de Thierry, caressa un instant ses joues et le regarda fixement. Il connaissait trop bien sa femme pour ne pas remarquer l'œil droit qui papillotait, clignotement qui, il le savait, préludait à une confidence. Curieux, il écouta :

— J'ai attendu d'être sûre pour te le dire : tu vas être papa !

Ils avaient bien sûr déjà envisagé la naissance d'un enfant mais la nouvelle plongea Thierry dans une émotion si vive qu'il se mit à trembler.

— Ma chérie, ma chérie…, répéta-t-il en étreignant Christine.

Elle n'avait jamais pensé voir pleurer un jour son grand escogriffe de mari, et lui essuyait les larmes qui coulaient sur ses joues quand Jeannot entra comme un coup de vent et s'arrêta net en demandant ce qu'il se passait.

— Christine va avoir un bébé! cria Thierry en reprenant ses esprits.

Mme Pierrard, naturellement, voulut prendre les choses en main. Si on l'avait écoutée, elle aurait été là toute la journée à veiller sur sa fille allongée en tricotant des chaussons. On transigea en acceptant de prendre comme sage-femme la dame Olive, qu'elle disait la meilleure de Paris. Mme Olive, qui mettait au monde la plupart des bébés du quartier, se révélait à la fois une accoucheuse experte et une brave femme qui savait donner confiance à ses patientes. Au moins une fois la semaine, elle passait chez les Hermès, examinait Christine et prédisait que celle-ci accoucherait dans la deuxième quinzaine de mars. En attendant l'heureux événement, la jeune femme continuait, malgré les exhortations maternelles, de s'occuper des écritures de la maison, de recevoir les clients et de grimper sur l'escabeau pour ranger les peaux.

CHRISTINE serait sûrement parvenue tranquillement à terme dans la chambre aux pâquerettes et aux boutons d'or sans l'arrivée de deux lettres qui mirent la maison en émoi. La première venait du notaire de Pont-Audemer qui annonçait au « sieur Hermès prénommé Thierry » qu'il figurait comme bénéficiaire dans le testament de M. Costil, décédé, et qu'à ce titre il devait se présenter à l'étude notariale dans les meilleurs délais. La seconde confirmait dans des termes plus humains le charabia de Me Petitpont. Hélène Costil, effondrée, racontait comment son mari était mort la semaine précédente. Malade, il avait eu le temps de vendre l'entreprise à un Hollandais mais ni ses fils rentrés à Pont-Audemer, ni elle, ni Mlle Lagneau n'étaient capables de démêler les affaires en suspens, en particulier de retenir les peaux que René Costil lui avait léguées.

« C'est pourquoi, terminait-elle, je vous implore de venir passer quelque temps à Pont-Audemer pour m'aider, être mon porte-parole auprès des acheteurs et défendre éventuellement les droits de la famille. Il serait bien que votre épouse vous accompagne, j'ai tellement hâte de faire sa connaissance. »

Le décès de René Costil peina beaucoup Thierry, qui annonça, après avoir lu la lettre de sa femme :

— Je finis avant deux jours la selle de M. d'Adibert et je pars pour Pont-Audemer.

— Nous partons ! rectifia Christine.

— Dans ton état ? Cela serait déraisonnable.

— Je ne dois accoucher que dans quatre mois ! Et je suis en parfaite santé.

— J'irai demain retenir des places dans la diligence de Rouen.

— À propos, qui va tenir la maison pendant ce temps ?

— Jeannot ! Il continuera de s'occuper des réparations, des commandes courantes et fera patienter les amateurs de beaux cuirs. Il faudra seulement que je lui apprenne à tenir les comptes. Et puis, il s'agit seulement d'une semaine, peut-être deux.

THIERRY et Christine ne restèrent pas deux semaines à Pont-Audemer mais… quatre bons mois. Vétilleux, les Hollandais discutaient de tout, ne laissaient pas une peau leur échapper sans une âpre discussion. Costil ne leur avait vendu, avec tous les bâtiments, qu'un quart du stock des cuirs, la moitié allant à la succession et le quart se voyant légué à Thierry. L'objet du partage était si important que les acheteurs le disputèrent peau à peau. On finit tout de même par s'entendre lors d'une réunion chez Mᵉ Petitpont qui, sous son air benêt, se révéla un négociateur madré. Mᵐᵉ Costil ne fut pas lésée d'un croupon. Thierry non plus.

Mᵐᵉ Costil avait pris Christine en affection et la choyait. Thierry, lui, entre deux séances d'inventaire, préparait le départ en chargeant deux lourdes fourragères des peaux dont il avait hérité. Il avait fait, seul, deux voyages à Paris et était revenu rassuré. Jeannot se débrouillait bien. Il s'était même lancé dans la fabrication de deux brides de luxe pour des clients pressés. Il avait eu peur de se faire attraper mais Thierry, au contraire, l'en félicita :

— Je suis fier de mon élève ! dit-il à Christine en racontant les exploits de leur protégé.

L'enfant annoncé, l'héritage inattendu – assez important pour permettre d'échafauder de beaux rêves –, l'agenda Hermès de l'année 1831 s'ouvrait sous les meilleurs auspices. Trop bien peut-être ? Tout marchait si merveilleusement, les événements se succédaient avec tant de réussite que Christine, souvent, laissait poindre son inquiétude.

Était-ce une prémonition ? Le lendemain d'un jour où elle avait agacé Thierry en lui disant que tant de bonheur devrait se payer, Christine glissa sur le marchepied de la calèche devant les conduire au manoir où Mme de Lestin les avait priés à déjeuner. Elle tomba lourdement sur le pavé et se blessa à une cheville.

— Une entorse banale mais toute chute peut être grave pour une personne enceinte, asséna le médecin appelé aussitôt. Transportez-la dans une chambre accessible ; je vais, moi, chercher mon matériel pour l'examiner. Et prévenez tout de suite Mme Mouton, la sage-femme.

La Faculté rendit un avis sans appel : Mme Hermès devait rester allongée en attendant les premières contractions.

— Si elle réussit à garder son bébé encore un mois, en étant bien sage, nous pourrons le sauver, affirma Mme Mouton.

LES semaines qui suivirent furent marquées par l'inquiétude et la morosité. Thierry, qui avait accepté, en échange d'un lot de cuir espagnol, de conseiller les Hollandais jusqu'à son départ, avait de quoi s'occuper mais Christine, tricotant sa dixième paire de chaussons, la jambe toujours serrée dans son pansement, trouvait le temps long. La sage-femme à qui elle avait demandé, sans grand espoir, si elle n'était pas transportable à Paris avait souri gentiment :

— Non, mon petit ! Vous voyez votre enfant cahoté dans une diligence ou même dans une berline ? Vous le mettrez au monde dans notre bonne ville de Pont-Audemer.

De fait, huit jours plus tard, après un accouchement un peu difficile, Mme Mouton brandissait comme un trophée un garçon criard. Madeleine Pierrard, arrivée la veille, et Mme Costil accompagnèrent Thierry en calèche jusqu'à la mairie où il alla déclarer le nouveau-né emmitouflé jusqu'aux oreilles, prénommé Charles-Émile.

Quand Mme Pierrard, dont on ne parvenait à interrompre ni les leçons ni les bavardages, et Mme Costil, toujours au bord des larmes, voulurent bien quitter la chambre, Christine et Thierry s'écrièrent d'une même voix :

— Enfin nous voilà seuls !

Il embrassa longuement la maman, approcha le berceau et lança avec une infinie tendresse vers la frimousse rouge et ridée l'une de ces tirades dont il aimait orner les grands moments de la vie :

— Bienvenue au monde du cousu-sellier, monsieur Charles-Émile. J'y ai glissé, au cours d'un long voyage et avec l'aide de ta mère, le nom d'Hermès. À toi d'y tailler, dans le bon cuir, la marque de l'excellence !

La maman se remit vite, l'enflure de son entorse disparut avec un bandage et Charles-Émile, s'il pleurait beaucoup, esquissait des grimaces drôles que Christine aimait prendre pour des sourires. Après dix jours de « guili-guili », de visites d'adieu, de préparatifs, la famille fut enfin prête à entreprendre l'expédition du retour.

Bien que de construction récente, la diligence de Rouen n'était pas faite pour des nourrissons criards et le voyage, avec ses grincements d'essieux, ses départs tumultueux, ses sauts dans les trous qui présageaient la désintégration probable de la voiture, ne fut une partie de plaisir ni pour la famille ni pour les autres voyageurs.

À l'arrivée, devant l'hôtel des Messageries nationales, Jeannot attendait près de la berline prêtée par ce cher M. Bonvin. À ses côtés, le feutre beige de Joseph Pierrard faisait bon effet. N'ayant d'yeux que pour le bébé, tous deux se précipitèrent et déclarèrent que le petit dauphin était une merveille.

Cette reconnaissance accordée, on se retrouva, on s'embrassa, et Charles-Émile salua Paris à sa façon par un bruyant renvoi sur la robe de sa grand-mère. Ce dernier incident eut raison du courage de Madeleine qui avait déjà montré beaucoup de patience durant le voyage.

— Joseph ! annonça-t-elle, charge ma malle dans un fiacre, nous rentrons !

Après de brèves embrassades, le fiacre s'en alla trottinant vers la rue Beauregard, laissant Christine pâle, épuisée, effondrée sur un banc tandis que Thierry essayait de retrouver les paniers et les sacs de la famille dans l'amoncellement des bagages déchargés du toit de la diligence. Jeannot prit les rênes de la berline et ramena la famille au bercail.

Il avait laissé les lampes à pétrole Carcel allumées afin que Christine et Thierry retrouvent l'atelier dans une certaine clarté. Une astuce aussi pour qu'ils découvrent le mur du fond resté jusque-là vide et qu'il avait eu l'idée de recouvrir d'un choix des plus belles peaux arrivées de Pont-Audemer. L'effet était, il est vrai, réussi et Christine félicita Jeannot. Enhardi, celui-ci annonça :

— Ce n'est pas tout, venez voir à l'étage.

La surprise se trouvait dans la chambre : un berceau gainé de peau blanche et de soie attendait qu'on y glisse l'héritier emmailloté dans ses langes. Surprise et heureuse, Christine embrassa le jeune homme.

— Je me suis fait aider par le menuisier et la couturière, expliqua-t-il, mais c'est moi qui ai dessiné le berceau, l'ai gainé et capitonné.

Christine coucha son bébé dans le berceau de Jeannot. Thierry s'écria :

— Ce retour, nous l'attendons depuis longtemps. Il marque le vrai début de la maison Hermès. Toi, Jeannot, tu as été épatant durant mon absence. Car tu n'as pas seulement gardé la clientèle, tu l'as augmentée ! Je pense que la patronne sera d'accord pour te donner de l'avancement : te voilà dorénavant directeur adjoint de l'entreprise. Tu me diras que nous ne sommes que deux, trois avec madame, mais tu verras, l'atelier va s'étoffer. Je sens le succès venir. Au fait, ta selle ? L'as-tu réussie ? Montre-la moi !

— Je ne peux pas, monsieur Thierry. Le baron Clark l'a emportée hier. Il est, m'a-t-il dit, très satisfait et m'a chargé de vous féliciter.

Tout le monde rit aux éclats. Et Thierry ajouta son mot :

— Petite canaille ! À peine nommé directeur adjoint, tu veux déjà prendre la place du patron ! Tiens, va donc chercher une bouteille de champagne à la cave que nous fêtions ce succès avant d'aller nous coucher.

La vie à trois, même à quatre car Jeannot ne quittait guère la maison, s'organisa tout naturellement. Mme Pierrard habitait à deux pas et venait pouponner, ce qui permettait à Christine de « faire ses écritures ». La « dame aux chapeaux » était vite devenue célèbre dans la cour et les dépendances de la rue Montmartre, au même titre que les guêtres de Joseph Pierrard lorsqu'il venait la chercher le soir. Thierry avait craint un envahissement de la belle-famille, mais les chapeliers se montraient tout simplement aimants et serviables.

À l'atelier, on ne chômait pas. De temps en temps, une commande de prestige venait rompre la monotonie du travail coutumier. Une élégante selle de dame en peau de cochon à couper, à garnir, à peaufiner faisait savourer le sellier et son jeune compagnon.

Les rôles avaient changé, mais Thierry se revoyait avec son père lui montrant comment on tranchait un beau cuir ou perçait des mortaises à enchapures. Le souvenir le faisait sourire et, dans un élan de tendresse, il fredonnait souvent une vieille ballade du Rhin apprise à l'école de M. Cahuzac. C'étaient les rares paroles allemandes échappées à l'oubli. Le fil de la pensée suivait parfois le retors de soie qui, sous la pression de l'index, s'incrustait dans le cuir. Une question de Christine à propos d'un client qui n'avait pas réglé sa facture le rendait au présent : son travail, sa femme aimée et le bout de chou criard en qui il voyait celui qui porterait le nom d'Hermès au pinacle du cousu-sellier.

Le but était lointain, difficile à atteindre. Grâce, un peu, aux cuirs qu'il avait hérités et qu'il conservait comme un trésor dans une remise louée pour la circonstance, la maison marchait bien. On commençait à venir de loin pour remplacer chez Hermès un porte-mors usé, regarnir une œillère de cuir gras ou commander une bride complète. Malheureusement, la clientèle riche, celle qui, pour chasser à courre, monter au manège ou se promener dans le plus bel équipage, ne regardait pas à la dépense, tardait à fréquenter la cour de la rue Montmartre. Quant aux selles et brides achetées chez Bonvin – qui avaient révélé le talent du jeune sellier –, elles bravaient le temps et étaient aussi reluisantes et solides qu'au premier jour.

— Tu vois, disait Thierry à Jeannot, avec notre volonté de perfection, nous créons de l'inusable que nos clients n'ont ni besoin ni envie de changer ! C'est pourquoi il faut vendre cher nos chefs-d'œuvre et essayer d'attirer chez nous les riches et grands noms du cheval. Et pour montrer que les affaires ne vont pas si mal, va dire à Christine que si la mère Fichou peut garder Charles-Émile, je vous invite à dîner chez Gallyot. Tu prépareras la voiture.

Signe de réussite, les Hermès possédaient maintenant un brougham que des Effules leur avait cédé pour une bouchée de pain. Une petite jument cabocharde lui avait été vendue par un autre client. Inutile de dire qu'elle était harnachée, en cuir de Hongrie, comme une princesse. Princesse, d'ailleurs, était son nom.

Chapitre XIII

Au fil des ans, la cour de la rue Montmartre était devenue la cour Hermès. Pas seulement parce qu'une grande pancarte HERMÈS SELLIER ornait maintenant le portail d'entrée, mais parce que Thierry, profitant d'une occasion successorale, avait racheté trois écuries utilisées jusque-là comme réserves par un négociant en bois. Et cette acquisition le rendit seul propriétaire des locaux ouvrant sur la cour. Deux d'entre eux abritaient Princesse, le brougham et les montures des clients ; de l'autre, le sellier émérite avait fait un magasin pour ranger le stock des cuirs de Pont-Audemer qui constituaient, pour de longues années encore, la matière première de l'atelier.

Deux nouveaux compagnons avaient été embauchés. Il s'agissait de jeunes ouvriers déjà formés au métier chez les selliers Franck et Batting, concurrents chics dont Thierry enviait la vitrine d'acajou chaque fois qu'il passait devant, boulevard Malesherbes.

Jeannot, qui dirigeait maintenant deux personnes, assumait avec une autorité souriante sa fonction de directeur adjoint. Quant à Charles-Émile, il grandissait, se montrait un bon élève de l'école des frères de la rue Bachaumont et commençait à découper en cachette des tombées de cuir à l'aide d'une cornette tranchante.

LOUIS-PHILIPPE régnait, Guizot gouvernait et l'opposition hétéroclite, libérale, républicaine ou révolutionnaire, se faisait entendre et soulevait même sporadiquement les pavés de Paris. L'Histoire appellera ces révoltes des « Journées ». Celles de 1839 furent tout de même marquées par des événements graves : la prise de la préfecture, de l'Hôtel de Ville et du marché Saint-Jean. L'ordre rétabli par la garde nationale avait été suivi des arrestations de Blanqui et de Barbès, condamnés à mort puis graciés.

Ces accès de fièvre ne laissaient pas la famille indifférente. Chez les Hermès, on était abonné à *La Presse* d'Émile de Girardin, qui venait de lancer le journal à deux sous financé pour la première fois par la publicité. *La Presse*, qui se prétendait contre l'anarchie révolutionnaire mais aussi contre le despotisme, correspondait assez bien aux convictions des Hermès et de la frange sociale des commerçants parisiens et artisans aisés, démocrates de cœur mais soucieux de sauve-garder la prospérité de leurs affaires.

Celles de la maison Hermès avançaient, du reste, tranquillement, dans l'orientation choisie par son fondateur. La clientèle huppée s'accroissait au fil des mois. Le bouche à oreille remplaçait les belles devantures des quartiers chics et il n'était pas rare de voir plusieurs selles de luxe en cours de confection dans l'atelier de la rue Montmartre. C'était là, évidemment, l'affaire de Thierry et de Jeannot mais Roger Front, l'un des jeunes compagnons, mordait bien à l'hameçon du cousu-sellier.

— Il est doué, le jeune, disait le maître à Jeannot. Et je pense qu'il sera au point lorsque nous aurons besoin de lui.

En dehors des dandys de l'éperon et des mondains de l'attelage, Thierry s'attachait aussi de nouveaux clients, les cavaliers qui mon-taient en course les chevaux les plus racés et les plus rapides. Les pre-miers *gentlemen riders* avaient d'abord couru avec leur selle habituelle puis, à l'exemple des Anglais, montaient maintenant des selles plates et plus légères. Thierry, à la demande du comte des Effules, avait réussi à proposer aux jockeys amateurs des selles en cuir fin dont le poids ne dépassait pas un kilo et demi, alors que les sièges équestres nor-maux atteignaient neuf à dix kilos. Ces selles de course, beaucoup plus rapidement confectionnées, demandaient peu de cuir et rapportaient moins, mais les jockeys amateurs commandaient aussi souvent des brides et du matériel équestre.

Parmi ses nouveaux clients, galopeurs impénitents, la maison Hermès comptait un champion qui remportait nombre des épreuves organisées par la Société d'encouragement nouvellement créée et pré-sidée par le vicomte de Lardillère. Il s'agissait du comte de Cambis, petit homme à l'œil perçant et aux cuisses d'acier. Déterminé, il était venu voir Thierry au début de 1840.

— Je cours à Epsom le 25 février, avait-il expliqué, et veux mener à la victoire Beggemann, un magnifique pur-sang que me confie le duc d'Orléans. Pouvez-vous allonger un peu ma selle sur l'encolure ? J'y gagnerai en course, et la monture un certain confort. On ne va évidem-ment pas se contenter de bricolage. J'ai très vite besoin d'une autre selle pour que je puisse m'entraîner. Combien de temps vous faut-il ?

— Deux jours si je quitte tous les travaux que j'ai en cours et que je m'occupe uniquement de vous.

— C'est bon. Donnez-moi une feuille de papier et un crayon. Je vais vous montrer.

Le comte, sachant ce qu'il voulait, dessina les modifications désirées.

C'est cet homme singulier, accroupi, les jambes serrées, sur un pur-sang enflammé, qui vainquit pour la première fois, d'une demi-tête, les cracks de lord Seymour en son domaine d'Epsom. Thierry ne manqua pas de faire savoir que le comte de Cambis faisait confiance, pour courir et triompher, à la maison Hermès.

DÉBATS politiques passionnés, soulèvements sporadiques, émeutes de quartier qui tournaient parfois au drame et laissaient sur le pavé quelques dizaines de morts altéraient finalement peu la vie quotidienne. Quand l'agitation chauffait trop du côté du boulevard, on fermait la porte cochère et l'atelier poursuivait paisiblement à doubler de peau dorée la selle de la marquise de Prehaut.

Tout allait donc bien chez les Hermès. Christine avait engagé une petite bonne, une Normande rigolote et active qui la libérait des travaux ménagers et lui permettait de recevoir au magasin, avec la même grâce, les artisans voisins et la fine fleur de l'aristocratie équestre. Elle tenait aussi, bien sûr, les comptes de la maison et dressait sur un registre des bilans aimablement positifs.

Après une période de marasme, les affaires reprenaient chez les Pierrard. Il avait suffi d'un article élogieux dans *La Mode*, le premier journal féminin, pour rendre vie au magasin de la rue Montpensier. Joseph ne cessait de faire essayer aux dames du monde ou aux filles légères du Palais-Royal les chapeaux de paille fleuris de la collection de printemps.

DES fleurs, le roi Louis-Philippe faillit bien en avoir sur son cercueil. Une bombe lancée sur le cortège royal par le Corse Fieschi coûta la vie à dix-huit personnes. L'affaire fit grand bruit, mais c'est la famille Bonaparte, quasi oubliée, qui soudain surgit dans les titres de la presse. Le neveu, Louis Napoléon, expulsé de France pour avoir tenté de soulever le 4e régiment d'artillerie à Strasbourg, avait soudain débarqué à Boulogne avec cinquante-six hommes et beaucoup d'argent. Mais on n'achète pas une garnison comme un paquet de scaferlati : capturé, le prétendant avait été emprisonné au fort de Ham.

Tandis que le neveu faisait des siennes, le sarcophage de Napoléon le Grand, après avoir quitté Sainte-Hélène, voguait vers la France à bord de *La Belle Poule*. La presse, qui avait peu parlé du retour des cendres de l'Empereur, se réveilla quand la frégate fut signalée au large de Cherbourg. Dès lors, aucun détail du voyage impérial ne manqua aux lecteurs de *La Presse*, de *L'Univers* ou du *Siècle*. Ils surent qu'une foule immense avait assisté à l'arrivée du navire au port, que la ferveur populaire s'était manifestée durant le transfert du corps à Rouen puis sur *Dorade 3*, l'une des unités régulières de la flottille du fleuve, habilitée à emprunter les méandres de la Seine et à conduire la dépouille de l'Empereur jusqu'à Paris.

Chez les Hermès, on suivait jour après jour l'avancée du voyage funèbre. Thierry, comme la grande majorité des Français, était intéressé par l'événement qui rouvrait le livre oublié de sa jeunesse aux pages d'Iéna ou d'Austerlitz. Il prenait plaisir à expliquer à Charles-Émile comment, à peine plus âgé que lui, il guettait dans les gazettes l'avancée de Napoléon sur les chemins de la gloire.

QUATRE jours plus tard, le 15 décembre 1840, la dépouille impériale protégée par trois cercueils de fer, de plomb et d'acajou entrait dans la capitale. Charles-Émile avait clamé qu'il voulait assister au cortège annoncé dans la presse comme un fantastique défilé militaire, un spectacle nourri d'histoire et de ferveur précédant et suivant le char funèbre. Christine, qui n'avait pas la fibre bonapartiste, se récusa en affirmant que le goût de la parade attirait les gens plus que l'attachement à un Napoléon ressorti de l'oubli comme une marionnette de sa boîte. Thierry lui fit remarquer en riant que comparer Napoléon à une marionnette était exagéré et s'avoua content d'emmener son fils célébrer l'Empereur comme son père, sous-officier aux gardes d'honneur, l'avait fait avec lui quarante ans auparavant.

Charles-Émile parlait d'aller place des Invalides, où des tribunes avaient été dressées pour voir les drapeaux saluer le char mortuaire lorsqu'il franchirait la grande grille. Mais comme *La Presse* annonçait qu'il y avait eu cinq cent mille demandes de billets pour cent mille spectateurs admissibles sur l'esplanade, son père préféra jouer la prudence.

— Nous irons aux Champs-Élysées, décida Thierry. Je connais le coin et même un certain remblai d'où nous aurons une belle vue.

Christine sourit en glissant dans une musette un casse-croûte de grenadier et une bouteille de chocolat bouillant enveloppée dans des chaussettes de laine et de vieux journaux. Et sur le coup de six heures, attendrie, elle regarda partir ses hommes dans le froid de la nuit.

Le terre-plein auquel on accédait par l'arrière était un peu difficile à atteindre mais Thierry n'eut pas trop de peine à hisser le garçon sur l'emplacement encore libre. De là ils bénéficiaient d'une pleine vue sur la chaussée déserte entre des trottoirs bondés.

Maintenant, il allait falloir attendre. Deux heures, peut-être plus. Le moment, pour Thierry, de raconter Crefeld, les gardes d'honneur, la Légion d'honneur du grand-père et les alezans de von der Leyen. Le reste du chocolat était encore tiède quand le cortège fut annoncé à l'Arc de triomphe. Les Hermès s'en réchauffèrent avant l'arrivée à leur hauteur des premiers détachements de grenadiers en bonnets à poil, des gardes municipaux casqués de cuivre, des lanciers et de leur fanfare.

Aux plumets, aux sabres, aux fusils succédèrent deux berlines noires qui devaient transporter de hauts personnages et un carré de sous-officiers porte-bannières des départements scandant le pas. Ils précédaient, à bonne distance, un chambellan à la livrée de l'Empereur qui tenait, à longue guide, un cheval gris caparaçonné de violet, porteur d'une selle au velours rouge et or.

— C'est la selle de Napoléon le jour de Marengo ! s'écria Charles-Émile, qui avait lu la veille le programme du défilé dans le journal.

Thierry serra la petite main de son fils et annonça :

— Attention, voici les marins de *La Belle Poule*. Ils sont trois cents et le char mortuaire vient tout de suite après.

À l'approche de l'immense pyramide crêpée de violet et soutachée d'abeilles d'or, les cris de « Vive l'Empereur ! » s'étouffèrent. La taille du char, ses ornements, la couronne, le sceptre, et la suite des maréchaux et familiers du héros… Quelle vision ! Charles-Émile confia à son père qu'il découperait tous les détails de cette journée historique dans le journal pour, toute sa vie, en conserver le souvenir.

Si les Français s'étaient curieusement retrouvés dans cette grand-messe napoléonienne de quelques jours, le naturel revint vite au galop. Les députés recommencèrent à se chamailler, les agitateurs à combattre

Thiers comme ils avaient lutté contre le maréchal Soult, contre Laffitte et contre Guizot ; les insurrectionnels à élever de temps à autre des barricades aussitôt démolies par les forces de l'ordre.

Reste que la marmite bouillait, mais n'explosait pas. Plutôt que de guetter les nouvelles politiques, les Français attendaient avec impatience la suite du feuilleton de M. de Balzac dans *La Presse*.

Les pauvres se faisaient oublier, les riches et les bourgeois allaient au Théâtre-Français applaudir Mlle Rachel dans la reprise de *Bajazet* avant d'aller souper au Capitole. Chez les Hermès, où l'on n'était ni riche ni pauvre, mais où le « travail de bonne manière », celui des selles et des brides se faisait dans la bonne humeur, la vie s'écoulait tranquille. C'est au repas du soir que tous se retrouvaient dans un nid confortable pour parler du quotidien et évoquer l'avenir.

Charles-Émile, du haut de ses dix ans et à la surprise de ses parents, se montrait intéressé par les manigances de la politique. Il aurait voulu comprendre et posait des questions auxquelles ni ses parents ni Jeannot ne savaient répondre :

— Il y a pourtant, avançait-il, des messieurs intelligents à la Chambre, Lamartine dont on apprend les vers à l'école, Thiers, Guizot, Barbès. Pourquoi se renversent-ils tout le temps ?

Thierry répondait que c'étaient les ministères qu'on renversait et pas les députés eux-mêmes, explication qui laissait le garçon dubitatif.

TANDIS QUE la marque Hermès commençait à être appréciée dans les châteaux, les Pierrard voyaient leurs affaires prospérer. L'étranger s'était entiché des chapeaux parisiens et l'on parlait plus l'anglais que le français dans le magasin du Palais-Royal. Madeleine avait dû embaucher trois modistes pour satisfaire sa nouvelle clientèle, et Joseph, qui parlait un an auparavant de vendre l'affaire et de se retirer dans sa maison d'Étretat, venait de racheter une fabrique de fleurs artificielles. De fines étoffes plissées avec leur tige et quelques filets dorés d'herbes folles garnissaient maintenant les chapeaux de la rue Montpensier ou ceux des belles dames de Londres et Rome.

Pour marquer ce succès qui leur ouvrait la caste des commerçants les plus huppés du Palais-Royal, Madeleine avait voulu changer de voiture. Thierry, chargé de l'achat, avait découvert chez un marchand de Neuilly un coupé de ville provenant de la célèbre carrosserie anglaise Robinson & Cook. Seul inconvénient, le brougham était à deux chevaux avec cocher, ce qui supposait un entretien coûteux. Mais Joseph, qui venait de se voir décerner le titre de fleuriste en soie de la cour de Naples et se proposait d'ouvrir un atelier à Londres, ne recula devant rien :

— On ne vit qu'une fois ! asséna-t-il. Et je rêve de voir la tête que feront certains quand ils découvriront notre cocher en train de déplier le marchepied pour permettre à Mme Pierrard de quitter son coupé.

Madeleine eut son coupé de ville mais se demanda, après quelques mois, si cette fantaisie était bien raisonnable. D'abord elle se lassa de parader devant ses amies du Palais-Royal ; ensuite, la nouvelle mode des chapeaux avait tendance à suivre le mouvement des esprits et à participer à l'instabilité des institutions. Aussi, les volumineux chapeaux dits « cabriolets », à fleurs, à colibris, voire à coquillages cédaient le pas de la mode devant toutes sortes de bonnets auxquels Madeleine, comme ses concurrentes, trouvaient des noms transcendants : « à la paysanne », « à la Charlotte Corday », « à la châtelaine », « à la polka ». Pour sa part, Mme Pierrard lança sur le marché les résilles « à la napolitaine », les pompons « *steeple-chase* » et les turbans blanc et or « à la juive ». Joseph, de son côté, rentabilisa la voiture en accolant aux portières, les jours de livraison, une couronne dorée surmontée de l'inscription PIERRARD, MODISTE AU PALAIS-ROYAL.

N'auraient été les caricaturistes du *Charivari* qui s'acharnaient à assimiler la tête du roi Louis-Philippe à une poire, Paris était morose dans les années 1840. On ne savait trop pourquoi, mais toujours est-il que les dames échangèrent les riantes couleurs de leurs vêtements pour des teintes tristes et sombres. Les tendres nuances lilas, gorge-de-pigeon, première aurore laissèrent la rue au vert russe, cul-de-bouteille, noir Marengo ou pur éthiopien.

QUAND la mode ne drapait pas les rues d'un manteau de grisaille, les événements s'en chargeaient. Ce n'est pas tous les jours, en effet, qu'un duc et pair de France transperce son épouse de trente coups de poignard ! Durant une semaine, les journalistes de *La Presse* s'en donnèrent à plume que veux-tu pour écrire le feuilleton du siècle, plus terrifiant que *Les Mystères de Paris* d'Eugène Sue.

L'affaire éclata le 18 août 1847 dès la première heure du jour. Le bruit se répandit dans Paris que la duchesse de Choiseul-Praslin, fille du général comte Sébastiani et épouse du duc de Choiseul-Praslin, pair de France, avait été assassinée dans son hôtel du faubourg Saint-Honoré et que, selon toute vraisemblance, l'assassin n'était autre que le duc, son mari.

Que s'était-il passé au cours de la nuit ? Tout dormait dans l'hôtel quand, à quatre heures du matin, les domestiques avaient été réveillés par des hurlements, un grand bruit de meubles renversés et des tintements de sonnette auxquels personne ne répondait. Ils s'élancèrent vers les appartements et découvrirent le dernier spectacle auquel ils s'attendaient : la duchesse baignait dans son sang et n'avait pas survécu aux innombrables blessures qui apparaissaient sous ses vêtements de nuit.

Soudain, le duc était entré dans la chambre, l'œil hagard, feignant une grande douleur en apercevant le corps de sa femme. Il était effondré dans un fauteuil, son peignoir taché de sang, quand MM. Try et Bruzelin, commissaires de police, arrivèrent pour procéder à une première enquête. Les quelques détails qu'ils laissèrent filtrer, relayés par la presse, causèrent dans toutes les franges de la population une inimaginable réaction.

Bien que les lieux du crime fussent interdits à la presse, aucun détail des recherches dirigées maintenant par le procureur général et un juge d'instruction n'était caché à l'opinion. Il faut dire que l'enquête se déroulait dans un effarant désordre. Les médecins venaient de se mettre d'accord sur le nombre de coups portés à la malheureuse victime – trente-deux exactement –, lorsque le duc, auquel personne ne semblait s'intéresser, s'éloigna quelques instants et avala une quantité d'arsenic suffisante pour tuer cinq ou six pairs de sa corpulence. L'agonie se prolongea durant huit jours et, comme sa qualité empêchait une arrestation immédiate, on le garda à vue dans son hôtel jusqu'à ce que la mort s'ensuive.

DURANT ce prélude à l'enfer, Paris s'engourdit dans une singulière conversation avec lui-même. Sur les boulevards, dans les cercles, à la terrasse de Tortoni ou du Café anglais, on s'abordait, des élégants offraient un rafraîchissement à des gens qu'ils ne connaissaient pas et qu'ils ne reverraient jamais. Le matin où Jeannot avait apporté le journal en montrant le titre aux caractères énormes, bien plus importants que lorsqu'il s'agissait d'un nouveau cabinet ou de quelque barricade surgie dans la nuit, la famille se jeta sur *La Presse* et c'est Charles-Émile qui réclama le silence en annonçant :

— Écoutez, je vais faire la lecture, mais fermez la porte !

Descendus des étages, les locataires s'étaient en effet rassemblés dans la cour et se bousculaient pour essayer de déchiffrer le journal que Vladimir, le charpentier, venait d'acheter à un crieur.

Ce genre nouveau de journalisme, nommé « faits divers », intéressait Charles-Émile qui, tout en poursuivant son apprentissage familial d'homme du cuir, fréquentait pour la dernière année le collège des Francs-Bourgeois. Ce matin-là, au grand dam de sa mère, il dit qu'il n'irait pas en classe afin de humer l'air de Paris à l'heure d'un pareil événement. Mieux, il engagea son père et Jeannot à l'accompagner, ce qu'ils acceptèrent sans se faire prier. Christine, elle, après avoir rouspété pour la forme, haussa les épaules et les laissa partir.

Elle s'assit ensuite derrière le comptoir et ouvrit le registre des commandes spéciales, celles qu'on a plaisir à exécuter et qui rapportent le plus. Elle refit son addition deux fois et esquissa une grimace : les comptes n'étaient pas bons. Depuis un certain temps, des incidents survenaient un peu partout dans la ville, l'insurrection brûlait le bitume des quartiers ouvriers et il se murmurait que les gens riches, les nobles, les grands bourgeois, les mêmes qui achetaient les selles de prix et les brides surpiquées, filaient vers leurs châteaux de province. Ainsi, peu à peu, l'économie de la capitale entrait en léthargie. On n'achetait rien en dehors des denrées de stricte nécessité. Côté mode, les élégantes se contentaient de rafraîchir à l'aide de quelques marguerites leur chapeau de la saison passée. Si bien que les Pierrard se seraient depuis longtemps séparés de leur coupé… s'ils avaient trouvé un acquéreur.

Chapitre XIV

UNE circonstance banale, que les journalistes baptisèrent l'« affaire des banquets », pourrissait le mois de février 1848. Soutenus par la presse d'opposition, des électeurs et habitants de l'ancien 12ᵉ arrondissement de Paris avaient décidé d'organiser un banquet où étaient conviés les députés libéraux et les chefs de l'opposition. Le ministre de l'Intérieur vit malice dans ce banquet qu'il frappa d'interdit en se fondant sur une loi de 1790 ! Cette décision, jugée provocatrice, ne coupa pas l'appétit des organisateurs, qui résolurent de convoquer un grand défilé menant, à travers Paris, les souscripteurs du banquet jusqu'au lieu de réunion. Et de publier dans *La Presse* une note goguenarde propre à agacer le pouvoir.

« La commission d'organisation a pensé que la manifestation devait avoir lieu dans le quartier de la capitale où la largeur des rues et des places permît à la population de s'agglomérer sans qu'il en résultât d'encombrement. Le rassemblement aura donc lieu place de la Madeleine et le cortège, par les Champs-Élysées et la place de la Concorde, gagnera le lieu du banquet. »

— Cela va barder ! dit Charles-Émile en découvrant cette information dans *La Presse*.

— Ne vous faites donc pas de souci, déclara Thierry d'un ton rassurant. Ce n'est pas la première fois que Paris gronde, et rentre à la maison en attendant une nouvelle occasion d'aller braver la force gouvernementale. Si cela se trouve, il ne restera plus rien, demain, de ce mouvement.

— Je n'en suis pas si sûr, reprit Jeannot, revenu d'un tour jusqu'au boulevard.

Un peu plus loin, un carré de quatre barricades enfermait la porte Saint-Denis.

— Mais c'est à côté ! s'inquiéta Christine. Il faut maintenir close la porte cochère !

LES événements se déroulent rarement comme on le prévoit. La majorité des Français votait pour appeler au calme, mais voilà Paris qui se dépavait une fois de plus, transformant brutalement un malheureux coup de pistolet parti de nulle part en une nouvelle insurrection. Les drames qui devaient suivre deviendraient historiques sous le nom de « journées de février » et de « journées de juin ». Au début de l'été, l'Assemblée donna les pleins pouvoirs au général Cavaignac pour rétablir l'ordre. Le bilan fut terrible : on compta quatre cents morts chez les insurgés, mille six cents dans les forces de l'ordre.

— Et une fois de plus, les élections condamnent la révolution ! s'exclama Thierry en ouvrant *Le Progrès* du 15 mai. Écoutez les résultats : partis de l'ordre quatre cent cinquante élus, républicains modérés soixante-quinze, partis de gauche cent quatre-vingts.

En effet, c'en était fini de la monarchie de Juillet et du règne de Louis-Philippe, contraint de s'enfuir des Tuileries. Il ne restait à Louis Napoléon Bonaparte, grand vainqueur des élections législatives, qu'à attendre son heure pour devenir président de la IIe République.

— Il y a un moment où il faut faire taire ses vieux sentiments républicains et convenir que le pays ne peut vivre dans une insurrection permanente ! s'exclama un soir Thierry au dîner. Vous avez vu les chiffres : 5 434 286 voix pour Louis Napoléon contre 1 488 107 à Cavaignac ! Eh bien ! s'il faut un Napoléon pour nous rendre l'honneur de survivre, va pour Napoléon !

Jeannot applaudit :

— Patron, dit-il, les chevaux ne font pas de politique et Dieu sait s'il va en falloir de ces bonnes bêtes pour relancer les affaires. Et avec elles des guides, des selles, des harnais. Vous allez voir les commandes reprendre à bride abattue ! M'est idée que chez le prince, le duc de Morny et tous leurs officiers chamarrés, on sera friand de cette luxueuse sellerie dont vous êtes le maître incontesté.

— Bravo, Jeannot ! s'enflamma Charles-Émile. Si les parents sont d'accord, j'abandonne dès la fin du trimestre mes études aux Francs-Bourgeois et je participe, derrière l'établi, au succès de la maison !

— C'est bien, dit le père en échangeant un regard complice avec Christine. Tu aideras Jeannot à faire la première selle de notre grand retour aux affaires dans ce beau cuir anglais qui nous reste de l'héritage Costil. Nous ne la vendrons pas, car elle restera exposée dans le magasin comme le symbole de la qualité Hermès. Mais, avant tout, il faut reconquérir la clientèle !

La IIe République, en fait, avait vécu et le prince-président attendait avec une patiente habileté le moment de proclamer cet empire arrêté dans sa pensée et accepté par un peuple comblé de fêtes militaires et de manifestations patriotiques où il se faisait acclamer par des cris de « Vive Napoléon ! » mêlés à ceux de « Vive l'Empereur ! »

La famille Hermès ne manqua ni la distribution des aigles à l'armée dans les jardins, ni le banquet du Champ-de-Mars pour lequel M. et Mme Pierrard avaient acheté des places.

Les fusées du feu d'artifice furent à la hauteur de l'événement. Elles étaient à peine retombées sur un Paris stupéfait que le ministre d'État, M. Trolong, lut au Sénat un message du prince-président qui invitait les sénateurs à modifier la Constitution dans le sens du rétablissement de l'Empire.

— Ça y est, cria Jeannot en renversant son bol de café au lait sur le journal qu'il venait d'ouvrir. Napoléon le Petit, comme le surnomme Victor Hugo, sera proclamé empereur après un plébiscite. À voir la foule qui l'acclame, on ne peut douter du résultat !

— Oui, dit Thierry en s'emparant du journal, mais reste à savoir comment réagira l'opposition devant un acte aussi grave. Le peuple est pour le prince, c'est entendu, mais les penseurs, les écrivains, les philosophes, les exilés de Londres, les proscrits de Jersey ne se contenteront pas des diatribes de Proudhon et des pamphlets de Victor Hugo. Une flambée de violence reste toujours à craindre.

Christine, une fois encore, laissa s'exprimer le bon sens :

— Ce ne sont pas les gens de plume, écrivains ou journalistes, qui fomentent les émeutes, mais le peuple du travail. Or, aujourd'hui, il n'y a qu'à voir le quartier : les blouses bleues pensent qu'elles ont plus de chances, après toute cette période de violence et de pauvreté, de saisir un peu de bonheur dans la paix et la prospérité napoléoniennes que dans l'anarchie des barricades.

— Notre métier, en tout cas, a tout à y gagner, ajouta Thierry, scellant par cette phrase le rangement au côté de la bourgeoisie du vieux bonapartiste de Crefeld.

Les Hermès avaient raison. Quinze jours plus tard, le vote donna un énorme avantage aux partisans du rétablissement de l'Empire, avec 7 839 552 voix contre 254 255.

Ces nouvelles, la famille les lisait maintenant dans *Le Moniteur*. *La Presse* avait, en effet, cessé de paraître après le coup d'État du 2 décembre 1851, Émile de Girardin, se disant menacé par le nouveau régime, était parti se réfugier en Belgique. Certes, il était rentré deux mois plus tard, mais les Hermès, que ces volte-face agaçaient, s'étaient déjà habitués au *Moniteur*, à ses comptes rendus détaillés de la vie politique et au feuilleton de George Sand, la voisine de Thierry à l'Hôtel de Florence, devenue un écrivain célèbre.

Le Moniteur, complètement dévoué au gouvernement, rendait compte de toutes les manifestations officielles avec un luxe de détails qui illustraient la résurrection des us et coutumes de l'ancienne cour. Chambellans, grand écuyer, maîtres de cérémonies, grand veneur, dames d'honneur, personne ne manquait à l'appel d'un cérémonial calqué sur celui du règne de Louis XIV. On n'y trouvait rien à redire chez les Hermès, puisque Thierry clamait :

— Voyez la place considérable que jouent les chevaux dans ces grandes parades officielles. Ces hussards galonnés d'or et leurs admirateurs sont nos clients de demain.

Il est vrai qu'on n'avait pas vu de longtemps autant de cavaliers ni de voitures dans les rues de Paris. Les berlines, les cabriolets et les calèches mis à l'abri pendant la crise réapparaissaient avec le printemps. Napoléon III, devenu empereur par la grâce de Dieu et la volonté nationale, pensa à se marier. Il songea aussi qu'il lui serait difficile de s'allier à une princesse de maison souveraine et s'en tint au choix de son cœur, comme il l'annonça aux grands corps de l'État.

Cette fois, c'est Christine et Nanette, la bonne, qui se jetèrent sur *Le Moniteur* pour suivre par le menu les préparatifs des noces avec Eugénie de Montijo. Tandis que les hommes mettaient la dernière main à la selle de cuir fauve prévue pour servir de modèle tentateur – mais déjà vendue au baron des Tuillères –, Christine et sa servante partirent bras dessus bras dessous, le matin du mariage, vers la place de l'Hôtel-de-Ville afin d'assister au passage du cortège impérial.

La foule, accourue de tous les quartiers de la ville, était tellement dense qu'elles ne purent qu'apercevoir, entre des têtes, la voiture officielle. Elles rentrèrent épuisées, les pieds douloureux, les oreilles cassées et un peu déçues de n'avoir aperçu que l'ombre de la belle Eugénie de Montijo derrière la vitre d'une portière dorée.

EN quelques mois, l'atelier de la rue Montmartre avait retrouvé l'activité des meilleures années. Charles-Émile, âgé maintenant de vingt-deux ans, se révélait non seulement bon sellier mais aussi habile marchand. Désormais, c'était lui qui reprenait le flambeau dans un marché prospère et recherchait les nouveaux moyens d'enrichir le blason d'Hermès.

Ainsi pressentit-il tout de suite l'intérêt que présentait l'ouverture à Paris du Tattersall, un établissement public consacré aux transactions entre amateurs de chevaux et de voitures, à l'exemple de celui fondé à Londres par sir Tattersall. Durant des jours, Charles-Émile délaissa l'établi et s'en alla fureter dans les salons du Tattersall, se mêlant aux conversations, glissant çà et là une remarque de connaisseur sur les mors de bride, les matelassures de selle ou la qualité comparée des cuirs anglais et hongrois. Quand il eut connu la plupart des membres influents du club, il se fit présenter au président, M. d'Embrun, un baron un peu prétentieux qui prêta toutefois l'oreille aux propos du nouveau venu quand celui-ci reprit un mot de M. des Effules.

— Ah! vous connaissez le comte des Effules? Un fameux homme de cheval que nous aimerions recevoir dans notre cercle.

Charles-Émile répondit qu'il se ferait un plaisir d'en informer le comte, lequel se trouvait être l'un des prestigieux clients de son atelier de sellerie, et plaça sa requête : l'autorisation d'exposer dans un salon du club la copie de la selle qu'avait admirée l'empereur Napoléon Ier lors de sa visite dans les villes de la rive droite du Rhin. Quinze jours plus tard, la copie du chef-d'œuvre trônait dans le grand salon du Tattersall et les commandes affluèrent rue Montmartre.

Pour répondre aux demandes, Thierry embaucha un nouveau compagnon et envisagea de s'installer dans un lieu plus vaste et mieux situé. On en parlait souvent au dîner et il constatait avec plaisir et fierté qu'il avait, en la personne de Charles-Émile, que tout le monde appelait Charles, un bras droit solide, toujours prêt à mettre en valeur ses idées sur l'avenir de la maison.

— C'est tout ce que j'ai appris de mon père et de mes séjours chez les meilleurs selliers que je te lègue, annonça un soir solennellement Thierry. Je n'ai réalisé jusqu'à présent qu'une partie de mon rêve et j'ai besoin de ta jeunesse, de ton enthousiasme pour aller plus loin.

— Me permets-tu, père, de me mettre à prospecter les quartiers où nous pourrions déménager?

— Tu te mettras en chasse dès que possible. Il nous faut prévoir, en dehors du lieu plus accueillant, un local au moins double du nôtre et, surtout, une très grande cour afin d'entreposer les voitures dont nous assurerons la garniture, les coussins, portières, capotes, tapis… Si l'on ne manque pas de selliers à Paris, on cherche des bons garnisseurs. Voilà une occasion de diversifier nos talents et d'augmenter notre chiffre d'affaires.

— Mais ici personne ne sait faire cela, intervint Jeannot.

— Moi, si, sourit Thierry. Conseillé par maître Pierrefeu, j'ai autrefois garni de cuir, tapissé de soie et de velours la calèche du bourgmestre d'Aix-la-Chapelle. Il est moins difficile, croyez-moi, de rembourrer des coussins de tilbury que de couper et coudre à deux aiguilles une selle façon Hermès !

Chapitre XV

Aux rênes de son cab, Charles commença à sillonner le quartier des Champs-Élysées, de la Madeleine, de la Concorde. Sans résultat, il visita les notaires, questionna les tenanciers de cafés, fit parler les concierges et se rendit compte que sa tâche serait difficile. Quand il laissait percer son découragement, le père soufflait sur les braises :

— C'est difficile ? Et alors ? J'ai dû, au cours de ma vie, franchir des obstacles autrement périlleux ! Je ne veux plus te revoir à l'établi tant que tu n'auras pas déniché le local digne de la maison Hermès. Sans oublier la grande cour. C'est primordial !

Charles tourna encore des jours dans les rues en parlant à Frison, le breton café au lait qui tirait dans ses brancards avec philosophie. Puis il s'éloigna un peu des voies royales pour prospecter le boulevard, pas celui proche de l'atelier mais celui des Italiens, celui des Capucines, ce dernier jusqu'à la Madeleine. Ainsi, il tomba un matin dans une drôle de rue, toute droite, qui longeait à une largeur d'immeuble le boulevard des Capucines. C'était la rue Basse-du-Rempart, assez étroite, mal pavée, où Frison s'engagea avec réticence.

— Va à ton pas, mon bon ! lui dit Charles. Je ne suis pas pressé et je regarde en passant chaque maison. Oh ! On s'arrête, Frison ! Regarde ce que je vois aux numéros 54 et 56 : Roulin et Yvrande, chevaux. Et, à côté, Poulain, loueur de voitures. Bon ! On entre dans la cour du 54, qui ouvre barrière sur sa voisine, et on va essayer de voir ce que cachent ces enseignes.

Aidé par quelques légers touchers de mors, Frison comprit et s'arrêta dans la cour occupée par une barouche anglaise, sur laquelle travaillaient deux ouvriers, et d'autres charrettes moins reluisantes.

Le fils Hermès engagea la conversation avec les compagnons occupés à changer la capote de la calèche :

— Pas mal, votre vache vernie, dit-il. Et votre capiton en losanges me paraît très réussi.

— Vous êtes du métier, monsieur, pour remarquer tout cela ?

— Presque. Je suis le fils de Thierry Hermès, le sellier de la rue Montmartre.

— On connaît. Vos selles sont renommées.

Après un échange suffisant de banalités, Charles proposa aux deux compères d'aller boire une chopine au bistrot repéré à côté. Ce n'est pas une offre qui se refuse, et en moins de temps qu'il n'en faut pour vider deux carafons, Charles sut tout sur la rue Basse-du-Rempart, ses hôtels particuliers, ses principaux habitants et les ateliers et écuries qui répondaient aux enseignes professionnelles extérieures.

— Il ne reste que quelques chevaux dans les écuries de louage d'Yvrande et de Beruaux. Tous deux sont assez riches pour vivre de leurs rentes et veulent, dit-on, vendre la baraque. Quant à notre patron, M. Brion, il est malade et ne s'occupe plus guère de son affaire de voitures. Nous sommes, mon frère et moi, ses derniers ouvriers et lorsque la calèche anglaise du comte de Fabas sera terminée, je crois bien qu'il fermera boutique. Si vous avez besoin de deux bons garnisseurs, pensez aux frères Simon. Mais les voitures, ce n'est pas votre rayon…

— Qui sait! Mon père cherche à s'agrandir, et il va sans doute entrer en rapport avec ces braves gens fatigués désireux de quitter la rue Basse-du-Rempart.

Avant de prendre congé, Charles demanda à jeter un coup d'œil sur les locaux – des écuries vides assez grandes pour abriter un escadron de cuirassiers – et les ateliers voisins du loueur de voitures, remplis de carcasses de vieux breaks, de roues déjantées et même d'une calèche couverte de toiles d'araignées. Avait-il enfin trouvé le site propice à l'épanouissement de la marque familiale? Les locaux lui paraissaient immenses et la cour répondait, semblait-il, aux exigences de son père.

Pour la première fois depuis qu'il prospectait le pavé parisien, Charles rentra rue Montmartre le cœur léger. Pour un peu, il aurait fait galoper Frison dans le boulevard encombré.

Un an plus tard, en mars 1857, l'atelier prenait comme nouvelle enseigne Hermès père et fils pour marquer son emménagement au 50-56 de la rue Basse-du-Rempart.

Les travaux, cette fois confiés à des professionnels, avaient été longs et coûteux. Il avait fallu emprunter. Mais la nouvelle aventure revigorait Thierry et Christine qui, les cinquante ans passés, retrouvaient l'enthousiasme de leur printemps. Il faut dire qu'ils étaient bien aidés par Charles, parfait organisateur. C'est lui qui avait traité avec les entrepreneurs.

Christine restait penchée sur ses registres comptables, tandis que Thierry concentrait ses efforts sur la création du nouveau secteur d'activité, la garniture, l'entretien et la location de voitures. Ayant embauché les deux ouvriers de son prédécesseur, il recherchait ses premiers clients parmi les grands carrossiers et disait :

— En confortant au beau cuir, à l'or, au velours d'Utrecht les plus beaux châssis, nous gagnerons notre réputation de selliers garnisseurs. C'est pourquoi je vais rendre visite aux grands carrossiers, les Kellner, les Mülbacher, les Binder… Ces deux frères, d'origine wurtembergeoise, sont débordés et cherchent des sous-traitants ; on devrait donc pouvoir s'entendre.

La famille était désormais trop prise par les affaires pour s'occuper de politique. Elle constatait seulement que l'autorité succédait à l'anarchie et que c'était bon pour le commerce et l'industrie. On suivait avec attention, dans les journaux et les rues elles-mêmes, les transformations qu'un préfet entreprenant, le baron Haussmann, habile metteur en œuvre des idées de l'Empereur, s'était juré d'apporter à la capitale. Depuis plus d'un an, Paris s'était transformé en un gigantesque chantier. Des vieux quartiers, souvent il est vrai en état de délabrement, disparaissaient. Pour élargir et prolonger la rue de Rivoli, soixante-sept maisons venaient d'être démolies, beaucoup plus pour percer le boulevard de Strasbourg aidant à rejoindre la gare des Chemins de fer du Nord, davantage encore pour le boulevard de Sébastopol dont l'inauguration, le 5 avril 1859, ne risqua pas d'être oubliée par Charles. C'est ce jour-là, en effet, que Charles-Henri Hermès épousa Aline Lepavec, fille d'un riche joaillier de la galerie Montpensier.

L'INAUGURATION de la voie nouvelle suscitait un tel engouement chez les Parisiens que, dès dix heures, tout le centre de la capitale était transformé en un fantastique méli-mélo de chevaux, de carrioles de livraison, de fiacres, de calèches et de cabriolets qui, condamnés à l'immobilité, bouchaient la moindre artère. Charles, parti tôt afin d'aller chercher la mariée au Palais-Royal, se trouva bloqué dans son cab au carrefour du boulevard Saint-Denis, là où la troupe de ligne et la garde faisaient la haie tout au long de l'itinéraire bientôt emprunté par l'Empereur, l'impératrice et la cohorte chamarrée des officiels.

Charles, à bout de nerfs, se moquait bien du couple impérial. Il pensait à sa fiancée, à la famille, aux amis qui l'attendaient rue Montpensier et prit la décision qui convenait : sauter de voiture, abandonner Frison attaché à un réverbère et, haut-de-forme à la main, s'échapper du tumulte pour courir vers le Palais-Royal.

Après avoir bousculé les passants et perdu deux fois son chapeau, il arriva enfin, échevelé, devant le magasin de Guillaume Lepavec où Aline pleurait, entourée par toute la noce en train d'attendre près de la berline des Pierrard décorée de lys blancs.

Charles avait connu Aline lors de la réception d'adieu donnée par Joseph et Madeleine Pierrard qui, fortune arrondie par leurs dernières années prospères, vendaient leur maison de mode avant de se retirer dans une propriété tout juste achetée à Nogent, sur les bords de la Marne. Charles, qui venait de fêter ses vingt-neuf ans, était pressé par sa mère de se marier, mais lui se disait trop pris par le lancement de la nouvelle entreprise pour songer à fonder une famille.

La rencontre d'Aline, jeune et jolie, précipita les choses. Elle lui plaisait et il n'ignorait pas, non plus, qu'une union avec les Lepavec ferait gravir un échelon aux Hermès dans la hiérarchie du commerce de luxe, où les orfèvres Odiot, les Martin, antiquaires à la Madeleine, Worth, le couturier, le joaillier Sandoz, rue Royale, Lahoche, propriétaire de L'Escalier de cristal, tenaient le haut du pavé.

L'apparition de Charles calma les inquiets et sécha les pleurs de la mariée qui, à l'heure prévue, marcha, légère, vers l'autel. Notre-Dame-des-Victoires n'avait rien à voir avec les plâtres neufs de Notre-Dame-de-Bonne-Nouvelle et son curé désagréable. Le brave abbé Reslond n'avait pas tiqué quand le futur époux lui avait expliqué qu'il ne pratiquait pas mais était, par sa famille, de religion réformée.

— Peu importe, avait répondu le prêtre, on inscrira sur l'acte de mariage « de religion non catholique ». Je vais tout de même vous faire visiter mon église qui a la particularité d'être, à Paris, celle qui possède le plus grand nombre d'ex-voto. La plupart de ces « mercis » sont émouvants. Autre détail intéressant : la musique est prisonnière de ces murs vénérables. Songez que Couperin habitait en face et que Mozart a joué sur l'orgue qui vous accueillera au son de *La Marche nuptiale* de Mendelssohn.

Après un « lunch », comme le disait Françoise Lepavec en usant d'une expression un peu maniérée et à la mode, le dîner de noces se déroula dans le nouvel atelier Hermès, décoré de guirlandes blanches et éclairé de plusieurs centaines de bougies. On dansa tard dans la nuit rue Basse-du-Rempart, longtemps après que les mariés eurent gagné l'Hôtel Westminster, rue de la Paix, où les Pierrard avaient retenu l'appartement nuptial.

ENTRE la joaillerie et la sellerie, l'avenir des jeunes mariés semblait tout tracé sur le chemin du beau. Ils habitaient, rue Basse-du-Rempart, un appartement aménagé au-dessus de celui des parents et la fenêtre de leur chambre donnait – c'était le bonheur d'Aline – sur le boulevard des Capucines.

Thierry avait réussi son coup. Ses cuirs, leurs coutures sellier, les riches velours venus d'Italie et les brides aux boucles d'argent faisaient merveille sur les châssis des grands carrossiers. De plus en plus nombreux, les amateurs de belles voitures demandaient ainsi qu'elles soient finies dans le goût Hermès.

À l'heure où les locomotives à vapeur se mettaient à panacher le ciel, le cheval restait, en ville, le meilleur moyen de bouger et, la bonne marche des affaires aidant, les attelages en tout genre proliféraient sur le pavé et le macadam de la capitale. Les adversaires du baron eux-mêmes reconnaissaient que, sans les audacieuses percées du préfet Haussmann, la circulation dans les rues de Paris aurait été impossible. Cela pour dire, à l'exemple de Thierry, que les Hermès avaient « misé sur le bon cheval ». Leurs selles se voyaient couronnées dans toutes les expositions internationales et des profils de médailles ornaient maintenant les en-têtes de leurs factures. On venait même d'y ajouter une mention flatteuse dont Charles était fier : « Fournisseur des écoles nationales de dressage ».

ET Napoléon dans tout cela ? Fier d'un redressement économique dont il ne manquait pas de s'attribuer la responsabilité, il jouait au grand. Une dispute entre le tsar et la Turquie lui donna l'occasion de se lier à l'Angleterre et à la Sardaigne afin d'aller se frotter aux régiments de Nicolas Ier sur les rives de l'Alma et les battre à Sébastopol. Assez de gloire pour satisfaire l'Empereur et sa cour.

Napoléon III aurait pu jouir de ce succès et affermir l'Empire en le rendant plus libéral, histoire de ramener à lui les Français qui l'avaient jusque-là soutenu de leurs voix et trouvaient maintenant son régime trop autoritaire. C'est en tout cas ainsi qu'on voyait la situation chez les Hermès où Thierry et Christine, ayant connu tous les soulèvements révolutionnaires du siècle, ne comprenaient plus la politique de l'Empereur, en particulier son obstination à vouloir aller se battre au Mexique.

Les journaux n'étant pas bavards sur cette expédition bizarre, on écouta avec curiosité Thierry annoncer, en revenant le même soir de sa tournée chez les carrossiers :

— J'ai des nouvelles du Mexique ! Je tiens de Jules Binder, qui est bien renseigné puisqu'il a la concession des voitures du duc de Morny, que les Français ont gagné. Maximilien va se faire couronner empereur à Mexico. Il paraît que Morny manigance tout cela dans le cadre de nébuleuses opérations financières !

La fin du feuilleton mexicain, la famille l'apprit comme tout le monde en ouvrant un matin *Le Petit Journal*. C'est Charles, le premier levé, qui découvrit la dépêche titrée « Maximilien, empereur du Mexique, arrêté et fusillé ! » Le malheureux prince, n'étant pas parvenu à s'imposer, avait tout juste régné deux ans et, abandonné par Napoléon, son mauvais génie dans cette entreprise, avait été condamné à mort.

— Les Français, même les bonapartistes, ne vont pas aimer, commenta Thierry. À moins qu'Émile Ollivier, avec son « tiers parti », ne réussisse à faire évoluer le régime vers un empire libéral !

L'EXPOSITION universelle de 1867 redora un peu le lustre de l'Empire en train de craquer. Tout le gotha avait rallié Paris, aux boulevards traversés par des cortèges somptueux, ceux du vice-roi de Prusse Guillaume Ier comme ceux de l'empereur François-Joseph, du sultan Abdulaziz, d'Ismaïl Pacha, vice-roi d'Égypte, et même du tsar Alexandre II.

Le 1er juillet, Thierry et Christine furent invités au palais de l'Industrie à l'occasion de la manifestation la plus prestigieuse de l'Exposition, la remise des récompenses. Ce n'est pas l'Empereur mais le prince Murat qui délivra au sellier Hermès la médaille d'or de première classe, décernée par le jury à une selle de dame en peau de porc anglais et chevreau glacé. Thierry essuya une larme en pensant à son père.

On fêta un peu plus tard l'événement par un grand dîner rue

Basse-du-Rempart. Ce repas gai, débordant de convivialité, marquait l'ascension d'Hermès dans la lignée des grandes familles du luxe parisien. Charles se fendit d'un discours très applaudi sur l'excellence du travail et les valeurs de l'artisanat, gages de richesse nationale.

La poussée républicaine, soigneusement encadrée par le ministère d'Émile Ollivier, n'entravait en rien les affaires. En tout cas, pas celles de la famille Hermès qui n'avait jamais eu autant de chevaux à harnacher, de selles à assembler, de voitures à gainer de cuirs rares, et de cabriolets à louer. Sa seule inquiétude tenait à la menace d'un manque de matière première, ces beaux cuirs qui assuraient le renom de la marque étant de plus en plus difficiles à trouver. Un jour, un événement autrement important mit la maison sens dessus dessous. Aline était enceinte !

La nouvelle fut accueillie dans la joie. Thierry offrit une bague en diamant à sa belle-fille que, par délicatesse, il n'alla pas choisir à la bijouterie de la famille Lepavec, mais à L'Escalier de cristal, situé rue Scribe.

La naissance d'Adolphe Hermès se déroula sans incident. C'était un beau bébé dont Thierry, grand-père attendri, caressait les joues du bout de son index, plus habitué à tâter les fleurs de cuir qu'à approcher un bambin. Il lui parlait aussi doucement que sa voix fêlée par l'âge le lui permettait :

— Ainsi te voilà, petit Adolphe, qui aura un jour la tâche de continuer à inventer la maison Hermès ! Car ne t'y trompe pas, le nom d'un artisan, fût-il sellier reconnu, est toujours à recréer. Et ton fils te succédera… Le nom d'Hermès sera déjà devenu célèbre, connu dans le monde entier peut-être. Et pourquoi ? Je vais te le dire, petit bonhomme : parce que le père de ton grand-père a trouvé un jour, dans un village allemand des bords du Rhin, une façon nouvelle de coudre les cuirs, le cousu-sellier, la perfection tout simplement.

La bonne marche des affaires n'empêchait pas l'Empire de perdre chaque jour un peu plus de sa superbe.

— L'Empire est malade, asséna Thierry un jour. Avant que survienne une crise, je dois aller à Pont-Audemer renouveler nos réserves de peaux.

Ce voyage, il l'effectuait seul, de temps en temps, quand il fallait approvisionner l'atelier et qu'il éprouvait l'envie de retrouver, l'espace de quelques jours, l'atmosphère de sa jeunesse dans la cité aux cent canaux demeurée un grand centre de tannerie et de commerce du cuir. Cette fois, il demanda à Christine de venir avec lui. Elle était très heureuse de l'accompagner dans cette ville curieuse et accueillante où elle avait donné naissance à Charles.

Charles, trente-deux ans après, fit préparer la plus confortable berline de la maison et choisit, pour l'atteler, deux trotteurs normands sages et résistants. Il fallait un cocher.

Thierry demanda à Roger, l'aîné des frères Simon, devenu contremaître des selliers garnisseurs, de le conduire avec Christine jusqu'en Normandie. Tout le monde, rue Basse-du-Rempart, appréciait les Simon qui s'étaient fait une place privilégiée dans la famille. Pour Roger, conduire la voiture de M. Thierry constituait une marque de confiance dont il goûta l'honneur.

Un matin d'avril, la berline emporta Thierry et Christine, serrés l'un contre l'autre, vers la porte de Saint-Cloud et la Normandie.

Sur la route, lorsqu'ils croisèrent une colonne d'artillerie, Thierry bougonna. Il n'aimait pas voir l'armée prendre la direction de Paris.

— Nous n'aurions peut-être pas dû partir, s'inquiéta alors Christine.

— Ne te fais donc pas de souci, la rassura son mari. Les jeunes vont se débrouiller très bien. Et puis, nous ne partons que quelques jours, une semaine tout au plus.

À l'Hôtel du Grand-Cerf de Nonancourt, où le sellier avait ses habitudes, le patron leur expliqua que des dragons étaient passés, durant la nuit, en faisant un bruit d'enfer. L'inquiétude réapparut. Ils dormirent cependant en paix, et lorsqu'ils arrivèrent le surlendemain en vue de Pont-Audemer, la brume musquée des canaux baignait paisiblement les peaux entassées devant les tanneries.

Rien n'avait changé dans la cité du cuir.

La demeure de Mme de Lestin dressait toujours ses deux tourelles. La comtesse reçut les Hermès comme des vieux amis et Thierry retrouva avec émotion la chambre de Corneille. Christine, elle, gagnée par la paix du lieu, avait chassé toute inquiétude de son esprit.

Les Hollandais, successeurs de René Costil, apprirent un soir à Thierry qu'il se passait des choses graves dans la capitale. Fallait-il avoir recours à l'engagement militaire pour réveiller le patriotisme et sauver un pouvoir chancelant ? Tout le monde se posait la question depuis que, s'estimant humiliée par une dépêche falsifiée du chancelier Bismarck publiée à Ems, la France avait déclaré la guerre à la Prusse !

— C'est de la folie ! tonna le sellier en apprenant la grave nouvelle à sa femme. Il nous faut rentrer. Nous ferons étape à Évreux où nous obtiendrons, je pense, des nouvelles plus précises. Si cela ne t'ennuie pas de voyager de nuit, nous partirons tout de suite. Le temps de charger mes achats et les bagages.

LE lendemain au matin, ils s'arrêtaient à Dreux devant l'Hôtel de La Vieille-Gabelle où régnait une vive agitation. Le personnel de l'établissement et quelques voyageurs se pressaient autour d'un personnage vêtu à l'artiste d'un costume de velours beige et coiffé d'un chapeau à larges bords.

Les Hermès apprirent alors qu'il s'agissait de M. Pierre Fenouil, journaliste, éditeur d'une gazette locale et, à l'occasion, correspondant des grands journaux de Paris. De retour de la capitale par la diligence, il narrait d'une voix grave et emphatique des faits incroyables prêts à entrer dans l'histoire de France. Il voulut bien répéter son discours à Thierry et à Christine, dont la berline noire arrêtée devant la porte l'impressionnait.

— Tout s'est passé si vite ! On s'endort tranquille et on se réveille en guerre contre la Prusse ! La presse est déchaînée, tout le monde crie : « À la guerre ! Mort à Bismarck ! Au Rhin ! » Personne ne songe que Bazaine et Mac-Mahon ne vont pas vaincre, vite fait, l'armée du Kaiser. En tout cas, à Paris, c'est l'état de guerre, les troupes du génie s'emploient à renforcer les fortifications.

— Que pensez-vous, personnellement, de cette déclaration ?

— Je suis journaliste, monsieur, et, contrairement à mes confrères parisiens, j'attendrai les premiers bulletins de victoire pour me réjouir pleinement.

— Mieux vaut ne pas trop espérer ! se désola Thierry. Nous allons nous reposer un peu, puis reprendre la route de Paris.

— Vous faites bien, monsieur. Mettez aussi à l'abri, et le plus tôt possible, votre bel attelage. J'ai appris qu'on commence à réquisitionner les chevaux.

Deux heures plus tard, Roger Simon lançait la cavalerie Hermès vers la capitale, où Émile Ollivier venait de faire voter la guerre contre la Prusse, « d'un cœur léger » selon son expression.

— J'ai hâte d'arriver chez nous, soupira Christine entre deux cahots. Qu'allons-nous devenir s'il n'y a plus de chevaux à Paris ? Que penses-tu ?

— Je ne veux pas, ma douce, te bercer de paroles rassurantes. La guerre, c'est vrai, est la pire chose qui pouvait nous arriver. Si on gagne, nous nous remettrons vite en selle. Mais je crains que nous ne soyons pas préparés à affronter l'armée du Kaiser.

— Qu'est-ce qui te rend aussi pessimiste ?

— Binder et Mülbacher, qui travaillent pour le gouvernement, m'ont plusieurs fois rapporté que notre armée se révèle très inférieure en nombre à celle des Allemands et que cette faiblesse ne semble en rien inquiéter l'état-major. Ni l'Empereur qui, contrairement à son oncle, serait un médiocre stratège.

THIERRY et Christine, qui s'attendaient au pire, ne remarquèrent pas de grands changements en entrant dans la capitale. On pouvait, certes, constater une certaine agitation aux portes mais il y avait encore des chevaux ! Vers le centre, les boulevards se trouvaient comme à l'habitude encombrés et la berline mit du temps pour gagner la rue Basse-du-Rempart qui, elle, était libre. Ils remarquèrent seulement, au 42, des hommes en train de charger des malles dans une grosse voiture arrêtée devant la porte de l'hôtel du comte de Divonne.

Au 56, le portail était fermé et Roger dut descendre pour le faire ouvrir. Alerté par le bruit des roues sur les pavés de la cour, l'atelier se précipita.

— Dieu merci, vous êtes rentrés ! s'écria Charles, soulagé. Nous nous sommes fait un sang d'encre, ignorant si vous étiez toujours à Pont-Audemer ou sur la route. Notre crainte était que vous ne puissiez rentrer dans Paris. Êtes-vous au moins au courant de la situation ? La ville est pratiquement en état de siège…

— Holà ! dit Thierry. Nous avons fait un voyage très tranquille et trouvé Paris bourré de voitures, comme d'habitude. Ce qui ne cesse de m'étonner.

Adolphe arriva en courant au même instant. Il sauta au cou de son grand-père puis embrassa Christine avec une telle fougue qu'il faillit la renverser.

Tout excité, il se campa devant eux et cria :

— C'est la guerre ! Nous allons battre ces cochons de Prussiens !

Adolphe, âgé de trois ans et demi, était un beau garçon, grand pour son âge, doté de la chevelure frisée et flamboyante de son grand-père avant qu'elle n'ait blanchi.

L'ÉTAT de guerre n'eut pas immédiatement de conséquences marquantes sur la vie des Parisiens. Quant à l'atelier, il avait assez de commandes pour continuer d'occuper la dizaine d'ouvriers qui, sous les ordres de Jeannot, travaillaient le cuir dans l'excellence de l'art.

Seul l'avenir du département des voitures s'était assombri. M. Mülbacher était en effet passé, un matin, voir le sellier. Le carrossier, principal client de la maison, apportait de mauvaises nouvelles. Telles que Thierry les transmit aux ouvriers, elles étaient en effet déplorables :

— Les grands carrossiers, dont Mülbacher, annulent leurs ordres et nous allons devoir fermer dès ce soir deux ateliers. Les ouvriers concernés seront évidemment réembauchés dès que la situation le permettra. J'espère que seul ce service sera touché et que nous pourrons continuer à faire vivre notre maison.

À la famille, il fit part des autres propos que Mülbacher lui avait tenus :

— En prenant des rêves pour la réalité, on a parlé de premiers succès de notre armée. Les combats seraient au contraire mal engagés. Il faut attendre pour avoir des nouvelles crédibles.

On n'eut pas longtemps à attendre. Dès le début du mois d'août, la presse, dont on était toujours friand chez les Hermès, ne cessa d'annoncer des désastres. Le 4, l'armée de Mac-Mahon était battue à Wissembourg ; le 6, les zouaves et les dragons, malgré une résistance farouche, avaient dû fuir à Reichshoffen devant des ennemis deux fois plus nombreux. L'armée de Bazaine, pas plus heureuse à Gravelines, s'était réfugiée dans Metz où l'Empereur lui-même était venu prêter main-forte à ses généraux.

THIERRY travaillait à la cornette les côtés d'un sac de chasse, qui trouverait peut-être un jour son acheteur, quand la nouvelle traversa Paris : l'Empereur venait de capituler et d'être fait prisonnier. Lorsque

Jeannot l'apprit à l'atelier, le maître poussa un gémissement et laissa sa tête s'effondrer sur l'ouvrage. Fatigué, brisé par cette guerre qui n'en finissait pas d'être perdue, il ne supportait plus de voir son rêve s'évanouir dans le fracas des canons.

Inquiet, Charles se précipita :

— Père, dit-il, ce n'est pas le moment de perdre courage. Nous avons besoin de toi. Si la maison doit s'endormir, elle n'est pas la seule et nous la réveillerons ! Les temps, sans doute, vont être durs. Les Prussiens doivent même à cette heure marcher sur Paris et je ne crois pas que l'armée républicaine ni le nouveau gouvernement de Gambetta puissent résister longtemps à un siège.

— Tu as raison, se reprit Thierry en esquissant un pauvre sourire. Mais, tu vois, je plains et je comprends ceux qui vont jusqu'au bout défendre leurs biens et la patrie. Si j'avais vingt ans de moins, qui sait ce que je ferais…

Le 19 septembre, c'était chose faite : les troupes prussiennes avaient déferlé et encerclé la capitale. Le siège de Paris commençait et les journaux, suivant leurs lecteurs, s'intéressèrent tout de suite aux questions d'approvisionnement. *Le Petit Journal*, entre deux articles consacrés à l'armement de la garde nationale, publiait l'état des réserves dont disposait la ville :

« Trois cent cinquante mille quintaux de farine, quatre cent mille quintaux de riz, des tonnes de pommes de terre. Mille bœufs et cinq mille moutons. Les Parisiens ne mourront pas de faim. »

— On ne parle pas des chevaux, remarqua Aline.

— Tu ne penses tout de même pas qu'on nous ferait manger du cheval ? s'offusqua Jeannot, incapable de se remettre du départ de l'écurie de quatre pommelés réquisitionnés par la garde nationale.

Considérés comme utiles à la marche de l'entreprise, les deux beaux noirs sur lesquels les frères Simon veillaient avec amour avaient été sauvés mais Roger ne pouvait s'empêcher de redouter ce qui arriverait lorsque l'avoine et le fourrage viendraient à manquer.

BIENTÔT les journaux durent abandonner leur optimisme. Ce n'est pas le fourrage, mais tout qui disparut. Et Paris entama vaillamment sa lutte contre la faim et contre un hiver précoce. Les viandes de bœuf et de mouton devinrent souvenirs et une seconde réquisition envoya à l'abattoir, avant qu'ils meurent de faim, les derniers chevaux de la capitale. La famille pleura quand elle vit ses deux noirs prendre place dans l'interminable file de bêtes efflanquées avançant à petits pas vers Vaugirard.

Chez Hermès, les frères Simon s'occupaient du ravitaillement. Ils partaient à l'aube et marchaient de longues heures avant de trouver un pain dont la couleur s'assombrissait chaque jour un peu plus tandis que montait le prix de toutes les autres denrées.

Les marchés offraient des éventaires curieux, inimaginables quelques semaines plus tôt. Les deux frères ne s'intéressaient pas aux corbeaux, ni aux rats – pourtant avantageux au prix de trois francs la pièce. Ils fuyaient aussi tout ce qui était cheval, tranche ou pâté. Sur la demande expresse d'Aline, ils achetèrent cependant une côte saignante destinée au petit Adolphe que sa mère essayait, par tous les moyens, de protéger de la malnutrition. Le garçon, qui crut manger du bœuf, trouva la grillade épatante. Entraînés par Charles tous y goûtèrent, même les frères Simon, et il fut entendu qu'on oserait avaler du cheval, animal sacré de la famille, au moins une fois par semaine. On n'en vint toutefois pas à manger de cet éléphant du Jardin des Plantes, abattu faute de pouvoir être nourri. Dépecé, le pachyderme avait en effet été mis en vente sur quelques marchés. *La Tribune* raconta même qu'à Aligre on s'était battu pour un morceau de trompe.

Les Allemands, qui ne tenaient pas à engager une bataille de rues, se contentaient de bloquer les entrées de la ville et d'attendre que les Parisiens, affamés, se rendent. À l'intérieur et dans les forts de la périphérie, subsistait une garnison importante qui, soutenue par la population, décida une contre-attaque hasardeuse développée depuis le mont Valérien jusqu'à Nogent. Mais, en réponse, l'artillerie allemande commença à tonner dans le ciel de la capitale. Les canons de M. Krupp, dont les journaux publiaient la caricature, tirèrent chaque jour des milliers d'obus, d'abord sur les forts puis sur la ville elle-même.

Finies les plaisanteries sur le boisseau d'oignons à quatre-vingts francs. Après les angoisses de l'attente, la guerre se trouvait au cœur de la ville. On ne voyait pas de casque à pointe au tournant de la rue, mais l'amas des ruines d'une maison touchée par un obus. La faculté de droit fut atteinte en pleine façade ; l'explosion d'une bombe sur le toit de l'école des frères de la rue de Vaugirard tua cinq enfants ; le Luxembourg, la Sorbonne essuyèrent des tirs de plus en plus destructeurs.

La mort, l'horreur, le deuil s'insinuaient partout. Paris se recroquevillait dans ses logements et ses caves, alors que les obus prussiens pleuvaient au hasard des rues. Malgré la pénurie, malgré les bombardements, Thierry avait refusé de fermer l'atelier. C'était comme si ce siège inhumain lui avait rendu le goût de lutter :

— Nous avons, expliquait-il, gagné assez d'argent pour pouvoir, aujourd'hui, garder nos plus anciens ouvriers. Et puisqu'il ne faut pas compter sur la moindre commande de selle, de bride et de harnais, nous allons utiliser nos réserves de cuir à confectionner des sacs de chasse et de voyage, des portefeuilles… Pas de l'ordinaire, mais de belles pièces cousues dans les meilleurs cuirs à la façon d'Hermès. Quand cette guerre désastreuse sera finie, je suis sûr que Charles n'aura pas de mal à vendre ces accessoires de luxe.

AINSI, entre bombes et privations, vécut la famille durant de longues semaines. Jusqu'au 27 janvier de 1871, où les Parisiens constatèrent à leur grand étonnement que, depuis une heure du matin, les bombardements avaient cessé. Que signifiait cette accalmie ? Les Allemands auraient-ils levé le siège ?

Sur le coup de midi, une affiche placardée par les employés de l'Hôtel de Ville dissipa le mystère : le gouvernement négociait l'armistice ! Charles, parti aux renseignements avec les frères Simon, découvrit la proclamation signée du général Trochu, de Jules Favre et de Jules Ferry, collée sur un portail du boulevard des Capucines. Ils échangèrent quelques mots avec les badauds qui s'agitaient, puis rentrèrent à la maison en courant afin de rapporter la surprenante nouvelle. Jeannot, Aline, Thierry et même le petit Adolphe, après avoir montré leur stupéfaction, les pressèrent de questions.

— Comment les gens prennent-ils l'affaire ? interrogea Christine.

— Certains s'indignent, parlent de trahison, mais il me semble que la plupart reconnaissent qu'un prolongement de la résistance devenait impossible.

Thierry, qui avait maintenant la larme facile, s'essuya les yeux en disant :

— Il est douloureux de demander grâce à un ennemi qui nous a imposé tant de malheurs et de privations ! Je connais les Parisiens et ne serais pas étonné que certains excités des barricades reprennent possession de la rue. Bien des jours passeront avant que revienne le beau temps des calèches !

Il avait raison. Deux mois de cauchemar succédèrent à la fin des bombardements allemands. La capitale n'était plus encerclée par les troupes prussiennes mais pratiquement bloquée à l'intérieur de ses fortifications sous l'administration de la Commune insurgée contre le gouvernement issu de l'Assemblée nationale. Cette dernière, du reste, avait quitté le Palais Bourbon pour s'établir à Versailles et y réorganiser l'armée régulière. Sa mission : entrer dans la cité et déloger les insurgés de leurs barricades et de l'Hôtel de Ville. Deux républiques, deux armées françaises opposées – l'une, celle de Thiers et des Versaillais, l'autre, la garde nationale devenue celle des Fédérés –, la lutte fratricide ne pouvait que se terminer dans le sang. Adolphe apprendrait deux ans plus tard à l'école des Francs-Bourgeois que cette fin tragique avait, dans l'histoire de France, pris le nom de « semaine sanglante ».

Dès la fin des bombardements prussiens et, alors que c'était encore possible, Charles avait contraint ses parents, sa femme et leur fils à partir se réfugier dans un village voisin de Mantes, où les frères Simon possédaient de la famille. Comme eux, près de deux cent mille Parisiens nobles, bourgeois et même ouvriers, disposant d'un point d'ancrage hors des fortifications, avaient eu la chance de pouvoir quitter Paris pour échapper aux affres d'un second siège.

QUAND, dans les premiers jours de juin, la famille put rejoindre la rue Basse-du-Rempart, elle découvrit une ville saccagée.

— Mon Dieu, murmura Thierry, quelle misère ! Pourvu qu'il ne soit rien arrivé à Charles et à ceux qui ont gardé la maison !

Il ne leur était rien arrivé ; encore que vivre terrés dans une cité en convulsion, en proie aux bombardements, aux incendies, aux prises d'otages et aux exécutions, n'eût rien de réjouissant. On pleura beaucoup lorsque la voiture de Rémy, le cousin des frères Simon, s'arrêta dans la cour. Ce n'était pas une berline capitonnée Hermès, mais un char à bancs grinçant tiré par un percheron. Mais c'était le char de la paix, des retrouvailles, du bonheur, peut-être.

On fit fête au cousin et Christine, riant pour la première fois depuis longtemps, dit à Aline qu'il fallait voir à la cuisine s'il y avait de quoi préparer le dîner.

— Pas grand-chose, répliqua Charles. On se nourrit de mauvais pain, de lard et de jambon quand il y en a. Mais, tu vois, c'était quand même mieux que durant le premier siège.

— Ce soir, nous allons réussir un vrai festin ! Viens, Aline, filons chez Pierrot, le bistrot. C'est un homme de ressources. Il a sûrement quelques victuailles en réserve. Nous prendrons aussi du vin, car je suis certaine que les hommes ont vidé la cave durant notre absence.

Elles revinrent avec deux belles poulardes de Houdan ayant passé les lignes dans la musette d'un brigadier. En attendant que les femmes eussent dressé la table et paré les volailles avant de les mettre au four, Thierry emmena Charles dans le coin de l'atelier où il aimait se reposer ou lire, calé dans son fauteuil Voltaire. Un peu harassé par le voyage, il allongea ses jambes.

— Sens-tu cette odeur suave du cuir qui flotte sur l'atelier ? demanda-t-il. Je l'ai respirée toute ma vie et ne m'en lasse pas. Mais raconte-moi un peu cette Commune dont on parle à la campagne comme d'un enfer.

— Un enfer, oui, commencé par un élan patriotique du peuple de Paris, poursuivi dans un désordre militaire et idéologique, achevé dans la folie criminelle des incendies, des assassinats. Et l'héroïsme sans espoir des derniers communards suivi d'une impitoyable répression. Mais je t'ai gardé les journaux, tu pourras juger toi-même.

Après avoir feuilleté quelques pages, le sellier invita son fils à poursuivre.

— La presse anticommunarde a naturellement été interdite, reprit Charles. En dehors de la reparution, ces derniers jours, du *Moniteur*, de *La Liberté*, du *Journal des débats*, tu vas trouver quelques-unes des innombrables feuilles créées durant ces trois mois cauchemardesques. Le journal le plus lu a été *Le Père Duchesne*. Mais jette d'abord un coup d'œil sur les journaux de cette dernière semaine. Ils font le triste bilan de la guerre civile.

Thierry connaissait le terrible tribut imposé par les Allemands, les cinq milliards et l'abandon de l'Alsace-Lorraine mais il découvrit, stupéfait, le désastre causé par la lutte entre les gouvernementaux et les Fédérés. Il souffrit d'apprendre que le palais des Tuileries, l'Hôtel de Ville, le Palais de justice, la Cour des comptes, le palais de la Légion d'honneur, le Palais-Royal avaient été incendiés au pétrole, que la rue Royale était entièrement démolie et que le Louvre et la Sainte-Chapelle avaient échappé aux flammes par miracle.

La mine défaite, les yeux humides, il se pencha vers son fils :

— Le monument, cela se reconstruit, pas les vies ! Et cette expérience de pouvoir révolutionnaire prolétarien en a coûté tellement ! Massacres d'otages, assassinats… Et la répression, impitoyable ! De part et d'autre, et jusqu'aux ultimes combats du Père-Lachaise, des hommes sincères, des brutes et, surtout, beaucoup d'innocents sont tombés. J'ai lu qu'il y avait plus de trente mille prisonniers qu'on a commencé de juger. C'est affreux ! Tu vois, mon Charles, le festin du retour que préparent les femmes aura un goût amer !

— Mais non, père, maman a raison. Il faut célébrer notre chance d'être sortis vivants de cette tuerie. Et vite faire de nouveaux projets afin de poursuivre ton œuvre de travail et de probité.

Sans être très gai, le dîner fut chaleureux. Et intéressant. Christine et Aline avaient, en revenant des courses, rencontré un voisin, M. Dujardin, avec qui la famille entretenait d'excellentes relations. Il tenait, au 62, un atelier de reliure et, poète reconnu, fréquentait la plupart des écrivains de l'époque, dont beaucoup étaient ses clients. Il venait souvent travailler ses plus belles reliures à l'atelier avec Thierry et Charles, flattés d'approcher le monde intellectuel.

Christine avait convié le vieux célibataire à se joindre à la famille pour le dîner. N'ayant pas bougé du quartier pendant les deux sièges, ses confidences ne pouvaient qu'être captivantes.

— Les auteurs célèbres ont-ils partagé les idées de la Commune ? s'enquit Thierry durant le repas. George Sand, gauchiste résolue que j'ai croisée dans ma jeunesse, a dû s'engager ?

— Retirée à Nohant, elle a commencé par un enthousiaste salut à la République proclamée à Paris. Mais, je l'ai su par Catulle Mendès, elle n'a pas tardé à déchanter. Et elle n'est pas la seule. On peut dire que tous les écrivains et intellectuels qui comptent en France ont manifesté leur hostilité contre la Commune et ses acteurs. Émile Zola, dans ses articles du *Sémaphore de Marseille*, a parlé de cauchemar et de bestialité. Comme Anatole France, ce jeune plein de talent qui passe souvent chez moi, voit en eux un comité d'assassins, un gouvernement du crime et de la démence. Pareil pour Flaubert, Théophile Gautier, Leconte de Lisle et nos deux grands penseurs, Taine et Renan.

— Et Victor Hugo ? demanda Charles.

— Sa réaction a été plus mesurée. Au début, il a écrit de Bruxelles où il s'était réfugié : « Cette Commune est aussi idiote que l'Assemblée de Versailles est féroce. » Et un peu plus tard : « Fait monstrueux, ils ont mis le feu à Paris ! »

Le dîner du retour s'acheva tard dans la nuit. Aline et Christine auraient bien voulu parler de l'avenir, mais la blessure était trop récente. Il ne fut question, dans la fumée des pipes et les vapeurs du calvados, que de la Commune et de sa triste histoire.

Chapitre XVI

CINQ années avaient passé. Adolphe, comme autrefois son père, était un bon élève de l'école des Francs-Bourgeois mais, contrairement à lui, ne manifestait pas un goût particulier pour le point à deux aiguilles, le fameux cousu-sellier, succès de la maison Hermès. Il s'intéressait davantage à Amédée Bollée, fils d'un fondeur de cloches du Mans qui avait construit une voiture à vapeur, la « Mancelle », et dont *La Tribune* relatait le récent exploit : un trajet entre Le Mans et Paris à tombeau ouvert. Il restait également plongé des heures dans le *Grand Larousse*.

Adolphe s'occupait aussi de son petit frère, Aline ayant répondu à l'élan de renouveau qui soulevait le pays en donnant le jour à Émile, un beau bébé remuant dont le grand-père affirma, en caressant ses petits doigts :

— Ce sera un homme d'action. S'il s'entend bien avec son frère, ils réussiront ensemble de belles choses !

En attendant, sous le regard intéressé du patriarche, Charles, secondé par Jeannot et les frères Simon, réveillait « la firme » comme il aimait nommer en souriant l'établissement familial. La porte cochère avait été repeinte et la grande cour pavée de neuf afin d'accueillir confortablement les chevaux et les équipages qui, comme au bon vieux temps, recommençaient à encombrer les rues de Paris.

À la demande de Thierry, fatigué, il avait été décidé de ne pas rouvrir le service de location, qui nécessitait une écurie importante et un nombreux personnel, mais de continuer à assurer l'entretien des voitures du voisinage. Tout le monde, en effet, rachetait des chevaux pour atteler aux landaus, berlines ou carrioles ressortis des hangars. Beaucoup de clients donnaient aussi un coup de neuf à leurs voitures si bien que les frères Simon, aidés de quatre mécaniciens garnisseurs, peinaient à satisfaire cette clientèle pressée de reprendre les guides.

Les Hermès avaient réussi à maintenir en état l'atelier durant la période des troubles. Et tous les compagnons attachés à la maison depuis de longues années avaient conservé leur poste et leur salaire.

— C'est normal, avait dit Charles. Notre capital, plus que quelques billets confiés à la banque, ce sont les ouvriers formés à nos méthodes, à notre politique de la qualité.

Thierry et Charles avaient vu loin en utilisant, durant les heures tragiques, ce potentiel de talent pour coudre façon sellier des pièces de maroquinerie exceptionnelles. La paix revenue, sacs, portefeuilles et ceintures poinçonnés d'un « H » trouvèrent leurs acheteurs en quelques semaines dans les magasins de luxe.

EN politique, la grande majorité des Parisiens, heureux d'avoir retrouvé la paix, laissaient les monarchistes et les républicains s'affronter sans excès dans les élections. La France, redevenue une république depuis 1871, avait même un président, le maréchal de Mac-Mahon. Il ne lui manquait que les assises de lois constitutionnelles. Ce fut chose votée le 16 juillet 1875. À une voix de majorité, suffisante pour que soit proclamée officiellement la IIIe République !

Rue Basse-du-Rempart, on salua l'événement. C'était, parmi d'autres, un signe du retour de la bonne humeur, de la vie en couleur que peignaient ces jeunes artistes qu'un journaliste avait baptisés « impressionnistes », de la musique joyeuse que composait Offenbach au deuxième étage de son appartement de la rue Basse-du-Rempart.

SOUS l'œil attendri de Christine, Thierry vieillissait doucement. À plus de soixante-quinze ans, la tête était bonne mais les jambes souffraient. Son pas se faisait plus lourd quand il descendait à l'atelier où les journaux du matin l'attendaient près du fauteuil. « C'est mon observatoire », affirmait-il. De sa place, en effet, il regardait travailler « les Hermès », comme, dans le quartier et le métier, on appelait les ouvriers arborant avec fierté une lettre H soutachée de soie orange sur le cuir de leur tablier. Orange, une teinte choisie par les garçons Adolphe et Émile. Qui aurait pensé qu'elle serait encore, à l'aube du XXIe siècle, la couleur fétiche de la marque devenue mondiale ?

Thierry, ne s'étant pourtant jamais plaint de sa vie, lâchait maintenant des remarques sur sa santé qui inquiétaient la famille.

— Je me rassis comme un vieux cuir, commenta-t-il un jour. Je ne peux plus voir au fond le jeune Denis, formé chez nous, monter un harnais mais, plus près, je distingue encore heureusement Jeannot fignoler l'une des selles de haute lignée que les amateurs recommencent à nous commander.

Les jours où il se sentait bien, il demandait qu'on lui passe son tablier et qu'on le conduise jusqu'à son établi, autel sacré de la sellerie où personne, pas même son fils, ne s'installait depuis qu'il avait cessé de travailler. Là, il regardait ses outils, tranchoirs, alênes, aiguilles soigneusement alignés.

ET puis, un matin, en arrivant, Charles remarqua le fauteuil vide et les journaux rangés dans leurs plis. Il bondit dans l'escalier et trouva le père allongé dans son lit, Christine à son côté qui lui humectait les lèvres d'eau de mélisse.

— Le père n'a pu se lever ce matin, murmura-t-elle, il ne va pas. Envoie quelqu'un prévenir le Dr Roux.

À la vue de Charles, Thierry se souleva et tendit une main tremblante.

— Je ne sais pas, fils, si un médecin peut encore m'être d'un grand secours. Va chercher Jeannot et aide-moi à descendre. Si j'ai encore quelques instants à passer sur cette terre, je veux que ce soit dans l'atelier, au milieu de tous les miens. Que les ouvriers ne posent pas pour autant l'outil ! Il me serait doux de m'endormir dans le chuintement de la lisette, de l'alêne et des coups alertes du maillet. Si Dieu m'a assez vu sur cette terre, c'est un fier moyen de lui rendre grâce après soixante-dix-sept années d'honnête service.

Un silence douloureux s'ensuivit.

— Je n'ai pas tellement vu le pasteur ces derniers temps, continua le sellier devant Christine en larmes, mais je ne suis pas contre sa venue. S'il ne m'aide pas, il vous aidera, vous qui restez. Maintenant, menez-moi dans l'atelier et faites venir les enfants. Je veux qu'ils entendent ce que j'ai encore à te dire, ma Christine. Et à toi, Aline, admirable mère de ces garçons en qui reposent mes derniers espoirs.

« Thierry Hermès, sellier » – le seul titre qu'il revendiquât – ne put hélas rien dire à personne ! Ni aux siens, ni au médecin, ni au pasteur arrivés trop tard. Il mourut dans les bras de Charles et de Jeannot tandis qu'ils le portaient. En pleurant, ils le déposèrent avec douceur dans son fauteuil. Un silence de cathédrale, profond, interminable figea l'atelier. Jusqu'à ce que Charles annonçât d'une voix brisée :

— Mes amis, le maître est mort.

Lentement, le monde d'Hermès se leva et, en se tenant par la main, vint entourer le corps du maître fondateur.

CHARLES, depuis un moment déjà, tenait les rênes en laissant à Thierry le rôle du sage, porteur de la philosophie de la maison. Il n'éprouva donc, à la mort du père, aucune difficulté à assumer officiellement le titre de patron. Son fils Adolphe devenait tout naturellement son second. De retour d'Angleterre, où il avait appris la langue, travaillé chez un drapier puis chez Norfolk, le marchand de cuir, c'était un garçon sérieux. Émile, le petit frère, préparait, à quinze ans, le baccalauréat au lycée Charlemagne. Les études l'assommaient plutôt mais, comme il était intelligent, il réussissait à se maintenir parmi les meilleurs de sa classe. Plein d'ambition, il ne rêvait que de voyages, échafaudait des projets, affirmait que le chemin de fer et l'électricité allaient bouleverser le monde et que l'ère du cheval touchait à sa fin. Ces propos faisaient réfléchir Charles qui pensait que le cadet serait celui qui mènerait la maison sur les chemins de la modernité.

En attendant, la famille Hermès bénéficiait du climat de paix, de prospérité et de progrès qui succédait aux années terribles. Elle avait repris sa place dans la bourgeoisie artisanale du luxe où Charles et Aline fréquentaient les bijoutiers, les antiquaires, les gens de la mode tournés vers la qualité. Dans cette famille de l'extrême élégance, Hermès figurait toujours au rang de sellier. Les premières automobiles à vapeur Amédée-Bollée pouvaient bien montrer le bout de leur nez sur les boulevards et le chemin de fer remplacer presque partout les diligences, les riches équipages et les fringants cavaliers continuaient à tenir le haut du pavé parisien. Curieusement, Hermès n'avait jamais vendu autant de selles de luxe et de harnais cloutés d'or ! Réveillé des ténèbres, le prestige de la marque touchait maintenant l'étranger. Plusieurs rois, dont le tsar de Russie, avaient chargé leurs ambassades de commander des jeux de brides et, pour la tsarine, la fameuse selle pour dames qui obtenait un grand prix à toutes les expositions.

LA rue Basse-du-Rempart, justement, devenait un grand souci. Comme bien d'autres voies parisiennes disparues dans le maelström haussmannien, sa suppression venait d'être programmée au profit de l'élargissement des grands boulevards.

Hermès indemnisé, certes, mais expulsé d'une adresse qui commençait à être connue et appréciée ! À un moment où les commandes affluaient, il s'agissait d'une catastrophe. Comme Thierry avait naguère chargé Charles de trouver un atelier digne de la maison, Charles demanda à Adolphe de découvrir le nouveau quartier général. Pourtant, c'est lui qui, au cours d'une promenade, remarqua au coin du faubourg Saint-Honoré et de la rue Boissy-d'Anglas un magasin poussiéreux et fermé, à l'enseigne d'une ancienne ÉPICERIE FINE ET COLONIALE comme l'indiquaient les lettres à moitié effacées de la devanture. Collé sur la porte, un écriteau informait : IMMEUBLE ET BOUTIQUE À VENDRE OU À LOUER.

Le sang de Charles ne fit qu'un tour. Stratégiquement, le lieu était parfait. S'installer à proximité des hôtels et des écuries des grandes familles parisiennes, à deux pas de l'Élysée et du faubourg Saint-Honoré, avait été, depuis Crefeld, le but de Thierry.

— Père, dit-il tout haut, tu es mort trop tôt pour voir ton rêve réalisé mais je te jure que le nom d'Hermès, sellier brillera dans les beaux quartiers !

Charles releva sur son carnet gainé de maroquin l'adresse du notaire et décida de s'y rendre sans attendre.

Ses pensées se bousculaient. Acheter, c'était trop tôt, mais louer c'était possible, le montant du dédommagement de l'État servant à payer les travaux.

Deux semaines plus tard, Charles-Émile Hermès signait chez Me Alexis Bonnard, notaire rue La Boétie, un bail de quinze ans avec priorité d'achat. Il savait que cette opération, dictée par la nécessité, constituait un pari osé sur l'avenir mais il ne pouvait penser qu'il s'agissait d'une véritable révolution dans l'histoire de la maison. Encore moins que, cent trente ans plus tard, Hermès, sellier, maître mondial du commerce de luxe et de la mode, aurait toujours son vaisseau amiral ancré au 24, faubourg Saint-Honoré.

CONTRAIREMENT à Thierry, qui avait peiné toute sa vie à sortir le nom d'Hermès de l'anonymat, à Charles qui l'avait aidé, dans l'odeur de la poudre, à s'implanter à Paris, Adolphe et Émile arrivaient dans la vie active au moment où les nuages s'estompaient pour ouvrir le ciel à une prospérité oubliée. Malgré les soubresauts du boulangisme, des attentats anarchistes et de l'activité royaliste, la IIIᵉ République apportait aux Français un régime modéré qui, pour la première fois depuis 1789, semblait s'imposer dans la durée.

Charles, encouragé par cette évolution favorable, n'attendit pas un instant pour entreprendre la transformation de l'épicerie exotique en sellerie de haut rang. Après le dîner, le conseil de famille – dont naturellement Jeannot et les frères Simon faisaient partie – se réunissait autour de la table réservée habituellement à la présentation des peaux. Jusque tard dans la soirée, on discutait ferme d'escaliers, de dressoirs de présentation et de l'atelier prévu au premier étage, le second étant réservé au logement de la fratrie. Charles projetait posément l'avenir de la maison :

— Il faut se faire à l'idée que nous allons être obligés de nous restreindre. L'atelier, même en occupant tout l'étage, va se trouver réduit d'un bon tiers. Nous devrons donc abandonner notre compétence dans les travaux d'entretien. Fini le tout-venant de voisinage. On ne jouera, chez Hermès, que la carte de l'excellence, nos selles seront les plus chères mais les plus belles, nos harnachements cousu-sellier du premier au dernier point et nous imposerons notre marque aux accessoires de voyage.

— Et pourquoi pas à l'habillement tout cuir des belles automobiles qui vont bientôt filer sur les routes à plus de cinquante à l'heure ? proposa Émile.

— Ce jour viendra sûrement mais, en attendant, le cheval reste plus que jamais notre capital. Les bourgeois fortunés et les gens d'affaires qui laissaient autrefois cette passion aux nobles raffolent aujourd'hui des sports équestres. Cela pose de « faire du cheval », et nous devons profiter de cet engouement.

Tandis que, faubourg Saint-Honoré, un architecte dirigeait les travaux de rénovation, la maison Hermès père et fils vivait ses derniers jours rue Basse-du-Rempart. À la clientèle presque exclusivement masculine s'ajoutait maintenant celle des dames du monde qui, de plus en plus nombreuses, s'adonnaient au sport hippique. Certaines commençaient à monter à cheval comme les hommes mais la plupart demeuraient fidèles à la selle de dame qui autorisait d'éclatants effets de jupes en éventail. Hermès, depuis longtemps spécialiste de ces sièges féminins, n'arrivait pas à satisfaire les commandes des amazones aux maris assez fortunés pour leur offrir un bijou de cuir plus cher qu'un collier d'or.

ENFIN, un matin d'octobre, l'odeur des peintures à peine dissipée, le déménagement commença. Il dura trois mois, le temps nécessaire pour transférer petit à petit le magasin, les ateliers et les fournitures sans trop désorienter la clientèle.

Les deux frères étaient de caractère différent mais de talents complémentaires. Dans la famille, Émile voyait plus loin que les autres. Les commandes venues des ambassades, les visites des princes et de leur cour lorsqu'ils étaient de passage l'engageaient à croire que le futur de la maison se dessinait au-delà des frontières. Il voulait voyager, montrer à l'étranger ce qui se faisait de mieux à Paris, c'est-à-dire chez Hermès.

Ainsi avait-il projeté une tournée devant le mener jusqu'à Moscou. Il accompagnerait le fils Mülbacher, le grand carrossier associé depuis longtemps au développement d'Hermès, en partance pour la Russie. Un peu plus âgé qu'Émile, il était déjà introduit à la cour du tsar et proposait de le présenter aux grands personnages de l'État. Si son père encourageait cette initiative, son frère Adolphe se montrait réticent et sa mère résolument contre. « Vingt et un ans, disait-elle, c'est trop jeune pour courir le monde et aller dans un pays au climat épouvantable. »

Aline finit par donner son accord à la condition qu'il se commandât sans attendre un manteau gros drap doublé de vison.

LE voyage d'Émile à Moscou resterait gravé dans la mémoire familiale. À l'époque il s'agissait d'une aventure. D'abord le train jusqu'à Berlin, puis la Russie, des jours et des nuits passés dans des wagons de bois grinçants, des haltes forcées aux postes de douane… Les Parisiens arrivèrent sous la neige, épuisés, en gare de Moscou.

L'accueil qu'ils reçurent, à l'ambassade de France où ils logèrent, puis chez les princes possesseurs de riches écuries, leur fit oublier les affres des nuits en chemin de fer. Mülbacher enregistra l'achat de six voitures, dont une calèche à l'anglaise capitonnée de peau et de satin par Hermès, et de trois berlines de voyage également équipées par le sellier du faubourg Saint-Honoré. Quant à Émile, qui avait emporté une valise pleine d'échantillons de cuirs, de photographies de selles et de harnais, il remplit son carnet des commandes des Écuries impériales, des grands-ducs, des riches boyards ainsi que des cours allemande et roumaine visitées sur le chemin du retour.

Le voyage avait duré trois mois mais ce grand succès aida Émile à confirmer sa personnalité au sein du trio familial armé pour atteindre brillamment l'année phare, 1900. Ce millésime du centenaire, on l'attendait avec le sourire au Faubourg. Parce que les affaires n'avaient jamais aussi bien marché, sûrement, mais aussi parce qu'il inaugurait une Exposition universelle que le monde entier attendait et où la maison attesterait une fois encore son inimitable savoir-faire. Et puis Émile, qui s'était fiancé en 1899, allait se marier à l'aube du nouveau siècle. Il avait trente ans, elle en avait vingt-cinq. Elle s'appelait Julie Hollande, était fille d'un importateur de bois exotiques du faubourg Saint-Antoine. Les familles se connaissaient bien. Elles appartenaient à la même bourgeoisie boutiquière et industrielle attachée au renom de la qualité artistique de Paris.

Tandis que son mari prenait peu à peu les rênes de la maison – devant son frère désireux de s'éloigner des affaires – et organisait, voyageait, inventait, ancrait le nom d'Hermès dans la société internationale, Julie mettait au monde et élevait trois fillettes dont, plus tard, les maris Robert Dumas, Francis Puech et Jean-René Guerrand assureraient l'essor irrésistible d'Hermès.

APRÈS la parenthèse de la Grande Guerre, M. Émile – désormais seul maître d'Hermès – avait devant lui plus de trente années pour faire rêver sa clientèle et enchanter le gotha.

Trois générations avaient forgé la légende. Les suivantes, en respectant scrupuleusement les règles familiales dictées un siècle plus tôt par Thierry, le patriarche, ne cesseront de développer, du cuir à la soie, de l'étrier au parfum, de l'agenda au bagage de maharadjah, les richesses du messager de l'Olympe.

Le roman historique des fondateurs, avec ses rais de lumière, ses ombres, ses passerelles imaginaires, s'arrête là où commence le temps des médias et du réel.

*« Mes lecteurs disent
souvent que ce qu'ils aiment
dans mes livres,
c'est de pouvoir s'instruire
en se divertissant. »*

Jean Diwo

Jean Diwo, disparu en juin 2011 à l'âge de quatre-vingt-seize ans, a souvent dit que les livres lui avaient offert une « deuxième vie ». Et peut-être offert aussi cette longévité, tant écrire le stimulait. N'a-t-il pas publié *La Calèche*, son dernier roman, quelques mois seulement avant sa mort ? Petit-fils d'ébéniste et fils d'un sculpteur sur bois installé faubourg Saint-Antoine à Paris, il avait un grand respect pour l'artisanat et les métiers manuels mais ne se sentait pas fait pour cette vie-là. Tout en suivant des études de lettres à la Sorbonne, il fit ses classes de journaliste à *Paris-Soir* dans les années 1930. Une belle carrière l'attendait : il fut directeur des informations au *Parisien libéré*, puis grand reporter à *Paris-Match*. En 1960 il créa *Télé-7 jours* qu'il dirigea pendant vingt ans. C'est une fois à la retraite, et après le décès de son épouse, qu'il décida de se consacrer à la littérature, excellent moyen de se ressourcer. « Les livres m'ont sauvé », disait-il. En 1981 il publia un premier ouvrage très bien accueilli : *Chez Lipp*. Puis vint la trilogie *Les Dames du Faubourg*, bestseller retentissant (plus d'un million d'exemplaires vendus). Le succès continua avec ses romans suivants, notamment *Les Violons du Roi*, *Au temps où la Joconde parlait*, *L'Empereur*, *La Fontainière du Roy*, *249, faubourg Saint-Antoine*, *Moi Milanello, fils de Stradivarius*… On le voit, Jean Diwo, homme de grande érudition, amoureux du détail vrai, avait une prédilection pour les sujets historiques. Ainsi l'histoire de Thierry Hermès lui a-t-elle fourni l'occasion de dessiner « en toile de fond la tapisserie sauvage et lumineuse du XIXe siècle, ses gloires, ses barricades, son génie qui ouvre dans la fureur les fondements du monde moderne ».

JEANNETTE WALLS

DES CHEVAUX
SAUVAGES,
OU PRESQUE

Traduit de l'anglais (États-Unis)
par Bella Arman

À l'origine, je comptais écrire un livre sur l'enfance de ma mère dans un ranch de l'Arizona. Mais, en évoquant ces années-là, elle m'expliqua que la vie réellement intéressante était celle de sa propre mère. À son avis, je devais écrire un livre sur Lily.

Ma grand-mère était un sacré personnage. J'avais été très proche d'elle étant enfant, mais elle est morte quand j'avais huit ans et l'essentiel de ce que je savais à son sujet était de seconde main.

Cela dit, toute mon enfance fut baignée d'histoires sur Lily Casey Smith. Celle-ci avait raconté ses souvenirs à ma mère, laquelle me les transmettait. Lily était une femme pleine de fougue, une enseignante et une conteuse passionnée qui expliquait dans les moindres détails ce qui lui était arrivé et pourquoi, le tout dans l'idée de faire partager ces leçons de vie à ma mère. J'ai écrit cette histoire à la première personne pour restituer la voix caractéristique de Lily, dont je me souviens parfaitement. Ce faisant, je n'ai jamais considéré ce livre comme une fiction. Lily Casey Smith était une personne bien réelle, et je ne saurais m'attribuer le mérite d'avoir créé son personnage et les événements de son existence.

JEANNETTE WALLS

*Lily Casey
avec Rustines.*

I
Salt Draw

LES vaches ont su avant nous que les ennuis arrivaient.

L'après-midi d'août tirait à sa fin. L'atmosphère était chaude et lourde, habituelle en cette saison des pluies. Nous avions bien aperçu quelques nuages d'orage au-dessus des collines de Burnt Spring un peu plus tôt, mais ils étaient passés plus au nord. J'avais terminé l'essentiel des corvées de la journée et descendais vers les prés avec mon frère Buster et ma sœur Helen pour rentrer les bêtes. Mais, lorsque nous arrivâmes en bas, nous vîmes que les filles avaient l'air contrariées. Au lieu de piétiner auprès de la barrière, comme d'habitude à l'heure de la traite, elles se tenaient les jambes raides et la queue droite, dodelinant de la tête, aux aguets.

Buster et Helen m'interrogèrent du regard. Je m'agenouillai sans un mot, l'oreille collée au sol compact. Un grondement ténu se fit sentir plus qu'entendre. Je compris ce que les vaches savaient déjà : une crue subite était en train de se produire.

Alors que je me redressais, je vis les vaches foncer en direction de la clôture sud et franchir les barbelés d'un seul bond. Puis elles se ruèrent sur les hauteurs. Autant déguerpir au plus vite, comme elles. J'attrapai Helen et Buster par la main. Le sol grondait déjà sous nos pieds et l'eau envahissait la partie basse du pâturage. Nous n'avions plus le temps de gagner la colline. Au milieu du champ, il y avait un vieux peuplier de Virginie aux grosses branches noueuses. Nous nous précipitâmes vers lui.

Arrivée au peuplier, je poussai mon frère sur la branche la plus basse et il hissa sa petite sœur vers lui. Je grimpai et pris Helen dans mes bras au moment où un véritable mur d'eau de plus d'un mètre cinquante frappait le peuplier en nous trempant tous les trois. L'arbre vacilla. Une eau caramel charriant des bouts de bois et laissant apparaître ici ou là un écureuil de prairie courait sous les branches en recouvrant les basses terres.

Nous restâmes une bonne heure dans le peuplier à contempler le spectacle. Le soleil commençait à disparaître derrière les collines de Burnt Spring et à rougir les nuages qui projetaient vers l'est de grandes ombres pourpres. L'eau coulait toujours au-dessous de nous. Helen se plaignit de ses bras. Elle n'avait que sept ans et avait peur de ne pouvoir tenir beaucoup plus longtemps.

Buster, qui en avait neuf, était perché sur la fourche de l'arbre. À dix ans j'étais l'aînée ; je pris les choses en main. Je demandai à Buster d'échanger sa place avec Helen pour qu'elle puisse s'asseoir sans trop se cramponner. Peu après, l'obscurité se fit mais le clair de lune nous permettait d'y voir. Nous échangions nos places de temps en temps pour soulager nos bras. Nous dûmes faire pipi dans notre culotte.

Au milieu de la nuit, ma sœur se mit à gémir.

— Je ne peux plus tenir.

— Si, tu peux, répliquai-je. Tu peux parce que tu le dois.

Nous allons nous en sortir, dis-je. Je le savais, je le voyais dans ma tête. Je nous voyais remonter la colline le lendemain matin et maman et papa se précipiter à notre rencontre. Cela se passerait comme ça, mais il dépendait de nous que ça se passe comme ça.

Pour empêcher Helen et Buster de s'endormir et de tomber du peuplier, je les interrogeai sur leurs tables de multiplication. Puis je passai aux noms des présidents, aux capitales des États, aux définitions des mots, à la recherche de rimes et à tout ce qui put me passer par la tête, les reprenant d'un ton sec quand leurs voix faiblissaient. C'est ainsi que je les tins éveillés toute la nuit.

Aux premières lueurs, l'eau couvrait toujours le sol. Généralement, une crue subite reflue au bout d'une heure ou deux, mais les prés étaient en contrebas près de la rivière et l'eau pouvait y rester des jours. Le flot s'était pourtant calmé et l'eau commençait à s'infiltrer dans les entonnoirs de gypse et les bancs de boue.

— On a réussi, déclarai-je.

Je me dis que nous pouvions avancer dans l'eau sans crainte. Nous descendîmes de l'arbre, tout ankylosés. La boue aspirait nos chaussures, mais nous parvînmes finalement en terrain sec et grimpâmes la colline jusqu'à la maison, au lever du soleil, exactement comme je me l'étais figuré.

Papa faisait les cent pas sur la véranda, de cette foulée inégale due à sa jambe estropiée. Il poussa un hourra de joie et dévala les marches en boitillant à notre rencontre. Maman sortit en courant, pour s'agenouiller mains jointes en remerciant le Seigneur.

Elle nous avait sauvés en restant toute la nuit à prier, déclarat-elle.

— À genoux! Remerciez votre ange gardien. Et remerciez-moi aussi.

Helen et Buster s'exécutèrent. Je restai debout à les regarder. De mon point de vue, c'était moi qui nous avais tous sauvés, pas maman ni un quelconque ange gardien. Il n'y avait que nous trois dans ce peuplier, personne d'autre. Papa s'approcha et m'entoura les épaules.

— Il n'y avait pas d'ange gardien, papa.

Et de lui expliquer comment je nous avais conduits au peuplier juste à temps.

Papa me serra plus fort.

— Eh bien, ma chérie, peut-être que l'ange gardien, c'était toi.

Nous possédions une ferme le long de la Salt Draw, un affluent de la rivière Pecos, dans les prairies ondulées et sableuses de l'ouest du Texas. Le ciel était haut et pâle, la terre basse et lessivée. Le vent pouvait souffler sans arrêt pendant des jours. Mais c'était parfois si calme qu'on entendait aboyer le chien du ranch Dingler à plus de trois kilomètres en amont.

Le pays était dur. La terre semblable à de la pierre – sauf quand une inondation la changeait en boue –, les animaux anguleux et coriaces. Même les plantes étaient épineuses et rares. Papa disait que High Lonesome n'était pas un endroit pour les têtes molles ou les cœurs faibles, et il ajoutait que c'était la raison pour laquelle cela nous convenait, à lui et à moi, vu que nous étions tous deux des durs à cuire.

Notre terre ne faisait pas plus de soixante-dix hectares, ce qui était peu dans cette partie du Texas si sèche qu'il fallait au moins deux hectares pour élever une seule tête de bétail. Mais elle bordait le cours d'eau et valait dix fois plus que les terrains secs. Cela suffisait à nourrir l'élevage de chevaux d'attelage de papa, nos vaches laitières, des douzaines de poulets, quelques porcs et les paons.

Les paons ! C'était l'un des plans mirifiques de papa pour gagner de l'argent. Il avait fait venir à grands frais un couple de ces volatiles d'une lointaine ferme de l'est des États-Unis. Les acheteurs de chevaux d'attelage, d'après lui, seraient prêts à débourser cinquante dollars de plus pour l'un de ces oiseaux de luxe.

Malheureusement, papa avait surestimé la demande d'oiseaux d'ornement au Texas occidental et le ranch fut envahi par les paons en quelques années. Ils se pavanaient en poussant des cris rauques et perçants, nous picoraient les genoux, effrayaient les chevaux, tuaient les poussins, attaquaient les porcs. Je dois toutefois admettre que c'était un sacré spectacle quand, parfois, ces bestioles mettaient une sourdine à leur campagne de terreur pour étaler leurs plumes et faire la roue.

Les paons n'étaient qu'un à-côté. L'occupation essentielle de papa était l'élevage et le dressage des chevaux d'attelage. Malgré son accident, il aimait les chevaux. À l'âge de trois ans, il avait reçu un coup de sabot qui lui avait pratiquement défoncé le crâne, alors qu'il courait dans l'écurie. Il était resté dans le coma pendant des jours. Il s'en était remis, en gardant un petit handicap du côté droit. Il traînait un peu la jambe et gardait son bras replié comme l'aile d'un poulet. Jeune homme, il avait aussi travaillé un bon moment dans le moulin du ranch familial, si bruyant qu'il en était resté dur d'oreille. Du coup, il parlait d'une drôle de façon et on comprenait difficilement ce qu'il disait tant qu'on ne l'avait pas côtoyé suffisamment.

Papa n'en voulait pas à l'animal qui l'avait blessé. Tout ce que ce cheval savait, aimait-il à dire, c'était qu'une créature de la taille d'un puma avait foncé comme une flèche près de lui. Les chevaux n'ont jamais tort. Tout ce qu'ils font a une raison et c'est à vous de la deviner. Papa aimait les chevaux parce que, contrairement aux gens, ils le comprenaient toujours sans le prendre en pitié. C'est ainsi que, même incapable de tenir en selle, il était devenu un expert dans le dressage des chevaux d'attelage.

JE suis née en 1901 dans une tranchée sur les rives de la Salt Draw, l'année suivant la sortie de prison de mon père : celui-ci avait purgé une peine pour un meurtre qu'il niait avoir commis.

Il avait grandi dans un ranch de l'Hondo Valley au Nouveau-Mexique. Son propre père, à qui l'État avait attribué cette propriété en 1868, avait été l'un des premiers « Anglos » de la vallée. Mais, du temps de la jeunesse de papa, la rivière ne suffisait déjà plus aux besoins de tous les colons.

Les litiges étaient incessants à propos des limites des parcelles et surtout de l'accès à l'eau. Les querelles conduisaient souvent à des bagarres et à des échanges de coups de fusil. Papa avait quatorze ans quand son père fut abattu lors d'une de ces échauffourées. Il resta avec sa mère pour tenir le ranch mais les démêlés continuèrent et, vingt ans plus tard, il fut condamné pour avoir tué un colon au cours d'une rixe.

Mon père maintint qu'il avait été victime d'un coup monté. Il écrivit de longues lettres aux députés pour protester de son innocence et fut libéré après trois ans d'emprisonnement. Peu après sa relaxe, il rencontra ma mère et l'épousa. Comme le procureur cherchait à faire réviser le procès, il estima préférable de se faire oublier. Lui et maman quittèrent l'Hondo Valley pour High Lonesome, où ils s'installèrent le long de la Salt Draw.

Le bois de charpente étant une rareté dans cette partie du Texas, bien des colons de High Lonesome s'étaient creusé une tranchée en guise de maison.

Papa avait bâti la nôtre en dégageant à la pelle un grand trou près de la rive. En guise de chevrons, il s'était servi de branches de cèdre qu'il avait recouvertes de mottes de terre. La maison n'avait qu'une seule pièce, un sol de terre battue, une porte en bois, une fenêtre en papier sulfurisé et un poêle en fonte dont le tuyau passait à travers le toit de glaise.

Ce qu'il y avait de bien, avec ce terrier, c'était sa fraîcheur en été et sa relative douceur en hiver. Le pire, c'étaient les scorpions, serpents, taupes, à qui il arrivait de se faufiler par les murs ou le plafond. Quand il pleuvait, le plafond et les murs se transformaient en boue. Si une motte tombait du plafond, on la recollait en bonne place. Il arrivait qu'une chèvre broutant sur le toit passe une patte au travers. On devait la tirer de là.

L'autre problème, c'étaient les moustiques. Maman était particulièrement sensible à leurs piqûres et pouvait en garder des œdèmes pendant des jours. Mais c'est moi qui ai attrapé la fièvre jaune.

J'avais sept ans. À la fin du premier jour, je tremblais et vomissais en me tordant sur mon lit. Papa resta des jours à m'asperger de lotion pour tenter de faire baisser la fièvre. Quand enfin la fièvre tomba, j'étais toute jaune et j'avais perdu cinq kilos. Maman émit son verdict :

— Une telle fièvre, ça peut faire bouillir le cerveau et causer des dommages irréparables. Si tu veux trouver un mari, ne dis jamais à personne que tu l'as eue.

Maman avait ses propres sujets de préoccupation, comme de savoir si ses filles attraperaient le bon mari. Elle était soucieuse de ce qu'elle appelait les « convenances ». Elle avait équipé notre trou d'objets élégants : un tapis d'Orient, une méridienne recouverte de dentelle, des rideaux de velours. S'y trouvait aussi une tête de lit en noyer sculpté que ses parents avaient trimbalée depuis la côte Est quand ils étaient venus s'installer en Californie. Maman tenait beaucoup à cette tête de lit parce qu'elle lui rappelait le monde civilisé.

Son père était un chercheur d'or qui avait prospecté au nord de San Francisco et s'était fait une assez belle fortune. Maman, dont le nom de jeune fille était Daisy Mae Peacock, avait reçu une éducation distinguée. Elle avait une peau douce et blanche. Au Texas, elle sortait aussi rarement que possible – jamais sans un chapeau, des gants et une voilette.

Maman tenait notre trou en ordre mais refusait les corvées telles que trimbaler de l'eau ou transporter le bois.

— Votre mère est une dame, disait papa pour justifier son mépris du travail manuel.

Il se chargeait donc des travaux extérieurs avec l'aide de notre serviteur, Apache. Celui-ci n'était pas réellement indien, mais il avait été capturé par les Apaches à l'âge de six ans. Jeune homme, alors que la cavalerie des États-Unis où le père de papa servait comme éclaireur faisait un raid dans le camp indien, Apache s'était précipité en hurlant :

— *Soy blanco ! Soy blanco !*

Il avait suivi le père de papa et vécu, depuis, avec la famille. Notre servante Lupe aidait maman pour la cuisine et la lessive. Elle était tombée enceinte et, après la naissance du bébé, avait dû quitter son village près de Juarez parce qu'elle avait apporté la honte dans la famille. Elle était petite, ronde comme un petit tonneau, catholique et encore plus bigote que maman. Moi, j'aimais bien Lupe. Bien que ses parents lui aient enlevé le bébé, elle ne se plaignait jamais de son sort. Or c'était la qualité que j'admirais le plus chez les gens.

Même avec l'aide de Lupe, maman n'aimait guère la vie à Salt Draw. Elle ne s'était pas attendue à cela. Elle avait pensé faire un beau mariage en épousant Adam Casey, malgré sa claudication et ses difficultés d'élocution. Le père de papa était arrivé d'Irlande lors d'une des famines causées par la maladie de la pomme de terre. Il s'était engagé au 2ᵉ régiment de dragons où il combattait les Comanches, les Apaches et les Kiowas sur la frontière texane, sous les ordres du colonel Robert E. Lee. Après avoir quitté l'armée, il s'adonna à l'élevage. Il possédait l'un des plus grands troupeaux de la région au moment de sa mort. Robert Casey fut abattu dans la rue principale de Lincoln, au Nouveau-Mexique. Selon l'une des versions de l'affaire, il s'agissait d'un désaccord entre lui et son meurtrier à propos d'une dette de huit dollars.

Après sa mort, ses enfants se disputèrent le partage du troupeau, une brouille qui empoisonna le reste de l'existence de papa. Il avait hérité de la terre d'Hondo Valley, mais estimait que son frère aîné qui avait emmené le troupeau au Texas l'avait lésé sur sa part d'héritage. Il enchaînait procès sur appels. Il poursuivit la bataille même après avoir déménagé dans l'ouest du Texas.

S'il était entièrement absorbé par ses procès, nous autres, à Salt Draw, devions constamment nous battre contre les éléments. La crue qui nous avait expédiés, Buster, Helen et moi, dans le peuplier de Virginie ne fut pas la seule à avoir failli nous liquider. Les inondations étaient très fréquentes dans cette partie du Texas, une autre de taille était survenue quand j'avais huit ans. Papa était parti au loin, à Austin, déposer une nouvelle plainte à propos de son héritage, quand la Salt Draw déborda en pleine nuit et se déversa dans notre tranchée. Maman emmena Helen et Buster prier sur les hauteurs tandis que je restais avec Apache et Lupe. Nous barricadâmes la porte avec le tapis et commençâmes à écoper l'eau par la fenêtre. Maman revint nous supplier de venir prier avec elle au sommet de la colline.

— Y en a marre de la prière ! hurlai-je. Écope, bon Dieu, écope !

Maman sembla mortifiée comme si, par ces blasphèmes, je nous avais tous condamnés. Du moins j'aurais parié qu'elle le pensait. Mais l'eau montait à toute allure et la situation était critique. Les murs de la tranchée s'affaissaient. Quand le plafond commença à céder, nous eûmes à peine le temps d'extraire la tête de lit en noyer de maman par la porte. Un instant plus tard, la tranchée s'effondrait sur elle-même en ensevelissant le tout.

Après quoi, maman ne cessa de m'exaspérer. Elle persistait à dire que l'inondation était la volonté de Dieu et que nous devions nous soumettre. Je ne voyais pas les choses ainsi. Si Dieu nous donnait la force d'écoper, n'était-ce pas Sa volonté ?

Pourtant l'inondation se révéla une bénédiction. Ce fut un coup de trop pour M. McClurg, un nouveau venu qui vivait en amont dans une maison de deux pièces, construite avec les poutres qu'il avait charriées depuis le Nouveau-Mexique. La crue avait balayé les fondations et les murs s'étaient effondrés. Il décida donc de retourner à Cleveland. De retour d'Austin, papa nous demanda de sauter dans le chariot et nous nous précipitâmes pour piller ce qu'il restait du bois de M. McClurg. Nous ramassâmes tout : bardeaux, chevrons, poutres, cadres des portes, planchers. À la fin de l'été, nous avions construit une toute nouvelle maison en bois.

Le jour de son achèvement, alors que nous la contemplions tous avec admiration, maman se tourna vers moi :

— Alors, n'était-ce pas la volonté de Dieu, cette inondation ?

Je ne sus quoi répondre. Maman pouvait dire ça après coup, mais il n'empêche : quand on est en pleine panade, il est bien difficile de savoir ce qui vient de Dieu ou pas.

J'interrogeai papa : croyait-il que tout ce qui arrivait venait de la volonté divine ?

— Oui et non, me répondit-il. Dieu nous donne à tous des cartes différentes. À nous de les jouer à notre façon.

Je me demandai s'il pensait que Dieu lui avait donné de mauvaises cartes, mais n'osai pas lui poser la question. Il lui arrivait de mentionner le coup de sabot qu'il avait reçu, mais aucun d'entre nous n'évoqua jamais sa jambe estropiée ou son problème d'élocution.

Ce défaut donnait un peu l'impression qu'il parlait sous l'eau. Quand il disait : « Attelle la carriole », la plupart des gens entendaient « a'el a'iol », et s'il disait « Maman a besoin de se reposer », cela donnait : « Ahoua a'oin d'che oser. »

Quand nous nous rendions à Toyah, la bourgade la plus proche, à sept kilomètres, il arrivait que des gamins suivent papa en l'imitant, ce qui me donnait envie de les rosser. Ce que ces gamins ne comprenaient pas, c'est que papa avait beau avoir l'air de parler avec des billes plein la bouche, c'était une tête. Une gouvernante s'était chargée de son éducation et il passait son temps à dévorer des livres de philosophie ou à écrire de longues lettres à des politiciens comme William Taft et Frederick William Seward, lequel avait été le vice-secrétaire d'État d'Abraham Lincoln. En matière d'écriture, personne ne pouvait aligner des phrases comme papa. Sa graphie était élégante, ses phrases étaient longues et extravagantes. Elles fourmillaient de mots comme « fallacieux » ou « s'esquiver » que la plupart des gens de Toyah n'auraient pas compris sans l'aide d'un dictionnaire.

L'école de Toyah se composait d'une classe unique. Jugeant qu'on y dispensait un enseignement de second ordre, papa préféra me faire la classe lui-même. Chaque jour après le déjeuner, au moment où il faisait trop chaud pour travailler dehors, je suivais ses leçons – grammaire, histoire, arithmétique, science et instruction civique. Ensuite, je faisais à mon tour la leçon à Buster et Helen. La matière favorite de papa était l'histoire, qu'il enseignait toutefois du point de vue d'un natif de l'Ouest américain. Fier d'être le fils d'un Irlandais, il haïssait la plupart des pères fondateurs des États-Unis, à la fois protestants et anglais. Il disait d'ailleurs les « Angliches ». C'était, selon lui, une bande de dévots hypocrites qui déclaraient que tous les hommes sont égaux mais possédaient des esclaves et massacraient des Indiens pacifiques.

J'adorais les cours, tout particulièrement la science et la géométrie. J'aimais apprendre qu'il y a des lois invisibles expliquant les mystères du monde où nous vivons. Tout cela me donnait le sentiment d'être intelligente. Mais, pour mes parents, j'avais beau bénéficier à la maison d'une meilleure éducation que n'importe quel gamin de Toyah, il me faudrait à partir de treize ans finir ma scolarité dans une école, pour acquérir à la fois le savoir-vivre et un diplôme. « Dans ce monde, disait papa, il ne suffit pas d'avoir reçu une bonne éducation. Il faut un bout de papier pour le prouver. »

Maman faisait de son mieux pour que ses mômes présentent bien. Pendant que je faisais la leçon à Buster et Helen, ma tignasse avait droit à une centaine de coups de brosse. Le soir, elle me confectionnait des anglaises. « La chevelure d'une dame est le couronnement de sa beauté », disait-elle.

Nous avions beau vivre à sept kilomètres de Toyah et passer des jours sans voir personne en dehors de la famille, maman consacrait beaucoup d'efforts à être une dame. Elle était menue – elle ne dépassait guère le mètre cinquante – et était pourvue de si petits pieds qu'il lui fallait porter des bottines de petite fille. Elle entretenait l'élégante blancheur de ses mains au moyen d'une mixture de miel, de jus de citron et de borax. Elle devait l'extrême finesse de sa taille à des corsets très serrés – je l'aidais à les lacer – au prix de quelques évanouissements. C'étaient ses vapeurs, disait-elle, signe de haut lignage et de nature délicate. D'après moi, c'était le signe que le corset l'empêchait de respirer.

Maman était plus proche d'Helen, qui avait hérité de ses mains et pieds menus ainsi que de sa frêle constitution. Mais elle était surtout folle de Buster, son seul fils, l'avenir de la famille. Buster était un gosse réservé mais au sourire irrésistible et, peut-être pour compenser le handicap verbal de papa, l'un des locuteurs les plus rapides et fluides du comté. Maman se plaisait à dire qu'il aurait ensorcelé un buisson d'épines. Toutes les carrières s'offriraient à lui : magnat du rail, roi de l'élevage, voire gouverneur du Texas.

Maman ne savait pas trop quoi faire de moi. Elle craignait d'avoir quelque difficulté à me marier, les attributs d'une dame me faisant défaut. D'abord, j'avais les jambes légèrement arquées, parce que je montais trop à cheval. Et puis mes dents de devant avançaient. Elle m'acheta donc un éventail de soie rouge pour me couvrir la bouche. « Lily, chérie…, l'éventail », intervenait-elle dès que je riais ou souriais trop.

Vu que maman n'était pas exactement la personne la plus efficace du monde, j'appris très tôt à prendre les choses en main, ce qui suscitait chez elle l'ébahissement et une certaine appréhension. Mon comportement n'avait rien de celui d'une dame, mais du moins pouvait-elle compter sur moi. « Je n'ai jamais vu de fille faisant preuve d'autant d'initiative, disait-elle. Est-ce vraiment souhaitable… ? »

De son point de vue, les femmes devaient laisser la gent masculine à l'œuvre, car cela renforçait son sentiment de virilité. Ce qui se concevait pour peu qu'il y eût à la maison un homme fort plein d'allant. Or entre le handicap de papa, les excuses alambiquées de

Buster et la tendance d'Apache à disparaître, c'était souvent à moi que revenait le privilège d'empêcher que tout ne parte à la dérive. Cela dit, même quand tout le monde mettait la main à la pâte, on n'arrivait pas à bout de la tâche. J'adorais ce ranch, même si parfois l'endroit nous possédait plutôt que l'inverse.

Nous avions entendu parler de l'électricité. Mais les câbles n'avaient pas encore atteint l'ouest du Texas et on devait tout faire à la main : chauffer les fers sur le poêle pour repasser les chemisiers de maman, faire bouillir des chaudrons de lessive et de potasse pour fabriquer le savon, actionner la pompe, trimbaler l'eau propre pour la vaisselle.

Nous étaient également venues aux oreilles ces installations sanitaires dont disposaient les maisons chics de la côte Est. Au Texas occidental, personne n'en avait. La plupart des gens d'ailleurs, y compris mes deux parents, considéraient qu'il aurait été infect et dégoûtant d'avoir des toilettes chez soi. « Qui, nom de Dieu, voudrait avoir ses chiottes à l'intérieur ? » demandait papa.

Papa disait que je l'avais toujours parfaitement compris depuis toute petite. Il m'emmena dresser les chevaux dès que j'eus cinq ans. Il lui fallait six ans pour parfaire le dressage d'un couple de chevaux d'attelage. Il gérait six attelages à la fois, en vendait un chaque année, ce qui suffisait pour joindre les deux bouts.

Parmi les six paires que nous possédions, papa laissait les yearlings et les jeunes de deux ans courir librement dans la pâture. « La première chose qu'un cheval doit apprendre, c'est à être un cheval », aimait-il à dire. Je travaillais avec les « trois ans », en leur apprenant le travail à pied et en leur faisant accepter le mors. Ensuite, j'aidais papa à mettre et à enlever le harnais aux trois paires plus âgées. Je conduisais chaque paire dans un cercle pendant qu'il se tenait au milieu avec son fouet d'entraînement et veillait à ce qu'ils lèvent la jambe assez haut, changent d'allure à l'unisson et fléchissent le cou élégamment.

Quiconque passe du temps avec les chevaux, disait-il, doit apprendre à penser comme un cheval. La clef, c'est de comprendre que les chevaux ont tout le temps peur. Leur seule façon d'échapper aux pumas et aux loups est de ruer et de courir comme le vent. Si vous parvenez à convaincre un cheval que vous pouvez le protéger, il est prêt à tout pour vous.

Papa avait tout un vocabulaire de grognements, murmures, gloussements, cliquetis et sifflements dont il usait pour parler aux chevaux. C'était leur langage intime. Il ne leur fouettait jamais l'échine, mais se servait du fouet pour émettre un petit bruit sec du côté d'une oreille, en leur envoyant un signal sans jamais leur faire mal ou les effrayer.

Il confectionnait également de la sellerie, tout à son bonheur d'être seul à actionner la pédale de sa machine à coudre, entouré de peaux, de cisailles, de bidons d'huile de pied de bœuf, de bobines de fil et de ses grosses aiguilles de sellier, sans personne pour le déranger, le prendre en pitié ou se gratter la tête en tentant de deviner ce qu'il voulait dire.

J'étais chargée du dressage. Cela n'avait rien à voir avec le dressage de mustangs, car nos chevaux nous côtoyaient depuis qu'ils étaient poulains. Le plus souvent, je me contentais de grimper dessus à cru, j'empoignais la crinière, donnais un petit coup de chevilles et nous voilà partis, d'abord par saccades maladroites, sautillements en embardées. Puis, rapidement, l'animal se résignait à son sort et l'on avançait gentiment. Ensuite, il s'agissait de le seller et de lui trouver le mors qui convenait. On pouvait alors passer au dressage.

Cela dit, on ne sait jamais à quoi s'en tenir, surtout avec un cheval non débourré. Je fus souvent projetée à terre, ce qui terrifiait ma mère. Mon père se contentait de l'éloigner d'un geste et m'aidait à me relever. « Le plus important, dans la vie, c'est d'apprendre à tomber », disait-il.

Une autre de mes tâches consistait à nourrir les poules et à ramasser les œufs. Nous avions environ deux douzaines de poules et quelques coqs. Avant toute chose, chaque matin, je leur lançais une poignée de maïs et quelques bribes de repas. Au printemps, quand les poules étaient réellement fécondes, je pouvais collecter une centaine d'œufs par semaine. On en gardait vingt-cinq ou trente pour notre consommation, et une fois par semaine je conduisais la charrette à cheval à Toyah pour vendre le reste à l'épicier, M. Clutterbuck. Il payait un cent l'œuf pour les vendre deux cents chacun. Cela me paraissait injuste, vu que j'avais fait tout le travail, mais M. Clutterbuck se contentait de répondre : « Désolé, la môme, c'est comme ça que le monde fonctionne. »

Je lui apportais également des œufs de paon, une façon somme toute de faire gagner leur entretien à ces vieux oiseaux vaniteux. Au début, je crus qu'ils se vendraient le double des œufs de poule, puisqu'ils étaient deux fois plus gros, mais M. Clutterbuck n'en donnait qu'un cent la pièce. « Un œuf est un œuf », disait-il. Ce fichu épicier m'escroque, pensais-je, parce que je suis une fille, mais je ne pouvais pas y faire grand-chose. C'était comme ça que le monde fonctionnait.

Papa trouvait que c'était une bonne chose que j'aille en ville marchander le prix des œufs avec M. Clutterbuck. Cela affûtait mon sens du calcul mental et m'enseignait l'art de la négociation, de quoi m'aider à atteindre l'objectif de mon existence. Papa était philosophe ; il soutenait ce qu'il appelait sa théorie de l'objectif, selon laquelle tout doit avoir un but dans la vie.

C'est pourquoi il ne nous achetait jamais de jouets. Jouer, c'était une perte de temps. Plutôt que de jouer à la poupée ou à tenir la maison, il valait mieux que les filles nettoient une vraie maison ou s'occupent d'un vrai bébé si leur objectif dans la vie était de devenir mère.

Papa ne nous interdisait pas vraiment de jouer, et il nous arrivait d'aller à cheval au ranch Dingler pour une partie de base-ball avec les enfants Dingler. J'avais dix ans quand l'un d'eux, voyant que je tentais d'atteindre une base, me lança la balle très fort : elle m'atteignit à l'estomac, ce qui me fit plier en deux. Comme la douleur ne partait pas, papa m'emmena à Toyah. Le barbier, qui, à l'occasion, recousait les gens, déclara que l'appendice avait éclaté et qu'il fallait m'hospitaliser à Santa Fe. On attrapa la première diligence. En arrivant, je fus prise de délire. Je me souviens seulement de m'être réveillée à l'hôpital avec des points de suture à l'estomac, mon père près de moi.

— Ne t'inquiète pas, mon ange.

L'appendice, selon lui, était un organe vestigial, ce qui voulait dire qu'il n'a pas d'utilité. Tant qu'à perdre un organe, j'avais choisi le bon. Seulement, j'avais presque perdu la vie, et tout ça pour quoi ? Pour avoir joué une partie de base-ball. Si je voulais risquer ma vie, je devais le faire mais avec un objectif. J'estimai que papa avait raison. Tout ce que j'avais à faire, c'était de comprendre quel était *mon* objectif.

— Si tu veux te souvenir de l'amour de Dieu, répétait maman, contemple le lever du soleil.

— Et si tu veux te souvenir de la colère de Dieu, ajoutait papa, regarde une tornade.

Vivant à Salt Draw, nous avions notre content de tornades, que nous craignions encore plus que les inondations. La plupart se résumaient à de petits démons de poussière délurés qui s'amusaient à déchirer le linge séchant sur le fil ou à faire criailler la volaille. Mais une fois, j'avais alors onze ans, ce fut un monstre qui vint rugir à travers la prairie.

Mon père et moi nous activions auprès des chevaux quand soudain le ciel s'assombrit et l'air s'alourdit. On pouvait sentir et goûter ce qui se précipitait sur nous. Papa fut le premier à voir la tornade, une large cheminée reliant les nuages à la terre.

Je déharnachai les chevaux tandis que papa courait avertir maman qui se mit à ouvrir toutes les fenêtres. On lui avait dit que ça égaliserait la pression de l'air avec moins de risque de faire exploser la maison. Les chevaux, affolés, se débandaient dans le corral. Papa, ne voulant pas les piéger, leur ouvrit la barrière et ils s'enfuirent dans la prairie loin de la tornade. Si nous nous en sortons, dit-il, il sera toujours temps de s'inquiéter des chevaux.

Le ciel au-dessus de nous était devenu noir et déversait des trombes d'eau. Papa nous avait tous fait ramper à l'abri, dans un espace sous la maison, y compris Apache et Lupe. En s'approchant, la tornade émit un grondement effrayant comme un train de marchandises qui passerait sur nous.

Maman nous prit les mains pour implorer le Seigneur et, contrairement à mon scepticisme habituel, prise d'une frousse inconnue jusque-là, je me mis à prier comme jamais. C'est à cet instant que nous entendîmes un fracas de bois qui éclate. La maison sembla gémir et trembler, mais le plancher au-dessus de nos têtes tint bon et la tornade s'éloigna rapidement. Tout se calma.

Nous étions vivants.

La tornade avait manqué de peu la maison, mais avait emporté le moulin à vent, qui s'était abattu sur le toit. Le bâtiment était une épave.

Papa se mit à jurer comme un beau diable. La vie, fulminait-il, lui jouait une fois de plus un sale tour.

— Si je possédais l'enfer et l'ouest du Texas, j'crois bien que j'vendrais l'ouest du Texas et vivrais en enfer.

Il prédit que les chevaux reviendraient à l'heure du fourrage. Dès leur retour, il attela les « six ans » à la carriole et partit en ville pour se servir du télégraphe. Après quelques échanges avec des connaissances restées dans l'Hondo Valley, mon père estima qu'on ne le poursuivrait plus pour cette vieille histoire de meurtre dont il avait été accusé à tort, et qu'il pouvait retourner sans crainte au Nouveau-Mexique reprendre le ranch Casey, qu'il avait loué à des métayers toutes ces années.

Les poules avaient disparu dans la tornade, mais nous restaient la plupart des paons, les six paires de chevaux, les poulinières et les vaches, ainsi que bon nombre des objets de famille chers à maman, comme la tête de lit en noyer que nous avions sauvée de l'inondation. Nous empaquetâmes le tout dans deux chariots. Papa prit les rênes de l'un, maman et Helen à ses côtés. Apache et Lupe prirent le second. Buster et moi suivîmes à cheval avec le reste du troupeau à la queue leu leu.

À la barrière, je m'arrêtai et me retournai sur le ranch. Le moulin à vent était toujours renversé sur la maison effondrée, la cour parsemée de branches. Même si la vie avait été dure ici, ces basses terres jaunes étaient tout ce que je connaissais : je les aimais. Comme d'habitude, maman affirma que c'était la volonté de Dieu. Cette fois, j'acquiesçai. Dieu nous avait sauvés mais Il nous avait pris notre maison. Prix à payer pour Sa miséricorde, ou punition pour ne pas avoir mérité la maison ? Je n'aurais pu dire. Ou peut-être tout simplement était-ce un coup de pied au derrière pour nous dire : il est temps de partir.

II
L'Escalier miraculeux

Il nous fallut trois jours pour atteindre le ranch Casey que mon père, en raison de son engouement pour l'écriture phonétique, avait tenu à faire rebaptiser ranch KC[1]. Il était situé au milieu de l'Hondo Valley, au sud des Capitan Mountains, une contrée qui me parut incroyablement verdoyante. Le ranch tenait plutôt de l'exploitation agricole, avec champs de luzerne, vergers de pêchers et de pacaniers que les Espagnols avaient plantés une centaine d'années auparavant.

---

1. Ce qui, en anglais, se prononce *keissi*, tout comme Casey.

La maison était faite de pierre et d'adobe. Elle comprenait deux chambres. Lupe prit ses quartiers dans le bûcher, à l'extérieur. Apache, lui, jeta son dévolu sur l'une des stalles de la grange. J'étais éberluée par une telle magnificence. Les murs avaient l'épaisseur de… la longueur de l'avant-bras de papa.

— Ce n'est pas une tornade qui pourrait détruire cette sacrée baraque, dit-il.

Papa appréciait d'être un gros propriétaire terrien, mais goûtait fort peu les maux de tête qui allaient avec. Au Texas occidental, on se contentait d'une prairie clôturée. Ici, il fallait labourer, planter et semer dans les champs, cueillir les pêches, ramasser les noix de pécan, engager des saisonniers et les nourrir. Sa jambe estropiée lui interdisait certains travaux et son handicap oral le rendait difficilement compréhensible auprès des ouvriers. C'est ainsi que, âgée de onze ans seulement, je me suis chargée de l'embauche et de la supervision.

Sans compter que le sens pratique n'avait jamais été son fort. Au Nouveau-Mexique, il se lança dans toutes sortes de projets n'ayant rien à voir avec la gestion de la ferme. Nous nous occupions toujours du dressage de chevaux et papa continuait d'écrire aux hommes politiques et aux journaux, en pestant contre la modernisation. Mais désormais il passait des heures à faire deux copies de chaque lettre, l'une qu'il classait dans son bureau, l'autre dans la grange au cas où la maison brûlerait. Il avait également commencé une biographie de Billy the Kid, lequel s'était arrêté au ranch Casey quand mon père était adolescent, afin d'échanger son cheval épuisé contre une monture fraîche. « Un type très courtois, et qui montait bien à cheval. » Il s'avéra que le Kid était en cavale, comme mon père l'apprit une heure plus tard quand le shérif et ses hommes firent une halte au ranch. Eux aussi demandaient à échanger leurs chevaux. Papa, qui en pinçait secrètement pour le Kid, leur refila quelques vieilles rosses.

L'AUTOMNE de mes douze ans, Buster nous quitta pour l'école, bien qu'il eût deux années de moins que moi. D'après maman, son éducation importait pour sa carrière et mes parents l'inscrivirent chez les jésuites, dans une école chic près d'Albuquerque. On me promit que pour mes treize ans je pourrais aller chez les sœurs du collège Lorette de Notre-Dame-de-Lumière, à Santa Fe.

Cela faisait des années que je voulais aller dans une véritable école.

Vint enfin le jour où papa attela la carriole pour un voyage de plus de trois cents kilomètres, au cours duquel nous dormîmes à la belle étoile. Papa se réjouissait presque autant que moi de me voir partir pour l'école et, sachant que je n'avais guère eu l'occasion de fréquenter des filles de mon âge, il me fit des tas de recommandations sur la façon de me comporter.

La meilleure façon de s'y prendre était de comprendre ce qu'elles voulaient, et de faire en sorte qu'elles pensent que je pouvais les aider à l'obtenir. Il admettait, pour reprendre ses termes, qu'il n'était pas le meilleur exemple de son credo. Mais si je trouvais le moyen de l'appliquer à ma propre existence, j'irais beaucoup plus loin que lui.

SANTE FE était une jolie ville historique aux constructions basses en adobe et aux rues poussiéreuses bordées de chênes d'Espagne. L'école était située au beau milieu de la ville. Elle comprenait deux bâtiments de quatre étages de style gothique, surmontés d'une croix, et une chapelle. Pour parvenir à la tribune du chœur, il fallait emprunter le célèbre « Escalier miraculeux ».

Mère Albertina, la mère supérieure, nous fit visiter les lieux. Elle nous expliqua que l'Escalier miraculeux avait trente-trois marches – l'âge de Jésus à sa mort – et qu'il s'enroulait sur deux spirales complètes sans aucun des supports habituels, tels qu'un pilier central. Personne ne savait de quel bois il était fait ni le nom du mystérieux charpentier qui parvint à le construire alors que l'architecte initial n'avait pas prévu d'escalier. Il faut dire que ce charpentier s'était pointé après que les religieuses eurent invoqué l'intervention divine dans leurs neuvaines.

— Ainsi, vous croyez qu'il s'agit d'un miracle ? demanda mon père.

J'entrepris de traduire, mais mère Albertina avait dû le comprendre parfaitement.

— Je pense que tout est miracle, répondit-elle.

La réplique de mère Albertina m'avait plu, et je l'ai aimée d'emblée. Elle était grande et ridée, ses sourcils épais et noirs formant une seule ligne au-dessus des yeux. Elle semblait toujours calme, tout en s'activant constamment. Elle passait dans les dortoirs le soir, inspectait nos ongles, marchait d'un bon pas dans les allées en robe noire et coiffe blanche impeccables, que le vent faisait onduler. Elle appelait toutes les élèves « mes filles », nous traitait de la même façon, qu'on fût riche ou pauvre, anglo ou mexicaine, vive ou peu douée. Ferme sans être sévère, elle n'élevait jamais la voix ni ne se mettait en colère, mais aucune d'entre nous ne se serait avisée de lui désobéir. Mère Albertina aurait fait une formidable cavalière, mais ce n'était pas *son* objectif.

Le collège me plaisait également beaucoup. Pas mal de filles broyaient du noir au début et avaient le mal du pays, mais pas moi. Je ne m'étais jamais sentie aussi à l'aise, même s'il fallait se lever avant l'aube, se laver la figure à l'eau froide, aller à la chapelle ou suivre les cours, manger du gruau, balayer les dortoirs, nettoyer les lieux d'aisances, enfin retourner à la chapelle avant d'aller au lit. Exemptée des corvées d'écurie, j'avais l'impression que la vie au collège était de longues vacances.

J'obtins une médaille d'or pour mes bonnes notes en maths et une autre pour l'ensemble de ma scolarité. Je lisais tous les livres qui me tombaient sous la main, donnais des cours de rattrapage aux filles qui avaient des difficultés. Je m'étais fait des amies : suivant les conseils de mon père, je les avais aidées à obtenir ce qu'elles recherchaient. Cela dit, quand il y en avait une qui faisait quelque chose de travers, je résistais difficilement à la tentation de lui passer un savon.

Au milieu de l'année scolaire, mère Albertina me convoqua dans son bureau pour un entretien. Mon comportement chez les sœurs de Lorette était satisfaisant.

— Bien des parents envoient leurs filles ici achever leur éducation pour qu'elles trouvent plus facilement un mari, me dit-elle. Mais tu n'es pas obligée de te marier, tu sais.

Je ne m'étais pas spécialement posé la question auparavant. Mes parents faisaient toujours comme s'il était évident qu'Helen et moi prendrions mari. À vrai dire, je n'avais jamais rencontré de garçon qui me plaise, sans parler d'avoir envie de convoler. D'un autre côté, les femmes qui ne se mariaient pas devenaient des vieilles filles à charge de leur famille.

Je n'étais pas trop jeune pour commencer à penser à mon avenir, poursuivit mère Albertina.

— Par les temps qui courent, enchaîna-t-elle, il n'y a vraiment que trois carrières envisageables : infirmière, secrétaire ou enseignante.

— Ou religieuse, ajoutai-je.

— Ou religieuse, acquiesça-t-elle avec un sourire. Mais là, il faut la vocation. Crois-tu l'avoir ?

Je devais reconnaître que je n'en étais pas sûre.

— Tu as le temps d'y réfléchir. Mais religieuse ou pas, je crois que tu ferais un merveilleux professeur. Tu as une forte personnalité. Je connais des femmes dotées d'un caractère bien trempé ; si elles avaient été des hommes, elles auraient accédé au grade de général ou auraient dirigé une entreprise. Elles sont devenues enseignantes.

— Comme vous.

— Comme moi. (Elle fit une pause.) Enseigner, c'est aussi une vocation. Et j'ai toujours pensé que les enseignantes étaient des saintes, à leur façon – des anges conduisant leurs ouailles hors de l'obscurité.

Les deux mois suivants, je réfléchis à ce que mère Albertina m'avait dit. Je ne voulais pas être infirmière, parce que les gens malades me tapaient sur les nerfs. Je ne voulais pas être secrétaire : il faut toujours être aux ordres de son patron. Mais être professeur, c'était autre chose. J'adorais les livres. J'adorais apprendre. Et puis, dans une classe, on est son propre patron. Après tout, c'était peut-être cela *mon* objectif : l'enseignement.

J'en étais encore à caresser cette idée – et de fait à la trouver drôlement séduisante – quand l'une des religieuses m'annonça que mère Albertina voulait me voir à nouveau.

Mère Albertina était assise derrière son bureau dans son étude. Elle arborait une expression solennelle que je ne lui avais jamais vue, ce qui me mit mal à l'aise.

— J'ai quelques nouvelles regrettables, dit-elle.

Papa avait payé la moitié de mes frais de scolarité au début de l'année, mais quand l'école lui avait réclamé le solde il avait répondu qu'il n'était pas en mesure de rassembler les fonds dans les circonstances actuelles.

— Je crains que tu ne doives retourner chez toi, dit-elle.

— Mais je me plais ici, je ne veux pas rentrer chez moi.

— Je sais, mais c'est la décision qui a été prise.

Elle m'expliqua qu'elle avait prié à ce sujet et discuté avec les administrateurs. D'après eux, l'école n'était pas un organisme de bienfaisance. Dès lors que les parents acceptaient de payer les frais de scolarité, comme c'était le cas de mon père, l'école comptait sur cet argent pour couvrir les dépenses, octroyer des bourses et aider la mission de la congrégation dans les réserves indiennes.

— Je suis prête à travailler pour cela.

— Quand ? Toutes tes journées sont remplies. Nous y veillons assez.

Mère Albertina me proposa une autre option. Je pouvais prendre le voile. Si j'entrais dans l'ordre des sœurs de Lorette, l'Église paierait mes frais de scolarité. Mais cela impliquerait d'aller faire six mois de noviciat en Californie, puis de vivre au couvent et non dans la résidence scolaire. Cela signifierait se marier avec Notre-Seigneur Jésus et se soumettre totalement à la discipline de la congrégation.

— As-tu eu l'occasion de réfléchir pour savoir si tu te sentais la vocation ?

Je ne répondis pas tout de suite.

La vérité, c'est que l'idée de devenir religieuse ne m'emballait pas. J'étais une âme trop impatiente. Et puis je n'aimais pas recevoir des ordres, même du pape.

Papa me décevait beaucoup. Non seulement il n'avait pas tenu ses engagements financiers, mais il n'eut pas le cran d'affronter les sœurs. Au lieu de venir me récupérer, il envoya un télégramme me demandant de prendre la diligence en direction de la maison.

J'attendais dans la salle commune dans ma robe couleur noisette, teinture maison, ma valise près de moi, quand mère Albertina vint me chercher pour me conduire à la station de diligences. Mes lèvres frémirent et les larmes me montèrent aux yeux en la voyant.

— Bon, ce n'est pas le moment de t'apitoyer sur ton sort. Tu as plus de chance que la plupart des filles ici : Dieu t'a dotée des moyens de surmonter des déconvenues de ce genre.

En remontant la rue poussiéreuse, je ruminai l'échec de ma première tentative d'éducation.

J'allais retourner au ranch KC où je passerais le reste de mon existence à des corvées, pendant que mon père se consacrerait à sa biographie farfelue de Billy the Kid et que ma mère agiterait son éventail sur sa méridienne.

Mère Albertina semblait deviner à quoi je pensais. Avant que je monte en voiture, elle me prit la main :

— Quand Dieu ferme une fenêtre, il ouvre une porte. Mais c'est à toi de la trouver.

QUAND la diligence fit halte à Tinnie, je vis papa installé dans l'attelage devant l'hôtel, avec quatre grands chiens à l'arrière. Alors que je sortais, il voulut m'embrasser, mais je me dégageai.

— Alors, que dis-tu de ces grands lascars ? dit-il.

Les chiens étaient noirs, le poil luisant, et regardaient de haut les passants à la façon de châtelains, en dépit de leur collier plein de bave. C'étaient les plus grands chiens que j'aie jamais vus.

— Où est passé l'argent pour mes frais de scolarité ?

— Il est devant toi.

Et papa d'expliquer qu'il avait acheté les chiens à un éleveur en Suède et avait dû les faire acheminer par bateau jusqu'au Nouveau-Mexique. Ce n'était pas n'importe quels chiens, mais de grands danois, des chiens d'aristocrate. Et crois-le ou pas, personne n'en possède à l'ouest du Mississippi. Ces quatre-là, ils lui avaient coûté huit cents dollars, mais, dès qu'il commencerait à vendre les chiots, on retrouverait notre mise en moins de deux, et ce serait du profit assuré.

— L'argent pour l'école a donc servi à acheter des chiens !

— Ne me parle pas sur ce ton. (Puis, un instant plus tard :) Tu n'avais pas besoin de terminer l'année scolaire. C'était une dépense inutile. Je peux t'enseigner tout ce que tu veux.

— Tu as aussi retiré Buster de l'école ?

— Non. C'est un garçon et il a besoin de diplômes pour aller où que ce soit.

Papa poussa les chiens et trouva une place pour ma valise.

— Et puis, de toute façon, on a besoin de toi au ranch.

Sur le chemin du retour à KC, papa fit les frais de la conversation. J'ignorai ses bavardages et ses châteaux en Espagne. Je me demandais si l'acquisition de ces chiens n'avait pas été tout simplement une excuse pour arrêter de payer les frais scolaires, de façon que je revienne à la maison. Je me demandais également où pouvait bien se nicher la porte dont mère Albertina avait parlé.

Le ranch était tombé dans un léger état de délabrement pendant mes mois d'absence. Les planches de la clôture avaient du jeu en certains endroits, le poulailler n'était pas nettoyé et l'écurie avait besoin d'un bon coup de balai.

Pour aider à l'entretien du ranch, papa avait fait venir un métayer, Zachary Clemens, avec sa femme et sa fille, ils s'étaient installés dans des communs, à un bout de la propriété. Maman les regardait de haut parce qu'ils vivaient dans une misère noire. Mais j'aimais bien les Clemens, surtout la fille, Dorothy, qui savait retrousser ses manches et venir à bout du boulot. C'était une belle jeune femme bien charpentée aux courbes généreuses. Elle savait dépecer une vache et piéger les lapins. Elle labourait le potager que les Clemens avaient clôturé, mais passait le plus clair de son temps penchée sur la grande marmite suspendue au-dessus du foyer, à mijoter des ragoûts, confectionner du savon, ou laver et teindre les vêtements que lui confiaient les habitants de Tinnie.

Papa laissait les grands danois errer librement. Un jour, quelques semaines après mon retour, Dorothy Clemens vint frapper à notre porte pour l'avertir qu'en allant ramasser les noix de pécan à la limite de la propriété du vieux Pucket, elle avait trouvé les quatre chiens tués d'un coup de fusil. Papa, pris de fureur, se précipita dans la grange, attela une carriole et partit affronter Pucket.

Nous nous inquiétions quant à la suite des événements, mais, comme d'en parler ajoute à la panique, personne ne dit quoi que ce fût. À son retour, papa nous expliqua que le vieux Pucket, sans manifester le moindre regret, avait reconnu avoir tué les chiens. D'après lui, ils poursuivaient son bétail sur sa propriété. Papa tempêtait en jurant qu'il allait abattre le vieux. Il courut à la maison chercher son fusil et sauta dans la carriole.

Dorothy et moi fonçâmes. Je saisis les rênes que papa s'acharnait à faire claquer. Dorothy bondit sur le siège et, forte comme elle était, s'empara du fusil.

— Vous ne pouvez pas aller tuer quelqu'un pour une histoire de chiens, dit-elle. C'est comme ça que les vendettas commencent.

Quand sa famille vivait dans l'Arkansas, poursuivit-elle, son frère avait tué quelqu'un en légitime défense lors d'une querelle qui avait éclaté au cours d'un jeu de fer à cheval, puis il s'était fait assassiner par le cousin du gars en question. Ce même cousin, craignant que le père de Dorothy ne venge la mort de son fils, s'était alors mis à la recherche du vieux. C'est ainsi qu'ils avaient dû tout laisser en plan derrière eux et partir pour le Nouveau-Mexique.

— Mon frère est mort, et on n'a même pas deux sous à aligner, tout ça à cause d'une dispute idiote à propos d'ce satané jeu du fer à cheval.

Papa finit par se contenir, tout en ruminant l'affaire. Le lendemain, il partit en ville engager des poursuites contre le vieux Pucket. Il se prépara à l'audience de façon obsessionnelle : il fouillait dans la jurisprudence, obtenait des dépositions de vétérinaires sur la valeur des grands danois.

Le jour du procès, nous nous sommes entassés dans la carriole après le petit déjeuner. Quand le juge itinérant arrivait en ville, il tenait audience dans le hall de l'hôtel, siégeant dans un fauteuil à appui-tête derrière un petit bureau.

Le juge, maigre comme un clou, vous observait sous ses sourcils broussailleux. Il avait l'air de ne pas supporter les imbéciles.

— C'est vous qui avez tiré sur ces chiens ? demanda-t-il au vieux Pucket.

— Pour sûr.

— Pourquoi ?

— Z'étaient sur ma propriété en train de pourchasser mon bétail. D'loin, j'ai cru qu'c'était des saletés de grands loups.

Papa a voulu intervenir, mais le juge l'a arrêté.

— Monsieur, je n'arrive pas à saisir ce que vous dites, ce qui d'ailleurs n'a pas d'importance. Vous avez eu une drôle d'idée de vouloir faire des affaires en élevant des chiens plus gros que des loups dans un pays d'élevage. (Puis, s'adressant au vieux Pucket :) Mais il s'agissait d'animaux de valeur, et ce monsieur mérite une compensation pour leur perte. Si vous êtes à court de liquide, quelques têtes de bétail – chevaux ou bœufs – feront l'affaire.

Et il passa au suivant.

Quelques jours après le procès, Pucket se présenta au ranch avec quelques chevaux. Papa, toujours à sa rancœur, refusa de sortir de la maison. J'allai donc à la rencontre du vieux qui faisait entrer les bêtes dans le corral.

— Juste com'l'juge l'a demandé, mam'zelle.

— Paiement accepté, dis-je en lui serrant la main.

Contrairement à papa, je ne voyais pas l'intérêt de nourrir de l'animosité à l'égard d'un voisin.

Pucket me tendit un reçu où il avait aligné les valeurs supposées de chaque cheval, puis salua de son chapeau.

Après son départ, papa sortit et examina les chevaux. Quand je lui tendis le reçu, il émit un grognement de dégoût :

— Pas une de ces rosses ne vaut vingt dollars.

C'était vrai. Pucket avait bougrement gonflé la note. En tout, il y avait huit chevaux, courtauds, coriaces comme des mustangs, de ceux que les vachers récupéraient dans la nature et chevauchaient un jour ou deux, juste de quoi leur faire accepter la selle. Ils n'étaient pas ferrés, les sabots écornés en grand besoin d'être taillés, la crinière et la queue pleines de bourre. En plus, ils étaient effrayés et nous regardaient nerveusement, en se demandant quelle fin épouvantable ces humains leur avaient réservée.

Le problème avec les chevaux à demi sauvages comme ceux-là était que personne ne prenait le temps de les dresser. Les cow-boys les attrapaient et les tenaient par la peur, en se glorifiant de pouvoir rester dessus sans se soucier de leurs ruades et volte-face désespérées. Mal dressés, ils avaient toujours peur et détestaient les humains. Malgré tout, c'étaient des animaux intelligents et courageux, qui faisaient de bons chevaux quand on les dressait correctement.

Une jument, en particulier, attira mon regard. Elle était pie, semblait moins farouche et me regardait attentivement. Je la détachai du reste de la harde, la pris au lasso, puis m'avançai lentement vers elle, en suivant la règle de papa : garder les yeux baissés devant les chevaux inconnus.

Elle resta tranquille, et, quand je l'atteignis, je levai la main sur le côté de sa tête en la grattant derrière l'oreille. Puis je glissai la main le long du museau. Elle ne tressauta pas vers l'arrière, je compris alors qu'elle avait quelque chose d'unique, pas une beauté à tomber par terre avec son patchwork de blanc, brun et noir, mais qu'elle pouvait se servir de son cerveau. Et, chez un cheval, je mettais toujours l'intelligence au-dessus de l'apparence.

— Elle t'appartient, dit papa. Comment vas-tu l'appeler ?

Je contemplai la jument. En général, nous, les gens des ranchs, nous en tenions à des noms simples. Un chat aux extrémités blanches s'appelait Chaussette ; un chien roux, Rouquin ; un cheval couleur flamme, Flamme.

— Je l'appellerai Rustines, ai-je décrété.

J'entrepris de dresser Rustines dans les règles de l'art. Cette jument était douée, elle accepta le mors en un rien de temps. Elle soulevait la jambe au plus léger contact de mon éperon. Au bout de quelques mois, elle savait déjà intercepter le troupeau. À l'automne, j'emmenai Rustines dans de petites courses amateur de *quarter horse* (des courses de sprint d'un quart de mile). Il nous arrivait de rentrer avec le prix.

Buster revint de l'école l'été suivant : il avait terminé sa dernière année de collège. Nos parents parlèrent de l'envoyer au lycée un jour prochain, mais Buster n'en avait pas spécialement envie. Ses notions de calcul, de lecture et d'écriture suffisaient à la tenue d'un ranch, il ne voyait pas l'intérêt d'en apprendre davantage.

Peu après son retour, je me suis rendu compte qu'il avait le béguin pour Dorothy et qu'elle le lui rendait bien. Ils formaient un couple étrange, car elle avait quelques années de plus que lui, qui n'avait pas encore de poil au menton. Maman s'offusqua en découvrant l'idylle. Pour ma part, je trouvais que Buster avait de la chance. Ce n'était pas un acharné ; s'il devait tenir le ranch avec quelque espoir de réussite, autant qu'il ait à ses côtés quelqu'un de déterminé et de dur à la tâche comme Dorothy.

Un jour de juillet, je me rendis à Tinnie à dos de Rustines pour relever le courrier. Je fus étonnée de trouver une lettre pour moi de mère Albertina. Aussitôt je m'installai sur les marches du bazar pour la lire.

Elle continuait de penser à moi et de croire que je ferais une excellente institutrice. En fait, poursuivait-elle, la guerre qui avait éclaté en Europe entraînait une pénurie d'enseignants. Si je réussissais l'examen que le gouvernement faisait passer à Santa Fe, je pourrais probablement obtenir un poste, même sans diplôme universitaire, même à l'âge de quinze ans.

J'étais si excitée que je dus me faire violence pour ne pas revenir au ranch au galop. Sur le chemin du retour, je me dis que c'était cela, la porte dont mère Albertina m'avait parlé.

Mes parents ne partagèrent pas mon enthousiasme. D'après maman, je trouverais plus facilement un mari en restant dans la vallée, où j'étais connue en tant que fille d'un important propriétaire. Papa, quant à lui, accumulait les objections : j'étais trop jeune, c'était trop dangereux, pourquoi vouloir s'enfermer dans une classe quand je pouvais jouir du plein air dans la prairie ?

Au bout du compte, après avoir aligné tous ses arguments, il vint s'installer avec moi sur la véranda :

— Le fait est que j'ai besoin de toi.

Je m'y étais attendue.

— Ce ne sera jamais mon ranch, mais celui de Buster, et comme il va se marier avec Dorothy, vous aurez toute l'aide nécessaire. Comme tu me l'as toujours dit, je dois trouver *mon* propre objectif.

Il réfléchit une minute.

— Bon sang, d'accord ! Tu peux aller passer ce foutu examen.

L'examen fut plus facile que je ne le pensais. Il s'agissait essentiellement de donner des définitions de mots, de calculer des fractions et de répondre à des questions sur l'histoire des États-Unis.

Quelques semaines plus tard, de retour au ranch, Buster fit irruption dans la maison avec une lettre pour moi. Papa, maman et Helen me regardèrent l'ouvrir.

J'avais réussi l'examen. On m'offrait un emploi d'institutrice remplaçante itinérante dans l'Arizona du Nord. Je poussai un cri de joie et me mis à danser autour de la pièce, en chantant et en agitant la lettre.

— Oh, là, là, fit maman.

Buster et Helen m'embrassèrent. Je me retournai alors vers papa.

— M'est avis que tu viens de recevoir une bonne carte, dit-il. Autant que tu la joues.

L'école qui m'attendait se trouvait à Red Lake, en Arizona, à huit cents kilomètres vers l'ouest. Mon seul moyen de m'y rendre était Rustines. Je décidai de voyager léger : une brosse à dents, des sous-vêtements de rechange, une robe présentable, un peigne, une gourde et mon sac de couchage. Grâce à l'argent des prix que j'avais remportés avec Rustines aux courses, je pouvais acheter des provisions en chemin, la plupart des villes du Nouveau-Mexique et de l'Arizona étant à une journée de cheval l'une de l'autre. Je calculai que le voyage prendrait bien quatre semaines.

Maman se rongeait les sangs à l'idée qu'une fille de quinze ans voyage seule dans le désert, mais je lui promis de cacher mes cheveux sous mon chapeau et de baisser ma voix d'un ton. Par sécurité, papa me donna un six-coups à crosse de nacre. La vérité, c'est que le voyage n'avait rien d'extraordinaire, juste une variante de huit cents bornes de mes chevauchées de huit kilomètres à Tinnie.

Rustines et moi devions partir au début du mois d'août, dès l'aube. Après le petit déjeuner, j'emmenai ma jument dans la grange. Papa m'y suivit et m'abreuva de conseils pendant que je la sellais : je devais espérer le meilleur, mais prévoir le pire ; ni emprunter ni prêter de l'argent ; garder la tête haute, me tenir à carreau mais être aux aguets et, s'il fallait tirer, tirer droit et, nom de Dieu, tirer la première… Il n'en finissait pas.

— Je vais bien m'en sortir, papa. Et toi aussi.

— Bien sûr.

Je sautai en selle et me dirigeai vers la maison. Le ciel passait du gris au bleu, l'air était déjà chaud, ce qui annonçait une journée de poussière et de canicule.

Tout le monde, sauf maman, se tenait sur la véranda. Elle, je pouvais l'apercevoir qui me regardait, silhouette floue à travers la fenêtre de la chambre. J'agitai la main et m'engageai dans l'allée.

III
PROMESSES

L A route poussiéreuse partant de Tinnie vers l'ouest était une vieille piste indienne. Les roues de chariots et les sabots de chevaux l'avaient damée et élargie. Elle suivait le rio Hondo par les contre-forts des Capitan Mountains, au nord de la réserve des Mescaleros Apaches. Le paysage de ces contrées du sud du Nouveau-Mexique était agréable. Les cèdres y étaient touffus. J'apercevais parfois une antilope stationnant le long de la rivière ou bondissant à flanc de colline. Une ou deux fois par jour, Rustines et moi croisions un cow-boy solitaire sur une monture décharnée ou un chariot rempli de Mexicains. Je veillais à les saluer, mais gardais mes distances.

En fin de matinée, quand le soleil était au zénith, je me mettais en quête d'un endroit ombragé près de la rivière, où Rustines pouvait brouter l'herbe courte. J'avais également besoin de me reposer pour ne pas relâcher ma vigilance. Nous repartions, une fois la fraîcheur revenue, et continuions notre route jusqu'à la tombée de la nuit. Je faisais un feu d'armoises, mangeais un peu de viande séchée et des biscuits, et m'étendais dans ma couverture en écoutant les hurlements lointains des coyotes pendant que Rustines paissait tout près.

À chaque bourgade – habituellement quelques baraques de bois ou d'adobe, une seule échoppe et une petite église –, je m'achetais la nourriture du lendemain et échangeais quelques propos avec le commerçant sur la route à venir. Serait-elle rocailleuse ? Où trouver de l'eau et camper ?

La plupart se plaisaient à jouer les experts et me donnaient moult conseils et indications, en me dessinant des cartes sur des sacs en papier. Ils étaient également contents de parler à quelqu'un.

Dans un lieu-dit particulièrement isolé, je trouvai une boutique déserte, à part son propriétaire. Les rayons étaient garnis de quelques conserves de pêches et de flacons de pommade, le tout recouvert de poussière. Après lui avoir acheté un paquet de biscuits, j'interrogeai le marchand :

— Vous avez eu combien de clients, aujourd'hui ?

— T'es la première cette semaine. Mais nous ne sommes que mercredi.

Je gagnai Hondo puis Lincoln, Capitan et Carrizozo. J'atteignis le Rio Grande au niveau de la petite ville de Los Lunas. Ce n'était à ce stade qu'une petite rivière. Une jeune Indienne Zuñi nous fit traverser sur un radeau, en nous tirant le long d'une corde courant d'une rive à l'autre.

Je suis arrivée en Arizona aux Painted Cliffs, des falaises de grès rouge qui surgissent du désert. Au bout de dix jours supplémentaires de cheminement régulier, j'ai atteint Flagstaff. Son hôtel annonçait une baignoire, ce qui était très tentant vu mon état. Mais j'ai poursuivi ma route et suis parvenue à Red Lake deux jours plus tard.

Cela faisait vingt-huit jours que j'étais sur la route, à cuire au soleil et à dormir dehors. J'étais fatiguée et sale. J'avais maigri, et mes vêtements lourds de crasse pendouillaient lamentablement. Lorsque je me regardai dans une glace, mon visage me parut plus dur. Ma peau avait noirci et des débuts de rides plissaient autour des yeux. Mais j'avais réussi. Réussi à passer cette sacrée porte.

RED LAKE était une petite ville agricole située sur un haut plateau à une cinquantaine de kilomètres au sud du Grand Canyon. Les terres étaient plus verdoyantes que les régions de l'Arizona que j'avais traversées, au point que les hautes herbes chatouillaient le ventre des bêtes qui paissaient. Aussi loin qu'on s'en souvenait, la prairie n'avait jamais connu que des troupeaux. Des agriculteurs qui l'avaient découverte récemment s'y étaient installés avec leurs charrues, leurs excavatrices à creuser des puits, et le fol espoir, à force de travail éreintant, d'obtenir des récoltes aussi vertes que l'herbe qui y poussait naturellement. Ces fermiers avaient emmené toute leur nombreuse famille avec eux, et il fallait instruire les enfants.

Peu après mon arrivée à Red Lake, l'inspecteur primaire du comté, M. MacIntosh, vint à cheval de Flagstaff pour m'expliquer la situation. C'était un homme frêle au crâne étroit qui m'évoquait une tête de poisson. Avec la guerre, disait-il, les hommes rejoignaient l'armée et les femmes quittaient la campagne pour les remplacer dans les emplois en usine bien payés. Mais, en dépit de la pénurie d'institutrices dans les zones rurales, l'administration exigeait des enseignantes diplômées ayant au moins le certificat de fin d'études secondaires, ce qui n'était pas mon cas. J'allais donc occuper le poste de Red Lake jusqu'à ce qu'on trouve une personne plus qualifiée, puis on m'enverrait ailleurs.

— Ne vous inquiétez pas, me dit-il. On vous trouvera toujours quelque chose.

Red Lake disposait d'une école à classe unique équipée d'un poêle à mazout dans un coin, d'un bureau pour l'institutrice, d'une rangée de bancs pour les enfants et d'un tableau noir en ardoise. En revanche, contrairement à d'autres écoles à classe unique, celle de Red Lake ne comportait pas de logement de fonction. J'en fus donc réduite à dormir dans mon matériel de couchage sur le plancher de la salle de classe.

Cela ne m'empêchait pas d'adorer mon travail. Je pouvais enseigner tout ce que je voulais, à ma façon. J'avais quinze élèves de tous âges et aptitudes, et je n'avais pas besoin d'aller les récupérer, car leurs parents, qui tenaient absolument à ce qu'ils s'instruisent, les amenèrent à l'école dès le premier jour et veillèrent à ce qu'ils reviennent.

La plupart étaient nés à l'est, et certains venaient d'aussi loin que la Norvège. Les filles portaient des robes longues en coton délavé, les garçons avaient les cheveux coupés n'importe comment, et tous allaient pieds nus par temps chaud. Certains vivaient dans une grande misère.

Comme nous n'avions pas de manuels, les enfants apportaient les imprimés de la maison – bibles familiales, almanachs, lettres, catalogues de graines – et l'apprentissage de la lecture se faisait à partir de ces documents. À l'arrivée de l'hiver, le père d'un élève me fit cadeau d'un manteau : il l'avait confectionné avec la fourrure de coyotes qu'il avait piégés. Je le portais en classe, car mon bureau était loin du poêle à mazout. Les mères mettaient un point d'honneur à m'apporter toutes sortes de ragoûts et de tourtes et à m'inviter au dîner du dimanche.

Au milieu de l'année scolaire, l'inspecteur MacIntosh trouva une institutrice diplômée pour Red Lake et l'on m'envoya dans une autre bourgade du nom de Cow Springs (« Sources de la vache »).

C'est ainsi que Rustines et moi avons vécu les trois années suivantes, nous déplaçant d'une ville à l'autre – Leupp, Happy Jack, Greasewood, Wide Ruin.

Je ne me posais jamais plus de quelques mois chaque fois, je ne prenais jamais racine. Et pourtant, tous ces petits polissons à qui je faisais la classe apprenaient à m'obéir. Je leur enseignais ce qu'ils avaient besoin de savoir, avec le sentiment d'infléchir quelque peu leur existence. Je n'ai jamais eu affaire à un môme rétif. Chacun était bon en quelque chose, l'astuce étant de trouver quoi, et de s'en servir pour lui apprendre tout le reste. C'était du bon travail, le genre qui vous donne envie d'attaquer la journée du lendemain.

Puis la guerre prit fin. Un jour, peu après mes dix-huit ans, l'inspecteur MacIntosh vint me voir. Il m'expliqua qu'avec le retour des hommes, on licenciait les femmes des usines pour laisser la place aux anciens combattants. Bon nombre d'entre elles étaient des institutrices diplômées qui cherchaient à récupérer leur ancien poste. L'inspecteur avait entendu dire grand bien de mon travail, mais je n'avais même pas obtenu mon diplôme d'études secondaires. Or l'État de l'Arizona devait donner la priorité à ceux qui avaient combattu pour leur pays.

— Donc, on me flanque à la porte ?

— Malheureusement, on n'a plus besoin de vos services.

Je contemplai la face de poisson de l'inspecteur. Même si je savais que ce jour devait arriver tôt ou tard, je sentis le sol se dérober sous moi. J'étais une bonne institutrice, j'adorais ce métier et je ne pouvais réprimer un sentiment d'humiliation à m'entendre dire par Face-de-poisson que je n'étais désormais plus qualifiée pour un travail auquel j'avais consacré quatre longues années.

L'inspecteur parut deviner ce que j'éprouvais.

— Vous êtes jeune et forte et vous avez de beaux yeux, dit-il. Vous allez vous trouver un mari et tout ira bien.

La route du retour à KC me parut deux fois moins longue qu'à l'aller, ce qui est toujours le cas quand on rentre chez soi en traversant des contrées familières. La seule aventure fut celle de ce serpent à sonnette qui, une nuit, avait pris ses quartiers sous ma selle. Avant que j'aie pu sortir le revolver, il s'était dressé en arrière pour filer comme une flèche.

Puis il y eut l'aéroplane. Rustines et moi nous dirigions vers l'est, non loin des Homolovi Ruins, quand nous avons entendu hoqueter un moteur dans le ciel, derrière nous. Je me suis retournée et j'ai aperçu pour la première fois de ma vie un biplan rouge. Il suivait notre route à une centaine de mètres au-dessus du sol. Rustines se mit à regimber à ce bruit étrange, mais je la calmai et agitai mon chapeau à l'approche de l'avion. Le pilote me rendit la politesse en inclinant l'engin sur l'aile et, au moment de nous dépasser, se pencha hors de la carlingue pour nous faire signe. Je donnai un petit coup d'éperons à Rustines et nous galopâmes à la suite de l'aéroplane. Je faisais tournoyer mon chapeau en hurlant frénétiquement, sans avoir la moindre idée de ce que je tentais de dire tellement j'étais excitée.

Jamais de ma vie je n'avais assisté à un tel phénomène. Comment était-ce possible qu'il ne tombe pas ? Puis me vint à l'esprit – Eurêka ! – le sens du mot « aéroplane ». C'était exactement ce qu'il faisait. Il restait en l'air parce qu'il planait dans l'air. Si seulement j'avais eu sous la main quelques élèves pour le leur expliquer !

Je n'étais jamais retournée chez moi pendant ces années d'enseignement, vu la durée du voyage. L'endroit où vous avez grandi vous paraît toujours plus petit que dans votre souvenir, dit-on. Ce fut le cas pour moi quand je finis par atteindre le ranch.

Quand j'étais au loin, j'écrivais à la famille une fois par semaine. Je recevais en retour de longues lettres grandiloquentes de papa sur ses dernières convictions politiques. Il me donnait peu de détails sur la façon dont ils se débrouillaient, mais la propriété avait l'air bien tenue, les clôtures étaient réparées, les communs fraîchement passés à la chaux, la maison principale dotée d'une nouvelle aile à clins, un grand tas de bois de chauffage dûment entreposé sous le toit de la véranda.

À mon arrivée Lupe était au-dehors, occupée à récurer une casserole. Elle poussa un cri et tout le monde se précipita hors de la maison et de la grange, avec force embrassades et larmes de joie. Papa n'arrêtait pas de dire : « Tu es partie petite fille et tu nous reviens femme. » Lui comme maman avaient quelques mèches grises. Buster s'était étoffé et arborait une moustache. Helen était devenue une svelte jeune beauté de seize ans.

Buster et Dorothy s'étaient mariés l'année précédente. Ils vivaient dans la nouvelle aile de la maison et je compris bientôt que Dorothy, en somme, prenait tout en main. Elle surveillait la cuisine, menait Lupe à la baguette, et distribuait les tâches quotidiennes à Buster, Apache, mais aussi à maman, papa et Helen. Maman la trouvait un brin despotique, mais je voyais que tous étaient secrètement contents d'avoir quelqu'un pour tenir mon rôle.

Helen était un sujet de préoccupation pour ma mère. Elle était en âge de se marier, mais toute jolie qu'elle était, elle manquait vraiment d'allant. Ma sœur aimait coudre ou confectionner des gâteaux, mais elle avait en horreur la moindre tâche qui l'eût fait transpirer ou gratifiée de mains calleuses. Or la plupart des fermiers recherchaient des femmes capables de marquer les veaux au fer rouge et de conduire la cantine ambulante lors du rassemblement des troupeaux. Maman projetait d'envoyer Helen chez les sœurs de Lorette – en espérant qu'un peu de polissage lui permettrait de séduire un citadin de Santa Fe –, mais Dorothy objectait qu'on avait besoin de réinvestir tous les revenus du ranch dans des machines pour augmenter la productivité des récoltes. Quant à Helen, elle ne parlait que d'aller à Los Angeles pour devenir actrice de cinéma.

La matinée suivant mon retour, maman fit comme d'habitude passer la théière autour de la table où nous prenions le petit déjeuner. J'avais pris goût au café en Arizona, mais papa interdisait toujours toute boisson plus forte que le thé.

Après la vaisselle, je me rendis avec lui sur la véranda.

— T'es prête à revenir au corral ? J'ai récupéré quelques pouliches tout juste débourrées avec qui tu devrais faire des merveilles.

— J'sais pas trop, papa.

— Comment ça ? T'es une cavalière.

— C'est Dorothy la responsable, ici. Je ne suis pas sûre qu'il y ait encore une place pour moi.

— Ne dis pas de bêtises. Ta place est ici.

La vérité, c'est que cela ne me disait plus rien. Même si j'avais ma place, ce n'était pas la vie que je voulais. L'avion qui avait volé au-dessus de ma tête aux Homolovi Ruins m'avait fait réfléchir. Et puis j'avais vu pas mal d'automobiles toutes ces années en Arizona, ce qui me laissait sceptique sur l'avenir des calèches – et des attelages.

— As-tu jamais pensé à acquérir une de ces automobiles, papa ?

— Foutus engins. Impossible d'avoir la prestance de quelqu'un qui tient les rênes d'un attelage au volant de ces cracheurs de fumée.

Ce qui l'amena à disserter sur la façon dont le président Taft avait mené le pays dans la mauvaise direction en se débarrassant des écuries de la Maison-Blanche pour les remplacer par un garage.

Plus je l'écoutais, plus j'avais le sentiment de m'éloigner de lui. Je l'avais toujours entendu ressasser le passé et récriminer contre l'avenir. Ce que mon père ne comprenait pas, c'était qu'il avait beau haïr ou craindre le futur, celui-ci arrivait, et que le seul moyen de s'en accommoder était de monter à bord.

L'aéroplane me fit également comprendre qu'il existait tout un monde extérieur au ranch que je n'avais jamais vu, un univers où je pourrais finalement décrocher ce fichu diplôme. Et, qui sait, apprendre à piloter un avion.

De mon point de vue, deux options se présentaient : rester au ranch ou me débrouiller seule. Rester au ranch signifiait trouver un mari ou devenir la tante célibataire de la flopée d'enfants que Dorothy et Buster souhaitaient avoir. Me débrouiller, cela voulait dire aller là où s'offraient les meilleures perspectives. En fait, je voulais aller dans la ville la plus vaste, celle dont l'essor me paraissait le plus flagrant.

Un mois plus tard, je prenais le train pour Chicago.

La voie ferrée traversait la prairie ondulante pour atteindre Kansas City au nord-est. Elle franchissait ensuite le Mississippi pour pénétrer dans les terres agricoles de l'Illinois. Le voyage ne dura que quatre jours, alors qu'il avait fallu à Rustines tout un mois pour parcourir moins de la moitié de ce trajet.

Le train fit son entrée à Chicago. Je descendis ma petite valise, traversai la gare et me retrouvai dans la rue. Je n'avais jamais vu autant de monde. Les gens se déplaçaient en se bousculant dans un boucan d'enfer : klaxons, ferraillement de trolleys et fracas de marteaux piqueurs.

Je déambulai dans la ville en regardant bouche bée la multitude de gratte-ciel, puis me dirigeai vers le lac, étendue d'un bleu profond, aussi vaste que la prairie, sauf que c'était de l'eau, fluide et fraîche, même en été. Je venais d'un endroit où l'on mesurait l'eau en seaux, où l'on se battait et parfois se tuait pour l'eau. Il m'était difficile d'imaginer que des millions de litres d'eau fraîche, voire des milliards, pouvaient se trouver là sans qu'on les boive, sans qu'on s'en serve, sans qu'on se les dispute.

Absorbée par le spectacle, je contemplai longtemps le lac. Puis je suivis mon plan : je partis à la recherche d'une église catholique où je demandai à un prêtre de me recommander une pension respectable pour femmes. Là je louai un lit – dans une chambre de quatre –, puis j'achetai les journaux et consultai les offres d'emploi.

Trouver du travail se révéla beaucoup plus difficile que je me l'étais imaginé. J'avais espéré obtenir un poste de gouvernante ou de préceptrice, or dès que j'avouais ne pas même avoir le niveau de terminale, on me regardait d'un air de dire : pourquoi cette gourde me fait perdre mon temps ? Rien ne servait d'invoquer mes années d'enseignement. « Cela pourrait convenir chez les ploucs, me dit une femme, mais pas ici, à Chicago. »

Les emplois de vendeuse dans les grands magasins exigeaient tous de l'expérience. Il y avait trop de concurrence avec tous ces soldats de retour au pays et toutes les filles, comme moi, venant de la campagne. Mon petit magot diminuait et je devais me rendre à l'évidence : mon choix risquait de se limiter à un emploi en usine, à moins de devenir domestique.

L'idée de rester douze heures par jour devant une machine à coudre ne me paraissait pas un moyen d'aller de l'avant. En revanche, si je travaillais comme domestique, je pourrais faire la connaissance de gens fortunés et, en faisant preuve de suffisamment d'initiative, m'en servir de tremplin pour peut-être trouver mieux.

Je dénichai rapidement une place chez un négociant en matières premières. Mim, sa femme, et lui habitaient une grande maison moderne avec chauffage central, machine à laver et salle de bains équipée de robinets d'eau chaude et d'eau froide. Je me rendais chez eux avant l'aube, passais la journée à frotter, brosser et épousseter, puis partais après m'être acquittée de la vaisselle du dîner.

La dureté du travail ne me gênait pas. En revanche, je supportais difficilement la façon dont Mim, une femme blonde au visage allongé, d'à peine quelques années de plus que moi, me traitait : elle faisait comme si je n'existais pas. Elle avait beau faire grand cas d'elle-même, prendre de grands airs, ce n'était pas une lumière. Une belle andouille, même. Un jour, une Française vint déjeuner avec son caniche nain ; quand il se mit à aboyer, elle s'adressa à lui en français. Mim trouva alors le moyen de remarquer :

— Quel chien intelligent ! Je ne savais pas que les chiens parlaient français.

Elle se passionnait aussi pour les mots croisés en demandant sans cesse à son mari les réponses aux définitions les plus simples. Une fois, je commis l'erreur de donner une réponse, ce qui me valut un regard assassin.

Au bout de deux semaines, elle m'appela dans la cuisine :

— Cela ne va pas du tout.

J'étais stupéfaite. Je tenais sa maison impeccablement.

— Pourquoi ?

— Ton attitude.

— Qu'est-ce que j'ai dit ?

— Rien. Mais je n'aime pas la façon dont tu me regardes. Tu n'as pas l'air de savoir où est ta place. Une servante doit savoir garder la tête baissée.

J'obtins rapidement une autre place de bonne, et en me faisant violence je veillai à me taire et à garder la tête baissée. Ce faisant, j'allais aux cours du soir pour obtenir mon diplôme de fin d'études. Il n'y avait pas de honte à travailler dur, mais faire l'argenterie des ânes riches n'était pas *mon* objectif.

Sans un instant à moi et la plupart du temps épuisée, j'aimais néanmoins beaucoup Chicago malgré le froid mordant en hiver. C'était une ville intrépide, tapageuse et très moderne. Les femmes manifestaient pour le droit de vote, et je participai à deux rassemblements avec l'une de mes voisines de chambre, Minnie Hanagan. Minnie était une Irlandaise dégourdie aux yeux verts et aux magnifiques cheveux noirs qui travaillait dans une usine d'embouteillage de bière. Elle avait une opinion sur tout et ne pouvait entendre un commentaire sans mettre son grain de sel. Nous sortîmes à deux reprises avec deux garçons de l'usine qui nous emmenèrent dans les bars clandestins les moins chers, mais ils ne savaient quoi dire ou devenaient grossiers. Je prenais bien plus de plaisir à bavarder avec Minnie qu'avec aucun de ces gars-là. Il nous arrivait de sortir toutes les deux pour aller danser. Minnie Hanagan était la personne qui approchait le plus de l'idée que je me faisais d'une véritable amie.

Elle me demanda la date de mon anniversaire et, le jour de mes vingt et un ans, elle me donna un tube de rouge à lèvres. C'était tout ce qu'elle pouvait offrir, dit-elle, mais nous pouvions nous donner l'air de vraies dames et aller dans l'un de ces grands magasins où nous nous amuserions à essayer tout ce qu'il nous plairait de nous acheter un jour. Je n'étais pas du genre à me maquiller, mais Minnie m'appliqua le rouge, m'en mit une touche sur les joues et, bon sang, j'aurais presque pu passer pour l'épouse d'un agent de change.

Elle me pilota à travers le magasin. Il était aussi vaste qu'une cathédrale, avec une enfilade interminable de présentoirs de gants, fourrures, chaussures ou tout article vous faisant envie. Nous nous arrêtâmes au rayon des chapeaux, que Minnie me fit essayer l'un après l'autre – des petits, des grands, avec plumes, à voilette. Jusqu'à ce que, la pile s'accumulant sur le comptoir, une vendeuse arrive.

— Alors, les filles, vous trouvez quelque chose dans votre fourchette de prix ? dit-elle avec un sourire froid.

Je perdis un peu contenance.

— Pas vraiment.

— Vous vous êtes sans doute trompées de magasin, ajouta-t-elle.

Minnie regarda la femme droit dans les yeux.

— Ce n'est pas un problème de prix, dit-elle. Impossible de trouver quelque chose à la mode parmi ce stock miteux. Lily, allons tenter notre chance chez Carson Pirie Scott.

Et de tourner les talons.

— Quand elles te prennent de haut, rappelle-toi qu'elles ne sont que des employées, me dit-elle au moment où nous sortions.

CELA faisait deux ans que j'étais à Chicago quand un soir de juillet, de retour du travail, je trouvai l'une de mes colocataires en train d'étaler la plus belle robe de mon amie sur son lit.

Minnie, m'expliqua-t-elle, s'était fait prendre ses longs cheveux noirs dans une machine, à l'usine d'embouteillage où elle travaillait. Elle s'était fait avaler par les énormes engrenages. Tout était fini avant que quiconque, dans les parages, ait pu se rendre compte de ce qui se passait.

Les ouvrières étaient censées contenir leurs cheveux dans un fichu, mais Minnie était si fière de ses épaisses tresses irlandaises qu'elle n'avait pu résister à la tentation de les laisser libres. Son corps était si déchiqueté qu'on avait dû fermer le cercueil pour les obsèques.

J'adorais cette fille et, au cours du service funéraire, je fantasmais sur la façon dont j'aurais pu la sauver si j'avais été présente. Je me voyais lui couper les cheveux, la tirer en arrière en la serrant dans mes bras, toutes deux pleurant de joie en nous disant qu'elle avait frôlé une mort affreuse.

Ce soir-là, à la pension, je sortis une paire de ciseaux, un miroir et coupai ma longue chevelure châtaine, ce couronnement de ma beauté, comme disait maman, juste au-dessous des oreilles.

Je ne m'attendais pas à apprécier ma nouvelle coiffure, mais ce fut pourtant le cas. Je pouvais me laver les cheveux et les sécher en un rien de temps, sans avoir à me soucier de fer à friser, d'épingles ou de rubans. Les longues boucles étaient d'un autre âge. Nous, les femmes modernes, devions porter les cheveux court.

En vérité, j'étais fière de ma nouvelle coupe qui me donnait l'allure d'une fille dans le vent. Les hommes me remarquaient davantage, et un dimanche, pendant que je me promenais le long du lac, un type aux larges épaules en costume seersucker et canotier engagea la conversation. Il s'appelait Ted Conover, avait été boxeur mais travaillait alors comme vendeur d'aspirateurs pour l'Electric Suction Sweeper Company.

— Tu bloques un pied dans la porte, tu jettes un peu de poussière à l'intérieur et on te laisse faire la démonstration de ton produit, disait-il en s'esclaffant.

Je sus d'emblée que Ted était un peu voyou. Cela dit, son cran me plaisait. Il avait des yeux gris pleins de vivacité et le nez défoncé. Il acheta pour moi un cône de glace à un vendeur de rue, puis nous nous assîmes sur un banc près d'une fontaine de marbre rose.

Il me raconta comment il avait grandi au sud de Boston où il s'accrochait à l'arrière des trolleys, volait des cornichons à la carriole de l'épicier, apprenait à jouer des poings méchamment dans les combats de rue. Il appréciait tant ses propres plaisanteries qu'il riait en plein milieu, ce qui vous faisait rire aussi, avant même d'avoir entendu la chute.

Minnie me manquait et j'avais sans doute besoin de quelqu'un dans ma vie. Toujours est-il que je suis tombée bigrement amoureuse de ce gars-là.

La semaine suivante, Ted m'emmena dîner à l'hôtel Palmer House. Par la suite, nous nous rencontrâmes régulièrement, malgré ses absences de plusieurs jours car son territoire de vente s'étendait jusqu'à Springfield. Il aimait la foule ; nous allions voir des matchs à Wrigley Field, des films au Folly Theater et des combats de boxe à la Chicago Arena. Il me fit fumer ma première cigarette, boire ma première coupe de champagne et jouer pour la première fois aux dés. Ted adorait les dés.

À la fin de l'été, il vint à la pension avec un maillot de bain qu'il avait acheté pour moi chez Marshall Field. Nous prîmes le train pour Gary où nous passâmes l'après-midi à nager dans le lac et à prendre des bains de soleil face aux grandes dunes de sable. C'est lui qui m'apprit à nager.

Environ six semaines après notre rencontre, il m'emmena de nouveau à la fontaine de marbre rose. Une fois encore, il m'offrit un cornet de glace, mais en y ayant déposé une bague surmontée d'un diamant.

— Un peu de glace qui, j'espère, va te faire fondre, dit-il.

Nous nous sommes mariés à l'église catholique que j'avais visitée à mon arrivée à Chicago. Je portais une robe de lin bleue que j'avais empruntée à une des filles de la pension. Ni l'un ni l'autre n'avions le loisir de pouvoir partir en lune de miel.

L'après-midi, nous emménageâmes dans une pension qui prenait les couples mariés et célébrâmes l'événement dans notre chambre avec une bouteille d'alcool clandestin. Le lendemain, je retournai à mon emploi de domestique et Ted reprit la route.

Je n'avais jamais voulu que quelqu'un s'occupe de moi, mais la vie conjugale ne me déplaisait pas. Après tant d'années de solitude, je partageais ma vie pour la première fois, ce qui facilitait les moments difficiles et rendait les bons encore meilleurs.

Ted encourageait toujours les gens à voir grand, à rêver plus grand encore, et quand il découvrit que mon ambition était non seulement de terminer mes études secondaires mais d'aller à l'université, il me fit miroiter la thèse de doctorat. Il avait également des tas de projets pour lui-même – il allait construire sa propre chaîne d'aspirateurs, édifier des antennes radio dans la prairie, créer une compagnie de téléphone.

Nous décidâmes de renoncer aux enfants et de mettre de l'argent de côté, tant que je prenais des cours du soir. Les enfants, il serait temps d'y penser quand l'avenir se dégagerait.

TED était souvent absent, ce qui me convenait car le travail et les cours me prenaient tout mon temps. Débordés comme nous l'étions, les années passèrent vite. Finalement, j'obtins mon diplôme d'études secondaires à vingt-six ans. Je me mis en quête d'un meilleur emploi tout en gardant ma place de domestique. Un matin d'été, alors que je traversais la rue les bras chargés de courses pour la famille dont je tenais la maison, une décapotable blanche avec jantes à rayons déboula en trombe du coin de la rue. Le conducteur freina brutalement en me voyant, mais trop tard. La calandre m'envoya en l'air et je basculai sur le capot, en éparpillant pommes, petits pains et boîtes de conserve.

Instinctivement, je me fis toute molle en dégringolant du capot sur l'asphalte. Je restai étendue un moment, assommée, pendant que les gens se précipitaient. Le conducteur sauta de sa voiture. C'était un jeune homme aux cheveux plaqués en arrière.

Cheveux-plaqués s'agenouilla en me demandant si ça allait. L'accident paraissait plus grave qu'il ne l'était, et je sentais que je n'avais aucune blessure sérieuse, uniquement les os meurtris et quelques méchantes éraflures aux bras et aux genoux.

— Ça va. Je suis habituée à dresser les chevaux. S'il y a une chose que je sais faire, c'est tomber.

Il insista pour me conduire à l'hôpital. D'après l'infirmière de la salle des urgences, j'étais un peu plus commotionnée que je ne le pensais. Tout en remplissant ses formulaires, elle me demanda si j'étais mariée. Là-dessus, Cheveux-plaqués me suggéra d'appeler mon mari.

— C'est un voyageur de commerce, dis-je. Il est sur la route.

— Appelez son bureau, alors. Ils doivent savoir comment le joindre.

Pendant que l'infirmière faisait les pansements, Cheveux-plaqués trouva le numéro et me donna une pièce pour la cabine téléphonique. Je fis le numéro, plus pour le rassurer qu'autre chose.

Un homme répondit.

— Service des ventes. Charlie au téléphone.

— Pourriez-vous m'aider à joindre Ted Conover qui est sur la route ? Je suis sa femme, Lily.

— Ted n'est pas sur la route. Il vient juste de partir déjeuner. Et sa femme s'appelle Margaret. Est-ce une farce ?

Je sentis le sol se dérober sous moi. Ne sachant quoi dire, je raccrochai.

Cheveux-plaqués fut déconcerté en me voyant bondir hors de la cabine. Il fallait que je sorte de l'hôpital pour m'éclaircir les idées. J'essayais de maîtriser ma panique tout en me dirigeant vers le lac, où je marchai pendant des kilomètres. M'avait-il trompée ? Il n'y avait qu'un moyen de le savoir.

Le service des ventes d'Electric Suction siégeait dans un immeuble en béton de cinq étages près du Loop, le quartier des affaires de Chicago.

En arrivant, je récupérai un journal dans une poubelle et pris position dans un hall de l'autre côté de la rue. Vers cinq heures, la foule commença à se déverser sur les trottoirs et, oui, c'était bien mon mari, Ted Conover, qui rejoignit le flot après avoir franchi le seuil de l'immeuble, arborant son chapeau préféré. Manifestement, il m'avait menti en prétendant ne pas être en ville. Mais je n'étais pas au bout de l'histoire.

Je le suivis à bonne distance pendant qu'il se frayait un chemin vers le métro aérien. Je montai dans le wagon derrière le sien. À chaque station, je jetais un œil dehors.

Il sortit à Hyde Park. Je le suivis quelques blocs vers l'est dans un quartier miteux dont les immeubles sans ascenseur étaient pourvus d'escaliers de bois extérieurs.

Ted pénétra dans l'un d'eux. J'attendis que des enfants sortent, puis me glissai par la porte ouverte dans le couloir. Chaque étage comprenait quatre appartements. Je m'arrêtais à chaque porte en y collant l'oreille pour y discerner l'accent du sud de Boston. Finalement, au troisième étage, je l'entendis recouvrir deux autres voix.

Sans trop savoir ce que j'allais faire, je frappai. Une femme, un bambin sur la hanche, m'ouvrit au bout de quelques secondes.

— Êtes-vous la femme de Ted Conover, Margaret ?

— Oui. Qui êtes-vous ?

Je la dévisageai. Elle devait avoir à peu près mon âge, mais semblait fatiguée et ses cheveux grisonnaient prématurément. Elle avait un sourire triste, accablé, comme s'il fallait se battre pour survivre tout en trouvant de quoi rire de temps en temps.

J'entendais derrière elle deux garçons qui se disputaient, puis la voix de Ted :

— Qui est-ce, chérie ?

Je faillis succomber à la tentation de la bousculer pour aller arracher les yeux de ce sale menteur, mais quelque chose me retint : l'effet de la scène sur cette femme et ses enfants.

— Je fais le recensement, dis-je. Nous voulons juste savoir s'il y a bien une famille de quatre personnes ici.

— De cinq personnes, dit-elle, même si parfois on a plutôt l'impression d'être quinze.

Je me forçai à sourire :

— C'est tout ce que je voulais savoir.

JE repris le métro en direction de la pension, quand je me souvins de notre compte joint. Je ne fermai pas l'œil de la nuit. Dès l'ouverture des portes, je me présentai à la banque. Ted et moi avions déposé près de deux cents dollars sur un compte d'épargne à intérêts. Le guichetier m'annonça qu'il ne restait que dix dollars.

Je retournai à la pension et m'assis sur le lit. J'étais surprise de mon calme. Mais en rangeant mon revolver à crosse de nacre dans mon sac, je vis que mes mains tremblaient.

Je pris un bus vers le Loop et grimpai l'escalier de l'immeuble en béton du bureau de Ted. Je poussai la porte en verre dépoli. Ted et un autre homme fumaient en lisant les journaux, les pieds sur leur bureau.

Dès que je le vis, je perdis le peu de bienséance féminine que ma mère m'avait instillé. Je me transformai en furie, hurlai et jurai tant et plus contre cet enfant de salaud – espèce de fils de pute, de bon à rien, de sale menteur, d'aspirateur d'ordures de mes deux… –, tout en lui fichant une raclée avec mon sac où le poids de mon six-coups fit merveille.

Ted se protégeait de son bras. L'autre type voulut me repousser et je lui balançai un bon coup avant que Ted m'empoigne.

— Tu te calmes ou je t'assomme. Tu sais que j'en suis capable.

— Vas-y, mon vieux. Frappe-moi et je porte plainte pour agression, vol et bigamie.

Mais je cessai de me battre. L'autre prit son chapeau.

— Je vois que vous avez des choses à vous dire, tous les deux, dit-il en s'éclipsant.

Puis je déversai ma bile : pourquoi m'avait-il menti ? Pourquoi s'était-il marié avec moi alors qu'il avait une femme et trois enfants ? Pourquoi avait-il pris l'argent que nous devions épargner pour notre avenir commun ?

Ted écoutait. Finalement, les larmes lui montèrent aux yeux. Il avait pris l'argent car il avait des dettes de jeu. Margaret, c'était la mère de ses enfants, mais il m'aimait.

— Lily, dit-il, mentir était la seule façon de t'avoir avec moi.

Cette peau de vache faisait tout pour que je m'apitoie sur son compte.

— C'est ma faute, dit-il. (Puis il s'avança en me touchant la main :) Je t'ai détruite à force de t'aimer.

Ce minable était sur le point de fondre en larmes. Je retirai ma main.

— Décidément, tu as une très haute opinion de toi-même, lui dis-je. En fait, tu ne m'aimes pas, et tu ne m'as pas détruite. T'as pas ce qu'il faut pour ça.

Je le bousculai et claquai la porte en sortant, puis balançai mon sac contre le panneau de verre dépoli, lequel éclata en mille morceaux.

Je fis une autre promenade le long du lac. Pour l'heure, les choses se présentaient plutôt mal, mais j'avais survécu à pire qu'une brève idylle avec un tocard, et je m'en sortirais aussi cette fois-ci.

Le vent s'était levé. Je contemplai le lac et une évidence m'apparut. Entre moi et Chicago, c'était terminé. La ville, avec sa belle eau bleue et ses gratte-ciel majestueux, ne signifiait plus qu'un chagrin d'amour. Il était temps de rentrer au ranch.

Je me rendis le jour même à l'église catholique où j'avais épousé ce chameau et racontai au curé ce qui s'était passé. D'après lui, si je prouvais que mon mari était déjà marié, je pouvais faire un recours en annulation auprès de l'évêque. Avec l'aide d'un secrétaire de mairie, je dénichai une copie de l'autre certificat de mariage de Ted, et le prêtre enclencha la procédure.

J'estimais que la femme de Ted devait savoir ce qui était arrivé, et je lui écrivis une lettre en lui expliquant tout. Je m'abstins toutefois de poursuivre Ted en justice. Cette fouine n'avait rien fait d'illégal en prenant l'argent, vu qu'il s'agissait d'un compte joint ; c'était tout simplement idiot de ma part de lui avoir fait confiance. Et si on l'envoyait en prison pour bigamie, sa femme et ses gosses en pâtiraient plus que le père. Je trouvais également que cette tête de nœud m'avait pris suffisamment de temps, et s'il devait attendre que le bon Dieu lui donne ce qu'il mérite, je n'y voyais pas d'inconvénient.

Après avoir posté la lettre, j'apportai la bague que Ted m'avait donnée chez un bijoutier. Je n'allais pas la garder, sans pour autant tomber dans le mélodrame en la jetant dans le lac par exemple. Elle devait bien valoir deux cents dollars. Mais le bijoutier examina le diamant avec son oculaire pour conclure :

— C'est un faux.

Alors, finalement, je la jetai dans le lac.

UNE fois que j'eus cessé de me taper la tête contre les murs pour avoir été si crédule face à cette minable crapule, je pensai à l'avenir. J'avais vingt-sept ans, je n'étais plus un perdreau de l'année. J'avais plus que jamais besoin d'un métier. Il me fallait cette formation universitaire et devenir professeur. Je m'inscrivis donc au centre de formation pédagogique de l'État d'Arizona, à Flagstaff. En attendant la réponse – et l'annulation de mon mariage –, je ne fis que travailler, lésiner sur tout et mettre de l'argent de côté, en occupant deux emplois pendant la semaine et un autre les week-ends. Le temps passa à toute vitesse et quand je reçus l'acceptation d'inscription puis la lettre d'annulation de mon mariage, j'avais assez d'argent pour une année d'université.

Le jour était arrivé de dire au revoir à Chicago. J'empaquetai tout dans la valise que j'avais trimbalée avec moi jadis. Je quittais la ville avec aussi peu d'effets qu'à mon arrivée. Mais j'avais beaucoup appris – sur moi et sur les autres.

Le train quitta la gare d'Union Station pour gagner rapidement la campagne. À Chicago, pas une âme ne me regretterait. En plus d'avoir mon diplôme, j'avais passé ces huit années à des corvées ingrates et inutiles, à polir de l'argenterie qui allait se ternir, à laver chaque jour les mêmes assiettes, à repasser des piles de chemises.

Pendant les années de guerre, en apprenant à lire aux petits va-nu-pieds des minuscules bourgades du désert, je m'étais sentie utile comme jamais je ne l'avais été à Chicago. Voilà ce que je voulais éprouver à nouveau.

IV
La chemise en soie rouge

On voyait beaucoup de voitures à Santa Fe désormais, y compris à la campagne. Mais en revenant à KC, je fus étonnée de voir que pratiquement rien n'avait changé, mis à part que Buster et Dorothy avaient deux enfants. Papa avait abdiqué toute responsabilité. La santé de maman était plus fragile et elle se plaignait des dents. Deux ans auparavant, Helen était partie pour Los Angeles dans l'espoir de réaliser son rêve d'actrice de cinéma. Elle n'avait toujours pas décroché de rôle, disaient ses lettres, mais elle avait fait la connaissance de quelques producteurs et travaillait en attendant comme vendeuse dans une boutique de chapeaux.

Le jour de mon retour, je partis voir Rustines qui vivait sa vie dans la pâture. Elle semblait avoir vieilli mieux que quiconque. Je la sellai et nous partîmes dans la vallée. L'après-midi touchait à sa fin et nos longues ombres violettes plongeaient et émergeaient selon les ondulations des prés. Rustines devait avoir dans les dix-sept ans, mais était toujours pleine de ressort. Sur une hauteur, je la fis démarrer au galop d'un claquement de langue. Cela faisait un bien fou, car je n'étais pas montée à cheval depuis que j'étais partie pour Chicago.

À la différence de mon premier retour, personne ne me demanda de rester. Même papa semblait avoir accepté que je fasse mon chemin dans la vie. Si ma place n'était plus à Chicago, la ville m'avait changée, et ma place n'était pas non plus à KC. Si je restais, il me faudrait participer aux corvées. Or, après toutes ces années comme bonniche, le nettoyage des écuries ne me tentait pas plus que cela. Je partis de bonne heure pour Flagstaff.

Tout en étant plus âgée que les autres étudiants, je me plaisais beaucoup à l'université. Contrairement à la plupart des garçons qui s'intéressaient surtout au football et à la boisson, et aux filles qui s'intéressaient surtout aux garçons, je savais exactement pourquoi j'étais là et ce que je voulais. Je souhaitais suivre tous les cours du programme et lire tous les livres de la bibliothèque.

Mon seul souci était de savoir comment j'allais payer les frais de scolarité l'année suivante. Mais, à la fin du premier semestre, Grady Gammage, le recteur de l'université, demanda à me voir. La ville de Red Lake recherchait une institutrice. Les gens de Red Lake se souvenaient de moi. Ils souhaitaient m'engager tout en sachant que je n'étais qu'en première année.

— C'est un choix difficile, me dit-il. Si vous commencez à enseigner maintenant, vous allez arrêter les cours, et c'est généralement dur de s'y remettre ensuite.

Le choix ne me parut pas difficile du tout. Soit je payais pour suivre des cours, soit on me payait pour en donner.

— Je commence quand ? ai-je demandé.

Je revins au ranch prendre Rustines et nous fîmes pour la troisième fois le trajet de huit cents kilomètres entre Tinnie et Red Lake. Rustines avait perdu son allant, mais je la ménageai et elle reprit du tonus rapidement.

Je croisai plus de gens que la fois précédente. De temps en temps, une voiture dont le conducteur s'agrippait au volant bondissait sur les ornières laissées par les chariots et fonçait à toute allure en laissant une traînée de poussière. Mais il y avait toujours de longues périodes de solitude pendant lesquelles Rustines et moi avancions sans nous presser. Le soir, assise près de mon petit feu, j'entendais hurler les coyotes exactement comme jadis, pendant que la pleine lune transformait le désert en une mer d'argent.

La ville de Red Lake avait changé en presque quinze ans. L'Arizona, avec ses grands espaces et personne derrière votre dos, avait toujours servi de refuge à ceux qui se méfient de la loi. Il y avait donc beaucoup de bandits ou d'excentriques : trafiquants d'alcool mexicains, prospecteurs hallucinés, ainsi qu'un type avec quatre femmes qui n'était même pas mormon.

De nouveaux fermiers s'étaient également installés et la ville comptait davantage de magasins ainsi qu'un garage automobile avec une pompe à essence. L'herbe des prairies, qui autrefois frôlait le ventre des bêtes, était broutée au ras du sol. Je me demandai s'il n'y avait pas trop de monde désormais pour ce que la terre avait à offrir.

L'école comprenait maintenant une annexe à l'arrière pour l'institutrice, ce qui me permettait de dormir dans ma propre chambre. J'avais trente-six élèves de tous âges, tailles et styles. J'exigeais que tous se lèvent quand j'entrais en classe, et disent : « Bonjour, mademoiselle Casey. » Celui qui ne parlait pas à son tour allait au coin. Avec les enfants, comme avec les chevaux, il vaut mieux ne pas attendre qu'ils vous testent. Tout se passe beaucoup mieux quand on se fait respecter dès le début.

Au bout d'un mois, je me rendis à la mairie pour recevoir mon premier chèque. Dans le corral qui jouxtait le bâtiment se tenait un petit mustang alezan, encore tout fumant, avec les traces de sueur laissées par la selle. Il me jeta un regard mauvais, les oreilles aplaties, et je vis d'emblée que c'était un cheval récalcitrant.

Dans le hall, deux adjoints au maire se prélassaient dans un bureau. Quand je me présentai, l'un d'eux – un type maigre aux mollets de coq et aux yeux rapprochés – me dit :

— Il paraît que vous avez fait tout le chemin de Chicago pour apprendre un ou deux trucs aux péquenauds que nous sommes ?

— Je suis juste une fille qui travaille dur, venue toucher son chèque.

— Avant de le toucher, il vous faut passer une petite épreuve toute simple.

— Quelle épreuve ?

— Monter ce petit canasson, là, dans le corral.

Je voyais, aux regards obliques que Pattes-de-coq et son pote échangeaient, qu'ils s'apprêtaient à s'en payer une tranche aux dépens de la blanc-bec d'instit. Je décidai de jouer le jeu. On verrait qui rirait le dernier. Battant des paupières et jouant les saintes-nitouches, je fis remarquer que l'épreuve semblait très inhabituelle, mais je voulais bien essayer car j'étais déjà montée à cheval.

— Je suppose que celui-ci est gentil ?

— Comme un pet de bébé, fit Pattes-de-coq.

Je portais une robe ample et mes chaussures confortables d'instit.

— Je n'ai pas de tenue d'équitation, mais s'il est comme vous dites, on devrait pouvoir faire un petit tour.

— Ce cheval, vous pourriez le monter en pyjama, répondit le type d'un air suffisant.

Je suivis les deux clowns au corral et, pendant qu'ils sellaient le mustang, j'allai cueillir une branche souple de genévrier dont j'enlevai les échardes.

— Prête pour l'exam, m'dame?

Pattes-de-coq avait du mal à contenir son hilarité face au désastre imminent. Le mustang était parfaitement immobile mais me regardait du coin de l'œil. Ce n'était qu'un de ces chevaux mal dressés comme j'en avais tant vu dans mon existence. Je relevai ma jupe et raccourcis les rênes, en tordant la tête du cheval à droite de façon qu'il ne puisse pas ruer de l'arrière-train.

À peine eus-je introduit le pied dans l'étrier qu'il voulut reculer, mais je le tenais par la crinière tout en sautant en selle. Il se mit à regimber aussitôt. Les deux lascars se tenaient les côtes de rire, mais je n'y prêtai pas attention. Pour empêcher un cheval de ruer, il faut lui maintenir la tête haute – il doit la baisser pour soulever l'arrière-train – et le lancer en avant. Des rênes, je lui donnai un coup de mors, ce qui lui redressa la tête aussitôt, et je lui fouettai la croupe avec la branche de genévrier. Ce qui surprit ce petit vaurien – et nos deux clowns. Nous partîmes d'un bon galop, mais il gesticulait encore des épaules et chassait de la queue. Je suivais le mouvement, le haut du corps souple et les talons verrouillés, les jambes serrées comme un étau autour de ses flancs. À la moindre sensation d'une hésitation annonçant une ruade, je tirais sur le mors et lui fouettais à nouveau la croupe. Il comprit vite qu'il fallait m'obéir. En un rien de temps, il se calma, tandis que je lui flattais le cou.

Je ramenai le mustang au pas vers mes deux comiques, qui ne riaient plus. Ils encaissaient mal le fait que j'obtienne le meilleur d'un cheval qui devait leur en avoir fait voir des vertes et des pas mûres.

— Gentil, ce petit poney, dis-je. Je peux avoir mon chèque, maintenant?

Ma façon de dresser le mustang ayant fait un tabac dans les environs de Red Lake, on se mit à me considérer avec respect. Les hommes comme les femmes demandaient mon avis tant sur les chevaux que sur les enfants. Pattes-de-coq – dont le vrai nom était Orville Stubbs – devint mon fidèle acolyte comme si, ayant été battu sur son terrain, il me devait complet dévouement.

Orville ne travaillait à la mairie qu'à mi-temps. Il occupait un logement au-dessus des écuries de Red Lake et arrondissait ses revenus à nettoyer les stalles, ferrer les chevaux et aider aux rassemblements du bétail. En fin de compte, c'était un petit gars sympathique.

Ce fut lui qui me présenta aux autres cavaliers, en leur expliquant que j'étais une chouette poupée de Chicago qui avait délaissé le champagne et le charleston pour venir faire la classe aux mômes de Coconino. Il m'encouragea à faire participer le mustang – c'était le sien et il l'avait baptisé Diable rouge – aux courses locales.

Des compétitions amateurs se tenaient le week-end, avec cinq à dix chevaux pour des épreuves d'un quart de mile et un prix de cinq à dix dollars. Je gagnai quelques courses, ce qui me valut également une certaine réputation.

Je me mis aussi à jouer au poker le samedi soir avec Orville et ses copains. Les parties se déroulaient au *café*[1], où l'alcool coulait à flots. On ne se souciait guère de la prohibition dans cette partie de l'Arizona. Elle eut pour seul effet d'inciter les tenanciers de saloons à baptiser leurs établissements *cafés* et à planquer leurs bouteilles d'alcool sous le comptoir au lieu de les aligner sur l'étagère derrière le bar.

Pattes-de-coq et les autres éclusaient une bonne quantité de « pisse de puma », comme ils disaient, tandis que je couvais mon unique verre de toute la soirée. J'évitais les bluffs élaborés qui avaient la faveur des cow-boys et me contentais de jouer mes cartes. Ce faisant, j'arrivais tout de même en tête la plupart du temps avec un joli petit tas de jetons devant moi.

Je devins Lily Casey, la maîtresse d'école du comté de Coconino qui dressait les mustangs, jouait au poker et gagnait les courses de chevaux. De quoi se féliciter d'être dans un endroit où personne ne cherchait noise à une femme de cette réputation.

Je finis par me rendre compte que Pattes-de-coq avait le béguin pour moi. Avant qu'il ne manifeste la moindre intention, je lui fis savoir que je m'étais mariée une fois, que ça n'avait pas marché et que je ne comptais pas me remarier. Il sembla l'accepter et nous restâmes bons amis. Un jour, pourtant, il vint à l'école en affichant un air sérieux et timide.

— Faut que je te demande quelque chose.

Je redoutais la suite.

— Je croyais que t'avais compris que nous étions juste amis.

— C'est pas ça. Ne me rends pas les choses plus difficiles. (Il hésita

---

1. Aux États-Unis, le terme *café* désigne plutôt un snack qui sert des repas et du thé ou du café.

un instant.) Je voulais te demander si tu pouvais m'apprendre à écrire « Orville Stubbs » ?

C'est ainsi que Pattes-de-coq devint secrètement mon élève.

Il venait le samedi après-midi. Nous nous attelions à la lecture et à l'écriture puis sortions pour une soirée de poker.

Je continuais à faire des courses avec Diable rouge et remportais fréquemment le prix. J'avais dépensé une partie de mes gains dans l'achat d'une chemise de soie pourpre que je portais lors des compétitions. En fait, j'adorais cette magnifique chemise rouge aux reflets luisants. Et elle devint ma marque distinctive.

Un jour, au début du printemps, je partis avec Pattes-de-coq concourir dans un ranch, au sud de Red Lake. La rencontre était plus importante que d'habitude : elle comportait cinq épreuves, une finale et un prix de quinze dollars, sur une piste véritable pourvue d'une rampe intérieure derrière laquelle les spectateurs se rassemblaient.

Diable rouge était placé à la corde, le couloir le plus court, mais ce petit mustang était plein de fougue. Nous avions pris rapidement la tête à la deuxième épreuve quand, au premier virage, une voiture près de la rampe se mit à pétarader. Mon cheval fit une embardée sur la droite, je partis sur la gauche, et avant de comprendre ce qui m'arrivait j'avais atterri sur la piste.

Je me protégeai la tête avec les mains et restai immobile en mordant la poussière, pendant que les autres chevaux déboulaient tout près dans un bruit de tonnerre. J'avais le souffle coupé mais, sinon, tout allait bien. Une fois le bruit des sabots évanoui, je me relevai en m'époussetant.

Pattes-de-coq avait récupéré Diable rouge et revenait vers moi à petites foulées. Je regrimpai en selle. Je n'avais aucune chance de rattraper les autres, mais Diable rouge devait savoir que ce n'était pas une chute qui allait m'empêcher de lui faire terminer le travail.

En franchissant la ligne, je vis le juge se lever et ôter son Stetson. Je concourus dans la dernière épreuve, mais Diable rouge avait perdu le rythme, nous finîmes parmi les derniers. Convaincue que les quinze dollars avaient été à ma portée, je maudissais cette voiture pétaradante pendant que Pattes-de-coq donnait à boire au cheval, quand le juge s'approcha. C'était un homme imposant à la démarche décidée, le visage buriné, les yeux clairs et sérieux.

— Vous avez fait une sacrée chute, dit-il. Mais j'ai été très impressionné par la façon dont vous êtes remontée immédiatement en selle et avez fini la course.

Je me mis à fulminer contre la voiture, mais Pattes-de-coq me coupa la parole.

— Je te présente Jim Smith, dit-il. Certains l'appellent Big Jim. C'est le propriétaire du nouveau garage de la ville.

— Vous n'aimez pas plus que ça les automobiles, si ? me demanda Jim.

— Je n'aime surtout pas qu'elles fichent la trouille à mon cheval. En fait, j'ai toujours voulu apprendre à conduire.

— Je pourrais peut-être vous donner des leçons de conduite.

Je n'allais pas laisser passer une telle occasion. C'est ainsi que Jim Smith apprit à conduire à l'institutrice. Il avait une Ford Model T avec un radiateur en cuivre, des phares en cuivre et un Klaxon en cuivre. C'était un calvaire – voire carrément dangereux – de faire démarrer la voiture, que Jim appelait le « Vieux Tacot ». Pour cela, mieux valait être deux, au risque de devoir démarrer à la manivelle et de sauter sur le siège avant pour tirer le starter.

Mais une fois que Vieux Tacot partait, c'était un plaisir de le conduire. Je découvris que j'aimais encore plus les voitures que les chevaux. Une voiture, pas besoin de la nourrir quand elle ne travaille pas et ça ne laisse pas du crottin partout. Ça ne rue pas, ni ne mord ni se cabre, et pas besoin de la dresser ni de l'entraîner. Une voiture, ça vous obéit.

Jim me donnait des leçons de conduite dans la prairie, et je pris vite le coup. Bientôt, je fis des tours en ville en fonçant à quarante kilomètres à l'heure.

Mes leçons avec Jim Smith comprenaient désormais des balades au Grand Canyon avec déjeuner sur l'herbe, une fois livré le carburant à une station-service des environs. Quand je sus conduire, nous continuâmes les pique-niques et les randonnées à cheval.

Il devint manifeste que Jim me faisait la cour. Il avait été marié une fois, mais sa femme était morte dix ans auparavant. Le mariage ne me disait toujours rien, cependant bien des choses me plaisaient chez Jim. Tout d'abord, contrairement à mon minus de premier mari, ce n'était pas le genre à baratiner. Il ne parlait que lorsqu'il avait quelque chose à dire, il n'éprouvait pas le besoin de remplir les vides.

Jim Smith était d'origine mormone. Il avait été élevé dans la foi mais ne pratiquait pas. Son père, Lot Smith, tout à la fois soldat, pionnier et guide, avait été l'un des premiers lieutenants de Brigham Young quand les mormons étaient partis en guerre contre le gouvernement des États-Unis.

Lot Smith eut huit femmes et cinquante-deux enfants, lesquels apprirent à se débrouiller seuls. Quand Jim eut onze ans, son père lui donna un fusil, quelques balles et un paquet de sel en lui disant : « Voici de quoi manger pour une semaine. » Cow-boy à quatorze ans, Jim devint tireur d'élite et excellent cavalier. Il partit travailler un temps au Canada, puis il retourna en Arizona où il devint bûcheron et propriétaire de ranch. Après la mort de sa femme, il rejoignit la cavalerie et, pendant la Grande Guerre, servit en Sibérie où les soldats américains protégeaient le transsibérien au milieu des combats entre Russes blancs et Russes rouges. Alors qu'il était en Sibérie, son ranch fut saisi faute d'impôts fonciers payés. Une fois libéré de la cavalerie, Jim devint prospecteur avant d'ouvrir son garage à Red Lake. L'homme n'avait rien d'un empoté.

Jim allait sur ses cinquante ans, soit vingt ans de plus que moi. Il portait les marques de la vie. En outre, la calvitie le guettait. Mais Jim était loin d'être éreinté. Il pouvait passer douze heures en selle, soulever un essieu de voiture et couper, fendre et stocker suffisamment de bois pour alimenter son poêle tout l'hiver.

Ses yeux bleu pâle voyaient ce qui était invisible aux autres – une caille dans un épais fourré, un cheval et son cavalier à l'horizon, un nid d'aigle au bord d'une falaise. C'est ce qui en faisait un tireur d'élite. Il repérait d'emblée les menteurs, les tricheurs et les bluffeurs. Mais il ne laissait jamais transparaître ce qu'il savait.

Rien ne pouvait lui faire perdre son sang-froid. Il ne se mettait jamais en colère. Il était fiable et bien assis. Solide. Propriétaire de sa propre affaire, sérieuse et respectable. Il réparait les voitures qui en avaient besoin. Ce n'était pas le genre à vendre des aspirateurs à des mères de famille crédules en jetant de la poussière sur le plancher.

Cela dit, je n'étais toujours pas prête à me remarier et Jim s'était gardé d'aborder le sujet. Nous savourions les pique-niques, les randonnées à cheval et les virées à bord du Vieux Tacot dans le comté de Coconino, quand je reçus une lettre d'Helen.

Le timbre de la poste indiquait Hollywood. Helen m'écrivait

régulièrement depuis qu'elle était partie en Californie en affichant une gaieté artificielle : elle était toujours sur le point de tourner dans des films, passait des auditions en manquant de peu le casting, prenait des leçons de claquettes, repérait des stars qui roulaient en ville dans leurs décapotables.

Elle faisait toujours la connaissance d'un M. Formidable, un homme plein de relations qui la traitait comme une princesse et allait lui ouvrir les portes de l'industrie du cinéma, quelqu'un qui d'ailleurs pourrait peut-être bien l'épouser. Quelques lettres plus tard, il n'était plus question de ce M. Formidable-là, mais en venait un autre encore plus génial. De sorte que je subodorais qu'elle s'entichait d'une série de mufles qui se servaient d'elle et la plaquaient dès qu'ils en étaient fatigués.

Je craignais qu'elle ne finisse mal et lui écrivais de ne pas compter sur les hommes pour prendre soin d'elle. J'étais trop négative, répondait-elle, d'ailleurs toutes les filles s'y prenaient ainsi à Hollywood. J'espérais qu'elle disait vrai.

Mais, dans sa dernière lettre, Helen avouait qu'elle était enceinte du dernier M. Formidable, lequel avait voulu qu'elle se fasse avorter chez une faiseuse d'anges. Quand elle lui avait dit redouter ces opérations clandestines, il avait prétendu que l'enfant n'était pas de lui et l'avait quittée.

Elle ne savait quoi faire. Elle en était à deux mois. Elle savait qu'elle serait virée de la boutique de chapeaux, une fois la grossesse visible. Elle avait trop honte pour retourner au ranch, chez les parents. Tout ce gâchis, écrivait-elle, lui donnait envie de se jeter par la fenêtre.

Pour moi, les choses étaient claires. Pas question qu'elle se fasse avorter – les femmes en mouraient vraiment. Mieux valait qu'elle ait l'enfant, quitte à voir ensuite si elle voulait le garder ou le faire adopter. Elle pouvait venir à Red Lake et vivre avec moi à l'école jusqu'à ce qu'elle sache quoi faire.

Helen arriva à Flagstaff une semaine plus tard et Jim me prêta le Vieux Tacot pour aller la chercher. Je me mordis les lèvres en la voyant descendre du train. Ses épaules étaient plus frêles que jamais, mais elle avait le visage bouffi et les yeux rouges à force de larmes. Elle avait peroxydé ses cheveux, couleur platine. En l'embrassant, je fus surprise par sa fragilité.

Je fis les frais de la conversation pendant le trajet. J'avais passé la semaine à réfléchir à sa situation et lui expliquai comment je voyais les choses. Je pouvais écrire aux parents en leur expliquant le problème : en les amadouant, j'étais sûre qu'ils lui pardonneraient et l'accueilleraient à la maison. Je m'étais procuré le nom d'un orphelinat à Phoenix si elle choisissait cette option.

Helen semblait égarée, presque ahurie. Elle fumait cigarette sur cigarette, s'exprimait en phrases hachées et, au lieu de se concentrer sur les détails pratiques, son esprit dérivait en tous sens. Elle en revenait à ses projets chimériques, se demandait si elle pourrait faire revenir M. Formidable en mettant l'enfant dans un orphelinat et craignait que l'accouchement n'abîme sa silhouette en compromettant les scènes en maillot de bain.

— Helen, il est temps d'être réaliste, dis-je.

— Je suis réaliste. Une fille dépourvue d'une belle silhouette ne s'en sort jamais.

Je me dis que ce n'était pas le moment de discuter. Quand quelqu'un est blessé, la première chose à faire est d'arrêter l'hémorragie. On voit après comment le guérir.

Nous dormions côte à côte dans mon petit lit, comme lorsque nous étions enfants. Nous nous pelotonnions l'une contre l'autre, car les nuits du désert, en ce mois d'octobre, devenaient froides. Parfois, en pleine nuit, Helen se mettait à gémir, ce qui me paraissait bon signe : cela devait signifier qu'elle prenait au moins conscience de temps à autre de la gravité de la situation. Je la serrais alors contre moi en la rassurant. Nous allions nous sortir de cette mauvaise passe, exactement comme nous l'avions fait autrefois lors de la crue au Texas.

— Tout ce qu'on a à faire, disais-je, c'est de trouver un peuplier sur lequel grimper, puis tout ira bien.

Pendant que je faisais la classe, Helen restait dans la petite chambre toute la journée. Elle ne faisait pas de bruit et passait le plus clair de son temps à dormir. J'espérais qu'après avoir pris un peu de repos elle aurait l'esprit plus clair. Mais elle restait distraite et apathique en tenant sur Hollywood des propos extravagants, ce qui, franchement, m'agaçait.

Je me dis qu'elle avait besoin d'air frais et de soleil. Nous partîmes nous balader en ville tous les après-midi. Je la présentais aux gens comme ma sœur de Los Angeles qui venait dans le désert soigner ses vapeurs.

Helen adorait ma chemise pourpre. En me voyant la porter, elle sourit pour la première fois depuis qu'elle était à Red Lake. Elle me demanda de l'essayer et parut si excitée pendant que je la lui boutonnais que je crus un instant qu'elle avait surmonté sa déprime. Mais en l'observant rentrer la chemise dans sa jupe, je me rendis compte qu'elle se contentait de donner le change. L'histoire que nous avions servie pour justifier sa venue dans le désert n'allait pas tenir longtemps. Sans parler de son humeur, elle n'était pas au bout de ses problèmes.

Nous nous mîmes à fréquenter l'église catholique de Red Lake. Je n'appréciais pas spécialement le curé : le père Cavanaugh était un homme morose. Sa mine renfrognée aurait découragé un régiment. Mais comme les fermiers du coin venaient à l'église, je m'étais dit qu'Helen pourrait y rencontrer quelqu'un de sympathique.

Six semaines après son arrivée, nous assistions à la messe avec force génuflexions dans l'église mal aérée. Ma sœur portait une robe ample et un manteau déboutonné pour cacher son état quand, soudain, elle s'évanouit. Le père Cavanaugh se précipita de l'autel, lui tâta le front puis l'examina un instant avant de lui toucher le ventre.

— Elle attend un enfant, et elle n'est pas mariée, dit-il après avoir jeté un coup d'œil à ses doigts dépourvus d'alliance.

Le père Cavanaugh invita Helen à une confession complète, ce qu'elle fit. Mais, au lieu de lui accorder son pardon, il l'avertit que son âme courait un danger mortel. Sa seule place se trouvait désormais dans un foyer chrétien pour femmes dévoyées.

Elle revint de son entretien avec le curé plus désespérée que jamais. Elle n'avait nullement l'intention d'aller dans un foyer quelconque mais son secret était éventé ; les habitants de Red Lake se mirent à nous considérer différemment. Les femmes baissaient les yeux à notre passage et les cow-boys se permettaient de nous faire de l'œil.

Une quinzaine de jours après la confession d'Helen, en début de soirée, j'entendis frapper à la porte de notre local. C'était l'inspecteur MacIntosh. Il porta la main à son feutre puis regarda derrière moi, dans la direction d'Helen. Celle-ci faisait la vaisselle du dîner.

— Mademoiselle Casey, puis-je vous parler en privé ? me demanda l'inspecteur.

— Je vais faire un tour, dit Helen.

Elle s'essuya les mains sur son tablier et elle passa devant

M. MacIntosh qui, dans un accès de civilité, toucha son chapeau une seconde fois.

Comme je ne tenais pas à ce qu'il voie la vaisselle sale, je le conduisis vers la porte qui menait à la salle de classe. M. MacIntosh s'éclaircit la gorge nerveusement. Puis il entama un discours qu'il avait manifestement préparé sur l'état d'Helen, les principes moraux, la politique scolaire, les élèves impressionnables. J'entrepris d'expliquer qu'Helen n'approchait pas les élèves, mais il n'y avait pas de place pour la discussion, dit-il. Des tas de parents faisaient pression sur lui. Si je voulais garder mon emploi, Helen devait partir. Puis il remit son chapeau et sortit.

Je m'assis un moment, piquée au vif et humiliée. C'était la deuxième fois que ce gratte-papier à face de poisson venait me dire qu'on ne voulait pas de moi. Parmi les parents de mes petits élèves, on trouvait des voleurs de bétail, des bootleggers, des joueurs et d'anciennes prostituées. Cela ne les gênait pas que je participe à des courses de chevaux, que je joue au poker, que je boive du whisky de contrebande. Mais il avait suffi que je montre un peu de compassion envers ma sœur pour que tout ce beau monde affiche son indignation morale. Cela me donnait envie de les étrangler.

Je revins dans la chambre. Helen était assise sur le lit et fumait une cigarette.

— Je ne suis pas partie faire un tour, dit-elle. J'ai tout entendu.

Je passai la nuit à tenir Helen dans mes bras, en tentant de la rassurer. Tout allait s'arranger. Nous allions écrire aux parents. Ils comprendraient. Elle pourrait rester au ranch jusqu'à la naissance du bébé. Je participerais à des courses tous les week-ends et lui enverrais mes gains pour elle et l'enfant. Et quand il serait né, Buster et Dorothy l'élèveraient comme l'un des leurs. Helen aurait l'argent qui lui permettrait un nouveau départ dans la vie.

Mais elle était inconsolable. Elle était persuadée que maman, en particulier, ne lui pardonnerait jamais d'avoir déshonoré la famille. Aucun homme ne voudrait plus jamais d'elle. Elle n'avait nulle part où aller, et ne pourrait pas s'en sortir seule.

— Tu n'as jamais eu envie de tout laisser tomber ? me demanda-t-elle. C'est ce qui m'arrive.

— C'est idiot. Tu es bien plus forte que tu ne le crois. Il y a toujours un moyen de s'en sortir.

Je lui parlai à nouveau du peuplier. Je lui rappelai la fois où on m'avait renvoyée de chez les sœurs de Lorette parce que papa ne voulait pas payer les frais de scolarité, et comment mère Albertina m'avait dit que lorsque Dieu ferme une fenêtre, Il ouvre une porte, et que c'était à nous de la trouver. Elle parut finalement trouver un certain réconfort dans mes paroles.

— Tu as peut-être raison. Il y a peut-être un moyen.

Aux premières lueurs du jour, j'étais toujours éveillée. Ma sœur, à côté de moi, avait fini par s'endormir. J'étudiai son visage qui émergeait de l'ombre. Ses cheveux, de ce blond platine absurde, lui recouvraient la figure. Je les lui ramenai derrière l'oreille. Ses yeux étaient gonflés d'avoir tant pleuré, mais elle avait toujours les traits délicats, la peau douce et pâle. On aurait dit un ange.

Je me sentis soudain beaucoup mieux. On était samedi. Je me suis levée, ai mis mes pantalons et me suis préparé du café bien fort. Une fois prête, je lui ai apporté une tasse en lui disant qu'il était temps de se lever et de profiter de la vie. Voilà ce que nous allions faire : emprunter le tacot de Jim et partir pour un pique-nique au Grand Canyon, dont les falaises majestueuses nous donneraient du recul par rapport à nos petits problèmes.

Elle me sourit en buvant son café. Je lui dis que j'allais chercher la voiture pendant qu'elle s'habillait, et que nous partirions rapidement pour profiter de la journée.

— Je reviens tout de suite.

— OK, répondit-elle. Et tu sais, Lily, je suis contente que tu me proposes une sortie.

C'était une belle matinée. L'air était si limpide dans la lumière cristalline du soleil de novembre que toutes les touffes d'herbe se dressaient. Je dépassai les vieilles maisons d'adobe, puis les nouvelles maisons en bois, puis le *café* et la station-service, puis les familles de fermiers venues en ville en ce jour de marché, et soudain je me sentis oppressée. Je portai la main à ma gorge et fus en cet instant submergée par un terrible sentiment d'effroi. Je fis demi-tour et courus aussi vite que je pus, les boutiques, maisons, fermiers intrigués se fondant tous dans une masse confuse, mais, quand j'ouvris la porte à la volée, il était trop tard.

Ma petite sœur se balançait à un chevron, une chaise renversée sous elle. Elle s'était pendue.

V

LES AGNEAUX

CEUX qui se donnent la mort pensent en finir avec la souffrance. En fait, ils se contentent de la transmettre à ceux qu'ils laissent derrière eux.

Un chagrin de plomb me submergea plusieurs mois durant. Je ne me serais même pas levée si je n'avais pas eu à faire la classe aux enfants. L'idée de monter à cheval – sans parler des courses –, de jouer aux cartes ou de faire des virées en voiture me répugnait.

Je songeai à démissionner, or j'étais sous contrat et, de toute façon, je ne pouvais pas reprocher aux enfants l'attitude de leurs parents. Mais Red Lake, c'était fini. L'année scolaire achevée, je partirais. Et si j'arrêtais de me dévouer aux gosses des autres ? Si j'en avais un moi-même ? Je n'y avais guère pensé jusque-là.

Le temps passant, l'idée d'avoir mon propre enfant soulageait ma tristesse. Un jour de printemps, je me levai tôt comme d'habitude et je bus mon café sur le perron au moment où le soleil apparaissait. Les rais de lumière qui glissaient sur le plateau me réchauffaient le visage et les bras.

Durant tous ces mois qui avaient suivi la mort d'Helen, je me fichais pas mal de ce genre de choses. Ce qui n'avait pas empêché ce bon vieux soleil de se lever et de se coucher. C'était son affaire. La mienne étant d'y prendre plaisir.

Bref, si je devais avoir un bébé, il me fallait trouver un mari. Je commençai à regarder Jim Smith sous un autre jour. Il avait des tas de qualités, mais la plus importante était que je pouvais lui faire confiance, à tous égards. Une fois décidée, pas besoin de chichis ni d'y aller par quatre chemins. En cet après-midi de début mai, je sellai Rustines pour me rendre au garage. Je vis les bottes et les jambes de Jim dépassant de sous une voiture. Je déclarai à Jim que je voulais lui parler. Il glissa lentement pour se relever et s'essuya la graisse des mains avec un chiffon.

— Jim Smith, veux-tu m'épouser ?

Il me dévisagea un instant puis, avec un grand sourire :

— Lily Casey, j'ai voulu t'épouser dès que je t'ai vue tomber de ce mustang et remonter en selle aussitôt. J'attendais juste le bon moment pour te le demander.

— Eh bien, c'est le moment. Je n'y mets que deux conditions.

— Oui, m'dame.

— La première, c'est que nous serons associés. Quoi que nous fassions, nous le ferons ensemble, chacun prenant sa part.

— Cela me paraît correct.

— La seconde – je sais que tu as été élevé en mormon –, c'est qu'il n'est pas question que tu prennes d'autres femmes.

— Lily Casey, à ce que je sache, tu vaux à toi toute seule plus de femmes qu'il n'en faut pour un seul homme.

Quand j'ai raconté à Jim la façon dont mon premier minus de mari m'avait offert une fausse bague, il a sorti un catalogue de chez Sears Roebuck où nous avons choisi ensemble l'alliance, histoire que je sois sûre de son authenticité. Nous nous sommes mariés dans ma salle de classe pendant les vacances d'été.

On était en 1930 et j'avais vingt-neuf ans. La plupart des femmes de mon âge avaient des enfants déjà grands, mais ce n'était pas parce que j'avais du retard que je n'allais pas profiter tout autant de l'aventure – et peut-être bien plus.

Jim comprenait pourquoi je voulais quitter Red Lake. Il accepta de transférer son garage à Ash Fork, à une cinquantaine de kilomètres vers l'ouest.

Ash Fork était une petite ville animée sur la route 66, au pied du mont Williams. Jim et moi fîmes un emprunt à la banque d'Ash Fork pour construire un garage en grès de Coconino. Nous posâmes les pierres et étendîmes le mortier nous-mêmes. L'enseigne GARAGE de Red Lake, nous la plaçâmes au-dessus de la porte. Avec l'argent du prêt, nous commandâmes une pompe pour gonfler les pneus, un cric à roulement à billes et un stock de pneus à bande de roulement sculptée, le tout à partir du même catalogue dont nous nous étions servis pour choisir ma bague.

Nous avions également acheminé la pompe à essence de Red Lake. Le gros cylindre de verre qui la surmontait était rempli de carburant – teint en rouge de façon à le distinguer du pétrole – où l'on voyait les bulles d'air monter quand une voiture s'approvisionnait.

L'affaire marchait bien. Comme nous étions associés, Jim m'apprit à pomper l'essence. C'était une pompe manuelle. Je pompais et le carburant glougloutait. Je me chargeais également des vidanges et de la réparation des pneus crevés. L'hiver venu, j'étais enceinte, ce qui ne m'empêcha pas de venir au garage tous les jours.

Nous nous sommes construit une petite maison – elle aussi en grès de Coconino – au bord de la route 66, qui n'était pas encore goudronnée. Nous avons commandé la plomberie chez Sears et l'avons installée nous-mêmes. Quant à moi, j'étais si fière de mes installations sanitaires que lorsqu'un quidam frappait à la porte pour demander son chemin, je ne résistais pas à la tentation de lui en proposer l'usage : « Que diriez-vous d'un verre d'eau fraîche du robinet ? » ou « Auriez-vous besoin, par hasard, d'utiliser les toilettes ? »

J'ARBORAIS à présent un ventre imposant, au huitième mois et demi de ma grossesse. Cela me plaisait de continuer de travailler au garage, mais Jim insista pour que je reste au calme à la maison. Au bout de quelques jours, j'enrageais de rester cloîtrée et je me rendis au garage pour dire à Jim :

— Cela m'est égal de ne m'occuper que de la caisse enregistreuse, dis-je. Mais je viendrai travailler jusqu'à l'accouchement.

Le bébé arriva deux semaines plus tard, un jour de canicule de juillet. J'accouchai à la maison avec l'aide de Granny Combs, la meilleure sage-femme du comté. Elle avait une jambe plus courte que l'autre et boitait encore plus méchamment que mon père. De plus, elle chiquait du tabac. Cela étant, toutes les femmes du comté ne juraient que par elle.

Le travail a commencé et la douleur est arrivée par vagues. Je ne peux la faire cesser, me dit Granny Combs, qui m'apprit à en tirer le meilleur parti. Ce qu'il fallait, c'était séparer la souffrance réelle de la peur que quelque chose d'affreux n'arrive à mon corps.

— La douleur, c'est ton corps qui se plaint. Si tu l'écoutes et que tu lui dis : « Bon, j'ai compris », t'auras moins peur.

L'accouchement ne dura que deux heures. Quand le bébé sortit, Granny Combs le brandit en annonçant :

— C'est une fille.

Le bébé poussa un cri. Granny Combs avait un sixième sens, elle lisait dans l'esprit des gens et leur disait la bonne aventure. Pendant que je berçais le bébé, elle s'envoya une prise de tabac et étala les cartes pour voir ce que l'avenir réservait à mon nouveau-né.

— Elle vivra longtemps et ce sera mouvementé.

— Sera-t-elle heureuse ?

Granny Combs mâchonna son tabac en étudiant les cartes.

— Je vois une vagabonde.

J'appelai le bébé Rosemary. À mes yeux, la plupart des bébés ressemblaient à des singes ou à des bouddhas, mais Rosemary était une belle petite créature. Quand elle eut des cheveux, ceux-ci étaient si clairs qu'on les aurait crus blancs. À trois mois, un grand sourire s'accordait à ses jolis yeux verts et j'eus très tôt le sentiment qu'elle ressemblait beaucoup à Helen.

La beauté d'Helen, de mon point de vue, avait été une malédiction. Je pris donc la résolution de ne jamais dire à Rosemary qu'elle était belle.

Un garçon suivit un an et demi après. C'était un gros bébé bien costaud. Nous lui donnâmes le prénom de son père mais l'appelâmes Little Jim.

Puis vinrent les temps difficiles au nord de l'Arizona. Le problème tenait pour une bonne part au trop grand nombre de fermiers et d'éleveurs venus s'installer dans la région. Ils ne comprenaient pas que l'Arizona n'avait rien à voir avec ces terres de l'Est où des milliers d'années de décomposition forestière avaient produit un profond terreau. Ici, on n'avait qu'une couche arable superficielle qui s'envolait au premier coup de vent sérieux quand on la labourait. En cas de longue sécheresse, des pans entiers de la campagne, à travers tout l'État, se transformaient en tourbillons de poussière qui s'élevaient à des centaines de mètres dans les airs.

Sans compter que le pays subit pendant quelques années la Grande Crise. Les petits ranchs de l'Arizona firent faillite. Tous ceux qui n'avaient plus de quoi s'offrir du carburant se mirent à vendre les tracteurs et les voitures qu'on les avait persuadés d'acheter. Ils regrettaient de n'avoir pas gardé leurs chevaux de labour. Les affaires du garage déclinèrent. Il faut dire que Jim n'était pas avare de son bien. Il octroyait des remises aux pauvres quand il ne faisait pas les réparations gratuitement.

Crayon en main, je faisais les comptes à la table de la cuisine en cherchant comment couper dans les dépenses. Mais quel que fût l'angle d'attaque, le solde final était implacable : on avait plus de sorties que de rentrées et nous allions rapidement être à court de liquide. Vu les prêts que nous avions contractés, cela signifierait la faillite. Je me disais qu'il devait y avoir un autre moyen de boucler les fins de mois.

Un jour, M. Lee, le Chinois d'Ash Fork, frappa à notre porte. Il tenait un boui-boui de chop suey sous une tente près du garage et en tirait assez d'argent pour conduire une Ford A que Jim remettait en état. Habituellement jovial et souriant, M. Lee semblait ce jour-là affolé. La prohibition avait cessé depuis quelques années, mais des tas de gens s'étaient habitués à l'argent facile de la vente d'alcool clandestin. C'était le cas de M. Lee qui offrait à sa clientèle de la bière maison pour faire passer les nouilles. Comme il avait entendu dire que les agents du fisc en avaient après lui, il cherchait un endroit où cacher quelques caisses d'alcool.

M. Lee et Jim s'entendaient bien car le Chinois était sous les drapeaux en Mandchourie quand Jim servait en Sibérie. Ils avaient vécu les mêmes hivers terribles. Lee faisait confiance à Jim. Nous avons accepté de prendre l'alcool et planqué les caisses sous le petit lit de Little Jim. Elles étaient dissimulées par les pans du dessus-de-lit.

Une idée me vint cette nuit-là à propos de la gnôle de M. Lee. Je pouvais arrondir nos rentrées en vendant de l'alcool clandestin derrière le garage.

Quand je fis part de mon idée à Jim le lendemain matin au petit déjeuner, il ne montra pas un enthousiasme excessif. Son problème désormais n'était pas en soi la boisson, mais il ne tenait pas à voir la mère de ses deux enfants finir en prison pour trafic d'alcool.

J'insistai, en soulignant que je ne voyais pas d'autre moyen de nous tenir à flot. Voyant que je n'allais pas lâcher prise, Jim finit par donner son accord à contrecœur. Comme nous l'avions dépanné, M. Lee accepta le deal, en promettant de me fournir deux caisses par mois via son bootlegger, à condition que je partage les bénéfices.

Je fus une parfaite débitante. Je fis passer le mot discrètement et les cow-boys du coin se pointèrent bientôt à la porte de derrière. Je ne vendais qu'aux gens que je connaissais ou à ceux qu'on me recommandait. J'entretenais des rapports amicaux et néanmoins commerciaux, en faisant entrer les gens brièvement sans autoriser personne à traîner dans les parages ou à consommer sur place. Je commençais à avoir des clients réguliers, dont le curé catholique qui bénissait toujours les bambins en sortant. Je ne vendais à quiconque susceptible de boire l'argent de son loyer. Après avoir donné son dû à M. Lee, je me faisais un quart de dollar la bouteille. Cet extra de quelque vingt dollars par mois équilibra les comptes.

UN jour de printemps – Rosemary avait trois ans et Little Jim commençait à parler –, les frères Camel passèrent devant chez nous en conduisant leur gigantesque troupeau de moutons vers la gare. Ils avaient acquis un grand ranch à l'ouest d'Ash Fork dans le comté de Yavapai, avec l'idée d'élever des moutons pour la laine et la viande. Venant d'Écosse, ils connaissaient à fond les moutons, mais très peu la prairie de l'Arizona. Constatant que le pâturage du comté de Yavapai était trop aride pour les moutons, ils décidèrent de vendre leur troupeau et le ranch, plutôt que de voir les bêtes dépérir.

La journée était sèche et chaude, les moutons envahissaient les rues d'Ash Fork. Les brebis bêlaient et leurs agneaux à l'avenant, pendant que les journaliers des frères Camel, à force d'allées et venues à cheval, dirigeaient tant bien que mal le troupeau vers le centre de chargement.

Les frères n'étaient pas sur place – ils étaient retournés au ranch pour rassembler le reste des animaux – et, quand le troupeau atteignit le parc d'embarquement, une andouille d'accompagnateur eut la riche idée de séparer les agneaux de leurs mères. Une fois l'opération accomplie, ce fut le cirque. Les agneaux pas encore sevrés et affamés par le voyage se bousculèrent en pleurant après leurs mères. De leur côté, les brebis appelaient désespérément leurs petits.

Les journaliers, se rendant compte de leur erreur, ouvrirent la barrière séparant les brebis des agneaux, ce qui provoqua un méli-mélo où les mères cherchaient leurs bébés et les bébés leurs mères. C'est là où la situation devint franchement critique. Plus les agneaux s'affolaient, plus ils brûlaient d'énergie, plus ils avaient faim. Mais le troupeau était si vaste et désordonné qu'aucun ne parvenait à retrouver sa mère. Au bout de deux heures, les agneaux défaillaient de faim.

Les aides, eux-mêmes affolés, parcouraient le troupeau en essayant de forcer les brebis à allaiter, lesquelles étaient rétives. Ça braillait, s'agitait, donnait des coups de sabots dans un boucan du diable.

Les frères Camel finirent par arriver, mais ils ne savaient que faire. La situation devenait désespérée, certains agneaux commençant à s'écrouler de faim et de chaleur.

— Vous devriez aller voir mon mari, leur dis-je. Il connaît bien les animaux.

Ils envoyèrent chercher Jim, qui était au garage. À son arrivée, les journaliers lui expliquèrent ce qui s'était passé.

— Pour l'heure, dit-il, il faut faire en sorte que les brebis allaitent n'importe quel agneau comme le leur. Ensuite, on s'occupera de remettre de l'ordre dans le troupeau.

Il m'envoya à la maison chercher un vieux drap pendant qu'il allait récupérer deux bidons d'essence au garage. Il demanda aux aides de déchirer le drap en bouts de chiffon qu'on trempait dans l'essence pour les passer ensuite sur le nez des brebis. Cela leur bloquait l'odorat et elles laissaient le premier agneau venu les téter.

Une fois les agneaux rassasiés et la crise immédiate passée, Jim fit à nouveau séparer les agneaux des brebis. Puis on amena chacun des petits, un par un, dans le parc des brebis en le portant, jusqu'à ce que la mère le reconnaisse. Le troupeau était si important que l'opération prit deux jours.

La petite Rosemary assista à toute l'entreprise, veillant avec angoisse à ce que tous les agneaux retrouvent leur mère. Au bout du compte, il restait un petit qu'aucune brebis n'avait réclamé. Il avait des yeux noirs effrayés, et il errait sur ses pattes grêles en bêlant tristement.

Les frères Camel s'adressèrent à Jim en lui demandant de faire au mieux. Jim le prit dans ses bras et l'amena à Rosemary. Il s'agenouilla et lui présenta l'agneau :

— Tous les animaux ont une destinée, dit-il. Les uns courent dans la nature, d'autres sont parqués dans une cour de ferme et d'autres vont au marché à bestiaux. Celui-ci sera un animal de compagnie.

Rosemary était folle de l'animal – une petite femelle. Elle partageait ses cornets de crème glacée avec l'agnelle qui la suivait partout. Nous la baptisâmes Mei-Mei, ce qui, en chinois, nous avait dit M. Lee, veut dire « Petite Sœur ».

Deux semaines après que Jim eut remis de l'ordre dans le troupeau, j'entendis une voiture s'arrêter près de la maison et quelqu'un frapper à la porte de derrière. Un homme se tenait dehors, une cigarette au bec. Il avait laissé la portière de la voiture ouverte. Une fillette et une jeune femme à l'intérieur nous regardaient. Avant même qu'il ait dit quoi que ce fût, je vis à sa façon de se tenir légèrement déséquilibré qu'il était un peu éméché.

— J'suis un ami de Pattes-de-coq, dit-il. J'ai entendu dire qu'ici on pouvait mettre la main sur une bonne bouteille de rincette.

— Vous m'avez l'air déjà pas mal rincé.

— Ouais, je m'y essaie.

Son sourire devint encore plus charmeur, mais je vis derrière lui que la femme et la fillette ne riaient pas du tout.

— Je crois que vous avez assez bu comme ça.

Le sourire disparut. Quand il comprit qu'il partirait les mains vides, il se lâcha tout à fait en disant que j'allais le regretter, moi qui n'étais que la sœur d'une pute qui s'était pendue.

— Attendez là, dis-je.

Laissant la porte ouverte, je partis dans la chambre, pris mon revolver à crosse de nacre et revins en le braquant sur lui.

— Si je ne te descends pas tout de suite, c'est uniquement à cause de la femme et de la fille dans la voiture. Mais fiche le camp d'ici et ne reviens jamais !

Le soir, je racontai à Jim ce qui s'était passé.

Il soupira et secoua la tête.

— On n'est sans doute pas au bout de l'histoire.

En effet. Deux jours plus tard, une voiture s'arrêta près de chez nous et, quand j'ouvris la porte, deux hommes en uniforme kaki et chapeau de cow-boy se présentèrent. Chacun avait son badge, une arme dans son holster et des menottes pendant à la ceinture. Ils touchèrent leur chapeau.

— Bonjour, m'dame, dit l'un d'eux.

— Ça vous dérange pas qu'on entre ? demanda l'autre.

Visiblement je n'avais guère le choix et je les fis entrer dans le salon. Little Jim dormait dans son petit lit sous lequel, dissimulées par la parure de coton blanc, se trouvaient deux caisses d'alcool de contrebande.

— On nous a signalé, continua-t-il, qu'on vend de l'alcool illégalement dans ces locaux.

Au même moment, Rosemary arriva en courant, Mei-Mei sur les talons. Tout cet étalage luisant de cuir et de métal dut la surprendre. Toujours est-il qu'à la vue des deux hommes de loi, elle poussa un cri à réveiller les morts. Elle se précipita à mes pieds en m'entourant les chevilles. J'essayai de la relever, mais elle devint hystérique et se débattit avec moult pleurs et braillements.

Mei-Mei bêlait, et tout ce vacarme réveilla Little Jim, qui se leva sur son lit et se mit à hurler.

— Est-ce que ça ressemble à un bar clandestin, ici ? demandai-je. Je suis une maîtresse d'école ! Je suis une mère ! Je passe mon temps ici à m'occuper de ces petits.

— Je le vois bien, dit-il.

Tout ce vacarme les avait déconcertés.

— Nous devions juste vérifier, mais nous repartons.

Au retour de Jim, je lui racontai comment le concert de hurlements des gosses avait chassé les adjoints du shérif. L'histoire, finalement, était trop drôle, et fit rire Jim lui aussi. Ce qui ne l'empêcha pas de conclure :

— D'accord, mais c'était un avertissement. Il est temps d'en finir avec le trafic d'alcool.

— Mais, Jim, on a besoin d'argent.

— Je préfère te voir dans un asile des pauvres plutôt que derrière les barreaux.

La vente d'alcool nous avait maintenus à flot pendant un an, mais on ferma boutique. Six mois plus tard, la banque saisissait nos biens.

L'AUTOMNE était habituellement ma saison préférée, quand l'air rafraîchissait et que les pluies d'août avaient verdi les collines. Mais je n'eus guère le loisir d'apprécier les couchers de soleil de septembre. Jim et moi avions décidé de tout vendre aux enchères. Chose faite, nous pourrions sangler les valises sur le toit du Vieux Tacot et rejoindre le flot des Okies[1] partis chercher du travail en Californie.

Un matin, nous étions en train de nous disputer dans le garage à propos de ce que nous allions emporter quand Blackie Camel, l'aîné des deux frères, vint nous voir. Depuis que Jim avait sauvé les agneaux, Blackie avait l'habitude de venir au garage tailler une bavette. Plus il connaissait Jim, plus il l'appréciait.

Ce matin-là, Blackie nous informa que son frère et lui avaient

---

1. Les Okies : les habitants de l'Oklahoma qui partaient en Californie pour fuir les tempêtes de poussière des grandes plaines.

vendu leur ranch à un groupe d'hommes d'affaires anglais qui voulaient y faire un élevage. Ils leur avaient demandé de leur recommander quelqu'un pour tenir le ranch. Si ça disait à mon mari, les deux frères avanceraient son nom.

Jim m'agrippa si fortement la main sous la table que mes phalanges craquèrent. Nous savions tous deux que le seul travail qui se présentait en Californie était la cueillette du raisin et des oranges, mais pas question de laisser voir notre désarroi à Blackie Camel.

— Ça mérite qu'on y réfléchisse, fit Jim.

Blackie envoya un télégramme à Londres, et quelques jours plus tard il passa pour annoncer que Jim avait le job. Nous annulâmes la vente aux enchères et pûmes garder la plupart des outils. Nous cédâmes tout de même la pompe à essence et les pneus à un mécanicien de Sedona. Nous chargeâmes des meubles dans une charrette à cheval acheminée de Red Lake par Pattes-de-coq et casâmes les mouflets et Mei-Mei à l'arrière de Vieux Tacot. Je fermais la marche à califourchon sur Rustines. C'est ainsi que notre petite procession partit pour Seligman, la ville la plus proche du ranch.

Seligman était une ville moins importante qu'Ash Fork, mais disposait de tout ce dont un ranch avait besoin : un bâtiment qui faisait office de poste et de prison, un hôtel, un bar faisant snack et un bazar.

De Seligman, nous fîmes cap à l'ouest à travers une prairie vallonnée couverte d'armoise, d'herbe et de genévriers. Le ciel était d'un bleu d'iris et on voyait au loin le vert émeraude des monts Peacock. Il fallut une journée entière pour faire le trajet de Seligman au ranch en charrette. Finalement, nous arrivâmes devant une barrière, au bout de la route, en fin d'après-midi.

De chaque côté du portail, les barbelés maintenus par une haie de genévriers soigneusement taillés s'étiraient au loin. La barrière était fermée mais le cadenas pas verrouillé. Nous étions attendus. Nous suivîmes la longue voie privée sur six autres kilomètres pour parvenir à un enclos comprenant une série de constructions en bois brut, ombragées par des cèdres immenses.

Les bâtiments étaient situés au pied d'une colline parsemée de pins et de cèdres nains. À l'est, la vue plongeait sur des kilomètres de prairies ondulantes descendant progressivement vers une étendue herbeuse, le plateau du Colorado. D'où nous étions, on pouvait contempler l'éternité. Pas d'autre maison, pas un être humain ni le moindre signe de civilisation. Uniquement le ciel immense, l'interminable plaine herbeuse et les montagnes au loin.

Les frères Camel avaient laissé partir la plupart des journaliers. L'endroit était désert, à l'exception d'un vieil ouvrier agricole qui était resté, Old Jake, un brave type grisonnant qui sortit en claudiquant de la grange pour nous accueillir.

Old Jake nous fit visiter les lieux. Il y avait une maison principale avec une grande véranda, dont le bois brut, décoloré par le soleil, tirait sur le gris. Une grange immense, flanquée de quatre petits bâtiments en rondins : le fenil et la forge ; la boucherie, où l'on traitait les peaux et carcasses de bœuf ; la maison à poisons, dont les étagères étaient remplies de flacons contenant des remèdes, des potions, des essences et des solvants.

Il nous emmena dans les autres bâtiments : une remise pour les outils, un poulailler et le baraquement des ouvriers. Puis nous fîmes un tour au garage qui contenait des charrettes, d'autres véhicules et même un vieux chariot Conestoga bâché (le grand chariot des pionniers), quelques automobiles amochées et un pick-up Chevy rouillé. Il nous fit enfin retraverser la grange pour nous conduire à un double corral.

Jim hochait la tête en écoutant attentivement. Même si les bâtiments trahissaient les intempéries, nous constations tous deux qu'ils étaient solides et bien conçus. Rien pour l'épate. C'était un vrai ranch de travail, les outils à leur place, les cordes bien enroulées, les pieux de clôture soigneusement entreposés et le plancher de la grange balayé. Dans un ranch, vous devez pouvoir trouver rapidement tel ou tel outil en cas d'urgence. Les frères Camel savaient l'importance d'un ordre impeccable.

Je lui fis une petite tape sur le bras, mais Jim se contenta de secouer la tête et de sourire. Puis il leva les yeux vers la prairie :

— Ce boulot, je crois que je peux le faire.

— Que *nous* pouvons le faire, ai-je précisé.

Je me doutais que la vie au ranch n'allait pas être une partie de plaisir. Nous étions trop loin de la ville pour compter sur qui que ce fût. Jim et moi allions devoir être vétérinaire, maréchal-ferrant, mécanicien, boucher, cuisinier, conducteur de troupeau, gestionnaire de ranch, mari et femme, mère et père de deux petits enfants. Mais nous savions retrousser nos manches.

La nature se rappela à mon souvenir et je demandai à Old Jake où se trouvaient les commodités. Il montra un petit appentis en bois au nord de l'enclos.

— Rien de luxueux, juste un trou, dit-il.

Les effluves malodorants me firent regretter un instant mes toilettes chics achetées par correspondance, leur cuvette de porcelaine et la chasse d'eau à chaîne. Je songeai en prenant place qu'entre avoir besoin d'une chose et la vouloir, il y a une grande différence. Je me dis qu'au ranch, si nous disposions de tout le nécessaire, le superflu ne serait pas de mise.

Le lendemain matin, après le départ de Pattes-de-coq, Jim annonça que la priorité était de faire le tour du ranch. La propriété était vaste, un peu plus de cent mille acres – près de deux cent cinquante kilomètres carrés. Il nous faudrait au moins une semaine pour en faire le tour à cheval. Nous chargeâmes les provisions sur un poney. Jim et Old Jake montèrent deux autres. Je pris Rustines avec Little Jim contre moi, et Rosemary grimpa avec son père.

Nous partîmes vers l'ouest jusqu'aux collines crayeuses blanc et jaune des contreforts, où nous virâmes au sud. Un vent sec et chaud traversait la vallée. Nous rencontrions des genévriers, des pins à pignons et apercevions de temps à autre, sur les pentes lointaines, une harde d'antilopes à queue blanche. Nous atteignîmes en fin d'après-midi une hauteur au pied des Coyote Mountains, d'où l'on pouvait contempler au sud les Juniper Mountains et l'escarpement du Mogollon Rim à l'est.

— De la terre en veux-tu en voilà. Mais pas une goutte d'eau, remarqua Jim.

Il y avait quelques mares d'eau croupie, de malheureuses petites cuvettes qu'on avait creusées pour capter la pluie, dont ne restaient, en cette période de sécheresse, que des nids-de-poule crevassés.

Au bout de dix jours, nous avions parcouru un grand cercle couvrant l'essentiel du ranch. Nous avions traversé nombre de ravines et de lits à sec qui devenaient des cours d'eau en périodes d'inondations. Mais pas un ruisseau, pas une source.

— Pas étonnant que les frères Camel aient jeté l'éponge, fit Jim.

Je repensai à toutes ces ravines et rigoles que nous avions rencontrées en faisant le tour du ranch. Cette terre ne verrait jamais que l'eau venue du ciel. Au cours des crues subites, des tonnes d'eau la parcouraient pour aller se perdre dans le sous-sol de la prairie. Il suffisait de trouver le moyen de piéger toute cette eau nous-mêmes.

— Ce qu'il faudrait, c'est construire un barrage, dis-je à Jim.

— Mais comment ? Il nous faudrait une armée.

J'y réfléchis et me vint une idée. J'avais lu des articles de revue sur la construction du barrage Hoover. Les articles fourmillaient de photographies d'engins de terrassement dernier cri.

— Jim, louons un bulldozer.

Au début, il ne me prit pas au sérieux, mais je décidai d'y réfléchir. Je partis en voiture pour Seligman où quelqu'un connaissait quelqu'un à Phoenix qui possédait une entreprise de construction disposant d'un bulldozer. Je finis par le trouver, et voilà : si nous étions prêts à payer, il pouvait nous expédier le bulldozer et son machiniste par le train jusqu'à Seligman. Il nous faudrait trouver un camion à plateau pour l'acheminer jusqu'au ranch. Ce ne serait pas bon marché, mais, une fois l'engin sur place, il serait capable de lever un barrage de terre de bonne dimension en quelques jours.

Jim expliqua qu'il lui fallait présenter l'idée aux investisseurs anglais. Certains d'entre eux devaient venir nous voir dans quelques semaines pour inspecter leur propriété.

Les Angliches arrivèrent par chariot après avoir pris un vapeur d'Angleterre jusqu'à New York, puis le train jusqu'à Flagstaff – un voyage de trois semaines. Ces messieurs, au débit saccadé, portaient chapeau melon et costume trois pièces. Aucun d'entre eux n'avait jamais enfilé de bottes de cow-boy ni fait claquer un fouet, mais peu nous importait. C'étaient des hommes d'affaires, pas des touristes venus jouer les cow-boys. Et puis ils étaient polis et intelligents. Aux questions qu'ils posaient on comprenait ce qu'ils savaient et ne savaient pas.

Le soir de leur arrivée, Old Jake improvisa un feu de bois et fit rôtir une épaule de bœuf. Je préparai diverses spécialités de la prairie comme du pâté de serpent à sonnette ou des « huîtres de prairie » (boisson à base d'œufs crus) pour que nos visiteurs puissent retourner à leurs clubs londoniens avec quelques anecdotes. Puis nous nous installâmes autour du feu pour déguster des tranches de pêches en conserve. Jim se roula une cigarette, et leur fit l'article.

Il n'y avait que deux choses qui comptaient vraiment pour un *rancher* : la terre et l'eau. La terre ne manquait pas, loin s'en fallait, mais il n'y avait pas assez d'eau, et, sans eau, la terre ne vaut rien.

Le plus raisonnable, c'était de construire un grand barrage pour piéger l'eau de pluie. Jim présenta mon plan de faire venir un bulldozer de Phoenix. Quand il mentionna le prix, les Anglais se regardèrent et certains haussèrent les sourcils. Puis Jim aligna la colonne de chiffres que j'avais préparée en expliquant que, sans le barrage, ils ne pourraient avoir que quelques milliers de têtes de bétail sur leurs terres ; avec le barrage, ils pourraient miser sur vingt mille, ce qui faisait cinq mille pour le marché aux bestiaux chaque année. Le barrage serait amorti en un rien de temps.

Le lendemain, la délégation partit à Seligman envoyer un câble au reste des investisseurs. Après quelques allers-retours au sujet de détails techniques, nous eûmes le feu vert. Ils nous signèrent un chèque avant de partir et, en moins de temps qu'il faut pour le dire, un semi-remorque arriva au ranch avec un grand bulldozer jaune à l'arrière. C'était le premier bulldozer qu'on voyait dans le coin, et les gens vinrent de tout le comté de Yavapai pour admirer son bruyant fonctionnement.

Profitant de la présence de ce sacré engin, nous décidâmes d'édifier des barrages partout dans le ranch. Le conducteur élargissait les bords des ravines et des lits de ruissellement, en aplanissant le fond avec de la glaise tassée tout en utilisant la terre rejetée pour construire des parois qui retiendraient l'eau des crues subites. Le plus gros des barrages, et de loin – il fallait bien cinq minutes pour en faire le tour – était celui situé devant la maison.

Quand les pluies de décembre arrivèrent, l'eau dévala dans les ravines et se déversa directement dans les mares créées par les barrages. C'était comme remplir une baignoire. Cet hiver-là fut particulièrement humide et, au printemps, il y eut près d'un mètre d'eau dans le grand étang – la plus belle étendue d'eau que je voyais depuis mon séjour au bord du lac Michigan.

Jim considérait l'étang comme la fierté de la propriété, à juste titre. Il inspectait le barrage chaque jour, mesurait la profondeur de l'eau et vérifiait les parois. En été, des gens venaient en voiture demander s'ils pouvaient s'y tremper et nous leur donnions toujours l'autorisation. Parfois, pendant les périodes de sécheresse, des voisins venaient avec des charrettes de barils pour emprunter de l'eau, comme ils disaient, même s'ils n'avaient aucun moyen de nous payer en retour. Mais nous ne les fîmes jamais payer puisque, aimait dire Jim, c'était le ciel qui nous avait donné cette eau.

On finit par appeler le barrage et son étang le barrage Big Jim, puis simplement le Big Jim. Les gens du comté mesuraient la sévérité des périodes de sécheresse à la quantité d'eau du Big Jim. « Comment va Big Jim ? » me demandait-on en ville, ou : « J'ai entendu dire que Big Jim était au plus bas. » Je savais toujours qu'il s'agissait du niveau d'eau de l'étang, pas de l'humeur de mon mari.

Le nom officiel du ranch était l'Arizona Incorporated Cattle Ranch, mais nous disions l'AIC, ou simplement le Ranch. Un nom fantaisie, disait Jim, est le signe imparable que le propriétaire ne connaît rien à l'exploitation d'un ranch.

Avec la crise économique qui perdurait, des propriétaires de ce style étaient vite éjectés de l'activité. Autrement dit, il y avait plus de vendeurs de bétail que d'acheteurs, ce qui permettait à Jim de parcourir l'Arizona pour acquérir des troupeaux entiers à des prix défiant toute concurrence. Il engagea une douzaine de cow-boys, des Mexicains et des Havasupai pour la plupart, pour conduire les bêtes au ranch et les marquer au fer rouge avant de les envoyer dans la prairie. Les travaux des vachers étaient durs, tout comme ces gars-là – des marginaux pour la plupart, des fugueurs, des mômes trop battus.

À leur arrivée, les cow-boys commencèrent par écumer la campagne pour rassembler une troupe de chevaux de prairie, qu'ils entreprirent de dresser – tant bien que mal – dans le corral à palissades. Les chevaux ruaient et faisaient des tête-à-queue comme dans un rodéo, mais ces durs à cuire se seraient fait bousiller les os plutôt que de renoncer. Eux-mêmes n'étaient jamais qu'à moitié dressés.

Je les regardais avec Rosemary.

— Pauvres chevaux, dit-elle. Ils voudraient tout simplement être libres.

— Dans cette vie, pratiquement personne ne fait ce qu'il veut, lui répondis-je.

Une fois que chacun des cow-boys eut sa petite troupe de chevaux, ils firent rentrer le bétail pour le marquer. Les gars vivaient tous dans le baraquement pour ouvriers, et je faisais à manger pour tout le monde tout en aidant au marquage. Les cow-boys avaient droit à un steak et des œufs pour le petit déjeuner, un steak et des haricots pour le repas du soir, avec du sel et de l'eau de pluie à volonté.

Je ne leur faisais pas particulièrement confiance pour ce qui est de Rosemary, qui n'avait pas le droit d'aller près du baraquement. Notre fille ressemblait elle aussi à un cheval à demi sauvage. Son plus grand plaisir était de courir dehors, dans le plus simple appareil si je l'avais laissée faire. Elle grimpait dans les cèdres, pataugeait dans l'abreuvoir des chevaux, faisait pipi dans la cour, sautait des chevrons de la grange sur les balles de foin. Elle adorait passer la journée à cheval en se tenant à son père. Les selles étaient trop lourdes pour qu'elle les soulève, aussi montait-elle à cru Jenny, une petite mule, en lui agrippant la crinière, ses orteils lui battant le haut des pattes.

Jim dit un jour à Rosemary qu'elle était si coriace que si un animal s'avisait de la mordre, il recracherait aussitôt. Des propos qui la mettaient en joie. Elle n'avait peur ni des coyotes ni des loups et avait horreur de voir un animal en cage, attaché ou enfermé.

PEU après l'arrivée du troupeau, Jim entreprit de réparer toutes les clôtures. Cela prit un mois. Il emmenait Rosemary dans le pick-up pour plusieurs jours d'affilée. Ils dormaient sur la plate-forme du camion, faisaient la cuisine sur des feux de camp et ne revenaient que pour faire le plein de provisions et de fil de fer. La petite adorait son père, qui ne s'inquiétait pas le moins du monde de ses frasques de sauvageonne. Ils se plaisaient à passer des heures en compagnie l'un de l'autre. Rosemary parlait sans cesse et Jim se contentait de hocher la tête et de sourire tout en creusant des trous, taillant des piquets et fixant le fil de fer.

— Elle s'arrête parfois de jacasser, c'te môme ? demanda un jour Old Jake.

— Elle a beaucoup à dire, répondit Jim.

Pendant leur absence, j'organisai la vie au ranch. Il y avait toujours trop à faire et je me fixai rapidement quelques règles. Entre autres, pas question de nettoyage superflu – pas de corvée de bonniche. L'Arizona est un endroit poussiéreux, mais un peu de poussière n'a jamais tué personne. Je ne faisais donc un nettoyage en grand de la maison qu'une fois tous les quelques mois.

Même chose pour les vêtements. Je refusais catégoriquement de les laver. Nous portions nos chemises jusqu'à ce qu'elles fussent sales, puis les mettions devant derrière, puis à l'envers, et encore devant derrière. Une fois qu'elles en venaient au point d'effrayer le bétail, comme disait Jim en plaisantant, j'emportais toute la pile à Seligman et payais au kilo de quoi les passer à l'étuve.

La cuisine était également basique. Pas de plats compliqués, soufflés, sauces, garnitures et autres farces. Moi, je faisais à manger. Ma spécialité, c'était les haricots. J'en avais toujours une marmite sur le poêle, qui mijotait de deux à cinq jours selon le nombre de cow-boys dans les parages. Ma recette était simple : haricots bouillis, avec du sel pour le goût.

Quand il n'y avait pas de haricots au menu, il y avait des steaks. Ma recette était tout aussi simple : frits des deux côtés, et du sel pour le goût. Ils étaient accompagnés de pommes de terre : bouillies avec la peau, du sel pour le goût. Comme dessert, il y avait des pêches en conserve dans du sirop savoureux. J'aimais faire remarquer que si ma cuisine manquait de variété, elle se rattrapait en régularité.

Un jour que du lait avait tourné et que je me sentais quelque ambition, je confectionnai du fromage blanc à la façon de ma mère quand j'étais petite. Je fis bouillir le lait fermenté en hachant les grumeaux avec un couteau. J'enveloppai le tout dans de la toile à sac pour sucre et le suspendis durant la nuit pour égoutter le petit-lait. Le lendemain, nouveau hachage, salage. Je le servis au souper. La famille apprécia tellement que tout fut avalé en un instant. Tout ce travail pour que ça disparaisse en un clin d'œil !

— Ça a été une incroyable perte de temps. Je ne ferai plus jamais la même bêtise.

Le premier hiver, nous commandâmes chez Montgomery Ward un merveilleux poste de radio ondes longues pour cinquante dollars.

— Il apporte le vingtième siècle au comté d'Yavapai, dis-je à Jim.

Comme nous n'avions pas l'électricité, nous faisions fonctionner la radio grâce à deux grosses batteries. Quand elles étaient à pleine charge, on pouvait capter les propos en français et en allemand des speakers des stations européennes. Adolf Hitler était au pouvoir en Allemagne et une guerre civile se préparait en Espagne, mais les affaires européennes ne nous préoccupaient pas spécialement. Si nous avions casqué autant de fric, c'était pour avoir la météo.

Nous nous levions avant l'aube. Jim allumait la radio tout bas et s'accroupissait près d'elle pour écouter le bulletin météo sur une station californienne. Ces prévisions, c'était une question de vie ou de mort : cela nous permettait d'anticiper le manque d'eau mais aussi les risques en cas de gros orages. Nous guettions le parcours d'un orage qui naissait à Los Angeles et se dirigeait vers l'est. Généralement, les nuages s'arrêtaient aux sommets des Rocheuses où ils déversaient l'essentiel de leur humidité, mais il arrivait qu'un orage dérivât vers le sud, et c'est alors que nous avions de grosses pluies.

Rosemary et Little Jim étaient fascinés par les orages. Quand le ciel s'assombrissait et que l'air devenait lourd, je les appelais sur la véranda et nous contemplions ensemble la tourmente traverser le ranch avec ses nuages infernaux, son tonnerre, ses éclairs éblouissants, ses nappes de pluie noire à la dérive.

Le fait de vivre dans un endroit où l'eau était si précieuse rendait ces rares moments magiques, presque miraculeux : les cieux déversaient de l'eau en abondance et la terre se ramollissait, devenait verte et luxuriante. Les gosses éprouvaient le besoin irrésistible de danser sous la pluie. Je les laissais toujours faire et parfois je me joignais à eux.

Ensuite, nous dévalions les ravines qui conduisaient au barrage Big Jim et, une fois écoulées les trombes d'eau, je permettais aux enfants de se déshabiller et d'aller nager. Ils y pataugeaient des heures en jouant aux alligators ou aux dauphins.

Les pluies arrivaient normalement en avril, août et décembre, mais lors de notre deuxième année au ranch, il n'y eut pas de pluie au mois d'avril. Ni en août ni en décembre, et l'année suivante connut une grave sécheresse.

Jim, lugubre, écoutait chaque jour le bulletin météo en espérant vainement des prévisions de pluie. Nous allions ensuite vérifier le niveau d'eau de Big Jim. Les journées étaient magnifiques, le ciel d'un bleu profond, mais tout ce beau temps nous désespérait et nous regardions le niveau d'eau baisser jusqu'à ce que le fond de Big Jim devienne visible. Puis l'eau disparut.

Dès les premiers signes, Jim avait pressenti la suite. Il avait grandi dans le désert et savait qu'une sécheresse survenait tous les dix ou quinze ans. Il avait réduit considérablement le troupeau, vendu les bœufs et les génisses pour ne garder que les bêtes vouées à la reproduction les plus robustes. Malgré tout, une fois en pleine sécheresse, il nous fallut apporter de l'eau. Jim et moi attachions le chariot Conestoga au pick-up jusqu'à Pica, une station à une trentaine de kilomètres du chemin de fer de Santa Fe où l'on acheminait de l'eau. Nous remplissions de vieux bidons de fuel avec toute l'eau que le Conestoga pouvait supporter et revenions au ranch où nous la déversions dans Big Jim.

Nous faisions le trajet deux fois par semaine, le dos quasiment bousillé à force de charger les bidons, mais nous sauvâmes le troupeau, alors que bon nombre de *ranchers* autour de nous firent faillite.

La pluie revint le mois d'août suivant. Un retour vengeur. Nous étions assis autour de la longue table de bois de la cuisine, à écouter tambouriner la pluie sur le toit. Contrairement aux autres orages, celui-ci ne cessa pas au bout d'une demi-heure. Les trombes d'eau continuèrent de tomber. Au bout d'un moment, Jim s'inquiéta au sujet de Big Jim. S'il y avait trop d'eau, les parois pouvaient céder et toute l'eau partirait.

À sa première sortie d'inspection, il revint en disant que ça tenait bon. Mais une heure plus tard, il pleuvait toujours à verse. Il vérifia à nouveau et vit que, si on ne faisait rien, le barrage céderait. Il avait un plan : il fallait sortir en plein orage et creuser des sillons dans les ravines et dans le lit du ruisseau débouchant sur le barrage, afin d'évacuer l'eau avant qu'elle ne l'atteigne. Pour creuser les sillons et le lit du ruisseau, il fallait atteler Old Buck, notre percheron, à la charrue.

Nous sortîmes sous une pluie si forte qu'avant même d'atteindre la grange, j'en étais au point où on renonce à rester sec. L'orage avait assombri la grange et nous n'arrivions pas à trouver le harnais, que personne n'avait utilisé depuis des années. Ce que nous pouvions faire, dis-je à Jim, c'était d'arrimer la charrue au pick-up. Il tiendrait la charrue et je conduirais. L'idée lui plut. Nous emmenâmes les enfants avec nous. Entre-temps, l'eau dans la cour était montée au moins jusqu'aux chevilles, et elle tombait avec une telle force qu'elle faillit renverser Rosemary. Jim la prit dans ses bras. Je suivis avec Little Jim, encore bébé, en attrapant une caisse en bois afin de l'y déposer, puis nous pataugeâmes jusqu'au Chevy.

Dans le hangar à matériel, Jim balança la charrue sur la plate-forme du pick-up. Une fois parvenus au lit du ruisseau au-dessus du barrage, nous attachâmes la charrue au Chevy et je me mis au volant, après avoir déposé Little Jim dans la caisse sur le plancher, de façon qu'il ne glisse pas trop.

Je regardai dans le rétroviseur, mais il pleuvait tellement sur le miroir que Jim, dehors, n'était qu'une ombre. Rosemary avait pour tâche de se tenir debout sur le siège en sortant la tête par la fenêtre pour que Jim lui donne la direction à prendre. Il criait tant et plus en gesticulant, mais la pluie faisait un tel raffut qu'il était difficile de comprendre ce qu'il voulait.

— M'man, j'l'entends pas.

— Fais au mieux. C'est tout ce qu'on peut faire.

Il fallait que le pick-up avance au pas, or le Chevy n'était pas conçu pour rouler si lentement et il calait et avançait par à-coups, en éjectant la charrue des mains de Jim. Finalement, je compris qu'en engageant l'embrayage, en relâchant très légèrement, puis en le réengageant, je pouvais faire avancer le camion juste quelques centimètres chaque fois, et c'est ainsi que nous parvînmes à nos fins : nous creusâmes quatre sillons de part et d'autre du lit du ruisseau, qui détournèrent l'eau du barrage.

Il pleuvait toujours à verse. Jim hissa la charrue sur la plate-forme du pick-up et grimpa à côté de moi. On aurait dit qu'il était tombé dans l'abreuvoir.

— On a fait du bon boulot, le mieux qu'on ait pu, dit-il. S'il doit céder, il cédera.

Le barrage ne céda pas.

Si notre terrain fut épargné, tout le monde ne s'en tira pas aussi bien. Les pluies emportèrent quelques ponts et plusieurs kilomètres de voie ferrée. Des *ranchers* perdirent du bétail et des dépendances. Seligman fut inondée, plusieurs maisons furent détruites.

Quelques heures après que la pluie eut cessé, le plateau devint d'un vert éclatant. Le lendemain, le ranch se couvrit d'une exposition florale spectaculaire : des pinceaux indiens pourpres, des coquelicots californiens orange, des pavots *Mariposa* blancs, des verges-d'or, des lupins bleus, des pois de senteur roses et violets. Toute cette eau avait dû réveiller des graines enterrées depuis des décennies.

Rosemary, en extase, passa des jours à ramasser des fleurs.

— Si nous avions autant d'eau tout le temps, lui dis-je, il nous faudrait faire amende honorable et donner à ce ranch un nom de blanc-bec, du style Plateau du paradis.

VI

Madame le professeur

'EAU que nous avions achetée pendant la sécheresse coûta une fortune. Mais les Anglais savaient que la gestion d'un ranch était un investissement à long terme, à condition de disposer d'un portefeuille suffisamment confortable pour permettre de résister aux temps difficiles et de s'en mettre plein les poches quand tout allait bien. En fait, ils considéraient la sécheresse, et toutes les faillites qu'elle provoquait, comme une opportunité d'achat. Et Jim acheta. Tant qu'à posséder beaucoup de terres, autant en acquérir plus encore en vue de la prochaine sécheresse. Des terres avec de l'eau en propre, cette fois. Il persuada les investisseurs d'acheter le ranch voisin, dénommé Hackberry. Celui-ci disposait d'un terrain vallonné doté d'une source vive toute l'année. Un puits profond dans une prairie permettait qu'un moulin à vent pompe l'eau destinée aux abreuvoirs.

Le projet de Jim consistait à faire migrer le troupeau alternativement entre les deux ranchs, Hackberry en hiver et le haut plateau autour de Big Jim en été. Les deux représentaient cent quatre-vingt mille acres (quelque soixante-dix mille hectares) au total. Une immense propriété – l'une des plus grandes de l'Arizona – qui permettrait, les bonnes années, d'amener dix mille têtes de bétail au marché. Au vu de tels chiffres, nos Angliches consentirent joyeusement à allonger la somme voulue pour l'achat de Hackberry.

À notre première incursion dans le ranch, j'eus carrément le coup de foudre. La maison, logée dans une dépression, était une ancienne salle de bal qu'on avait démontée, transportée sur place puis remontée, avec son superbe linoléum et des murs ornés d'inscriptions PAS DE CAME ICI et ALLEZ VOUS BATTRE DEHORS.

En parvenant au moulin à vent, je bus l'eau du puits. Elle était plus suave que la plus raffinée des liqueurs françaises. Certaines personnes, quand elles ont de la veine, disent qu'elles ont gagné le gros lot. Moi aussi, je me sentais riche, mais c'était de l'eau que j'avais gagnée. C'en était fini des jours éreintants à trimbaler des fûts le long des routes poussiéreuses.

Après l'acquisition de Hackberry, Jim prit le Chevy pour Los Angeles et revint chargé de tuyaux de plomb d'un demi-pouce de diamètre. La source se trouvait à un peu plus de un kilomètre et demi de la maison. Nous déroulâmes les tuyaux sur toute la longueur pour acheminer jusqu'à la porte de derrière une eau de source fraîche et claire.

Nous avions placé un gobelet de métal près du robinet extérieur. Rien n'égalait, au retour d'une étouffante randonnée poussiéreuse, le plaisir de se désaltérer à cette eau fraîche en gardant les dernières gouttes du gobelet pour s'asperger la tête.

Nous emmenâmes le troupeau à Hackberry à l'automne et y restâmes jusqu'au printemps. J'avais toujours aimé les couleurs vives et me décidai à aller en ville faire des emplettes. Je peignis chaque pièce du ranch d'une couleur différente – rose, bleu et jaune –, j'étalai des tapis navajos sur le sol et me procurai des rideaux de velours rouge, le tout en utilisant plusieurs bons d'achat de chez S & H (la compagnie Sperry and Hutchinson) que j'avais mis de côté au cours des années.

Rosemary appréciait les couleurs encore plus que moi. Elle manifestait déjà un certain talent artistique, expédiant de parfaits petits dessins au trait sans lever une seule fois son crayon. Nos deux enfants raffolaient de Hackberry. Plusieurs canyons encaissés descendaient des montagnes. Après la pluie, les enfants et moi nous nous précipitions sur le rebord de l'un d'eux pour regarder avec force hourras les crues subites dévaler les lits à sec en faisant trembler le sol sous nos pieds.

Depuis que nous avions emménagé au ranch, Jim et moi parlions quelquefois de l'acheter, ou du moins d'acquérir un jour un endroit à nous, mais nous étions tellement pris par le travail que cela restait du domaine du rêve. Cependant, maintenant que j'avais passé du temps à Hackberry – une terre magnifique avec de la bonne eau – j'y tenais et j'étais déterminée à transformer mon rêve en projet.

Il nous fallait de l'argent. Pas question de s'endetter une fois de plus, jurai-je, et de perdre cette terre comme nous avions perdu la maison et la station-service d'Ash Fork. Je fis nos comptes et en conclus que nous pourrions nous en tirer en dix ans. Je me mis en quête de revenus supplémentaires et nous lésinâmes sur tout.

Nous avions toujours fait preuve de frugalité – Jim faisait aussi gagner beaucoup d'argent aux Angliches, mais sou par sou, en réutilisant les clous et les vieux barbelés, en édifiant des clôtures avec de jeunes genévriers et non des poteaux du commerce. Nous ne jetions jamais rien. Mais il fallait trouver de nouveaux moyens d'économiser. Nous fabriquâmes les chaises des enfants avec des cageots d'oranges. Rosemary dessina sur de vieux sacs en papier – des deux côtés – et peignit sur de vieilles planches. Nous bûmes le café dans des boîtes de conserve auxquelles nous bricolions des anses en fil de fer.

J'inventai également toutes sortes de combines pour gagner de l'argent, certaines plus efficaces que d'autres. Je fis du porte-à-porte pour vendre des encyclopédies, sans trop de succès, vu que les journaliers du comté de Yavapai n'étaient guère portés sur la lecture. Je m'en sortais mieux en allant chez les voisins solliciter des commandes pour Montgomery Ward. Je me mis aussi à jouer au poker avec les ouvriers, mais Jim y mit le holà après que j'eus lessivé deux d'entre eux.

— Déjà que nous ne les payons pas lourd, ce n'est pas à nous de leur piquer le peu qui leur reste, dit-il.

J'ALLAIS sur mes trente-neuf ans et il me restait un rêve à accomplir. Un beau jour d'été, Jim, les enfants et moi étions montés à bord de Vieux Tacot pour rejoindre le comté de Mohave, en vue d'acquérir un taureau qui nous intéressait, quand nous passâmes devant la barrière d'un ranch près de laquelle était garé un petit avion.

Une pancarte peinte à la main sur le pare-brise indiquait LEÇONS DE PILOTAGE : 5 $.

— C'est pour moi, dis-je.

Jim avança la voiture sur la voie privée et nous nous arrêtâmes pour regarder l'avion. C'était un biplace en tandem au cockpit ouvert, dont la peinture verte était délavée, les colliers de rivets rouillés et dont l'empennage grinçait au vent.

Un type sortit de la cabane qui se trouvait derrière et s'approcha de Vieux Tacot d'un pas nonchalant. Le visage buriné, il portait des lunettes d'aviateur relevées sur le front. Il appuya l'épaule contre la fenêtre ouverte du côté de Jim :

— Vous voulez apprendre ?

Je me penchai par-dessus la boîte de vitesses.

— Pas lui. Moi.

— Waouh, dit Lunettes-d'aviateur. J'ai encore jamais appris à une femme. (Il regarda Jim.) Vous croyez que la p'tite dame pourra ?

— Pas de « p'tite dame » avec moi, rétorquai-je. Je dresse des chevaux. Je marque les bœufs. Je tiens un ranch qui fait travailler une vingtaine de cow-boys formidables, et je les bats au poker. Ce n'est pas un blanc-bec qui va me dire que je n'ai pas ce qu'il faut pour faire voler ce tas de tôle de rien du tout.

Lunettes-d'aviateur me dévisagea un instant, puis Jim lui flatta le bras.

— Personne n'a jamais gagné de pari contre elle.

— Ça ne m'étonne pas. M'dame, votre tempérament me plaît. Allons décoller.

Il m'apporta une tenue de vol avec un casque de cuir et des lunettes. Il me fit faire le tour de l'avion, m'expliqua les bases de l'aérodynamique et du vent arrière, me montra comment manœuvrer le manche du copilote. Mais Lunettes-d'aviateur n'était pas un fan de théorie et il grimpa vite à bord en me faisant monter à l'arrière.

Nous descendîmes la voie privée en cahotant avant de prendre de la vitesse. Le cahotement cessa et je ne me rendis pas compte d'emblée que nous avions décollé – c'était si fluide –, puis je vis le sol rétrécir sous nous et je sus que nous volions.

Nous décrivîmes des cercles. Les enfants couraient en tous sens en agitant frénétiquement les bras. Même Jim agitait son chapeau avec enthousiasme. Je me penchai et leur fis signe. Quand nous gagnâmes de l'altitude, je vis la prairie de l'Arizona fuir dans toutes les directions, j'aperçus l'escarpement du Mogollon Rim à l'est et, au loin, vers l'ouest, les Rocheuses. La route 66 filait comme un ruban à travers le désert. La vue de la terre qui s'étirait loin sous moi me donnait un sentiment d'immensité et de distanciation, comme si je contemplais le monde entier pour la première fois, à la façon des anges, ou du moins selon l'idée que je m'en faisais.

Lunettes-d'aviateur garda le contrôle des opérations pendant l'essentiel de la leçon, mais en maintenant la main sur le manche je fus à même de suivre la façon dont il virait sur l'aile, grimpait et plongeait. Vers la fin, il me laissa faire et, après quelques soubresauts terrifiants, je réussis à accomplir un long virage bien stable qui nous amena face au soleil.

De retour au sol, je le remerciai, le payai et lui annonçai qu'il me reverrait. En retournant à la voiture, Rosemary fit remarquer :

— Je croyais qu'il nous fallait économiser de l'argent.

— Plus important que d'économiser de l'argent, c'est d'en gagner, dis-je. Et parfois, pour gagner de l'argent, il faut en dépenser.

Je lui expliquai que si j'obtenais la licence de pilotage, je pourrais gagner de l'argent en saupoudrant les récoltes, livrer le courrier ou faire voler les gens riches.

— Cette leçon était un investissement. En moi.

Travailler comme pilote indépendant dans la région m'apparaissait une glorieuse façon de gagner ma vie, mais je savais qu'il faudrait un certain temps avant que j'obtienne ma licence, or il nous fallait de l'argent maintenant. Finalement, le meilleur moyen de nous en sortir était de remettre en service mes compétences les plus monnayables : l'enseignement. J'écrivis à Grady Gammage, le recteur de l'université de Flagstaff, qui m'avait aidée à avoir le poste de Red Lake, pour lui demander s'il avait vent d'une quelconque opportunité.

Il répondit qu'il y aurait peut-être quelque chose du côté de Main Street, dans l'Arizona Strip (la « bande » de l'Arizona), au nord du Colorado. J'y serais la bienvenue, disait-il, car Main Street était si éloigné et, franchement, si spécial, qu'aucun professeur avec un diplôme universitaire ne voulait le poste. Pour dire la vérité, ajoutait-il, les gens du coin étaient pratiquement tous des mormons polygames qui s'étaient installés dans ce trou perdu pour échapper aux tracasseries gouvernementales.

Je ne craignais ni l'éloignement ni la bizarrerie et, pour ce qui était des mormons, j'en avais épousé un. Ce n'étaient pas quelques polygames qui allaient me dissuader. Je demandai à Grady Gammage de me faire embaucher.

Le plus raisonnable était de prendre Rosemary et Little Jim avec moi. À la fin de l'été, nous chargeâmes donc Vieux Tacot qui roulait toujours, bien qu'en fin de vie, et partîmes pour l'Arizona Strip. Jim nous suivait dans le Chevy pour nous aider à nous installer.

L'Arizona Strip se trouvait au nord-ouest du comté de Mohave. C'était une contrée désolée mais très belle, avec le mica des montagnes scintillant à l'horizon des hautes prairies, ses collines de grès, ses merveilleuses sculptures façonnées par l'eau et le vent en forme d'amphores, de sabliers, de toupies ou de larmes. Le spectacle de cette pierre usée par le temps, modelée grain par grain au fil des millénaires évoquait un orfèvre divin très patient.

Main Street (Rue Principale) était une si petite bourgade qu'elle n'apparaissait pas sur la plupart des cartes. En fait, la rue principale de Main Street était son unique rue, bordée de quelques maisons délabrées, d'un bazar et de l'école flanquée du logement de fonction. Rien de luxueux : une pièce minuscule pourvue de deux fenêtres en saillie et d'un seul lit que Little Jim, Rosemary et moi allions devoir partager. Le tonneau rempli d'eau à l'extérieur de la cuisine fourmillait de têtards.

— Il suffit de la boire les dents serrées, dit Jim.

La plupart des habitants élevaient des moutons, mais la prairie souffrait de surpâturage et la misère était flagrante. Personne n'avait de voiture. Les gens conduisaient des chariots et montaient les chevaux avec une simple couverture en croupe. Certains vivaient dans des poulaillers. Les femmes portaient des bonnets à bride, les enfants venaient à l'école pieds nus et vêtus de salopettes ou de robes confectionnées dans des sacs de fourrage.

À notre arrivée, la population de Main Street se montra polie et néanmoins circonspecte. Mais quand les gens eurent appris que mon mari était le fils du grand Lot Smith, qui avait combattu les troupes fédérales aux côtés de Brigham Young et fondé Tuba City, l'atmosphère se réchauffa immédiatement.

J'avais trente élèves de tous âges, tous adorables et bien élevés. La polygamie étant de rigueur, la plupart étaient plus ou moins apparentés et parlaient de leurs « autres mères » et « doubles cousins ». Les filles étaient folles de Rosemary, qui avait alors six ans, et de Little Jim, quatre ans. Elles s'affairaient autour d'eux, les coiffaient, les habillaient et leur procuraient tous les soins maternels. Les filles étaient toutes inscrites dans le « Livre de la joie », c'est-à-dire bonnes pour le mariage en attendant que leur « oncle » décide du futur élu.

Je découvris que leurs maisons étaient essentiellement des usines à procréer, où au moins sept épouses étaient censées pondre un bébé par an.

Les filles étaient élevées dans la docilité et la soumission. Au cours des premiers mois de ma prise de fonctions, deux de mes élèves de treize ans disparurent dans des mariages arrangés.

En classe, je consacrais l'essentiel du temps aux bases de la lecture, de l'écriture et de l'arithmétique, tout en émaillant mes leçons de digressions sur la santé et l'éducation, les avantages des grandes villes, le 21ᵉ amendement[1] de la Constitution, ainsi que sur les hauts faits d'Amelia Earhart, l'aviatrice, et d'Eleanor Roosevelt. Je leur racontais comment, à leur âge, je dressais les chevaux. Je leur parlais de Chicago, de mes leçons de vol en aéroplane. Elles pouvaient toutes en faire autant, disais-je, pour peu qu'elles fassent preuve d'initiative.

Certains garçons et filles paraissaient choqués, mais bon nombre se montraient réellement intéressés.

Je n'eus pas à attendre longtemps la visite d'oncle Eli, le patriarche des polygames du coin. Il avait une longue barbe grise, des sourcils broussailleux, un nez crochu, un sourire factice et des yeux froids. Tout en devisant, il me tapotait la main en me donnant du « madame le professeur ».

Certaines mères, expliqua-t-il, lui avaient dit que leurs filles revenaient de l'école en parlant de suffragettes et de femmes qui volaient en avion. Je devais comprendre que lui et son peuple étaient venus dans la région pour se couper du reste du monde. Or j'apportais ce même monde au sein de la classe. Mon travail, poursuivit-il, consistait à leur apprendre juste assez d'arithmétique et de lecture pour tenir leur foyer et faire leur chemin selon la Bible des mormons.

— Madame le professeur, vous ne préparez pas ces filles à leur existence. Vous ne faites que les perturber et les dérouter. C'en est fini de tous ces discours matérialistes.

— Écoutez, mon oncle. Ce n'est pas pour vous que je travaille, mais pour l'État de l'Arizona. Il s'agit de donner à ces enfants une éducation, dont une partie consiste à leur faire connaître ne serait-ce qu'un peu du monde réel.

L'oncle souriait toujours.

— Si vous ne m'obéissez pas, nous vous fuirons tous comme le diable.

Le lendemain, je fis un cours plein de ferveur sur la liberté politique et religieuse, en évoquant les pays totalitaires où tout le monde devait croire en une seule chose. En Amérique, en revanche, les gens étaient libres de penser par eux-mêmes.

1. Amendement qui mit fin à la prohibition en 1933.

Ce soir-là, au moment où je sortais pour jeter l'eau de vaisselle, oncle Eli était dans la cour, les bras croisés, à me dévisager.

— B'soir, dis-je.

Il ne répondit pas. Il se contentait de me regarder, comme pour me porter malheur.

Le lendemain, alors que je préparais le dîner, je levai les yeux. Il était encore là, dans l'encadrement de la fenêtre, à me fixer sous ses sourcils en bataille, avec la même expression menaçante.

— Qu'est-ce qu'il veut, maman? demanda Rosemary.

— Oh, il espère juste me défier du regard.

Le logement de fonction n'avait pas de rideaux, mais le lendemain, j'assemblai quelques sacs de jute que je fixai aux fenêtres. Le soir venu, on frappa à la porte. C'était oncle Eli.

— Que voulez-vous?

Il se contenta de me regarder, et je refermai la porte. Les coups reprirent, lents et persistants. Je me rendis dans la pièce où nous dormions pour charger mon revolver à crosse de nacre. Oncle Eli continuait de frapper à la porte. J'ouvris et braquai le revolver sur lui.

La dernière fois que cela m'était arrivé, c'était à l'encontre de cet ivrogne d'Ash Fork qui avait traité Helen de pute quand j'avais refusé de lui vendre de l'alcool. Ce jour-là, je n'avais pas tiré, mais, cette fois, je visai juste à gauche du visage d'oncle Eli et tirai.

Quand le coup partit, oncle Eli glapit d'effroi et leva instinctivement les mains en l'air. La balle avait sifflé près de l'oreille, mais le canon était suffisamment proche du visage pour le pulvériser de suie. Il me regarda, sans voix.

— La prochaine fois, je viserai de manière à ne pas vous manquer.

Deux jours plus tard, le shérif du comté se présenta à l'école. C'était un gars de la campagne accommodant, atteint d'un goitre. Ce n'était pas tous les jours qu'il devait enquêter sur une maîtresse d'école qui avait tiré sur un vénérable polygame, et il ne savait trop comment gérer la situation.

— On a reçu une plainte, m'dame, prétendant que vous avez fait feu sur quelqu'un de la ville.

— C'était un intrus menaçant, et je nous ai défendus, mes enfants et moi. Je ne demande pas mieux que de comparaître en justice pour expliquer exactement ce qui s'est passé.

Le shérif soupira.

— Par ici, nous préférons que les gens règlent leurs différends entre eux. Mais si vous ne pouvez pas vous entendre avec ces gens-là, et vous ne seriez pas la première, vous n'allez sans doute pas faire de vieux os ici.

Je compris que ce n'était qu'une affaire de temps. Je continuai d'enseigner à Main Street, en expliquant aux filles ce qu'à mon avis elles avaient besoin de savoir sur le monde, mais on ne m'invita plus. Quelques parents retirèrent leurs enfants de l'école. Au printemps, je reçus une lettre du recteur du comté de Mohave m'expliquant que ce ne serait pas une bonne idée que je continue à faire la classe à Main Street à la rentrée d'automne.

JE me retrouvais une fois de plus au chômage, ce qui me hérissait le poil, vu que j'avais toujours agi dans l'intérêt de mes élèves. Heureusement, un poste d'institutrice se libéra pendant l'été à Peach Springs, une petite ville de la réserve walapai, à une centaine de kilomètres du ranch.

C'était payé cinquante dollars par mois, auxquels le comté ajoutait dix dollars mensuels pour un concierge à mi-temps, dix autres dollars pour un conducteur de bus et encore dix autres pour que quelqu'un fasse le repas de midi aux enfants. Je proposai de tout faire, ce qui me permettait de gagner quatre-vingts dollars par mois, dont nous pourrions économiser l'essentiel.

Le vieux car de ramassage scolaire avait rendu l'âme, aussi le comté avait-il budgétisé de quoi en acheter un autre, ou du moins de quoi transporter les enfants. Après avoir prospecté aux alentours, j'avais dégotté le parfait véhicule dans une vente de voitures d'occasion à Kingman : un corbillard bleu nuit formidablement élégant. Comme il n'avait que les sièges avant, on pouvait entasser tout un groupe d'enfants à l'arrière. Je me procurai de la peinture argentée et écrivis en grosses lettres capitales CAR SCOLAIRE sur les deux côtés.

En dépit de ma belle inscription, les gens du coin, y compris mon mari, qui avaient un esprit plutôt terre à terre, continuèrent de l'appeler le corbillard.

— Ce n'est pas un corbillard, Jim. C'est un car scolaire.

— Ce n'est pas en peignant le mot « chien » sur un cochon qu'on en fait un chien.

Il n'avait pas tort, et au bout d'un moment je me mis à l'appeler le corbillard, moi aussi.

Je me levais vers quatre heures du matin et, depuis Peach Springs, parcourais trois cents kilomètres par jour aller et retour, ramassant et déposant les enfants aux différents arrêts du district. Je me chargeais de faire la classe à toute la bande, ramenais chacun chez soi, retournais à l'école pour les tâches de concierge, puis rentrais au ranch. Je confiais la confection des repas pour cinq dollars la semaine à notre voisine, Mme Hutter, qui faisait mijoter des marmites de ragoût que je trimbalais jusqu'à l'école. Cela faisait de longues journées, mais j'adorais le travail, et l'argent s'accumula rapidement.

Rosemary avait alors sept ans et Little Jim cinq. Je les emmenais avec moi au petit matin : ils faisaient désormais partie de la classe.

Rosemary détestait avoir sa mère comme institutrice, surtout parce qu'il m'arrivait de lui donner la fessée devant les autres pour montrer que je n'avais pas de chouchou. Little Jim commençait lui aussi à donner du fil à retordre. Il avait sa part de corrections, lesquelles n'empêchaient pas longtemps mes deux lascars de faire des bêtises.

L'essentiel de la recette rejoignait nos économies ; j'en gardais tout de même un peu pour d'éventuelles leçons de pilotage.

Lors de ma deuxième année à Peach Springs, j'avais vingt-cinq élèves dans mon école à classe unique. Six d'entre eux – près du quart de la classe – étaient les enfants du shérif adjoint Johnson, un fumeur invétéré, décharné, la moustache tombante et la tête couverte d'un vieux feutre. Pour l'essentiel, j'appréciais l'adjoint Johnson. Il fermait les yeux sur les infractions mineures. Mais il pouvait vous tomber dessus si vous n'étiez pas d'accord avec lui. Au total, il avait treize enfants qui, profitant du fait que leur père appartenait à la police du comté, multipliaient les frasques : dégonfler les pneus, envoyer des pétards dans les trous des toilettes extérieures ou attacher une baby-sitter à un arbre toute la nuit.

L'un d'eux, Johnny Johnson, avait deux ans de plus que Rosemary. Il m'avait donné du fil à retordre depuis mes débuts à Peach Springs. Il avait les mains baladeuses. Un vrai petit satyre. Il avait embrassé Rosemary sur la bouche, ce que j'appris quelques jours plus tard par une autre élève. Rosemary expliqua que ça avait été dégoûtant et qu'elle ne voulait pas que ça arrive à quelqu'un d'autre. Johnny, quant à lui, traita Rosemary et l'autre élève de menteuses et de mouchardes.

Pas de quoi faire une enquête, mais je mijotais encore l'affaire deux semaines plus tard quand, pendant la classe, le petit vaurien plaqua sa main sur la robe d'une gentille petite Mexicaine du nom de Rosita. Aussi posai-je mon livre, m'approchai-je et le giflai-je proprement. Il me regarda, les yeux écarquillés, puis me rendit la gifle.

Je fus sans voix pendant une seconde. Un sourire commença à s'afficher sur le visage de Johnny. Le mioche pensait que j'avais eu mon compte. C'est alors que je le soulevai et le projetai contre le mur en faisant voler les claques. Quand il se recroquevilla sur le sol, je saisis ma règle pour lui rosser les fesses.

— Vous l'regrett'rez! criait-il. Vous l'regrett'rez!

Je n'y pris pas garde. Johnny Johnson méritait une leçon qu'il n'oublierait jamais, de celles qui ne s'écrivent pas au tableau mais qui devaient le marquer dans sa chair. Car il risquait manifestement de tourner au pauvre type comme mon premier mari. Il devait comprendre qu'on ne s'en prend pas aux filles impunément. Je continuai donc à lui infliger une correction, peut-être au-delà de ce qui était nécessaire. La vérité était que j'en éprouvais une satisfaction certaine.

Comme je m'y attendais, le shérif Johnson se pointa à l'école le lendemain.

— J'suis là pour vous dire de pas toucher à mon garçon. Compris?

— Vous régnez sur le comté, mais moi, je règne sur ma classe. Et je disciplinerai les enfants rétifs comme je l'entends. Compris?

L'adjoint Johnson ne pouvait pas me faire virer directement car on aurait eu du mal à trouver une remplaçante au milieu de l'année scolaire. Mais quelques mois plus tard, je reçus une autre de ces fichues lettres disant que mon contrat ne serait pas renouvelé. À ce stade, je ne comptais plus le nombre de fois où on m'avait licenciée. J'étais écœurée.

Quand la lettre arriva, je m'assis dans la cuisine pour réfléchir à la situation. Si c'était à refaire, j'agirais de même. Je n'étais pas dans mon tort. Il y avait des règles. J'étais une excellente institutrice, j'avais fait ce qui était nécessaire, non seulement pour Rosita mais pour Johnny Johnson, qui avait besoin qu'on lui serre la bride avant qu'il ne finisse vraiment mal. Pourtant, j'en prenais une fois de plus plein la figure, et je ne pouvais rien y faire.

Je ruminais tout cela quand Rosemary entra. Elle changea d'expression en me voyant et me caressa le bras :

— Ne pleure pas, maman. Arrête. S'il te plaît, arrête.

Je me rendis compte que les larmes me coulaient sur les joues. Je me rappelais à quel point, petite fille, j'avais été bouleversée de voir ma mère pleurer. En donnant à ma propre fille le spectacle pitoyable de ma faiblesse, j'eus le sentiment de l'avoir trahie et fus furieuse envers moi-même.

— Je ne pleure pas, dis-je. J'ai juste une poussière dans l'œil. (Je repoussai sa main.) Car je ne suis pas faible. Ne t'inquiète jamais de cela. Ta mère n'est pas une faible femme.

Sur ce, je me dirigeai vers le tas de bois et, devant Rosemary, me mis à fendre des bûches sur le billot en envoyant voler les morceaux de bois blanc à coups de hache frénétiques. Ce fut presque aussi satisfaisant que de rosser Johnny Johnson.

VII
Le jardin d'Éden

Au ranch, nous étions très isolés, car il n'y avait pas d'enfants alentour. Mais Rosemary et Little Jim se suffisaient à eux-mêmes. De fait, mes deux petits garnements étaient les meilleurs amis du monde. Après les corvées du matin, quand il n'y avait pas école, ils étaient libres de faire ce qu'ils voulaient. Ils adoraient fureter dans les communs. Ils partaient parfois au cimetière indien ramasser des pointes de flèche, ou allaient nager dans le barrage.

Ce qu'ils aimaient par-dessus tout, c'était monter à cheval. La plupart du temps, les deux enfants partaient dans la prairie à dos de Chaussettes et Flamme, deux *quarter horses* alezans. Leur passe-temps favori était de faire la course avec le train. La voie ferrée de la ligne Santa Fe passait à travers le ranch et les deux mômes guettaient tous les après-midi le quatorze heures quinze. Ils galopaient à côté du train pendant que les passagers, penchés aux fenêtres, leur faisaient signe et que le machiniste faisait siffler la locomotive jusqu'à ce que la rame finisse par les dépasser.

La vie de ranch apportait bien des joies aux enfants, mais ne pouvait suffire à les civiliser. Jim et moi avons donc décidé de les envoyer en pension. Sans compter qu'en leur absence, j'allais pouvoir décrocher ce fichu diplôme, obtenir un poste de titulaire et adhérer au syndicat. Des abrutis comme oncle Eli ou l'agent Johnson ne pourraient plus me faire virer parce qu'ils n'aimaient pas mon style.

Puisque le corbillard était maintenant dans un sale état, le comté nous le vendit pour une bouchée de pain. Nous avons fait les valises et j'ai accompagné les enfants dans le Sud, d'abord Little Jim, qui avait huit ans, à l'école de garçons de Flagstaff, puis Rosemary, qui en avait neuf, à l'école de filles catholique de Prescott. De la voiture, je vis une sœur la conduire par la main au dortoir. Sur le seuil, Rosemary se retourna vers moi, les joues couvertes de larmes.

— Sois courageuse ! criai-je.

J'avais un bon souvenir de mon séjour au même âge chez les sœurs de Lorette et j'étais sûre qu'une fois passé le mal du pays Rosemary irait bien.

— Certains enfants feraient n'importe quoi pour avoir ta chance ! ai-je hurlé. Penses-y.

À Phoenix, je trouvai une chambre sans confort dans une pension et m'inscrivis à deux fois plus de cours que les autres étudiants. En passant dix-huit heures par jour à étudier, je devais pouvoir obtenir mes examens en deux ans. Des étudiants s'étonnaient du boulot que j'abattais, mais pour moi, c'étaient des vacances. Au lieu des corvées du ranch, de soigner le bétail malade, de trimbaler les écoliers çà et là, de lessiver le plancher de l'école et d'affronter des parents agressifs, je n'avais qu'à étudier le monde et à m'ouvrir l'esprit.

Rosemary et Little Jim ne partageaient pas mon enthousiasme pour la vie scolaire. En fait, ils détestaient cela. Little Jim n'arrêtait pas de fuguer, escaladait les barrières, se glissait par les fenêtres, utilisait même des draps noués les uns aux autres pour s'enfuir des étages. Il jouait si bien la fille de l'air que les jésuites l'appelèrent le petit Houdini.

Mais les pères avaient l'habitude des campagnards rétifs et ne voyaient en Little Jim qu'un petit garnement de plus. En revanche, les professeurs de Rosemary la considéraient comme une asociale. La plupart des filles de l'école privée étaient des créatures pudiques et délicates. Rosemary, quant à elle, jouait avec son couteau de poche, poussait la tyrolienne dans le chœur de la chapelle, faisait pipi dans la cour et enfermait des scorpions dans un bocal sous son lit. Ce comportement, qui semblait normal au ranch, paraissait franchement bizarre ici : les sœurs la cataloguèrent enfant sauvage.

Rosemary m'envoyait de petites lettres tristes. Les cours de danse et de piano lui plaisaient, mais elle avait en horreur les leçons de maintien. Et puis les sœurs trouvaient toujours à redire à ce qu'elle faisait. Elle chantait trop fort, dansait avec trop d'exubérance, prenait la parole sans la demander. Elle était en butte aux sarcasmes des autres écolières qui l'appelaient « la péquenaude », « la plouc », « la fille de paysan », et quand Jim fit don de cinquante livres de bœuf séché à l'école, elles refusèrent avec mépris de manger cette « viande de cow-boy ». Les sœurs durent mettre le tout à la poubelle.

Rosemary ne se laissait pas faire. Un soir, me disait-elle dans une lettre, alors qu'elle faisait la vaisselle, une camarade la plaisanta à propos de son père :

— Ton papa se prend sans doute pour John Wayne.

— Comparé à mon papa, John Wayne n'est qu'une femmelette, répliqua-t-elle en plongeant la tête de la fille dans l'eau de vaisselle.

« Bien joué, ma belle », pensai-je en lisant sa lettre. Elle tient au moins un peu de sa mère après tout.

Le ranch lui manquait, écrivait-elle. Elle regrettait les chevaux et le bétail, les étangs et les collines, son frère, sa maman et son papa.

En décembre, les Japonais bombardèrent Pearl Harbor et tout le monde, à l'école, se mit à vivre dans la crainte. Les sœurs bouchèrent les fenêtres avec des couvertures pour respecter le black-out. Rosemary avait la sensation de ne plus pouvoir respirer.

Sois forte : c'était la seule chose que je trouvais à lui répondre. Sois courageuse.

Je lui corrigeais aussi les fautes de grammaire en lui retournant ses lettres. Pas question de lui faire une faveur en laissant passer la moindre faute.

Vers la fin de sa première année dans cette école, je reçus une lettre de la mère supérieure expliquant qu'il vaudrait mieux qu'elle ne revienne pas l'année suivante. Ses notes étaient mauvaises et sa conduite perturbait la classe. Je fis passer des tests à Rosemary durant l'été et, comme je m'y attendais, ils furent excellents. J'écrivis à la supérieure en témoignant de l'intelligence de Rosemary et en plaidant pour une deuxième chance. Elle accepta avec réticence, mais les notes et la conduite de ma fille empirèrent la deuxième année. À la fin de celle-ci, la décision de la directrice fut irrévocable. Rosemary n'était pas faite pour l'école. Et Little Jim ne s'en sortait guère mieux.

Après avoir obtenu mon diplôme universitaire, je les ramenai tous deux au ranch. Les mômes étaient si heureux qu'ils partirent embrasser tout le monde – les cow-boys, les chevaux, les arbres. Puis ils sellèrent Flamme et Chaussettes et partirent par les champs au grand galop, en poussant des hurlements de bandits.

Grâce à mon diplôme, je trouvai un poste à Big Sandy, une autre petite bourgade avec école à classe unique, où j'inscrivis mes enfants. Rosemary était aux anges de ne pas retourner chez les sœurs.

— Quand je serai grande, me dit-elle, tout ce que je veux, c'est vivre au ranch et être une artiste. C'est mon rêve.

MA mère était morte pendant que je faisais mes études à Phoenix. D'une septicémie due à ses mauvaises dents, qui était survenue si rapidement que je n'avais pas eu le temps de revenir à KC avant son dernier souffle.

L'été qui suivit ma première année à Big Sandy, je reçus un télégramme de mon père. Après la mort de sa femme, Buster et Dorothy l'avaient placé dans une maison de retraite à Tucson. Il déclinait à toute allure, m'écrivait-il, et voulait se retrouver en famille.

— Tu as toujours été mon meilleur assistant. S'il te plaît, viens me chercher.

Ce fut un long voyage. Le gouvernement avait rationné l'essence et nous n'avions pas assez de tickets pour une telle distance. Il n'était pourtant pas question de laisser mon père mourir dans une ville inconnue.

On était en plein été, un de ces jours brûlants de l'Arizona qui chauffait à blanc le toit du corbillard. Nous prîmes la route du Sud avec Rosemary.

Nous parvînmes à Tucson le lendemain. La maison de retraite de papa ne disposait que de quelques chambres. C'était une pension délabrée dirigée par une femme.

— Pas pu tirer un mot de votre papa depuis qu'il est ici, dit-elle en nous conduisant à sa chambre.

Il était couché sur le dos au milieu du lit, le drap remonté jusqu'au menton. Cela faisait quelques années que je ne l'avais pas vu. Il n'allait pas fort. Il était maigre, les yeux profondément enfoncés dans les orbites. Sa voix était rauque mais je le comprenais, comme toujours.

— Je suis venue pour te ramener à la maison.

— Impossible. Je suis trop malade pour bouger.

Je me suis assise sur le bord du lit, et Rosemary à côté de moi lui a pris la main. J'étais fière qu'elle fasse bonne figure devant l'état du vieil homme. En sa présence, elle était à la hauteur de la situation. Les sœurs pouvaient penser ce qu'elles voulaient, la môme avait une cervelle, une colonne vertébrale et un cœur.

— Je vais sans doute mourir ici, mais je ne veux pas être enterré ici. Promets-moi de ramener mon corps à KC.

— Je te le promets.

Papa a souri.

— J'ai toujours pu compter sur toi.

Il est mort cette nuit-là. On aurait dit qu'il avait tenu jusqu'à mon arrivée et, sachant qu'il serait enterré au ranch, qu'il pouvait cesser de s'inquiéter et se laisser aller.

Nous avons enterré papa dans le petit cimetière au mur de pierre, près de tous ceux qui étaient morts sur le ranch. À sa demande, il reposait avec son Stetson à cent dollars, celui au bandeau duquel étaient attachées les écailles de deux serpents à sonnette qu'il avait tués lui-même. Il avait voulu que nous utilisions l'écriture phonétique sur sa pierre tombale, mais nous nous en dispensâmes, estimant que les gens penseraient que nous ne savions pas écrire.

La mort de papa ne m'affecta pas autant que celle d'Helen. Il avait finalement eu la longue vie de son choix. Il n'avait pas tiré la meilleure carte mais il l'avait jouée au mieux. Il n'y avait donc pas de quoi se lamenter sur son sort.

Il avait légué le ranch KC à Buster en me laissant la propriété de Salt Draw. Mais en fouillant dans ses papiers, ce qui ne fut pas une mince affaire, je découvris qu'il devait des milliers de dollars d'impôts fonciers pour le domaine du Texas.

Sur le chemin du retour à Seligman, je réfléchis au choix qui se présentait. Fallait-il vendre la terre pour payer l'impôt ? Ou la garder en prenant sur l'argent que nous avions mis de côté pour acheter Hackberry ?

DE retour au ranch, j'ai consulté Jim au sujet du terrain du Texas occidental. Jim était indécis, mais, allez savoir pourquoi, je me mis en tête de garder la propriété que mon père avait colonisée.

— C'est une parcelle très ingrate, dit Jim.

Selon lui, il serait difficile d'élever un troupeau sur cent soixante acres et le paiement des impôts ferait un gros trou dans le fonds prévu pour acheter Hackberry.

— On risque de ne jamais pouvoir acheter Hackberry, dis-je. Or cette terre, c'est du sûr. Je suis une joueuse, mais intelligente, et le joueur intelligent mise toujours sur ce qui est sûr.

Nous avons payé l'impôt foncier et sommes devenus d'authentiques hobereaux du Texas.

L'ÉTÉ qui suivit, je reçus une lettre de Clarice Pearl, une huile du ministère de l'Éducation de l'Arizona. Elle voulait mener une enquête sur les conditions de vie des enfants havasupai, dont les familles vivaient dans une partie reculée du Grand Canyon. Elle serait accompagnée d'une infirmière travaillant pour les Affaires indiennes afin de vérifier si les enfants bénéficiaient d'une hygiène satisfaisante. Elle me demandait de les conduire en voiture jusqu'au canyon et de trouver des chevaux et un guide pour parvenir jusqu'au village havasupai par la longue piste.

Fidel Hanna, un jeune journalier havasupai qui avait tapé dans l'œil de Rosemary, âgée de treize ans maintenant, vivait dans la réserve quand il ne travaillait pas au ranch. Je lui demandai donc d'organiser l'expédition. Il se mit à rire et secoua la tête quand je lui expliquai pourquoi la directrice en chef et l'infirmière faisaient le voyage.

Je pris le corbillard et partis pour Williams, Rosemary à mes côtés, afin de récupérer à la gare Mlle Pearl et l'infirmière, Marion Finch. Toutes deux étaient corpulentes, la bouche en cul-de-poule. Je reconnaissais le genre, des âmes charitables inflexibles prêtes à brandir de grands principes en vous faisant savoir que vous ne leur arrivez pas à la cheville.

Nous roulâmes vers le nord, et au bout de deux heures, nous atteignîmes Hilltop, un endroit isolé au bord du canyon, d'où la piste pour chevaux descendait vers le village. Pas le moindre signe de Fidel Hanna. Nous restâmes là à écouter le vent, à côté du corbillard. Mes deux passagères étaient manifestement écœurées du manque de fiabilité des barbares censés les assister. Soudain, une bande de jeunes cavaliers indiens, à moitié nus et le visage peint, remontèrent la piste au galop et nous entourèrent en poussant des cris et en brandissant des lances. Mlle Pearl devint livide et Mlle Finch se mit à hurler en se protégeant la tête.

Entre-temps, j'avais reconnu Fidel Hanna sous les peintures de guerre du meneur.

— Fidel, qu'est-ce qui te prend ?

Il s'est avancé en souriant.

— Ne vous inquiétez pas. Nous n'allons pas scalper ces dames blanches. Elles ont les cheveux trop courts !

Fidel et les autres jeunes Havasupai furent pris d'un fou rire à tomber de cheval. Rosemary et moi ne pûmes nous empêcher de glousser, à la grande indignation de mes passagères.

— Votre place est en maison de redressement, déclara Mlle Pearl.

Fidel désigna trois de ses amis, qui sautèrent de leur monture pour partager celles des autres.

— Voici vos chevaux, nous dit-il. (Puis il tendit la main à Rosemary :) Tu peux monter avec moi.

Il la hissa derrière lui et, avant que j'aie pu dire quoi que ce fût, ils dévalèrent tous deux la piste au galop.

Sur nos chevaux, Mlle Pearl, Mlle Finch et moi suivîmes au pas. La piste menant au village faisait une douzaine de kilomètres. Il nous fallut presque la journée pour la parcourir.

Au bout de quelques heures, nous arrivâmes à un endroit où de l'eau claire et fraîche jaillissait d'une source artésienne, là où le paysage caillouteux du lit supérieur du canyon laissait place à la verdure luxuriante.

Rosemary, Fidel et ses amis nous attendaient près du ruisseau. Leurs chevaux étaient en train de brouter.

Nous poursuivîmes notre chemin tous ensemble. Le cours d'eau, alimenté par de nouvelles sources, gagnait en force et en taille au fur et à mesure du trajet pour, finalement, s'écouler en plusieurs petites cascades.

Nous continuâmes jusqu'à parvenir à un endroit à couper le souffle. De toute ma vie, je n'avais rien vu d'aussi impressionnant. La rivière courait par une brèche de la falaise et tombait en cascade à trois cents mètres en contrebas dans un étang turquoise. Le bleu-gris vivifiant de l'eau provenait du calcaire qui filtrait des sources souterraines ; de la brume s'en dégageait.

Nous arrivâmes au village havasupai au milieu de l'après-midi. C'était un hameau de huttes de torchis où la rivière se déversait dans le fleuve Colorado. Des enfants tout nus pataugeaient dans l'eau. Nous mîmes tous pied à terre ; Fidel et ses amis plongèrent dans la mare la plus grande.

— Maman, puis-je aller me baigner, moi aussi ? demanda Rosemary qui sautillait d'impatience d'un pied sur l'autre.

— Tu n'as pas de maillot de bain.

— Je peux nager en sous-vêtements.

— Certainement pas, interrompit Mlle Pearl. C'était déjà peu convenable de votre part de monter à cheval derrière cet Indien.

Fidel nous montra la hutte réservée aux hôtes. Elle était étroite, mais nous pouvions tenir à quatre allongées sur la natte posée à même la terre battue. Mlle Pearl et Mlle Finch, fatiguées, voulurent se reposer, mais Rosemary et moi avions encore de l'énergie. Nous suivîmes Fidel qui se proposait de nous montrer la vallée.

Il nous trouva des chevaux frais et nous partîmes pour la visite. Des falaises de grès rouge de Coconino et de calcaire rose de Kaibab s'élevaient à pic des deux côtés de la rivière. L'étroite plaine alluviale était verte et fertile. Nous dépassâmes des rangs de maïs aux plants espacés. Fidel nous montra deux colonnes rocheuses de couleur rouge se dressant au-dessus de la falaise. Ce sont les Wigleeva, dit-il. Elles protègent la tribu. On disait que tout Havasupai qui partirait pour de bon serait transformé en pierre.

— Cet endroit ressemble au paradis, fit Rosemary. Encore plus que le ranch. Je pourrais vivre ici pour toujours.

— Seuls les Havasupai vivent ici, remarqua Fidel.

— J'en deviendrai une.

— Ce n'est pas possible, dis-je. Il faut être née havasupai.

— Eh bien, intervint Fidel, les anciens disent effectivement que les Anglos ne peuvent pas se marier avec un membre de la tribu, mais, à ce que je sache, personne n'a jamais vraiment essayé. Après tout, tu pourrais être la première.

L E lendemain, Mlle Finch fit passer des examens médicaux aux enfants pendant que Mlle Pearl discutait de leur éducation avec les parents, en ayant parfois recours à Fidel comme interprète. Le village disposait d'une école à classe unique, mais, de temps en temps, au fil des ans, l'État considérait que les enfants havasupai étaient mal éduqués. Il faisait alors une descente pour les rassembler et les envoyer dans un pensionnat, que les parents le veuillent ou non. Ils y apprenaient l'anglais et on les formait aux métiers de brancardier, de concierge ou de standardiste.

Après avoir passé la matinée à servir d'interprète, Fidel s'assit près de moi et de Rosemary.

— Vous, les Blancs, vous croyez venir au secours de ces enfants. Mais ils finissent tout simplement par être inadaptés aussi bien à la vallée qu'au monde extérieur. Croyez-moi. On m'a envoyé dans cette école.

— Eh bien, au moins, quand tu es parti, tu ne t'es pas transformé en pierre, intervint Rosemary.

— Ce qui se transforme en pierre est à l'intérieur de toi.

Dans l'après-midi, je fis le tour du village en compagnie de Rosemary. Elle continuait de me harceler au sujet de la baignade. Manifestement, elle se voyait vraiment vivre ici.

— Maman, c'est le jardin d'Éden, ne cessait-elle de dire.

— N'idéalise pas ce mode de vie. Je suis née dans une maison de torchis et on s'en lasse très rapidement.

Le soir, nous nous couchâmes tôt. Un brouhaha me réveilla en pleine nuit. Rosemary, toute ruisselante, se tenait devant la hutte, enveloppée d'une couverture. Mlle Pearl la secouait par un bras en braillant qu'elle s'était levée pour prendre l'air, avait entendu des rires et surpris Rosemary, Fidel et quelques autres jeunes Indiens en train de nager tout nus dans l'étang éclairé par la lune.

— Je n'étais pas nue! s'écria Rosemary. J'étais en sous-vêtements.

— Comme si ça faisait une différence, répliqua Mlle Pearl. Ces garçons pouvaient vous *voir*.

Ce que j'entendais me mit en rage. Je ne pouvais pas croire que Rosemary l'ait fait. Je voyais que Mlle Pearl était scandalisée non seulement par Rosemary mais par moi. Elle pouvait tout aussi bien décider que je ne faisais pas l'affaire comme enseignante.

Cela dit, j'étais également furieuse contre Rosemary. Je dormais à côté de ma fille toutes les nuits pour la protéger. Je pensais lui avoir appris que les jeunes gens peuvent être dangereux, que des situations apparemment innocentes peuvent tourner à l'aigre. En outre, elle m'avait carrément désobéi.

Je l'attrapai par les cheveux, la poussai dans la hutte et la jetai à terre en lui infligeant une raclée avec ma ceinture. Quelque chose de sombre s'empara de moi, de si sombre que cela m'effraya. Cependant, je continuai de frapper ma fille, qui se débattait sur le sol en geignant, jusqu'à ce que j'aie le sentiment écœurant d'être allée trop loin. Puis je laissai tomber la ceinture et sortis devant Mlle Pearl et Mlle Finch pour m'enfoncer dans la nuit.

Le lendemain, nous mîmes un temps fou à remonter la piste jusqu'au bord du canyon. Chaque fois que je me tournais vers Rosemary, elle baissait les yeux.

De retour au ranch ce soir-là, je me mis au lit avec elle en voulant l'entourer de mon bras, mais elle me repoussa.

— Je sais que tu es en colère contre moi, mais tu avais besoin de cette correction. Il n'y avait pas d'autre moyen de te donner une leçon. Crois-tu l'avoir apprise ?

Allongée sur le côté, Rosemary regardait le mur. Elle garda le silence une minute puis déclara :

— Tout ce que j'ai appris, c'est que lorsque j'aurai des enfants, je ne les battrai jamais.

Ce voyage au jardin d'Éden s'était mal terminé pour quasiment tout le monde. Après avoir raconté ce qui s'était passé à Jim, je me mis d'accord avec lui. Pas question de reprendre Fidel Hanna au ranch. Ce n'était qu'une décision de principe, car Fidel s'engagea dans l'armée.

Il devint tireur d'élite, on l'envoya combattre dans les îles du Pacifique, mais la guerre finit par le déséquilibrer et il fut réexpédié chez lui souffrant d'un syndrome commotionnel. Peu après son retour, il perdit les pédales et terrorisa un village hopi en tirant des coups de feu, mais personne ne fut tué. Quand Fidel fut libéré de la prison d'État de Florence, il retourna à la vallée, mais les Havasupai lui interdirent de s'installer dans le village car il avait apporté la honte dans la tribu. Il devint un paria, vivant seul dans un coin solitaire de la réserve. Au bout du compte, il s'était transformé en pierre.

APRÈS cette histoire avec Fidel Hanna, je me dis que le ranch n'était pas l'endroit indiqué pour mon adolescente de fille. J'écrivis à la mère supérieure de l'académie de Prescott, en lui assurant que Rosemary avait acquis de la maturité et qu'elle était impatiente de revenir au pensionnat.

Rosemary n'était pas d'accord, mais nous l'expédiâmes là-bas à nouveau. Elle nous avait à peine quittés que nous reçûmes des lettres où elle se plaignait du mal du pays, ainsi que des bulletins de notes exécrables. J'étais franchement exaspérée par ma fille, mais aussi par les sœurs qui, à mon avis, auraient dû faire preuve d'un peu plus d'indulgence envers une rêveuse de quatorze ans.

C'est à ce moment-là que nous eûmes un sujet de préoccupation bien plus sérieux.

Les Angliches nous envoyèrent une lettre où ils nous annonçaient qu'avec la guerre ils allaient vendre le ranch pour investir leur argent dans l'industrie de l'armement. Si nous étions capables de réunir un groupe d'investisseurs, ils pourraient considérer notre offre, mais pour l'heure, le ranch était mis sur le marché.

Jim et moi avions engrangé tout ce que nous pouvions et notre bas de laine était considérable, mais nous étions loin d'avoir de quoi acheter Hackberry, sans parler de toute la propriété. Jim envisagea avec des *ranchers* du voisinage différentes formes de partenariat. Il prit également rendez-vous avec quelques banquiers, mais la vérité, c'est qu'avec la guerre, pratiquement personne n'avait d'argent. Les gens économisaient sur les vêtements et vivaient de leurs jardins potagers.

Du moins la plupart.

En janvier, en fin de matinée, une grosse voiture noire s'arrêta devant la maison du ranch. Trois hommes en sortirent. Le premier portait un costume sombre, le deuxième une saharienne et des guêtres de cuir, le troisième un grand Stetson et des bottes en peau de serpent. Costume se présenta comme l'avocat des Anglos. Guêtres était un metteur en scène connu pour ses westerns, intéressé par l'achat du ranch. Bottes était un cow-boy de rodéo que Guêtres avait engagé pour des petits rôles.

Guêtres, un grassouillet rougeaud à la barbe grisonnante, faisait partie de ces personnes qui se comportent comme si leurs moindres paroles, y compris la remarque la plus triviale, étaient d'un profond intérêt. Dès qu'il ouvrait la bouche, il jetait un coup d'œil à Costume et à Bottes, qui lâchaient un rire approbateur ou opinaient du bonnet avec componction.

Jim et moi leur fîmes visiter le ranch. Guêtres et Bottes s'échangeaient des idées sur la façon d'améliorer les lieux. Ils allaient construire une piste d'atterrissage pour venir en avion de Hollywood. Installer un groupe électrogène à essence et équiper la maison de l'air conditionné. Et peut-être même faire construire une piscine. Ils doubleraient la taille du troupeau et élèveraient des palominos. Manifestement, Bottes était le cow-boy de pacotille qui en avait mis plein la vue à Guêtres avec le jargon d'équitation et les exhibitions de lasso, sans rien connaître à l'exploitation d'un ranch.

Au milieu de la visite, Guêtres s'arrêta et s'adressa à Jim comme s'il le voyait pour la première fois.

— Donc, c'est vous le gérant ?

— Oui, monsieur.

— C'est drôle, vous n'avez pas l'air d'un cow-boy.

Jim portait sa tenue ordinaire : une chemise à manches longues, des jeans sales à revers et des bottes de travail à bouts ronds. Il me regarda en haussant les épaules.

Guêtres, les mains sur les hanches, examinait les dépendances patinées par le temps.

— Et ça ne ressemble pas à un ranch.

— Pourtant, c'en est bien un, fit Jim.

— Mais ça n'en donne pas l'impression. Il en manque la magie. Il va falloir insuffler de la magie. (Puis se tournant vers Bottes :) Tu sais ce que je vois ? Je vois tout ça en pin noueux.

Et ce fut le cas. Après l'acquisition des lieux, Guêtres fit abattre la maison pour construire une résidence luxueuse aux poutres apparentes et aux murs de pin noueux vernissé. Puis il fit démolir le baraquement des ouvriers pour le remplacer par un nouveau en pin noueux assorti. Il rebaptisa la propriété Showtime Ranch. Fidèle à sa promesse, il fit construire une piste d'atterrissage et doubla la taille du troupeau.

Guêtres licencia Jim et Old Jake. Trop vieux et trop ringards. Il lui fallait des gens qui l'aident à insuffler de la magie. Puis il renvoya tous les ouvriers du ranch, des Mexicains et des Indiens pour la plupart, car ils ne ressemblaient pas à des cow-boys. Il engagea Bottes pour tenir la propriété et fit venir des gars d'un circuit de rodéo, qui arboraient de nouveaux jeans serrés et des chemises brodées aux boutons-pression en nacre.

Cela faisait onze ans que nous vivions au ranch, et nous étions amoureux des lieux.

Nous connaissions les moindres recoins de ces cent quatre-vingt mille acres. Nous respections cette terre. Nous ne gâchions jamais l'eau et n'épuisions pas les pâturages, contrairement à nos voisins. Nous avions été de bons régisseurs.

Nous avions toujours su, bien sûr, que l'endroit ne nous appartenait pas, mais nous ne pouvions nous empêcher de le considérer comme le nôtre.

— Bref, on me met à la casse, me dit Jim après que Guêtres lui eut annoncé la nouvelle.

— Tu sais bien que tu es le meilleur dans ta partie, lui dis-je.

— J'ai juste l'impression qu'on n'a plus besoin de ce que je fais.

— Nous ne nous sommes jamais apitoyés sur notre sort auparavant. Nous n'allons pas commencer maintenant. Faisons nos bagages.

Nous avions nos économies et n'étions donc pas pris à la gorge. Je décidai de partir pour Phoenix et de tout recommencer. L'Arizona était en train de changer, l'argent affluait. La ville avait l'air de décoller.

Quand je téléphonai à Rosemary pour lui dire que nous allions quitter le ranch, elle piqua sa crise.

— C'est pas possible, maman. C'est tout ce que j'ai connu. C'est en moi.

— C'est derrière toi, maintenant, ma chérie.

Little Jim était lui aussi furieux et déclara qu'il refuserait tout simplement de partir.

— Cela ne dépend ni de nous ni de toi. On nous vire.

Comme l'élevage allait faire partie de notre passé, je voulus me débarrasser de tout ce qui allait avec. Nous vendîmes tous les chevaux à Guêtres, sauf Rustines qui allait sur ses trente ans. Je la confiai aux Havasupai.

Je gardai toutefois la tenue d'équitation anglaise et la paire de bottes que je portais le jour où j'étais tombée de Diable rouge et où j'avais rencontré Jim, mais uniquement pour cette raison. Tout notre bien tenait à l'arrière du corbillard. Un beau jour de printemps, nous chargeâmes les bagages et descendîmes l'allée. Rosemary était encore à l'internat, elle ne reviendrait jamais au ranch. Little Jim, qui était assis entre Jim et moi, se retourna pour un dernier coup d'œil.

— Le passé est le passé. Tu n'y peux rien, dis-je.

VIII
Phoenix

Jim décida d'inaugurer notre existence à Phoenix par une folie.

— Dis-moi ce qui t'a toujours fait envie.

— De nouvelles ratiches, ai-je répondu immédiatement.

Cela faisait des années que je souffrais de caries, mais on ne fréquentait pas les dentistes sur le plateau du Colorado. Quand on avait une rage de dents, on s'arrachait soi-même cette saloperie avec une pince. J'avais aussi un espace entre mes deux premières incisives qui commençaient à se gâter sur les bords. J'essayais de colmater la brèche avec un morceau de cire de bougie, mais quand il tombait, je dois admettre que c'était plutôt effrayant. Les dents de Jim ne valaient pas mieux.

— Toi aussi, tu devrais t'offrir un dentier.

Jim sourit.

— Deux râteliers. C'est exactement ce qu'il nous faut pour un bon départ ici.

Nous trouvâmes un jeune dentiste sympathique qui, avec force piqûres de novocaïne, nous arracha nos dents pourries et nous adapta un appareil sur les gencives. Du jour au lendemain, j'eus l'impression d'avoir un sourire de star de cinéma et Jim parut avoir trente ans de moins. Nous parcourûmes la ville en gratifiant nos nouveaux voisins de sourires éclatants.

Nous nous achetâmes également une maison sur la 3e Rue Nord. C'était un grand bâtiment ancien, aux hautes fenêtres et robustes portes en bois avec des murs d'adobe. Nous finîmes par mettre à la casse ce malheureux corbillard et achetâmes une Kaiser bordeaux, un nouveau type de berline fabriquée en Californie. J'étais fière de la maison et de la voiture, mais pas autant que de mes nouvelles dents. De temps en temps, quand j'en parlais à quelqu'un au restaurant ou ailleurs, je ne pouvais m'empêcher de retirer mon dentier et de le montrer pour prouver que c'était du vrai de vrai.

Au début, je trouvais Phoenix formidable. La maison était située au centre-ville et nous pouvions aller à pied au cinéma ou faire les magasins. Après toutes ces années à s'asseoir sur des cageots d'oranges et à boire son café dans des boîtes de conserve, je partis acheter une salle à manger en acajou sculpté et un service de porcelaine de Bavière. Pour la première fois de notre existence, nous avions le téléphone.

Little Jim, toutefois, détesta Phoenix dès le début.

— On s'y sent enfermé, malheureux, disait-il.

Et quand Rosemary prit congé de l'internat pour nous rejoindre en ville, elle fit le même constat. Tous deux exécraient le noir du bitume et le gris du ciment.

— On ne voit même pas le sol. Tout est recouvert de pavés et de trottoirs, se plaignait Rosemary.

— Mais songe aux avantages. Nous prenons nos repas dans les cafétérias. Les toilettes sont à l'intérieur.

— Et alors ? Au ranch, il suffisait de se baisser pour pisser dès qu'on avait envie.

Elle ajoutait que la vie à Phoenix lui faisait douter de la religion.

— J'ai prié tous les jours pour revenir au ranch. Ou bien Dieu n'existe pas, ou bien il ne m'entend pas.

— Bien sûr qu'Il existe et qu'Il t'entend. Mais Il a le droit de te dire non.

Je commençai à m'inquiéter des effets de Phoenix sur ma fille. Elle se fichait pas mal des installations sanitaires, remettait en cause l'existence de Dieu et prit même un air très gêné le lendemain quand, dans un snack-bar, je retirai mon dentier pour le montrer à la serveuse.

Sans vouloir le reconnaître devant les enfants, je commençai moi aussi au bout de quelques mois à me sentir claquemurée. La circulation me rendait folle. Dans le comté de Yavapai, on conduisait où on voulait, à la vitesse de son choix. Ici, il y avait toutes sortes de panneaux ordonnant ou interdisant ceci ou cela.

Rien ne m'avait donné un tel sentiment de liberté que de voler en avion, je décidai donc de reprendre des leçons. L'aéroport comprenait une école de pilotage, mais quand je m'y présentai, l'employé me tendit une liasse de formulaires en se mettant à jacasser sur les examens de vision, les visites médicales, les créneaux horaires de décollage et les zones d'exclusion aérienne. Je compris que ces gens de la ville avaient compartimenté et découpé le ciel comme ils l'avaient fait pour le plancher des vaches.

Phoenix avait tout de même un atout : il y avait bien plus d'emplois disponibles que dans le comté de Yavapai. Jim se fit embaucher comme gérant d'un entrepôt de pièces détachées aéronautiques et j'obtins un poste de professeur dans un lycée de Phoenix sud.

Pourtant, je me mis à me tracasser constamment. Nous nous étions acheté une radio que nous pouvions écouter toute la journée. Au début, ça me paraissait magnifique, mais cela supposait d'écouter les nouvelles du jour, avec systématiquement un crime en ville. Arnaques, cambriolages, viols, coups de poignard, meurtres par balles.

Je gardais donc mon revolver à crosse de nacre sous mon lit. Je veillais chaque soir à verrouiller les portes, ce que nous n'avions jamais fait au ranch.

— Maman, tu deviens une éternelle inquiète, disait Rosemary.

Elle avait raison. Au ranch, nous nous inquiétions à propos du temps, du bétail et des chevaux, jamais à notre propre sujet. À Phoenix, les gens passaient leur temps à avoir peur pour eux-mêmes.

Les bombes étaient également un sujet d'inquiétude. Tous les samedis, à midi, on testait la sirène annonçant les raids aériens. Son hurlement assourdissant traversait toute la ville. Rosemary ne supportait pas la sirène et s'enfouissait la tête sous un oreiller.

— Ce bruit me tape sur les nerfs, disait-elle.

— C'est pour ton bien.

— Ça sert surtout à me faire peur.

Un jour d'août que nous descendions toutes deux la rue Van Buren, nous sommes passées devant une vitrine où des badauds contemplaient bouche bée une machine automatique à faire des beignets. Au kiosque juste à côté, alors que je jetais un coup d'œil aux gros titres, j'appris qu'une bombe atomique était tombée sur Hiroshima. J'achetai le journal en tentant d'expliquer à Rosemary ce qui était arrivé. Elle ne parvenait pas à croire qu'une seule bombe ait pu anéantir une ville entière, pas seulement les militaires mais aussi les vieux, les femmes et les enfants, sans parler des chiens, chats, oiseaux, tout ce qui vivait.

— Les pauvres, les malheureuses créatures, répétait-elle en sanglotant.

Elle trouva aussi scandaleux que des Américains puissent se pâmer devant une machine à beignets quand tant d'atroces souffrances s'abattaient de l'autre côté du monde.

L'HUMEUR de Rosemary se dégrada encore plus à l'automne. Nous l'avions inscrite à Sainte-Marie, une école catholique à quelques blocs de chez nous, et les sœurs passèrent quelques bobines d'actualités sur la dévastation d'Hiroshima et de Nagasaki. Les scènes d'immeubles effondrés, de cadavres consumés, de bébés déformés par les radiations lui donnèrent des cauchemars. Je lui demandai d'arrêter de parler d'Hiroshima, pour ne plus y penser. Elle cessa d'en parler, mais un jour, je découvris sous le lit un classeur plein de dessins d'animaux et d'enfants. Ils avaient tous les yeux bridés et des ailes d'ange.

Rosemary se mit à dessiner et à peindre plus frénétiquement que jamais. Autant que je pouvais le savoir, c'était son seul talent. Ses notes étaient désastreuses.

— Qu'est-ce qu'on va faire de toi ?

— Je ne m'inquiète pas pour moi, me répondit-elle. Et ce n'est pas plus aux autres de le faire.

Ce que voulait vraiment Rosemary, c'était être artiste peintre.

— Les artistes ne gagnent jamais d'argent, lui dis-je, et généralement deviennent fous.

Elle me fit remarquer que Charlie Russell et Frederic Remington s'étaient tous deux enrichis à peindre des scènes de western.

— La peinture est un moyen formidable de gagner de l'argent, m'expliqua-t-elle. Pour le prix d'un bout de toile et de quelques couleurs, on peut créer un tableau valant des milliers de dollars.

Finalement, je lui fis prendre des leçons chez Ernestine, une artiste peintre portant un béret, juste au cas où on n'aurait pas deviné à son accent que c'était une Frog – une Française.

Ernestine enseigna à Rosemary que le blanc n'est pas vraiment blanc, le noir pas vraiment noir, que chacune des couleurs contient d'autres couleurs, que chaque trait comprend plus d'un trait. Elle lui dit aussi qu'il fallait aimer autant les mauvaises herbes que les fleurs car tout sur la planète a sa beauté intrinsèque ; c'est à l'artiste de la découvrir.

Pour moi, tout cela était de la foutaise, mais Rosemary gobait tout.

— Tu sais ce qu'il y a de plus formidable dans la peinture? me demanda-t-elle un jour.

— Non. C'est quoi?

— Si quelque chose dans le monde ne te plaît pas, tu peins un tableau qui le rend comme tu le souhaites.

Au fil des leçons d'Ernestine, les tableaux de Rosemary s'éloignaient de plus en plus de ses modèles pour approcher ses sentiments du moment. C'est à peu près à cette époque qu'elle se mit à écrire son prénom Rose Mary, car elle trouvait que cela donnait une plus jolie signature. Je continuais de rappeler à Rosemary que la peinture était une option aléatoire, que la plupart des femmes devaient encore choisir entre le métier d'infirmière, de secrétaire et d'enseignante.

Le paradoxe, c'est que pour la première fois de mon existence, au moment même où je tenais ce discours à Rosemary, je ne prenais plus plaisir à mon travail. J'enseignais les maths et l'anglais dans un grand lycée. Bon nombre d'enfants venaient de familles huppées, portaient des vêtements coûteux et refusaient de m'obéir s'ils n'en avaient pas envie. C'était aussi la première fois que je n'étais pas livrée à moi-même dans une école à classe unique. Je devais rendre des comptes à un directeur et à d'autres professeurs, remplir des formulaires, assister à des conseils de classe.

Il y avait plus de règles pour les professeurs que pour les élèves. Un jour que j'ouvrais mon sac dans la salle des professeurs, l'une de mes collègues vit mon petit pistolet et en fit une crise.

— C'est une arme à feu! fit-elle d'une voix pantelante.

— À peine, fis-je. Ce n'est qu'un 22 long rifle.

Elle fit un rapport au directeur, qui m'avertit que si je revenais avec une arme à l'école, je serais virée.

JIM ne se plaignait jamais, mais je voyais que son travail l'irritait autant que le mien. Il s'ennuyait. Il y avait de quoi! Ce grand type large d'épaules, assis gauchement derrière un petit bureau de métal, devait passer son temps à faire l'inventaire et à regarder les ouvriers mexicains mettre les pièces détachées d'un avion dans des caisses. Jim n'avait rien de l'employé de bureau.

La vérité, c'est que le grand air lui manquait. La sueur, la poussière, la chaleur du ranch. La vie de *rancher* vous forçait à étudier le ciel et la terre chaque jour, afin d'anticiper les intentions de la nature.

Tout cela lui manquait. À l'arrivée de l'automne, il nota que les oiseaux migraient vers le sud plus tôt que d'habitude, que les écureuils emmagasinaient plus de noisettes et que leur queue était plus fournie.

— L'hiver va être rude, dit-il.

Tous les signes concordaient. Il espérait que d'autres gens les décryptaient, eux aussi.

Et l'hiver fut rude. Il arriva tôt et, de mémoire d'habitants, ce fut la première fois qu'il neigea en janvier à Phoenix. Au ranch, ce blizzard aurait incité à l'action, nous aurait contraints à aller ramasser du bois, rentrer les chevaux, faire les foins dans la prairie.

En ville, nous n'avions qu'à monter le radiateur et à écouter le chuintement des tuyaux.

La neige continua de tomber. Le lendemain, le gouverneur proclama à la radio l'état d'urgence. On ferma les écoles et la plupart des entreprises. La garde nationale fut réquisitionnée pour porter secours aux personnes bloquées dans les parties reculées de l'État. Jim espérait que Bottes et Guêtres savaient ce qu'ils faisaient. Il espérait qu'on avait fait descendre tout le bétail du plateau dans la prairie d'hiver et que les ouvriers avaient cassé la glace des mares.

— La première chose à faire est de casser la glace. Les bêtes meurent de soif avant de mourir de faim.

Au troisième jour de la tempête, quelqu'un frappa à la porte. C'était un homme du département de l'Agriculture de l'Arizona. Le bétail mourait à travers tout l'État, dit-il. Les *ranchers* avaient besoin d'aide, et le nom qui revenait tout le temps était Jim Smith. Ils avaient eu du mal à le retrouver, mais on avait besoin de lui.

Jim jeta quelques vêtements chauds dans son vieux sac militaire, attrapa son chapeau et fut dehors en moins de cinq minutes.

En toute priorité, Jim organisa des largages de foin. Il fit remplir un avion-cargo de grosses balles de fourrage et ils décollèrent dans la tempête. En atteignant la prairie, l'équipage envoya les balles par l'arrière de la soute et regarda le foin chuter dans la neige et rebondir sur le sol.

Les routes étant impraticables, Jim demanda au gouvernement un petit avion et un pilote pour parcourir l'État et atterrir près des maisons de ranch isolées. Il expliquait quoi faire aux fermiers. Il faut casser la glace des mares, disait-il, et couper les fils de fer des clôtures. Laissez le bétail errer. Les bêtes ont besoin de bouger pour maintenir la circulation sanguine, et elles iront instinctivement vers le sud. Laissez les différents troupeaux s'agglutiner pour se réchauffer. Plus tard, il sera temps de les trier selon les marques.

Il y avait un ranch en haut des collines où il était impossible de poser l'avion. Jim n'avait jamais mis de parachute auparavant, et encore moins sauté.

— Compte jusqu'à dix, tire sur la corde et saute, dit le pilote.

Jim s'exécuta.

La tempête avait cessé mais la température restait glaciale quand Jim parvint au ranch Showtime. Il vit que personne n'avait cassé la glace sur Big Jim. Des carcasses de bêtes gelées étaient dispersées le long de l'étang. En entrant dans la maison, il trouva Bottes et les nouveaux ouvriers assis autour du luxueux poêle au propane de Guêtres, les pieds surélevés en train de boire du café.

Le premier crétin venu peut gérer un ranch quand tout va bien. On ne découvre les vrais *ranchers* qu'en cas de cataclysme. Pour ma part, je serais rentrée volontiers dans le lard de cet imbécile de Bottes et des autres corniauds, mais ce n'était pas le style de Jim. Il les contraignit toutefois à se bouger les fesses pour aller couper les barbelés, casser la glace et commencer à faire mouvoir le bétail.

Des milliers de bêtes mortes, dures comme le roc, jonchaient la neige et s'empilaient le long de la clôture sud. Certaines avaient survécu, mais étaient si faibles qu'elles ne parvenaient pas à marcher. Aussi Jim fit-il apporter par les hommes du foin et de l'eau pour les nourrir à la main. Il leur frictionna les pattes et les aida à se remettre debout. Il savait qu'elles vivraient s'il parvenait à les faire bouger.

Jim était parti deux semaines. Pendant tout ce temps, je ne savais ni où il était ni comment il allait ; ce furent les plus longues semaines de ma vie. À son retour, il avait perdu dix kilos et son visage comme ses mains étaient à vif. Cela faisait des jours qu'il n'avait pas dormi. Mais il était heureux. Il ne s'était pas senti aussi utile depuis qu'il avait quitté le ranch. C'était à nouveau Big Jim.

Quelques jours après son retour, il reçut un coup de fil de Guêtres. Celui-ci était désormais si impressionné par la façon dont Jim avait sauvé ce qui restait du troupeau de Showtime qu'il lui proposa de reprendre son ancien emploi de régisseur. Il nous construirait même notre propre cabane de gardiens en bois de pin noueux.

Jim et moi nous concertâmes pour tomber immédiatement d'accord. Très peu pour nous. Auparavant, c'était nous qui gérions le ranch et prenions toutes les décisions. La tempête avait quelque peu mortifié Guêtres, mais il avait toujours en tête l'idée saugrenue de faire de Showtime un endroit à la mode. Jim ne voulait pas se plier à ses fantaisies ni perdre du temps à discuter ses idées absurdes. Quant à moi, il n'était pas question de vivre dans une cabane de gardiens, même en pin noueux, à attendre que le propriétaire se pointe en avion avec ses amis d'Hollywood, ni de trimbaler ces gommeux dans des randonnées à cheval. J'avais déjà été domestique. Une fois suffisait.

Cependant, plus le temps passait, plus je me demandais si ce n'était pas le moment de quitter Phoenix.

— Peut-être qu'on se sent un peu cloîtrés, dans cette ville. Peut-être que ça nous rend tous un peu cinglés, dit Jim.

— On devrait peut-être partir, alors.

— Peut-être bien, oui.

— Alors, c'est décidé.

— Il ne reste plus qu'à chercher un endroit où s'installer.

IX
LE PILOTE DE L'ARMÉE DE L'AIR

HORSE MESA était un trou perdu, un vulgaire campement construit pour les hommes qui travaillaient sur le barrage des environs. Ce barrage, qui retenait les eaux de la Salt River, formait le lac Apache et alimentait Phoenix en électricité. Treize familles seulement vivaient à Horse Mesa, mais elles avaient des enfants qui avaient besoin d'un enseignant. J'obtins le poste cet été-là.

Nous échangeâmes notre Kaiser californienne, belle mais peu fiable, contre une bonne vieille Ford fabriquée à Detroit. Puis, un jour de juillet, nous entassâmes nos valises dans le coffre et nous nous dirigeâmes vers l'est. Depuis la localité d'Apache Junction, nous rejoignîmes Tortilla Flats, où finissait la route goudronnée. Là, nous suivîmes l'Apache Trail (la piste apache), un chemin de terre sinueux montant à travers les Superstition Mountains qui, à mon avis, étaient encore plus pittoresques que le Grand Canyon.

Au bout de quelques kilomètres, nous parvînmes à un chemin

encore plus étroit serpentant vers le nord sur une ligne de crête, avant de descendre à pic sous des surplombs ou de contourner d'autres formations rocheuses irréelles. Jim, au volant, avançait au ralenti en serrant le flanc de la montagne, car il n'y avait pas de barrière de sécurité du côté de la pente abrupte ; la moindre erreur pouvait nous envoyer dans le précipice. On avait baptisé la route Agnes Weeps (les Larmes d'Agnès), du nom de la première institutrice de l'école qui avait fondu en larmes au vu de ce chemin périlleux et à l'idée de l'isolement de son lieu de destination. Mais dès les premiers regards, j'adorai cette route. J'y voyais un escalier en colimaçon me permettant de fuir les embouteillages, les bureaucrates, les sirènes annonçant les raids aériens et les portes verrouillées de l'existence en ville. Selon Jim, on aurait dû rebaptiser la route « La chanson de Lily ».

Nous avons suivi Agnes Weeps jusqu'au bas du canyon, pris un virage pour déboucher sur un lac d'un bleu profond entouré de falaises de grès rouge. De l'autre côté d'un petit pont, perché sur l'une des falaises donnant sur le lac, on distinguait Horse Mesa. Ce n'était qu'une bourgade de maisons de stuc, totalement isolée – à cet égard, Agnes avait raison. Un camion y acheminait des vivres deux fois par semaine. Il y avait un seul téléphone, au foyer municipal.

Nous avons tous été enchantés de nous retrouver à Horse Mesa. C'était l'été, et nos adolescents passaient leur temps au lac à plonger des falaises dans l'eau fraîche. La rivière et le lac attiraient toutes sortes d'animaux. Nous vîmes des mouflons, des ratons laveurs et des *chuckwallas* – les iguanes du désert.

Jim trouva du travail comme transporteur de gravier au bureau de l'Aménagement du territoire : il rebouchait les nids-de-poule et reconstituait les fossés de drainage érodés tout au long de l'Apache Trail. Le boulot lui plaisait. Il conduisait un puissant véhicule, avait son autonomie et travaillait en plein air.

Quant à moi, j'étais à nouveau dans mon élément : une école à classe unique, sans bureaucrates à face de poisson à qui rendre des comptes. J'enseignais à mes élèves ce qu'ils avaient besoin de savoir.

L'école de Horse Mesa n'allait que jusqu'en classe de quatrième, aussi, pour la troisième fois, il fallut envoyer les enfants dans un internat. Nous inscrivîmes Rosemary à Saint-Joseph, un petit lycée huppé de Tucson. Je savais qu'une bonne partie des élèves venaient de familles riches, aussi lui fis-je un cadeau avant son départ.

— Des perles ! s'exclama Rosemary. Ça a dû coûter une fortune.

— Je les ai eues avec des bons d'achat de chez S & H. Ce ne sont que des fausses.

Je lui racontai mes démêlés avec mon premier mari.

— Ce salaud m'avait offert une fausse bague. Mais j'ai cru pendant des années qu'elle était authentique et me suis comportée comme si elle l'était. Du coup, tout le monde a fait comme moi. (Je lui attachai le collier autour du cou.) L'important, c'est que tu gardes la tête haute. On n'y verra que du feu.

Les enfants au loin, la vie à Horse Mesa s'est installée dans une paisible routine. Cela tenait en partie au décor. On avait l'impression de vivre dans une cathédrale naturelle. Chaque matin, au réveil, on baissait les yeux sur le lac bleu pour les lever sur les falaises de grès – ces strates impressionnantes de roches rouges et jaunes qui se transformaient temporairement en cascades après les pluies torrentielles. Au cours d'une averse diluvienne, j'en décomptai vingt-sept.

Chose importante, tout le monde s'entendait bien à Horse Mesa. On n'avait pas le choix. Nous dépendions les uns des autres et personne ne pouvait s'offrir le luxe de querelles. Personne ne se plaignait ni ne se livrait à des commérages. Le soir, pendant que les enfants jouaient, les adultes se promenaient et se rendaient visite. Personne n'avait beaucoup d'argent, ce qui nous épargnait les sujets de conversation des gens riches. Nous parlions de ce qui nous intéressait – la météo, le niveau du lac, la fuite du puma que quelqu'un avait aperçu le long de Fish Creek. Un citadin aurait pu croire que nous n'avions pas grand-chose à faire, mais aucun d'entre nous ne le ressentait ainsi. Cette routine contribuait à la sérénité de notre petit hameau à flanc de falaise.

APRÈS avoir terminé leurs études secondaires, Rosemary et Little Jim revinrent en Arizona. Avec son bon mètre quatre-vingts et ses quelque quatre-vingt-dix kilos, Little Jim était désormais plus imposant que Big Jim. Il faisait partie de l'équipe universitaire de football américain et engloutissait la moitié d'un paquet de céréales chaque matin. Mais ce n'était pas exactement un étudiant modèle. En première année de fac, il fit la connaissance de Diane, une beauté aux lèvres pulpeuses dont le père était un gros bonnet au service postal de Phoenix. Ils se marièrent, et Jim laissa tomber la fac pour entrer dans la police.

Un compte de réglé, me dis-je, à l'autre maintenant[1].

J'avais le sentiment d'être parvenue à un certain modus vivendi avec Rosemary. Nous nous étions mises d'accord pour qu'elle puisse prendre des cours de peinture à l'université à condition qu'elle poursuive ses études pour devenir enseignante et obtienne son diplôme. Après la guerre, les jeunes hommes avaient afflué en Arizona et Rosemary était très sollicitée. De fait, plusieurs l'avaient demandée en mariage. Je lui disais de tenir le coup. Elle n'était pas encore prête. Cela dit, j'avais mon idée sur le type d'homme qu'il lui fallait – un point d'ancrage. Ma fille avait toujours un côté instable. Un homme solide à ses côtés lui permettrait de s'assagir, de devenir institutrice, d'élever deux enfants tout en faisant un peu de peinture à côté.

Ce n'était pas les hommes forts qui manquaient dans les environs – des hommes comme son père – et je savais que je pouvais lui trouver le bon.

L'ÉTÉ qui suivit sa troisième année de fac, Rosemary partit en voiture avec des amies à Fish Creek Canyon[2] où elles voulaient se baigner. Elle revint un jour à la maison avec quelque chose d'amusant à nous raconter, disait-elle. Un groupe de jeunes pilotes de l'armée de l'air étaient venus voir le canyon. Quand elle avait plongé des falaises, l'un d'eux avait été si impressionné qu'il avait sauté dans la rivière derrière elle pour lui annoncer qu'il allait l'épouser.

— Je lui ai répondu que vingt et un hommes avaient déjà demandé ma main et que j'avais refusé, dit-elle. Qu'est-ce qui lui faisait penser que je lui dirais oui? Il ne me demandait pas en mariage, a-t-il rétorqué, il me disait simplement que nous *allions* nous marier.

Quelqu'un d'un tel cran, me dis-je, était soit un leader-né, soit un arnaqueur.

— De quoi a-t-il l'air? demandai-je.

---

1. *One down, and one to go.* Allusion au film de propagande de 1945, *Two Down, One to Go*, où le général Marshall expliquait qu'après avoir réglé son compte à l'Allemagne nazie et à l'Italie de Mussolini, il fallait vaincre le Japon si l'on voulait gagner la guerre.
2. Un long canyon pittoresque descendant des Superstition Mountains pour rejoindre au nord-ouest la Salt River juste en aval du lac Apache.

Rosemary réfléchit un instant comme pour se faire une opinion.

— Il est intéressant, dit-elle. Différent. Une chose tout de même, ce n'était pas un très bon nageur, mais il n'a pas hésité à sauter.

Le nom du sauteur était Rex Walls. Il avait grandi en Virginie-Occidentale et était en poste à la base de Luke Air Force. Rosemary revint de son premier rendez-vous galant en gloussant littéralement d'allégresse.

Ils s'étaient retrouvés dans un restaurant mexicain de Tempe. Quand un type avait voulu flirter avec elle, Rex avait déclenché une bagarre générale. Il s'était esquivé avec elle, main dans la main, avant l'arrivée des flics.

— Il a appelé ça lever le camp, dit-elle.

« Juste ce qu'il lui fallait, me dis-je. Un trublion. »

— Ça promet, fis-je remarquer.

Rosemary ignora le sarcasme.

— Il m'a parlé toute la soirée. Il a toutes sortes de projets. Et puis, il s'intéresse à mon art. Il m'a même demandé de lui montrer des tableaux.

Le week-end suivant, Rex vint à Horse Mesa voir la peinture de Rosemary. C'était un grand type élancé aux yeux noirs rapprochés, au sourire espiègle. Il avait des manières courtoises : il ôta sa casquette d'aviateur, donna une vigoureuse poignée de main à Jim et me serra la mienne délicatement.

— Je vois à qui Rosemary doit sa beauté, dit-il.

— Vous au moins, vous savez étaler la sauce, répondis-je du tac au tac.

Rex releva la tête en arrière et se mit à rire.

— Et maintenant, je sais aussi à qui Rosemary doit son aplomb.

— Je ne suis qu'une vieille maîtresse d'école respectable. Cela dit, j'ai des ratiches magnifiques.

Je retirai mon dentier et le brandis devant son nez. Rosemary était mortifiée.

— Maman !

Mais Rex se remit à rire.

— Elles sont magnifiques, ces dents, mais, de ce côté-là, j'ai de quoi vous damer le pion.

Et de retirer à son tour son dentier. Il expliqua que sa voiture, quand il avait dix-sept ans, avait heurté un arbre.

— La voiture s'est arrêtée, mais pas moi.

Décidément, ce gaillard n'était pas ordinaire. Un type qui rigolait à propos d'un accident qui lui avait brisé toutes les dents ne pouvait pas être totalement mauvais.

Rosemary avait apporté certains de ses tableaux – des paysages du désert, des fleurs, des chats, des portraits de Jim – que Rex soulevait l'un après l'autre en vantant outrageusement la composition originale, l'éclat des couleurs, la finesse de la technique, et j'en passe. Pour ma part, autant de conneries, mais Rosemary gobait tout.

— Pourquoi ne les accrochez-vous pas aux murs ? demanda Rex.

Dans le salon, nous avions deux gravures représentant des paysages forestiers que j'avais achetées parce que le bleu du ciel correspondait exactement au bleu du tapis. En se passant de notre permission, Rex les enleva pour les remplacer par deux tableaux de Rosemary dont ni l'un ni l'autre n'avait de bleu.

— Voilà, dit-il. À la place qu'ils méritent.

— Ils sont jolis, dis-je, mais ils ne vont pas avec le tapis. J'ai mis un temps fou à trouver des reproductions avec la bonne nuance de bleu.

— Au diable l'assortiment, rétorqua Rex. Il faut mélanger, de temps en temps. (Il désigna mes gravures :) Ce ne sont que des reproductions. (Puis montrant les tableaux de Rosemary il ajouta :) Là, ce sont des originaux, et pas seulement. De sacrés chefs-d'œuvre.

Rosemary rayonnait de plaisir.

À la fin de l'été, Rex et Rosemary se voyaient régulièrement. Je ne savais pas si du côté de ma fille c'était sérieux, mais ce fichu Rex se montrait persévérant. Je lisais dans ce type comme dans un livre. Il était charmant, comme la plupart des arnaqueurs, car il faut bien qu'ils gagnent votre confiance avant de vous blouser. Ce Rex n'était jamais à court d'un bon mot, pouvait parler de tout, vous tartinait des compliments comme de la confiture, pourtant, on ne pouvait ni lui faire confiance ni l'envoyer balader.

Il avait aussi toutes sortes de grands projets portant sur de nouvelles sources d'énergie – solaire, thermale, éolienne. Pour Jim, c'était du baratin.

— Si l'on pouvait atteler de l'air chaud à ce moulin à paroles, on approvisionnerait en électricité tout Phoenix.

Je ne décourageais pas franchement Rosemary de s'engager plus avant, car je n'avais plus les moyens de m'imposer à cette jeune femme obstinée, mais je tentais toutefois de lui montrer qu'il n'était pas forcément le compagnon idéal à long terme.

— Ce n'est pas franchement un roc.

— Je ne tiens pas à me marier avec un roc, répondit-elle.

Ce qu'elle aimait chez Rex, m'expliqua-t-elle, c'est qu'en sa compagnie il se passait toujours quelque chose. Il adorait s'entretenir avec de parfaits étrangers, agir sur une lubie, faire des surprises ou monter des canulars. Un jour, il introduisit en douce un petit tableau de Rosemary dans un musée de Phoenix, l'accrocha à un emplacement vide, puis invita ma fille à visiter le musée. Elle fut au comble de l'étonnement – ou du ravissement – quand Rex la conduisit devant la toile et, feignant la surprise, déclara :

— T'as vu ça ? Le meilleur tableau de tout ce fichu bâtiment.

Un samedi matin d'automne, cette année-là, alors que Rosemary, ayant terminé la fac, était chez nous, Rex se présenta à Horse Mesa. Il portait des bottes et un chapeau de cow-boy. Rosemary, Jim et moi finissions notre bouillie de céréales à la table de la cuisine. Je demandai à Rex s'il voulait que je le lui prépare un bol.

— Non merci, m'dame. J'ai prévu une journée bien remplie et je ne veux pas me charger l'estomac.

— C'est quoi, votre projet ?

— Eh bien, vous vous y connaissez en chevaux, tous autant que vous êtes. Comme j'vais épouser votre fille, ici présente, j'veux vous montrer, même si je n'ai jamais enfourché de cheval, que j'suis capable de monter. Je vais m'dégotter un canasson dans la journée, et si vous acceptiez de donner quelques tuyaux au plouc que j'suis, j'en serais très honoré.

Jim et moi échangeâmes un regard. Ce type n'allait pas nous lâcher. Ce faisant, Rosemary déclara que les Crebbs, qui vivaient dans un ranch au pied des montagnes, possédaient plusieurs *quarter horses* qu'ils nous laisseraient monter volontiers. Nous enfilâmes donc nos bottes et partîmes tous dans la Ford chez les Crebbs.

Les chevaux étaient dans le corral et nous pouvions les seller, nous dit Ray Crebbs. Comme cela faisait deux mois qu'on ne les avait pas montés, ils se montreraient peut-être un peu rétifs. Nous en choisîmes quatre.

Rosemary, qui voulait toujours le cheval le plus fougueux, choisit un petit bai tout fringant. Pour Rex, j'avais jeté mon dévolu sur un hongre bien tranquille, mais il ne voulait pour rien au monde monter un cheval castré. Je lui attribuai donc la jument que je m'étais choisie, même si elle semblait un peu timorée et pas très fiable.

Nous montâmes en selle et rejoignîmes le corral. Rosemary et Jim partirent au trot échauffer leur monture pendant que je restais au milieu pour donner quelques conseils à Rex. Le pauvre gars y mettait de la bonne volonté, mais on voyait d'emblée qu'il n'avait pas la manière. Il forçait trop. Il était tendu et se penchait en avant, avec tout son poids sur les épaules. Je lui demandai de se relaxer, de s'enfoncer sur la selle et d'arrêter de fanfaronner.

Au lieu de quoi, il n'arrêtait pas de jacasser, affirmant que monter à cheval c'était du gâteau, qu'il se marrait bien et qu'il allait mettre à l'épreuve cette vieille rosse.

— Comment la faire passer en seconde? demanda-t-il.

— Vous devez d'abord apprendre à maintenir vos fesses en selle.

Au bout d'un moment, je le laissai partir au trot, mais il continuait de sautiller sur son siège et de faire tressauter l'étrivière. Malgré tout, il ne voulut pas descendre avant d'avoir galopé : selon lui, on ne pouvait prétendre être monté à cheval avant d'avoir essayé.

— Si tu veux qu'elle parte au galop, donne-lui un coup d'éperon! cria Rosemary.

Ce qu'il fit sans ménagement. Le cheval démarra, sans toutefois atteindre le galop. Il se figurait sans doute que ce n'était pas une bonne idée avec un cavalier mal équilibré. Rex fut néanmoins surpris et se mit à hurler « holà! » en tirant sur les rênes. Tout ce bruit et cette agitation fichèrent la trouille à la malheureuse jument qui, du coup, décolla.

Le cheval galopait selon un grand cercle autour du corral. Moi, je hurlais à Rex de se tenir en arrière et de s'agripper à la crinière, mais il n'entendait plus rien. Il continuait de secouer les rênes et de hurler sur le cheval qui se contentait d'appuyer sur le mors et de foncer.

Jim et Rosemary se garèrent à toute vitesse au centre du corral pour ne pas se trouver sur son chemin. La jument avait déjà parcouru quelques circuits sans ralentir l'allure; j'avais bien l'impression que Rex allait s'envoler. Je voyais également aux yeux de la jument qu'elle n'était qu'effrayée, pas en colère, ce qui signifiait qu'elle voulait s'arrêter mais avait besoin d'un signal.

Je sautai de mon cheval et vins à pied sur son parcours. J'étais prête à plonger sur le côté au cas où elle ne s'arrêterait pas. À son approche, je levai lentement les bras en la regardant dans les yeux, et lui dis d'une voix douce :

— Holà !

Elle s'arrêta juste devant moi.

En fait, elle s'arrêta si brusquement que Rex fut projeté vers l'avant, s'accrocha à son cou un instant, puis roula à terre.

Rosemary glissa de sa monture et se précipita.

— Ça va ? s'écria-t-elle.

— Y a pas de mal, dis-je. Juste un peu de panique.

Rex se remit sur pied et épousseta ses jeans. Je voyais qu'il était secoué, mais il prit une profonde inspiration et se passa la main dans les cheveux. Puis un grand sourire éclaira son visage.

— J'ai trouvé le champignon, dit-il. Il me suffit maintenant de trouver le frein.

Il insista pour remonter en selle – un bon point pour lui – et nous partîmes pour une agréable petite balade dans la propriété des Crebbs. Nous revînmes à Horse Mesa en fin d'après-midi. Je fis réchauffer des haricots puis, après le dîner, je proposai une partie de poker.

— C'est une proposition à laquelle vous ne m'entendrez jamais dire non, dit-il. J'ai une bouteille de gnôle dans la voiture. Ça vous dirait, un verre ou deux ?

Rex apporta la bouteille, Jim sortit les verres – y compris un pour lui, par politesse –, et nous nous installâmes tous autour de la table de la cuisine. Rex versa à chacun deux doigts de whisky. Je faisais la donne. Le meilleur moyen de se faire une idée de la personnalité d'un homme est de le regarder jouer au poker. Les uns jouent en s'accrochant à ce qu'ils ont, les autres pour s'en mettre plein les poches. Certains ont purement et simplement le goût du jeu, d'autres savent calculer les risques et les limiter. Il y a ceux qui aiment compter et ceux qui misent sur la psychologie.

Rosemary, par exemple, était une joueuse de poker exécrable. J'avais beau lui expliquer les règles, elle posait toujours des questions qui révélaient sa main. À peine avais-je distribué les cartes qu'elle regarda les siennes et demanda :

— Est-ce qu'une quinte l'emporte sur un flush ?

— Tu ne gagneras jamais si tu te trahis comme ça, dis-je.

— Gagner n'est pas si marrant que ça. Si tu gagnes tout le temps, personne ne veut jouer avec toi.

Je préférai ne pas répondre.

Au fur et à mesure du déroulement du jeu, je voyais que Rex était un bon joueur. Pour lui, il ne s'agissait pas de lire les cartes de l'adversaire, mais l'adversaire lui-même. Et, de prime abord, il semblait savoir exactement quand se retirer ou au contraire augmenter la mise.

Il gardait sa bouteille de gnôle sous le coude. Jim et Rosemary n'avaient pas touché à leur whisky et je n'avais pris que quelques gorgées. Rex, lui, remplissait constamment son verre. Au fil de la soirée, il se mit à jouer avec trop de superbe, en bluffant trop, pariant trop, perdant des cagnottes qu'il n'aurait jamais dû essayer de remporter et s'emportant contre ses cartes quand elles l'abandonnaient.

Au bout d'un moment, il cessa de se remplir des verres et but directement à la bouteille. C'est là que je sus que je pouvais le plumer. J'attendis d'avoir une main solide – un full, trois huit et deux quatre –, puis je lui laissai croire qu'il pouvait enchérir sur moi, mais je ne le suivis jamais et il se retrouva sérieusement à découvert avant même de s'en rendre compte.

J'étalai mes cartes sur la table. Rex les étudia, se rembrunit et jeta ses propres cartes retournées dans le pot. Au bout de quelques secondes, il se mit à rire.

— Eh bien, Lily, vous, contrairement au hongre, vous en avez une sacrée paire.

Rosemary gloussa. Elle paraissait apprécier l'effronterie de son amoureux à mon égard.

Jim regarda Rex en levant les sourcils.

— Un peu de tenue, le pilote.

— Y a pas d'offense, camarade. C'était un compliment, que je faisais à la dame.

Jim haussa les épaules.

— Elle a raflé la paie d'un bon nombre d'ouvriers du ranch de la même façon, ajouta-t-il.

Rex tendit la main vers la bouteille, qui était vide.

— Je suppose qu'on l'a descendue, dit-il.

— *Vous* l'avez descendue, rétorquai-je.

— Nous avons peut-être assez joué, conclut Rosemary.

Rex acquiesça. Il reposa la bouteille sur la table et se leva en titubant.

— Vous êtes ivre, dis-je.

— Juste une petite cuite. Je crois que je vais m'en aller.

— Vous ne pouvez pas conduire dans cet état.

— Je suis en pleine forme. Je conduis tout le temps comme ça.

— Vous pouvez dormir dans le garage, proposa Jim.

— J'ai dit que j'étais en pleine forme, répéta Rex en cherchant ses clefs dans ses poches.

— Écoutez, espèce de crétin aviné. Vous être trop soûl pour conduire, et je ne vous le permettrai pas.

Rex appuya ses deux poings sur la table.

— Chère madame, sachez que Rex Walls ne reçoit d'ordre de personne, et certainement pas d'une vieille peau de vache au cuir tanné. Sur ce, je vous dis bonsoir.

Nous nous sommes tous assis en silence pendant que Rex sortait en chancelant, claquant la porte moustiquaire. Nous l'entendîmes mettre le moteur en marche, accélérer, puis, dans un crissement de pneus, s'éloigner dans la nuit sur l'Agnes Weeps, le long des précipices.

Le lendemain, il m'apparut nécessaire d'avoir une sérieuse discussion avec ma fille au sujet de son petit ami.

— Ce voyou peut être drôle, mais il représente un danger pour lui-même et les autres.

— Personne n'est parfait.

— Certes, mais Rex est instable. Tu ne seras jamais en sécurité avec lui.

— Je me fiche pas mal de la sécurité. De toute façon, je ne l'aurais avec personne. Demain, une bombe atomique pourrait tous nous tuer.

— En somme, tu me dis que l'avenir n'a pas d'importance ? Que tu vas vivre ta vie au jour le jour ?

— La plupart des gens passent tant de temps à se faire du souci pour l'avenir qu'ils ne profitent pas du présent.

— Et ceux qui ne se projettent pas dans l'avenir se font piéger par lui. Espère le meilleur mais prévois le pire, disait toujours mon père.

— On ne peut pas se préparer à tout ce que l'existence va te balancer à la tête, poursuivit-elle. On ne peut pas éviter le danger. Il est là. Le monde est un lieu dangereux. Quand on ne fait que se tordre les mains, on passe à côté de toute l'aventure.

J'avais bien plus à dire au sujet du danger. J'aurais pu lui faire toute une conférence là-dessus, lui raconter comment mon père s'était fait défoncer la tête par un cheval quand il avait trois ans, lui parler de mon amie Minnie, à Chicago, qui était morte en se prenant les cheveux dans une machine, ou encore de ma sœur Helen, qui s'était donné la mort après être tombée enceinte accidentellement. La vie apporte à chacun son lot d'aventure et de danger. Mais pas besoin de se lancer à leur poursuite. En fait, le fond de l'affaire tenait à ce que, depuis notre visite chez les Havasupai, quand je lui avais donné une raclée pour être allée nager avec Fidel Hanna, Rosemary n'écoutait plus vraiment ce que j'avais à dire.

— Je ne sais pas quelle faute j'ai commise en t'élevant. Peut-être que j'ai voulu trop en faire. Mais je maintiens que tu as besoin de quelqu'un de fort, d'un point d'ancrage.

Un peu plus tard dans la journée, quelqu'un frappa à la porte. C'était Rex. Il me tendit un énorme bouquet de lis (*lilies*, en anglais).

— Des *lilies* pour Lily, en guise d'excuses, dit-il. Même s'ils n'ont pas autant de charme que leur homonyme.

— Ce n'est pas exactement le refrain que vous m'avez sifflé hier soir.

— Ce que j'ai dit était inexcusable, et je suis le premier à l'admettre. Mais j'espérais que vous auriez donné un peu de mou au bonhomme.

Et d'expliquer qu'il avait eu une dure journée, était tombé d'un cheval emballé devant la femme qu'il aimait, puis s'était fait battre au poker par la mère de celle-ci, ce qui l'avait conduit à forcer sur l'alcool.

Je secouai la tête et regardai les lis.

— Pour ce qui est de vous lâcher la bride, tant que vous voulez. Mais je suis toujours convaincue que ma fille a besoin de quelqu'un qui sache jeter l'ancre.

— Le problème, dit-il, c'est que c'est sacrément dur de voler quand on est attaché à une ancre.

« Quel vaurien, me dis-je. Il faut toujours qu'il ait le dernier mot. »
Les lis étaient magnifiques.

— Je vais les mettre dans l'eau.

— Je sais que vous aimez voler, ajouta-t-il. Si je pouvais rentrer
en grâce, ce serait un honneur pour moi de vous emmener faire un
tour en avion.

Cela faisait des années que je n'étais pas montée en avion. Tout
en pestant contre ce voyou, l'idée m'enthousiasma. Bien entendu,
j'acceptai. Quand Rex vint me chercher le dimanche suivant, je
l'attendais dans ma combinaison d'aviatrice et mon casque de cuir
sur la tête.

Il se pencha à la portière de la Ford Sedan bicolore qu'il empruntait toujours à un ami.

— Hé, Amelia Earhart ! Vous êtes toujours en vie, finalement[1] !

Rosemary voulait venir avec nous, mais Rex lui expliqua que
l'avion n'avait que deux places.

— Cette sortie, ce sera juste entre Amelia et moi.

Rex conduisait comme un fou, exactement comme moi. Nous
dévalâmes l'Agnes Weeps en un rien de temps, puis nous gagnâmes
l'Apache Trail, en amont du canyon.

Je lui posai quelques questions sur ses antécédents.

— M'dame, si vous cherchez un pedigree, vous en trouverez un
meilleur chez les chiens de la fourrière locale.

Il avait grandi dans une ville minière, me dit-il. Sa mère était
orpheline et son père travaillait comme employé des chemins de fer.
Son oncle produisait de l'alcool de contrebande ; il était arrivé à Rex,
à l'adolescence, d'acheminer la gnôle en ville.

Je lui racontai comment j'avais vendu de l'alcool stocké sous le
berceau du bébé et comment Rosemary m'avait sauvé la mise en
braillant à la vue des flics venus enquêter. Bref, le courant passait entre
nous. Nous bavardâmes tout le long du chemin avant de parvenir à
la base, devant un camping-car déglingué entouré de tout un bric-à-
brac : des essieux de voiture, des éviers en métal, de vieux bidons
d'essence et un camion rouillé juché sur des parpaings.

1. La célèbre aviatrice américaine, disparue dans la région de l'archipel des Kiribati
en juillet 1937, avait été déclarée officiellement morte en janvier 1939.

Rex écrasa le frein et vira dans la cour devant le camping-car.

— Regardez ce tas de boue ! s'exclama-t-il. Comme j'suis originaire de Virginie-Occidentale, j'suis un brin chatouilleux sur la propreté. Je vais en dire deux mots à ce type.

Il sortit cogner à la porte.

— Est-ce que le voyou qui vit dans ce dépotoir a les couilles de montrer sa vilaine face de raie ?

Un type efflanqué à la coupe en brosse ouvrit la porte.

— Ma future belle-mère s'trouve dans cette voiture, s'écria Rex. Et ça lui soulève le cœur de passer devant cette porcherie. Aussi, la prochaine fois que je descends par ici, je veux que tout soit impeccable, vu ?

Les deux hommes échangèrent un regard. Je m'attendais que l'un envoie l'autre au tapis, quand tous deux éclatèrent de rire et se donnèrent l'accolade.

— Rex, espèce d'enflure, comment vas-tu ?

Rex me présenta Gus, un vieux pote de l'armée de l'air, puis, se tournant vers lui :

— Tu te dis peut-être que je t'ai amené Amelia Earhart, la disparue, mais c'est Lily Casey Smith. Elle est la mère de ma future épouse.

— Non ! Vous allez permettre à cet âne en cavale d'épouser votre fille ? Gardez votre fouet à portée de main !

Cela les fit se tordre de rire.

Rex expliqua qu'à strictement parler le règlement de l'armée de l'air n'autorisait pas les pilotes à prendre des civils à bord des avions militaires, bien que tout le monde le fasse en douce. Comme il n'était pas question de décoller de la base, devant les contrôleurs, les pilotes récupéraient les civils dans les différents champs aux alentours de la base où ils s'entraînaient aux atterrissages. L'un de ces champs se trouvait juste derrière le camping-car de Gus. Il allait me laisser avec ce dernier, puis décoller de la base et atterrir tout près. Je ne voyais pas d'inconvénient à ce qu'on ignore un règlement stupide, de sorte que Rex obtint une nouvelle croix dans la colonne des plus – celle des moins restait tout de même en tête.

Je m'installai à l'arrière du camping-car pour bavarder avec Gus. Finalement, l'avion apparut. C'était un monomoteur biplace jaune, surmonté d'une verrière que Rex avait relevée. Il atterrit et roula vers nous. Quand Rex se fut arrêté, Gus me montra la trace de pas sous le volet, et je grimpai sur l'aile. Rex me fit asseoir devant et prit place à l'arrière. Je branchai mes écouteurs et regardai gigoter les aiguilles du tableau sous l'effet des vibrations du moteur. Rex mit les gaz ; nous cahotâmes à travers le champ et décollâmes.

En gagnant de l'altitude, j'eus à nouveau la sensation d'être un ange plongeant dans la contemplation de l'azur infini, derrière la courbe lointaine de l'horizon.

Nous volâmes jusqu'à Horse Mesa, où Rex fit un piqué à deux reprises au-dessus de la maison.

Rosemary et Jim se mirent à courir en agitant les bras comme des fous. Rex salua de l'aile.

Il reprit de la hauteur. Nous suivîmes la crête des montagnes jusqu'au canyon de Fish Creek, sur lequel nous redescendîmes en survolant les méandres de la rivière. Les parois de roche rouge défilaient des deux côtés.

En nous éloignant du canyon, nous revînmes faire des cercles autour de la base. Rex me passa les commandes. Je virai à gauche sur l'aile, puis virai à droite pour un grand tour, montai en chandelle et redescendis. Rien de plus grisant que de voler.

Rex reprit les commandes. Il exécuta une grande boucle et nous nous retrouvâmes la tête en bas. Au sortir du looping, nous fîmes un piqué à moins de cent cinquante mètres du sol. Arbres, collines, formations rocheuses s'approchaient dangereusement pour filer ensuite comme l'éclair.

— On appelle ça faire du rase-mottes, expliqua Rex. Un de mes amis en faisait sur une plage et, quand il s'est penché pour saluer les filles, son zinc est allé directement boire la tasse.

Nous nous dirigeâmes ensuite vers une route pourvue de poteaux de fils téléphoniques.

— Regardez ça ! cria-t-il.

Il piqua encore plus bas, jusqu'à quasiment toucher le sol.

Je compris qu'il tentait de passer sous les fils.

— Rex, espèce d'abruti ! On va se tuer !

Il se contenta de glousser et, avant que je n'aie eu le temps de réaliser, l'avion visa entre deux poteaux qui passèrent comme une flèche, ainsi que l'ombre des fils au-dessus de nous.

— Vous êtes complètement cinglé !

— C'est ce que votre fille aime chez moi !

Il reprit de l'altitude et se dirigea vers le nord jusqu'à ce qu'il repère ce qu'il recherchait : un troupeau. Il descendit derrière la harde et l'approcha, une fois de plus en frôlant le sol. Les bêtes se mirent à fuir en débandade des deux côtés. Mais Rex virait à droite et à gauche en dirigeant le troupeau vers le centre. Il ne redressa l'appareil et s'éloigna qu'une fois le bétail rassemblé.

— Pas possible de faire ça avec un cheval, si ?

REX ET ROSEMARY décidèrent de se marier au printemps. Ma fille m'annonça la nouvelle un soir après dîner pendant que nous faisions la vaisselle.

— Tu aurais besoin de quelqu'un de solide. N'est-ce pas ce que je t'ai appris ?

— Ça, c'est sûr. Tu as passé ton temps à me le seriner. « Que ceci, que cela te serve de leçon. » Mais, durant toutes ces années, ce que tu m'as enseigné, c'était une chose, et ce que j'ai appris, c'en était une autre.

Nous nous sommes dévisagées. Elle était appuyée contre l'évier, les bras croisés.

— Donc tu vas te marier avec lui, même si je ne suis pas d'accord ?

— C'est ça.

— J'ai toujours aimé penser que je ne tomberais jamais sur un enfant à qui je ne pourrais rien enseigner. Finalement, j'avais tort. Cet enfant, c'est toi.

Dans le même temps, Rex annonça qu'il arrivait au bout de son engagement militaire et qu'il n'envisageait pas de rempiler. L'armée de l'air voulait qu'il pilote des bombardiers, mais lui tenait à être pilote de chasse. En outre, il ne voulait pas que Rosemary gâche sa vie à élever des enfants dans un camping-car surchauffé sur une base du désert. Sans compter qu'il avait d'autres projets. De grands projets.

Tout cela ne tenait pas debout.

— Où allez-vous vivre ? demandai-je à Rosemary.

— Je ne sais pas. Peu importe.

— Comment ça, peu importe ? L'endroit où tu vis – ton foyer – est l'une des choses les plus importantes dans l'existence.

— J'ai l'impression de ne plus avoir été chez moi depuis que nous avons quitté le ranch. Je ne crois pas que j'aurai à nouveau un vrai foyer. Nous ne nous installerons peut-être jamais nulle part.

Jim prenait la situation de façon plus philosophe. Puisque Rosemary en avait décidé ainsi, ce n'était pas la peine de la braquer.

— J'ai l'impression d'avoir échoué, lui dis-je.

— Ne t'inquiète pas. Elle ne fait pas ce que tu avais prévu pour elle, ce qui ne veut pas dire qu'elle tourne mal.

Nous étions assis sur le perron de la maison. Il avait plu. Les falaises rouges entourant Horse Mesa étaient humides et l'eau déferlait des fissures, créant des dizaines de cascades éphémères.

— Les gens sont comme les animaux, poursuivit Jim. Certains trouvent leur bonheur dans un enclos, d'autres ont besoin d'errer librement. À toi de comprendre sa nature et de l'accepter.

— C'est donc une leçon pour moi ?

Jim haussa les épaules.

— Notre fille a trouvé quelque chose qu'elle aime, la peinture, et quelqu'un avec qui elle a envie de vivre, ce Rex. La plupart des gens ne peuvent pas en dire autant.

— À ton avis, je devrais laisser faire ?

— Cela te rendrait plus heureuse.

J'ANNONÇAI à Rex et à Rosemary que je paierais tout ce qu'il fallait s'ils se mariaient dans une église catholique, selon les règles de l'art. J'espérais qu'un beau mariage traditionnel les ferait partir du bon pied.

Nous louâmes une salle de banquet au nouvel hôtel Sands, au centre de Phoenix. J'avais invité pratiquement toutes mes relations : ranchers et journaliers, enseignants et anciens élèves, de vieilles connaissances.

— Qu'allez-vous faire pour votre lune de miel ? demandai-je à Rosemary à l'approche du grand jour.

— On n'a rien prévu. Nous prendrons la voiture à l'issue de la noce et nous irons où la route nous mènera.

— Eh bien, ma belle, tu es en train de te faire avoir.

Rosemary était magnifique dans sa tenue nuptiale. C'était une robe longue, dont la soie blanche était recouverte de dentelle, avec un long voile également en dentelle, assorti aux gants montant jusqu'aux coudes. Perchée sur ses escarpins blancs, elle était presque aussi grande que Rex. Celui-ci paraissait plus que jamais désinvolte dans son veston blanc et avec son nœud papillon noir.

Rex et ses potes n'avaient pas arrêté de picoler de la journée et l'atmosphère s'échauffa un peu lors de la réception. Le marié fit un grand discours où j'étais devenue « Amelia Earhart », Jim le « Cowboy parachutiste » et Rosemary sa « Rose sauvage ». Quand la musique commença, Rex fit tournoyer Rosemary autour de la salle en la renversant tant et plus. C'était le grand moment de la vie de celle-ci. Puis Rex prit la tête d'une file de conga, et nous serpentâmes tous autour de la salle avec moult déhanchements et lancers de pied.

À la fin, quand les jeunes mariés sortirent de l'hôtel, la Ford que Rex empruntait les attendait. C'était une fin d'après-midi de mai et la lumière dorée de l'Arizona baignait la rue. Nous nous rassemblâmes sur les marches pour leur faire signe.

En atteignant le trottoir, Rex saisit Rosemary par la taille, la renversa en arrière et l'embrassa longuement à pleine bouche. Ils faillirent tomber, ce qui les fit rire aux larmes. Quand elle grimpa dans la voiture, il lui flatta la croupe comme si ça lui appartenait, puis s'installa à ses côtés. Ils riaient encore quand Rex fit rugir le moteur à son habitude.

Jim m'entoura de son bras et les regarda partir en pleine nature, comme un couple de chevaux à demi sauvages.

ÉPILOGUE
La sauvageonne

Jim et moi vivions à Horse Mesa. Jim vieillissait. Il prit bientôt sa retraite, tout en assumant activement les fonctions officieuses de maire de notre petite communauté. Il se chargeait de passer un savon bien senti à l'enfant rétif d'un voisin, aidait un autre résident à réparer son toit ou à déboucher un carburateur. Je continuais d'enseigner. Tout comme Jim, je n'étais pas du genre à paresser, les pieds sur la rampe de la véranda. Je me réveillais chaque matin impatiente de rejoindre mes élèves.

Little Jim et Diane s'étaient installés dans une petite maison de ranch bien tenue de la banlieue de Phoenix et avaient deux enfants. Ils menaient une existence très stable. Rex et Rosemary, de leur côté, allaient à la dérive dans le désert. Rex acceptait de petits boulots en s'attelant à des projets tous plus farfelus les uns que les autres. Avec force bières et cigarettes, il dessinait les plans de machines à chercher de l'or et les prototypes de panneaux géants censés capter l'énergie solaire. Rosemary peignait comme une forcenée tout en pondant çà et là un bébé. Quand ils venaient nous voir, elle en attendait un autre ou allaitait celui qui venait de naître.

Les deux premiers-nés de Rosemary étaient des filles. La seconde fut victime de la mort subite du nourrisson à un an. Le troisième enfant fut également une fille. Rex et Rosemary vivaient alors à Phoenix, dans notre maison de la 3e Rue Nord, où je dus me rendre en voiture avec un chèque – et quelques mots bien choisis à l'intention de Rex –, car ils n'avaient pas de quoi payer la note de l'hôpital. Rosemary baptisa l'enfant Jeannette, avec deux *n*, à la française, probablement sous l'influence de sa vieille prof de peinture.

Jeannette n'était pas d'une beauté irrésistible – ce dont je me félicitais – avec son duvet de cheveux roux et son long corps si efflanqué. Mais elle avait des yeux verts pétillants et l'esquisse d'une forte mâchoire carrée, tout comme la mienne. Je me sentis d'emblée une forte affinité avec l'enfant. Manifestement une créature tenace. Quand je l'avais dans les bras et lui tendais un doigt, la sauvageonne me l'attrapait sans jamais vouloir lâcher.

Vu le mode de vie que Rex et Rosemary semblaient adopter, les enfants devaient s'attendre à des temps difficiles. Mais ils étaient de souche résistante et seraient à même, me disais-je, de jouer les cartes qui leur étaient distribuées. Sans compter que je veillerais au grain. Pas question que Rex et Rosemary s'interposent dès qu'il s'agirait de mes petits-enfants. J'avais différentes choses à leur apprendre, et pas une âme qui vive ne pourrait m'en empêcher.

« J'ai conçu ce livre dans la veine d'une histoire orale, une nouvelle version des faits transmis au fil des ans dans la famille, en assumant les libertés prises par les conteurs traditionnels. »

Jeannette Walls

Cadette d'une famille de quatre enfants, Jeannette Walls est née en 1960 à Phoenix, dans l'Arizona. Comme sa grand-mère Lily, elle a vécu une enfance difficile et peu conventionnelle, qu'elle a racontée dans un récit poignant, *Le Château de verre*, devenu immédiatement un best-seller international. Ses parents étaient d'une excentricité totale. Doux rêveurs, ils déménageaient au gré des emplois de plus en plus incertains du père qui cherchait en outre à échapper à ses créanciers. Talentueux, bien qu'alcoolique, Rex imaginait des systèmes d'éoliennes et de panneaux solaires. En dépit de la misère noire qu'il faisait subir à sa famille, il caressait le rêve fou de construire une maison de verre dans le désert. Sa femme, Rosemary, plus passionnée par la peinture que par son métier d'institutrice, était tout aussi instable et dépassée par ses responsabilités de mère. Ainsi Jeannette, son frère et ses sœurs connurent-ils la faim au point de devoir parfois voler les sandwichs de leurs camarades de classe. Finalement, la famille s'installa à Welch, en Virginie-Occidentale, mais dans un taudis à la toiture percée et sans eau courante. Malgré tout, Jeannette Walls est reconnaissante à ses parents de lui avoir beaucoup appris et transmis leur créativité et leur esprit d'indépendance. Excellente élève, elle a fait de brillantes études au Barnard College de New York, ville où elle a rejoint sa sœur dès l'âge de dix-sept ans. Devenue journaliste, elle s'est spécialisée dans la chronique mondaine. Évoluant dans le monde des célébrités, elle est connue du tout-New York. Après un premier mariage qui a duré dix ans, Jeannette Walls s'est remariée avec l'écrivain John Taylor ; celui-ci l'a encouragée à raconter son incroyable enfance. C'est forte de ce premier succès littéraire qu'elle a décidé de nous livrer ensuite l'histoire de sa grand-mère, personnage romanesque s'il en est.

La valse des Gueules Cassées

Une enquête de François-Claudius Simon

1919. Comme si les horreurs de la Grande Guerre n'avaient pas suffi, un tueur en série rôde dans la capitale. Visage masqué, il semble prendre un plaisir pervers à défigurer ses victimes. Rude baptême du feu pour le jeune inspecteur Simon, tout juste débarqué au 36, quai des Orfèvres : on lui confie l'enquête. Blessé de guerre, il a gardé de la boucherie des tranchées un profond traumatisme. Tandis qu'il doit dénouer la macabre « affaire des gueules cassées », les pires cauchemars ne cessent de le hanter...

1

François-Claudius Simon

LE side-car surgit à l'instant où François atteignait le quai des Orfèvres, emplissant l'air d'une pétarade assourdissante. Instinctivement, le jeune homme palpa le renflement de chair qui lui barrait le cuir chevelu à deux centimètres de l'oreille : il avait encore du mal avec les bruits stridents, qui avivaient en lui des migraines toujours à l'affût. Certaines lui vrillaient même le crâne au point qu'il devait se retenir pour ne pas se taper la tête contre les murs. Léger détail qu'il avait omis de préciser à la commission d'aptitude médicale de la police…

La motocyclette s'immobilisa dans un crissement de pneus et le passager s'extirpa du panier en ôtant ses lunettes et son casque en cuir. François reconnut aussitôt Jean Lefourche, un des élèves de l'école des services actifs de la Préfecture choisi en même temps que lui pour rejoindre la Brigade criminelle. On ne pouvait pas dire qu'ils se soient liés d'amitié durant ces cinq mois de classes, mais à tout prendre, songea François, autant se présenter accompagné plutôt que seul.

— Lefourche ! appela-t-il.

Sa voix fut couverte par le side-car qui redémarrait pleins gaz tandis que le pilote, lui-même affublé d'un casque et d'énormes lunettes, esquissait un signe d'adieu. François allongea le pas.

— Lefourche !

Celui-ci se figea dans une attitude gênée.

— Tiens, Simon…

— C'est un vrai char d'assaut ton engin! Quelle canonnade!

Sa plaisanterie tomba à plat, Lefourche se contentant de réajuster les plis de son costume sans piper mot. Sentant le silence s'installer, François glissa qu'à bientôt trois heures ils auraient tout intérêt à ne pas se mettre en retard. Ils prirent donc la direction du numéro 36, saluèrent le planton sous le porche et, après avoir traversé l'imposante cour du Dépôt, poussèrent la double porte marquée ESCALIER A, POLICE JUDICIAIRE.

En vérité, ce n'était pas leur première incursion dans l'aile occidentale du Palais de justice, là où se nichait la Préfecture. La formation des élèves policiers incluait en effet l'apprentissage des techniques d'investigation les plus sophistiquées, et ils avaient déjà effectué deux stages au laboratoire scientifique situé sous les combles du bâtiment. Mais en gravissant les marches cette fois-ci, l'impression était tout autre : ils étaient désormais des inspecteurs assermentés.

Un grand costaud à la moustache exubérante les interpella :

— Bienvenue les gars! Moi c'est Mortier, dix ans de maison!

D'un geste large, il les invita à entrer dans la première pièce qui abritait une demi-douzaine de bureaux et donnait sur une autre salle quasiment identique. Deux hommes étaient assis en train de taper à la machine et trois autres discutaient autour d'une table encombrée de papiers et de photographies. Deux armoires ouvertes débordaient de dossiers et l'on distinguait par les fenêtres la ligne brisée des toits du Palais de justice. Les cinq hommes présents, cravatés et costumés de sombre, posèrent sur les arrivants un œil interrogateur.

— Regardez ce que je vous amène, fit Mortier, deux gentils poussins qui veulent se changer en bons gros poulets.

L'annonce fut accueillie par des salutations polies et Mortier se chargea de faire les présentations.

— Les deux qui sont à leurs machines, là, c'est Pivert et Boiveau, deux virtuoses du piano qui tapent leurs rapports avec plus de doigté que Chopin et Mozart réunis. Le grand maigre, c'est Filippini, dit aussi Filoche, l'as du camouflage et des filatures. À droite, Émile Devic, notre champion à nous, qui s'est qualifié il y a dix jours pour la coupe de la Seine de Football Association, avec son équipe de la Générale. À l'écouter, on pourrait croire qu'il gagne les matchs à lui tout seul!

Plusieurs rires fusèrent et François supposa que l'inspecteur Mortier jouait dans la brigade le rôle de boute-en-train.

— Quant au troisième à gauche, je ne sais pas trop quoi vous dire… Sinon qu'il s'appelle Gommard et qu'il est le neveu par alliance du préfet. Son seul titre de gloire si vous voulez mon avis…

Nouveaux éclats de rire, qui n'arrachèrent qu'une moue crispée à l'intéressé.

— Bon, à vous les poussins, enchaîna Mortier, interrogatoire en règle ! Nom, prénom, âge et tout le toutim !

François s'apprêtait à s'exécuter lorsqu'un homme à l'allure distinguée, front dégarni et lunettes pince-nez, barbiche et moustache taillées au cordeau, fit son entrée depuis la pièce voisine. Aussitôt, tous les inspecteurs se turent et rectifièrent leur position.

— Ma foi, messieurs, commença le nouveau venu, à en juger par votre bonne humeur, on pourrait penser que tous les malfaiteurs de Paris sont sous les verrous !

Il avait une voix suave, teintée d'ironie. François remarqua qu'il arborait la barrette rouge de la Légion d'honneur au revers de sa veste. Il devait avoir dans les quarante-cinq ans.

— C'est ma faute, chef, s'excusa Mortier. On a deux bleus de l'école qui viennent de nous arriver.

— Deux bleus, hein ?

L'homme tourna son regard d'un gris pénétrant vers les jeunes gens. Après une infime hésitation, François se lança :

— Inspecteur François-Claudius Simon, né à Vannes le 22 janvier 1893. Première affectation à la Brigade criminelle de la Préfecture.

— Depuis combien de temps à Paris ?

— Depuis 1912, monsieur.

— Et vous ? demanda l'homme au pince-nez en regardant vers la deuxième recrue.

— Jean Lefourche, né à Paris le 17 mars 1890. Anciennement gardien de la paix attaché au commissariat du 11e arrondissement.

— Dois-je en déduire que vous n'aviez plus très envie de garder la paix ? insinua le chef.

— J'ai passé près de cinq ans dans les rues du 11e, monsieur, à faire la circulation et à courir après les tire-laine. J'avais envie de changer, sauf votre respect.

— Vous aviez envie de changer, mais pas au point de vous engager dans l'armée ?

Jean Lefourche piqua du nez et demeura muet.

— Ne voyez rien de désobligeant dans ma question, Lefourche. Beaucoup de nos collègues, y compris dans ces locaux, ont mené leur propre combat ici, contre les profiteurs et les espions... Certains ont cependant choisi l'épreuve du feu... Et pour quelqu'un qui est avide de changement, Lefourche, croyez-moi, le front est une expérience qui bouleverse votre vie. Ce n'est pas l'inspecteur Simon qui me contredira, je suppose ?

— Euh... Non, évidemment, admit François.

— Car vous, Simon, vous avez fait la guerre, bien sûr. Laissez-moi réfléchir... Vous êtes né en 1893, ce qui signifie que vous êtes de la classe 1913. Vous étiez donc en train de faire votre service militaire lorsque le conflit a éclaté et on a dû vous jeter dans les premiers wagons de mobilisés. Correct ?

— Correct, monsieur.

— Aujourd'hui, vous voilà à la Brigade criminelle, au terme de vos cinq mois de formation réglementaire. Or, autant que je le sache, comme deux millions de leurs valeureux camarades, ceux de la classe 1913 ne sont pas encore démobilisés... Ce qui nous conduit à penser quoi, Mortier, vous qui êtes si prompt à faire de l'esprit ?

Mortier fit un pas en arrière, hésitant :

— Que... que Simon a déserté ?

— Ne dites pas de bêtises, allons ! Nous sommes à la Préfecture ! De toute évidence, ce jeune homme a été blessé durant la guerre. Regardez, sur sa tempe, cette cicatrice qui ne s'est pas encore estompée mais qui n'est pas non plus à vif. Elle date au moins de sept ou huit mois. L'inspecteur Simon a dû être blessé aux environs du printemps ou de l'été 1918... Ce qui expliquerait qu'on ne l'ait pas renvoyé sous les drapeaux et, que rendu à la vie civile, il ait pu s'inscrire à l'école de police. Comment est-ce arrivé, Simon ?

— Je... sur l'Aisne, en mai 1918. Pendant la contre-offensive allemande...

— Mauvais souvenir, en effet... Quelle unité ?

— 22e division, 62e régiment d'infanterie, monsieur. On s'est battus trois jours sans discontinuer et on a dû se replier sur Bazoches. C'est là que j'ai été blessé à la tête.

— Mais vous ne seriez pas ici si vous en aviez gardé des séquelles, j'imagine ?

François songea aux cauchemars qui le hantaient la nuit, aux visions d'horreur qui l'assaillaient à l'improviste et à ces coups de poignard, surtout, qui lui transperçaient quotidiennement le crâne.

— Non, finit-il par répondre, aucune séquelle.

— Tant mieux, Simon ! Inspecteur principal Robineau, déclara l'homme en lui tendant la main. Ne serrez pas trop fort tout de même, j'ai été blessé au poignet, du côté de Craonne…

Il salua ensuite Lefourche avec la même solennité, puis brandit un rectangle de papier vert.

— Là-dessus, messieurs, je dois vous laisser. On nous a transmis une fiche d'intervention à propos de coups de feu à la gare Montparnasse. Puisque nous avons deux novices, profitons-en pour leur apprendre le métier. Mortier, je vous confie Lefourche. Moi, je me charge de notre soldat : après quatre années dans les tranchées, il a mérité de prendre l'air.

2
Le cadavre de la gare Montparnasse

L'INSPECTEUR principal Robineau ! À l'école des services actifs, les instructeurs n'évoquaient ce nom que paré de superlatifs. Robineau était le modèle du policier de terrain, opiniâtre et imaginatif. Il avait été mêlé aux plus grandes affaires criminelles de ces quinze dernières années. Qui plus est, alors que rien n'y obligeait les fonctionnaires de police, il avait choisi de s'engager au plus fort des combats.

— Vous rêvez, inspecteur Simon ?

— Hein ? Euh non, chef, excusez-moi. Je m'interrogeais sur… sur l'objet exact de notre mission.

— Une promenade de santé, Simon, rien de plus ! Les commissariats d'arrondissement nous signalent les faits suspects qu'ils ne sont pas parvenus à élucider. En l'occurrence, ici, des coups de feu. Ce n'est probablement que du vent, mais pour être honnête, j'ai une assemblée de l'Union des combattants à cinq heures et demie, boulevard Raspail. Ça me rapproche !

La rue Vandamme était bordée à droite par un grillage rouillé protégeant l'emprise du chemin de fer et à gauche par des immeubles d'habitation plutôt modestes. L'inspecteur principal Robineau tira la fiche verte de sa poche.

— Ce devrait être par là… Le procès-verbal indique qu'il y aurait eu deux coups de feu vers une heure dans la nuit du 13 au 14 avril. Hier matin, donc. Les agents n'ont rien noté de particulier, ni corps, ni armes, ni présence d'individus douteux. Autant dire que nous n'avons pas grand-chose à nous mettre sous la dent.

Robineau examina le grillage et finit par repérer une zone où la maille de fer était découpée. Il écarta le pan sectionné et passa de l'autre côté, François sur ses talons. Ils marchèrent vers des ouvriers visiblement occupés à remplacer des traverses sur le ballast.

— Inspecteur principal Robineau. J'ai des questions à vous poser. Vous avez entendu parler de coups de feu dans le coin ?

Le plus vieux de l'équipe, qui portait une casquette aux initiales de la Compagnie des chemins de fer de l'État, s'avança d'un pas.

— Des coups de feu ici ? Quand ça donc ?

— Dans la nuit de lundi à mardi.

— Personne travaille ici la nuit, m'sieur.

Robineau scruta les alentours.

— Ces entrepôts qui donnent sur la rue Vandamme, ils servent à quoi ?

— Garage, stockage du matériel, entretien… Mais plusieurs sont vides, rapport aux destructions de la guerre.

— On peut les visiter ?

— Dame ! c'est qu'on n'a pas les clés, m'sieur. C'est un chef de réseau qu'il vous faudrait.

— Vous pouvez m'en trouver un ?

Sa question sonnait comme un ordre et, après avoir parlementé, les ouvriers finirent par désigner le benjamin du groupe pour aller chercher un responsable.

Robineau désigna un bâtiment un peu excentré, qui ressemblait plus à une maison qu'à un entrepôt, et dont le toit était effondré.

— C'est quoi, ça ?

— Un des ateliers de révision, répondit le type à la casquette. Les bombes des Boches l'ont touché au printemps dernier et il attend toujours d'être réparé.

— Il est vide?

— À part des gravats. De toute façon, tel qu'il est, c'est trop dangereux, personne n'a l'autorisation d'y aller.

Robineau se dirigea vers le pavillon, dont la porte était fermée par une énorme chaîne. Il fit le tour de la bâtisse dont les murs tenaient encore mais dont plusieurs vitres avaient volé en éclats. Il repéra bientôt une fenêtre à deux mètres de hauteur, sous laquelle étaient positionnés deux tonneaux abîmés.

— Quelle coïncidence…, souffla-t-il en se hissant prestement sur l'un d'eux.

François le suivit et atterrit derrière lui dans une sorte de hangar à ciel ouvert encombré en son centre d'un fouillis de briques, de bois et de tuiles. Sur la partie gauche, une plate-forme avec des rails destinée à accueillir des wagons était jonchée de ferrailles tordues. À droite, un escalier descendait vers l'étage du dessous. Robineau s'accroupit près d'un des trous du plancher :

— Venez voir, Simon, ça va vous intéresser…

François le rejoignit. La brèche entre les lames du parquet laissait voir le niveau inférieur, une sorte de cave d'où montait une odeur mêlée d'humidité et de pourriture. Quant à ce qui était censé l'intéresser… Un cadavre gisait à même la terre sombre. Il observait François de ses yeux vides, le bas du visage hideusement mutilé.

Robineau se redressa, mit ses mains en porte-voix et cria en direction des ouvriers de l'autre côté de la fenêtre :

— Il faut que vous trouviez un moyen d'ouvrir cette porte! Et débrouillez-vous aussi pour nous apporter des lampes!

Puis il s'engagea dans un délicat slalom sur ce qui restait du plancher pour atteindre l'escalier dans le coin droit. François, lui, mit quelques secondes à s'arracher à la vision glaçante de ce corps meurtri qui en évoquait tellement d'autres… Mais il était policier, désormais.

Il descendit donc résolument la dizaine de marches qui menait au sous-sol. Il s'agissait bien d'une cave, en effet, plus étendue même qu'il ne l'aurait imaginé. Et en travaux, à en juger par le nombre d'outils et la terre accumulée en tas contre l'un des murs. Un vaste trou avait d'ailleurs été creusé à côté, d'où émergeaient les montants d'une échelle en bois. Après avoir enfilé des gants de cuir souple, Robineau se mit à tourner autour du cadavre comme un aigle autour de sa proie.

— Rigide mais encore assez frais, constata-t-il. Si l'on se réfère au moment où les coups de feu ont été tirés... Trente-six heures, ça pourrait correspondre. Et deux balles dans la poitrine, regardez...

François s'approcha, s'efforçant, comme on le lui avait appris, de faire le tri entre ce qui avait de l'importance et ce qui n'en avait pas. Les vêtements, d'abord. Des bottes hautes à semelles larges, un pantalon et une chemise en tissu épais, le tout maculé de boue. À l'évidence, l'homme n'était pas un employé de la société de chemin de fer, ou du moins ce n'est pas en cette qualité qu'il avait pénétré dans le hangar. Par contre, il avait dû travailler – et jusqu'au cou – à l'excavation de l'espèce de puits près de l'escalier. Sur sa poitrine, au niveau de l'estomac et du poumon gauche, deux fleurs sombres soulignaient l'impact des deux balles. Tirées à courte distance, vu la netteté et la profondeur des blessures.

Pour ce qui était du visage, il n'y avait pas de mot. Le menton, la bouche, le nez avaient été fracassés, réduits à l'état de bouillie informe que le sang coagulé enveloppait maintenant d'une gangue poisseuse. Le tueur avait dû s'acharner en frappant plusieurs fois sa victime au même endroit. Avant de se servir de son arme ? Après, pour l'achever ? Le résultat, en tout cas, semblait tout droit surgi de l'enfer.

Juste à côté de la chevelure bouclée du mort, un tuyau de plomb avait été abandonné, maculé de taches noirâtres. Plus loin, sur une caisse, une besace et une veste étaient négligemment posées.

— Alors, inspecteur Simon ? Vous en pensez quoi ?

— Si je puis me permettre, chef, je pense que nous devrions éviter de nous approcher trop du corps. Il a été déplacé, selon moi, et on risque d'effacer certaines traces...

Robineau lui adressa un sourire.

— Bien sûr, Simon, j'oubliais, vous sortez tout juste de l'école ! Où l'on vous a enseigné que les enquêtes d'aujourd'hui se résolvent dans les laboratoires et que nos plus fins limiers portent de jolies blouses blanches. Ne rien bouger, ne rien toucher avant l'arrivée des spécialistes, je connais la musique. Et je n'ai rien contre nos collègues de la police scientifique, attention ! Mais le flair, Simon, mais l'intuition ! Respirer l'air d'un crime avant que personne le corrompe... S'en imprégner dans le silence, si profondément que l'esprit devient capable de le recréer dans ses moindres détails. De *voir* ce que même un microscope ne pourra jamais voir. Un meurtre est d'abord une affaire d'hommes, un mélange tragique et subtil de désir, de passion, de cupidité, de jalousie, de folie… Et jusqu'à preuve du contraire, les éprouvettes ne mesurent ni la folie ni le désir.

Un bruit de métal forcé à l'étage évita à François d'avoir à répondre : la chaîne sur la porte de l'atelier venait de céder. Quelques secondes plus tard, les traits burinés du plus âgé des ouvriers s'encadrèrent dans la brèche du plafond. Il tenait une lampe à pétrole à la main qu'il fit passer à l'inspecteur principal.

— Misère, ce travail ! Qu'est-ce qui lui est arrivé à ce pauvre type ?

— Assassiné, se contenta de lâcher Robineau. Demandez à l'un de vos gars d'appeler la police judiciaire, au Quai des Orfèvres. Il leur expliquera que c'est de la part de l'inspecteur Robineau, qu'il y a un cadavre dans un atelier de la gare Montparnasse et qu'il faut venir au plus vite avec une équipe du laboratoire scientifique.

L'ouvrier opina du chef et, après une brève hésitation, décampa d'un coup.

— Bien, reprit Robineau, nous avons vingt minutes de tranquillité devant nous. Vous me laissiez entendre que le corps avait été déplacé ?

François respira un bon coup : à l'évidence, son supérieur le testait.

— La position n'a rien de naturel, commença-t-il. Un homme qui reçoit deux balles dans le ventre ne s'étend pas de tout son long comme s'il s'allongeait pour la sieste. On l'a bougé et transporté jusque-là. Je pense même que si l'on éclaire davantage vers le fond…

Robineau leva la lampe en direction de la besace et du vêtement. L'empreinte grossière d'un corps, traîné probablement par les pieds, se lisait encore dans la terre humide.

— Bien vu, admit Robineau. Ce qui signifie ?

— Je crois que notre homme était en train de se changer près de la caisse. Il venait juste d'enlever sa veste lorsque l'assassin s'est approché. Il s'est retourné et l'autre l'a tué de deux balles à bout portant.

— Excellent, inspecteur Simon ! Ce qui nous amène à poser une autre question : pour quelle raison avoir déplacé le corps ?

François fixa le trou dans le plafond.

— Je ne sais pas, peut-être le meurtrier voulait-il plus de lumière pour terminer sa besogne ? Quoi qu'il en soit, ce morceau de tuyau ensanglanté laisse supposer que la victime a bien été frappée ici, *après* avoir été transportée. Et si, comme il semble, elle n'a fait aucun geste pour se protéger, c'est qu'elle était déjà morte…

— Dans ce cas, objecta Robineau, pourquoi s'acharner dessus ?

— Pour la rendre méconnaissable ? Le meurtrier devait craindre qu'on ne remonte jusqu'à lui si le cadavre était identifié.

L'inspecteur principal caressa la pointe de son bouc.

— Ma foi, c'est une idée. Une idée que je ne partage pas, mais… Allons jeter un œil au vêtement là-bas.

Robineau confia la lampe à François et entreprit de fouiller la veste tandis que le regard du jeune homme était attiré par une pièce métallique au sol : trois anneaux de fer soudés entre eux, de sept ou huit centimètres de longueur, surmontés de deux tiges parallèles.

— Ah ! s'exclama Robineau en tirant un portefeuille noir d'une poche de la veste.

Il passa en revue son contenu mais déchanta rapidement : des tickets de métro, un billet de cinq francs, un vieux plan de Paris tout abîmé, et deux ou trois papiers sans importance, à part peut-être une facture d'un montant de soixante-treize francs soixante, émise par la quincaillerie Aubron, rue Cambronne. Mais rien qui permît de mettre un nom sur la victime.

L'inspecteur principal vérifia ensuite la besace, qui renfermait du linge propre et des souliers de ville.

— Voilà qui conforte votre hypothèse, Simon. Notre homme s'apprêtait bel et bien à se changer lorsqu'il a été tué.

— Il y a aussi quelque chose par terre, chef. À mes pieds.

Robineau se baissa et souleva l'objet.

— Un coup-de-poing américain, déclara-t-il en connaisseur. On enfile les anneaux par les doigts et ça devient une arme redoutable. Surtout avec ces deux petites barres en métal au-dessus. Si ce joujou appartient bien à notre ami, nous pouvons le ranger dans la catégorie des petits voyous, du genre qui n'hésite pas à chercher la bagarre. Bon, allons voir ce qu'il mijotait avec ce trou…

Ils firent demi-tour en direction de l'escalier et examinèrent l'excavation.

— Un travail de plusieurs jours, forcément, constata Robineau. Ou alors ils étaient toute une équipe…

— Il n'y a que deux pelles et une bêche.

— Juste, admit l'inspecteur principal. Quoique nos mystérieux sapeurs aient pu aussi bien filer avec leur matériel. Mais admettons, deux ou trois hommes. Après vous, Simon.

François empoigna le montant de l'échelle et, sans lâcher la lampe, descendit vers les profondeurs. Cinq mètres plus bas environ, il atterrit dans une sorte de galerie étayée par des poutres et dont la terre argileuse collait aux semelles.

— Il ne manquait plus que ça! pesta Robineau. Je vais être beau, à l'assemblée!

Au bout d'une cinquantaine de mètres, ils se heurtèrent à une grille solidement fermée.

— Nous sommes sûrement dans les catacombes, lâcha Robineau. Tout le sous-sol du 14e arrondissement est un vrai gruyère. Reste à comprendre ce qu'ils sont venus fabriquer par là…

Ils rebroussèrent chemin jusqu'à l'échelle et tentèrent leur chance dans la partie droite du souterrain. La grille qu'ils rencontrèrent cette fois-ci était grande ouverte, le cadenas qui la bloquait, défoncé. Quelques marches descendaient vers un boyau plus étroit et ils durent se courber pour progresser encore sur une centaine de mètres. Le passage se divisait ensuite en deux embranchements.

— Bon, je ne pense pas qu'il soit utile d'aller plus loin, Simon. Nous n'avons pas l'équipement nécessaire. J'enverrai Mortier demain avec l'Inspection des carrières.

— Il y a comme une flèche sur la paroi, fit observer François.

Du doigt, il montrait un signe composé d'une double ligne droite flanquée à son extrémité de deux doubles traits qui formaient comme une pointe.

— Une flèche, en effet, reconnut Robineau. C'est peut-être un repère. Cela dit, il y a des kilomètres de galeries là-dessous et l'heure tourne. On s'en occupera plus tard. Venez…

De retour sur les lieux du crime, ils n'eurent presque pas à attendre la police scientifique qui déploya sa panoplie d'investigation en un temps record : nécessaire de dactyloscopie pour les empreintes digitales, plaquettes de prélèvement pour le sol et les substances corporelles, réactifs chimiques en tout genre, appareil photographique avec flashs au magnésium. L'équipe du laboratoire était accompagnée de Boiveau et de Pivert, auxquels Robineau confia le soin de surveiller les opérations.

— Il faut que je parte, annonça-t-il à François. Tenez, voici la facture de la quincaillerie. Allez-y et essayez d'obtenir quelque chose. Vous me rendrez compte demain matin à huit heures précises.

FRANÇOIS prit le métro en direction de la station Cambronne et n'eut pas un long chemin à faire depuis la place du même nom jusqu'à la boutique qu'il cherchait. Le soir tombait doucement sur Paris et les premiers réverbères s'allumaient.

Lorsqu'il poussa la porte de la quincaillerie-droguerie Aubron, un carillon aigrelet retentit. L'établissement offrait un labyrinthe d'étagères chargées de pots de peinture, de bouteilles multicolores, de brosses aux formes bizarres, de batteries de cuisine et d'outils variés.

— Monsieur désire ?

Un adolescent boutonneux sanglé dans un éclatant tablier bleu s'avança vers lui avec un peu trop d'obséquiosité.

— Police judiciaire, lança François en sortant sa carte tricolore. J'ai des questions à vous poser à propos d'une de vos factures.

— Excusez-moi, bafouilla le jeune commis en reculant, je vais appeler mon père…

Il revint avec un homme au visage émacié qui s'appuyait sur une canne.

— Monsieur ? fit celui-ci en se tenant aussi droit que possible.

— J'enquête sur un meurtre. Il y avait ceci dans le portefeuille de la victime… Ça vient de chez vous ?

Le quincaillier chaussa son monocle et prit la facture.

— Effectivement. Mais je ne vois pas en quoi notre maison est concernée par ce… par ce meurtre.

— J'ai besoin d'informations sur le client en question. Son identité, à quoi il ressemble, ce qu'il vous a acheté…

Aubron réfléchit un court instant puis se racla la gorge.

— Si c'était le 9 avril, c'est mon fils Alfred qui a dû le servir. J'étais… j'étais souffrant. Tu te souviens du client, Alfred ?

Alfred clignait des yeux à toute vitesse, terrorisé à l'éventualité d'avoir commis une faute.

— Oui, un monsieur avec des cheveux bouclés. Il m'a pris de la corde, des lanternes et plusieurs articles de terrassement. Des pelles ou des pioches, je crois.

— Il t'a donné son nom ? questionna François.

— Eh bien… Pour les sommes au-dessus de cinquante francs, on inscrit le nom dans le livre de comptes. Des fois qu'il y aurait une réclamation ensuite.

— On peut voir ce livre ?

François plongea dans le registre qu'Alfred lui présenta avec empressement. Malheureusement, si l'écriture des jours précédents était faite de belles rondes appliquées, celle du 9 avril était plutôt du genre pattes de mouche, et il dut s'y reprendre à deux fois avant de déchiffrer le nom que le garçon soulignait du doigt.

— Boudin Eugène. Ou alors Boutin ? Boulin ?

Alfred avait les joues couleur de la Poudre Écarlate dont une affichette au mur vantait les propriétés récurantes.

— Euh… Je suis désolé, monsieur, je ne sais plus, je…

Son père lui administra un semblant de coup de canne.

— Enfin, Alfred ! Combien de fois je t'ai dit d'être soigneux avec le livre ?

— Pardon, papa, gémit-il. Boudin, oui… Ou alors, Boutin…

— Calme-toi, ordonna François. Si tu n'es plus certain du nom, tu as pu remarquer autre chose. Une particularité dans son visage, son habillement, sa façon de s'exprimer… Il a peut-être fait allusion à ce qu'il comptait faire avec ses outils ?

— Rien ! répondit Alfred, paniqué. Il n'a presque pas parlé… Il est entré, il a choisi, il a payé… Je vous jure, monsieur le commissaire !

Une fois le 36 réintégré, François monta au troisième étage consulter les archives de l'Identité judiciaire. Ce service avait été créé à la fin du siècle précédent à l'initiative d'Alphonse Bertillon, l'inventeur d'un procédé d'identification reposant sur un éventail de mesures anthropométriques : diamètre du crâne, largeur de la mâchoire, longueur du pouce, des os des pieds ou des bras, etc. Le système avait été perfectionné avant la guerre – en incluant le relevé des empreintes digitales – et c'était aujourd'hui quelque quatre millions de signalements que conservait le Sommier judiciaire.

François se posta devant l'étagère consacrée à la lettre B et entreprit de passer en revue des dizaines et des dizaines de fiches, à la recherche d'un hypothétique Eugène Boudin ou Boulin ou Boutin. Sans succès. Ce qui pouvait signifier deux choses : soit l'acheteur de la quincaillerie Aubron était inconnu des services de police, soit il avait fourni une fausse identité au jeune Alfred. La seconde hypothèse étant de loin la plus vraisemblable.

— Ça alors… Caboche ?

François tressaillit. La voix, masculine et enjouée, s'adressait de toute évidence à lui. Il mit cependant un temps avant de réagir : cela faisait plus de sept ans que personne ne l'avait appelé ainsi.

Un employé de l'Identité judiciaire en blouse grise se tenait à trois mètres, la mine à la fois surprise et réjouie.

— Tu ne me remets pas ? Giel… L'orphelinat… Mégot !

— Mégot, répéta François ébahi. Mégot !

Passé l'instant d'hébétude, il lui tendit chaleureusement la main et réalisa aussitôt sa bévue : de la manche droite de la blouse réglementaire dépassait l'extrémité d'une prothèse. Il retint maladroitement son geste, ce qui parut amuser son interlocuteur.

— Hé ! lança ce dernier en exhibant la tenaille articulée qui lui prolongeait le bras, on se serre la pince, si tu veux !

Et sans plus de façon, il s'approcha de François pour lui donner une accolade fraternelle.

— Sacré Caboche, si je m'attendais à te voir traîner par là ! Qu'est-ce que tu fiches dans ces armoires ?

— Je… Je suis inspecteur à la Brigade criminelle.

— Inspecteur à la Criminelle ! Mazette, un vrai monsieur ! Et est-ce qu'un inspecteur à la Criminelle comme toi daignerait s'envoyer un godet avec un sous-fifre des Archives comme moi ?

Vingt minutes plus tard, les deux anciens de Giel s'installaient à deux pas du Palais de justice, au Café du Marché aux fleurs.

Après avoir trinqué et bu une gorgée d'un sancerre fruité, Lucien Desmoulins, dit Mégot, planta son regard dans celui de François.

— Alors te voilà devenu inspecteur, ma Caboche ! Tu sais que ça ne m'étonne pas tant que ça ? À l'école, déjà, tu raflais tous les prix.

François hocha la tête. C'est vrai, il n'avait jamais éprouvé de difficulté avec les études. Cela avait suffi pour lui valoir une réputation de grosse tête et ce surnom de « Caboche » traîné à l'orphelinat des années durant. Une insulte, sans doute, mais teintée pour beaucoup de ceux qui la proféraient d'une pointe d'admiration.

— Bon, inspecteur Caboche, tu te décides à me raconter comment tu as atterri au milieu de mes archives ou il faut que je fasse le sacrifice d'un autre blanc ?

François vida son verre cul sec et entama un résumé de son existence depuis qu'il avait quitté le petit village de Giel. Par égard pour son camarade, il minimisa la gravité de ses blessures de guerre – il s'en était sorti au complet, lui. Fidèle à son surnom, Mégot l'écoutait en roulant – avec une stupéfiante dextérité, malgré sa prothèse – puis en fumant cigarette sur cigarette. Aussi loin que François s'en souvenait, il l'avait toujours connu ainsi, en train de griller d'improbables rouleaux de papier dans lesquels il fourrait à peu près tout et n'importe quoi : paille, foin, herbe sèche, feuilles, graines… De la bourre de fauteuil, même – ce qui lui avait valu de sérieuses cloques à la langue.

— Et toi, Mégot, explique-moi un peu comment tu as endossé la blouse des archives…

Lucien soupira en faisant claquer sinistrement sa prothèse.

— C'est le dernier cadeau du bon Dieu, mon pote. Une foutue grenade que les Alboches nous ont balancée en pleine attaque. C'était en avril 1916, sur la Somme, 61e division, 202e régiment d'infanterie… La côte du Poivre, ça te dit quelque chose ? Va savoir ce qui m'a pris, j'ai voulu ramasser le citron et baste, le retourner à l'envoyeur… Une fameuse connerie, oui ! La saloperie m'a à moitié pété dans les doigts et j'ai pu dire adieu à ma main avec une bonne mesure d'avant-bras. J'ai fait divers centres de rééducation à droite à gauche et j'ai fini pas loin d'ici, dans le 4e arrondissement, au jardin de convalescence Saint-Merri. C'est là où j'ai appris que la Préfecture recrutait des estropiés comme moi. Prétendument « pour participer à l'effort de retour à la vie civile de nos mutilés ». Ou un charabia du même acabit. J'ai posé ma candidature et j'ai décroché la timbale. Et me voilà avec ma pogne de fer au milieu d'étagères bourrées d'empreintes digitales… La vie est pas coquette ? (Il remplit son verre et celui de François.) Remarque bien, je suis pas malheureux. Un gentil boulot, une gentille paye, des gens qui font semblant qu'ils me doivent quelque chose dans la rue… Enfin, de moins en moins, d'ailleurs. Et puis y a les femmes… Tous ces pauvres gars qui ont cassé leur pipe dans la boue, ils en ont laissé des malheureuses derrière eux ! Alors pourquoi elles auraient pas un peu droit au bonheur, elles aussi ? Surtout qu'on m'a pas raccourci de partout, hein !

L'alcool aidant, Mégot se lança dans un recensement complaisant de ses conquêtes, d'où il ressortait qu'il était un véritable Casanova. François l'écoutait d'une oreille distraite, porté par d'autres images : les grands bâtiments sévères de l'orphelinat, la salle de classe où une cinquantaine de gamins en culotte courte faisaient crisser leur plume, la chapelle où malgré le poêle il faisait si froid l'hiver, les chahuts de la nuit lorsque le père surveillant ronflait, les après-midi d'été à travailler dans les champs sous un soleil de plomb…

— Et toi, Caboche, avec ces beaux yeux verts et cette gueule d'ange même pas abîmée, tu as dû en faire chavirer des mignonnes, non ?

François observa son reflet qui se découpait dans la vitre sur le bleu sombre de la rue. Il était plutôt beau garçon, le nez droit, une moustache fine qui couronnait ses lèvres bien dessinées, et ce grand front, surtout, qui n'était pas celui de sa mère, et dont il s'était demandé plus d'une fois de qui il le tenait.

— J'ai failli me marier, murmura-t-il. Avant la guerre…

— Et qu'est-ce qui s'est passé ?

— Il s'est justement passé la guerre, lâcha François sur un ton sans réplique.

Mégot dut recevoir le message cinq sur cinq, car il se pencha au-dessus de la table :

— On va arranger ça, mon vieux. Pour les peines d'amour, ils ont ici deux ou trois remèdes qui te feront chanter le cœur.

3
Le cambriolage de la villa Maupin

FRANÇOIS se réveilla avec l'impression que la barre à la tête de son lit lui avait traversé le crâne. Ce n'est pas seulement qu'il avait la migraine, il *était* la migraine. La soirée en compagnie de Mégot s'était étirée de prune en Grand Marnier, de calvados en mirabelle, revisitant verre après verre plus de quinze années d'orphelinat, et il n'avait aucune idée sur la manière dont il avait finalement regagné la rue Dolet. Pas plus que de l'heure qu'il pouvait bien être. L'heure…

Il se traîna lamentablement jusqu'à la fenêtre, ouvrit les rideaux, et ce fut comme si une épée de lumière le fendait de haut en bas. Il étouffa un cri : nom de Dieu, Robineau l'attendait pour son rapport depuis plus de cinquante minutes !

Une heure plus tard, le crâne vrillé d'insupportables bourdonnements, il fut accueilli quai des Orfèvres par un Gommard narquois.

— Le chef a cru que tu avais démissionné dès le premier jour. Ça se produit de temps en temps.

— Je suis désolé, s'excusa François. J'ai eu un empêchement...

— Un empêchement? Tu veux dire que ta femme t'a empêché de rentrer chez toi et que tu as dormi dehors? Tu es fripé comme les cloches du quai du Louvre!

Dans la précipitation, François avait oublié de se changer.

— Je n'ai pas de femme, se contenta-t-il de répondre.

— Tu as bien de la chance, s'esclaffa Gommard. La mienne, quand elle est en colère, elle est plus redoutable que Robineau! Qui était soit dit en passant d'une humeur massacrante, ce matin. Et pas uniquement à cause de toi...

François hésitait à considérer cela comme une bonne nouvelle.

— Pourquoi?

— D'abord pour ses histoires d'anciens combattants. Il y avait une élection hier dans son association, et il n'a pas obtenu le poste qu'il convoitait. Du moins, c'est ce que j'ai compris. Et puis surtout, il y a cette affaire qui est en train de nous échapper. Un type qui aurait zigouillé plusieurs femmes en banlieue. Landru ou un nom de ce genre. Il s'est fait alpaguer à Montmartre il y a quelques jours, mais l'opération a été confiée à la première brigade mobile. Que Robineau ne porte pas dans son cœur, tu t'en apercevras... Il fait des pieds et des mains depuis pour récupérer l'enquête. Je le sais d'autant mieux qu'il me presse d'intervenir auprès de mon oncle. Il faut croire qu'il trouve tout de même quelques qualités au neveu du préfet...

La première brigade mobile, réfléchit François, la concurrente directe de la Criminelle. Les compagnies de mobilards avaient été créées en 1907, la plupart en province, pour pallier les insuffisances des polices locales. Concernant la capitale, la brigade mobile dépendait de la Sûreté générale, rue des Saussaies, et son ressort s'étendait théoriquement à Paris extra-muros et au-delà. Mais, en réalité, les mobilards disposaient d'un précieux droit de suite qui les autorisait à poursuivre si nécessaire leurs investigations n'importe où en France. Ce qui signifiait qu'ils pouvaient arrêter un voyou à Montmartre, en plein cœur de Paris – domaine de la Préfecture – dès lors que celui-ci avait commis des actes délictueux en banlieue. D'où de multiples conflits de juridiction entre les deux instances. Sans compter que par le passé, la première brigade mobile s'était illustrée dans des affaires retentissantes – comme celle de la célèbre bande à Bonnot – au détriment de la Criminelle. Une inimitié tenace et réciproque liait les deux corps. D'où les manœuvres de Robineau…

— Et où est-il, maintenant ? s'enquit François.

— Parti sur un crime à Pigalle. Un gars qui a pris une balle dans le dos cette nuit… Comme tu t'es fait porter pâle, c'est Lefourche qui l'accompagne.

— Et moi, je suis censé faire quoi ?

Gommard prit la fiche verte qu'il était en train de consulter.

— Il y a eu un cambriolage dans le 6ᵉ et le commissariat nous demande un coup de main. Dès que Filippini sera arrivé, vous pourriez aller y faire un tour tous les deux. Et, en attendant, Robineau a laissé un paquet pour toi.

Le paquet portait l'en-tête de l'armurerie de la Préfecture. François y découvrit son pistolet de service – un browning 7.65 modèle 1900, à sept coups –, un étui d'épaule pour le ranger, une boîte de quarante-deux balles, un certificat officiel de délivrance et un rappel du règlement interne concernant l'usage et le port d'arme. Il soupesa l'objet dans sa paume, engagea les munitions dans le magasin, passa l'étui sous sa veste afin de pouvoir y glisser son arme.

Filippini déboula sur ces entrefaites, la mine préoccupée. Sans lui laisser le temps de respirer, Gommard lui suggéra de se rendre sur-le-champ dans le 6ᵉ arrondissement.

— Certainement pas, rétorqua Filoche. J'ai rendez-vous à onze heures trente avec le commissaire Guichard et il n'est pas question que je sois en retard. Tu vas te secouer les puces et y aller toi-même.

— Guichard ? Qu'est-ce qu'il te veut ? biaisa Gommard.

— Savoir si tu te mets enfin au travail, répliqua Filippini, l'œil mauvais.

L'allusion au commissaire Guichard, le grand chef de la Criminelle, parut faire mouche : Gommard se leva sans un mot et fit signe à Simon de le suivre.

LE cambriolage signalé par le commissariat du 6ᵉ avait eu lieu dans une impasse adjacente à la rue du Cherche-Midi, quartier Saint-Germain. Un passage donnait sur la villa Maupin, hôtel particulier de deux étages à la facture classique : façade élégante, belle pierre de taille et toit en ardoise, le tout niché dans un jardin arboré.

Un gardien de la paix surveillait l'entrée. Il les accompagna sur le perron et ils pénétrèrent dans un vestibule, apparemment au beau milieu d'une arrestation : trois agents ceinturaient un grand Noir en livrée de domestique qui protestait de toutes ses forces.

— Lâchez-moi ! J'y suis pour rien !

— Calme-toi ! hurla un quatrième policier en lui flanquant un méchant coup de bâton sur la hanche.

Un peu en retrait, un couple d'une cinquantaine d'années observait la scène, l'air furieux. François s'attendait que Gommard prenne l'initiative et se présente, mais il n'esquissa aucun geste pour intervenir. François se sentit obligé de prendre les devants.

— Inspecteur Simon. Le commissariat du 6ᵉ nous a appelés. On peut savoir ce qui se passe ?

L'agent au bâton se tourna vers lui. Il portait le numéro de matricule 217 brodé sur le col de son uniforme.

— Désolés pour le dérangement, inspecteur, on vient juste de mettre la main sur le coupable. La prochaine fois, vous n'aurez qu'à nous laisser faire !

Il y avait un soupçon d'arrogance dans sa voix – ou bien le mal de tête de François le rendait-il irritable ?

— Puisque nous sommes là, expliquez-nous tout de même.

Le gardien de la paix enfonça son bâton dans les côtes du suspect pour l'obliger à se tenir tranquille.

— Eh bien…, fit-il avec une certaine impatience. M. et Mᵐᵉ Maupin ici présents viennent de rentrer d'un voyage en Afrique et…

— Afrique du Sud, le coupa la femme sur un ton pincé. De la province de Kimberley, précisément, où mon mari est en affaires avec une importante société de diamantaires.

— Oui, enfin bref, reprit l'agent, lorsque M. et Mᵐᵉ Maupin sont revenus hier après deux mois d'absence, ils ont constaté que leur coffre-fort avait été fracturé et des titres et des bijoux volés.

— Des diamants ! le corrigea la femme. Une douzaine de diamants ! Dis-le, Georges !

Le Georges en question, l'allure rondouillarde, le teint couperosé, répondit mollement :

— Euh, bien sûr, ma chérie… Une douzaine de diamants, en effet, d'un demi à un carat et demi, d'une pureté exceptionnelle… Je les destinais à la foire internationale qui se tient à Anvers la semaine prochaine. Ils étaient dans une aumônière de soie bleue.

— Je vous promets, maître, je suis innocent, clama le domestique. Jamais je suis monté là-haut !

— Et qu'est-ce qui vous a conduit à interpeller ce monsieur ? interrogea François.

— Un jeu d'enfant, se rengorgea l'agent. C'est le gardien de la villa… Il occupe une petite dépendance à l'extérieur, et il a pour tâche de surveiller la propriété et d'entretenir le jardin. Il possède aussi un jeu de clés de la maison, des fois qu'il y aurait un problème ou une réparation à faire. Après le départ de ses patrons, il est resté tout seul ici. Deux mois… Il a eu largement le temps de préparer son coup !

— Tu vois bien, Georges, s'énerva la dame Maupin, je t'avais dit qu'il ne fallait pas employer ces gens-là…

— Je sais chérie, je… j'aurais dû t'écouter !

— Et mis à part ces soupçons, vous avez des preuves ? insista François.

— Des preuves ? s'étonna le policier. Mais la meilleure des preuves, c'est l'absence de preuve, justement ! Aucun verrou n'a été forcé, à part celui du coffre-fort. Toutes les portes et les fenêtres sont intactes. Et ce nègre prétend bien sûr n'avoir rien vu ni rien entendu !

François observa le prévenu. Une protestation sincère se lisait dans son regard.

— Depuis quand est-il à votre service ? demanda François.

— Mon mari l'a engagé au début de l'année. Nous avions un chien jusque-là. Hélas ! le pauvre Jupiter est mort à Noël. J'aurais préféré reprendre un bas-rouge, mais Georges a insisté pour aider un de ces malheureux qui revenaient de la guerre. Vous voyez le résultat !

Ces deux-là – trois en comptant l'agent 217 – commençaient sérieusement à taper sur les nerfs de François. Qui décida brusquement que le domestique n'était pas coupable. Une intuition…

François se tourna vers Gommard, quêtant son avis. Celui-ci haussa les épaules, comme s'il se moquait éperdument de cette histoire.

— J'aimerais voir le coffre-fort, indiqua François.

— Nous sommes sur le point de conduire le suspect au commissariat ! s'insurgea l'agent.

— C'est l'affaire de quelques minutes. Et ça me permettra de boucler mon rapport...

L'agent 217 fit signe à ses collègues d'avoir le domestique à l'œil et précéda François dans l'escalier de marbre en grommelant. Le bureau était lumineux et entièrement tapissé de scènes champêtres, avec une belle cheminée surmontée d'un miroir à feuilles d'acanthe et une longue table de travail impeccablement rangée. Entre deux bergères délicates, une armoire en métal jurait par son style moderne. Ses deux battants étaient ouverts – l'épaisseur de leur blindage soulignant assez leur fonction – et l'intérieur vide.

— Tout était posé sur la troisième étagère, là, geignit Maupin en s'épongeant le front. Ça fait tout de même un choc!

François se pencha sur le battant du coffre-fort où était logée la serrure. Elle ne portait pas de marque de forcement très nette.

— Vous n'aviez tout de même pas laissé les clés du coffre à votre domestique?

— Vous plaisantez, inspecteur! se récria le diamantaire en s'épongeant de plus belle.

— Alors il a bien fallu qu'il l'ouvre lui-même...

L'agent eut une moue condescendante.

— Un complice, évidemment! Un spécialiste du crochetage. Qu'il a fait entrer discrètement dans la propriété. Mais soyez tranquille, il finira bien par nous donner son nom au commissariat!

— Je n'en doute pas, acquiesça François. Et vous êtes certain d'avoir vérifié toutes les issues?

— Toutes. La porte de service, les croisées sur le jardin et même les ouvertures sur le toit. Aucune chance que quelqu'un soit passé par là. Je vous le disais, c'est l'absence de preuve qui est la meilleure preuve!

Une idée, soudain, se fraya un chemin sous le crâne douloureux de François.

— Il y a une cave?

— Je ne comprends pas très bien ce que vous cherchez, inspecteur, mais si ça vous chante..., fit Maupin en les conduisant vers la cuisine.

Il désigna une porte basse sous un renfoncement d'escalier. François avança de quelques pas. Un meuble grillagé abritait des provisions tandis que de nombreux bocaux remplis de légumes, de prunes ou de cerises étaient stockés sur une enfilade d'étagères. Plus loin, le maître de maison avait entreposé sa réserve de bouteilles de vin. Le reste de la cave tenait surtout du débarras.

— Vous avez bougé quelque chose, récemment? demanda François en éclairant le sol poussiéreux où se voyaient des traces fraîches de piétinement.

— Non, bien sûr que non, rétorqua Maupin. À moins que le domestique soit venu en notre absence!

François sentit un léger coulis d'air lui effleurer le visage. Une série de vieilles planches étaient alignées à la verticale sans raison évidente. Il en dégagea une, puis deux, soulevant derrière lui des exclamations de surprise. Un trou de un mètre de haut balafrait le mur.

Il y eut un moment de confusion. Le diamantaire se mit à glapir en appelant sa femme, on ordonna à la cuisinière d'apporter d'autres lampes et deux policiers supplémentaires vinrent à la rescousse. Quant à l'agent 217, il paraissait tout simplement pétrifié.

— Je crains qu'il ne vous faille revoir votre belle théorie, lui glissa François avant de se faufiler par la brèche.

Celle-ci donnait sur un minuscule passage taillé dans la roche qui menait à son tour dans un couloir étayé qui lui-même s'enfonçait dans l'obscurité. À l'évidence, son creusement était ancien et il s'agissait là de l'une des multiples ramifications des catacombes.

François revint sur ses pas et souffla à l'oreille de Gommard :

— On tient quelque chose… Je pense que le commissaire Guichard apprécierait si l'on faisait une reconnaissance.

Gommard eut une moue indéfinissable mais ne protesta pas lorsque François l'entraîna dans le souterrain qui descendait en pente raide. Ils parvinrent ainsi à une grille assez semblable à celle que François et Robineau avaient croisée la veille sous les ateliers de la rue Vandamme. Le verrou en avait été démonté et un sac de jute traînait par terre. François s'empressa de l'ouvrir : il recélait des vêtements propres, chemises et pantalons, ainsi que deux paires de chaussures usées mais soigneusement brossées. Deux paires, deux hommes…

Trois escaliers successifs les menèrent à un niveau inférieur, où régnait une vague odeur d'égout et où on pataugeait dans la boue. Une centaine de mètres plus loin, une bifurcation les arrêta. François leva sa lampe et repéra sur la paroi de gauche une flèche gravée à hauteur d'homme. Une flèche dont chaque élément était fait de traits dédoublés, étrangement semblable à celle qu'il avait remarquée la veille en compagnie de Robineau.

— D'après toi, à vol d'oiseau, on est à quelle distance de la gare Montparnasse?

L'étrangeté de la question tira Gommard de son mutisme.

— Quoi?

— Le crime d'hier, dans les dépôts de la gare… Le type qui a été tué avait dégagé un passage donnant directement dans les catacombes. Et il y avait une flèche comme celle-ci sur l'un des murs.

Gommard prit son temps avant de répondre.

— Tu sous-entends qu'il y aurait un lien entre ce cambriolage et le meurtre de la rue Vandamme?

— Peut-être. On se demandait avec Robineau ce que la victime pouvait bien fricoter dans ces souterrains. Maintenant, on peut imaginer qu'elle et ses complices – *son* complice, je dirais – ont rendu une petite visite à notre ami diamantaire.

— Et cette flèche indiquerait le chemin vers Montparnasse?

— Il n'y a qu'un seul moyen de le vérifier!

APRÈS dix minutes de progression silencieuse à travers une succession de corridors, tantôt empierrés et bien au sec, tantôt baignant dans la gadoue, et toujours fléchés quand un embranchement menaçait de les perdre, Gommard se mit soudain à parler.

— Il faut reconnaître que tu t'en es tiré avec les honneurs chez ces négriers de Maupin.

— Et toi, tu n'as pas levé le petit doigt pour m'appuyer.

— Ça, c'est contraire à mes principes, rigola-t-il. En faire le moins possible, voilà ma devise! Il y a des tas d'inspecteurs de valeur autour de moi et je ne voudrais surtout pas les priver du bonheur d'exercer leurs talents.

— Personne ne t'obligeait à entrer dans la police, Gommard! Tu n'avais qu'à faire postier!

— Oh, mais je n'en aurais pas travaillé davantage! Et on m'aurait rapidement flanqué dehors! Tandis qu'avec un préfet en guise d'oncle, même Robineau y regarde à deux fois.

— Chut! intima François.

Ils venaient de pénétrer dans un espace beaucoup plus vaste, avec de vrais murs et un vrai plafond taillé à angles droits, soutenu par des entassements de pierre en forme de pilier. Certainement une carrière désaffectée. François ralentit et dissimula sa lampe derrière son dos, car il lui semblait avoir entendu un bruit quelque part dans le fond.

— Tu crois qu'il y a quelqu'un ? chuchota Gommard.

Tous les sens aux aguets, ils traversèrent la zone d'extraction du calcaire sans qu'aucun mouvement suspect se produise. Arrivé au bout, François n'eut même pas le temps de faire un pas : un bras puissant se referma autour de son cou et il se sentit happé en arrière. Il tenta d'avertir Gommard, mais son cri s'étrangla dans sa gorge.

Avant de perdre l'équilibre, François réussit à balancer un violent coup de coude à son assaillant, puis, profitant de la fraction de seconde où celui-ci avait le souffle coupé, lança de toutes ses forces le pied en direction de ses jambes. Quelque chose fit « crac » chez son adversaire tandis qu'une voix qu'il connaissait se mettait à rugir :

— Arrêtez, c'est Gommard !

Son agresseur le lâcha aussitôt et se laissa choir au sol en se tenant le genou. Consterné, François reconnut la silhouette de Mortier penchée sur son malheureux collègue.

— Mon nez ! Il m'a cassé le nez !

— Merde, lâcha Mortier en avisant François, Simon est là aussi !

— Tu n'es qu'une brute, Adrien, s'enflamma Gommard.

— Si j'avais su ! s'excusa Mortier. On a cru que vous étiez de la bande de Montparnasse ! On voulait les prendre par surprise.

François tendit la main à l'homme qui avait failli l'étrangler, un quadragénaire chauve en uniforme noir, lequel se releva difficilement en se massant la rotule.

— Ouh… Eh bien, vous m'avez pas loupé !

— Je… je vous présente Dubois, fit Mortier assez penaud. Il est de l'Inspection des carrières. Le chef nous a demandé d'aller fouiller le réseau des catacombes sous les ateliers. On a suivi l'espèce de flèche dont il avait parlé et… Mais vous, comment c'est possible qu'on vous rencontre là ?

François s'avança.

— Venez, on va vous montrer quelque chose…

Une heure pile sonnait à Notre-Dame lorsque Mortier, Gommard et François se rapatrièrent quai des Orfèvres, trouvant leur QG envahi par une trentaine d'inspecteurs qui écoutaient religieusement un personnage imposant à la barbe et aux cheveux grisonnants.

— ... bien compris votre légitime émotion, messieurs. Je me suis entretenu au téléphone avec le commissaire Dautel, mon homologue à la première brigade mobile, qui s'occupe de cette affaire Landru. Il m'assure que ses hommes ont scrupuleusement respecté les accords qui nous lient...

Robineau, placé au premier rang, leva la main pour intervenir.

— Commissaire Guichard, le prévenu a été arrêté à Montmartre et il réside légalement au 75, rue de Rochechouart, dans le 9e arrondissement. En droit, c'est à nous qu'il incombe de mener la procédure...

— À ceci près qu'il est inculpé de faits qui se sont déroulés à Gambais, près d'Houdan, c'est-à-dire très loin de notre juridiction.

— Autrement dit, ce Landru nous échappe?

— Le commissaire Dautel m'a assuré qu'en gage de bonne volonté il n'hésiterait pas à associer certains des membres de nos équipes à son enquête, si nécessaire. Il semble que de vastes perquisitions soient sur le point d'être lancées. Notre concours pourrait lui être utile.

— Vous ne comptez tout de même pas, monsieur le commissaire, que nos hommes aillent sur le terrain sous les ordres des mobilards?

— Inspecteur principal Robineau, rétorqua Guichard avec raideur, le ministère nous regarde. J'ai entrepris des négociations délicates avec notre autorité de tutelle pour que ce genre de... de déconvenue ne se reproduise plus, et qu'à l'avenir notre brigade soit rétablie dans ses justes prérogatives. Il serait mal venu de manifester notre mauvaise humeur plutôt que notre sens du devoir. Suis-je clair? Qui plus est, nous avons nous aussi des échéances. Le 1er mai approche et, d'après ce que nous savons, la mobilisation syndicale s'annonce plus forte que jamais. Nous devons démontrer au gouvernement qu'il a raison de nous faire confiance en participant de manière décisive au maintien de l'ordre dans la capitale. Je compte sur vous, messieurs... (Le commissaire Guichard esquissa un sourire.) Et pour me faire pardonner cette réunion tardive qui prive quelques-uns d'entre vous de leur déjeuner, j'ai prié le café de la place Dauphine d'apporter de quoi vous restaurer. De la charcuterie fine et quelques bouteilles... Bon appétit, messieurs!

Le commissaire s'éclipsa sous des applaudissements enthousiastes et les hommes se jetèrent en désordre vers la salle voisine et le buffet promis. François suivit le mouvement, mais la main de Robineau l'arrêta sur le seuil.

— On dirait que vous êtes plus pressé de vous remplir l'estomac que de me faire votre rapport, inspecteur Simon !

— Oh, chef ! Pardonnez-moi, j'ai... j'ai eu des difficultés ce matin. Je suis arrivé en retard et...

— Nous verrons ça tout à l'heure. En tout cas, votre tenue est inexcusable. Devant le commissaire Guichard, de surcroît.

— Ah ! la boue, oui, excusez-moi ! Il se trouve que Gommard et moi sommes redescendus dans les catacombes et que nous n'étions pas vraiment équipés pour...

— Ce n'est pas Mortier que j'avais envoyé là-bas ?

— Si, si, mais nous nous sommes croisés à mi-chemin, dans les sous-sols... Enfin, ça n'a pas été inutile, je crois que nous savons désormais ce que fabriquait notre victime en creusant ce trou.

La petite flamme courroucée dans l'œil de Robineau se mua en lueur d'intérêt. François lui exposa brièvement les informations qu'il avait glanées depuis la veille.

— En résumé, chef, je pense qu'ils ont monté ce coup à deux, pas plus. Notre homme, qui a acheté lui-même le matériel six jours auparavant, et son meurtrier. L'un des deux est sans doute un spécialiste du crochetage des coffres, et l'autre, pourquoi pas, un bon connaisseur des catacombes. Peut-être un ancien carrier, un égoutier, il faudrait chercher de ce côté-là... En tout cas, ils avaient tout prévu, depuis l'espèce de poing américain avec les deux tiges parallèles pour dessiner des flèches sur les parois jusqu'aux vêtements propres pour entrer dans la villa sans laisser de trace. Une fois les diamants récupérés, il a dû se produire quelque chose... Une dispute pour le partage du butin, par exemple.

Robineau hocha lentement la tête.

— Excellent, mon garçon, fit-il d'une voix neutre, des qualités de déduction remarquables... Seulement voilà, dans la police, la perspicacité n'est rien sans la discipline, ni l'individu sans le collectif. Pour vous apprendre à m'avoir fait faux bond et à négliger votre service dès le deuxième jour, vous allez me trier quelques dossiers que je destinais à Gommard. Vous voyez cette pile sur son bureau ?

4
Mado

FRANÇOIS ne rentra que tardivement rue Dolet. Après avoir passé l'après-midi à classer six mois de rapports de police, il s'était promis de ne plus jamais être en retard à la Brigade.

L'épicerie était fermée à cette heure, et il passa par la porte du petit immeuble dont Mado occupait les deux étages surplombant la boutique. Une odeur revigorante de potée au chou réveilla les crampes de son estomac. Il se précipita dans la cuisine, où l'attendaient une assiette et une louche posées près d'une marmite emmaillotée dans des épaisseurs de torchons. Irremplaçable Mado, elle avait pensé à lui… Et il en était ainsi depuis le début. Elle ne le jugeait pas, ne cherchait pas à se comporter comme une seconde mère, ne lui faisait pratiquement aucun reproche, mais veillait sur lui avec un tact et une attention qu'il n'avait jamais connus auparavant.

Lorsqu'il était arrivé à Paris, François avait juste vingt et un ans et il ne savait rien de la capitale. En échange du gîte et du couvert, il faisait chaque matin le commis pour Mado : il l'aidait à s'approvisionner aux Halles, portait les commandes aux clients, disposait les denrées dans son magasin. Puis il y avait eu l'engrenage du service militaire et de la guerre et, lors de ses rares permissions, elle lui avait catégoriquement interdit de faire quoi que ce soit d'autre que de manger et de se reposer. Plus tard, lorsqu'il était revenu de sa convalescence, François lui avait bien sûr proposé de la payer en contrepartie du lit et des repas qu'elle lui offrait, mais elle n'avait rien voulu entendre. « Considère-toi comme mon neveu préféré, lui avait-elle expliqué. En plus, c'est une bonne chose qu'il y ait un homme à la maison. Les temps sont durs pour tout le monde et une vieille femme qui tient seule une épicerie n'est pas forcément en sécurité. Alors autant avoir un policier sous son toit ! »

François ignorait à peu près tout du passé de Mado, mais il se doutait que la vie pour elle n'avait pas toujours été fleurie de roses : presque chaque soir, elle s'installait dans son fauteuil, ses journaux sur les genoux, sirotant de l'alcool au miel une partie de la nuit et écoutant en boucle quelques-unes des centaines de chansons qui formaient son inépuisable collection de musique. Et si François ne l'avait jamais trouvée saoule à proprement parler, il l'avait vue écraser une larme plus souvent qu'à son tour...

Son dîner achevé, François se dépêcha d'aller remercier la cuisinière dont la passion musicale débordait allègrement les cloisons.

— Ta potée était une merveille, Mado, dit-il suffisamment fort en entrant dans le salon.

Il s'approcha pour l'embrasser sur les deux joues tandis qu'elle baissait le son du phonographe. La logeuse de François avait organisé l'espace autour d'elle de façon à pouvoir changer sans mal les cylindres de cire qui transformaient son salon en Alcazar de la rue Dolet : le Pathéphone à pavillon d'aluminium trônait sur la table de gauche, entouré d'une vingtaine de boîtes rondes aux étiquettes de couleur qui abritaient les précieux objets chantants. À droite, sur le guéridon, outre la lampe, étaient posés la bouteille ambrée d'hypocras et un verre à pied quasiment vide.

— C'était assez chaud ? s'enquit-elle.

— Chaud et délicieux, la rassura François.

— Tant mieux ! Et la Préfecture, alors ? Je ne t'ai pas vu hier, raconte !

— Eh bien... j'ai fait un peu d'exploration dans les catacombes. Et puis j'ai trié des centaines de rapports par date et par ordre alphabétique.

Mado plissa les yeux et mille rides s'animèrent sur son visage.

— Rien de vraiment dangereux, alors ?

Bien qu'elle n'ait jamais voulu en parler ouvertement, François savait qu'elle s'inquiétait pour lui.

— Rien du tout ! Ah, et j'ai rencontré un ancien de Giel, Lucien Desmoulins. Il travaille aux Archives, un étage au-dessus de moi !

— Un ancien de Giel, répéta-t-elle. Ça c'est une chance ! Ton Lucien, il y est retourné, à Giel ?

François devina instantanément ce qu'elle avait en tête. L'orphelinat était un sujet sur lequel, mine de rien, elle aimait revenir. Non pas par une sorte de curiosité malsaine, mais parce qu'elle avait l'intuition que François était loin d'avoir fait la paix avec son enfance.

— Il n'y est pas retourné depuis la guerre, répondit-il prudemment.

— Et toi ? Ça fait combien de temps ?

— Près de sept ans.

— Tu pourrais rendre visite à ta mère, glissa-t-elle.

Nous y voilà, songea François. Ma mère...

— Je me demande bien pourquoi, se renfrogna-t-il. On ne s'est pas quittés en très bons termes, comme tu le sais.

— C'est une excuse pour ne lui avoir donné aucune nouvelle pendant sept ans?

— Elle m'a abandonné, non? C'est elle qui a choisi, pas moi!

— Elle a vraiment choisi, tu es sûr? rétorqua Mado. Et quand bien même... Quoi que tu en penses, elle est ta mère et elle est vivante.

Le jeune homme se renfonça davantage dans son fauteuil en levant les yeux au ciel. Sa mère était vivante, en effet... Mais, en un sens, cela n'avait rien arrangé, au contraire. Jusqu'à l'âge de huit ans, François s'était cru orphelin : il avait passé ses trois premières années chez une nourrice, dans la campagne de Caen, avant d'être confié à l'institution de Giel. Sauf que le jour de son huitième anniversaire, une jolie brune d'une trentaine d'années avait débarqué au parloir, vêtue d'une belle robe blanche, en prétendant qu'elle était sa mère. Premier choc... Suivi d'un deuxième, aussitôt après, lorsqu'elle avait précisé qu'elle ne comptait pas le reprendre. Elle souhaitait juste le voir, l'embrasser, lui apprendre qu'elle existait... mais elle devait repartir. À l'étranger, soi-disant, où elle menait une carrière de chanteuse lyrique. Voilà comment il avait été abandonné une seconde fois.

François s'était retrouvé dans la situation intenable de l'orphelin qui vient à la fois d'apprendre qu'il a une mère et qu'elle n'a aucune intention de jouer ce rôle.

Mado glissa un nouveau rouleau de cire sur le support du phonographe et tourna la manivelle. Comme par miracle, la voix puissante de Marcelly s'éleva du néant : « Un minois chiffonné, de grands yeux étonnés... » *La Valse des faubourgs*, un de ces succès populaires que Mado affectionnait.

— Il y a parfois plus malheureux que les gens auxquels on ne pardonne pas, François-Claudius, dit-elle sentencieusement. Ce sont ceux qui refusent d'accorder leur pardon...

— Mais lui pardonner quoi? s'insurgea François. Je l'ai vue peut-être sept fois en vingt ans! Toujours à sa guise, quand ça lui plaisait à elle! Comme si, dans l'intervalle, je n'existais pas! Un torchon dans un placard! Quand j'ai eu quatorze ans, j'ai même appris qu'elle avait refait sa vie avec un autre homme et qu'elle s'était installée à Caen, à soixante kilomètres à peine! Et qu'elle n'avait aucune envie de m'accueillir chez elle! Alors, oui, la dernière fois que je l'ai vue, je lui ai dit sa vérité en face… Non seulement je ne le regrette pas, mais je ne compte pas en plus aller m'excuser.

Mado le regarda avec douceur.

— Ta colère parle pour toi, mon garçon…

François soupira. Il voulait tirer un trait sur tout ça, oublier cette partie de sa vie. Et, accessoirement, changer de conversation.

— Désolé, Mado, je n'aurais pas dû m'emporter. Je n'ai pas trop dormi la nuit dernière et… Quelles sont les nouvelles, sinon?

Mado ne fut pas dupe de sa volte-face mais lui montra de bonne grâce la une du *Gaulois* : « Le Barbe-Bleue de Gambais aurait tué au moins dix femmes! »

— Tu veux que je te fasse la lecture?

C'était aussi l'une de leurs traditions du soir, lorsque François se trouvait à la maison.

Mado commença donc à lire à haute voix les six colonnes consacrées à l'affaire Landru. L'homme possédait de multiples identités, divers pied-à-terre à Paris ou dans les environs et semblait, depuis les débuts de la guerre, s'être fait une spécialité de l'escroquerie à la petite annonce. Il attirait par de jolies formules de jeunes veuves ou des célibataires crédules, leur faisant miroiter un mariage d'amour avec un beau parti – le sien. Il les convainquait ensuite de lui confier la gestion de leur fortune et il s'empressait de les dévaliser. Mais si l'on en croyait l'article, l'aigrefin ne s'en tenait pas là : l'un des carnets saisis à son appartement de la rue de Rochechouart laissait penser qu'une dizaine des malheureuses ainsi abusées n'avaient plus jamais reparu. Et les perquisitions menées à ses différents domiciles avaient offert de surcroît un bien inquiétant butin : des lettres d'amantes enflammées, des mèches de cheveux, des bagages et du linge aux initiales des disparues, un matériel complet de cordages et de bâches ensanglantés… Bref, le cynisme du personnage et le mystère inexplicable de ces disparitions avaient de quoi fasciner. Car enfin, qu'avait bien pu faire Landru de toutes ces femmes?

François comprenait mieux en tout cas pourquoi Robineau s'acharnait à récupérer l'enquête…

LE lendemain, son mal de crâne n'avait pas diminué d'un pouce. Sa cicatrice le brûlait presque autant qu'un an plus tôt, à l'époque de son opération. Il en était venu à croire que le chirurgien avait oublié des éclats de métal dans sa blessure, ce à quoi celui-ci avait répondu que la plaie comme la suture étaient parfaitement saines. Jusqu'au jour où, dans l'atelier d'outillage du centre de rééducation, François avait approché par jeu un petit aimant de sa tempe. Celui-ci s'était aussitôt collé à sa peau…

Malgré la douleur, il se força à se lever de bonne heure et se présenta en avance quai des Orfèvres. S'il avait espéré que cet effort lui vaille un quelconque retour en grâce, il en fut pour ses frais : Robineau le consigna à la brigade, avec pour mission d'expédier les affaires courantes – les fameuses fiches vertes, notamment.

C'est seulement le matin suivant que Robineau le tira du purgatoire où il l'avait jeté. Le téléphone sonna vers dix heures à la brigade pour signaler qu'un meurtre avait été commis dans un garni du 3e arrondissement, rue de Montmorency. La victime, un homme d'une trentaine d'années, avait été retrouvée morte, le bas du visage défoncé… L'inspecteur principal attrapa François et l'entraîna dans la cour de la Préfecture où l'on remisait les voitures d'intervention. Robineau choisit une Delage bordeaux à la carrosserie froissée – François allait vite comprendre pourquoi – et démarra en trombe, quittant l'île de la Cité sur les chapeaux de roue puis zigzaguant dans la circulation anarchique du boulevard Sébastopol.

Parvenus rue de Montmorency, ils se garèrent à cheval sur le trottoir, avant de s'approcher du numéro 33 où un petit attroupement s'était formé. Ils tombèrent sur la propriétaire des lieux qui faisait sa déposition. L'un des deux policiers reconnut Robineau et voulut lui céder sa place, mais celui-ci déclina.

— Plus tard… D'abord le crime !

Ils montèrent au quatrième où un autre policier marchait de long en large devant une porte ouverte dont le bois présentait des éraflures au niveau de la serrure. L'inspecteur principal entra avec précaution dans la chambre mansardée. Un homme gisait par terre sur le dos, un bras écarté du corps, l'autre tordu sous la hanche. Sa figure, de la racine du nez jusqu'au menton, n'était qu'une plaie vive, comme s'il avait été mordu par une meute de chiens enragés. Il portait un costume propre, de coupe assez grossière. Autour de lui, il y avait une chaise renversée, un verre brisé avec une carafe dont le contenu s'était répandu au sol et une étrange pince plate surmontée de deux espèces de haricots noirs. Le mobilier de la pièce était pour le reste assez sommaire : un lit défait, un poêle, un réchaud à alcool, un buffet aux tiroirs béants et une armoire dont les battants étaient entrebâillés. Sur la table, du linge et des vêtements étaient posés en tas et une valise en carton pendait, à moitié retournée sur le bord.

Les similitudes avec le meurtre de la gare Montparnasse sautaient aux yeux : la position du corps, le traitement infligé au visage, l'âge de la victime. François en conçut un sentiment de dégoût. Pas tant à cause de l'aspect terrible du cadavre – il avait vu bien pis sur les champs de bataille, des blessures tellement plus effrayantes et sur des *vivants* ! Non, ce qui le révoltait, c'est qu'un homme ait pu en assassiner un autre puis s'acharner sur lui de cette manière. Froidement, sciemment. Et pour la deuxième fois.

Robineau se pencha sur le corps en rajustant ses binocles dorés.

— Il y est allé moins franchement, cette fois. Les blessures au visage ne sont pas aussi profondes. Sans doute qu'il craignait de faire du bruit. C'est aussi pour ça qu'il n'a pas utilisé d'arme à feu, il n'y a pas de trace de balle. Peut-être qu'il l'a frappé par-derrière ou… étranglé, oui, c'est possible. Regardez, Simon, la position de la chaise. Elle est tombée en arrière. Le meurtrier devait se tenir dans le dos de sa victime. Il lui passe les mains autour du cou ou bien il l'assomme et dans le mouvement, le siège bascule. Avec le verre et la carafe. Le malheureux devait être en train de boire, l'autre en a profité. Après, il a fouillé la pièce, conclut-il. La valise, le lit, les placards…

— Ça pourrait avoir un rapport avec les diamants, vous croyez ?

— La fameuse dispute pour le partage du butin ? Ma foi, pourquoi pas ? Cela signifierait alors qu'ils étaient au moins trois sur l'affaire… En même temps, s'il s'agissait d'un simple règlement de comptes après un cambriolage, pourquoi avoir pris la peine de massacrer ainsi ses deux comparses ? Car je ne crois pas que l'assassin ait voulu seulement nous empêcher de les identifier. Après tout, il y avait plus efficace comme méthode que de s'en prendre juste au bas de leur visage. Non, ça doit avoir une autre signification.

L'inspecteur principal enfila ses gants et attrapa la pince plate près du pied de la table. Sa mâchoire, formée de deux arcs de cercle, était percée de plusieurs trous, et les deux tiges de trois ou quatre centimètres qui supportaient les deux haricots noirs étaient articulées perpendiculairement au manche. François ne voyait pas du tout à quoi pouvait servir cet instrument bizarre.

— J'ai déjà vu ça, souffla Robineau. Je vous ai dit que j'étais secrétaire de l'Union nationale des combattants ? Nous avons auditionné un certain nombre de mutilés ces derniers mois. L'un d'eux portait ce genre d'appareil… La partie aplatie se glisse dans la bouche et les trous se calent sur les dents. Les deux embouts perpendiculaires que vous avez là – il montrait les deux « haricots » noirs – sont dans une espèce de caoutchouc imputrescible, de la Vulcanite. On en place un dans chaque narine pour essayer de rendre au nez sa forme originelle, tandis que les gencives sont maintenues par les arceaux métalliques. Il s'agit d'une prothèse pour blessé de la face.

— Ça… ça expliquerait les mutilations sur la figure ?

Robineau hocha la tête avec perplexité.

— Je vous accorde que cela n'a pas beaucoup de sens, mais pour l'heure je n'ai rien de mieux à proposer.

Il se releva, car plusieurs voix masculines se faisaient entendre dans l'escalier.

— Les gars du labo. Venez, on va interroger la tenancière.

Ils laissèrent le champ libre à l'équipe scientifique et rejoignirent les deux policiers qui finissaient d'entendre la petite dame à l'air malcommode.

— Navré, madame, attaqua Robineau, je suis l'inspecteur de la Criminelle chargé de l'enquête et je vais devoir vous faire répéter certaines choses. C'est vous qui avez découvert le corps ?

— J'ai déjà tout raconté à votre collègue, monsieur l'inspecteur, et j'ai autre chose à…

Robineau la coupa.

— Pourriez-vous me rappeler votre nom, chère madame ?

— Marguerite Lavallière, mais je…

— J'imagine, madame Lavallière, que vous avez tenu scrupuleusement le registre légal imposé par la Préfecture et que vous êtes à jour de vos relevés de location ainsi que de vos timbres de quittance ?

La propriétaire battit aussitôt en retraite.

— Pour sûr, monsieur l'inspecteur, je suis à votre disposition !

— Alors si vous pouviez me faciliter la tâche en m'expliquant à nouveau comment les choses se sont déroulées ce matin…

— Ce matin? Eh bien, comme tous les jours, en fait. À neuf heures, j'ai distribué le courrier et j'ai fini au quatrième pour donner ses lettres à M. Lantier, le voisin de ce pauvre M. Aubrac.

— Aubrac, c'est le mort? Vous savez d'autres choses sur son identité?

— Ces messieurs du commissariat m'ont fait vérifier à l'instant, répondit la propriétaire, mielleuse. Jules Aubrac, né à Saint-Flour dans le Cantal, le 23 juillet 1887.

— Jules Aubrac, hein, né à Saint-Flour? Un faux nom. L'Aubrac est une région du Cantal, l'idée a dû lui venir comme ça... Mais ça peut aussi laisser penser qu'il est de là-bas. Auquel cas je ne serais pas surpris que la date et le lieu de naissance soient corrects et qu'il ait simplement changé son nom. C'est classique. Mais continuez sur ce matin, chère madame.

— Je suis donc montée voir M. Lantier pour le courrier et...

— Aubrac en recevait du courrier, lui? intervint François.

— Euh... Jamais, en fait. En trois mois et demi, pas une lettre.

— Continuez, s'impatienta l'inspecteur principal.

— La porte de M. Aubrac était mal fermée. J'ai frappé, et comme il ne réagissait pas, j'ai poussé. C'est là que je l'ai vu, allongé dans son sang, le visage tout...

Ses mots s'éteignirent dans un murmure inaudible.

— Et hier soir, vous aviez noté quelque chose de spécial? continua Robineau. Des allées et venues, du bruit dans les étages?

— Rien du tout! Et c'est ça qui fait encore plus peur! Penser qu'on peut assassiner les gens sous votre toit sans que personne s'aperçoive de rien!

— Aucun locataire non plus n'a remarqué quoi que ce soit d'anormal?

— Pas que je sache, inspecteur. Ou bien... Si, peut-être M. Lantier, puisqu'on en cause. Hier, on lui a livré une bouteille de bordeaux que d'après lui il n'avait jamais commandée. Mais allez savoir s'il s'est pas fait un petit plaisir en douce! C'est pas un verre ou deux qui lui font peur, d'ordinaire.

— Il en a bu, de ce bordeaux?

— Juste goûté, paraît-il. Soi-disant un vrai nectar et pas traître pour un sou. Il s'est levé tout à l'heure de bon pied en claironnant qu'il avait passé sa meilleure nuit depuis dix ans!

Robineau tira un mouchoir blanc de sa poche et essuya soigneusement ses binocles.

— Autrement dit, le meurtrier a trouvé le moyen de droguer M. Lantier, énonça-t-il très calmement. Je suppose que l'analyse de la bouteille sera plutôt instructive sur ce point. Bon, maintenant, madame Lavallière, parlez-moi de Jules Aubrac.

— Oh, c'était un locataire comme on les aimerait tous ! Très discret, très poli, jamais un problème. Payant ses quarante francs de terme rubis sur l'ongle. Il est arrivé au début du mois de janvier, le 10, si je me souviens bien, et depuis, pas un mot plus haut que l'autre.

— Il vous a expliqué d'où il venait ?

— Il était très discret, comme je vous dis. À mon avis, il avait fait la guerre, rapport à sa mine, sa coupe de cheveux et ses vêtements qui sortaient tout droit du dépôt de démobilisation…

— Il ne s'est pas lié avec l'un ou l'autre de vos pensionnaires ?

— Je l'ai jamais vu en conversation avec qui que ce soit ici.

— Et, à votre connaissance, il avait un travail ?

La vieille femme réfléchit un instant.

— Je crois bien que non. Souvent, il sortait dans la journée, mais pas à des heures régulières. Par contre, je l'ai aperçu deux ou trois fois à la brasserie de La Croix de Malte, boulevard Saint-Martin.

Robineau se tourna vers François.

— Vous irez jeter un œil là-bas, Simon. Vous en profiterez pour sonder le voisinage et les commerçants.

Puis, revenant à la tenancière :

— Des visites, il en recevait ?

— Comme les lettres, monsieur l'inspecteur, pas une.

— Il a pourtant bien fallu que quelqu'un s'introduise dans l'immeuble, madame Lavallière… Vous n'avez aucune idée à ce sujet ?

Son interlocutrice se dandina d'une jambe sur l'autre, mal à l'aise.

— En fait, monsieur l'inspecteur, faut que je vous confesse… La serrure de l'entrée est cassée depuis la semaine dernière. Un malotru a dû mettre un coup de poinçon ou de tournevis dans le pêne. Je comptais réparer, évidemment, sauf que ça veut dire changer toutes les clés des locataires, plus faire des doubles et tout le tralala. Avec les difficultés qu'on a déjà à s'en sortir…

— Autrement dit, n'importe qui pouvait s'introduire dans l'immeuble ? Y compris tard le soir…

Marguerite Lavallière ne pipa mot.

— Force est de constater que tout cela a été pensé, déclara Robineau. Fort bien pensé, même. La serrure sabotée, le vin trafiqué envoyé à un voisin porté sur la bouteille… Notre assassin est habile.

François aimait la rue. Même dans le froid, même sous la pluie, il pouvait marcher des heures entières, le nez au vent, à fendre la foule des gens ordinaires, à saisir les mots au vol, à serpenter entre les chaises des cafés, les charrettes et les kiosques à journaux.

Il flâna ainsi un bon moment dans le quartier populaire de Beaubourg. Muni de la description sommaire de Marguerite Lavallière – un homme de taille moyenne, les cheveux ras, les yeux marron, visage osseux et glabre, vêtu toujours d'un pardessus bleu trop grand –, il visita des dizaines de boutiques et interrogea même les marchandes de quatre-saisons, les vendeurs de gaufres et quelques clochards qui avaient leur repaire passage du Maure. Cent fois il posa la même question, cent fois il obtint la même réponse : personne ne connaissait un Jules Aubrac. Pas même à la brasserie de La Croix de Malte, sa piste la plus sérieuse, où aucun des serveurs ne put l'identifier avec certitude. Un client transparent… Pas d'attaches professionnelles connues, pas d'ami pour lui rendre visite, pas de famille pour lui écrire… Qu'était-il venu faire dans le 3ᵉ arrondissement ?

En passant devant le bureau de poste de la rue Saint-Martin, François eut une idée. Il entra et demanda le receveur principal. Après quelques palabres, celui-ci le conduisit au local réservé à la poste restante et compulsa un gros cahier noir.

— Oui, inspecteur, déclara-t-il avec un fort accent bourguignon, Jules Aubrac, boîte 27. Vous voulez que je l'ouvre ?

François acquiesça. La boîte en question, en bois noir et ferrures de cuivre, se trouvait sagement alignée parmi une trentaine d'autres. Hélas ! lorsque le fonctionnaire souleva le couvercle, elle était vide.

— Il recevait beaucoup de lettres ? questionna François.

Nouveau coup d'œil sur le cahier noir.

— Je peux pas dire si c'était beaucoup ou pas, mais je peux vous indiquer quand il venait. Les destinataires sont tenus de présenter le coupon de poste restante pour accéder à leur boîte. Voyons,

M. Aubrac… Cinq fois la semaine le plus souvent. Le lundi, le mardi, le jeudi, le vendredi et le samedi. Et comme ça depuis janvier.

François interrogea ensuite les employés du bureau, mais aucun d'eux n'avait eu l'occasion d'échanger plus de trois mots avec Jules Aubrac ni de prendre connaissance des lettres qu'il recevait.

De retour au 33, rue de Montmorency, le petit attroupement s'était dispersé et la Delage bordeaux n'était plus garée sur le trottoir. Au quatrième étage, le cadavre avait été enlevé et deux membres de l'Identité judiciaire finissaient de ranger le matériel de prise de vue.

— Vous avez trouvé quelque chose ?

— On le saura bientôt, répondit le spécialiste des empreintes digitales, les collègues ont photographié chaque centimètre carré de la pièce. Vous aurez les tirages et un croquis planimétrique dans les trois jours. Quant à moi, j'ai fait les relevés habituels sur les points de contact : poignées, dossiers de chaise, montants de lit, vaisselle sale.

— Beaucoup d'empreintes ?

— Pas mal, mais, à vue d'œil, les plus récentes appartiennent toutes à la même personne.

— Et de son côté, l'inspecteur principal a découvert quelque chose ?

— On a fouillé les meubles et les vêtements avec lui, mais apparemment le type qui vivait ici se contentait du minimum.

— La propriétaire a laissé entendre qu'à la manière dont il s'habillait, il avait certainement fait la guerre. C'est aussi votre avis ?

— Il a très bien pu obtenir une partie de son linge au dépôt de démobilisation, oui, mais si c'est le cas il n'a pas eu droit à toute la panoplie : on n'a retrouvé ni la paire de brodequins réglementaire ni la ceinture de flanelle. Pas de casque Adrian non plus, or vous savez comme moi combien les soldats y sont attachés.

Le casque, en effet, était l'un des rares souvenirs tangibles des tranchées que l'armée autorisait ses poilus à conserver.

François hésita à profiter de la camionnette pour rentrer à la Préfecture, mais l'idée de rester encore un moment sur les lieux du crime le tentait. Une fois le silence retombé, il fut envahi par une sensation singulière. Jamais auparavant il ne s'était retrouvé seul sur une scène de meurtre. Dans cette chambre, un homme avait vécu et un homme était mort. De lui ne subsistaient qu'une tache de sang sur le tapis, quelques effets bon marché, un verre brisé, un nom qui n'avait probablement jamais été le sien et une boîte à lettres vide en poste restante. Cela ne pouvait suffire…

Il se concentra, s'efforçant de se rappeler quelles avaient été ses premières impressions en pénétrant dans la pièce. L'aspect terrible du corps, bien sûr. Puis le froid, immédiatement après. Pourtant, il y avait un poêle.

Il franchit les trois pas qui le séparaient du meuble en fonte et ouvrit le foyer : plus de bois, seulement de la cendre. Qui avait été remuée, semblait-il, comme si on y avait cherché quelque chose. La police scientifique, sans doute. Ou bien l'assassin. Quoi qu'il en soit, Aubrac n'avait pas les moyens de se chauffer. Ce qui collait mal avec l'idée qu'il ait pu avoir en sa possession des diamants. Par ailleurs, rien dans ses habits ne laissait supposer non plus qu'il ait participé au cambriolage de la villa Maupin via les catacombes. Ni bottes, ni pantalon boueux, ni matériel de creusement d'aucune sorte…

Dans ce cas, quel rapport établir entre lui et l'inconnu de la gare Montparnasse ? Les mutilations. Les gueules cassées. La guerre. Mais selon les témoins, pas plus Jules Aubrac que le pseudo-Eugène Boudin n'arboraient de cicatrice au visage. Dans le même temps, si Aubrac avait bien été soldat, au vu de ses trente-deux ans supposés, il n'y avait aucune raison pour qu'il se soit trouvé démobilisé en janvier 1919. À moins bien sûr que, comme François, il n'ait été blessé.

François fouilla l'armoire, le buffet. À côté du réchaud à alcool, trois verres étaient retournés sur un torchon. François les examina l'un après l'autre à la lumière du timide soleil de printemps. Puisqu'on les avait nettoyés, Ignace, le spécialiste des empreintes digitales, n'avait sans doute pas pris la peine d'y pulvériser de la poudre de graphite ou du sulfure d'antimoine. En transparence, deux d'entre eux montraient d'imperceptibles coulures blanchâtres, comme s'ils avaient juste séché là, tandis que le troisième était absolument net : on l'avait soigneusement essuyé avant de le reposer.

Une bizarrerie qui en évoquait une autre, songea François : les marques suspectes sur la porte d'entrée. Il décida du coup d'inspecter à nouveau le battant. Les éraflures au niveau de la serrure étaient vraiment superficielles, à peine assez profondes pour avoir permis de la forcer. S'agissait-il d'un simulacre ? D'une fausse piste ? Comme cette prothèse pour la bouche et le nez dont on ne savait trop à quoi elle correspondait ? Tout était envisageable.

En refermant la porte, un coulis d'air froid lui glissa dans le cou et, par association d'idées, il alla à la fenêtre : quelqu'un aurait-il pu surprendre Aubrac depuis l'extérieur ? Le bois de la croisée était rongé par l'humidité, d'où les courants d'air. Pas de bûche pour se chauffer, une lucarne qui ne protégeait pas de grand-chose. La misère, assurément.

François approcha une chaise et grimpa dessus pour juger de la pente du toit : les ardoises, en mauvais état, plongeaient vers l'immeuble voisin et...

— Tiens, tiens, murmura-t-il.

On avait bourré les montants de la fenêtre avec des morceaux de papier pour tenter de la calfeutrer. François détacha une, puis deux, puis trois longues bandes tortillonnées sur elles-mêmes, délavées et blanchies. Depuis combien de temps se trouvaient-elles là ?

Il ramena son butin sur la table et déroula avec précaution le capitonnage improvisé. Du papier journal. Et pas n'importe quel journal : un journal allemand. Des portions entières de texte étaient indéchiffrables, notamment celles qui avaient été les plus exposées aux intempéries, mais d'autres restaient lisibles.

À force de s'arracher les yeux sur l'encre pâle, François finit par repérer une date dans un coin de page : *3. Januar 1919*. Il n'était pas nécessaire d'être polyglotte pour en deviner la traduction : le journal datait du 3 janvier 1919, soit quelques jours à peine avant que Jules Aubrac prenne ses quartiers d'hiver rue de Montmorency. Autrement dit, le malheureux débarquait tout juste d'Allemagne lorsqu'il avait choisi d'emménager ici.

— JE suis à vous dans trois secondes, lança Robineau.

François prit place sur l'un des sièges qui faisaient face au bureau de l'inspecteur principal, dans la petite pièce qui lui était réservée au deuxième étage de la Brigade.

— Excusez-moi, dit Robineau en refermant la porte. Alors, Simon, qu'y a-t-il de si important ?

— Pour commencer, chef, je pense que le meurtrier nous mène en bateau. L'histoire du coup de tournevis dans le verrou de l'immeuble, les éraflures sur la porte de la chambre comme si on était entré par effraction... À mon avis, ce n'est qu'une mise en scène pour suggérer qu'il s'est introduit clandestinement chez Jules Aubrac. En fait, je suis persuadé que non seulement les deux hommes se connaissaient mais même qu'ils ont trinqué ensemble.

Robineau sortit un étui doré de sa poche, y préleva une cigarette, l'ajusta ensuite sur le fume-cigarette en ivoire appuyé contre le cendrier, craqua une allumette et tira une longue bouffée de tabac.

— Intéressant, lâcha-t-il, poursuivez…

— Il y a d'abord la position de la chaise : elle est tombée en arrière avec la carafe de vin. Aubrac était en train de boire lorsqu'il a été attaqué dans le dos. Or il ne buvait pas seul : son meurtrier a pris soin de laver et d'essuyer son propre verre pour ne pas qu'on sache qu'il avait trinqué avec sa victime.

— Et comment s'y est-il pris pour le surprendre, alors?

— Je l'ignore. Peut-être est-il parvenu à glisser une drogue dans sa boisson? Comme avec le bordeaux du voisin? Après quoi il lui a suffi d'attendre qu'Aubrac s'assoupisse pour qu'il soit à sa merci.

— Soit… Admettons que le tueur et sa victime se connaissaient. Qu'est-ce que cela change?

— Exactement, je ne sais pas… Mais notre assassin a tout fait en tout cas pour le cacher, ce qui doit bien avoir une signification. Par ailleurs, si personne dans le quartier ne semble connaître Jules Aubrac, j'ai quand même réussi à en apprendre davantage sur lui.

François déplia les pages abîmées du journal.

— Il s'est servi de ces papiers pour boucher les trous autour de sa fenêtre. Regardez, c'est un quotidien allemand… J'en déduis que Jules Aubrac était prisonnier en Allemagne. Et qu'il a été libéré seulement en début d'année!

— Prisonnier en Allemagne?

— Oui, tout concorde! Marguerite Lavallière est convaincue qu'Aubrac a fait la guerre, et pourtant, d'après sa garde-robe, celui-ci n'a pas obtenu les effets civils auxquels il aurait pu prétendre. D'autre part, il semblait à court d'argent et on sait que les prisonniers n'ont droit qu'à une indemnité ridicule tant qu'il n'est pas établi qu'ils n'ont pas déserté. Qui plus est, notre homme avait les cheveux courts, presque rasés, il était maigre et il flottait dans son pardessus : pourquoi pas les conséquences de sa captivité?

Robineau souffla une volute de fumée grise. Il n'avait pas l'air impressionné, tout juste amusé.

— Vous êtes libre à déjeuner dimanche, Simon?

— Pardon, chef?

— Dimanche, à déjeuner. Je suis sûr que ma femme serait heureuse de vous rencontrer. Elle a toujours rêvé d'avoir un fils et elle me reproche de ne jamais inviter personne à la maison.

— Je... je serais très honoré, chef, je... Et pour Jules Aubrac?

— Pour Jules Aubrac... Ce qui nous manque avant tout, c'est sa véritable identité, n'est-ce pas? Que préconisez-vous, inspecteur?

François avait eu le loisir de tourner et retourner la question.

— Nous pourrions demander un état nominal des prisonniers arrivés d'Allemagne entre le 3 et le 10 janvier 1919, proposa-t-il.

Robineau émit une sorte de gloussement.

— Diantre! Vous savez quoi, Simon? J'ai fait cette démarche auprès du ministère de la Guerre il y a trois heures exactement!

— Trois heures? s'exclama François, stupéfait. Mais... mais comment avez-vous su...?

L'inspecteur principal prit un petit objet dans un tiroir et le lança à François. Il s'agissait d'une pièce de monnaie étrangère. Côté pile, on distinguait un aigle aux ailes déployées et, côté face, les mots suivants étaient gravés : *DEUTSCHES REICH, 5 PFENNIG, 1918.*

— Aubrac avait ça dans une poche, se contenta d'expliquer Robineau.

5

Socialistes

L E lendemain était un samedi et toute la Brigade sembla tourner au ralenti. Robineau fut la plupart du temps inaccessible, Mortier emmena Lefourche et Gommard on ne savait où, et Émile Devic passa sa journée à exposer à Pivert et à Boiveau sa tactique pour battre l'équipe du Royal Excelsior le lendemain. Déprimant. D'autant que la migraine de François avait repris de plus belle.

Ce n'est qu'en début de soirée qu'il parvint à se secouer : il avait promis à Mado de l'accompagner à la fête que donnait Ivan, l'un de ses fournisseurs, à l'occasion de son quatre-vingtième anniversaire. François aimait beaucoup Ivan, l'une des figures les plus truculentes du Pavillon de la viande, qu'il avait appris à connaître à l'époque où il s'occupait des livraisons de l'épicerie.

Ils empruntèrent le métropolitain jusqu'à la station Sébastopol, puis commencèrent à descendre la rue Réaumur sous une bruine glacée. Ils étaient sur le point de croiser la rue Saint-Denis lorsque, dans un vrombissement apocalyptique, un side-car lancé à pleine vitesse manqua renverser un piéton devant eux.

— Prussiens! hurla Mado.

— Ça alors! s'exclama François, bouche bée, en reconnaissant la silhouette de Lefourche à la place du passager.

Le conducteur de la moto était courbé sur son guidon comme pour le dernier tour du Grand Prix de France... Il traversa plein gaz la rue Réaumur, sembla vouloir remonter tout aussi vite la rue Saint-Denis, mais, après une vingtaine de mètres seulement, vira à droite dans un crissement de pneus pour s'engouffrer dans un passage.

François porta la main à sa cicatrice comme s'il venait de prendre une paire de claques.

— Je te rejoins chez Ivan, Mado, chuchota-t-il.

Il la planta là sous son parapluie et s'élança entre les voitures. Le passage était désert, mais François repéra le véhicule stationné sous le porche d'un immeuble.

Des bruits de conversations montaient du bâtiment. Un panneau sur le chambranle indiquait en lettres blanches : CAFÉ DES TRAVAILLEURS – SERVICE. Le Café des Travailleurs... Cela évoquait vaguement quelque chose à François. Il hésita à actionner la poignée mais supposa que, s'il tombait nez à nez avec son collègue, celui-ci, qui cultivait d'ordinaire une discrétion tatillonne, lui reprocherait de l'avoir suivi. Et de quel droit, d'ailleurs, François le pistait-il?

Aucun, juste la curiosité...

Il continua son chemin jusqu'à la rue du Caire : un peu plus loin, la devanture du Café des Travailleurs s'étalait sur une bonne quinzaine de mètres. Les chaises et les tables étaient rentrées, les rideaux tirés, mais de la lumière filtrait ainsi que des éclats de voix. Sur la vitrine, on pouvait lire : CAFÉ 20 C., BOCK 20 C., CINQ BILLARDS, SALLE DE RÉCEPTION À L'INTÉRIEUR.

François était sur le point de faire demi-tour quand un groupe de quatre hommes, cols de veste relevés et casquettes enfoncées, poussa la porte vitrée et entra comme si de rien n'était. Sans réfléchir, François leur emboîta le pas. Massées dans ce qui devait être la salle de réception, une cinquantaine de personnes au moins écoutaient debout, au milieu de la fumée et du brouhaha, un moustachu vindicatif qui s'égosillait en levant le poing :

— Voilà pourquoi il faut faire de ce 1er Mai le point de départ d'une ère nouvelle, celle où les travailleurs n'auront plus peur d'affirmer à leur patron : « Maintenant, c'est nous qui commandons ! »

Acclamations et applaudissements nourris.

Pour se joindre au public, le visiteur devait passer devant trois tables où étaient disposées des affichettes et des boîtes en fer. De même qu'ils n'avaient pas balancé avant d'ouvrir la porte du bar, les quatre nouveaux venus tirèrent en chœur leur porte-monnaie et glissèrent de l'argent dans les tirelires de fortune. Bien décidé à les imiter, François exhuma quelques pièces de ses poches et versa son obole aux trois causes qu'on lui soumettait : « Souscriptions pour le monument à la mémoire de Jean Jaurès » ; « Soutenez *L'Humanité*, journal socialiste ! » ; « Dons pour les œuvres laïques de l'Association républicaine des anciens combattants. » Puis il gagna un coin d'où il pouvait tranquillement observer l'assistance. Certains des participants discutaient à voix basse, d'autres commentaient tout haut le discours de l'orateur, et tous levaient régulièrement leur verre. Une serveuse virevoltait d'ailleurs de l'un à l'autre avec un plateau chargé de chopines pour éviter que les gosiers – et l'enthousiasme ? – ne se retrouvent à sec. François lui-même attrapa un bock au passage et déposa ses vingt centimes dans la coupelle prévue à cet effet. Le socialisme allait finir par lui coûter cher… Après avoir appelé une dernière fois à la mobilisation, le moustachu vindicatif descendit enfin de son perchoir. Celui qui devait être le patron leva les bras pour obtenir un semblant de silence.

— Mes amis, déclara-t-il, Jeannot voudrait ajouter quelques mots.

Jean Lefourche sortit de l'ombre d'un pilier et gagna la tribune improvisée sous les encouragements.

— D'abord, camarades, je tiens à dire que je suis pleinement d'accord avec ce que Bougrain vient de nous exposer avec tant de conviction. Il est vrai que c'est grâce à notre action déterminée et opiniâtre que le Parlement a fini par voter cette semaine la journée de huit heures… Et il est vrai aussi, oui, que cette loi ne vaudra rien si nous n'obligeons pas le patronat à l'appliquer maintenant et partout.

Ardente approbation de la salle.

— Mais attention, reprit-il, ce 1er Mai ne peut pas être seulement l'occasion de revendications syndicales. Il y a d'autres combats à mener qui sont tout aussi décisifs pour l'avenir des travailleurs et, j'ose le dire, pour l'avenir de notre pays et du monde ! Camarades, ne soyons ni aveugles ni sourds, cette paix de Versailles que Clemenceau et ses semblables ourdissent en secret est d'ores et déjà une insulte à l'avenir. Nous savons qu'elle sera une paix injuste, une paix du plus fort humiliant le plus faible, une paix du plus riche dépouillant le plus pauvre. C'est à un dépeçage en règle de l'Europe que nous devons nous attendre, un dépeçage au profit de ces mêmes intérêts odieux qui nous ont précipités il y a cinq ans dans la guerre ! Notre gouvernement n'a de cesse d'arracher la Sarre aux Allemands, celui des Italiens réclame les côtes de l'Adriatique, les Anglais ne désirent rien d'autre que d'écraser en toute impunité la lutte légitime du peuple égyptien pour son indépendance… Et tous se concertent en coulisses pour tenter d'éteindre le grand feu de liberté qui s'est levé à l'Est. En expédiant sans vergogne nos soldats là-bas, qui plus est contre leur gré, afin qu'ils massacrent leurs frères russes ! C'est aussi cela qu'il faudra clamer le 1er mai à la face de Clemenceau et de sa clique militariste ! Nous ne voulons pas de cette guerre honteuse qui se poursuit en Orient et nous ne voulons pas de cette paix honteuse qui annonce pour demain des conflits plus terribles encore !

Le public l'acclama à tout rompre et François lui-même ne put s'empêcher d'éprouver une certaine admiration pour son collègue. Quelle transformation spectaculaire ! L'inspecteur Lefourche d'habitude si réservé et si froid… Voilà qu'il était comme transcendé ! Il souriait d'ailleurs aux uns et aux autres, les saluant d'un mouvement large du bras et… Il aperçut François. Ses traits se figèrent d'un coup.

— Merci, merci camarades…

Il sauta promptement de la caisse et se dirigea droit sur son collègue, l'air mauvais.

— Qu'est-ce que tu fous ici, Simon ? l'apostropha-t-il en se plantant devant lui dans une posture menaçante.

François ne recula pas d'un pouce. Il avait frôlé la mort de si près dans les tranchées qu'il en fallait aujourd'hui beaucoup pour l'effrayer. Il se contenta donc de lever son verre.

— À la tienne, camarade !

— Nom d'un chien, Simon, si tu es venu jouer les mouchards…

La tension aurait pu vite monter d'un cran si une jeune femme n'avait pas fendu le groupe et posé sa main sur l'épaule de Lefourche.

— Qu'est-ce qui se passe?

— Il se passe qu'à mon avis ce type n'a rien à faire là, grogna Lefourche. Il travaille avec moi à la Préfecture et je doute que ce soient nos idées qui l'intéressent.

La jeune femme était d'une beauté confondante, les cheveux noirs et courts comme ceux d'un garçon, mais un visage de madone, de grands yeux noisette, un petit nez mutin et un sourire tout simplement irrésistible. Avec un sens provocateur du contraste, elle portait un pantalon marron épais et un genre de veste de golf de la même couleur. De loin, on l'aurait prise sans mal pour un homme. Mais de près...

— Vous êtes un espion de la Préfecture? lança-t-elle à François.

— Si les fonctionnaires de la Préfecture ne sont pas assez bien pour le socialisme, non seulement la révolution est mal partie, mais je ne vois pas ce que votre ami fait là non plus, rétorqua François en désignant Lefourche.

— Vous êtres entré au Café des Travailleurs par hasard, j'imagine?

— Pas exactement, reconnut François. Disons que le side-car de M. Lefourche a manqué m'écraser tout à l'heure. Je tenais à savoir pour quelle grande cause j'avais failli mourir...

— Il ment, s'énerva Jeannot. La police a dû apprendre qu'il y avait une réunion non autorisée et Robineau a envoyé son petit protégé.

— En tenue de soirée? objecta la jeune femme comme si elle n'était guère convaincue. Pour qu'il se fasse mieux repérer?

François salua sa déduction en levant à nouveau sa chopine.

— Dommage qu'ils n'engagent pas encore de femmes à la Criminelle, mademoiselle. Mademoiselle comment, au fait...?

— Vous pouvez m'appeler Elsa, répondit-elle plutôt sèchement. Et avant que vous ne partiez, j'aimerais que vous nous promettiez de garder le silence sur ce que vous avez entendu ici. C'est le meilleur moyen de nous prouver votre bonne foi...

Elle vrilla ses yeux noisette dans ceux de François qui sentit remuer tout au fond de lui quelque chose qu'il croyait desséché et mort à jamais. Par ailleurs, il comprenait bien dans quelle situation inconfortable se retrouverait Lefourche si jamais on apprenait qu'un inspecteur de police fréquentait des meetings clandestins. D'extrême gauche, de surcroît.

— Si je ne le promets qu'à vous, demanda-t-il en soutenant le regard de la belle, ça ira quand même ?

Elle lui tendit la main comme pour sceller un pacte – des manières de garçon, décidément – lorsqu'il y eut soudain un raffut de tous les diables à la porte du café.

— La poulaille !

— Du calme, messieurs, du calme ! hurla un gardien de la paix. Nous agissons sur mandat du commissaire du 2e arrondissement. Cette réunion est illégale et…

Mais son annonce fut couverte par les protestations et les insultes, et les coups de poing et de matraque commencèrent à voler bas. Lefourche adressa un coup d'œil incendiaire à François qui protesta.

— Je t'assure que je n'y suis pour rien ! Ce sont les flics du coin !

Elsa attira son compagnon à l'opposé de la bagarre et fit signe à François de les suivre. Parvenue à l'entrée de service, elle récupéra les deux casques posés par terre avant de sortir en trombe. Lefourche sauta sans un mot dans le panier du side-car tandis qu'Elsa grimpait sur la moto et la démarrait d'un vigoureux coup de botte, provoquant une pétarade digne d'un 14 Juillet.

— C'est discret ! ne put s'empêcher de remarquer François. Au moins, les gens savent que vous allez les écraser.

— Vous vous croyez drôle ? lui jeta-t-elle, en finissant d'attacher son casque. Montez plutôt derrière, qu'on puisse filer d'ici ! À moins que vous n'ayez trop peur, bien entendu.

6
La déesse du tonnerre

ÊTRE le passager d'Elsa revenait à chevaucher une tempête accrochée à la déesse du tonnerre. Non seulement elle poussait son tonitruant véhicule au maximum de sa vitesse, mais elle n'avait aucune considération pour tout ce qui pouvait se trouver sur son chemin.

Au terme d'une course folle, elle se gara dans une dernière embardée rue Brancion, non loin des abattoirs de Vaugirard. François descendit de la moto étourdi et tout frissonnant.

Elsa, elle, était rayonnante.

— Alors, la balade vous a plu ?

— Je n'étais jamais monté sur ce genre d'engin, reconnut-il.

— C'était votre baptême de side-car ? Il faut fêter ça ! Jean et moi avons notre repaire juste à côté, Aux deux canassons…

Lefourche s'interposa, contrarié.

— Quoi ? Mais pour quelle raison veux-tu…

— Je préfère être sûre que ton ami n'ira pas te cafter auprès de Robineau… Deux précautions valent mieux qu'une, n'est-ce pas ? Et vous, inspecteur, ça vous tente ?

François songea à Mado qui devait l'attendre chez Ivan, mais qui ne se formaliserait sans doute pas de son absence. Et puis la beauté de la jeune femme l'aimantait.

Ils longèrent le marché aux chevaux jusqu'à un estaminet de troisième catégorie.

Ils s'installèrent près d'une fenêtre opaque à force de crasse et attendirent que le patron vienne les servir. Manifestement, la plupart des clients du bistrot travaillaient aux abattoirs, car ils portaient de longs tabliers tachés de sang et se racontaient des histoires morbides d'animaux désossés ou qui refusaient de mourir.

— J'espère que la police d'arrondissement ne viendra pas nous dénicher ici, plaisanta François.

Curieusement, Elsa sembla prendre sa remarque au sérieux.

— Allez savoir… La démocratie n'est plus chez elle nulle part dans ce pays. Le droit de réunion est suspendu, la censure taille allègrement dans les journaux, l'administration postale ne se gêne pas pour ouvrir le courrier… Et quand les ouvriers veulent discuter de leurs problèmes le samedi soir au café, on leur envoie la maréchaussée !

Jean, qui avait vidé d'un trait la moitié de sa chopine, se lança dans une longue diatribe contre Clemenceau.

— Nous autres Français, nous ne savons répéter qu'une chose : « L'Allemagne paiera ! L'Allemagne paiera ! » Hélas ! C'est la meilleure formule pour n'en finir jamais avec les armes.

François le laissa reprendre son souffle avant de lui poser la question qui le démangeait.

— Mais si tu en as tellement après le gouvernement, pourquoi avoir voulu entrer dans la police ? Et à la Préfecture, en plus !

Lefourche échangea avec Elsa un coup d'œil interrogateur.

— Je crois que ton ami est suffisamment intelligent pour comprendre, l'encouragea-t-elle, et que de toute manière il finira par deviner tout seul. Mieux vaut jouer cartes sur table.

Jean soupira.

— Vu le contexte, nous sommes quelques-uns à penser qu'il faut des socialistes à tous les postes et dans tous les rouages de l'État. De manière à voir venir ce qui se mijote contre nous.

— Et c'est moi que vous accusiez d'être un espion ! s'exclama François. Vous avez un drôle de culot !

— Il ne s'agit pas d'espionner, se défendit Lefourche, il s'agit d'être au courant de ce qui se trame. Mais attention, Simon, soyons clairs : j'aime ce métier et, par-delà la politique, j'ai l'intention de l'exercer du mieux possible.

Un silence un peu gêné s'installa et François eut la nette impression qu'on attendait de lui une sorte de sentence ou d'engagement. En réalité, il n'avait pas trop d'avis sur la question, car, au-delà des comptes-rendus que Mado lui faisait des journaux, les questions politiques ne l'avaient jamais fasciné. Il n'avait rien contre les socialistes – rien pour, non plus.

— Ne compte pas sur moi en tout cas pour jouer les sous-marins, finit-il par déclarer. Sinon, tant que tu fais ton boulot et que tu t'en tiens là, ça ne me regarde pas.

Un sourire victorieux illumina le visage d'Elsa et Lefourche leva son verre pour trinquer.

— Marché conclu, inspecteur Simon ! Et de mon côté, je te promets de ne plus te charrier avec Robineau !

— Car tu as aussi une dent contre Robineau ? s'étonna François.

— Disons qu'il n'est pas exactement de notre bord… C'est un ponte de l'Union nationale des combattants, dont le parrain n'est autre que Clemenceau lui-même. Robineau a des ambitions, tu sais. Il se verrait bien dans un fauteuil d'élu. Député, même… Et crois-moi, il s'y connaît pour lécher les mains des puissants !

— Ça change quelque chose à sa façon d'enquêter ? objecta François, piqué au vif.

— Non, bien sûr. Encore que je n'aime pas trop sa façon cassante de traiter les gens. L'affaire sur laquelle il m'a mis, de toute façon, n'est pas de celles qui le passionnent. Un petit voyou, Azinadjian, que la police payait comme indic et qui s'est fait refroidir d'un coup de revolver dans le dos. J'ai beau écumer le quartier de Pigalle depuis, personne n'a rien vu, rien entendu. Toi, tu as plus de chance, à ce qu'il paraît ? Mortier m'a parlé d'une série de meurtres avec des victimes massacrées comme si c'étaient des gueules cassées ?

François, grisé par le regard d'Elsa plus encore que par l'alcool, se lança dans un résumé assez complaisant de l'enquête, d'où il ressortait que le meilleur des déductions était à porter à son crédit. Au bout d'un moment, heureusement, il finit par se rendre compte qu'il frisait le ridicule et se résolut in extremis à changer de conversation.

— Pardonnez-moi, mademoiselle, s'excusa-t-il. Je me répands sur moi-même et je m'aperçois que je ne sais rien de vous.

— Je suis peintre, affirma-t-elle sans la moindre hésitation.

— Ah ! Et qu'est-ce que vous… peignez ?

— Vous, un jour, pourquoi pas ?

Dans ses prunelles brûlaient des flammes sombres où crépitait comme un défi.

— Moi, mais…, bredouilla François.

— Qu'y a-t-il, inspecteur Simon ? Vous pensez que ce n'est pas à une femme de tenir le pinceau ? Ni à un homme de servir de modèle ?

— Pas du tout, répliqua-t-il. Je ne suis simplement pas sûr d'être… d'être assez beau.

— Vous voilà trop modeste, à présent ! ricana-t-elle. Moi je vous trouve plutôt joli garçon.

— Elsa ! s'indigna Lefourche.

— Ça va, Jean, je suis une grande fille et tu n'es pas mon père ! Pourquoi ce genre de réflexion serait-il un compliment dans la bouche d'un homme et une grossièreté dans celle d'une femme ?

Lefourche reposa violemment sa chopine.

— On ne dit pas ce genre de choses, Elsa, c'est tout ! Tu connais Simon depuis deux heures à peine ! Il pourrait se faire des idées…

— Parce que tu crois qu'il ne s'en fait pas déjà ?

— Elsa, je t'interdis ! s'exclama Lefourche plus fort.

— Tu m'interdis quoi ? s'énerva la jeune femme à son tour. De dire ce que je pense ? Et à quel titre ? Je t'écoute !

François estima qu'il était temps de s'éclipser.

— Pardonnez-moi… Il est tard et je suis attendu à une soirée.

Elsa bondit de sa chaise tel un diable.

— Je vous raccompagne, inspecteur, vous avez l'air d'adorer le side-car...

Lefourche protesta à nouveau mais presque pour la forme, comme s'il était résigné. Ce n'était probablement pas le premier grain que ces deux-là traversaient. François hésita un instant à suivre la jeune femme qui gagnait déjà la porte. Il jeta un regard à son collègue qui replongeait le nez dans sa bière : après tout, il n'avait aucune intention de lui ravir sa fiancée, alors quel mal y avait-il ?

Il rattrapa Elsa sur le trottoir.

— Je suis désolé, je ne voulais pas vous mettre dans cette situation.

— Cela n'a rien à voir avec vous, lâcha-t-elle, irritée. C'est juste qu'il est si... possessif ! Tenez, dit-elle en lui tendant l'un des casques. Mon atelier est à deux minutes d'ici et je dois récupérer des clés. Ça ne vous dérange pas si je fais un crochet ?

Ils quittèrent le 15e arrondissement en passant par-dessus la voie ferrée de Montparnasse et s'arrêtèrent après quelques minutes à côté de Notre-Dame-du-Travail, une église de construction récente dont la charpente métallique avait surpris François par son audace la seule fois où il y était entré.

— Je suis obligée de laisser le side-car ici, annonça la jeune femme, ils font des travaux plus loin sur les égouts. Vous venez ?

Sans attendre sa réponse, elle s'engagea le long d'une tranchée qui creusait effectivement la voie sur une vingtaine de mètres. Le quartier était désert.

— Vous n'avez jamais peur la nuit ? l'interrogea-t-il. L'un des meurtres dont je parlais tout à l'heure a eu lieu à cent mètres à peine !

— Ce n'est pas de cette violence-là dont j'ai peur, répondit-elle, énigmatique. Tenez, c'est par ici.

Elle pénétra dans un immeuble bas où tout était éteint.

— Ces logements doivent être démolis dans les mois qui viennent, chuchota-t-elle. En attendant, ça sert plus ou moins à des artistes. Ne lâchez pas la rampe, certaines marches sont cassées !

Arrivée au second étage, elle ouvrit une porte et alluma la lumière. L'atelier était assez spacieux et sentait un mélange d'odeurs fortes où dominait la térébenthine. Il y avait des draps blancs étendus par terre, une verrière en guise de toiture, des tableaux retournés contre un mur, une myriade de pots et de gamelles avec des fonds de couleur disséminés ici et là. Au centre de l'espace, deux chevalets côte à côte supportaient une grande toile en cours de réalisation. Elle représentait une femme nue au corps très blanc.

— Ça vous plaît? C'est un autoportrait.

— Un autoportrait? se contenta de répéter François, soudain gêné de contempler les formes pâles du modèle.

— Asseyez-vous, lança-t-elle gaiement. Par contre, je n'ai que du whisky à vous offrir...

Elle se dirigea vers la partie opposée de la pièce, arrangée en petit appartement : un coin cuisine, une table avec deux chaises, une banquette couverte de coussins.

— C'est-à-dire..., commença François. Je pensais que vous aviez juste quelque chose à prendre.

— Vous craignez que je vous saoule pour tenter d'abuser de vous?

— Bien sûr que non, mais...

— Vous avez tort, c'est précisément mon intention !

Elle sortit deux verres et une bouteille de sous l'évier.

— J'aime beaucoup Jean, François, ne vous y trompez pas. Seulement voilà, cela fait plus de vingt ans qu'il me couve et comme je le disais tout à l'heure, je suis devenue une grande fille. Libre de décider pour elle-même...

— Vingt ans ! s'exclama François, interloqué.

— Jean est mon frère, inspecteur Simon, vous ne l'aviez pas deviné? Qu'avez-vous fait de votre flair? (Elle avança droit sur lui.) La seule question qui vaille maintenant, monsieur le policier, est de savoir de quoi vous allez vous rendre coupable...

Elle laissa glisser son manteau à ses pieds, puis sa veste de golf, et passa ses bras autour du cou du jeune homme. Il l'attira à lui et sentit son corps souple se lover contre le sien. Toutes les barrières qu'il s'était imposées jusque-là étaient en train de sauter...

Il la souleva tandis que leurs lèvres s'effleuraient et la porta, incandescente, sur le lit de coussins. Il dégrafa fiévreusement les boutons de son chemisier et leurs peaux impatientes s'empressèrent de se mêler. C'était comme chevaucher la tempête et le tonnerre.

FRANÇOIS se réveilla en sursaut, désorienté. Puis tout lui revint d'un coup : les coussins éparpillés au sol, le drap à peine jeté sur ses hanches… Il voulut se couvrir lorsque la voix d'Elsa retentit.

— Hé! Ne bouge pas! Tu vas tout faire rater!

Elle était assise sur une chaise, une feuille et un fusain à la main, inondée de soleil sous la verrière. Elle le dessinait.

— Ne bouge pas, je te dis! Pendant cinq minutes encore, tu es à ma merci…

François s'exécuta de bonne grâce. Mis à part sa douleur lancinante à la tête, il était heureux.

— J'espère que tu ne m'as pas prise pour une fille facile, hier?

— Je crois que tu es tout sauf une fille facile, Elsa.

— Tant mieux… En fait, cela ne s'est produit que deux fois auparavant. J'ai toujours voulu choisir, tu comprends?

— Et les deux autres, tu en as fait quoi?

— Au bout d'un certain temps, ils m'ont déçue. Ils se sont mis à croire que je leur appartenais.

— Au moins, me voilà averti…

— Et vous inspecteur Simon…, le taquina-t-elle après un instant. Pas de fiancée, pas de petite amie?

— Hélas! Tu as peut-être su qu'on avait fait une guerre dans ce pays? On rencontre rarement l'amour dans les tranchées…

— Même pas avant?

François hésita… Elsa faisait visiblement de la franchise une profession de foi. Alors va pour la franchise…

— J'ai failli me marier. Elle s'appelait Adèle et nous fréquentions le même cours du soir. C'était mon vrai premier amour.

— Et qu'est-ce qui s'est passé?

— J'ai fait mon service militaire puis j'ai été envoyé directement sur le front en 1914. Lors de ma première permission, j'ai trouvé Adèle assez changée. Plus distante, moins disposée à envisager le mariage. La deuxième fois où je suis revenu à Paris, c'était juste après Verdun et elle m'a avoué qu'elle avait une liaison depuis quelques mois. Un étudiant de bonne famille qui était prêt à l'épouser…

— La lutte des classes n'épargne pas les cœurs, mon pauvre chéri. Tu lui en as voulu?

— J'étais loin, c'est sûr, et elle n'avait aucune certitude de me revoir vivant. Mais si je suis honnête, oui, bien sûr que je lui en ai voulu.

— Et depuis?

François se massa doucement la tempe.

— Depuis… Qui sait, apparemment, je t'attendais!

Elsa quitta sa chaise pour venir le rejoindre, déposa un baiser sur sa joue et, avec une fierté de petite fille, lui montra son dessin.

— Je ne sais pas à qui s'adresse le compliment, apprécia-t-il, mais je me trouve plutôt réussi.

— Le peintre a du talent si son modèle en a, c'est connu!

Elle l'embrassa juste en dessous de sa cicatrice.

— Tu as eu très mal?

— La seule chose qui me revient, c'est que c'était la fin d'après-midi et qu'à un moment je me suis retrouvé à moitié debout, avec mon arme, sans trop savoir pourquoi. Peut-être qu'on avait reçu des ordres ou bien qu'on avait décidé de reprendre la position aux Allemands… C'est comme un trou noir. Quoi qu'il en soit, j'étais à découvert quand la marmite a explosé.

— Et… Comment tu t'en es sorti, alors?

— Quand je me suis réveillé, les ambulanciers m'avaient rapatrié vers un poste de secours à l'arrière avant de m'évacuer sur Épernay. Les médecins m'ont retiré deux éclats de métal au niveau de l'os temporal. Ils ont cru un temps que le cerveau était atteint, mais heureusement, ça a mieux cicatrisé que prévu.

— Tu as fait des cauchemars cette nuit, lui glissa-t-elle à l'oreille. « Tire, merde, tire! » Tu as crié plusieurs fois quelque chose de ce genre.

François se renfrogna. Depuis des mois, il faisait ce rêve récurrent. Il était dans la boue de Bazoches, arme à la main, ça claquait de partout, le bruit était infernal… Joseph, son vieux copain, hurlait; il venait d'être touché par un shrapnel. Il gisait tout près, le ventre déchiré par les billes de métal, mais François était incapable de le voir car il y avait un monticule de terre entre eux. Il l'entendait, par contre : « Tire, nom de Dieu, tire! » Puis soudain, le ciel devenait rouge et la « chanson des peupliers » se mettait à retentir tout autour d'eux, comme si les anges descendaient du paradis pour l'entonner. Ou comme si la chorale de Giel s'était brusquement reformée… François sursautait : s'il restait là, il allait crever. Dans un effort surhumain, il s'extirpait de son trou fangeux et réussissait à escalader la butte. Une fois en haut, ce n'était plus Joseph qu'il voyait de l'autre côté, mais sa mère, dans la robe blanche immaculée qu'elle portait la première fois où elle lui avait rendu visite à l'orphelinat. Elle tendait la main vers lui et criait dans un rictus : « Tire, nom de Dieu, tire ! » En général, une explosion plus forte que les autres se produisait à ce moment-là, le rouge des cieux basculait en un éclair aveuglant et le cauchemar s'interrompait net.

— Je pense qu'on ne sort jamais tout à fait des tranchées, dit-il.

Elsa se serra contre lui.

— J'ai… j'ai vécu certaines choses, moi aussi, confia-t-elle dans un souffle. Peut-être que je t'en parlerai un jour. J'ai compris que la vie était fragile, en tout cas, et qu'il ne fallait pas perdre de temps. Et pour les blessures, je sais le moyen de les soulager…

Sa langue glissa délicatement de l'oreille de François vers sa bouche. Il se tourna en riant pour l'embrasser.

DANS l'état d'euphorie où il était, rien ou presque ne pouvait l'atteindre : François se sentait invincible… Il actionna le heurtoir de la porte en se répétant que Robineau habitait décidément un bien bel immeuble haussmannien où tout, des tapis rouges aux boiseries encaustiquées, respirait le confort bourgeois. La porte s'ouvrit sur une petite femme rondelette au sourire avenant.

— Monsieur Simon ! Entrez, mon mari est à la cuisine !

Elle le précéda dans un couloir tapissé de livres anciens puis dans une pièce de réception cossue. Il y avait un piano contre le mur, des portraits d'ancêtres, de la vaisselle Empire exposée dans une armoire vitrée, des bibelots de faïence sur la cheminée… François n'avait pas imaginé ainsi l'intérieur de Sherlock Holmes !

Robineau arriva sur ces entrefaites.

— Ah ! Simon ! Excusez-moi, j'étais en train d'ouvrir les huîtres.

Une fois à table, Yvonne Robineau se mit à bombarder François de questions avec un empressement quasi maternel : son enfance, son expérience de la guerre, ses premières impressions sur la police, elle voulait tout savoir. Elle profita même de ce que son mari était allé chercher un vin jaune en prévision du dessert pour lui susurrer :

— Edmond a beaucoup d'estime pour vous. Il pense qu'il y a besoin d'esprits comme le vôtre pour lui succéder à la Brigade. Il a été très agréablement surpris par votre dernier rapport sur l'affaire des gueules cassées et même s'il ne vous le dira pas, il vous considère un peu comme…

— Qu'est-ce que tu racontes, Yvonne? la coupa Robineau de retour avec sa bouteille.

— J'explique à M. Simon que le jour où tu quitteras le Quai des Orfèvres, il faudra des gens de sa trempe pour prendre la relève.

— Ne l'embête donc pas avec ça, il sort à peine de l'école!

Il leur versa à chacun une rasade de vin du Jura.

— Il se murmure à la Brigade que vous risqueriez de quitter le service actif, s'enhardit François. C'est vrai?

— Je crains qu'à cause de ce poignet, mes jours ne soient comptés, en effet. La police n'a pas besoin d'éclopés! Cela dit, je crois pouvoir continuer à être utile à mon pays. Il y a tant à faire dans les circonstances où nous sommes. Remettre la France sur ses deux jambes, gagner la paix, empêcher la contagion révolutionnaire, et j'en passe!

François sourit intérieurement : Lefourche avait raison…

— Vous seriez tenté par la politique, c'est ça?

— Eh bien… Je dois admettre que le président du Conseil a sollicité quelques-uns d'entre nous afin qu'ils participent à l'effort de redressement national. Parmi les anciens combattants notamment. Venant de celui qui a été notre phare durant la longue nuit de la guerre, c'est une proposition qui ne se refuse pas.

— Clemenceau a aussi ses détracteurs, insinua François.

— Tous les grands hommes en ont. Ceux qui hurlent à la dictature devraient comprendre qu'on ne peut organiser des élections nouvelles tant que nos soldats ne sont pas tous rentrés! Ils devraient se souvenir aussi que c'est à lui qu'on doit la publication du *J'accuse* de Zola! Curieux fossoyeur de la démocratie, n'est-ce pas? Quant à ceux qui lui reprochent de garder le silence sur le traité de paix, ils devraient se douter qu'il s'agit là d'une partie d'échecs dont chaque coup doit se jouer en secret afin de…

Il fut stoppé dans son élan par la sonnerie du téléphone.

— Veuillez m'excuser…

Quelques minutes plus tard, il reposa le combiné et revint vers eux, l'air préoccupé.

— C'était le commissaire Guichard. Landru vient d'être transféré au Palais de justice de Paris et le préfet a organisé une réunion avec les hommes de la Sûreté. Je dois y aller…

François se leva.

— Je ne vais peut-être pas tarder en ce cas…

— Non, non, intima Robineau, restez, Simon, restez! Prenez au moins le café ou ma femme sera furieuse pour de bon contre moi!

Il enfila son manteau et s'éclipsa à la vitesse de l'éclair.

— Voyez ce que c'est qu'être femme de policier! se lamenta Yvonne. Tant pis pour vous, mon cher inspecteur : il va falloir manger du gâteau pour deux!

Yvonne Robineau le servit sans lui demander son avis et se mit à lui raconter son existence pleine d'incertitude et d'attente, sans enfant pour l'égayer. L'insouciance de leurs premières années de mariage, puis la reconnaissance professionnelle dont son mari avait été l'objet, son accaparement par le métier, sa décision courageuse de s'engager en 1915 alors qu'il aurait pu rester tranquillement ici, auprès d'elle. Et l'héroïsme dont il avait fait preuve la fois où il était tombé dans une embuscade avec ses hommes, tentant au mépris de sa vie de ramener l'un de ses camarades mourants qui, pour finir, avait succombé dans ses bras… Les yeux brillants de fierté, elle lui montra sa croix de guerre obtenue avec le 76e régiment d'infanterie, dit son inquiétude lorsqu'il avait été blessé et son soulagement lorsqu'il était rentré.

Au terme d'une heure et demie de ces confidences, François put enfin prendre congé. Une nouvelle migraine pointait et il avait mangé trop de gâteau. Rentrer à pied lui ferait le plus grand bien.

7

Le 23 à Étampes

LE premier geste de François en arrivant le lundi matin à la Brigade fut de monter au troisième étage faire le point avec ses collègues de la police scientifique. Ignace examinait justement dans une machine grossissante l'un des clichés dactyloscopiques pris rue de Montmorency.

— Alors? lui demanda-t-il. Des résultats?

— Mmm… c'est comme je l'imaginais. La plupart des empreintes sont celles de Jules Aubrac. Il y en a quelques-unes de la logeuse sur la porte, ce qui est normal, plus d'autres encore dans la chambre, mais qui n'ont pas l'air très récentes.

— Rien non plus sur l'espèce de prothèse?

— Négatif, elle est propre comme un sou neuf. Jamais servi, à mon avis.

Qu'est-ce qui avait bien pu motiver le tueur à déposer cet objet incongru auprès de sa victime? François sentait qu'il y avait là un nœud de l'enquête. Qui pour l'heure lui résistait…

— Vous avez eu le temps de réaliser les croquis planimétriques?

— Jacques s'en est chargé. Il est en train de monter le dossier pour Robineau… Venez.

François le suivit à travers les immenses combles vitrés qui abritaient le laboratoire et où cohabitaient diverses spécialités dans un désordre étudié. Si l'espace réservé à l'anthropométrie, avec ses fonds de mesures et ses tableaux d'oreilles ou de nez, était désormais délaissé, la zone consacrée à la photographie regorgeait de trépieds et d'appareils, le coin dévolu à l'étude des empreintes concentrait quatre tables où l'on s'occupait aussi de l'analyse graphologique et des faux en écriture, tandis qu'une zone plus à l'écart était réservée à la balistique, avec plusieurs microscopes pour l'étude des projectiles et une partie sécurisée où l'on procédait aux tirs d'essai dans d'épaisses couches de bourre. Une cloison séparait ce premier ensemble du laboratoire de toxicologie et de chimie, où des experts en blouse blanche mélangeaient des réactifs mystérieux destinés à faire parler les poisons.

Le Jacques en question était en train de trier des feuilles étalées devant lui. Il y avait là des vues de la rue de Montmorency ainsi que de l'entrepôt de la gare Montparnasse, des pages dactylographiées et une série des fameux croquis. François en attrapa un, très semblable à ceux sur lesquels il s'était exercé à l'école : une représentation à l'échelle des lieux du drame, avec tous les objets présents légendés et le cadavre croqué dans un réalisme confondant. Un travail d'artiste… Il consulta les plans les uns après les autres, cherchant des similitudes entre les deux scènes de crime, sans découvrir grand-chose qu'il ne sût déjà.

— Les rapports d'autopsie sont arrivés? interrogea-t-il.

— Uniquement celui de la rue Vandamme, répondit Jacques en le lui tendant.

François le lut avec soin. Il en ressortait que la victime, un homme entre trente et trente-cinq ans, avait été tuée de deux balles de 10 mm tirées dans la poitrine à bout pourtant. Rien de neuf, donc, sinon un détail curieux : le cadavre avait les jointures des deux bras brisées à hauteur des coudes, mais sans marques de coups comparables à ceux qu'il avait reçus au visage. Le médecin légiste se perdait en conjectures sur la signification de ces blessures : l'homme avait dû creuser un trou important pour rejoindre les catacombes – les particules de terre sous ses ongles l'attestaient – or il aurait été incapable d'effectuer ce travail ainsi handicapé.

— Il a été bougé bien après, murmura François. Il s'est écoulé plusieurs heures entre le moment où la victime a été abattue et le moment où elle a été traînée sur le sol. C'est pour ça que son assassin a dû lui casser les bras : le corps était déjà rigide lorsqu'il a voulu le déplacer. Ou alors, les bras le gênaient pour abîmer le visage comme il l'avait projeté. Il les a écartés de force, les fracturant au passage. Reste à comprendre le délai entre la mort et la mutilation du cadavre…

Ses deux collègues acquiescèrent en hochant la tête.

— Et dans l'affaire Jules Aubrac, continua-t-il, vous savez si on a trouvé du somnifère ?

— Affirmatif, inspecteur, approuva Ignace. Du Véronal, dans le fond de la carafe d'Aubrac comme dans le bordeaux du voisin.

— Ce qui confirme la préméditation, évidemment. Robineau avait tapé dans le mille… Et sinon, les empreintes d'Aubrac ont donné quelque chose au Sommier ?

— Les comparaisons sont en cours. Vous aurez ça demain.

— Je vais m'en assurer tout de suite.

François prit congé puis se rendit juste à côté aux Archives. Il y dénicha Mégot plongé dans l'une des innombrables armoires débordantes de dossiers, et l'envoya aux nouvelles.

— C'est Cottard qui s'en occupe, dit Lucien après avoir disparu un court moment en réserve. Il a presque fini de croiser les fichiers décadactylaires, mais on dirait que tes clients sont inconnus au bataillon.

— Tu n'aurais pas une idée par hasard sur un cinglé qui massacrerait ses victimes pour les faire ressembler à des gueules cassées ?

— C'est quoi cette embrouille ? s'indigna Mégot en levant sa prothèse. Il n'y a pas assez de mutilés vivants pour qu'on en fabrique encore des morts ?

— Désolé, Mégot, on ne choisit pas ses criminels… Quand ton Cottard en aura terminé, tu pourras me faire savoir le résultat ?

— Compte sur moi. On s'enfile un petit gorgeon un de ces quatre?

François grimaça au souvenir cuisant de leur dernière bacchanale.

— Laisse-moi au moins dix jours entre deux bouteilles, que je dessaoule.

— T'as pas changé, ma Caboche, hein, rigola Lucien, toujours plus de cervelle que d'estomac!

François redescendit ensuite à son étage et tomba sur le palier nez à nez avec Gommard.

— Tiens, Simon, justement… Il y a un de tes amis qui t'attend devant le 36.

— Un de mes amis? Mais… pourquoi il n'est pas monté?

— Tu le lui demanderas toi-même, répondit Gommard d'un ton plein de sous-entendus. Il fait le pied de grue à l'entrée.

François dévala aussitôt les marches, en espérant vaguement qu'il s'agissait d'Elsa.

— Barnabé! s'exclama-t-il. Qu'est-ce que vous faites là?

Le domestique des Maupin ne portait plus sa livrée, il n'était plus ceinturé par quatre policiers mais il n'en était pas moins impressionnant : un grand Noir bâti comme un lutteur de foire et sur lequel les passants se retournaient.

— Pardon, m'sieur l'inspecteur, je voulais pas vous déranger. Ils m'ont relâché samedi.

— Seulement samedi? Mais votre innocence était clairement établie, non?

— Ils ont dit au commissariat qu'il y avait quand même des vérifications à faire.

— Je vous présente mes excuses pour ce fâcheux retard, commença François, mais je ne vois pas ce que je peux faire d'autre.

— Il faudrait que je vous cause, inspecteur. À propos du cambriolage de la villa…

Un signal d'alarme retentit dans le cerveau du policier.

— Bien sûr! Mais pourquoi ne pas être monté me voir directement à la Brigade?

— Non! Je veux pas retourner là-dedans, inspecteur. Je veux bien discuter avec vous parce que vous m'avez sorti du pétrin, mais pas question qu'on m'enferme encore je ne sais où!

— D'accord, décida François qui sentit qu'il ne fallait pas le brusquer. Si je vous offre un café, ça vous convient ?

Barnabé acquiesça et François l'emmena au troquet le plus proche, place Dauphine. Ils s'installèrent en terrasse.

Barnabé jeta des regards effrayés autour de lui comme s'il craignait qu'on l'épie, puis plaça sous les yeux de son interlocuteur un papier chiffonné sur lequel était écrit : « 23-Étampes. »

— Les patrons ont une maison de campagne à Étampes. Ils m'ont dit d'appeler ce numéro de téléphone si j'avais un problème pendant qu'ils seraient en voyage. Paraît qu'ils ont quelqu'un de confiance à l'année, là-bas.

— Et vous avez appelé, c'est ça ?

— Y a deux semaines, il est venu un marchand de vin à la villa Maupin. Cinq caisses qu'il voulait soi-disant livrer et qu'il attendait que je paye. Moi j'avais pas reçu de consigne pour ça, vous comprenez ? Alors j'ai fait comme ils avaient demandé, j'ai pris conseil avec le téléphone. Sauf que c'est Madame qui a décroché.

— Quoi ?

— Juré, m'sieur l'inspecteur, c'était sa petite voix de vinaigre. Elle m'a assez crié dessus pendant deux mois pour que je la reconnaisse n'importe où, même dans une fichue boîte parlante !

— Vous insinuez qu'elle était à Étampes il y a quinze jours ? Alors qu'elle aurait dû être au fin fond d'une province africaine ?

L'autre opina vigoureusement du chef.

— Quand elle a compris que c'était moi, elle a changé de ton : « Je vais vous passer M. Xavier » qu'elle a susurré comme si elle était quelqu'un d'autre. Ensuite, le M. Xavier en question, il s'est arrangé directement avec le marchand de vin.

— Et vous n'avez pas pensé à raconter cette histoire aux policiers quand ils vous ont arrêté ? C'était l'occasion ou jamais d'interroger votre patronne.

— Je sais bien ce que vaut la parole d'un Noir, m'sieur l'inspecteur. Surtout à côté de celle d'une Mme Maupin. Et comme preuve, j'ai rien d'autre que mes oreilles !

— La si respectable Mme Maupin, raisonna François tout haut. Elle et son mari ne seraient donc pas allés en Afrique… Ou bien ils seraient rentrés plus tôt et n'auraient pas voulu qu'on le sache… Vous m'attendez là deux minutes, Barnabé ? Je reviens.

À l'intérieur du café, il demanda le téléphone, paya sa communication d'avance, tarif extra-urbain, puis descendit au sous-sol où se trouvait l'appareil. Il obtint la préposée, donna son numéro et patienta.

La ligne grésilla et au bout d'une trentaine de secondes, l'opératrice le reprit.

— Le 23 à Étampes, monsieur, à vous !

Une voix rauque inconnue se fit alors entendre :

— Oui, qu'est-ce que c'est ?

— Monsieur Maupin ? fit François.

— Il n'est pas là, maugréa son correspondant. Il y a un message ?

— Vous êtes sans doute monsieur Xavier ? M. Maupin m'a prévenu que j'aurais peut-être affaire à vous.

— Vous êtes… ? questionna la voix, méfiante.

— Felix Van der Boot. Je suis l'un des responsables de la foire internationale d'Anvers. Vous savez, les diamants… Je devais joindre M. Maupin à ce numéro, hélas ! l'organisation a pris du retard et j'ai tardé à l'appeler. J'avais une proposition à lui faire.

— Vous n'avez pas de chance, il est parti mardi dernier.

— Parti ? surjoua François. Il m'avait pourtant assuré qu'il serait joignable un certain temps !

— Il n'est resté que deux semaines. Si vous voulez le toucher, c'est à Paris que vous l'aurez, maintenant.

François raccrocha, sourire aux lèvres.

— À nous trois, les Maupin…

LE règlement déconseillait à un inspecteur de se rendre seul sur le lieu d'un délit et, à tout prendre, François serait volontiers retourné à la villa Maupin flanqué de Gommard, qui avait l'avantage d'être conciliant et avec qui il s'entendait plutôt bien. Malheureusement, égal à lui-même, celui-ci déclina, prétextant un rapport prioritaire à taper pour le commissaire Guichard. Robineau était déjà parti avec Lefourche, Devic n'était pas d'humeur – la Générale avait encaissé un sévère 4-0 contre le Royal Excelsior –, bref, seul Mortier était disposé à le suivre.

Ils garèrent la voiture de fonction rue du Cherche-Midi et une fois poussé le portail de la propriété, furent accueillis par un jeune chiot gros comme un petit mouton – un bas-rouge, supposa François – qui se mit à lécher avidement leurs chaussures.

Georges Maupin descendit du perron en rappelant l'animal :

— Hermès ! Au pied !

François s'avança pour saluer le diamantaire et lui présenta son collègue.

Maupin les invita à entrer dans l'hôtel particulier, ce qui donna lieu à un deuxième échange d'amabilités, cette fois à l'intention de madame, qui n'avait pas l'air ravie de revoir François.

— Alors, inspecteur, lança Maupin avec une affabilité forcée, que nous vaut l'honneur ?

— Vous avez retrouvé les voleurs ? ajouta son épouse.

— Pas encore, répondit François, mais nous progressons.

— Si vous ne vous étiez pas empressés de relâcher ce Barnabé, grinça-t-elle, sans doute auriez-vous déjà interpellé ses complices !

— Si je ne m'étais pas empressé de fouiller la cave, répliqua François, sans doute aurais-je déjà fait condamner un innocent. Et c'est la dernière chose que vous auriez voulue, n'est-ce pas, madame Maupin ? D'autant que cette expédition dans les sous-sols a été instructive à plus d'un titre. Grâce à elle, voyez-vous, nous avons pu faire le lien entre le cambriolage de votre maison et deux meurtres qui ont été perpétrés ces derniers jours à Paris. Nous sommes désormais devant une grosse affaire, une très grosse affaire…

François savoura son effet : Georges Maupin blêmit tandis que sa femme se raidissait davantage.

— Deux… deux meurtres ? bafouilla le diamantaire.

— Hélas ! oui, et dans des conditions horribles, encore. Les deux victimes ont eu le visage hideusement massacré.

— Mais… quel rapport ? balbutia Maupin. J'entends, entre le vol de diamants et ces morts ?

— À l'heure qu'il est, nous envisageons les événements de la manière suivante : un groupe de malfrats, trois au plus, a réussi à s'introduire chez vous en empruntant les souterrains et à voler les diamants que vous destiniez à la foire d'Anvers. Mais l'un d'entre eux a décidé de se débarrasser des deux autres afin de garder le butin pour lui. C'est ce troisième homme que nous recherchons, celui qui à notre sens a tout manigancé depuis le début.

— Puisque nous étions absents, protesta le diamantaire, comment pourrions-nous vous aider ? Seul Barnabé aurait pu remarquer quelque chose !

— Barnabé, oui… Justement, vous qui l'avez engagé, diriez-vous que c'est un garçon intelligent ?

Mme Maupin devança son mari.

— Intelligent, il ne faut rien exagérer ! Nous connaissons bien l'Afrique et les Africains, inspecteur, et soyez certain que la seule intelligence que nous avons jamais rencontrée là-bas est celle que les Européens y ont apportée ! Par contre il est rusé, oui, et il aime l'argent, comme ses congénères. Durant les quatre mois où nous l'avons accueilli, il n'a pas cessé de réclamer des avances sur sa paye. La proximité des diamants a pu lui tourner la tête…

— Dommage, murmura François. Car l'homme que nous recherchons est d'une intelligence supérieure. Il a tout prévu, tout organisé. Je dirais qu'il doit avoir au moins trois particularités : d'abord, une bonne connaissance de la maison, de l'endroit où se trouvait le coffre et surtout de ce qu'il contenait. Sans compter que l'on ne perce pas un mur en cinq minutes et qu'il devait donc être averti que vous seriez en voyage. Ensuite, il ne peut guère s'agir d'un simple voyou : on ne négocie pas tous les jours des diamants de cette valeur. Je l'imaginerais donc volontiers gravitant dans votre entourage. Enfin, il faut aussi qu'il ait un sang-froid à toute épreuve : assassiner avec une telle violence ses propres complices est le fait d'un meurtrier hors norme.

— Et cela nous mène où, inspecteur ? demanda la femme Maupin, très maîtresse d'elle-même.

— Dans l'immédiat, cela nous mène ici, madame. À ce propos, lors de ma dernière visite, il y a une question que j'ai omis de vous poser : avez-vous une assurance pour les diamants ?

François fixa le maître des lieux avec une telle intensité que celui-ci recula imperceptiblement.

— Évidemment, voyons ! Comme tous ceux de mon métier !

— Pourriez-vous m'indiquer en ce cas le nom de la compagnie et le montant de la police ?

— L'Union-vol, intervint l'épouse d'un ton sec. Le montant du contrat est de deux cent mille francs-or. Qu'est-ce que cela change ?

— Cela change, chère madame, qu'il existe une autre version possible des faits… Une version qui risque de vous conduire tous les deux à l'échafaud.

Après une seconde de stupeur, la distinguée Mme Maupin se mit à gesticuler en roulant des yeux furieux.

— Comment osez-vous! Vous commencez par innocenter les coupables pour mieux suspecter les honnêtes gens! Mais je connais du monde, vous savez, et du beau! Au gouvernement, même!

Elle fit mine de s'approcher de lui, le doigt vengeur, mais Mortier s'interposa de toute sa carrure.

— Voilà ce que j'imagine, poursuivit François, imperturbable. Il y a quelque temps, vous et votre mari avez imaginé une escroquerie à l'assurance : vous avez recruté des hommes de main pour préparer un faux cambriolage et, parallèlement, vous avez organisé ce voyage en Afrique destiné à vous servir d'alibi. Cerise sur le gâteau, vous avez engagé un nouveau gardien dans l'idée d'aiguiller les soupçons vers lui. Le fait qu'il soit noir, dans votre esprit, confortant sa culpabilité… La semaine dernière, de retour à la villa, vous avez appelé le commissariat et joué les propriétaires qui découvrent, stupéfaits, qu'on les a dévalisés. Une maison fermée pendant deux mois, des portes et des fenêtres intactes, aucune trace d'effraction, un coffre vide… Qui d'autre aurait pu faire le coup sinon le gardien? Et au cas où la police irait chercher plus loin que le pauvre Barnabé, il y avait encore ce tunnel, creusé depuis la cave, qui devait finir de vous disculper.

— Georges, vociféra Mme Maupin, interviens!

— Edmée, ma chérie, tu vois bien qu'il délire!

— Silence, ordonna François, je n'ai pas terminé! Car il y a aussi le côté tragique de cette farce. J'ignore ce que vous aviez promis à vos complices, si vous souhaitiez effectivement garder le butin ou s'ils ont menacé de vous dénoncer… Toujours est-il que vous les avez assassinés l'un après l'autre. Le premier il y a dix jours, juste avant de vous adresser à la police, et le second vendredi dernier.

Ce fut une vraie cacophonie. Les époux Maupin hurlaient tour à tour qu'ils allaient de ce pas porter plainte, que c'était tout de même incroyable, eux, des citoyens si convenables…

— En plus, conclut une Edmée Maupin proche de l'apoplexie, toute cette histoire ne tient pas debout : il y a dix jours, nous étions sur le bateau qui nous ramenait d'Afrique!

— Sur ce dernier point, hélas! je crains qu'il ne vous faille revoir vos déclarations. Le 23 à Étampes, vous connaissez? J'ai eu une petite conversation avec un certain M. Xavier. Il m'a confirmé que vous aviez passé les deux semaines précédant le cambriolage à Étampes. Ce qui vous laissait tout le loisir de venir à Paris il y a dix jours pour vous débarrasser de votre complice...

— Et même si nous étions rentrés plus tôt de voyage, cela ne prouverait pas que nous soyons des criminels !

— Je suis convaincu que si, mentit François. Je pense même que vous vous êtes partagé le travail : à vous, madame, le cerveau qui décide ; à vous, monsieur, le bras qui exécute. Ce qui, entre nous, ne changera pas grand-chose au pied de la guillotine...

Georges se décomposait à vue d'œil.

— Monsieur Maupin, niez-vous avoir monté ce cambriolage de toutes pièces ? Afin d'empocher les deux cent mille francs de la prime ?

— Edmée n'y est pour rien..., sanglota le diamantaire.

À l'évidence, c'était lui le maillon faible du couple.

— En cas d'aveux circonstanciés, monsieur Maupin, votre collaboration avec la police vous vaudra certainement la clémence du jury.

— Pas un mot de plus, Georges ! siffla Edmée. Tu ne comprends pas qu'il cherche uniquement à nous piéger ! Mais devant un juge, il ne suffit pas d'accusations en l'air, il faut aussi des preuves !

— J'en ai, madame, affirma tranquillement François. Et je ne parle pas de l'escroquerie à l'assurance. Je parle des meurtres.

— Les meurtres, geignit Maupin. Mais il n'y a eu aucun meurtre !

— Il y a quinze jours, reprit François, vous avez reçu une livraison de vin ici même. Hélas pour vous ! il se trouve que l'une des bouteilles a été retrouvée sur les lieux du crime, pleine de somnifère. Elle a servi à endormir le voisin d'une des victimes afin de laisser le champ libre à l'assassin...

Georges Maupin tomba à genoux en sanglotant.

— Je vous en supplie, inspecteur, bégaya-t-il, ma femme n'est pour rien dans cette affaire. C'est moi qui ai tout combiné ! J'ai perdu beaucoup d'argent au jeu et...

Il cherchait pathétiquement à prendre la main de son épouse qui se dérobait, le regard vissé au plafond.

— Mais il n'y a eu aucun meurtre, je le jure, hoqueta-t-il. Jamais ! Et Edmée ignorait tout ! Si je n'ai pas eu de nouvelles ensuite, comment aurais-je pu deviner... ? Je ne ferais pas de mal à une mouche !

— Mon collègue l'inspecteur Mortier va vous accompagner à l'étage, madame, décréta François pour qui il était temps de porter l'estocade. J'ai besoin de discuter avec votre mari.

Edmée se laissa faire comme un automate. Maupin s'essuya le visage avec un grand mouchoir et entama son récit, ponctué de reniflements. Pour s'en tenir à l'essentiel, il avait accumulé depuis un an des dettes de jeu si considérables qu'il ne parvenait plus à les rembourser. D'où l'idée d'escroquer l'assurance en inventant un vol de diamants. Son épouse s'était bien doutée de quelque chose lorsqu'il les avait fait revenir prématurément d'Afrique, mais c'est après avoir découvert le cambriolage qu'elle l'avait sommé de s'expliquer. Et qu'elle avait aussi choisi de le soutenir.

— Je m'intéresse d'abord à vos complices, monsieur Maupin. Pour prouver que vous ne les avez pas tués, je dois en savoir le maximum sur eux.

— Mais c'est que je n'en ai jamais rencontré qu'un seul et pas plus de trois heures en tout !

— Son nom ?

— Eugène Boudin… En tout cas, c'est le nom qu'il m'a donné.

— Vous l'avez connu où ?

— Dans un café rue de la Gaîté, près de mon cercle de jeu. C'était il y a six mois environ. J'avais perdu une grosse somme au baccara, je cuvais ma déception au fond d'un verre de fine et il s'est planté devant moi en me demandant si je n'avais pas un « boulot » pour lui. Il a prétendu qu'il arrivait du front et qu'il n'avait pas retrouvé son travail d'égoutier après la guerre. En fait, plus tard, je l'ai soupçonné de sortir de prison… Nous nous sommes revus une ou deux fois dans des circonstances à peu près identiques et nous avons discuté davantage. C'est là que j'ai commencé à réfléchir à un plan…

— Est-ce qu'il vous a confié des choses sur lui ?

— Il évitait les sujets personnels. Et après que nous avons eu… enfin, que nous avons conclu le marché, il a estimé que moins j'en savais, mieux c'était pour tout le monde.

— En quoi consistait l'arrangement ?

— Il devait recruter une équipe et s'occuper du cambriolage pendant notre absence. Il certifiait que ça aurait l'air plus vrai que nature et semblait faire son affaire du coffre-fort.

— La composition de l'équipe ?

— Tout ce que j'ai pu apprendre c'est qu'ils seraient deux ou trois.

— Et vous avez fait confiance à un homme dont vous ignoriez tout sinon qu'il sortait de prison ?

— J'ai quand même pris certaines précautions ! Il était prévu une « prime » si tout se déroulait sans problème. Une sorte de garantie pour éviter qu'il n'y ait d'autres dégâts dans la maison…

— Comment étiez-vous censé lui remettre cet argent ?

— Nous avions rendez-vous jeudi dernier à l'endroit habituel, le Café des Théâtres, rue de la Gaîté. Il… il n'est pas venu. Mais je vous jure que pas un instant je n'ai songé à me débarrasser de lui !

François leva les yeux au ciel. Il n'avait jamais envisagé sérieusement que le couple Maupin puisse être l'auteur de ces deux meurtres. Mais les aveux du diamantaire le laissaient sur sa faim : la collecte de renseignements sur les victimes s'avérait mince. Presque nulle, en vérité. Il cuisina son suspect une vingtaine de minutes encore, lâchant le nom de Jules Aubrac au détour d'une phrase, mais n'obtint aucune réaction significative. Une fois de plus, c'était comme si l'on avait tué deux fantômes.

8
Voyage à Gambais

L'EAU s'écrasait par paquets compacts sur la vitre. François aurait pu se croire derrière le hublot d'un navire en pleine tempête, pourtant il n'était qu'assis sur la banquette du Paris-Houdan. Il n'avait jamais aimé les trains, de toute façon. La première fois qu'il était entré dans une gare, il venait d'avoir dix ans et l'orphelinat l'avait autorisé à raccompagner sa mère qui rentrait à Caen par le chemin de fer. Le premier wagon dans lequel il était brièvement monté était aussi celui qui l'avait privé d'elle à nouveau…

Aujourd'hui, à la brûlure du souvenir s'ajoutait une inquiétude plus pressante : il n'avait aucune nouvelle d'Elsa. Deux jours sans la voir, deux jours sans l'entendre, deux jours sans la toucher… Il s'était rendu à l'atelier de la rue Colas, mais la porte était fermée.

François aurait pu interroger Jean, qui somnolait sur le siège en face de lui. Mais depuis l'incident des Deux Canassons, leurs relations étaient passées d'une méfiance apaisée à une hostilité déclarée. Après avoir amené Georges Maupin la veille au Dépôt de la Préfecture et rempli les formalités nécessaires à son incarcération, François et Mortier étaient allés rendre des comptes à l'inspecteur principal Robineau. Celui-ci n'avait rien laissé transparaître, comme à son habitude, mais lorsque François s'était proposé pour aller fureter le lendemain au Café des Théâtres, il l'avait interrompu d'un geste ferme.

— Désolé, Simon, mais j'ai un autre programme pour vous demain. Vous filez à Gambais. Le préfet a décidé que deux de nos gars devaient assister à la perquisition du repaire de Landru. Une manifestation de bonne volonté de la Sûreté générale à notre égard… Mais vous comprenez bien, Simon, qu'aucun des anciens de la Criminelle n'acceptera d'aller là-bas sous les ordres des mobilards. En conséquence, c'est vous et Lefourche qui nous représenterez. Avec le sourire encore, car la presse parisienne sera du voyage.

— Et… et le Café des Théâtres, chef?

— Pour ce qui est d'interroger quelques ivrognes autour d'un comptoir, Gommard devrait faire l'affaire, vous ne croyez pas?

C'est ainsi que François se retrouva le lendemain à prendre le Paris-Houdan de 7 h 40 à la gare Montparnasse sous des bourrasques de vent mêlées de pluie. Depuis quoi, cerise sur le gâteau, Jean Lefourche refusait obstinément d'ouvrir la bouche, détournant ostensiblement les yeux dès que François lui adressait la parole.

Là où Robineau ne s'était pas trompé, c'était à propos de la presse : le wagon était envahi de journalistes. Sur la banquette de derrière, quatre d'entre eux discutaient bruyamment de l'enquête, chacun y allant de ses suppositions et de ses détails croustillants.

— Et les trois chiens qu'on a découverts morts dans le jardin, lançait l'un des gazetiers à la voix de crécelle, c'est peut-être un hasard? Il paraît que l'une de ses chéries ne quittait jamais ses toutous.

— Landru prétend qu'elle n'est pas revenue les chercher et qu'il a dû s'en débarrasser, objecta un deuxième au timbre chaud et grave.

— Tu parles qu'elle n'est pas revenue, ricana Voix-de-crécelle. De là où elle est, personne ne revient!

— Les chiens, c'est une chose, ajouta un troisième, mais il aurait zigouillé un gamin de dix-sept ans après s'être occupé de sa mère!

— Et il y a tout ce qu'on ne sait pas encore. Je vous rappelle, mes-

sieurs, qu'on a identifié deux cent quatre-vingt-trois noms sur les carnets du don Juan ! L'affaire n'en est qu'à ses débuts.

— Une habitante de Gambais affirme avoir aperçu une fumée
noire et malodorante sortir de sa cheminée. Il a dû tuer ces pauvres
femmes, les découper et, ni vu ni connu, les laisser partir en fumée…

À LA gare d'Houdan, une soixantaine de personnes descendirent
en se bousculant pour éviter les trombes d'eau qui se déversaient sur
la ville. Des journalistes, mais aussi des fonctionnaires de justice, des
employés de l'Identité judiciaire et une partie de l'équipe du commissaire Dautel. Plusieurs taxis avaient été réquisitionnés pour effectuer
la navette vers Gambais mais, vue l'affluence, il fallut d'abord organiser
tant bien que mal une file d'attente dans le hall de la gare.

Lefourche se rangea ostensiblement à distance de François qui
résolut de ne plus s'en soucier. Au bout d'une demi-heure, alors que
le ciel s'éclaircissait un peu, il obtint une place dans un véhicule.

La propriété louée par Landru était située le long d'une route isolée, pourtant de nombreux curieux se massaient déjà sur les abords,
bravant le froid et la neige fondue qui tombait désormais par intermittence. La maison comportait un premier niveau crépi de blanc
avec des briques rouges aux angles et un étage de combles recouvert
d'ardoises. Il y avait aussi plusieurs dépendances dans le jardin que
les arbres dissimulaient en partie.

Finalement, vers neuf heures et demie, lorsque toutes les huiles
venues de Paris en voiture furent au complet – le procureur de la
République et le directeur de la Sûreté générale entre autres –, on pro-
céda à l'ouverture des deux battants de fer. Ce fut la ruée, chacun dési-
rant être le premier à faire la trouvaille décisive dont les journaux
parleraient le lendemain. François suivit le mouvement et pénétra à
son tour dans la maison principale qui frappait d'abord par la médio-
crité de son ameublement. Comment le séducteur avait-il réussi à
attirer ici des victimes habituées à un certain confort – la plupart de
ces dames avaient du bien –, puis à les convaincre de séjourner dans
ce dénuement, voire cette saleté ? Le rez-de-chaussée comprenait trois
chambres dont l'une servait visiblement de débarras, avec des échantillons de papier peint, une botte de foin et des détritus divers. Les
deux autres offraient des lits de sangles, des couvertures et des draps
roulés pêle-mêle, deux ou trois chaises bancales plus un petit meuble

de toilette ébréché. Sur les murs, outre de grands crucifix argentés, il y avait quelques gravures accrochées, dont l'une illustrait de façon prémonitoire la fable du loup et de l'agneau.

La salle à manger attenante était vide. C'est probablement à la cuisine que les « fiancées » avaient dû prendre leurs repas : une simple table sur tréteaux, des assiettes dépareillées, un fourneau à bois – objet de toutes les attentions policières –, des ustensiles de découpe marqués de taches brunes, un tablier bleu élimé... On était loin du nid d'amour que Landru avait dû faire miroiter à ses conquêtes !

Un jeune homme muni d'un calepin s'approcha de François.

— Alors, vous en pensez quoi ?

Le nouveau venu était blond comme les blés, avec des traits presque enfantins, mais aussi une détermination tranquille dans le sourire.

— À qui ai-je l'honneur ? s'enquit François.

— Hippolyte Fangor, journaliste au *Matin*. Je m'occupe de la chronique judiciaire.

— Inspecteur Simon, fit François en prenant la main qu'il lui tendait. Brigade criminelle.

— La Criminelle est aussi sur l'affaire ?

— Nous collaborons.

— Mazette ! Je croyais qu'entre le Quai des Orfèvres et la Rue des Saussaies, la hache de guerre était déterrée !

— Les temps qui viennent sont plutôt à la paix, non ?

Fangor dut juger la repartie habile, car une lueur complice brilla fugacement dans son regard.

— Et qu'en pense la Criminelle, alors ? Notre suspect est-il aussi innocent qu'il le proclame ?

— Si vous voulez mon avis, Landru avait un profond mépris pour les femmes qu'il attirait chez lui. Il n'y a qu'à voir le mobilier... Et comme il ne pouvait pas non plus espérer qu'elles restent de leur plein gré, vu l'endroit, c'est qu'il avait d'autres projets en tête.

— C'est aussi mon opinion, admit Fangor. Quand on pousse le cynisme jusqu'à acheter deux billets de train aller et un seul billet retour pour un voyage en amoureux, c'est qu'on fait bon marché de ses promises !

— Docteur Paul ! cria à cet instant une voix dans le couloir. On a quelque chose !

Tout le monde se précipita vers la salle à manger où le Dr Paul, le médecin légiste mandaté par la Justice, inspectait la cheminée. Un policier venait de lui apporter une petite chose blanchâtre qu'il tenait religieusement dans ses paumes ouvertes.

— On l'a récupéré dans le poêle d'une des chambres, docteur...

Le médecin sortit sa loupe et examina ce qui ressemblait à un morceau d'os, tandis que l'assistance retenait son souffle.

— C'est sans doute un fragment de crâne humain calciné après avoir été porté à très haute température.

À partir de là, les découvertes se succédèrent. On releva des traces de sang à l'intérieur du cellier et d'autres coagulées à du sable sous un hangar. On passa au tamis un tas de cendres dans une remise qui livra de funèbres trésors : une molaire, une épingle à cheveux, un bouton de chemisier fondu, des débris d'ossements brûlés...

Vers dix-neuf heures, alors que le soir jetait un voile apaisant sur la funeste villa, le ballet des taxis reprit en sens inverse. Billets obligent, Jean et François firent de nouveau banquette commune, sans se parler davantage. La situation avait beau atteindre des sommets de ridicule, François ne désirait pas provoquer d'explication devant un parterre de journalistes et de mobilards. Il attendit donc d'être arrivé à Montparnasse pour poser la main sur l'épaule de son collègue.

— On a passé toi et moi l'âge de bouder, Jean, tu ne crois pas ? J'ai vraiment besoin que tu me dises où est Elsa...

Lefourche fit volte-face, les traits déformés par la rage.

— Si jamais tu lui fais du mal, je te jure que je te tuerai...

9
1er mai

TRENTE-SIX heures supplémentaires s'étaient écoulées et François n'avait toujours pas de nouvelles d'Elsa. Aucune lumière à la fenêtre de son atelier le soir, aucune trace de son side-car. Il avait été jusqu'à faire le pied de grue devant l'immeuble du 84, rue Brancion, où habitait son frère, sans rien remarquer qui puisse laisser entendre qu'elle s'était réfugiée chez lui. Jean n'avait d'ailleurs pas très bonne mine non plus, de grands cernes sous les yeux et un air maussade, que

François attribuait selon les moments aux préparatifs de la grande journée syndicale du jeudi ou à son ignorance de ce qu'il était advenu de sa sœur.

Pendant ce temps, l'enquête sur le tueur de gueules cassées piétinait. Maupin avait réitéré devant le juge ses aveux circonstanciés, mais avait été incapable de fournir le moindre détail complémentaire permettant d'identifier Eugène Boudin. Quant à Gommard qui s'était chargé des investigations au Café des Théâtres, il n'en était pas revenu beaucoup plus riche : les habitués du zinc avaient bien le souvenir d'un homme brun, portant beau et semblant chercher du travail, mais personne ne savait au juste qui il était. Même brouillard du côté de Jules Aubrac, dont le rapport d'autopsie était bouclé sans que son contenu ait ouvert aucune perspective nouvelle.

Le seul motif de satisfaction, finalement, était l'article du *Matin* paru au lendemain de la perquisition à Gambais, où Hippolyte Fangor notait en guise de conclusion : « Les amoureux de la vérité se réjouiront d'apprendre que, pour démêler cet écheveau si complexe, le commissaire Dautel a reçu le renfort éclairé des inspecteurs de la Criminelle. Gageons que face aux efforts conjugués des deux fleurons de notre police, Henri Désiré Landru devra bientôt reconnaître sa défaite. » Cette simple remarque au bas d'un papier de quatre colonnes valut à François les félicitations de Robineau.

Pour autant, ce qui occupait d'abord les esprits à l'approche du 1er mai, c'était évidemment le rôle que le Quai des Orfèvres allait devoir jouer dans le maintien de l'ordre. Dès le mercredi après-midi, l'ensemble des inspecteurs fut convoqué en salle de réunion, sous la présidence du commissaire Guichard, pour se voir exposer les principaux points du dispositif : le défilé avait été interdit par le préfet mais les syndicats comptaient passer outre en organisant leur démonstration de force entre la place de la République et celle de la Concorde. En conséquence de quoi le gouvernement avait mobilisé plusieurs régiments d'infanterie et de dragons à l'appui de la police et comptait bloquer l'accès aux lieux de départ et d'arrivée du cortège. Une succession de barrages allait être disposée aussi dans les rues adjacentes afin de contrarier la progression des manifestants. Avec ses maigres effectifs, il n'était pas du ressort de la Criminelle de faire rempart de son corps, bien sûr, mais on lui assignait la tâche d'infiltrer les groupes de contestataires et de renseigner les autorités sur l'activité des meneurs.

Le jour dit, François fut envoyé place de Clichy en binôme avec Gommard. Les grandes artères de la capitale semblaient frappées d'une incompréhensible torpeur : pas de tramways, pas de journaux aux présentoirs des kiosques, des bouches de métro fermées, des boutiques aveugles, des terrasses vides… Paris retenait son souffle, attendant peut-être que s'écrive l'Histoire. Révolution ? Saute d'humeur ? Qui pouvait savoir…

Habillés plus négligés qu'à l'habitude, casquette vissée sur la tête et chaussures fatiguées, François et son acolyte se fondirent sans mal au milieu d'un groupe de terrassiers. Afin de ne pas attirer l'attention, les deux policiers prirent à leur tour une carte de chômage où s'inscrivait en lettres rouges la profession de foi de la journée : « Le 1er mai 1919, j'ai chômé pour réclamer la journée de huit heures, une amnistie totale, une démobilisation rapide, la paix juste et le désarmement, pour protester contre l'état de siège et la censure. » Toutes choses avec lesquelles, au fond, François n'était pas en désaccord.

Durant l'heure qui suivit, des grappes de plus en plus denses d'hommes et de femmes, églantine à la boutonnière, rallièrent la place de Clichy, l'un des lieux de rassemblement d'où l'on devait s'ébranler vers la République. Mais, comme une traînée de poudre, des rumeurs persistantes firent état des multiples obstacles dressés sur le parcours par les forces de la réaction, et il fut décidé qu'on irait directement saluer l'obélisque de la Concorde. Cinq mille personnes environ se mirent ainsi en marche, cohorte joyeuse et bigarrée d'ouvriers, d'employés, de petits-bourgeois, de jeunes exaltés et de vieux briscards, de vendeuses de magasin tirées à quatre épingles et de travailleuses en cheveux, d'adhérents convaincus qui brandissaient haut leurs pancartes et de curieux qui suivaient le mouvement depuis le trottoir, juste pour profiter du divertissement. François, assez surpris, se dit qu'il n'était pas insensible à la ferveur de ce corps collectif et que *L'Internationale* entonnée par des milliers de bouches lui donnait le frisson. Gommard, plus terre à terre, ne cessait de pester contre ses chaussures qui lui torturaient les pieds.

Les choses sérieuses commencèrent à l'intersection du boulevard Haussmann où un barrage de gardes municipaux était censé impressionner le peuple en marche. Mais la trentaine d'hommes en uniforme eut tôt fait de s'écarter. Cette première victoire galvanisa les énergies et l'on traversa le boulevard au son d'une *Marseillaise* victorieuse. Pas pour longtemps : les brigades centrales – à la réputation de brutes sans âme –, épaulées par un régiment de dragons à cheval, avaient pris position rue Royale pour cadenasser les accès à la Concorde.

Le face-à-face entre manifestants et représentants de l'ordre s'étira une bonne demi-heure, émaillé d'insultes et de jets d'objets divers, mais sans volonté réelle d'affrontement. Il y eut bien quatre ou cinq téméraires pour tenter de forcer les barrages en solitaire, mais on les vit bientôt revenir l'œil poché ou les lèvres en sang, ce qui doucha net l'enthousiasme des autres.

De guerre lasse, une partie de la colonne entreprit de contourner la Madeleine au cri de : « Par les Tuileries ! Par les Tuileries ! » Vingt minutes plus tard, elle faisait jonction avec une deuxième colonne, moins étoffée, qui était partie de la gare de l'Est. Forte désormais de sept ou huit mille personnes, la procession reprit sa progression jusqu'au Palais-Royal, avant de se trouver à nouveau bloquée rue de Rivoli. Mais cette fois, l'ambiance festive s'assombrit d'un coup. Les officiers responsables du secteur se mirent en tête de refouler coûte que coûte les manifestants. Peine perdue. D'un signe, ils ordonnèrent aux pauvres Poilus alignés le long des grilles du Louvre de se mettre en position, baïonnette au canon. La foule réagit comme un seul homme à la provocation.

— Tirez pas sur les vôtres, les gars ! Avec nous ! Vive nos pioupious !

Comme les soldats hésitaient sur la conduite à tenir, plusieurs coups de sifflet retentirent simultanément et la troupe des brigades spéciales s'avança, gourdin à la main. Soudain, sans que l'on puisse en déterminer l'origine, une détonation claqua. Des cris affolés s'élevèrent de partout tandis que la police chargeait violemment, semant la panique. La tête du cortège, près de laquelle François se situait, reçut une grêle de coups et le défilé se disloqua en une pagaille indescriptible. Des gens trébuchaient et roulaient à terre, d'autres leur marchaient dessus, les policiers frappaient à tour de bras...

À un mètre de lui, François vit s'écrouler un ouvrier aux cheveux blancs. Il le souleva par les aisselles et essaya de le mettre à l'abri pendant que le vieux s'égosillait.

— Assassins ! Assassins !

Le drame était que la plupart des rues voisines étaient bouclées, elles aussi, interdisant toute retraite : des milliers de manifestants apeurés se retrouvaient littéralement coincés au fond d'un entonnoir. François traîna comme il put son fardeau en cherchant Gommard des yeux, mais celui-ci s'était évaporé.

— Les Halles, haleta l'ouvrier, à bout de souffle.

Les Halles, bien sûr !

Profitant de la confusion générale, ils se faufilèrent par une première ruelle, puis par une deuxième, avant de gagner tant bien que mal l'esplanade du marché. Les vastes bâtiments de métal et de verre étaient évidemment fermés, mais leurs masses imposantes bordées d'allées constituaient déjà un abri. François passa derrière le Pavillon de la viande et lâcha enfin le vieil homme qui s'appuya en soupirant contre la structure de fer.

— Vous vous appelez comment ? interrogea François.

— Albert, expira l'homme péniblement.

— Vous habitez loin ?

— Une trotte ! Rue La Fayette. Par contre, j'ai un parent qui est concierge rue des Francs-Bourgeois. Si j'arrive jusque là-bas…

Ils se remirent en route et, clopin-clopant, franchirent sans trop de mal les quelques centaines de mètres qui les séparaient du quartier des Archives. Arrivé à destination, le jeune inspecteur fut chaudement remercié par la famille et, après avoir accepté un café plus une part de brioche, il dut couper court au glorieux récit du 1er mai 1906 qu'entreprenait Albert, afin de s'éclipser.

— Désolé, grand-père, mais il faut que j'y retourne, fit-il en laissant planer l'équivoque sur ses intentions réelles.

Une fois dehors, François songea d'abord à rentrer à pied au Quai des Orfèvres, mais en croisant la rue Saint-Martin, il repensa à Jules Aubrac et à l'histoire du courrier. Il remonta en direction de la poste, passa sans difficulté un barrage de la garde municipale avec sa carte de policier et, en pénétrant dans le bureau des PTT, se félicita que les fonctionnaires n'aient pas le droit de grève. L'endroit était désert, mis à part le receveur derrière son guichet qui jouait tout seul à une sorte de jacquet.

— Oh ! inspecteur ! s'écria-t-il avec son truculent accent bourguignon. C'est aimable à vous de me rendre visite !

— Concernant M. Aubrac, vous avez du nouveau ?

— Ah ! justement, je prévoyais de vous avertir. Il y a une lettre qui est arrivée hier.

Le receveur tendit une enveloppe blanche à François qui la décacheta fébrilement. Elle portait l'en-tête des Bureaux du ministère de la Guerre, sous-secrétariat d'État aux pensions.

Paris, le 29 avril,

Monsieur,
J'accuse réception de votre courrier daté du 28 avril.
À titre exceptionnel et compte tenu à la fois des informations et des difficultés avancées, je suis disposé à surseoir à votre convocation de ce mardi courant. Je me rendrai par conséquent moi-même au rendez-vous fixé le jeudi 1er mai, à dix-sept heures, quai Saint-Bernard. Toutefois, au cas où vous seriez à nouveau défaillant, je me verrai dans l'obligation de statuer définitivement sur votre requête, avec tous les risques de suspension d'indemnités, voire de sanction pénale, qu'une telle procédure implique.
Restant votre dévoué,

Gabriel de Termignon
Délégué général aux pensions.

Le jeudi 1er mai à dix-sept heures…
François jeta un œil à sa montre de gousset : seize heures quarante-deux.
— Je peux téléphoner ?
— Faites comme chez vous…
François fut mis en communication avec le service des pensions du ministère de la Guerre. Il déclina son identité et exigea de parler d'urgence à Gabriel de Termignon. Plusieurs interlocuteurs se succédèrent jusqu'à ce qu'une femme à la voix revêche se présente comme sa secrétaire et explique que M. de Termignon était parti un quart d'heure plus tôt.
François raccrocha avec un mauvais pressentiment. Seize heures cinquante et une… Il ne voyait pas comment rejoindre la rive gauche en moins de dix minutes. Sauf…
— Par hasard, monsieur le receveur, demanda-t-il poliment, vous auriez un vélo ?

LORSQU'IL était encore petit garçon, François rêvait d'être facteur. Dans une communauté isolée comme celle de Giel, le facteur incarnait une sorte d'idéal, un messager du vaste monde qui portait au domicile de chacun la rumeur de terres lointaines. Pas un instant, évidemment, il n'avait imaginé se retrouver un jour sur une vraie bicyclette de la Poste, sacoche réglementaire à l'avant, pédalant à toute vitesse afin de tenter d'empêcher un meurtre.

Car de quoi aurait-il pu s'agir d'autre ?

Dans sa lettre du 29 avril, Gabriel de Termignon faisait allusion à un courrier de Jules Aubrac daté du 28. Or celui-ci avait été découvert mort dans sa chambre de la rue de Montmorency le 25 au matin. Autrement dit, il aurait été bien incapable d'écrire quoi que ce soit soixante-douze heures plus tard. Conclusion : quelqu'un avait usurpé son identité afin d'obtenir une entrevue avec le fonctionnaire du sous-secrétariat d'État aux pensions.

François traversa l'île Saint-Louis le nez dans le guidon, tressautant sur les pavés à s'en déclencher une détestable migraine. En passant la Seine pour aborder la rive gauche, il lui sembla percevoir le claquement sec d'un coup de feu, sans qu'il puisse en déterminer l'origine. Il prit un virage osé quai de la Tournelle, manqua glisser, se rattrapa de justesse et accéléra à nouveau. Parvenu à hauteur du pont Sully, il ralentit pour considérer la ligne droite du quai Saint-Bernard : personne. La grande grille de la Halle aux vins était fermée et, un peu plus loin, comme si les animaux eux aussi faisaient grève, la ménagerie du Jardin des Plantes n'avait pas ouvert ses portes. À l'opposé, en contrebas de la chaussée, le Port-aux-Vins somnolait, aucun bateau ne croisant pour le moment sur le fleuve. Quelle idée d'accepter un rendez-vous ici le 1er mai !

François longea l'enceinte de la Halle en guettant des éclats de voix ou des silhouettes à travers les barreaux, mais les négociants de Champagne et de Bourgogne avaient baissé le rideau. C'est alors qu'il entendit des bruits sourds et réguliers qui montaient du port. Pas très forts, comme une espèce de martèlement.

Il s'approcha de la rambarde du quai : cinq mètres plus bas, des centaines de tonneaux étaient alignés bien sagement. Il y avait aussi deux grues immobiles, une péniche à l'arrêt et, à moitié caché par une cahute, un homme accroupi qui levait en cadence une sorte de barre et l'abattait ensuite sur la forme à ses pieds. Un corps... Il frappait un corps !

— Hé! cria François. Vous là-bas! Police!

L'homme se retourna. Il portait un long manteau en gabardine beige, un chapeau melon enfoncé jusqu'aux oreilles et le bas de son visage était dissimulé par un tissu blanc. Il regarda l'intrus quelques secondes puis revint tranquillement à son occupation, matraquant sa victime comme si de rien n'était.

François dévala l'un des plans inclinés qui descendaient vers le dock et buta sur le portail qui en interdisait l'accès. Il appuya son vélo sur le grillage et se servit de la selle comme d'un marchepied pour l'escalader. Mais à la seconde où il atteignait la première rangée de fûts, l'homme sortit un revolver de sa poche et fit feu dans sa direction. François plongea à terre et la balle siffla très au-dessus de sa tête. Il rampa pour se mettre à l'abri et glissa un œil entre les alignements de barriques. Le couvre-chef de l'assassin lui tombait sur les yeux et sa bouche et son nez étaient invisibles sous l'espèce de masque de chirurgien.

Soudain, l'homme parut se pencher sur quelque chose et le vrombissement d'un moteur emplit l'air. Une moto… L'assassin démarra en trombe. François le poursuivit en un sprint désespéré, bien incapable de réduire l'écart qui se creusait entre eux. Impuissant, il vit le suspect disparaître en haut du quai Saint-Bernard. Quand il parvint à son tour au niveau de la rue, la moto virait déjà devant la gare d'Orléans, hors de portée. Seule trace de sa fuite, un chiffon maculé de cambouis qui avait dû tomber à la faveur des cahots. François s'empressa de le ramasser.

Devant le Jardin des Plantes, un piéton venait dans son sens. Il se précipita vers lui en le hélant.

— Police! Vous avez vu le type en moto à l'instant?

— Euh oui, enfin à peine…

— Est-ce qu'il avait une plaque d'immatriculation à l'avant?

Le passant, un homme d'un certain âge, cheveux courts et fine moustache grise, genre militaire à la retraite, réfléchit.

— Il roulait tellement vite… Je dirais non.

— Tant pis, soupira François. Écoutez, il faut que vous m'aidiez à prévenir le commissariat, c'est très important… Cet homme est probablement un criminel, sa victime est là-bas, sur le port…

— Un criminel! Comptez sur moi, inspecteur. Il y a des téléphones à la gare, j'en ai pour cinq minutes au plus…

— Merci ! Et… Pardonnez-moi d'abuser, j'aurais besoin de vos gants…

Le bon Samaritain eut une moue d'incompréhension mais finit par se laisser convaincre.

François redescendit en courant vers le débarcadère pour constater qu'hélas ! il ne s'était pas trompé : la forme à l'angle de la cabane était effectivement un corps. Un homme bien mis, chapeau haut de forme et costume bleu marine, dont la poitrine s'ornait d'une fleur rouge tandis que son sang continuait à s'épancher en une flaque diluée de pluie. Comme pour Eugène Boudin et Jules Aubrac, le menton, la bouche et une partie du nez avaient été consciencieusement massacrés. Cette bouillie fraîche de chair et d'os broyés avait quelque chose de si insupportable que le jeune inspecteur dut détourner les yeux.

À trois mètres du cadavre gisait une serviette de cuir ouverte. Quelques papiers voletaient autour que François collecta pour les mettre à l'abri dans le porte-documents. À l'évidence, l'assassin l'avait fouillé.

François revint vers le mort et à son tour le fouilla précautionneusement. Il dénicha une carte de visite en belles lettres anglaises dans la poche intérieure :

Gabriel de Termignon
22, rue Censier
Paris, V^e arrondissement

C'était à deux pas d'ici. Voilà sans doute pourquoi le malheureux avait accepté ce rendez-vous incongru. Et comme la moto du tueur avait tourné à l'instant rue Buffon, il n'était pas impossible que celui-ci ait eu une autre idée en tête…

François était coincé : il ne pouvait pas bouger avant l'arrivée de ses collègues. Il chercha la barre que l'assassin avait utilisée pour mutiler sa victime, sans réussir à la dénicher. Il faudrait envoyer des scaphandriers draguer la Seine.

Au bout d'un quart d'heure, l'équipe du commissariat arriva enfin, à bord d'un taxi réquisitionné. Trois gardiens de la paix auxquels François brossa un tableau sommaire des événements, avant de les inviter à alerter le laboratoire de la Préfecture.

— Mais vous, inspecteur, vous allez où ?

— 22, rue Censier, au domicile de la victime. Vous n'aurez qu'à m'envoyer mes collègues quand ils en auront terminé. Ah! Et si un monsieur d'une soixantaine d'années vient vous réclamer sa paire de gants, dites-lui qu'ils sont à ma taille et que je les garde un moment.

Il ne fallut pas plus de cinq minutes au jeune inspecteur pour rallier la rue Censier à bicyclette. Tout y était d'un calme rassurant, et aucune moto n'y stationnait.

François frappa à la loge du concierge.

— Qu'est-ce que c'est?

— Inspecteur Simon, Brigade criminelle, lança-t-il en exhibant son sésame policier. C'est bien ici qu'habite M. de Termignon?

— Oui, mais je ne crois pas qu'il soit rentré. Il est tôt et…

— Il ne rentrera pas. Il vient d'être assassiné. Vous avez les clefs de son appartement?

— Sans doute, oui… C'est ma femme qui s'occupe du ménage.

— Allez les chercher et accompagnez-moi, intima François.

Impressionné, le concierge obéit et, muni du précieux trousseau, le précéda jusqu'au deuxième étage de l'immeuble bourgeois. François colla son oreille à la porte. Aucun bruit…

— Il est marié?

— Non, célibataire.

— Allez-y! commanda François.

Le concierge actionna le verrou puis s'effaça pour le laisser passer. L'appartement était baigné par une lumière grise quasi sépulcrale. Le mobilier attestait une certaine aisance – fauteuils et commodes de style, statuettes à l'antique et tableaux pompiers. Mais si le vestibule et le salon étaient impeccablement ordonnés, le couloir qui desservait le reste du logement était jonché de papiers.

— Mon Dieu! s'exclama le concierge.

— Il est venu, lâcha François pour lui-même.

Il pénétra dans la pièce qui servait de bureau : tout avait été mis sens dessus dessous. Les tiroirs étaient renversés sur le tapis, le courrier éparpillé autour de la chaise, la poubelle vidée sur le sous-main.

— Un cambriolage? suggéra le concierge.

— Qui sait…

Les deux hommes passèrent dans la chambre qui présentait le même type de désordre, en plus surprenant encore : les draps et les couvertures avaient été rejetés au pied du sommier et le matelas disparaissait sous une accumulation de photographies de demoiselles à peine vêtues, dans des positions rien moins qu'équivoques. La mallette qui avait sans doute servi à les contenir était ouverte près de la table de nuit, fermoirs arrachés. Il régnait par ailleurs une puissante odeur de parfum et François ne tarda pas à repérer un flacon en cristal, brisé sur le parquet.

— Votre femme s'occupait du ménage, m'avez-vous dit ? Elle savait que Termignon collectionnait ce genre d'images ?

— Oh, inspecteur, non ! répondit le concierge, gêné.

— Et la mallette, elle l'avait déjà vue ?

— Ça, je saurais pas vous dire…

Les effluves de parfum étaient si concentrés que François éternua à deux reprises. Il ouvrit la fenêtre pour aérer et, cherchant un mouchoir dans sa poche, exhuma le chiffon plein de cambouis ramassé sur le quai Saint-Bernard. Il l'avait oublié, celui-là.

Il le déplia : un carré de vingt centimètres sur vingt environ, qui avait dû être blanc à l'origine, et que l'assassin avait utilisé pour nettoyer sa moto.

— Tiens, tiens…, murmura François.

Trois lettres étaient brodées dans un angle du tissu : *VdG…*

10
VdG

VICTOR DE GAUDÉRAC… Valéry de Giscardon… Vincent de Grumelet…

François regardait sans les voir les lumières de Paris qui défilaient par la vitre de l'automobile, incapable de se concentrer sur autre chose que sur l'insaisissable signification de ces trois initiales : *VdG*.

Vianey de Golancourt, Virgile de Gerberoy, Vladimir de Gouvieux…

Cela ne menait nulle part, comme le lui avait fait remarquer Robineau, arrivé au bout d'une bonne heure rue Censier en compagnie de Filippini et de trois gars du laboratoire.

— Oubliez ça pour le moment, Simon. On ne va pas deviner un nom par magie en partant juste d'un monogramme ! Quand on aura une idée plus précise du coupable, on s'intéressera à ses initiales…

Mais François ne parvenait pas à s'arrêter. Il faut dire aussi qu'il était moulu de fatigue et que son cerveau tournait à vide. Toute la soirée, il avait participé aux investigations du domicile de Termignon. Les hommes avaient passé chaque étagère au peigne fin, soulevé chaque tapis, sondé chaque mur. Malheureusement, ils n'avaient rien découvert qui permît d'établir un lien quelconque entre la troisième victime et les deux précédentes. Ce qui ne voulait pas dire que l'assassin, lui, n'avait pas déjà récupéré ce qui l'intéressait.

— Si l'on estime qu'il s'est écoulé environ une demi-heure entre le moment où la moto a quitté le Port-aux-Vins et celui où vous avez franchi le seuil de l'appartement, avait estimé Robineau, ça lui laissait le temps de tout mettre à sac et d'emporter ce qu'il souhaitait.

— Des papiers, vous pensez ?

— Comment savoir ? S'il a trempé dans l'affaire Maupin et que sa spécialité est le vol de diamants, il n'aura sans doute pas résisté à l'idée de faire main basse sur quelques valeurs…

— Et toutes ces photographies de femmes ?

— Un moyen peut-être de ridiculiser le défunt. De mettre en lumière les petites faiblesses de l'honorable fonctionnaire du ministère de la Guerre…

On avait procédé à l'interrogatoire exhaustif des voisins sans davantage de succès. Ceux qui étaient chez eux dans l'après-midi n'avaient noté aucune allée et venue suspecte. Quant à la réputation du sieur de Termignon, elle était excellente, forcément : tous ces distingués locataires appartenaient au même monde – le bon – et jeter l'opprobre sur l'un d'entre eux aurait signifié les dénigrer tous.

De retour quai des Orfèvres, il avait encore fallu supporter un discours de l'adjoint au préfet qui tenait à féliciter ses troupes d'avoir réussi à contenir l'essentiel des excès de la journée, avec un bilan qu'en haut lieu on estimait acceptable : plus de quatre cents agents de la force publique avaient certes été blessés, mais il n'y avait eu qu'un seul mort à déplorer, côté manifestants en l'occurrence. Un jeune homme qui avait été tué rue de la Michodière et dont le meurtrier, issu de la foule, avait été aussitôt appréhendé. Un prix raisonnable à payer, somme toute, pour faire barrage à la révolution.

À l'issue de la réunion, une voiture ramena François chez lui. Lorsqu'elle le déposa devant l'église Notre-Dame-de-la Croix, il se figea sur place. À trois mètres de là, le side-car d'Elsa était garé. Il fit le tour de la machine pour s'assurer qu'il n'était pas le jouet d'une illusion, mais aucun doute n'était permis. D'un coup, il sentit sa fatigue s'envoler et grimpa quatre à quatre les marches qui menaient chez Mado.

En entrant dans l'appartement, il fut accueilli par un mélange d'éclats de rire et de refrains faubouriens.

François ouvrit la porte du salon et éprouva une sensation très étrange : les deux personnes qu'il aimait le plus au monde étaient réunies dans la même pièce et visiblement en parfaite intelligence. Mado sur son trône, entre le guéridon à alcools et le phonographe, et Elsa qui occupait son fauteuil à lui, vêtue d'un pantalon gris sur lequel elle avait passé un chemisier d'un vermillon chatoyant. Toutes deux tenaient un verre d'hypocras à la main et toutes deux pouffèrent de bon cœur en découvrant sa mine stupéfaite.

— Elsa ? Je te cherche partout depuis quatre jours !

— Eh bien tu vois, c'est moi qui t'ai trouvé !

Les deux femmes redoublèrent de gloussements.

— Mais tu étais passée où ?

— Je réfléchissais…

— Tu as besoin de disparaître quatre jours pour réfléchir ?

— Je crois que notre garçon te fait une scène de jalousie, intervint Mado en se tapant les cuisses.

— Je suis censée peut-être te demander ton autorisation ? s'enquit Elsa qui plaisantait déjà moins.

— Ce n'est pas le problème, soupira François. J'étais… j'étais inquiet, voilà tout ! Et Jean aussi !

— Jean ! Tu as rallié son camp ou quoi ?

— Bien sûr que non ! Mais si toi tu as le droit de faire ce que tu veux, je ne suis pas non plus une marionnette !

L'argument sembla porter, car le front de la jeune femme qui se plissait dangereusement parut se détendre à nouveau.

— Plains-toi, lança-t-elle avec un sourire désarmant. Je suis à peine de retour à Paris et c'est toi que je viens voir en premier…

— Tu es rentrée aujourd'hui ?

— Je n'allais pas louper le Grand Soir !

— Je dois en déduire que tu étais à la manifestation, c'est ça ?

— Tu veux boire quelque chose ? proposa Mado.

— Je… je crois que oui.

— Assieds-toi mon grand, je te sers.

Il approcha une chaise sans pouvoir quitter la jeune femme des yeux. C'est peu dire qu'elle était belle… Un visage de madone, mais avec quelque chose d'indéfinissable en plus, une séduction, une aura magnétique, qui vous convainquait sur-le-champ que plus jamais dans votre vie vous ne croiseriez quelqu'un comme elle.

— Tiens, ça va te réchauffer, assura Mado, tu es tout pâle. Ah! et tu as reçu ça aussi…

De l'index, elle désignait une enveloppe libellée d'une écriture maladroite sur le buffet. Il la décacheta aussitôt.

> Cher monsieur Simon,
> Je ne sais pas si vous vous souvenez de nous. Je suis la femme de Joseph Machonnier. Il vous aimait bien. Je suis désolée de vous ennuyer, c'est surtout à cause des enfants. Je ne sais pas à qui demander. Il faut vous dire que comme on n'était pas mariés vraiment, je n'ai pas droit à la pension de veuve. Pour les enfants, ça demande le temps des papiers, de les reconnaître et tout ça. Si vous pouviez me dépanner d'ici là, même un petit peu, en souvenir de Joseph. Bien sûr je vous rembourserai. Si vous ne pouvez pas, tant pis, ce n'est pas grave. On finira bien par s'en sortir.
> Amitiés pour vous et pour votre famille,
> Lisette,
> la femme de Joseph Machonnier,
> 3, avenue du Pont-de-Flandre, Paris

François accusa le coup. Même s'il ne l'avait jamais rencontrée, il se souvenait très bien de Lisette. Joseph l'adorait.

— Pas de mauvaises nouvelles? s'inquiéta Mado.

— Non, enfin… C'est la femme de mon copain Joseph, celui qui est mort à Bazoches juste à côté de moi. Ils ont eu deux enfants et apparemment, toute seule, elle ne s'en sort pas.

— Elle a besoin d'argent, c'est ça? questionna Mado.

— Oui. Mais je suppose qu'elle doit se sentir très seule aussi.

— Qu'est-ce que tu vas faire? murmura Elsa.

— Je pense que je vais aller la voir. Je lui dois au moins ça…

Mado farfouilla parmi ses cylindres de cire et mit à faible volume une chanson qu'elle jugea appropriée, *L'Angélus de la mer*. Parenthèse douce et triste, où l'ombre d'un couple défait flotta fugitivement sur le pavillon argenté du Pathéphone.

Une fois les derniers accords évanouis, Elsa se leva et tendit la main à François.

— Vous me présentez votre quartier général, inspecteur ?

Ils grimpèrent à l'étage et il lui fit les honneurs de sa chambre. Elsa s'assit en souriant près du traversin.

— Cachottier ! Tu ne m'avais pas dit que ton vrai nom était François-Claudius !

— À part Mado, je n'aime pas trop qu'on m'appelle comme ça, se défendit-il. J'ai toujours pensé que c'était un cadeau empoisonné de ma mère. Une de ses lubies pour me compliquer un peu plus l'existence.

— Mado m'en a touché deux mots, oui. Ça n'a pas dû être facile tous les jours…

François haussa les épaules.

— C'est du passé désormais. Mais toi, raconte-moi plutôt comment tu es arrivée rue Dolet. Et ce que tu as fabriqué auparavant. Sans vouloir te commander, bien sûr…

— J'ai roulé avec le side-car. Orléans, Troyes, Reims, Amiens… Roulé et roulé encore… Conduire m'aide à réfléchir.

— À réfléchir à quoi ?

— À toi, à moi… À nous. Je me suis un peu emballée samedi, tu as remarqué ? J'avais besoin de faire le point. Il m'est arrivé certaines choses autrefois, des choses dont je n'ai pas envie de discuter mais qui m'ont rendue méfiante. Je voulais être sûre…

— Résultat ?

— Résultat, je suis sûre.

Joignant le geste à la parole, elle ouvrit les bras.

— Et ton frère ? Il ne m'adresse plus la parole depuis cette soirée de l'autre jour.

Elle eut une moue fataliste.

— Je te l'ai dit, depuis que je suis toute petite, Jean se croit obligé de me protéger. Quitte à m'étouffer… Et je ne veux pas qu'on m'étouffe, ajouta-t-elle en l'attirant à elle. À la limite, lorsqu'il s'agit d'un beau gars aux yeux verts, je peux admettre qu'on m'enlace…

Elle se blottit contre lui.

— Mado est juste en bas, chuchota-t-il.

— Qu'est-ce que tu t'imagines ? s'amusa Elsa, la voix légèrement rauque. Qu'elle n'a jamais connu l'amour ? Elle en sait bien plus que toi et moi sur le sujet, mon chéri…

— JE vous emmène ! s'exclama gaiement Robineau.

Ils s'installèrent tous les deux dans la Delage bordeaux et, comme à son habitude, l'inspecteur principal fit crisser les pneus de la voiture en jaillissant hors de la Préfecture.

— Je croyais que nous n'étions pas attendus au ministère de la Guerre avant onze heures ? avança François.

— Au ministère, oui, mais nous avons quelqu'un d'autre à rencontrer. Or je ne pourrai pas le recevoir cet après-midi, je dois me rendre à Versailles.

— À Versailles ? répéta François en s'accrochant à son siège.

— Le président du Conseil veut que j'intègre l'équipe chargée de la sécurité de la Conférence, exposa Robineau d'un ton faussement modeste. Les délégués allemands commencent à arriver et il faut des gens de confiance pour veiller à ce que tout se déroule sans accroc.

— Ça veut dire que vous abandonnez la Brigade, chef ?

— Non, non, pas tout de suite. Pour l'instant, je me contente de donner quelques conseils. Une sorte de transition en douceur… Mais le jour approche où l'inspecteur Filippini devra me remplacer.

Ils enfilèrent le boulevard Saint-Germain sous un soleil timide que voilaient par intermittence de gros nuages noirs. Robineau arrêta la Delage juste en face du ministère mais au lieu de marcher vers le bâtiment, il se dirigea vers la brasserie voisine.

Ils pénétrèrent dans une salle enfumée où un aréopage d'hommes en costume ou en uniforme militaire buvaient en discutant à voix basse. Au milieu de cette assemblée, la chevelure blonde d'Hippolyte Fangor faisait presque tache. Ils s'assirent à sa table, commandèrent des cafés et le journaliste entra aussitôt dans le vif du sujet.

— Eh bien, messieurs, ce cas sensationnel dont vous vouliez me parler ?

L'inspecteur principal se lança alors dans un récit détaillé de ce qu'il baptisa officiellement « l'affaire des gueules cassées », mettant en avant ses talents d'enquêteur sans négliger pour autant le rôle de son subordonné. François se garda bien d'intervenir, ne comprenant pas très bien à quoi rimait cette entrevue.

Ce n'est qu'une fois dehors, après avoir quitté le journaliste, qu'il exprima ses doutes :

— Qu'est-ce qu'on gagne à informer la presse, chef?

— Deux choses, Simon. D'une part, en rendant publique cette histoire, il est possible que des témoins se fassent connaître. Des gens qui auraient aperçu quelque chose de bizarre du côté de la gare Montparnasse ou du Port-aux-Vins et qui se décideraient à venir nous voir. On en a besoin, je vous rappelle que nous n'avons toujours rien à nous mettre sous la dent. D'autre part, le gouvernement a l'intention de réorganiser les services de police dans les prochains mois. Si nous laissons les mobilards tirer la couverture à eux avec Landru, la Criminelle va se retrouver sans plus rien sur le dos. Notre affaire tombe à pic pour rééquilibrer la balance.

MLLE VINAGRET était un singulier personnage qui mettait un point d'honneur à être aussi intraitable avec ses visiteurs qu'elle l'était avec ses dossiers. Une mémoire d'éléphant, une connaissance sans faille des décrets relatifs aux pensions, le genre de secrétaire que n'importe quelle administration aurait dû s'arracher à prix d'or. Mais sèche de corps et d'âme, un rictus de mécontentement perpétuel au coin des lèvres et une robe noire informe qui donnait l'impression qu'elle s'était échappée d'un conte de sorcières.

Après avoir répété qu'elle ignorait en quoi consistait le rendez-vous de Gabriel de Termignon quai Saint-Bernard, elle se refusa à toute réflexion d'ordre privé sur le disparu, même si ses haussements de sourcils laissaient supposer qu'elle n'en pensait pas moins. En ce qui concernait son travail, elle n'avait rien à lui reprocher, sinon peut-être une indulgence excessive dans l'exercice de sa mission. Sa tâche consistait en effet à trancher les plaintes de soldats ou de familles qui estimaient ne pas percevoir de l'État les indemnités qui leur étaient dues. Des cas litigieux, en somme, source chaque jour d'un abondant courrier et que son patron, à en croire Mlle Vinagret, accueillait un peu trop souvent de manière favorable.

Les lundis et mardis matin, Gabriel de Termignon recevait les plaignants dont la situation était la plus inextricable. Des blessés dont le handicap s'aggravait, nécessitant une révision rapide de leur taux d'invalidité ; des épouses auxquelles on refusait le statut de veuve de guerre ; des mutilés, victime d'homonymie ou dont le livret militaire s'était égaré, et qui peinaient à faire reconnaître leur identité…

— Des prisonniers de guerre ? suggéra Robineau en songeant à Jules Aubrac.

— Plus rarement, inspecteur. Les réclamations des prisonniers portent en général sur la prime de démobilisation qui est de quinze francs par mois effectif de captivité, alors qu'elle est de vingt francs pour les soldats restés au front. Mais cette inégalité n'est pas du ressort de notre service et ce n'est pas à nous de la trancher.

— Je comprends… Arrivait-il fréquemment à M. de Termignon de fixer ses rendez-vous hors du ministère ?

La secrétaire choisit ses mots avec soin.

— Si des fois la chose s'est produite, il ne m'en a pas avertie.

— D'accord… Il tenait malgré tout un agenda, j'imagine ?

— Je me doutais que vous voudriez le voir, inspecteur, fit-elle, la bouche pincée. Il y en a plusieurs, en réalité. Je les ai préparés à votre intention dans la pièce voisine.

— Parfait, Simon va examiner ça.

TANDIS QUE Robineau profitait de son passage au ministère pour essayer d'obtenir la fameuse liste des prisonniers rapatriés d'Allemagne, François se mit au travail dans le bureau attenant. Quatre cahiers pleins tenaient lieu de registres et il s'attaqua au plus récent qui couvrait la période allant de décembre 1918 au tout début de mai 1919. En moyenne, lors de ses deux matinées hebdomadaires de consultation, Termignon rencontrait cinq ou six personnes, dont les noms, les adresses et l'objet des requêtes étaient mentionnés.

Au fur et à mesure de sa lecture, un fait l'intrigua : le nombre élevé de femmes qui sollicitaient un entretien. Pour les mois de décembre à février, près de trois demandeurs sur quatre étaient de sexe féminin et davantage encore dans les semaines de mars. La situation de ces dames était-elle notoirement plus délicate ? Ou bien les combattants étaient-ils à ce point épuisés par la guerre qu'ils n'avaient plus la force de batailler contre leur propre administration ?

François ne put s'empêcher en tout cas de faire le parallèle avec la multitude de photographies légères éparpillées dans l'appartement de la rue Censier. Des femmes, toujours des femmes…

Il se leva et frappa à la porte de communication.

— Pardonnez-moi, mademoiselle Vinagret… Je suppose que c'est M. de Termignon qui sélectionnait lui-même les personnes qu'il convoquait ?

— Qui voulez-vous d'autre ? fit-elle sans lever les yeux de sa machine à écrire.

— Diriez-vous qu'il retenait une proportion particulièrement élevée de cas impliquant des femmes ?

Elle lui décocha un regard d'oiseau de proie.

— Je n'ai jamais commenté les choix de mon supérieur, jeune homme. Et ne comptez pas sur moi pour commencer aujourd'hui alors qu'il ne peut plus se défendre.

— Des femmes sans doute encore assez jeunes, non ? insista François. N'est-ce pas précisément le genre de dossiers pour lesquels il avait une certaine « indulgence », ainsi que vous le laissiez entendre tout à l'heure ?

— Nos archives sont à votre disposition, se défaussa-t-elle. Vous n'aurez aucun mal à vérifier l'âge de ceux ou celles qui sont venus plaider leur cause…

La mine fermée, elle s'absorba à nouveau dans son travail et François retourna à ses registres. À l'évidence, Gabriel de Termignon avait davantage qu'un faible pour les femmes… De là à le soupçonner d'avoir abusé de sa position pour obtenir les faveurs de certaines d'entre elles, il n'y avait qu'un pas. Pour autant, François restait persuadé que celui qui l'avait tué était bel et bien un homme. Un amant ou un mari bafoué, peut-être, qui se serait fait justice lui-même ?

Il avança dans le cahier jusqu'aux derniers jours d'avril, à la recherche d'un indice concernant Jules Aubrac. À la date du mardi 29, en effet, il était bien fait mention d'un « J. Aubrac (poste restante du 81, rue Saint-Martin, 3e arrondissement) 10 h 30, motif : divers. »

« Divers »… La formule étonnait par son approximation. Dans la lettre que Termignon avait ensuite envoyée à l'adresse indiquée, il évoquait les difficultés avancées par Jules Aubrac pour surseoir à sa convocation, mais le menaçait aussi de sanctions si celui-ci ne se présentait pas au rendez-vous du 1er mai. Était-ce Jules Aubrac qui avait sollicité la première audience du 29 avril ? Était-ce justement pour l'empêcher de s'y rendre qu'il avait été assassiné quatre jours plus tôt ? Ou bien s'agissait-il d'un stratagème pour prendre sa place et obtenir un autre rendez-vous avec Termignon dans un coin plus tranquille, afin cette fois de lui régler son compte ? Et pourquoi le délégué général avait-il accepté de rencontrer un inconnu dans ce lieu insolite du quai Saint-Bernard ? Cela faisait beaucoup de mystères.

Perplexe, François revint un peu en arrière dans l'agenda en ciblant les entretiens accordés à des hommes. C'est en feuilletant les pages des premières semaines d'avril qu'il eut une sorte de révélation.

« Mardi 8 avril, Alphonse Neufchâtel (hôpital du Val-de-Grâce, rue Saint-Jacques, 5e arrondissement), 11 heures, motif : indemnité blessé face. »

Et sur la ligne du dessous :

« André Tourneur (hôpital du Val-de-Grâce, même adresse), 11 h 30, motif : indemnité blessé face. »

Il bondit tel un cabri vers le bureau voisin.

— Mademoiselle Vinagret, avez-vous le souvenir de deux soldats blessés de la face qui seraient venus rencontrer M. de Termignon au début du mois d'avril ? Deux gueules cassées soignées à l'hôpital du Val-de-Grâce…

— Effectivement. Deux malheureux qui faisaient peine à voir.

— Est-ce que l'un d'entre eux portait une sorte de masque sur le bas du visage ? Un tissu blanc pour dissimuler ses blessures…

— Exact, inspecteur. Ils en avaient même un tous les deux, si je me rappelle bien… Ils baissaient la tête pour ne pas qu'on les regarde et marchaient ensemble le col du manteau relevé.

— Mademoiselle Vinagret, s'enthousiasma François, si je m'écoutais, je vous embrasserais ! Pourriez-vous m'indiquer où se trouve le service qui s'occupe des prisonniers, s'il vous plaît ?

— Le service est au deuxième étage, mais…

François monta les marches quatre à quatre.

— Chef, je crois qu'on le tient ! s'exclama-t-il en se jetant sur Robineau.

— Eh bien, eh bien, inspecteur Simon… C'est votre nouvelle amie du Service des pensions qui vous met dans cet état ?

— Non, chef ! C'est le monogramme ! *VdG*, vous vous souvenez ? En fait, il ne s'agit pas d'une personne, il s'agit d'un lieu ! Le Val-de-Grâce ! *VdG* ! Le chiffon que j'ai ramassé quai Saint-Bernard doit être un mouchoir ou une serviette appartenant à l'hôpital. Avec un peu de chance, nous allons pouvoir y cueillir le coupable !

11

La valse des gueules cassées

L'ASSASSIN lui-même était une gueule cassée. Voilà qui expliquait la manière dont il avait traité ses victimes. Il ne se contentait pas de les tuer, il leur faisait subir ce que la guerre lui avait infligé. Et s'il s'en était pris au délégué général, c'est probablement que celui-ci incarnait l'ingratitude d'un pays qui refusait de reconnaître l'ampleur de son sacrifice. Pour agir avec plus de facilité, il avait emprunté une motocyclette à l'hôpital, mais un grain de sable était venu enrayer sa belle mécanique : à l'instant de s'enfuir, il avait perdu un chiffon marqué des trois lettres du Val-de-Grâce.

C'est du moins la théorie que soutint fiévreusement François lors du déjeuner sur le pouce que lui offrit son supérieur à la brasserie voisine du ministère. Même si Robineau convenait volontiers que la signification du monogramme était une indication précieuse, il restait dubitatif sur le reste du scénario.

— Pour Termignon, je veux bien, mais pour les deux autres ? Ni Jules Aubrac ni Eugène Boudin ne symbolisaient quoi que ce soit de notre pays. Encore heureux !

— Il doit y avoir un lien avec le pseudo-cambriolage de la villa Maupin, soutint François. Peut-être appartenait-il à l'équipe que Boudin avait montée pour s'introduire chez le diamantaire ?

— Et tout cela depuis son lit d'hôpital ?

— Je... je ne sais pas, chef. Le seul moyen de le savoir serait de questionner les patients du Val-de-Grâce. À commencer par Neufchâtel et Tourneur, les deux qui ont été reçus au Service des pensions il y a un mois. Mais je crois aussi qu'il faut faire vite si l'on ne veut pas que le coupable nous file entre les doigts.

— Hmm... Écoutez Simon, je comprends votre impatience. Malheureusement, je dois me rendre à Versailles, c'est impératif... Je vous autorise donc à tâter le terrain, mais avec doigté. Pas d'initiative ni d'arrestation intempestives avant mon retour. Contentez-vous de poser quelques questions. D'ici là, je vais vous envoyer Mortier.

L'inspecteur principal déposa son subordonné près de l'hôpital en lui renouvelant ses consignes de modération. François passa sous un porche dont l'épaisseur de la pierre disait l'ancienneté, et croisa deux soldats le bras en écharpe qui l'accompagnèrent spontanément au bureau central des infirmières. Là, une surveillante de salle l'accueillit avec un sourire fatigué, ne s'animant que lorsqu'il déclina son identité.

— C'est vous le policier? Le professeur a demandé qu'on vous emmène d'abord le voir.

Elle le conduisit d'autorité à l'étage dans la pharmacie de l'hôpital et le présenta à un petit bonhomme en blouse blanche dont les yeux pétillaient d'intelligence et d'humanité.

— Professeur Tardif, déclara-t-il en lui serrant la main. Content que vous soyez venu, nous n'étions pas sûrs que votre collègue ait bien saisi le message…

— Pardon?

— Hier, quand les infirmières ont appelé le commissariat… C'était une telle confusion partout, le planton leur a quasiment raccroché au nez.

— Excusez-moi, professeur, je ne suis pas certain de comprendre. Vous avez appelé le commissariat?

— Bien sûr, lorsque nous avons découvert l'effraction!

Il s'engagea entre deux tables sur lesquelles étaient posées des dizaines et des dizaines de flacons, puis désigna l'une des solides armoires qui tapissaient le fond de la pièce.

— C'est là que nous mettons les produits les plus sensibles. Les analgésiques et les dérivés d'opium, en particulier.

L'une des portes vitrées avait été cassée dans sa partie haute, les morceaux de verre gisant encore sur le sol carrelé noir et blanc. Un alignement de fioles était rompu par un grand vide qui devait correspondre au vol.

— Il manque une vingtaine de doses de morphine. Ce qui signe à coup sûr le forfait, hélas! Il s'agit très certainement de l'un de nos malades. Beaucoup des blessés que nous prenons en charge en ont été gavés. Résultat, ils ne peuvent plus s'en passer et cherchent par tous les moyens à s'en procurer. Voilà pourquoi je tenais à vous avertir, inspecteur : celui qui a fait ça est d'abord une victime. Une victime de la guerre et des traitements médicaux. Alors si vous pouviez intervenir en douceur…

Décidément, tout le monde l'exhortait à la retenue, aujourd'hui!

— Des « incidents » comme celui-là, il y en a eu d'autres auparavant ?

— Non. En fait, c'est l'occasion qui a dû faire le larron. Hier, avec le 1er Mai, la moitié du personnel était absente... Ce qui est curieux, c'est que si notre voleur a dû briser la vitre pour s'emparer des produits, il n'a eu par contre aucun mal à franchir la porte d'entrée. Comme s'il n'y avait pas de verrou...

Le moment était venu sans doute de dissiper le malentendu.

— Pour être franc avec vous, professeur, je ne suis pas ici pour cette histoire de morphine, dit François.

Il exposa en quelques mots les éléments qui l'avaient conduit jusqu'au Val-de-Grâce.

— Les trois lettres *VdG* servent bien à marquer le linge de l'hôpital, c'est ça ?

— Le linge de soin, de lit et de table, oui. Ce qui pour un établissement comme le nôtre représente des milliers et des milliers de pièces...

— Savez-vous si l'un de vos services utilise des motocyclettes ?

— Nous avons quelques motos-ambulances, en effet. Mais elles ont été dotées de civières roulantes sur le côté et elles sont aisément identifiables. Pour le reste, il y a parfois des motocyclettes garées sur le parvis, mais j'imagine qu'elles appartiennent à des visiteurs.

— Est-il possible selon vous que l'un des patients quitte l'hôpital sans que personne le sache ?

— Ma foi, le parc à l'arrière est vaste et celui qui voudrait vraiment escalader l'enceinte pourrait toujours le faire discrètement.

— Venons-en à Tourneur et Neufchâtel... L'un des deux vous paraît-il capable de commettre un meurtre ? Ou vous aurait-il semblé plus révolté qu'à l'accoutumée ? Proférant des menaces à l'encontre de l'armée ou de l'administration, par exemple ?

Le Pr Tardif répondit avec une certaine véhémence :

— Tous les faciaux sont révoltés par leur sort, jeune homme, comment pourrait-il en être autrement ? Et tous songent sans doute à un moment ou à un autre à se venger de ce qui leur arrive... Quant à savoir si l'un des deux pourrait tuer un homme, n'est-ce pas ce qu'on leur a appris à faire pendant ces quatre années ? À ma connaissance, ni Tourneur ni Neufchâtel n'ont en tout cas manifesté d'agressivité particulière depuis qu'ils sont ici.

— Et pour ce qui est des autres blessés de la face ?

— Ils ne sont plus qu'une vingtaine aujourd'hui. Pensez que nous en avons eu jusqu'à près de deux cents au plus fort des combats ! Malheureusement, ceux qui restent ne sont pas là pour le plaisir, croyez-moi. Ce sont les plus atteints.

— Ils prennent de la morphine ?

— Tous y ont goûté un jour ou l'autre. Les plaies au visage sont parmi les plus douloureuses qui soient et… (Le médecin observa François de biais.) Pardonnez-moi, déformation professionnelle… Cette cicatrice, c'est un éclat d'obus ou quelque chose de ce genre ?

— Oui.

— Alors vous serez peut-être mieux à même de comprendre nos protégés, pas vrai ? Vous avez encore mal ?

François ne s'était certes pas déplacé pour une consultation, mais puisque les choses ne s'amélioraient pas de ce côté-là et que Tardif était un spécialiste…

— J'ai souvent des douleurs, reconnut-il.

Le médecin se livra à une rapide auscultation.

— La suture est propre. Vous sentez quand j'appuie là ?

Ses doigts palpèrent avec dextérité les contours de la balafre.

— Un peu… Mais depuis quelque temps, j'ai surtout des migraines. Un peu comme si on me tapait sur le crâne.

— Je vois. Vous avez perdu connaissance quand ça s'est produit ?

— À vrai dire, je ne me souviens plus. Il y avait des explosions, ça tirait d'un peu partout… À un moment je sais que je me suis retrouvé debout, et… je me suis réveillé la tête en sang au poste arrière.

— Des pertes de mémoire, diagnostiqua le médecin, c'est fréquent. D'autres symptômes depuis ?

— Je fais des cauchemars. Un en particulier qui revient souvent. Toutes les nuits, en fait…

François fit un récit aussi posé que possible du rêve étrange de Bazoches, en expliquant qui était le soldat mourant qu'il s'attendait à voir de l'autre côté de la colline et qui était la femme en blanc qu'il découvrait à sa place.

— Votre mère ? médita Tardif. Ma foi, je ne sais si ça peut vous tranquilliser, mais beaucoup de soldats rêvent de leur mère. Et aussi des combats, de la mitraille, des copains qui sont tombés, de toutes ces horreurs… Les blessures les plus longues à guérir sont les blessures de l'âme, c'est bien connu. En ce qui vous concerne, peut-être rêvez-vous de l'instant où l'obus vous a touché et où vous avez perdu connaissance ? Il y a quelques années, un confrère autrichien a écrit un livre intéressant sur le sujet. D'après lui, les rêves seraient le moyen pour la partie inaccessible de notre esprit de nous dire des choses que nous ressentons vraiment ou bien que nous avons oubliées ou encore que nous ne voulons pas nous avouer à nous-mêmes… Qui sait, peut-être qu'un jour cette mère blessée en robe blanche vous parlera plus clairement…

Il y eut un court silence durant lequel François eut l'intuition que le médecin voyait juste : ce cauchemar avait une signification qui lui échappait…

— Quelle que soit l'ampleur de vos souffrances, jeune homme, reprit Tardif, vous devez vous convaincre que nos faciaux ont subi bien pire. La guerre ne les a pas seulement abîmés, elle a détruit irrémédiablement ce qu'ils étaient. Et si votre coupable se cache dans cet hôpital, gardez en tête que sa propre folie n'est peut-être que le reflet de celle qui durant ces quatre années a embrasé le monde.

— À CETTE heure-ci, ils devraient être dans la salle commune, expliqua Tardif en montrant le bout du couloir. En plus, je crois que les infirmières ont prévu quelque chose cet après-midi…

Ils pénétrèrent dans une vaste pièce que baignait un soleil anémique. François resta sur le seuil, frappé par l'incongruité du spectacle. Au centre de la salle, cinq couples d'hommes aux visages ravagés dansaient maladroitement sur une valse. Ils se tenaient par la main et la taille, les bras raides, tout en s'efforçant de suivre le rythme enlevé que dispensait l'énorme phonographe. Quatre étaient encore en robe de chambre, mais les autres, y compris ceux qui regardaient, s'étaient mis sur leur trente et un, costume et chemise fermés jusqu'au dernier bouton. Tous paraissaient particulièrement concentrés. Aucun ricanement ne fusait, aucune plaisanterie déplacée. Les danseurs s'appliquaient à tourner en cadence et les spectateurs avaient l'air de prier pour que rien ne vienne troubler cet improbable ballet.

Deux portaient des masques blancs qui leur dissimulaient le bas du visage mais les autres offraient sans gêne les stigmates de leur souffrance à la vue de leurs camarades : des cratères de chair froissée à la place de la bouche, des béances sombres à l'endroit du nez, des mentons absents qui taillaient des profils inhumains… Plusieurs patients portaient des sortes de couronnes métalliques d'où descendaient des tiges destinées à consolider telle ou telle partie molle du visage et l'un au moins était un grand brûlé dont la peau semblait avoir fondu comme un caoutchouc brûlant sur son crâne. Le bal des monstres, en quelque sorte, contraints de danser entre eux à l'abri des regards.

La valse mourut dans un grésillement désagréable.

— C'est beaucoup mieux, messieurs, les félicita l'infirmière qui s'occupait du phonographe. Presque gracieux ! Allez, on change ! Johann Strauss, *Le Baron tzigane*, ça vous va ?

Pendant qu'elle installait le cylindre de cire, ceux qui composaient jusque-là l'assistance avancèrent sur la piste, tandis que les autres reculaient. Sans un mot, de nouveaux duos se formèrent et s'élancèrent dans un simulacre de valse.

Tardif fit signe à François de s'approcher.

— Certains sont ici depuis plus d'un an, chuchota-t-il. Ils ont subi quatre, cinq, dix opérations… Et ce n'est qu'un début. Beaucoup ne rentreront pas dans leurs foyers avant des mois et des mois. Nous les préparons du mieux possible à ce qui les attend dehors tout en essayant de leur faire passer le temps.

— Neufchâtel et Tourneur, ce sont lesquels ?

— Neufchâtel est au fond, avec le bandeau de gaze sur le nez. Tourneur est le premier que vous voyez de dos en train de danser.

Une fois les derniers accents d'opérette évanouis, Tardif demanda à ses deux protégés de le rejoindre et leur expliqua qui était le nouveau venu et les raisons de sa visite.

— Désolé pour le dérangement, les gars, attaqua François. Je mène effectivement l'enquête sur l'assassinat du délégué général aux pensions. Vous l'aviez rencontré le mois dernier, je crois…

Les deux témoins approuvèrent en silence. Celui qui se cachait derrière le tissu blanc avait des yeux d'un bleu très clair. L'autre avait une large cicatrice sur le haut du front, plus d'autres qui couraient le long de ses joues. François se souvint d'avoir eu ouï-dire d'une intervention qui consistait à décoller une bande de peau en haut du crâne et, sans la couper de ses attaches, à la faire glisser jusque sous la bouche pour reconstruire un semblant de menton.

— Pourquoi souhaitiez-vous le voir ? continua François.

— À cause des indemnités, lâcha Tourneur. Moi et mon ami on a été déclarés invalides à 25 %. Alors qu'on est bloqués ici et qu'on ne peut plus travailler. J'ai une femme et deux gosses, qui est-ce qui les nourrit en attendant ?

— Et quelle a été la réaction du délégué général ?

— Il a promis qu'il étudierait nos dossiers… Comme s'il suffi-sait pas de nous regarder en face !

— Sa réponse vous a contrarié ?

— Vous voulez dire, est-ce que j'aurais eu envie de le tuer pour lui apprendre à être moins borné ? Et puis quoi encore ? Le seul que j'aimerais tenir au bout de mon fusil aujourd'hui, c'est le salopard qui m'a fait ça et pas un de ces imbéciles de fonctionnaires…

— Et votre camarade, lui, qu'est-ce qu'il en pense ?

— Il pense la même chose que moi sauf qu'il risque pas de vous tenir une conférence. Montre à l'inspecteur, Al, qu'il comprenne.

Alphonse Neufchâtel souleva lentement son voile de gaze, laissant deviner en guise de bouche un cloaque à vif que fermaient aux extré-mités des sortes d'agrafes métalliques. Un vrai carnage…

— Al vient d'être réopéré mais il cicatrise mal. Il n'a pas articulé un mot depuis six mois. Sa fiancée est venue lui rendre visite à Noël et elle a pris ses jambes à son cou.

François essaya de se l'imaginer sur le Port-aux-Vins, avec un cha-peau melon et un manteau beige, dégainant son arme pour tirer. Ça pouvait être lui… Ou pas du tout. Comment savoir ?

— Je peux vous demander où vous vous trouviez hier vers cinq heures de l'après-midi ?

— Bien sûr ! s'exclama Tourneur avec une nuance de reproche. Alphonse et moi on était là… On jouait aux échecs, précisa-t-il en montrant les boîtes sur la table juste derrière.

— Vos camarades peuvent l'attester, j'imagine ?

Tourneur sourit et une sorte de hernie hideuse gonfla spontané-ment autour de son menton.

— Même devant un peloton d'exécution ils jureraient qu'on était là, inspecteur… On peut y retourner, maintenant ?

François n'y voyait pas d'objection : il allait falloir procéder à un interrogatoire général et la présence de Mortier lui serait de toute façon indispensable.

— Alors, s'inquiéta Tardif, vous les croyez coupables ?

— Trop tôt pour se prononcer… Dès que mon collègue arrivera, nous prendrons les dépositions de chacun. En attendant, j'ai une autre question : sur l'un des lieux du crime, il y avait une sorte de prothèse avec une partie plate qui se glisse dans la bouche et deux tiges surmontées d'embouts en Vulcanite pour les narines. Aucun de vos patients ne porte ce genre d'appareil ?

Le professeur se gratta le front.

— Ça ne m'évoque rien. Le mieux serait de consulter les dossiers médicaux des anciens. En même temps, beaucoup de prothèses expérimentales ont été fabriquées dans divers hôpitaux et très peu se sont révélées assez efficaces pour être produites en série. Si ça se trouve, celle dont vous me parlez n'est qu'un prototype.

La musique reprit. Au même instant, un homme de grande taille fit son entrée dans la salle commune par la porte du fond. Il marcha droit vers l'un des malades, les mains dans les poches de sa blouse grise, et entama avec lui une discussion à voix basse.

Au bout d'une petite minute, François se rendit compte que l'intrus en blouse grise et son interlocuteur le fixaient en chuchotant. Lorsqu'il accrocha le regard de l'inspecteur, le grand échalas baissa brusquement les yeux et battit en retraite vers la porte.

— Qui est-ce, celui-là ? questionna François.

— Justin. Un pauvre garçon qui est chez nous depuis trois ans et qu'on garde par charité comme aide-jardinier.

L'image du carreau brisé en haut de l'armoire à pharmacie traversa l'esprit de François.

— La taille…, murmura-t-il.

Il contourna les danseurs en quelques enjambées et se précipita vers la porte qu'avait empruntée le jeune homme pour sortir. Une fois dans le couloir, il glissa un œil par l'une des fenêtres qui donnait sur le chevet de l'église et eut le temps d'entrevoir une silhouette grise qui filait vers les jardins. Il dévala les marches quatre à quatre et émergea dehors à son tour. L'arrière de l'hôpital ouvrait sur un immense parc arboré où de nombreux convalescents s'offraient une promenade digestive, quelques-uns ayant même organisé une partie de ballon sur la zone la plus dégagée de la pelouse.

François allongea la foulée et rattrapa l'aide-jardinier à l'instant où il s'apprêtait à grimper sur une charrette adossée à l'enceinte.

— Stop! enjoignit-il en le plaquant au sol. Tu vas où comme ça?
Il lui tordit le poignet en arrière.

— Ma main!

François considéra les doigts métalliques qui dépassaient de la blouse : une prothèse, et d'un genre plutôt rudimentaire encore.

— Ma main, s'il vous plaît! répéta l'autre.

François l'obligea à se retourner.

— Qu'est-ce qui te prend de détaler comme ça devant la police?

— Pitié, protesta-t-il faiblement, j'ai rien fait!

Il se débattait à peine : pas exactement le prototype du dangereux criminel.

— La morphine, hier, dans la pharmacie de l'hôpital, c'était toi?

— Non m'sieur.

— Je parierais le contraire, insista François. La porte vitrée était pile à ta hauteur et tu n'as pas dû avoir beaucoup de mal à casser le carreau avec ta paluche blindée.

— Je vous jure…

— Tu parles! Restent deux questions, Justin. Un, comment tu t'es débrouillé pour entrer sans forcer la serrure? Deux, à quoi peuvent bien te servir vingt doses de morphine?

— Ça brûle, chuinta le pauvre diable. Mon bras…

Sans desserrer son étreinte, François releva la manche au-dessus de la fausse main : le fourreau en cuir qui la maintenait accrochée était délacé et le moignon au niveau du coude était visible. Un bourrelet de chair bleuie et gonflée…

— La morphine, c'était pour ça? Et au lieu de t'improviser cambrioleur, tu ne crois pas que tu aurais mieux fait d'aller voir un médecin? Ce n'est pas ce qui manque, ici!

L'aide-jardinier avala péniblement sa salive.

— Quand ça fait trop mal, je peux plus rien porter, admit-il. Ni manier la fourche ni rien. Et si je peux plus travailler, ils vont pas me garder longtemps à l'hôpital…

— La pharmacie, continua François, inflexible, comment as-tu pu y entrer aussi facilement?

— Hier après-midi, il y avait personne au bureau des infirmières. La clé est rangée dans une boîte de compresses vide…

— Et tout à l'heure, qu'est-ce que tu fabriquais à la 5e Division?

— Je… Je tremble trop, m'sieur… Je réussis pas à me piquer seul. J'ai un ami à la 5e, je pensais qu'il m'aiderait…

François soupira et ne put s'empêcher de songer à la mise en garde de Tardif : « celui qui a fait ça est d'abord une victime… »

Le distingué professeur surgit à cet instant, flanqué de l'inspecteur Mortier qui pointa son arme sur l'aide-jardinier.

— Ça va, Simon? aboya-t-il. Tu le tiens?

— Je le tiens, oui. Malheureusement, ce n'est pas celui que nous cherchons.

12
Lisette et Joseph

LES investigations au Val-de-Grâce n'avaient abouti à rien. La vingtaine de blessés de la face avait été questionnée, mais aucun ne pouvait être soupçonné d'avoir quitté l'hôpital à l'heure du meurtre de Termignon, ni de nourrir de rancœur particulière à son endroit, ni d'avoir un lien quelconque avec Eugène Boudin ou Jules Aubrac.

Quant à Justin, aussitôt son forfait avoué, le Pr Tardif l'envoya en observation et il fut convenu que, s'il réussissait à se délivrer de sa morphinomanie, aucune plainte ne serait déposée contre lui.

François quitta le Val-de-Grâce un peu après sept heures et prit le métropolitain direction la Villette. Depuis qu'il avait lu la lettre de Lisette, quelque chose comme un sentiment de culpabilité s'était réveillé en lui. La honte du survivant, peut-être. Le matin, après avoir embrassé Elsa qui sommeillait encore, il avait trouvé un mot de Mado : « Je pars aux Halles. Voilà cent francs pour la femme de ton ami, elle en a plus besoin que moi. » François avait rajouté cinquante francs de sa poche. Une fois de plus, Mado l'aidait à tracer son chemin.

Au numéro 3 de l'avenue du Pont-de-Flandre se dressait un immeuble fatigué. Il n'y avait pas de concierge et François dut demander à l'un des voisins du rez-de-chaussée l'appartement des Machonnier.

— Ils étaient au premier, maintenant ils sont au cinquième.

Lisette lui ouvrit la porte sur un appartement d'une seule pièce où deux enfants en bas âge s'amusaient avec des cubes en bois.

— J'espère que je ne vous dérange pas, commença François après s'être présenté.

Lisette fit non de la tête tout en dissimulant vivement son visage derrière sa main comme si elle se retenait de pleurer. François la regarda en s'interdisant de manifester une forme quelconque de pitié. Lisette était une jolie femme blonde vêtue de noir, les cheveux à peine coiffés et la mine triste, mais que le malheur n'arrivait pas à enlaidir. Bien trop jeune pour être veuve, en tout cas…

— Asseyez-vous, je vous en prie. Ce n'est pas grand, mais…

François s'installa sur l'une des deux chaises du coin repas où s'empilaient divers ustensiles de cuisine et un réchaud à alcool.

— Vous avez déménagé, c'est ça ?

— Je ne pouvais plus payer le terme. La propriétaire a bien voulu m'arranger en me laissant ce débarras au dernier étage, mais ça ne durera pas toujours. Et même si je voulais travailler pour arrondir mes fins de mois, je ne pourrais pas. Armand, le dernier, a une maladie du ventre et il rend souvent ce qu'il mange. Si ce n'est pas moi qui m'en occupe, il ne prend rien…

À l'énoncé de son nom, le petit Armand leva le nez et adressa un faible sourire à l'inconnu, comme s'il s'excusait de causer tant de tracas à sa mère. Il devait avoir trois ou quatre ans.

— Vous avez vu le médecin ? interrogea François. Il lui a prescrit quelque chose ?

— Il a dit que ça disparaîtrait avec l'âge. Et puis en ce moment, les médicaments, on ne peut pas.

— Il n'a pas une tante ou une grand-mère qui pourrait le garder ? Au moins provisoirement ? Ça vous soulagerait.

— La famille de Joseph refuse de me causer. Pour eux, on aurait dû se marier, ou alors, il fallait pas faire d'enfants. Quant aux miens, ils sont loin, en Auvergne, et pas trop riches.

— Et concernant la pension ?

— J'ai rempli des papiers et des papiers. Une voisine a témoigné sous serment qu'on était ensemble avec Joseph, et que Léonard et Armand étaient bien de lui. Maintenant, j'attends.

François sortit l'enveloppe et la posa sur la table.

— Tenez, il y a cent cinquante francs. Ce n'est pas grand-chose et si besoin est, je pourrai vous dépanner encore. Vous avez de quoi écrire ?

— Oui, oui, évidemment, se méprit Lisette, la reconnaissance de dette…

Elle lui tendit un crayon à mine.

— Il n'est pas question d'une reconnaissance de dette mais d'un nom que je veux vous noter. Vous irez voir cette personne de ma part au ministère de la Guerre : Mlle Vinagret, sous-secrétariat aux pensions. Elle n'est pas du genre à donner des passe-droits mais elle vous renseignera sur la meilleure façon d'accélérer la procédure.

Lisette ouvrit la bouche pour dire quelque chose, puis fondit en larmes.

— Pardon… Je… je ne sais pas comment vous remercier.

— Si j'étais mort à sa place, et si j'avais eu une femme, je suis convaincu que Joseph aurait fait pareil. C'était quelqu'un de bien…

Il y eut un silence gêné et des images de leur première rencontre revinrent spontanément à l'esprit de François. C'était en 1915, non loin du front, alors que l'état-major avait décidé de fusionner plusieurs unités décimées par les combats en Champagne. Au moment de distribuer la ration du soir, les frictions s'étaient multipliées autour de la cuisine roulante. L'épuisement aidant, des insultes avaient fusé et deux types s'étaient trouvés sur le point d'en venir aux mains, lorsque la voix de Joseph avait couvert le tumulte :

— Allez-y, les gars, étripez-vous ! Ça fera toujours ça de travail en moins pour les Allemoches !

Les deux agités hésitèrent, puis s'éloignèrent chacun de leur côté en haussant les épaules.

Dans les jours qui suivirent, François observa Joseph. Il émanait de lui une sorte d'autorité naturelle qui poussait même les officiers à prendre son avis avant d'exposer aux soldats les consignes du lendemain. Quelques semaines plus tard, lors de la défense héroïque du secteur de Tahure, François vécut six jours d'affilée à son contact et put apprécier son sang-froid et son sens du commandement. C'est là qu'était née leur amitié. François voyait en lui ce père ou ce grand frère qu'il n'avait pas eu. Fort de son expérience d'ancien sergent de ville, c'est Joseph qui avait suggéré à son cadet d'entrer dans la police, persuadé que son sens de la justice et ses qualités de déduction lui ouvriraient une belle carrière.

Lisette tendit le bras pour attraper une valisette en carton qui contenait de menus trésors et choisit une photographie.

— J'en ai deux de celle-ci, expliqua-t-elle. La deuxième devait aller à la mère de Joseph mais vu qu'elle refuse de nous parler, je n'ai jamais pu la lui donner. Elle sera mieux avec vous...

François prit avec précaution le petit rectangle de papier cartonné. Joseph y posait seul, assis sur un muret de pierre. À ses pieds se trouvaient son fusil Lebel et son havresac, d'où pendaient sa gourde et sa timbale. Il avait cet air à la fois désabusé et exigeant qui le définissait si bien et ses lèvres entrouvertes semblaient murmurer : « Je ne devrais pas être là. Personne ne devrait être là. J'espère juste qu'on se verra ailleurs. »

François eut un vertige. C'était comme si cette photo s'adressait à lui personnellement... Comme si la belle voix grave de son ami allait bientôt sourdre de l'image et se tendre en un cri impérieux : « Tire, nom de Dieu, tire ! »

Il sentit une mauvaise sueur lui monter au front et son sang se mit à cogner contre sa tempe, ravivant sa migraine. Le Pr Tardif avait raison : son cauchemar était moins le produit de son imagination que celui de sa mémoire. « Tire, nom de Dieu, tire ! » Il s'agissait bien des mots de Joseph, ces mots qu'il avait hurlés en tentant de contenir ses tripes qui s'échappaient en désordre du cratère rougeoyant de son ventre. François se souvenait, à présent... Lui était à dix mètres de là, couché dans la glaise, presque au sommet de la butte que les Allemands mitraillaient sans relâche. Impuissant. Un instant plus tôt, Joseph avait été fauché par un schrapnel en essayant de lancer une grenade et son corps avait basculé de l'autre côté. Depuis, entre les rafales et les explosions, il voulait que son camarade l'achève.

— J'ai mal, Simon, merde ! Je suis foutu, tu comprends ? Foutu ! Je me vide comme un poulet. Je vais crever pendant des heures, tu sais comment c'est ! Tire, nom de Dieu, tire !

François avait les yeux brouillés de larmes, de morve et de terre. D'où il était, il ne pouvait pas atteindre Joseph à coup sûr, et en même temps il était impensable de le laisser se tordre comme un chien les entrailles à l'air. Même si par miracle Joseph était rapatrié vers un poste de soin, la gangrène allait s'y mettre et le bistouri du chirurgien ne ferait que prolonger ses souffrances. Alors oui, François devait lui obéir. Il empoigna son fusil et commença à ramper...

— Vous avez de la fièvre ? s'enquit Lisette.

François sursauta, ne sachant plus sur quel versant de la réalité il se tenait. Il s'essuya du revers de la main et s'obligea à sourire. Comment aurait-il pu lui expliquer qu'il avait tué son mari ?

— Excusez-moi, bégaya-t-il, c'est ma blessure. J'ai des absences parfois et… Je crois que le mieux est que je rentre. Mais je repasserai, promis. Et j'apporterai quelque chose aux enfants.

Il se leva de la chaise en s'appuyant au dossier, car la pièce tournait dangereusement.

— N'oubliez pas Joseph ! lui rappela gentiment Lisette en désignant le cliché qu'il avait laissé sur la table.

— Je… Non, je ne risque pas.

FRANÇOIS était d'une humeur massacrante. Il avait passé une nuit blanche à tenter de se rappeler précisément ce qu'il avait fait sur cette maudite butte de Bazoches devant les supplications de Joseph. Sa seule certitude était sa détermination à abréger les tourments de son frère d'armes… Ensuite, certes, il y avait eu l'explosion qui l'avait projeté à son tour dans les arcanes de la souffrance. Mais dans l'intervalle, que s'était-il passé ?

Il pénétra un peu avant dix heures dans les locaux de la Brigade en lançant un vague bonjour. Devic était au fond de la pièce avec Pivert, en train d'exposer son nouveau plan infaillible pour concasser ses adversaires du lendemain – une tactique à base de longue course balle au pied sur l'aile, de centre en retrait et de reprise au but imparable. Après avoir manifesté un intérêt poli pour cette combinaison prometteuse, François s'assit à sa table de travail où trônait un mot de Robineau : « Je crois qu'on le tient. Je suis au Sommier pour les recoupements, attendez mon retour. D'ici là, vous n'avez qu'à dépouiller la liste des prisonniers, je l'ai reçue du ministère. »

François s'enquit de ladite liste auprès de Pivert et Devic et, comme ses deux collègues n'avaient pas l'air au courant, il décida d'aller jeter un œil dans le bureau de son supérieur.

Si celui-ci ne s'y trouvait pas, le manteau suspendu à la patère et l'odeur chaude du tabac laissaient deviner qu'il rôdait dans les parages. Un exemplaire du *Matin* à la date du jour était étalé sur le sous-main et ouvert à la page d'un article de Fangor, intitulé : « Une autre affaire Landru ? ». Le journaliste y expliquait que trois cadavres avaient été récemment découverts dans la capitale, le bas du visage mutilé, faisant supposer l'existence d'un tueur obsédé par les gueules cassées. Si

Fangor restait assez évasif concernant les deux premières victimes, il donnait plus de détails sur les circonstances de la mort de Gabriel de Termignon, appelant même explicitement les Parisiens qui auraient pu être témoins de quelque chose à contacter les autorités. Le nom de Robineau était abondamment cité et François songea que si ce genre de révélations devaient à terme servir les intérêts de la Brigade, elles avaient d'abord le mérite immédiat de mettre en valeur son plus illustre représentant...

François regarda ensuite sous le journal, puis à l'intérieur du sous-main vert, sans trouver trace de la liste. Où donc l'inspecteur principal avait-il fourré ce satané document ? Il balaya la pièce du regard et s'arrêta sur le manteau dont l'un des pans était rebondi. Peut-être Robineau avait-il tout simplement oublié de le lui confier ?

Il s'approcha du pardessus gris et, tout en espérant que personne n'allait faire irruption dans la pièce, plongea la main dans l'une des poches extérieures. Il en retira une bourse à cordon, un mouchoir propre, une petite clé attachée avec un lacet bleu et une enveloppe à en-tête de la présidence du Conseil. Le plus raisonnable aurait été de tout remettre en place mais la curiosité fut la plus forte.

Il déplia la lettre et ne fut pas autrement surpris en lisant le nom de son prestigieux signataire :

République française

Le 28 avril 1919,
Le Président du Conseil
Ministre des Armées

Cher ami,

M. le chef de cabinet m'a transmis votre souhait de mettre les talents et les compétences que vous avez acquis à la Préfecture au service de notre œuvre de reconstruction nationale. J'ai pensé que votre expérience dans la police criminelle pourrait nous être précieuse à l'heure où les plénipotentiaires allemands s'apprêtent à fouler notre sol. La France recevra bientôt le monde entier à sa table et elle ne saurait tolérer la moindre faille dans la sécurité qu'elle doit à ses hôtes. Vous voudrez donc bien vous informer auprès de M. le chef de cabinet des modalités de votre intégration à l'équipe chargée du maintien de l'ordre durant la conférence.

Plus tard, lorsque sera venu le temps des échéances électorales, il va de soi que nous aurons besoin de gens comme vous, aussi bien pour ce qu'ils sont que pour ce qu'ils représentent. D'ici là, vous le savez, ma confiance vous accompagne.

Sincèrement,

Georges Clemenceau.

François remit l'enveloppe dans le manteau. Dans la perspective d'un mandat électif futur, évidemment, Robineau, engagé volontaire et policier émérite, avait tout à gagner à ce que l'affaire soit le plus retentissante possible. Surtout s'il parvenait in fine à la résoudre lui-même… Ce qui, dans l'immédiat, ne solutionnait en rien le problème de la liste. François sortit du bureau avec l'intention de monter au Sommier interroger son supérieur mais, en traversant la salle des inspecteurs, il avisa Gommard qui était réapparu à sa table où il compulsait une pile de feuilles, la plume à la main.

— Ce ne serait pas l'inventaire des prisonniers d'Allemagne, par hasard?

Gommard sursauta, surpris.

— Hein? Ah, Simon! Si, Robineau veut qu'on l'épluche!

— Robineau veut que *je* l'épluche.

— Euh, oui, bégaya Gommard, mais avant ça, il m'en avait parlé à moi aussi.

— Et qu'est-ce que tu as fabriqué depuis? Quand je suis arrivé, tu ne travaillais pas dessus, que je sache!

— Te casse pas la tête avec lui, intervint Pivert depuis son bureau, c'est le champion du monde des prétextes… La vérité, c'est que Mortier a été appelé pour une bagarre qui a mal tourné au bois de Vincennes et que M. le neveu du préfet s'est carapaté illico pour ne pas être du voyage. Probable qu'il a dû se planquer dans un autre bureau. Du coup, Mortier est parti en équipe avec Lefourche.

— En fait, se défendit Gommard un peu penaud, avec ces affaires de 1er Mai, j'ai accumulé les retards dans mes classements et…

— Ça va, le coupa François en haussant les épaules, oublions. Et la liste, qu'est-ce qu'elle raconte?

Gommard reprit aussitôt du poil de la bête.

— Un sacré binz… Il y a plusieurs liasses de provenances différentes selon les camps d'origine, les convois affrétés pour le retour, les jours d'arrivée, etc. Sans compter les gars qui se sont fait la belle tout seuls et qui sont revenus par leurs propres moyens.

— Combien de noms en tout ?

— Au moins cinq mille entre le 3 et le 10 janvier 1919, répartis sur quarante-sept liasses distinctes.

— Et dans le détail, comment on procède ?

— Je me suis fondé sur le rapport d'enquête : le registre de la logeuse indique que Jules Aubrac serait né à Saint-Flour le 23 juillet 1887. Je recherche tous les types qui sont natifs de Saint-Flour ou du Cantal et qui correspondent approximativement à sa tranche d'âge.

— Ça donne quelque chose ?

— J'en suis au début et ça ne mord pas des masses. À part celui-là, peut-être…

Il montra la feuille sur laquelle il prenait ses notes : « Frédéric Moret, né le 23 mars 1886 à Aurillac, Cantal, 12e Division, 54e RI, interné au camp de Reisen de mai 1916 à décembre 1918. Adresse connue : castelet de la Querpoisne, Retheuil dans l'Aisne. »

— Quand on aura fini de décortiquer la liste, ajouta Gommard, on n'aura plus qu'à vérifier les noms sélectionnés. Même si, bien sûr, rien ne garantit que notre bonhomme soit dans le lot.

François récupéra la moitié des liasses et se mit à les examiner. À sa connaissance, près de cinq cent mille prisonniers étaient rentrés d'Allemagne depuis la fin de la guerre et si Jules Aubrac était bien l'un d'entre eux – le papier journal sur la lucarne et la pièce de 5 pfennigs tendaient à le prouver –, mieux valait espérer en effet qu'il ait été rapatrié entre le 3 et le 10 janvier 1919. Faute de quoi, ce serait pis que chercher une aiguille dans une botte de foin.

Il avait dépouillé près de trois livrets de plusieurs centaines de noms, lorsque Robineau l'appela depuis le couloir :

— Simon, vous viendrez me voir.

François rejoignit son supérieur qui s'installait derrière le bureau, son étui à cigarettes posé sur un dossier devant lui.

— Vous avez avancé avec les prisonniers ? lança-t-il en craquant une allumette et en tirant une bouffée de cigarette.

— Pour l'instant, ni Gommard ni moi n'avons repéré de gars né au même endroit ou à la même date que Jules Aubrac.

— Gommard va devoir continuer tout seul, lâcha Robineau avec une intonation satisfaite. Cette fois, nous tenons une piste. C'est cette histoire de monogramme et de masque qui m'a mis sur la voie.

Il expira un nuage gris aux senteurs capiteuses tandis qu'une étincelle de triomphe s'allumait derrière ses lorgnons dorés.

— Je n'ai jamais cru qu'un des convalescents de l'hôpital puisse être l'auteur de ces meurtres. Tout simplement parce que tant qu'ils sont dans leur cocon, les blessés de la face peuvent toujours espérer que les choses s'arrangeront. Ce n'est qu'une fois revenus à la vie normale qu'ils mesurent l'ampleur des dégâts. C'est aussi à partir de là que peuvent se tisser la rancœur, la haine, voire l'envie irrésistible d'infliger à d'autres ce qu'ils endurent eux-mêmes. Puisque notre motocycliste a laissé derrière lui un chiffon du Val-de-Grâce, j'en déduis qu'il a dû effectuer là-bas au moins un séjour et qu'il en est sorti depuis. Tout en continuant à dissimuler ses blessures derrière un tissu blanc... Par ailleurs, vos investigations à la villa Maupin ont montré qu'au moins l'un des crimes était lié au vol de diamants. Boudin – ou quel que soit son vrai nom – a été tué parce qu'il s'est disputé avec son ou ses complices. On peut donc en déduire que l'assassin appartient peu ou prou au monde des voyous. Or un voyou qui est aussi une gueule cassée ne passe pas inaperçu... Hier soir, je suis allé questionner quelques vieux amis qui, pour diverses raisons, ne peuvent pas me refuser grand-chose... (Robineau rangea son étui à cigarettes dans sa poche pour dégager la chemise en dessous.) Arnaud Fermine, déclara lentement l'inspecteur principal. C'est son nom...

La chemise contenait une fiche signalétique illustrée de deux photographies de face et de profil : un homme au visage quelconque mais à l'expression rageuse, le nez un peu long, la barbe mal taillée et les cheveux en bataille, qui semblait défier l'objectif d'un regard courroucé. Son menton et sa bouche étaient parfaitement intacts.

« Fermine Arnaud, dit Nono la Fouine », était-il écrit en haut. « *Né le :* 22 avril 1877 à Neauphle-le-Vieux, département de la Seine-et-Oise. *Profession :* rémouleur. *Condamnations antérieures, leur nombre :* I – Un an de prison en mai 1903 ; II – Quatre ans de prison en janvier 1907. *Causes et lieux de détention :* I – Vol qualifié avec usage d'arme (maison d'arrêt de la Santé) ; II – Cambriolage en bande organisée (maison d'arrêt de la Santé). »

Suivait une série de renseignements anthropométriques, où François apprit entre autres que le prévenu mesurait un mètre soixante-sept, qu'il avait les cheveux bruns et une partie du lobe de l'oreille droite arrachée. La fiche se concluait sur les empreintes digitales.

— Comment êtes-vous remonté jusqu'à lui ?

— Disons que j'ai poussé mes « amis » dans leurs retranchements… À force d'insister, l'un d'entre eux a fini par se souvenir d'un apache spécialisé dans la cambriole qui est rentré de la guerre avec seulement une moitié de figure. Un certain « Nono la Fouine ». Mon informateur ignore où il se cache, mais il a eu ouï-dire d'un certain Biaggio, un receleur de Saint-Ouen, avec lequel il travaillerait de temps à autre. Et le Biaggio, lui, je sais où le loger. Je comptais même lui rendre une petite visite de courtoisie… Vous en êtes, Simon ?

13
Zone dangereuse

CONTRAIREMENT à d'autres communes de banlieue, la ville de Saint-Ouen avait compris très tôt le parti qu'elle pouvait tirer des chiffonniers installés dans cet espace de non-droit au pied des fortifications qu'on appelait la Zone. Elle avait choisi d'encadrer leur activité et de favoriser le développement de « foires aux puces » où se pressaient désormais des milliers de Parisiens en quête d'objets déclassés à bon marché ou de bibelots de valeur à prix imbattables.

Le samedi était avec le dimanche le jour de plus forte affluence et Robineau dut se garer assez vite sur l'avenue Michelet faute de pouvoir avancer avec la Delage. Ils poursuivirent donc à pied au milieu d'une foule bon enfant qui flânait parfois en famille, commentant l'état de telle batterie de casseroles à l'étamage approximatif, la valeur annoncée de ce lit soi-disant savoyard d'origine ou de ce lot de fripes que le marchand prétendait « comme neuf ! ».

— Il est plus haut sur le chemin Malassis, indiqua Robineau. Avec ceux qui ont réussi…

Ils quittèrent l'artère centrale pour gagner en arrière un talus herbeux où s'alignaient des roulottes flanquées de pancartes qui renseignaient sur les spécialités de leurs propriétaires.

— Là ! s'exclama Robineau en montrant un panneau J'ACHÈTE ET JE VENDS TOUS BIJOUX, OR, ARGENT, MÉTAUX PRÉCIEUX. PRIX SANS PAREIL.

Ils frappèrent à une porte massive renforcée de ferrures.

— *Si !* leur répondit une voix masculine à l'accent italien.

Ils pénétrèrent dans une sorte de bijouterie ambulante surchargée de présentoirs qui offraient à la convoitise des acheteurs des centaines de bagues, de colliers et de bracelets. Le fond de la roulotte était barré par un comptoir derrière lequel se tenaient deux hommes. L'un avait le crâne rasé et, malgré une silhouette trapue, affectait une allure féminine, robe de chambre en velours rouge et colifichets aux doigts. Le second était assis en tailleur dans un coin, la mine renfrognée. La courtepointe dont il se couvrait les jambes dissimulait un objet en longueur, probablement un fusil.

— Messiou, messiou, c'est oun si grand plaisir ! lança le chauve. Comment Biaggio il peut vous servir ? Oun joli bijou ? La broche ou les perles pour madame ?

— Mon fils est sur le point de se fiancer, mentit Robineau. Nous cherchons une bague pour sa promise.

— Ma cé la plou belle des nouvelles ! roucoula Biaggio. L'amour c'est lé sécret dou bonheur, no ? Avec lé prix dou bijou, bien sour !

Il s'approcha d'eux en brassant l'air de ses manches, exhalant au passage un entêtant parfum de violette puis, leur désignant une vitrine, se mit à leur vanter en termes dithyrambiques la « soubtile beauté » de chacun de ses trésors.

— Le père de la jeune fille est un avocat célèbre et pour sceller l'alliance de nos deux familles, nous souhaiterions un cadeau, disons… plus mémorable. Avec un beau diamant, si possible.

— Oun bel diamante ! s'écria Biaggio. Voilà les hommés dé goût ! Lé diamante, c'est la loumière dé dieu ! Tonio, lé coffre !

L'autre se leva sans quitter son air maussade ni l'objet oblong dans la couverture. Il se pencha pour tirer l'anneau d'une trappe, lorsque Robineau pivota derrière Biaggio, lui enroula son bras gauche autour du cou et lui planta le canon de son arme dans la joue.

— Plus personne ne bouge ! vociféra-t-il. Toi là-bas, les mains sur la tête !

Tonio dut comprendre le message, car il laissa tomber et la trappe et le fusil pour croiser docilement ses mains sur son crâne.

— Parfait ! apprécia Robineau. Simon, vous récupérez l'arme et vous me surveillez ce gaillard. Quant à toi, Biaggio-la-violette, j'ai une question à te poser : Nono la Fouine, je peux le trouver où ?

— Qué Nono? se lamenta Biaggio. Jé né connais pas dé Nono.

— J'ai l'impression que tu n'as pas bien saisi la situation, Biaggio : mon collègue et moi sommes de la Brigade criminelle. Si tu refuses de me dire où est Nono la Fouine, je te tire une balle dans la mâchoire et je raconte partout que tu as voulu t'enfuir lors d'un contrôle de marchandises. *Capito?*

— Ça mé révient mainténant! gargouilla Biaggio. C'est lé type il a lé visage tout cassé?

— C'est bien, Biaggio, tu deviens raisonnable. Donne-moi son adresse et je te promets que toi et ton Tonio vous pourrez continuer vos petites affaires à l'aise.

— Il a oun maison, lâcha le chauve, après les cabanés dé les chiffonniers… La roue Brique, jé crois.

— Rue Brique, hein? À quoi elle ressemble, cette maison?

— C'est celle dou bout qu'elle a une barrière en bois.

Robineau le jeta sans ménagement à terre.

— Je te jure que si tu m'as menti je reviens mettre le feu à ta roulotte et je t'arrange le portrait façon Nono la Fouine. On y va Simon, prenez le fusil.

Ils sortirent en claquant la porte. Sur le seuil, Robineau réprima une grimace.

— Je n'aurais pas pu tenir cet imbécile une minute de plus, chuchota-t-il en se massant le poignet, ma main me fait toujours aussi mal… Enfin, nous avons l'adresse, c'est ce qui compte. On va commencer par un repérage, voir si Biaggio ne s'est pas payé notre tête. Ensuite, nous aviserons.

— Et si Fermine est là?

— Voyons, Simon, vous êtes flic ou quoi?

UNE fois le fusil remisé dans la voiture et leurs manteaux et leurs chapeaux troqués contre des vestes et des bérets plus discrets, Robineau guida François à travers le village des chiffonniers avec une aisance surprenante.

— Il y a plus d'un escarpe que j'ai pisté dans le coin, expliqua-t-il. Quand vous aurez vingt ans de métier, vous aussi vous vous y déplacerez les yeux fermés.

Le monde des zoniers avait quelque chose d'un égout à ciel ouvert où la capitale déversait à jets fétides tout ce qu'elle ne voulait plus d'hommes et de rebuts. L'odeur vous prenait à la gorge et s'insinuait en vous comme cet immonde ruisseau noirâtre qui serpentait partout entre les habitations. Celles-ci auraient pu passer pour des chefs-d'œuvre d'ingéniosité tant elles étaient constituées de matériaux improbables – fonds de boîtes de conserve, papier recouvert de bitume, tôles trouées, couvertures rapiécées, planches tordues... Quant aux habitants, ils étaient les parfaits figurants de ce décor dramatique : les mains noires, les habits crottés, les cheveux d'étoupe, maigres, si maigres dans l'enfance et usés, tellement usés une fois adultes. Et pourtant, au milieu de tout ça, des boîtes aux lettres devant les cabanes, des plaques de rue aux noms guillerets – rue Bis, rue Tilant, rue Tabaga –, des jeux et des piailleries de gosses devant les bornes-fontaines, des vieillardes édentées qui riaient aux éclats... La vie, plus forte que la misère, trouvait son chemin partout.

La maison présumée de Fermine était bornée par une palissade en bois, et l'on n'en distinguait depuis la rue Brique qu'un toit de tôle qui pointait au-dessus de constructions éparses.

— Ça ressemble à une planque ou je ne m'y connais pas, affirma Robineau. On va prendre par-derrière si jamais il était chez lui...

Ils coupèrent entre les roulottes de bohémiens pour descendre en contrebas de la butte où s'accumulaient toutes sortes d'immondices. Parvenus à l'arrière du repaire de Fermine, ils remontèrent sur le talus et jetèrent un œil entre les lattes plus ou moins ajustées de la palissade : une grande habitation au centre de la parcelle, plus trois ou quatre abris de fortune au milieu des ferrailles. Des aboiements étouffés s'élevèrent de l'un des abris en bois.

— Tout va bien, murmura Robineau, le chien a l'air enfermé.

— Il vaudrait mieux appeler Mortier ou Filippini en soutien, vous ne pensez pas ? suggéra François.

Robineau parut peser le pour et le contre tandis qu'une cloche au loin sonnait deux heures. Finalement, il secoua la tête et François surprit dans ses yeux la même lueur victorieuse qu'il avait eue le matin en lui présentant la fiche de Fermine. À l'évidence, il comptait tirer le maximum de bénéfice d'une arrestation héroïque...

L'inspecteur poussa le portillon et s'engagea à pas de loup sur l'allée boueuse bordée de pneus de réforme. Le chien aboya à nouveau, confirmant qu'il était bien prisonnier de l'un des appentis construits de bric et de broc.

— Je fais le tour par la gauche, déclara Robineau en dégainant, postez-vous à droite de la maison.

François acquiesça, même s'il restait convaincu que le plus sage aurait été d'attendre le secours de la Brigade. Il laissa son supérieur s'éloigner, dégaina à son tour et s'avança précautionneusement vers un genre de cimetière où s'entassaient des carcasses de machines agricoles et des tuyaux rouillés. Comme Robineau l'avait ordonné, il se positionna sur le flanc droit de la maison, d'où il pouvait contrôler à la fois une porte-fenêtre aveuglée par un rideau et le portail principal qui donnait dans la rue Brique. Soudain, une sommation s'éleva depuis l'aile opposée, suivie immédiatement d'un coup de feu :

— Haut les mains ou…

Blam !

Il y eut un tumulte de cris, une deuxième détonation, et un hurlement glaçant dans le dos du jeune homme : le chien, galvanisé par la pétarade, avait réussi à soulever l'une des planches de sa geôle. Les yeux révulsés, les babines écumantes, il s'élança vers François, ne lui laissant d'autre choix que de tirer au jugé. Blam ! Blam ! La masse jaune et hirsute, brisée dans son élan, s'écroula dans un feulement pathétique. D'autres exclamations fusaient déjà.

— Salopard !

Blam !

François se retrouva face à un homme au regard affolé dont le masque de gaze à moitié défait révélait une sorte d'entonnoir tuméfié au-dessus du menton. Un fusil à canon court pendait au bout de sa main droite, tandis que de la gauche il se tenait le haut du bras, là où le tissu de la chemise était imbibé de sang. En découvrant François, il produisit un chuintement rauque :

— Chégache ! Fiches che bute !

— Pas un geste ! répliqua François en le mettant en joue.

Mais l'autre ne parut pas l'écouter et se mit à courir vers l'allée de pneus. François sentit son index se raidir sur la gâchette au moment où la voix éructante de Robineau résonnait depuis la maison :

— Tirez, Simon ! Tirez, bon Dieu !

François voulut lui obéir mais il en fut incapable. Il n'était plus dans la Zone, subitement, il n'était plus inspecteur… Il n'était même plus aujourd'hui… Il était… Il était ailleurs.

— Tire, nom de Dieu, tire !

Il voyait mieux Joseph, à présent. Il avait rampé de quelques mètres et se trouvait à l'aplomb de son camarade, plus rien ne faisait obstacle à sa ligne de tir. Une vingtaine de mètres plus bas, Joseph était une plaie vivante, recroquevillé dans la douleur et la supplication :

— Simon…

Il n'avait pas le choix.

Il cracha la terre et le sang qui se coagulaient dans sa bouche et s'appuya sur sa crosse pour se mettre debout. Allez, vite, ne pas réfléchir… Il ferma un œil en retenant son souffle et ajusta son ami en récitant une prière muette. Mais avant qu'il ait eu la force d'appuyer sur la détente, un coup de tonnerre embrasa le ciel et son corps tout entier fut balayé par un orage de métal.

— Simon, merde…

Il rouvrit les yeux pour apercevoir Robineau qui sortait de la maison en boitant, l'arme au poing. L'inspecteur principal lui passa devant et, sans un mot, fit feu plusieurs fois en direction de la porte grillagée. Fermine, qui s'apprêtait à la franchir, s'effondra d'un coup dans la boue en émettant un râle poussif. Robineau avança encore de quelques pas vers lui en claudiquant et tira une ultime salve. Puis il se retourna vers François, et tonna, fou de rage :

— Bon sang, Simon, qu'est-ce que vous avez fichu ?

Il était minable. Pitoyable. Pour son baptême du feu dans la police, François s'était montré en dessous de tout. Fermine aurait pu leur tirer dessus à bout portant, il n'aurait pas esquissé le moindre geste. En d'autres termes, il ne méritait pas d'appartenir à la Brigade.

Après la fusillade, Robineau l'avait agoni d'injures. Mortifié, François n'avait pas bronché.

Depuis, son patron ne lui adressait plus la parole sinon pour lui donner des ordres brefs et impersonnels. Pis, lorsque Mortier et Lefourche arrivèrent Quai des Orfèvres, Robineau les envoya fouiller seuls la maison.

— Mais… Vous êtes blessé, patron ? s'alarma Mortier.

— Une broutille, Adrien. Quand Fermine m'a visé, j'ai voulu me mettre à couvert et je me suis tordu la cheville. Un solide bandage là-dessus et demain il n'y paraîtra plus… Allez les gars, j'aimerais finir de renifler l'antre du tueur avant que les scientifiques n'en fassent leur terrain de jeu. Vous, Simon, vous filtrez les indésirables.

François baissa les yeux tandis que Lefourche l'achevait d'une mimique goguenarde.

Quelques minutes plus tard, la camionnette du laboratoire se fraya un chemin à travers le lacis de ruelles désormais noires de monde. Les hommes de l'Identité judiciaire saluèrent François qui leur ouvrit la barrière et Robineau les accueillit sur le seuil de l'habitation :

— Promis, messieurs, nous n'avons pas touché au corps ! Mon équipe et moi jetions juste un œil sur les affaires à l'intérieur…

— Patron, intervint Lefourche. Regardez ce qu'il y avait dans l'un des tiroirs…

Il brandissait une feuille dépliée dont l'inspecteur principal s'empara en chaussant ses binocles.

— Mmmh… Voilà qui n'est pas ordinaire, en effet…

Il rentra en boitillant par la porte vitrée et François pesta de ne pouvoir entendre la suite. Il dut se contenter de regarder les spécialistes du labo se diriger avec leur matériel vers l'endroit où gisait le cadavre. Au bout d'un quart d'heure, Ignace, le virtuose des empreintes digitales, revint en courant vers la maison comme s'il avait découvert quelque chose d'important. François se retint de se précipiter derrière lui – il n'aurait fait sans doute qu'aggraver son cas…

Une heure s'écoula encore avant que les trois inspecteurs se décident enfin à quitter la planque de Fermine. Ils récupérèrent au passage leur camarade disgracié et rejoignirent la voiture que Mortier avait garée à quelque distance de là. En s'asseyant côté passager, Robineau tira sa montre de gousset.

— S'ils sont déjà fermés, on fera appeler le directeur…

Mortier démarra en trombe vers Clignancourt.

— Je peux savoir ce qui se passe ? osa François.

Il y eut un silence que Robineau était le seul à pouvoir briser, ce qu'il fit après un temps suffisamment long pour signifier sa désapprobation.

— Nous avons dégotté chez notre ami Nono un récépissé de location de coffre de banque. Une succursale du Crédit de Paris, boulevard Ney, à deux pas de Saint-Ouen. Par ailleurs, Ignace a trouvé sur le corps une clé qui pourrait correspondre à celle d'un coffre. Si ce n'est pas le cas, nous ferons venir un serrurier.

François avait mille autres questions à poser mais il sentit qu'il devait continuer à faire profil bas…

La voiture fila dans la circulation et Mortier pila bientôt devant un immeuble gris à colonnes. Les quatre hommes descendirent d'un même élan du véhicule mais, une fois sur le trottoir, François dut essuyer une nouvelle humiliation.

— Vous, vous ne bougez pas de là! ordonna Robineau.

Finalement, après une demi-heure d'attente exaspérante, Robineau et ses deux lieutenants daignèrent réapparaître, la mine réjouie. Lefourche tenait un dossier sous le bras et l'inspecteur principal agitait une liasse de billets.

— Vingt mille francs en coupures de cent, annonça-t-il triomphalement. Plus une foule de papiers et de tampons officiels, parmi lesquels un bloc d'écriture à en-tête du sous-secrétariat d'État aux pensions et une fausse carte d'alimentation au nom de Jules Aubrac. Une vraie petite boutique de l'escroquerie! Évidemment, tout cela mérite d'être analysé…

François rongeait son frein depuis trop longtemps.

— Je peux travailler sur la carte d'alimentation…

Le sourire narquois de son supérieur l'interrompit plus sûrement que n'importe quelle réflexion acerbe.

— Chacun selon ses compétences, Simon! Vous allez repartir à Saint-Ouen récupérer la Delage. Ensuite, quand vous serez rentré au Quai, vous reprendrez de zéro la liste des prisonniers. En cherchant cette fois le vrai Jules Aubrac non plus seulement dans le Cantal mais aussi dans les départements voisins : la Lozère, l'Aveyron, le Lot, etc. Au moins, si vous ne savez pas vous servir d'une arme, vous aurez fait des progrès en géographie!

FRANÇOIS avança en titubant le long de la tranchée d'égout qui éventrait la rue Vercingétorix. Il faisait nuit noire et la petite pluie fine tapissait la chaussée d'une pellicule glissante.

— Manquerait plus que je me casse la fiole, grogna-t-il.

Il avait bu. Beaucoup. Pour oublier sa honte et sa déception.

Il arriva péniblement au pied de l'immeuble de la rue Colas, rentra dans la porte plus qu'il ne la poussa et s'engagea avec la délicatesse d'un sanglier blessé dans l'escalier délabré.

François gravit la volée de marches en trébuchant et frappa lourdement à l'appartement d'Elsa.

— François! s'enthousiasma-t-elle en le reconnaissant.

Elle devina que quelque chose clochait en le voyant qui essayait sans succès de se tenir droit sur le seuil.

— Je… je viens t'annoncer que je te quitte, bafouilla-t-il.

— Quoi ?

— Je ne suis pas assez bien, Elsa. Pas assez bien pour toi…

— Qu'est-ce que tu racontes ?

François s'appuya sur le chambranle afin de faire cesser cette désagréable impression de tournis.

— Ils ne vont pas me garder à la Brigade, tu comprends ? J'ai failli nous faire descendre, Robineau et moi ! J'ai été pire que mauvais, j'ai été dangereux !

Elle l'attira à l'intérieur de l'atelier.

— Tu as bu, c'est ça ?

— Et ce n'est pas tout, renchérit-il, j'ai voulu tuer mon meilleur ami. Tu sais, le cauchemar… En fait c'était pour le tuer…

— Assieds-toi, François, tu n'es pas dans ton état normal, tu…

— Non je ne m'assiérai pas, protesta-t-il en s'arc-boutant tel un mulet récalcitrant. En plus, je n'ai même pas été capable de le tuer ! Tu imagines ! Alors qu'il m'avait supplié !

— Si tu ne l'as pas tué, c'est plutôt une bonne nouvelle, non ?

— J'allais le faire ! s'écria-t-il. J'allais le tuer ! C'est pareil ! Strictement ! Et ça non plus je n'en ai pas été capable ! Tout ce que je tente, je le rate ! Tu n'as rien à faire avec moi ! Je ne pourrai que te décevoir. Ton frère a raison de me détester !

— D'abord il ne te déteste pas. Il se fait simplement du souci pour moi et…

— Et ma mère ! reprit François sans l'écouter. Pourquoi crois-tu qu'elle ne m'a pas gardé ? Elle s'est tout de suite rendu compte que je ne valais rien ! C'est elle qui avait raison !

Elsa le laissa se vider de sa bile, stupéfaite, et au terme de ce long lamento, exprima son agacement :

— Arrête de pleurnicher sur toi-même, François, veux-tu ? Tu penses être le seul sur terre à connaître le malheur ? Viens, je vais te dégriser, moi !

Elle tira François vers la sortie avec une poigne qu'il ne soupçonnait pas, traîna son compagnon au pas de charge jusqu'à la rue Vercingétorix et fit ronfler le side-car. D'autorité, elle installa François dans le panier et libéra le tonnerre…

FRANÇOIS n'avait aucune idée d'où Elsa l'emmenait : il ne pensait qu'à garder les yeux fermés pour éviter que tout l'alcool qu'il avait ingurgité ne se transforme en un geyser humiliant. Elle finit par stopper sèchement sur une avenue illuminée, où des flâneurs sortaient des théâtres en costume et en robe de soirée.

— 6, boulevard Saint-Martin, déclara-t-elle avec solennité.

Elle désigna l'escalier qui permettait d'accéder au trottoir surélevé du boulevard, à hauteur de la boutique d'un imprimeur.

— C'est à cet endroit que j'ai réussi à m'échapper, déclara-t-elle, un éclat dur dans la voix.

— T'échapper ? T'échapper de quoi ?

Elle ôta son casque en le regardant au fond des yeux.

— J'ai été enlevée, François. Il y a cinq ans, en juillet 1914. Nous avions dîné dans une gargote de Pantin avec Jean et nous rentrions par les fortifs. Plusieurs types nous sont tombés dessus, ils ont assommé mon frère et m'ont embarquée dans une voiture. Je suis restée cinq jours entre leurs sales pattes et tu peux me croire, ils ne se sont pas gênés pour en profiter. J'avais juste dix-neuf ans...

La révélation fit au jeune homme l'effet d'une paire de gifles.

— Je suis désolé, je... je ne savais pas. Et comment... comment tu as pu t'en sortir ?

— J'ai eu de la chance, murmura-t-elle. Ils voulaient... Ils voulaient me vendre. Ils faisaient partie d'une sorte de filière qui envoyait des filles de l'autre côté de la Méditerranée. Au bout de cinq jours, ils m'ont attachée et balancée dans le coffre de la voiture avant de démarrer. Sauf que par miracle, j'ai réussi à me détacher les poignets... Et à force de m'escrimer sur la serrure j'ai fini par ouvrir le coffre. J'ai attendu que la voiture soit obligée de ralentir et j'ai sauté. Ici, devant le 6 du boulevard Saint-Martin.

François était sidéré. Toute la rancœur qu'il avait accumulée contre lui-même s'était brutalement envolée, telle une péripétie dérisoire.

— Et... et qu'est-ce qu'ils ont fait ?

— L'imprimeur qui est juste au-dessus a assisté à la scène. Il a affirmé que l'un des types avait ouvert la portière comme s'il voulait me rattraper, mais que celui qui conduisait l'en avait empêché. Et puis ils sont repartis à toute vitesse. On ne les a plus jamais revus.

— Tu veux dire qu'ils n'ont jamais été arrêtés ?

— Il n'y avait pas assez d'indices... Tout le temps où j'ai été séquestrée, ces salauds ont pris la précaution de cacher leur visage. Qui plus est, j'ignorais complètement où ils m'avaient enfermée, et la voiture avait un faux numéro sur la plaque… Et puis la guerre a éclaté quelques jours plus tard. La police a eu d'autres chats à fouetter que de s'occuper d'une misérable affaire de traite des Blanches…

François sauta du panier du side-car et en fit le tour pour la serrer dans ses bras.

— Pardon, lui glissa-t-il à l'oreille. Pardon pour tout.

14
L'ombre du doute

FRANÇOIS passa le dimanche blotti tout contre Elsa, refusant de s'éloigner d'elle de plus de quelques mètres. Tout irait bien doré-navant, puisqu'ils étaient ensemble…

Au matin du lundi, François revint quai des Orfèvres avec une légère appréhension mais aussi une sérénité toute neuve. Oui, il aimait Elsa et oui, il préférait savoir qu'il n'avait pas tué Joseph. Non, il n'était pas indigne de la Criminelle et non, il n'avait aucune raison de se tor-turer pour quelques secondes d'hésitation. La bonne nouvelle, acces-soirement, était que, pour la première fois depuis une éternité, il n'avait pas eu mal à la tête en se réveillant.

Ses collègues lui réservèrent un accueil plutôt distant. Seul Gommard, qui se moquait éperdument du qu'en-dira-t-on, ne lui témoigna aucune froideur.

À onze heures, Robineau le convoqua enfin dans son bureau et creva l'abcès à sa manière, franche et directe :

— Vous avez commis une faute, Simon. Une faute qui aurait pu nous coûter très cher à tous les deux. La chance a été de notre côté cette fois-ci, mais elle ne le sera pas toujours. Dans ces conditions, vous comprendrez que je ne puisse vous renvoyer immédiatement sur le terrain. Jusqu'à nouvel ordre, vous vous contenterez donc d'effectuer les tâches administratives de la Brigade et de remplir les missions qui ne requièrent aucun engagement physique. C'est clair ?

François acquiesça – que pouvait-il faire d'autre ?

— Maintenant, Simon, je reste convaincu que vous avez l'étoffe d'un excellent policier. Peut-être manquez-vous juste de la maturité nécessaire... Ou bien d'une confiance suffisante en vos propres qualités ? À vous de me prouver que j'ai raison. Car il n'y aura pas de deuxième avertissement.

François se retrouva donc de facto consigné au 36, sans autre tâche à accomplir que de trier des fiches d'intervention et de taper à la machine des rapports manuscrits. Sa seule distraction lui fut offerte en fin d'après-midi par le commissaire Dautel, le chef des mobilards, qui dans le cadre de la réconciliation avec la Criminelle convia les deux inspecteurs qui s'étaient déplacés à Gambais à assister à la première présentation de Landru devant son juge. L'accusé, un petit personnage au visage émacié et au regard d'une étonnante densité, récusa tous les chefs d'inculpation avec aplomb et contesta jusqu'à la validité de la perquisition de sa villa, au motif qu'elle avait eu lieu hors de la présence de son avocat. On s'en tint là pour cette fois et tout le monde sortit au bout d'un quart d'heure. Un journaliste réussit à approcher d'assez près la vénéneuse célébrité pour l'apostropher.

— Monsieur Landru ? Comment pouvez-vous nier la réalité de vos crimes alors que tout vous accuse ?

Landru répondit d'une voix enjouée :

— Sachez que les apparences sont souvent trompeuses, jeune homme ! Et que les innocents font les meilleurs coupables !

La journée du lendemain ressembla comme deux gouttes d'eau à celle de la veille, gluante d'ennui poisseux. L'essentiel des affaires courantes était expédié par Gommard, tous les « vrais » inspecteurs vaquaient à l'extérieur et lui n'avait qu'à se tourner les pouces. Désœuvré, François monta au laboratoire. Son regard s'attarda un instant sur les appareils photographiques et les grandes affiches jaunies résumant les instructions anthropométriques, puis il se dirigea vers la table d'Ignace. Celui-ci était en train d'examiner un cliché dactylographique avec sa machine grossissante ; il se retourna en sentant une présence dans son dos.

— Tiens, inspecteur Simon ! Je m'intéresse à votre affaire. Je compare l'une des empreintes relevées chez Fermine à la seule que nous ayons récoltée à la gare Montparnasse, près du cadavre de Boudin.

— Et alors ?

— Alors jusqu'à présent je ne savais pas trop quoi faire de cette première empreinte, car elle était incomplète. Tenez...

Il lui montra la photographie agrandie d'une trace papillaire, un demi-ovale de lignes courbes et concentriques mêlées.

— Il s'agit de la moitié d'un index droit, précisa-t-il, mais inexploitable pour nos fichiers tant qu'on ne l'avait pas en entier. Et voici l'index droit de Fermine, obtenu après sa mort…

Il lui soumit un deuxième cliché qui était comme le double du premier mais reconstitué cette fois dans son ensemble.

— Elles se superposent parfaitement, commenta-t-il. Même noyau en spires de gauche à droite, mêmes lignes distales en haut, mêmes basilaires rectilignes en bas… C'est bien notre homme!

— Cela paraît logique…

— Oui, d'autant que d'après la balistique, le fusil à canon scié qu'il tenait à la main samedi est aussi celui avec lequel il s'est débarrassé de Boudin. Du 10 mm et ses empreintes partout.

— Idem concernant l'arme qui a tué Termignon?

— Non, Termignon a été assassiné avec du 8 mm, sans doute un pistolet ou un revolver, mais qu'on n'a pas encore identifié.

François se souvenait parfaitement de Fermine en train de l'ajuster sur le Port-aux-Vins avec une arme de poing.

— Les scaphandriers ont pu remonter la barre avec laquelle il s'est acharné sur le délégué général?

— Elle est là-bas, répondit Ignace en montrant une armoire vitrée. Mais il n'y a rien à en tirer…

— Et sinon, quelqu'un s'occupe des faux papiers ramassés dans le coffre de Fermine?

— Jacques s'y est mis hier mais il a dû s'en aller tout à l'heure, sa femme vient d'accoucher. Je peux lui dire de vous faire un compte-rendu demain, si vous voulez…

— Je ne suis plus directement sur le coup, je…

Ignace le gratifia d'un clin d'œil compréhensif.

— On est au courant… Ne vous inquiétez pas, inspecteur, ça va s'arranger. Vous croyez que jamais personne dans cette maison n'a commis la moindre erreur?

Gêné, François le remercia d'un hochement de tête et s'approcha de l'armoire en verre où les scientifiques du laboratoire rangeaient les pièces à conviction sur lesquelles ils travaillaient. Deux étagères étaient consacrées à l'affaire des gueules cassées et François eut comme l'impression de visiter le petit musée tragique de sa propre enquête : la prothèse en Vulcanite et le journal allemand récupérés rue de Montmorency, le coup-de-poing américain du hangar de Montparnasse, le chiffon blanc aux initiales du Val-de-Grâce, la barre de fer rouillée repêchée dans la Seine, la clé du coffre nouée avec un cordon bleu, les tampons falsifiés et les imprimés du ministère de la Guerre, la carte d'alimentation de Jules Aubrac, des photographies dénudées et des débris de flacon provenant de l'appartement de Termignon, le fusil à canon scié maculé de sang...

Un doute finit par s'insinuer en lui. D'abord une ombre légère, puis une interrogation, puis bientôt une évidence... Les paroles que Landru avaient prononcées la veille au Palais de justice se mirent alors à résonner bizarrement à ses oreilles : « Sachez que les apparences sont souvent trompeuses, jeune homme ! Et que les innocents font les meilleurs coupables ! »

QUE faire ? Il ne s'agissait a priori que d'un soupçon. Et vu la quarantaine qu'il était en train de subir, François ne pouvait guère s'en ouvrir à quelqu'un de la Criminelle. On lui aurait aussitôt reproché de faire son intéressant et de chercher un moyen de se tirer de l'ornière où il s'était jeté tout seul. De surcroît, contredire sans aucune preuve la théorie de Robineau ne pouvait que lui attirer des ennuis supplémentaires.

Le plus prudent était de procéder en silence à quelques vérifications. Paradoxalement, sa mise à l'index servait plutôt ses desseins : ses chefs n'exigeaient rien de lui, sinon qu'il se fasse transparent le temps nécessaire au pardon de sa faute.

En quittant Elsa le lendemain matin, il remonta jusqu'à la rue Vandamme et s'offrit une petite incursion en solitaire dans les ateliers fermés de la gare Montparnasse. Après quoi il rejoignit le poste de police de l'arrondissement puis décida de s'octroyer une pause méritée au Café des Théâtres, rue de la Gaîté. Les jours suivants, il fit un bref passage rue de Montmorency et utilisa sa carte de la Préfecture pour obtenir du commissariat de Saint-Ouen l'autorisation de visiter la planque de Fermine. Il se rendit aussi au guichet du Crédit de Paris, coinça le Pr Tardif entre deux rendez-vous afin qu'il réponde à ses questions et reçut de Mlle Vinagret au ministère de la Guerre un accueil presque chaleureux. À chaque retour au Quai, il montait croiser ses informations avec les sources inépuisables du Sommier. Cela lui prit trois jours. Une fois qu'il en eut fini, le vendredi soir, il prévint Elsa qu'il ne pourrait pas la rejoindre, rentra rue Dolet en saluant à peine Mado, ce qui ne lui ressemblait pas, et passa la nuit penché sur son petit bureau à coucher son raisonnement par écrit.

Car il avait un sérieux problème : ses conclusions ne lui plaisaient pas, mais alors pas du tout.

Le samedi soir, il guetta le moment où Robineau s'apprêtait à quitter son travail et le rattrapa in extremis dans la cour.

— Chef ! Je peux vous parler cinq minutes ?

— Pourquoi n'être pas venu me voir dans mon bureau ?

— C'est un sujet assez délicat, en fait et… Je préférerais qu'on ne nous entende pas. Je crois que le dossier Fermine n'est pas clos…

— Cinq minutes alors, pas plus.

Ils traversèrent le quai en direction de la Seine et François sentit des fourmis qui lui remontaient le long des bras et des jambes. Ce qu'il avait à dire n'était pas si facile…

— Il y a plusieurs détails qui clochent. Et d'abord cette histoire de prothèse en Vulcanite. Franchement, quel intérêt Fermine aurait-il eu à la placer près du corps de Jules Aubrac ?

— Là-dessus, seul un médecin psychiatre pourrait se prononcer ! Allez savoir ce qui se passe dans la tête d'un tueur ? Un tueur qui a subi qui plus est de graves traumatismes ! N'avez-vous pas été le premier à suggérer que s'il s'en prenait aussi sauvagement à ses victimes, c'est qu'il était lui-même une gueule cassée ?

— Je me suis trompé, reconnut François. J'ai cru ce que le meurtrier voulait que l'on croie… Un assassin devenu fou à cause de ses blessures et qui cherchait à se venger de ses contemporains.

— Même si nous ignorons toujours ses intentions profondes, objecta Robineau, il reste que nous avons certaines preuves. En particulier le mouchoir avec le monogramme du Val-de-Grâce… L'hôpital a confirmé qu'Arnaud Fermine avait bien effectué un séjour là-bas, entre avril et juin 1917.

— Le Pr Tardif me l'a appris avant-hier, oui. Cependant, il est tout de même étrange que pour la mort de Termignon aussi le tueur ait eu l'obligeance de nous fournir un indice…

— Vous entendez par là qu'il aurait sciemment laissé tomber le linge de la motocyclette ?

— Les chimistes du labo n'ont trouvé que des traces de graisse récentes sur le chiffon. Comme s'il avait été intentionnellement sali avant d'être abandonné. Une manière de nous aiguiller sur la piste des gueules cassées…

— Je vous rappelle que c'est vous qui l'avez décrit comme portant un masque sur le visage, Simon!

— C'est exact… Mais comment savoir qui se cachait vraiment sous le masque? Il aurait pu s'agir aussi bien d'un déguisement commode, à la fois pour se dissimuler et pour accuser Fermine. Tout comme le contenu du coffre que Nono la Fouine a prétendument loué au Crédit de Paris. Comme par miracle, il renfermait des éléments qui renvoyaient tout droit à Termignon et à Jules Aubrac.

— L'enquête a montré que Fermine lui-même l'avait ouvert, si je ne m'abuse?

— Oui et non… Je me suis renseigné auprès du guichetier. L'homme qui a rempli les formalités portait un bandeau sur la moitié du visage et était du même coup presque impossible à identifier.

Robineau regarda à nouveau l'heure.

— Tout cela n'est pas inintéressant, inspecteur. Mais je ne vois toujours pas où cela nous mène.

— Un deuxième point me semble crucial: malgré toutes nos investigations, Boudin et Aubrac ont depuis le début conservé leur mystère… Qui sont-ils réellement? Le diamantaire Maupin a bien prétendu que Boudin sortait de prison mais il n'en existe aucune trace au Sommier. Quant à Jules Aubrac, son meurtrier s'est arrangé pour faire disparaître tous les éléments qui auraient pu nous permettre de le cerner.

— Et pour Termignon? Ce n'est pas un cadavre anonyme, que je sache…

— Pour ce qui est du délégué général, je crains que le criminel n'ait guère eu le choix. Termignon était un fonctionnaire en vue du ministère de la Guerre, il y avait peu de chances qu'il passe durablement inaperçu…

Ils longeaient maintenant le square du Vert-Galant.

— Si je traduis bien votre pensée, Simon, vous insinuez que celui que nous pensions coupable ne serait pas l'auteur véritable des meurtres, c'est ça? Et que quelqu'un aurait usurpé son identité pour les commettre à sa place? Mais nous avons des preuves matérielles! L'arme retrouvée chez Fermine, par exemple, pleine de son sang et de ses empreintes digitales… Les experts de la balistique sont formels : c'est bien celle qui a servi à exécuter Boudin à bout portant !

— Loin de moi l'idée de mettre leurs conclusions en doute. Je suis convaincu qu'Arnaud Fermine s'est effectivement débarrassé d'Eugène Boudin après le cambriolage de la villa Maupin.

Robineau se figea en claquant des talons.

— Là, Simon, j'avoue que je ne vous suis plus. C'est Fermine ou ce n'est plus Fermine ?

— C'est à la fois Fermine et ce n'est pas Fermine, chef ! Laissez-moi vous expliquer… Ce que nous savons avec certitude, c'est que pour monter son escroquerie à l'assurance, le diamantaire Maupin s'est acoquiné avec une espèce de voyou rencontré au Café des Théâtres, rue de la Gaîté. L'homme en question, qui se faisait appeler Boudin, s'est ensuite chargé de se trouver un comparse pour mener l'opération à bien. Il a dû contacter Fermine, qu'il avait peut-être croisé en prison ou dont il connaissait la réputation.

— Et ils se seraient donc disputés après le vol ? C'est à peu de chose près ce que nous avions envisagé dès l'origine, n'est-ce pas ? Sinon que nous ne savions pas avec certitude de combien de malfrats se composait la bande…

— Deux, à mon avis. Lorsque nous nous sommes aventurés dans le dédale des catacombes avec Gommard, le sac que nous avons ramassé contenait des vêtements pour deux personnes, pas plus. Ce qui signifierait que Jules Aubrac n'a pas participé au cambriolage et qu'il ne faut pas chercher là la cause de son élimination. Non plus que pour Termignon, d'ailleurs. Ce qui nous oblige du coup à trouver un nouveau mobile pour ces deux meurtres… Et un nouveau mobile, qui correspond selon moi à une nouvelle manière de tuer…

— Qu'est-ce que vous entendez par « une nouvelle manière de tuer » ?

— Boudin a été tué de deux balles de fort calibre en pleine poitrine, non ? Le deuxième meurtre, lui, a demandé beaucoup plus de subtilité… Il a d'abord fallu casser le verrou du 33, rue de Montmorency, envoyer du vin rempli de Véronal au voisin, être reçu par Aubrac sans susciter sa méfiance, l'étrangler et le mutiler sans réveiller la maisonnée… Idem pour le délégué général : son bourreau a dû lui adresser un faux courrier au nom de Jules Aubrac, lui donner rendez-vous le

1er mai en misant sur la fermeture du Port-aux-Vins, prévoir le coup du chiffon avec les initiales…

— Je dois admettre que je n'avais pas envisagé la comparaison sous cet angle, convint Robineau, presque admiratif. Pour autant, vous paraissez oublier un peu vite l'acharnement avec lequel le meurtrier s'en est pris à ses victimes. À ses *trois* victimes.

— C'est l'argument ultime censé relier définitivement ces trois homicides entre eux! À ceci près que ce n'est pas Fermine qui a défiguré Boudin! Il l'a occis, ça oui! Mais jamais il ne s'est amusé à lui fracasser le menton! Pourquoi l'aurait-il fait, d'ailleurs? C'est le deuxième assassin qui, découvrant le cadavre, a décidé de monter cette mise en scène. Il s'est emparé d'un tuyau de plomb et il a transformé un banal règlement de comptes en affaire des gueules cassées…

— Il va nous falloir davantage que des spéculations! Des preuves, des aveux, que sais-je…

— Dans l'immédiat, je n'ai que l'autopsie de Boudin, chef… Le médecin légiste a noté que le cadavre avait les jointures des deux bras brisées à hauteur des coudes. Mon hypothèse est que le corps a été manipulé alors qu'il était déjà rigide, soit un certain temps après le décès. Celui qui l'a massacré l'a d'abord traîné jusqu'à l'endroit où le trou dans le plancher donnait un peu de lumière, puis il a dû dégager de force les avant-bras, sans doute crispés sur la poitrine, pour accomplir son terrible forfait. D'où les fractures. Vous croyez que Fermine aurait pris le risque de revenir sur le lieu du crime plusieurs heures après juste pour le plaisir d'estropier son complice?

— Vous savez quoi, lâcha Robineau, vous seriez presque capable de me convaincre… À un détail près : si ce n'est pas Fermine qui a tué Aubrac et Termignon, alors qui est-ce?

15
La vérité

— **V**OUS! lâcha François sans une hésitation.

— Cette fois, Simon, vous dépassez les bornes!

— Malheureusement, chef, tout concorde.

— Je suis votre supérieur hiérarchique, et vous devriez y réfléchir à deux fois avant de m'infliger vos plaisanteries de collégien!

— Je n'ignore pas que vous êtes mon supérieur, rétorqua François. Je suis même convaincu que c'est pour cette raison que vous m'avez choisi comme partenaire : vous escomptiez qu'un bleu vous laisserait davantage les coudées franches qu'un Mortier ou un Filippini.

— Vous délirez, Simon. Comment osez-vous prétendre que j'ai assassiné ces deux pauvres bougres ?

— Pas deux, hélas, trois !

Robineau se força à rire, mais ce rire sonnait faux.

— Encore mieux, vous vous contredisez à présent ! Moi qui espérais que votre conduite inqualifiable chez Fermine n'avait été qu'un instant d'égarement ! Si vous ne retirez pas vos allégations, je…

— Ce ne sont pas des allégations. J'ai remonté la piste Aubrac.

— Quoi ?

— Quentin Vitrac, assena François. Né dans le Cantal, à Chaudes-Aigues, le 23 juillet 1887. C'est au sud de Saint-Flour. Vous voyez, j'ai fait des progrès en géographie. Je suis allé prendre l'information à la source : au ministère de la Guerre. Mlle Vinagret m'a aidé à obtenir l'original des listes de captifs rentrés d'Allemagne entre le 3 et le 10 janvier 1919. Figurez-vous qu'une liasse n'était pas arrivée jusqu'à nous. Celle justement où l'on recensait un prisonnier dont les date et lieu de naissance correspondaient à ce que nous recherchions. Bizarre, non ?

— La belle affaire ! se récria Robineau. Le ministère se trompe dans ses envois et vous m'accusez de meurtre !

— Un détail m'a sauté aux yeux : Quentin Vitrac, capturé en mai 1917, appartenait au 76e régiment d'infanterie, 125e division.

— Impressionnant, en effet ! Et alors ?

— La fois où vous m'avez invité à déjeuner, chef, votre femme m'a raconté vos exploits… Elle était si fière qu'elle m'a montré votre Croix de guerre et diverses photographies. Caporal Robineau, du 76e régiment d'infanterie, 125e division. Vous commandiez la 3e escouade lorsqu'en mai 1917, au bois de l'Enclume, vous avez été pris sous le feu ennemi. J'ai lu le rapport… Vous êtes l'unique survivant de l'accrochage où quinze de vos hommes ont péri. Parmi eux, Quentin Vitrac. À ceci près qu'il n'était sans doute pas tout à fait mort puisque les Boches l'ont ramassé…

— Je vais vous traîner devant les tribunaux !

— Les tribunaux ne me font pas peur, chef. Vous expliquerez à la cour comment il se fait que Quentin Vitrac, l'un de vos anciens soldats, ait été assassiné dans de telles conditions et que la liasse le concernant se soit évaporée alors que vous dirigiez l'enquête…

— Cela ne peut être qu'une coïncidence! fulmina Robineau. Car même si Aubrac et Vitrac ne font qu'un, comment aurais-je pu le deviner? Le malheureux était méconnaissable, sans rien pour l'identifier! Et en tout état de cause, s'il s'avérait que vous ayez raison, le fait que j'aie survécu au bois de l'Enclume ne fait pas de moi un criminel!

— Sauf qu'en revenant à Paris la première préoccupation de Vitrac a été de se cacher sous un faux nom.

— Il avait peut-être des choses à se reprocher…

— J'ai une meilleure hypothèse : il était résolu à vous faire chanter… Je ne sais pas ce qui s'est produit dans ce bois mais vous n'avez sans doute pas été aussi héroïque que vous le prétendez…

— Simon, je vous interdis! menaça l'inspecteur principal en avançant d'un pas.

— Laissez-moi terminer, chef. Donc, Vitrac-Aubrac revient en France. D'une manière ou d'une autre, il apprend que vous poursuivez votre carrière à la Préfecture, auréolé de vos exploits d'engagé volontaire. Lui connaît la vérité et compte en tirer profit… Il vous contacte discrètement, exige de l'argent et, comme votre réputation de policier n'est plus à faire, estime prudent de se cacher sous un faux nom. Au bout de quelques semaines et sans réponse de votre part, Vitrac-Aubrac décide de tout déballer. Comme il désire frapper fort, il s'adresse à un ponte du ministère, le délégué général du sous-secrétariat aux pensions. Par courrier, il sollicite un entretien, en soulignant qu'il a des révélations à faire. Trop tard, cependant : vous êtes déjà en chasse… Le soir du 25 avril, vous vous introduisez rue de Montmorency. Vitrac est pris de court mais vous parvenez à l'amadouer. J'imagine qu'une jolie liasse de billets – vingt mille francs, pourquoi pas? – a pu tempérer ses ardeurs…

— Vingt mille francs! Une simple vérification à la banque vous montrera que je n'ai jamais disposé d'une telle somme.

— Sur les vingt mille francs, aussi, précisa François, j'ai ma petite théorie… Bref, vous réussissez à endormir la méfiance de Vitrac. Après quoi, jouant du somnifère ou de l'effet de surprise, vous l'étranglez et vous fouillez sa chambre pour la « nettoyer » des éléments compromettants. Et là, selon moi, quelque chose vous met la puce à l'oreille : le brouillon de la lettre adressée à Termignon ? La réponse de celui-ci proposant un entretien ? Quoi qu'il en soit, vous ne pouvez risquer que son influent correspondant vous dénonce à son tour : Termignon sera le prochain sur la liste.

— Et pour couronner le tout, je signe Fantomas, c'est ça ?

— Vous avez en commun le goût des masques... Comme celui qui vous a permis de tromper Termignon en vous faisant passer pour un blessé de la face.

— Donc, j'abats sans problème Termignon d'un coup de revolver mais, au risque d'être reconnu, je vous laisse filer. Vous, un policier. Pis, mon subordonné. Cela n'a aucun sens !

— Il n'était pas mauvais pour votre plan qu'un inspecteur décrive le meurtrier affublé de la sorte... Et puis je crois que vous nourrissiez d'autres projets pour moi. En l'occurrence, Fermine. Il vous fallait quelqu'un pour témoigner qu'il était mort « régulièrement » lors d'une intervention policière. Le nec plus ultra aurait été d'ailleurs que ce soit moi qui l'exécute...

— Et par quel miracle aurais-je pu planifier tout cela, je vous prie ? Vous avez pu constater que rien n'était prémédité ! Nous ignorions jusqu'à l'adresse du tueur le matin même !

— Faux, répliqua François. Vous saviez parfaitement où habitait Nono la Fouine. Mieux, je suis persuadé que toute la scène chez le bijoutier n'était qu'un simulacre : l'adresse, vous la connaissiez déjà. Je vous accorde que sur ce point je n'ai pas de preuve. De sérieuses présomptions, tout au plus : le fait qu'aucune porte chez Fermine n'ait été verrouillée, par exemple, et qu'il ait pris soin d'enfermer son horrible chien. Comme s'il prévoyait une visite... En tout cas, vous êtes entré sans problème, vous avez sorti votre arme et vous avez tiré sur lui pour le rabattre de mon côté, comptant sans doute que j'achève la sale besogne. Et comme je n'ai pas été assez rapide, vous vous en êtes chargé vous-même...

Son supérieur ne dit rien, se contentant de le fixer.

— J'ajoute qu'au préalable vous aviez pris la précaution de louer un coffre au Crédit de Paris pour y entreposer des papiers volés chez Aubrac et Termignon. De cette manière, la boucle était bouclée : il n'y avait plus qu'à glisser la clé dans la poche du mort et le récépissé de la banque dans l'un des tiroirs...

— Admettons, lâcha Robineau. Reste que vous m'avez accusé de trois meurtres, tout à l'heure. Or si Fermine a tué Boudin, je n'en compte toujours que deux qui me seraient imputables. Alors, quelle est cette mystérieuse troisième victime, s'il vous plaît ?

Au ton de sa voix, François devina que l'inspecteur principal venait sans doute de prendre sa décision : d'une manière ou d'une autre, Simon devait mourir.

— Samuel Azinadjian.

— Azinadjian ! répéta doucement Robineau. Et d'où tenez-vous cette nouvelle illumination ?

— Azinadjian a été assassiné au lendemain de la découverte du cadavre de Boudin. Dans le quartier de Pigalle. Une balle dans le dos. C'est Jean Lefourche qui m'en a parlé le premier, car il a travaillé avec vous sur cette enquête. Azinadjian était un indic connu de nos services et sa fiche montre que vous et lui avez régulièrement collaboré. En échange des informations qu'il glanait dans le Milieu, vous passiez l'éponge sur certains de ses « écarts ». Il y a un mois, notamment, on l'a soupçonné de s'être introduit de nuit dans une recette postale et d'avoir dérobé la coquette somme de vingt-deux mille sept cents francs.

— N'importe qui à la Brigade vous dira qu'Azinadjian s'est fait liquider, car il avait été percé à jour. Les voyous ne sont pas très tendres avec ceux qui les trahissent…

— Je vois les choses autrement. Azinadjian vous a mis au courant que Boudin et Fermine fomentaient un coup. Peut-être même vous a-t-il indiqué qu'ils avaient établi leur base dans un atelier désaffecté de la gare Montparnasse. Vous êtes donc allé y faire un tour et vous êtes tombé sur le corps sans vie de Boudin. Grâce à Azinadjian, vous connaissiez le coupable, ainsi que la terrible disgrâce dont il était affligé. L'idée vous est alors venue de mettre en scène cette affaire des gueules cassées… Une occasion rêvée de vous débarrasser d'Aubrac en faisant porter le chapeau à Fermine ! Vous avez ramassé un tuyau qui traînait là et le piège s'est mis en place… Le jour suivant, vous avez feint de recevoir une fiche d'intervention du commissariat du 14ᵉ et vous m'avez traîné jusqu'à la gare Montparnasse.

— Et par sécurité, ensuite, j'ai réglé son compte à Azinadjian ?

— Il était le seul à pouvoir établir un lien entre vous et le début de cette histoire. Vous veniez d'expérimenter le chantage avec Vitrac, ce n'était pas pour y revenir plus tard avec Azinadjian. Surtout alors que vous étiez sur le point de vous lancer en politique…

— Ça ressemble fichtrement à l'une de ces démonstrations théoriques qu'on vous inflige à l'école de police, soupira Robineau. Mais sur le terrain, la théorie ne suffit pas, Simon, il faut des preuves !

— Des preuves, chef, il en existe… La fiche d'intervention que nous évoquions à l'instant… J'ai eu beau fureter dans les archives, impossible de mettre la main dessus. Pour être sûr, je suis allé au commissariat d'arrondissement, où personne ne se rappelle d'un rapport quelconque envoyé à la Criminelle. Ce qui est normal, si l'on considère que vous avez tout manigancé ! Je suis quasiment sûr aussi que les vingt mille francs déposés dans le coffre de Fermine provenaient de ce cambriolage de la poste dans lequel Azinadjian était mouillé. La comparaison des coupures pourrait s'avérer instructive sur ce point.

— Autre chose, Simon ?

— Une dernière chose, oui… Il y a l'empreinte d'une moitié de mon pouce sur la clé de ce fameux coffre. Ignace en avait tiré un cliché le premier jour et j'ai procédé moi-même aux vérifications hier… Or il se fait que la seule fois où j'ai eu la clé en main, c'était quelques heures *avant* notre expédition à Saint-Ouen : je cherchais la liste des prisonniers d'Allemagne et j'ai fouillé dans votre manteau en pensant que vous l'y aviez peut-être oubliée. Entre une lettre de Clemenceau et votre porte-monnaie, il y avait une petite clé attachée par un cordon bleu. Celle précisément qu'Ignace a récupérée *ensuite* sur le cadavre de Fermine… C'est en l'apercevant dans l'armoire du labo que le doute m'est venu. Personne d'autre en effet n'aurait pu…

François n'eut pas le loisir d'achever sa phrase : avec la vélocité d'un félin, Robineau dégaina son arme.

— Autrement dit, s'il devait arriver malheur au propriétaire de ce pouce, toutes ces suppositions déplaisantes tomberaient à l'eau ?

François s'était préparé à une réaction de ce genre.

— Je lâcherais ça, si j'étais vous, chef. Me tuer ne fera qu'aggraver les choses… Le plus sage serait de vous rendre maintenant…

— Non, mon garçon, le plus sage est de mettre un terme définitif à cette histoire !

— Vous ne feriez que lui donner un retentissement supplémentaire… J'ai rédigé un compte-rendu circonstancié de l'affaire avec cliché dactyloscopique à l'appui. En trois exemplaires, déposés sous enveloppe auprès de trois personnes de confiance. Si je ne leur donne pas signe de vie, elles ont pour consigne de les adresser à leurs trois destinataires : le chroniqueur judiciaire du *Matin*, le commissaire Guichard pour la Criminelle et Dautel pour la Brigade mobile.

— Les mobilards ? Vous avez osé mettre les mobilards dans le coup ! Quelle erreur ! Cet incapable de Dautel va s'emparer de ces ragots pour mettre à genou le Quai des Orfèvres !

— La vérité a toujours un prix, n'est-ce pas ? Si vous ne voulez pas qu'il soit trop élevé pour vous et surtout pour votre épouse, le mieux serait de vous constituer prisonnier, chef.

— Mon épouse…, répéta Robineau, soudain perdu.

Les épaules voûtées, il brandissait son revolver avec moins de véhémence. Supprimer son adjoint ne résoudrait rien, en définitive.

— Peut-être pourrions-nous nous arranger, suggéra-t-il après un silence. Si vous avez lu la lettre de Clemenceau, vous savez que j'ai certains appuis dans les hautes sphères.

— Désolé, ce ne serait pas digne du policier que vous avez été…

L'inspecteur principal recula en abaissant son arme.

— J'ai eu peur, Simon, vous comprenez ? Peur ! Je m'étais engagé, oui, je désirais ardemment défendre mon pays ! La patrie par-dessus tout ! Mais ce jour-là, au bois de l'Enclume, j'ai eu la trouille… Les Allemands ont surgi de partout, ils étaient cinq fois plus nombreux, prêts à nous encercler. Je me suis jeté dans un fossé et j'ai rampé au hasard pendant que mes hommes se faisaient tirer comme à la foire ! Je suis resté caché, je ne sais plus, deux heures, trois heures… Lorsque enfin j'ai eu la force de quitter mon trou, il n'y avait plus un bruit, juste ce silence de mort. La 3ᵉ escouade avait été anéantie… J'ai attrapé le corps de Bignon, le plus jeune et le plus frêle de tous, et j'ai rejoint nos lignes comme j'ai pu. Après, il a bien fallu que j'invente quelque chose… Et puis il y a eu l'Union des combattants, la perspective de la députation, cette nouvelle carrière qui s'ouvrait à moi… Je ne pouvais tout de même pas me laisser salir pour avoir eu peur une fois dans ma vie, non ?

— Nous avons tous eu peur, répliqua François. Mais en aucun cas cela ne justifie le meurtre de ces trois pauvres gars… Il n'y a qu'une seule façon de vous racheter, parler au commissaire

Guichard. Il s'arrangera sans doute pour vous rendre les choses plus faciles… Pensez à votre femme, chef.

Robineau tendit la main vers lui dans un geste suppliant mais François se détourna et commença à rebrousser chemin vers l'arche sombre du Pont-Neuf. Il n'éprouvait aucune espèce de pitié pour son supérieur, juste le sentiment d'un détestable gâchis.

16
Épilogue

LES deux hautes fenêtres du bureau de Guichard dominaient le ruban gris de la Seine. Le commissaire se tenait très droit dans son fauteuil directorial, le sourcil blanc froncé, la mine sombre. Assis en face de lui, François n'avait pas encore très bien saisi ce qu'on lui voulait exactement.

— Vous avez lu l'article ? interrogea le chef de la police. « On apprend ce soir le décès accidentel de l'inspecteur principal Robineau. Le drame s'est déroulé dimanche alors que le limier de la Criminelle, qui s'était récemment distingué dans l'affaire dite des "gueules cassées", était de permanence au Quai des Orfèvres. Selon nos informations, c'est en procédant au nettoyage réglementaire de son arme que le coup serait parti, lui arrachant le bas du visage. L'inspecteur principal Robineau s'était illustré par sa perspicacité dans la plupart des grandes affaires criminelles résolues à Paris ces quinze dernières années. Il avait en outre choisi de rejoindre volontairement le front en 1915, où il avait été blessé et décoré de la Croix de guerre. Il était très investi dans l'Union nationale des combattants et certains lui prédisaient un avenir politique dans la future assemblée parlementaire. »

Guichard reposa le journal en hochant gravement la tête.

— Une perte inestimable pour nous…

François s'abstint de tout commentaire. Le grand manitou de la Criminelle le dévisagea un instant comme s'il cherchait la meilleure manière de formuler ce qui allait suivre. Enfin, il se décida :

— Samedi dernier, vous avez confié à l'inspecteur Gommard une certaine enveloppe en lui recommandant de me la remettre si jamais vous ne réapparaissiez pas le lundi matin, c'est exact ?

François marqua une légère hésitation. Il avait effectivement confié l'une des trois enveloppes à Gommard, les deux autres allant à Elsa et à Mégot. Mais il les avait récupérées depuis.

— C'est exact, chef, reconnut-il finalement.

— N'en veuillez pas à votre collègue, mais devinant sans doute que l'enjeu était d'importance, Gommard s'est permis de la décacheter. Il m'a aussitôt fait avertir de son contenu dont je n'ai pris malheureusement connaissance qu'à mon retour de Versailles, au moment où nous apprenions la… la tragique disparition de l'inspecteur principal. J'ai demandé à Gommard de conserver un silence absolu sur le sujet, le temps de procéder aux recoupements nécessaires. Qui au passage m'ont permis d'apprendre que juste après avoir confié ladite enveloppe à Gommard, on vous avait vu quitter le 36 en compagnie de Robineau. Vous aviez l'intention de parler à votre supérieur, c'est cela?

— Je voulais le convaincre de se rendre de lui-même.

— Il a nié vos accusations?

— Eh bien… Il a dû prendre conscience que les preuves étaient suffisantes, j'imagine… Qui plus est, je pense qu'il n'était pas imperméable au remords.

— C'est probable, convint Guichard. Je dois reconnaître qu'à la lecture des pièces j'ai été impressionné par votre clairvoyance, Simon. Votre clairvoyance, mais aussi le tact avec lequel vous avez mené cette enquête. Pour un jeune inspecteur qui n'a intégré nos rangs que depuis quelques semaines, cela dénote des qualités précieuses de jugement et de sang-froid.

— Merci, monsieur le commissaire.

— Des qualités qui vous permettront de mesurer, je présume, combien il est impératif que les méandres de cette affaire ne soient pas portés à la connaissance du public. Pour le bien de la famille comme pour celui de l'institution, j'entends.

François fit signe qu'il comprenait parfaitement. Il n'avait de toute façon jamais eu l'intention d'agir autrement, consignes ou pas.

— Tant mieux, Simon, tant mieux, apprécia le chef de la police. Je crois que nous allons faire du bon travail ensemble…

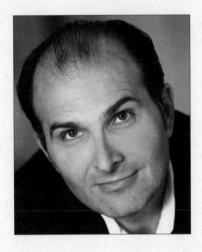

« *14-18 est une charnière fascinante, le vrai début du xxe siècle, terreau des totalitarismes et de la violence de masse. [...] les historiens s'intéressent de plus en plus à cette sortie de guerre, matrice de bien des drames qui vont se jouer ensuite.* »

Guillaume Prévost

Normalien, agrégé d'histoire, Guillaume Prévost non seulement écrit mais il enseigne dans un lycée de la région parisienne. Il considère cela comme un bon équilibre, « une respiration essentielle : devoir aller régulièrement à la rencontre des élèves m'interdit de me dessécher trop longtemps derrière mon ordinateur ». Il est l'auteur d'ouvrages spécialisés (tel *La Seconde Guerre mondiale, vie et société*) mais également du *Livre du temps*, une trilogie à succès destinée à la jeunesse. Il a par ailleurs signé trois thrillers historiques remarqués – *Les Sept crimes de Rome*, *L'Assassin et le Prophète* et *Le Mystère de la chambre obscure* – avant de se lancer dans la série des enquêtes de François-Claudius Simon. « Je crois que l'une des forces du roman historique est de plonger le lecteur en quelques chapitres dans l'atmosphère d'époques qui ont été. Avec leurs étrangetés, leurs mentalités particulières, leurs contextes sociaux, matériels, économiques parfois très différents du nôtre, mais aussi leur dimension humaine qui nous renvoie à nos propres interrogations. » S'il situe les intrigues de sa saga policière au lendemain de la guerre de 14-18, c'est notamment parce qu'il se souvient avec force des récits de son grand-père, « homme et simple soldat de la Grande Guerre » à qui il a dédié *La Valse des gueules cassées*. Il raconte qu'à dix ans, il l'avait enregistré sur un magnétophone à cassettes. « Cela m'a toujours donné une proximité un peu particulière avec cette période. » On retrouvera dans d'autres enquêtes l'inspecteur Simon, personnage d'autant plus attachant qu'il est complexe. « Il s'est longtemps cru orphelin, et entrer dans la police est pour lui une façon de donner du sens au monde absurde qui l'entoure. N'est-ce pas d'ailleurs le rôle d'une enquête ? Donner du sens à des événements qui n'en ont pas ? En cela, il va exceller. »

Le texte intégral des ouvrages
présentés a été publié par
les éditeurs suivants :

ÉDITIONS DU SEUIL

Michael Connelly
Les Neuf Dragons

FLAMMARION

Jean Diwo
La Calèche

ÉDITIONS ROBERT LAFFONT

Jeannette Walls
Des chevaux sauvages, ou presque

NIL ÉDITIONS

Guillaume Prévost
La Valse des gueules cassées

Crédits photographiques :

Couverture :
hg : hg : Dorothea Lange/Library of Congress, Washington ;
hd : National Geographic ; Illustration : Narrinder Singh@velvet
tamarind ; bg : Leemage/Josse « La promenade aux Champs-
Élysées » Jean Béraud Musée Carnavalet, Paris ;
bd : Corbis/George Logan.
4ᵉ de couverture :
hg : Opale/Witi de Tera ; hd : John Taylor ; bg : Gamma/Ulf
Andersen ; bd : Robert Espalieu/Nil Éditions.
Pages :
5 : Bridgeman Art Library/« La lecture du rôle », Pierre-Auguste
Renoir, Musée Saint-Denis, Reims ;
7 : g : National Geographic ; Illustration : Narrinder Singh@velvet
tamarind ; cg : Leemage/Josse/« La promenade aux Champs-
Élysées », Jean Béraud, Musée Carnavalet, Paris ; cd : Dorothea
Lange/Library of Congress, Washington ; d : Corbis/George
Logan ;
8/9/10 : National Geographic ; Illustration : Narrinder Singh@velvet
tamarind ;
187 : Agence Opale/Witi de Tera ;
188/189/190 : Leemage/Josse/« La promenade aux Champs-
Élysées », Jean Béraud, Musée Carnavalet, Paris ;
323 : Gamma/Ulf Andersen ;
324/325 : Dorothea Lange/Library of Congress, Washington ;
326 : Collection Privée de l'auteur ;
453 : John Taylor ;
454/455/456 : Corbis/George Logan ;
591 : Robert Espalieu/Nil Éditions.

IMPRESSION ET RELIURE : GGP Media GmbH, Pößneck, Allemagne.